知中回想錄

手稿本

Ex libris

多難祇成雙鬢改

浮名不作一錢看

甲申冬日集放翁句為

[illegible]

[illegible]

歲次丁酉新春 知中記於北京

OXFORD
UNIVERSITY PRESS

藥堂談往

知堂回想錄

手稿本

藥堂談往 手稿本

知堂回想錄

周作人著

OXFORD
UNIVERSITY PRESS

Oxford University Press is a department of the University of Oxford.
It furthers the University's objective of excellence in research, scholarship,
and education by publishing worldwide. Oxford is a registered trade mark of
Oxford University Press in the UK and in certain other countries

Published in Hong Kong by

Oxford University Press (China) Limited
39 Floor One Kowloon, 1 Wang Yuen Street, Kowloon Bay,
Hong Kong

First Edition published in 2021

知堂回想錄
藥堂談往 手稿本

周作人

ISBN: 978-988-86788-4-6

Impression: II

周作人，一九四三年

攝於三十年代中期

出版說明

《知堂回想錄》是一部傷逝之作。一九六二年書寫到第四卷「北大感舊錄」知堂老人說，「今天聽說胡適之於二月二十四日在臺灣去世了，這樣便成為我的感舊錄裏的材料，因為這感舊錄中是照例不收生存的人的。」繼二〇一九年出版《知堂回想錄》校訂本後，牛津大學出版社再次印行《知堂回想錄》手稿本，手稿原題「藥堂談往」署名「豈明」，分四卷二百〇七篇。知堂老人此書本身的史料和文學價值，加上知堂手書的典雅美觀，使得這部手稿本異常珍貴。

《回想錄》緣於曹聚仁一九六〇年十二月的約稿，背後有香港《新晚報》老總羅孚連載發表的承諾。一九六二年十一月底知堂老人完成三十八萬字全稿（「後序」寫於一九六五至六六年），期間因為連載被腰斬停止，一度差點擱筆。據曹景行整理父輩留下來的資料，當時香港報刊經營艱難，報社還要顧及知堂老人是時所處的環境，抗日時期那段歷史，以及北京的反應。羅孚當時能做的就是按最高標準預支稿費，以保證老人筆耕不停。手稿通過《大公報》駐內地辦事處渠道轉送至香港，得以免去海關檢查。連載一波三折，但在曹聚仁不懈的努力下，一九七〇年《知堂回想錄》終於在香港出版，遺憾的是時知堂老人已辭世三年。曹聚仁得以放下十年牽掛後，把手稿交託給羅孚保存，二十五年後一九九三年羅孚把手稿捐贈給中國現代文學館。時光荏苒，而今又過了三十個寒暑，在周吉宜和中國現代文學館的協助下，《知堂回想錄》全部手稿（「後序」除外），含目錄共五百六十三張筒子頁，現在都完整無缺的原色刊印在此了。

披覽知堂遺稿，紙墨猶香。一開始老人用的是六百字的「知堂自用」稿箋，毛筆順序漢字編碼，至第一三三頁起版再次題記

「藥堂談往」，換用「東京奧谷納」二十六行箋，沒有格子，字數約六二〇字。寫到第二百頁再換無名朱絲格稿紙，新紙首頁題記：「藥堂談往　二〇一以後稿紙，每張計八三二字」。第三次換紙是三八一頁開始的「晏一盧集稿　張氏藏本」二十四行箋。四八一頁起換「榮寶齋」每頁七二〇字稿紙。「藥堂談往目次」八頁，用的是最後來的榮寶齋稿紙，並有全稿編碼，可見是最後謄寫的。

整部手稿可以看出，知堂老人行文流暢，極少修改。略有修改之處，不是在原稿上塗改，而是先將錯處挖空，裁出新稿紙，漿糊塗在新稿紙周邊貼在原處，然後再寫上要改的字句，字數往往相等，像第二十頁那樣多出兩行的不多見。正因知堂手稿的完整與潔淨，手稿本不僅成為一部極為難得的文學作品手稿，更是一部書法珍品。書名由《藥堂談往》改為《知堂回想錄》請參閱書末「後記」。需要說明的是手稿編碼從目錄第一頁開始，其中第五十至五一章之間的頁一一七因編碼重複，本書頁碼和原稿頁碼並不完全對應。

六十年來，《回想錄》手稿得到曹聚仁、羅孚、中國現代文學館的悉心保存實在是難得的一種機緣，香港三育圖書公司《知堂回想錄》排印本一九七〇年面世，更為現代中國文學留下了這部重要的著述，後來流通的各種版本均係再版重印香港三育版，未及根據手稿作仔細校訂。知堂老人書寫，正體異體雜糅並用，各種排印本仍有待進一步校訂，手稿本的出版正適得其時也。

周作人（一八八五—一九六七），原名櫆壽，又名豈明，號知堂，現代中國散文大家，他繼承中國古典，吸收西方東洋文化，以文言的雅約以及外語的新奇和白話語體相結合，為二十世紀新文學散文，創造出沖淡雋永的風貌。

牛津大學出版社
二〇二一年二月

藥堂談往目次

序文

第一卷

榮寶齋

24×30=720

一一四　蔡孑民一
一一五　同　上二
一一六　同　上三
一一七　林蔡斗争文件一
一一八　同　上二
一一九　同　上三
一二〇　卯字号的名人一
一二一　同　上二
一二二　同　上三
一二三　三沈二馬上
一二四　同　上下
一二五　二馬之餘
一二六　五四之前
一二七　每週评论上
一二八　同　上下
一二九　小河与新村上
一三〇　同　上中
一三一　同　上下
一三二　文学与宗教
一三三　儿童文学与歌谣
一三四　在病院中
一三五　西山养病
一三六　琐屑的因缘
一三七　爱罗先珂上
一三八　同　上下
一三九　不辯解说上
一四〇　同　上下
一四一　嗎嘎喇廟
一四二　順天时报
一四三　同　上續

榮寶齋

一七二	打油詩
一七三	日本管窺
一七四	同　上續
一七五	北大的南遷
一七六	元旦的刺客
一七七	從不說話到說話
一七八	「反動老作家」一
一七九	同　上二
一八〇	先母事略
一八一	監獄生活
一八二	在上海迎接解放
一八三	我的工作一
一八四	同　上二
一八五	同　上三
一八六	同　上四
一八七	同　上五
一八八	同　上六
一八九	拾遺甲——小引
一九〇	同上乙——兒時
一九一	同上丙——在杭州
一九二	同上丁——大姑母
一九三	同上戊——讀小說
一九四	同上己——讀小說續
一九五	同上庚——遇狼的故事
一九六	同上辛——我的雜學一、二
一九七	同上壬——同上三、四
一九八	同上癸——同上五、六
一九九	同上子——同上七、八
二〇〇	同上丑——同上九、十
二〇一	同上寅——同上十一、十二

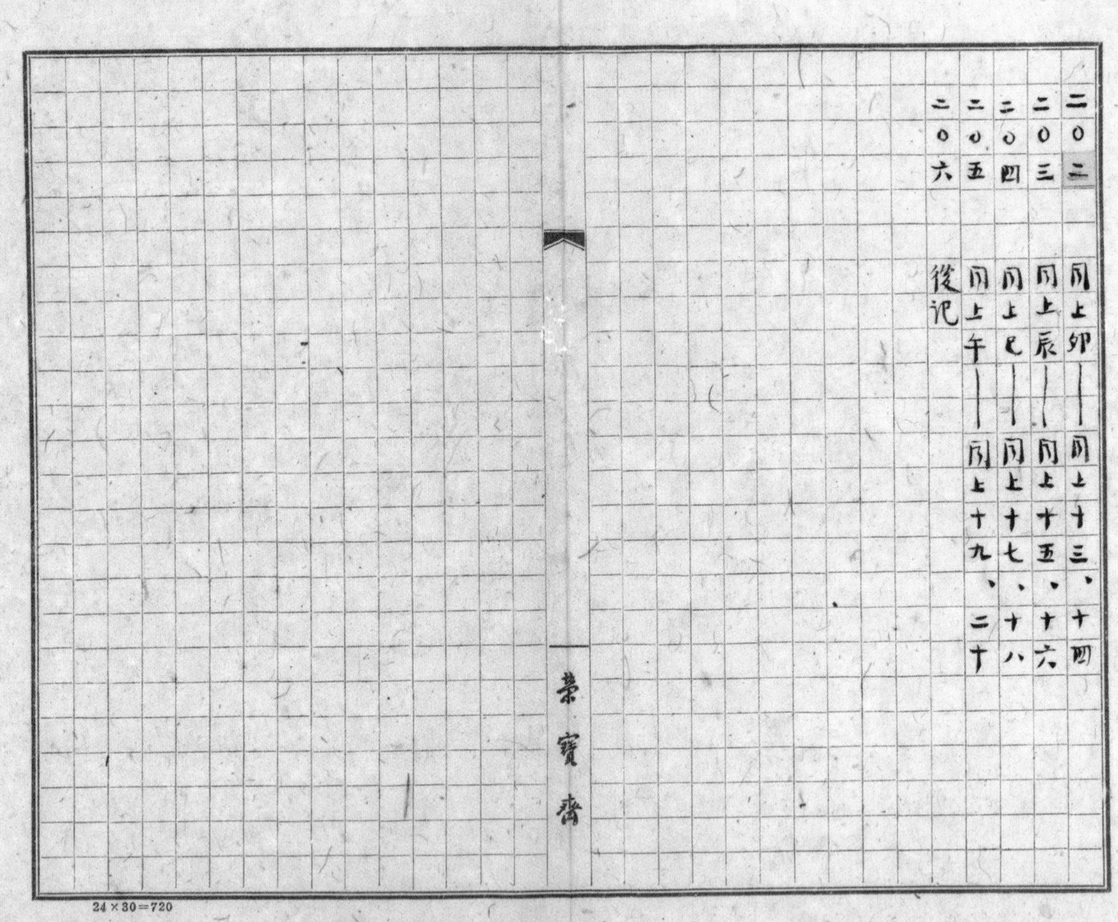

八

二〇二　同上卯——同上十三、十四
二〇三　同上辰——同上十五、十六
二〇四　同上巳——同上十七、十八
二〇五　同上午——同上十九、二十
二〇六　後記

榮寶齋

24×30=720

藥堂談往

豈明

一 緣起

我的朋友陈思先生前几时写信给我，劝我写自叙传，我听了十分惶恐，連回信都没有写，幸而他下次来信，也并不追及，这才使我放了心。为什么这样的「怕」写自叙传的呢？理由很是簡單，第一是自叙传很难写。既然是自叙传了，这总要写得像个东西，因为自叙传是文学里的一品种，照例要有诗人的「诗与真实」掺和在里头，才可以使得人们相信，而这个工作我是幹不来的。第二是自叙传没有材料。一年一年的活了这多少年歲，到得如今不但已经称得「古来稀」了，而且又是到了日本人所谓「喜寿」，（喜字草书有如「七十七」三字所合成，）那么这许多年里的事情总够多了，怎么说是没有呢？其实年纪虽是古稀了，而这古稀的人乃是極其平凡的，從古以来不知道有过多少，毫没有什么足以称道的，况且古人有言，「寿则多辱」，结果是多活一年，便多有一年的耻辱，这有什么值得说的呢。

话虽如此，畢竟我的朋友的意思是很可感谢的。我虽然没有接受他原来的好意，却也不想完全辜负了他，结果是经过了几天考慮之後，我就决意来写若干節的「藥堂談往」，也就是一种感舊錄，本来旧事也究竟没甚可感，只是五六十年前的往事，虽是日常瑣碎事迹，于今想来也多奇奇怪怪，姑且当作「大头天话」（兒时所说的民间故事）去听，或者可以且作消閑之一助吧。

时光如流水、平常五十年一百年倏忽的流过去、真是如同朝暮一般、而人事和环境依然如故、所以在过去的时候谈谈往事、没有什么难懂的地方、可是现在却迥不相同了。社会情形改变得太多了，有些一二十前的事情、说起来简直如同隔世、所谓去年日以疏、来者日以亲、我想这就因为中间缺少连络的缘故。老年人讲故事多偏于过去又兼讲话唠叨、有地方又生怕年青的人不懂、更要多说几句、因此不免近於烦琐、近代有教养的青年恐不满意、特在此说明、特别要请原谅为幸。

二　老人转世

我於前清光绪十年甲申十二月诞生、实在已是公元一八八五年的一月里了。照旧例的干支说来、当然仍是甲申、在中国近代史上、的确是多难的一年、法国正在侵略印度支那、中国战败、東蒲寨就不保了。不过在那时候、相隔又是几千里、哪里会有什么影响、所以我很是幸运的、在那时天下太平的空气中出世了。

我的诞生是极平凡的、没有什么事先的奇瑞、也没不见恶的朕兆。但是有一种传说、後来便传讹、说是一个老和尚转生的、自然这都是迷信罢了。事实是有一个我的堂房阿叔、和我是共高祖的、那一天里出去夜游、到得半夜里回来、走进内堂的门时、彷彿看见一个白鬚老人站在那里、但转瞬却是不见了。这可能是他的眼花、所以有些错觉、可是他却信为实有、传扬出去、而我适值恰於这後半夜出生、因为那时大家都相信有投胎转世这一回事、也就信用了他、後来併且以讹传讹的说成是老和尚了。当时对我这种浪漫的传说、颇有点喜歡、一九二一年曾经为人写一单条云：

「一月三十日夜、夢中得一诗云、偃息禅堂中、沐浴禅堂外、動止雖有殊、心閑故无碍。族人或云余前身為一老僧、其信然耶。三月七日下午书此、时杜逢辰君养病北海之濱、便持贈之、聊以慰其寂寞」。本来是想等裱装好了送去、後乃因循未果、杜君旋以病重謝世了。而三年之後、我做那首打油诗、普通被称为「五十自寿」的七律、其首联云：「前世出家今在家、不将袍子换袈裟」。即是用的这个故典、我自信是个「神滅論者」、如今乃用老人转世的故典、其打油的程度为何如、正是可想而知了。

因为我是老頭子转世的人、虽然即此可以免於被称作「头世人」、——謂係初次做人、故不大懂得人世的情理、至於前世是什麽东西、虽然未加说明、也总是不大高明的了、——但总之是有点頑梗、其不能討人们的喜歡、大抵是当然的了。我不想举出事实、也实在没有事实、可以证明这事、现在只想一讲我在四五歲的年头上遇着的一个大災难、即是出天花、这不但几乎奪去了我的生命、而且即使性命保全了、却变了麻子、一个麻脸的老和尚、这是多麽的讨厭的东西呀！说到这里、应当赶紧的声明一句、幸而二者都不、这是对於我的祖母母親的照顾应該感谢的。

痘为小儿的一大病、凡人都要经过这一难関。但是只要人工的种过痘、无论土法或洋法这便是牛痘、就可保无

第三頁

知堂自用

危險、可怕的痘神給种的「天然痘」、它的死亡率不知百分之幾、倖免的也要臉上加上密圈。我所出的便是這种「天花」。據說在那偏僻地方、也有打官話的醫官有时出張、施种牛痘、但是在那兩三年内大約医官不曾光臨、所以也就淡然处之、直待痘兒哥〻或痘兒姐〻来给种上了。那时是我先出天花、不久还把只有週歲左右的妹子也给感染了。妹子名叫端姑、她果也是在北京的祖父给取的名字、那应一定也是得家信的这一天里、有一位姓端的旗籍大員適值来訪、所以借用的、不过或者是女孩、不用此例、也未可知。據說这个妹子長得十分可喜、有一回我看她脚上的大拇趾、太是可愛了、便不禁咬了它一口、她大声哭了起来、大人急忙走来、才知道是我的顽劣行为。當天花初起时、我的痘狀十分險惡、妹子的却很順当、大家正很放心、把兩个孩子放在一間房里睡、有一天兩人都在睡觉、忽然听見哇的叫了一声。（不知道是誰在叫、據推測这是天花鬼的叫声、它從我这边出来、鑽到妹子那里去了、那应在我也没有叫喚之必要、所以只好存疑了。）大人驚起看时、妹子的痘便都已陷入、我却顯是好转了。急忙的去请天花寺门的主医師来看、已經来不及挽回、結果妹子終於死去、後来葬在龜山的山後、父親自己寫了「周端姑之墓」五个字、鑿一小石碑立於墳前、直到一九一九年魯迅回去搬家、才把这墳和四弟的墳都遷葬于逍遙漊的。

魯迅在种牛痘的时候、也只有兩三歲光景、但他对于当时情形記得清清楚楚、連医官的墨晶大眼鏡和他的官話、都还不曾忘记、我出天花是四足岁了、比他那时要大两三岁、可是什么都不记得了。只是听大人们追述、这才知道一点、据说因为病人畏热怕光、一半也因了迷信关係、把房间窗门都用红纸糊封、而且还把眼睛也糊了红纸。这当时不晓得是否玩笑话、但听去又像在讲真话、所以我那眼睛实在有没有被封过、封了又是什么用意、现在已经无法觅询、因此无从知道了。在天花结痂的时候、据说很是要紧、因为很痒不免要去搔爬、而这一搔爬可就坏了大事、脸上麻点的有无或多少、就在这里决定了。我是伴彭祖母看得很好、将两只手紧紧的綑住了，不让它动一动、当时虽然很窘、大约哭得很凶吧、然而也因此得免于脸上彫花、这与我的出天花而倖得不死、都是很可庆幸的。

我在十岁以前、生过的病很多、已经都记不得、而且中医的说法都很奇怪、所以更说不清是食裹火或火裹痰了。不过其中顶利害的是因为没有奶吃、所以雇了一个奶妈、而这奶妈原来也是没有什么奶的、为的骗得小孩不闹、便在门口买种种东西给他吃、结果自然是消化不良、瘦弱得要死、可是好像是害了馋痨病似的、看见什么东西又都要吃。为的对症服药、大人便什么都不给吃、只准吃饭和腌鸭蛋、——这是法定的养病的唯一的副食物。这在馋痨病的小孩一定是很苦痛的、但是我也完全不记得了、这是很可感谢的。只记得本家的老辈有时提起说：

「二阿官那时的吃饭是很可怜相的、每回一茶盅的饭、一小牙（四分之一）的腌鸭子、到我们的窗口来吃。」她对我提示这话、我想是要加以感谢的、虽然在她闲话的口气後面、可能隐藏着有什么恶意、因为她是挑拨离间的好手、此人非别、即鲁迅在「朝花夕拾」里所写的「衍太太」是也。

知堂回想錄

「藥堂談往」

可能隱藏着有什麼惡意，因為她是挑撥離間的好手，此人小別，即魯迅在「朝花夕拾」里所寫的「衍太太」是也。

三　風暴的前後上

上文曾經說過，我在天下太平的空氣中出世，一直生活到十歲，雖然本身也是多病多災，却總是平穩中渡過去了，但是在癸巳（一八九三）年遇着了風暴，而推究這風暴的起因，乃是由於曾祖母的去世。曾祖乎苓年公，大排行第九，所以曾祖母在本家里的通稱是「九太太」，她的母家姓戴，父親是个監生，所以大槪也是本城的富翁，但在我有知識以來，过年过節已經沒有她的娘家人往來，可能親丁都已斷絶了吧。苓年公早年去世，沒有人看見他過，但性情似乎很是和順，不大容易發脾气的，因為傳說他好种蘭花，有兩間房內特設地板，稱為「蘭花間」，還是他的遺迹。據說有一天他鑽到床底下去安排花盆，當时祖父的保姆吳媽媽誤當是一隻狗，嘘嘘的吆喝想赶他出去，這話流傳下來，可以為例。但是曾祖母的相貌很是嚴正，看去有点可怕，其时她已年將望八了，——她去世时年七十九，恰在除夕了，其實算是八十也未可，——終日筆挺的坐一把紫檀的一字椅上邊，在她房門外的東首，我記得她總是這个姿勢，實在威嚴得很。我們小孩卻不顧什麼，偏要加以戲弄，記得（這是我自己第一次記得的事了，）同了魯迅走到她的旁邊，故意假作跌倒，睡在地上，那麼她必定說道：

「阿呀，阿寶（這是她对曾孫輩的総称），這地下很髒呢。」

那时已是她的晚年，火气全然沒有了，在壯年时代她的脾气实在怪僻得很哩。据我的一个堂叔「观鱼」所著「三台门的遗闻軼事」所记，大抵流传於本家老辈口中，虽係传闻，未必全属子虚吧。现在抄录在这里：

「九老太太係介孚公的母親，孤僻任性，所言所行多出常人意料以外。当介孚公中進士，京報抵绍，提鑼狂敲，经东昌坊、福彭桥分道急奔至新台门，站在大厅桌上敲鑼报喜之際，这位九老太太却在里面放声大哭。人家问她说，这是喜事为什麽这样哭？她说，拆家当、拆家当！」

拆家当是句土話，意思是說这回要拆家败業了。她平常就是这种意見，做官如不能賺錢便要賠錢，後来介孚公知縣被参革了，至謀起復，走了田產捐官（內閣中書）納妾，果然应了她的話，不待等科場案發，这才成为預言。平常介孚公在做京官，每有同鄉回去的时候，多託帶些食品去孝敬母親，有一回記得所託的是三只火腿，外加杏脯桃脯蒲桃干之類，裝在一只麻袋里，可是曾祖母见了怫然不悦道：

「誰要吃他这样的东西！为什麽不寄一点銀子来的呢。」

她这意思是前後相符，可以貫穿得起来的。

我们小孩暫时能够在風平浪静的时期，过了幾年安静的生活，只在有时候和老太太们闹点小玩笑，这实在是很幸福的。上面說过的「蘭花阿」及其毗連的一部分，已経分給共高祖的「誠房」——我们是「興房」，房長，第二是「立房」，至於「誠房」这是智字派下的第三房了，——租給一家姓李的，是李越縵的本家，主人名为李楚材。我所記得的恰巧也是对於老人的小玩笑，这是很有意思的偶合了。魯迅在「朝

第七頁　知堂自用

花夕拾」的一篇里记有一节，现在就借了过来应用吧。

「冬天，水缸里结了薄冰的时候，我们大清早起一看见，便吃冰。有一回给沈四太太看到了，大声说道：「莫吃呀，要肚子疼的呢！」这声音又给我母亲听到了，跑出来我们都挨了一顿骂，并且有大半天不准玩。我们推论祸首，认定是沈四太太，于是提起她就不用尊称了，给她另外起了一个绰号，叫作肚子疼。」这里所谓「我们」，当然一个是我了，至于另外一件事却是我单独干的，也是对于李家的一位房客。这是一个四五十岁的很高大的人，却长着很细小的辫子，顶上戴着方顶的瓜皮帽，样子颇为滑稽。有一天在门外看见许多人围着，是在看新嫁娘，这位高個子小辫子的人也在那里。我便忍不住偷偷的走近前去，将他的辫子向上一拉，那顶帽子就立刻砰的掉了。为什么辫子一拉帽子就会掉呢，这是因为辫子太细小了，深压在帽子里面，所以一牵动它，帽子便向前翻掉了。可是那人却并不究怨，只回过头来说道：

「人家连新娘子也看不得么？」小孩虽然淘气，只因他的态度应对得很好，所以第二次便不再和他开玩笑了。

四　风暴的前後（中）

曾祖母於光绪十八年壬辰的除夕去世，她于两三日以前，從她照例坐的那把紫檀椅子想站起来时，把身体略为蹉了一蹉，立即经旁人扶住了，此後随即病倒，人家说是中風，其实不是，大约只是老衰罢了。

她是阖台门六房人家里最年長的長輩，中间的「大堂前」要讓出来给她使用、本来是死人要大过活人、何况又是長輩呢。恰巧这年我家正是「佩公祭」（是智仁勇三派九房人家的祖先）值年、照例应当在堂前懸挂祖像、这也只好讓出来、移挂外边大厅西南的大书房里、可是陈设的祭器很值钱、恐防被人偷去、须要僱人看守才行、乃去找用人章福庆的兒子来担任这件事。他名叫運水、这便是魯迅在小说「故鄉」里所说的闰土、是十四五歲的鄉下少年、正是我们的好伴侣、所以小孩们忙着同他玩耍、听他讲海边的故事、丧事雖然热闹、也没有心思来管了。

祖父得到了電报、便告了假從北京回来了、那时海路從天津到上海已有輪船、所以在一个月之内、便已到了家里。他同了他小女兒同年紀的潘姨太太和当时十二歲的兒子、輕車減從的走回来、大約原是預備服滿再進京去的、却不料演成那大風暴。这風暴計算起来是兩面的、其一方面是家庭的、那是不可避免的事、其第二乃是社会的、它的發生实在乃是出於预料之外的了。

祖父回家来、最初感到的乃是住屋有了变更的事、当初父母住的兩间西边的屋腾了出来、讓给祖父、搬到東偏的屋里来、從前曾祖母的房子則由祖母和我同住。祖父初到觉得陌生、又感觉威严难以接近、但潘姨太太虽然言语不通、到底年輕和藹一点、所以時常到那里去玩。这样胡里胡塗過了几天、大约不很長久吧、突然在曾祖母五七这一天、这距離她的死只有三十五天、祖父到家也还不到半个月吧、祖父忽尔大發雷霆、發生了第一个風暴。大約是他早上起来、看见家里的人没有早起、敬谨将事、当时父親因为是吃洋烟的、或者也不能很早就起床、因此迁怒一切、連年幼的小孩子也遭波及了。那天早上我还在祖母的大床上睡着，忽然觉得身体震动起来、那眠床咚咚敲得震天價響、赶紧睁眼来看、只見祖父一身素服、拚命的在捶打那床呢！他看見我已是捶醒了、便转身出去、將右手大拇指的爪甲、放嘴里咬在的戛戛的響、喃喃咒罵着那一班「速死豸」吧。我其时也並不哭、大概由祖母安排我着好衣服只是似乎驚異得呆了、也没有听清祖母的说话、彷佛是说「為啥拿小孩子出气呢！」但是这种粗暴的行为只贏得小孩们的看不起、觉得不像是祖父的行为、这便是第一次风暴所得到的结果了。

五　风暴的前後下

不久以後、大約过了曾祖母的「百日」之後、他漸作外游的打算、到七八月的时候、就前往蘇州去了。不知道的或者以為是去打官場的秋风、却不料他乃是去找本年鄉试的主考、于是第二次风暴就爆發了。現在借用「魯迅的青年时代」里我所寫的一節、说明这件事情：

「那年正值浙江舉行鄉试、正副主考都已發表、已经出京前来、正主考殷如璋可能是同年吧、同介孚公是相识的。親友中有人出主意、招集几个有錢的秀才、湊成一萬兩銀子、寫了錢莊的期票、由介孚公去送給主考、買通关節、取中舉人、对於經手人当然另有酬报。介孚公便到苏州等候主考到来、見过一面、随即差遣「二爺」（这是叫跟班的尊称）徐福將信送去。那时恰巧副主考周錫恩正在正主考船上

第十頁

知堂自用

天、主考知趣得信不立即拆看、那跟班乃是鄉下人、等得急了、便在外边叫喊、说銀信为什么不给回條。这件事便戳穿了、交给苏州府去查办。知府王仁堪想要含胡了事、说犯人素患怔忡、便是有神经病、照例可以免罪。可是介孚公本人却不答应、在公堂上振振有词、说他并不是神经病、歷陳某科某科的某某人、都通关節中了举人、这並不算什么事、他不过是照样的来一下罢了。事情弄得不可開交、只好依法办理。由浙江省主办、呈报刑部、请旨处分。这所谓科場案在清朝是非常严重的、往往交通关節的双方都处了死刑、有时要杀戮几十人之多。清朝末葉这种情形略有改变、官場多取敷衍政策、不敢深求、因此介孚公一案也得比较從輕、定为「斬监候」罪名、一直押在杭州府獄内、前後经过了八个年头、至辛丑年乃由刑部尚书薛允升上奏、依照庚子年乱中出獄的犯人、事定後前来投案、悉予免罪的例、也把他赦免了。」

此外在本家中又有一种传说、便是说介孚公的事情闹大、乃由于陳秋舫的報復。陳秋舫名章錫、为仁字派下「礼房」的一个女婿、要来岳家久住、介孚公加以挖苦道：

「跼在布裙底下的是没出息的東西、哪里会得出山？」陳秋舫知道了、立即辞去、併揚言不出山不上周家门、後来中了進士、果然如願以償、改作幕友、正在王仁堪那里、便竭力阻止東家的办法、力主法办云。其实这里陳秋舫以直报怨、也不能算錯、况且苏州府替人開脱、也是很冒風險的事、師爺不赞成、也正是他的本色吧。

第十一頁

知堂自用

六 避难

第二次风暴已经到来了、小孩们却还什么都不知道、仍然游嬉着。直到得一天、大约是七八月里、母親把我们叫去说、现今到外婆家住几时、便即动身、好在时间不会很長、到那时候就会叫回到家里来的。这樣便開始了避难的生活了。

外婆家原来在安桥头、大槩自從外祖父憙晓軒公中举人之後、嫌它太狭窄、便迁居皇甫莊、典了范姓的半所房屋、这个范姓便是有名的「越諺」的著者范啸风、名寅、别号扁舟子的便是。那时外祖父已经去世、只剩外祖母在、此外是母親的一兄一弟、大舅父字怡堂、小舅父字继香、都是秀才、住在家里。大舅父生有子女各一、小舅父都只有

四

个女儿、因此我们两个人都只好交给大舅父、但因为没有地方歇宿、所以又把我送给小舅父处的老仆妇、通称塘港媽媽（媽媽乎犹上海称娘姨）叫她带领我睡觉。这是在一间宽而空的阁楼上、一張大眠牀里、此外有一个朱红漆的皮製方枕头、最特别的是上边鏤空有一个窟窿、可以安放一隻耳朵進去、当时觉得很有趣味、这事所以至今还是记得。我大约向来是渾渾噩噩的、什么事都记不清、十岁以前的事情至今记憶的很是有限、只是有一件事却还记的很是清楚。这便是到了那时候还要「溺牀」、（见刘侗著「帝京景物畧」）在夏天的早朝起来、席子有一两回都溺得很湿的、主客各不说破、便自麻糊过去了。

这阁楼上只是晚间才来、在白天裡是在大舅父那边、

怎麽樣的混过一天、回想起来什么都不記得、这也可见陣亚之一般了。但是也有零星的記憶可以一說的事。大舅父是吸雅片烟的、终日在牀上、帳子放了下来、但常很少见他的面、但见帳内点着烟灯、知道他醒着、便隔着帳子叫他一声算了。我只記得在他那里、有很希奇的一隻燒茶的炉子、大抵也只是黄铜所做的、但奇怪是用纸煤燒的。这是一种用「煤头纸」搓成的長條、據說燒十几根纸煤、一小壶水就开了。这不曉得叫做什么炉,(不是神仙炉吧、)我时常看表姊妹們在那里搓这种細長條的纸煤。

在大舅父卧房間壁的一間屋内、是我們避难时起居之处、鲁迅便在那里影寫「蕩寇志」的插畫、表兄紳哥哥也和我們在一起、有时帮助了寫背面題字、至於圖画則除鲁迅之外、誰都动手不来了。蕩寇志是一部立意很是反动的小說、他主張由張叔夜率領官兵来蕩平梁山泊的草寇、但是文章在有些地方的確做得不坏、绣像也畫得很好、所以鲁迅觉得值得去買了「明公纸」来、一張張影描了下来。此外也是在这間屋里、我們初次见到了石印本的「毛詩品物图考」、後来鲁迅回到家里、便去蒐求了来、成为購求书籍的开始。这是日本岡元鳳所著、天明四年甲辰(1784)木板刊行、彫刻甚精、我曾得有原本一部、收藏至今。

總而言之、我們在皇甫莊的避难生活、是頗愉快的、但这或者只是我个人的感觉、因为我在那时候是有些麻木的、鲁迅在回憶这时便很有不愉快的印象、記得他說有人背地里說我們是要饭的、大概便是这时候的事情、但詳情

第十三頁

知堂自用

如何不得而知，或者是表兄们所说的闲话也难说吧。但是我们皇甫庄的避难也就快结束了，大约是秋典的期限已满，屋东家将房屋回收的关系吧，所以小舅父搬回安桥头老家去，大舅父一家人迁居小皋埠，我们也就于癸巳（一八九三）年底一同搬去了。

七　关于娱园

小皋埠秦氏是大舅父的先妻的母家，先世叫作秦树铦，字秋伊，也是个举人，善于诗画，是皋社主要诗人之一，家里造有娱园，也算是名胜之地。大舅父寄居在厅堂西偏的厢房里，我们便很有机会到这园里玩耍。秋伊的儿子字少伊，号侍的，也善于画梅花，我们叫他做友舅舅，常跑去他那里玩，鲁迅尤其同他谈得来，只是雅片烟大瘾，上午总是高卧，所以只有午后才找得他着。他好看小说，凡是那时通行的小说他那里都有，不过都是铅印石印者，终量的借给人看，鲁迅便不再画人像，却看本文了，我那时读书才读到「大学」，所以如入宝山却是空手而回了。

讲到娱园，那里直到庚子那年，有七八年我还时常前去，所以约略记得，但是也没有什么值得说的，因为我从头就不了解这种花园的好处在哪里，我所觉得好的只是从「百草园」的那样菜园或是类似的地方罢了。李越缦在一篇「庚午九日曹山宴集夜饮秦氏娱园诗序」，我最初在父亲伯宜公的遗书「娱园诗存」中看到它，随后又在「越缦堂骈体文」里见到，对于这个园颇有点感情，不过感情是一回事，而兴趣又是别一回事，就园说园，实在说不出他的好处来。大抵在一个四周造有围墙内，又是一块块的区划开来设计

第十页

知堂自用

建造起来，要做成好園林是很艰难的。在那里一座微雲楼、就我所记得的来说，只是普通的楼房罢了，另外在院子里挖了一个一丈左右见方的水池，池边一间单面开着门窗的房子，匾额题曰潭水山房，实在看了很是阴郁。又有一所留鹤菴，名字倒是顶好，却在园门之外，事实是一间侧屋，前面是石板鋪的「明堂」即是院子，不见得留得鹤住。後来曾经游过观音桥赵氏的省園废址，和偏门外的快阁，所得到的也是同一的印象。蘇州多有名園，其中我只见过劉園，比较的还是整齐，可是总觉得是工笔画的样子，很少潇洒之致，中国绝少南宗风趣的園林，这是我个人的偏见，因此对于任何名園，都以为不及百草園式的更为有趣。关于百草園的记述，最好的还是让我来引一节「朝花夕拾」里的文章吧：

「不必说碧绿的菜畦，光滑的石井栏，高大的皂荚树，紫红的桑椹，也不必说鸣蝉在树叶里长吟，肥胖的黄蜂伏在菜花上，轻捷的叫天子忽然从草间直窜向雲霄里去了。单是周围的短短的泥墙根一带，就有无限趣味。油蛉在这里低唱，蟋蟀在这里弹琴。翻开断砖来，有时会遇见蜈蚣，还有斑蝥，倘若用手指按住它的脊梁，便会拍的一声，从后窍喷出一阵烟雾。何首乌藤和木莲藤缠络着，木莲有莲房一般的果实，何首乌有臃肿的根。如果不怕刺，还可以摘到覆盆子，像小珊瑚珠攒成的小球，又酸又甜，色味都比桑椹要好得远。」

八　書房

我们在外婆家避难，大约不到一年，於第二年甲午（一八九四）的上半年回家里来了。鲁迅一回来，就往三味书屋寿家上学去了，这大约是在端午节吧，他是在这以前就已在那里读书了，记得初去的时候，还特地花了两块钱，买了一顶两只抽屉的书桌，这个我还记得很是清楚。後来关於这书桌流传有许多神话，说这桌子是楠木的哩，又说鲁迅因为要立志不迟到，在桌面刻有一个「早」字哩，这些话我却是不知道的了。至於我自己，到三味书屋去大概是第二年乙未的正月，不过这都不能确定了。我在癸巳年避难以前，曾经在「厅房」——大厅西偏的小书房里，开了蒙出的叔父伯升，读过半年的书。伯升是跟着祖父从北京回来的，本来应当叫作「仲升」，但是因为北京音读「仲升」与「众生」相同，这两個字本来自从佛经用起头，只当一切有生命的东西讲，别无什么恶意，但是後来用於牲畜，含有骂人的意味，所以他不愿用，硬要改号伯升。这本来也是极为平常的事，但是小孩们的看法却是不同，所以为他行第二而要称伯，未免有僭越之感，因此背地里故意叫他做仲升。不过这位伯升先生事实上乃是极和气的人，虽然是庶出，却不是姨太太的一党，对於祖母特别恭而有礼，待我们年纪比他小的侄儿也平易可亲近，癸巳上半年我便同他两个人在厅房里读书，以後在南京学堂里同学，可以用了亲历的事实保证的。在厅房里就只读了一个同族的叔辈做先生，他本身只是个文童，始终没有考进「秀才」，没有什么

第十六頁

知堂自用

本事、可表也並不嚴肅，因此也少来管束我们，我至今記不起在他手里讀了些什么，事實上我那时「中庸」还未讀了，呢。因此我所記得的便是在厠房的一間小花園玩耍的事情、那里有一株月桂、一年里有好几个月都继续開花、一株罗漢松、一株茶花，其餘有木瓜枇杷、樹陰底下还有秋海棠之類、不過這些都不是我所注意的，我最記得的乃是罗漢松樹根下所埋着的兩隻「蔭缸」。这乃是不大不小的缸、埋在土里、缸里盛着水、这水不是清澈的雨水、却是不知經歷几多年的青黑色的水，里边積存腐爛的樹葉大半缸、这是我们親手淘過，所以知道的。說也奇怪、我们託詞讀书、躲在厠房里边、関上了门、却終日在園里淘那兩只水缸、将里边的樹葉瓦礫清理出来、居然没有中什么毒、連在預料中的蜈蚣毒蛇癩蝦蟆之属、也一隻都没有碰見过。真是奇事。那位文童先生平常也就只是早晚来到一遍、虛应故事罢了、我们並不怕他、雖然後来出外就館、說是出外也就只是在本縣的鄉下、却忽然暴虐起来、據說曾經用竹枝抽打学生之後、再拏擦身體的鹽来擦上、用了做臘鴨的法子整治学生、学生当然是受不了的、結果是被辭了館完事。又有一个塾師、將学生的耳朵夾在門縫里、用力的夾、这是用軋胡桃的方法引申出来的、却不能確說是否他的故事了。我们在厠房里游嬉、那时觉得他还没有变得这样嚴肅、但是祖父知道了怎么样呢？这当然是很嚴重的一个问题、可是我们中间有一个乃是伯升叔、有他在里边这就是另外一件事、当然是不要紧的了。

第十七頁

知堂自用

九　三味书屋

旧日书房有各种不同的式样，现今想约略加以说明。这可以分作家塾和私塾，其设在公共地方，如寺庙祠堂、所谓「庙头馆」者，不算在里边。上文所述的书房，即是家塾之一种，——我说一种，因为这只是具体而微，设在主人家里，请先生来走教，不供膳宿，而这先生又是特别的麻胡，所以是那么情形。李越缦有一篇「城西老屋赋」，写家塾情状的有一段很好，其词曰：

「维西之偏，实为书屋。榜曰水香，逸民所目。窗低迫簷，地窄疑艇。庭广倍之，半割池渌。隔以小栏，杂莳花竹。高柳一株，倚池而瞩。予之童騃，踞觚而读。先生言归，兄弟相速。探巢上树，捕鱼入渎。拾塼擬山，激流为瀑。编木叶以作舟，揉纤枝而当轴。寻蟋蟀而剧墙，掘流萤以照牍。侯邻灶之饭香，共抱书而出塾。」这里先生也是走教的，若是住宿在塾里，那么学生就得受点苦，因为是要读夜书的。洪北江有「外家纪闻」中有一则云：

「外家课子弟极严，自五经四子书及制举业外，不令旁及，自成童入塾后晓夕有程，寒暑不辍，夏月别置大瓮五六，令读书其中，以避蚊蚋。」鲁迅在第一次试作的文言小说「怀旧」中描写恶劣的塾师「秃先生」，也假设是这样的一种家塾，因为有一节说道：

「初亦尝扳王翁膝，令道山家故事，而秃先生必继至，作厉声曰，孺子勿恶作剧，食事既耶，盍归就尔夜课矣！稍忤，次日即以界尺击吾首，曰，汝作剧何恶，读书何弗哉！我亮先生蓋以书斋为报僻地者、遂澌弗去」。

　第二种是私塾、設在先生家里、招集学生前往走读、三味书屋便是这一類的书房。这是坐東朝西的三间側屋、因为西边的墙特别的高、所以並不見得西晒、夏天也还過得去。「從百艸园到三味书屋」里說明道：

　「出门向東、不上半里、走过一道石桥、便是我的先生的家了。從一扇黑油的竹门進去、第三间是书房。中间挂着一塊匾道：三味书屋。匾下面是一幅画、画着一只很肥大的梅花鹿伏在古树下。没有孔子牌位、我们便对着那匾和鹿行礼。第一次算是拜孔子、第二次算是拜先生」。

　「三味书屋後面也有一个園、虽然小、但在那里也可以爬上花坛去折蠟梅花、在地上或桂花树上尋蝉蜕。最好的工作是捉了蒼蝇喂螞蟻、静悄悄的没有声音。然而同窗们到園里的太多、太久、可就不行了、先生在书房里便大叫起来：

　「人都到哪里去了！」人们便一个一个陸續走回去、一同回去也不行的。他有一條戒尺、但是不常用、也有罰跪的規則、但也不常用、普通總不过瞪几眼、大声道：

　「讀书！」從这里所說的看来、这书房是嚴整与寬和相结合、是夠得上說文明的私塾吧。但是一般的看来、这樣的书房是極其难得的、平常所謂私塾还是坏的居多、塾師没有学问还在其次、对待学生尤为嚴刻、彷彿把小孩子当作偷儿看待似的。譬如用戒尺打手心、这也罢了、有的塾師便要把手掌拗弯来、放在桌子角上、着实的打、有如捕

第十九頁

知堂自用

快捞打小偷的样子。在我们往三味书屋的途中、相隔才五六家的模樣、有一家王廣思堂、这里边的私塾便是以苛刻著名的。塾師当然是姓王、因为形状特别、以绰号「矮癞胡」出名、真的名字反而不传了、他打学生便是遵那夜打的。他又没收学生带去的烧饼糕干等点心、归他自己享用。他设有什么「撒尿籤」的制度、学生有要小便的、须得领他这样的籤、才可以出去。这种情形大约在私塾中间、也是极普通的、但是我们在三味书屋的学生得知了、却很是骇异、因为这里是完全自由、大小便时径自往园里走去、不必要告诉先生的。有一天中午放学、我们便由鲁迅和章翔耀的率领下、前去惩罚这不合理的私塾。我们到得那里、師生放学都已經散了、大家便攫取笔筒里插着的「撒尿籤」撅折、将硃墨砚丢在地下、笔墨乱撒一地、以示惩罚、矮癞胡也未必改变作风、但在我们却觉得这股气已经出了。

下面这件事与私塾不相干、但也是在三味书屋时发生的事、所以连带说及。听见有人报告、小学生走过偏僻街的贺家门口、被武秀才所骂或是打了、这学生大舉也不是三味书屋的、大家一听到武秀才、便不管三七二十一的觉得讨厌、他的欺侮人是一定不会错的、决定要打倒他才快意。这回计划当然更大而且周密了、约定某一天分作几批在偏僻街集会、这些人好像是「水浒」的好汉似的、分散着在武秀才门前守候、却从不见他出来、可能他偶尔不在、也可能他事先得到消息、怕同小孩们起冲突、但在这边认为他不敢出头、算是屈服了、由首领下令解散、各自回家。这些全是琐屑的事情、但即此以观、也就可以想见三味书屋的自由的空气了。

这些都是琐屑的事情，但即此以观，也就可以想见三味书屋的自由的空气了。

十　父親的病上

我於甲午年往三味书屋读书，但细想起来，又似乎是正月上的学，那么是乙未年了，不过这已经记不清楚了，所还记得的是初上学时的情形。我因为没有书桌，就是有抽屉的半桌，所以从家里叫用人背了一张八仙桌去，很是不像样，所读的书是「中庸」上半本，普通叫作「上中」，第一天所上的「生书」我还记得清清楚楚的是「哀公问政」这一节，因为里边有「夫政也者蒲卢也」这一句，觉得很是好玩，所以至今不曾忘记。回想起来，我的读书成绩实在是差得很，那时我已是十二岁，在本家的书房里也混过了好几年，但是所读的书总计起来，才只得「大学」一卷和「中庸」半卷罢了。本来这两种书是有名的难读的，小时候所熟知的儿歌有一首说得好：

「大学大学，
屁股打得烂落！
中庸中庸，
屁股打得好种葱！」

本来大学是「大人之学」，中庸是「以其记中和之为用」，不是小学生所能懂得的事情，我刚才举出「中庸」来看，那上边的两句即「人道敏政，地道敏树」，还不能晓得这里讲的是什么，觉得那时的读不进去是深可同情的。现今的小学生从书房里解放了出来，再不必愁因为读书不记得，屁股会得打的稀烟，可以种葱的那样，这实在是很可庆幸的。

现在话分两头，一边是我在三味书屋读书，由「上中」读到论语孟子，随後诗经刚读完了「国风」，就停止了。一边是父亲也生了病，拖延了一年半的光景，于丙申（一八九七）年的九月弃世了。

父亲的病大举是在乙未年的春天起头的，这总不会是甲午，因为这里有几件事可以作为反证。第一个是甲午战争。当时乡下没有新闻，时事不能及时报道，但是战争大事，也是大暑知道的。八月里黄海战败之後，消息传到绍兴。我记得他有一天在大厅明堂里，同了两个本家兄弟谈论时事，表示忧虑，可见他在那时候还是健康的。在同一年的八月中，嫁在东关金家的小姑母之丧，也是他自己去吊的，而且由他亲自为死者穿衣服，这是一件极其不易的工作，须得很细心谨慎，敏捷而又亲切的人，才能胜任。小姑母是在产後因为「产褥热」而死的，所以母家的人照例要求做法事「超度」，这有两种办法，简单一点的叫道士们来做「炼度」，凡继续三天，其一种是和尚们的「水陆道场」，前後时间共要七天。金家是当地的富家，所以就答应「打水陆」，而这道场便设在长庆寺，离我们的家只有一箭之路，来去非常方便，但那时的事情已都忘记了。小姑母是八月初十日去世的，法事的举行当在「五七」，计时为九月十五日左右，这也是以证明他那时还没有生病。有一天从长庆寺回来，伯宜公在卧室的前房的小榻上，躺着抽烟，鲁迅便说那佛像有好许多手，都拿着种种东西，里边也有枯髅，当时我

第廿二頁　知堂自用

不憚枯髏的意義，经鲁迅說明了就是死人頭骨之後，我感到非常的恐怖，以後到寺里去对那佛像不敢正眼相看了。關於水陸道場，我所记得的就只是这一点事，但这佛像是什麽佛呢，我至今还未了然，因为「大佛」就是釋迦牟尼的像不曾見有这个样子的，但是他那丈六金身坐在大殿上，倒的確是偉大得很呢。

十一　父親的病中

伯宜公生病的開端我推定在乙未年的春天，至早可以提前到甲午年的冬天，不过很难確說了。最早的病象乃是突然的吐狂血。因为是吐在北窗外的小天井里，不能估量共有幾何，但總之是不很少，那时大家狼狽情形至今还能記得。根據旧傳的学說，據說陳墨可以止血，於是赶紧在墨海里研起墨来，倒在茶杯里，送去給他喝。小孩在尺八紙上寫字，屢次舔筆，弄得「烏嘴野猫」似的滿臉漆黑，極是平常，他那时也有这样情形，想起来时还是悲哀的，民显朦朧的存在眼前。这才是中国傳統的「医者意也」的学說，是極有詩意的，取其墨色可以蓋过紅色之意，不过於實際毫無用处，結果與「水腫」的服用「敗鼓皮丸」一样，從他生病的时候起，便已注定要給那唯心的哲学所犧牲的了。

父親的病雖然起初來勢凶猛，可是吐血隨即停止了，後來病情逐漸平穩，得了小康。當初所請的医生，乃是一个姓馮的，穿了古銅色綢緞的夾袍，肥胖的臉，總是醉醺醺的，那时我也生了不知什麽病，請他一起诊治，他头一回对我父親說道：

第卄三頁

知堂自用

「要紧没有什庅要紧、但是全部的却有些麻烦」。等他隔了两天第二次来的时候、却说的相反了、因此父親觉得他不能信用、就不再请他。他又说有一种灵丹、点在舌头上边、因为是「舌乃心之灵苗」、这也是「医者意也」的流派、盖舌头红色、像是一根苗從心里長出来、仿彿是「独立一枝槍」一樣、可是这一回却不曾上它的当、没有请教他的灵丹、就将他送走完事了。

这时伯宜公的病还不顯得怎庅嚴重、他请那位姓冯的医生来看的时候、还親自走到堂前的廊下的。晚飯时有时还要喝点酒、下酒物多半是水果、据说这是能喝酒的人的習慣、平常總是要用什庅肴馔的。我们在那时便去围着听他講聊斋的故事、并且分享他的若干水果。水果的好吃後来是不记得、但故事却並不完全的忘记、特别是那些可怕的鬼怪的故事。至今还鲜明的记得的、是「聊斋志異」里所講的「野狗猪」、一种人身獸头的怪物、兵乱後来死人堆中、專吃人的腦髓、當肢体不全的屍体一起站起、惊呼道：「野狗猪来了、怎庅好！」的时候、实在觉得陰惨得可怕、至今虽然現在已是六十年後、回想起来与佛像手中的枯髏都不是很愉快的事情。

不过这病情的小康、並不是可以長久的事、不久因了时節的轉変、大槩在那一年的秋冬之交、病势逐漸的進於嚴重的段落了。

十二　父親的病下

伯宜公的病以吐血開始、当初说是肺癰、現在的说法便是肺結核，後来腿腫了，便当作臌脹治療，也究竟不知道是哪里的病。到得病症嚴重起来了，請教的是当代的名医，第一名是姚芝仙，第二名是他所荐的，叫做何廉臣。魯迅在「朝花夕拾」把他姓名顛倒过来寫作「陳蓮河」，姚大夫則因为在篇首講他一件賺錢的故事，所以故隱其名了。这两位名医自有他特別的地方，開方用藥外行人不懂得，只是用的「藥引」，便自新鮮古怪，他們決不用那些陳腐的什么生姜一片，红枣两颗，也不学葉天士的梧桐葉，他們的藥引起碼是鮮芦根一尺。这在冬天固然不易得，但只要到河边挖掘總可到手，此外是經霜三年的甘蔗或萝蔔菜，几年陳的陳倉米，那搜求起来就煞費苦心了。前两种不記得是怎么找到的，至於陳倉米則是三味书屋的壽鑑吾先生親自送来，我还記得背了一隻「錢搭」（裝銅錢的搭連），里边大约裝了一升多的老米，其实医方里需用的才是一两錢，多余的米不曉得是如何處分了。还有一件特别的，那是何先生的事，便是藥里边外加有一种丸藥，而这丸藥又是不易購求的，要配合又不值得，因为所需要的不过是几錢罢了。普通要購求藥材，最好往大街的震元堂去，那里的藥材最是道地可靠，但是这种丸藥偏又没有，後来打听得在軒亭口有天保堂藥店，与医生有些関係，到那里去买，果然便順利的得到了。名医出診的医例是「洋四百」，便是大洋一元四角，一元錢是診資，四百文是給那三班的轎夫的。这一筆看資，照例是隔日一診，在家里的確是沉重的負担，但这与小孩並無直接関係，我們忙的是幫助找尋藥引，例

第十五頁　知堂自用

如有一次要用蟋蟀一对、这说明须要原来同居一穴的、这才算是「一对」、随便捉来的雌雄两隻不能算数。在「百草園」的草地里、翻開土塊、同居的蟋蟀随地都是、可是随即逃走了、而且各奔东西、不能同时抓到。幸虧我们有两个人、可以分头追赶、可是假如运气不好捉到了一隻、那一隻却被逃掉了。那么这一隻捉着的也只好放走了事。好容易找到了一对、用綿絲縛好了、送进药铺里、说时就快、那时却不知道要花若干工夫呢。幸喜药引时常变换、不是每天要去捉整对的蟋蟀的、有时换成「平地木十株」、这就毫不费寻找的工夫了。「朝花夕拾」说寻访平地木怎么不容易、这是一种诗的描写、其实平地木见於「花鏡」、家里有这书、说明这是生在山中树下的一种小树、能结红子如珊瑚珠的。我们称它作「老弗大」、埽墓回来、常拔了些来、种在家里、在山中的时候结子至多一株树不过三颗、家里种的往往可以多到五六颗。用作药引、拔来就是了、这是一切药引之中、可以说是访求最不费力的了。

经過了两位「名医」一年多的治療、父親的病一点不见轻减、而且日见沉重、結果終於在丙申年（一八九六）九月初六日去世了。时候是晚上、他躺在里房的大床上、我们兄弟三人坐在里侧旁边、四弟才只四歲、已經睡熟了、所以不在一起。他看了我们一眼、问道：

「老四呢？」於是母親便将四弟叫醒、也抱了来。未幾即入於弥留狀態、是时照例有临终前的一套不必要的儀式、如给病人換衣服、燒了經卷把纸灰给他拏着之類、临了也

第廿六頁

（未完、接第廿七頁）

叫了两声，听见他不答应，大家就笑起来了。这里所说都是平凡的事实，一点儿都没有诗，没有「衍太太」的登場，很减少了小说的成分。因为这是習俗的限制，民间俗信，凡是「送终」的人到「轉煞」當夜必须到場，因此凡人临终的时節只是限於並輩以及後輩的親人，上輩的人決没有在場的。「衍太太」於伯宜公是同曾祖的叔母，況且又在夜间，自然更无特地光临的道理了，「朝花夕拾」里請她出台，鼓勵作者大声叫唤，使得病人不得安静，無非想当她做小说里的惡人，写出她陰險的行为来罢了。

十三　煉度

伯宜公去世，照例有些俗礼，举行殯葬事宜，没有什么特别的事可说，但在五七的时候，叫道士来做「煉度」的法事，这是很难得遇见的一樁事情。本来这种特别法事，只有婦女產难这才適用，因为世俗相信「劉香宝卷」里的話，「生男育女穢天地」，倘若因此死了，就要落血污池，不得超生，这便需要他力济度，在佛教是水陸道場，道教則为煉度是也。伯宜公因为病的起頭是吐血，所以牽强附会的也有人主張用煉度法事，我们小孩不懂得什么，只觉热闹得很好玩，虽然價値也很不便宜，凡三晝夜，计共须銀洋四十幾元，比起水陸道場来却又少得多了。

我们周家所用的道士，俗名阿金，法號不詳，住在城廟里，乃是道士的正宗，与普通所谓野道士不同，虽然他平常因为和俗人一样的打扮，也看不出什么區别来。说也奇怪，民国革命把和尚道士顛倒了一下。和尚以前是光头的，与俗人迥不相同，现在俗人多变成光头，和尚却留了五分长的头发，一眼看去毫无区别，道士则蓄发古装，彷佛国画里人物了。在那时候的阿金，还是拖辫子穿大衫的人，及至装束登场，身披鹤氅，头戴道冠，上边插着金如意，手执牙笏，足踏禹步，便有一股道气，觉得全不像他本人了。但是阿金自己并不当那「大道士」，他去请别一个年老的来担任，他自己只充当那三个主要脚色之一罢了。

炼度的法事主要是在晚间，白天共念三天的道经，只知道他们对着三清的画像行礼，口里念「至心朝礼」什么什么天尊而已。到了夜里，炼度的精彩节目就开始了。第一天是「上表」，大道士率领孝子背着表文，大约是请求为死者赎罪的表文吧，俯伏在坛下，约莫在个把钟头，据说这是大「入空」，神魂到天上去面圣去了。第二天晚上，是表演「破地狱」。这里前后的关係不大明白，似乎有点儿凌乱了，刚才上了表章，怎么不等结果，却用自力去强暴的打开了地狱城呢？当时没有想到这个问题，去问阿金师父一声，只是看了那戏剧似的演出，彷佛是「闹天宫」里的一场，觉得很是痛快有趣。白天里先紮起了一座四五尺见方的纸糊的酆都城，城门城墙都画得很整齐，放在大厅当中，临时大道士走来作法，末了将手里的七星剑戳进城门去，把它撕得粉碎，这时节众多道士都扮成各色鬼魂，四散奔走，是观众们所最所欣赏的一幕。记得鬼里边有大头鬼和小头鬼，五伤鬼因为不祥所以或者没有，但的确记得有死在考场的「科场鬼」，以及赌鬼鸦片烟鬼，种种引人发笑的情状。众鬼仓皇奔走一遍之後、又回到当作後台的所房里去、这一幕精彩的表演就算完结了。末了的一天是「炼幡」、便是炼度的正文。其法係将记着死者姓名的幡、摺叠藏在里边、外边层层包裹、用耐火的包装、据说是多用盐卤、每一层里藏着一种纸糊物件、约有十层光景、紮缚得像一个莲蓬或是胡蜂窠相似。还有左右两副、是金童玉女、也是如法泡製。这三个包好的东西、放在三堆劈柴的火里烧炼、在适宜的时间抖去外壳、将里边的彩物挥舞一会儿、復又烧却、等候第二重的彩物出现、直至最後将主幡烧炼出来、象徵從火中将死者超度出了。这做幡与烧幡的工作很是烦难、却要真实的本领才行、因为萬一炼不出来、道士便要受罚得從新做过一場的。因此这主要的幡乃是由阿金自己来烧、也不復怎应打扮、只是穿着斜领的短袄、头戴普通的道士冠而已。到得烧到最後的一层、即是主幡将要出来的时候、不但道士们非常紧张、有的走到太上老君像的前面、捧拳礼拜、祈祷求祐、就是观众也无不替他们捏一把汗呢。幸而诸事顺遂的请来、便把烧出来的三道幡送往灵前供了起来、於是这一場法事遂完全了结了。

十四 杭州

伯宜公的出丧大约是在七七日、就是世间所谓「断七」、未必是「百日」吧、因为照例出丧是在这两个日子、但是百日该是十二月中旬、已经接近年关了、所以推想是如此。出殡的地方是在南门外的龟山头、在这里有周氏的殡屋、但是不凑巧我家殡屋的空位借给别房用了、所以这回倒不

第廿九頁

知堂自用

能不出了租钱、去借远房本家的来使用。还记得前几天、魯迅还用了朱漆特地在棺材後方寫一个篆文的「壽」字做记號、在那里还殯着他生前很要好的族兄桂軒、也就是在「魯迅的故家」里所提起蘭星的父親。伯宜公得年三十七歲、可在殯在龟山、自光緒丙申（一八九六）至民国己未（一九一九）、也停了二十四年之久、到是年这才因为移家北京、始安葬於逍遥溇墳地。乙巳歲暮、独自留在南京学堂里、偶作旧诗、记得有一联云、独向龟山望松柏、夜烏啼上最高枝、便是指的那龟山、其实山很低小、就只是一个高坡罢了、在鄉下这种山叫作龟山或蛇山、平常是颇多的。

丙申年匆匆的过去、至丁酉（一八九七）年新正、我遂往杭州去陪侍祖父去了。祖父於癸巳年入獄、一直就在杭州、最初是由潘姨太太和伯升随侍、他们不知道是什么时候前去的、但在長慶寺「打水陸」、似乎已經不曾見伯升的面、那么可能總在甲午年間吧。後来因为伯升決计進南京水師学堂去、所以叫我去補他的空缺、这是我所以往杭州的原因了。在丁酉年中幾乎没有什么值得记錄的记忆、现在所还約略记得的、不过那时一点生活的情形罢了。

我们住的地方是在杭州花牌樓、大槩离清波门头不很遠、那是清朝處決犯人的地方。这里並無什么牌樓、只是普通的一條小巷、走一点路是「塔兒头」、多少有些店鋪、还有一所銀元局、它的大烟通是近地都能看得見的。这地点的好处是离開杭州府署很近、因为祖父便関在杭州府的司獄司里、我每隔三四天去看他一回、陪他坐到下午方才回

第30頁

知堂自用

来。祖父虽然在最初的风暴里显示得很可怕，但是我在他身边的一年有半，却还并不怎样，他的发起怒来咬手指甲，和畜生出多的咒骂，还是仍旧，却并不对于我生气，所以容易应付。等到辛丑年遇赦回家，却又那么的苛刻执拗起来，逼得我只好也逃往南京，寻找生路。当时他的日课，是上午默念金刚经若干遍，随后写日记，吃过午饭，到各处去串门，在狱神祠和禁卒等聊天。他平常苛于论人，自从呆皇帝昏太后（指光绪和西太后）起，下至本家子弟，几乎没有一个好人，但是他对那些禁子犯人，却绝少听见贬词，这也是很特别的。他那里备有图书集成局印的「四史」，明季南略和北略，明季稗史汇编，官书局的「唐宋诗醇」，木板的「纲鉴易知录」，此外还有一册铅印的徐灵胎四种，这些我都可以自由阅读的。他也管我的正式功课，便是阅读经作文的，不过这由我自己去读，书房里没有读完的诗经以及书经，但这成绩是可以想见的了。学做八股文和试帖诗，别的没有什么进步，但抄过「诗韵」两三遍，这步工夫总算是实在的，虽然后来也并无什么实在的用处。总之我在他旁边过来的这一年半的日子，实在要算平稳的，觉得别无什么要诉说的事情。

我的写日记，开始于戊戌（一八九八）年正月二十八日，以後断断续续的记到现在，已经有六十三年了。关于杭州，无论在日记上，记忆上，总想不起有什么很好的回忆来，因为当时的背景实在是太惨淡了。只记得在新年时候（大槩是戊戌，但当时还没有记日记）同了仆人阮标曾到梅花碑和城隍山一游，四月初八那天游过西湖，日記里有记载，也只是在公祠和岳坟这两处，别的地方都不曾去。我的杭州的印象，所以除花牌楼塔儿头以外，便只是这廣一些而已。

十五 花牌楼上

花牌楼的房屋，是杭州那时候標準的市房的格式。临街一道墙门，里边是狭长的一个两家公用的院子，随後双扇的宅门，平常有两扇向外开的半截板门関着。里边一间算是堂屋，後面一间稍小，北头装着楼梯，这底下有一副板牀，是僕人晚上来住宿的牀位，右首北向有两扇板窗，对窗一顶板桌，我白天便在这里用功，到晚上就讓给僕人用了。後面三分之二是厨房，其三分之一乃是一个小院子，与東鄰隔簷相对。走上楼梯去，半间屋子是女僕的宿所，前边一间则是连接的，我便寄宿在那里東边南窗。一天的饭食，是早上吃湯泡饭，这是浙西一带的習慣，因为早上起来得晚，只将隔日的剩饭用水泡了来吃，若是在绍興则一日三餐，必须從头来煮的。寓中只煮两顿饭，菜则由僕人做了送来，供中午及晚餐之用。在家里住惯了，总是个破落的「台门」，到底房屋是不少，況且更有「百草園」的園地，十足有地方够玩耍，如今拘在小楼里边，这生活是够单调气闷的了。然而不久也就習慣了。前楼的窗只能看见狭长的小院子，無法利用，後窗却可以望得很遠，偶然有一二行人走過去。这地方有一个小土堆，本地人把它当作山看，叫做「狗兒山」，不过日夕相望，看来看去也还只是一个土堆，没有什么可看的地方。花牌楼寓居的景色，所可描写的大约不过如此。

初到杭州，第一觉得苦恼的是给臭虫咬的事。有些人被它咬了，要大块的肿痛，好几天不能消，有的甚至变成疮毒，我当初也很觉得痛痒，但是幸亏体质特殊，据说这是「免疫」了；以后便什么也不知道。虽是如此，但是被白吃了血去，也不甘心，所以还是要捉。在帐子的四角、以及两扇的合缝处，只要一两天没有看，便生聚了一大堆、底下用一个脸盆盛上冷水，往下一揿，就都浮在水面，只消揿出来把牠消灭好了。这实在是一件很讨厌的工作。但是那时更觉得苦恼的，乃是饥饿。其实吃饭倒并不限制，可是那时才十二三岁，正是生长的时期，这一顿稀饭和两餐干饭的定时食，实在不够，说到点心也不是没有，定例每天下午，一回一条糕干，这也是不够的。没有别的办法，我就来偷冷饭吃，独自到灶头，从挂着的饭篮内抓大块的饭直往嘴里送，这淡饭的滋味简直无物可比，可以说是一生所吃过的东西里的最美味吧。可是这事不久就暴露出来了，主妇看出冷饭减少，心里猜想一定是我偷吃了，却不说穿，故意对女仆宋妈说道：

「这也是奇怪的，饭篮挂在空中，猫儿会来偷吃去了的呢？」她这俏皮的挖苦话反引起了我的反感，心想在必要的时候我就决心偷吃下去，不管你说什么。但是平心的说来，这潘姨太太人还并不是坏的，有些事情也只是她的地位所造成的，不好怪得本人。在行为上她还有些脾气，

第三三頁

知堂自用

例如她本是北京人、愛好京戏、不知從哪里借來了兩冊戏本、记得其二是「二進宮」、心想抄存、却又不会徒手寫字、所以用薄纸蒙在上面、照樣的描了下来、而原本乃是石印小冊、大約只有二寸多長、便依照那麽的细字抄了、我也被要求幫她描了一本。我在杭州的日记中、没有說過她的坏話、而且在三月廿一日的項下還記着是她的生日、她蓋是与祖父的小女兒同歲、生於同治戊辰（一八六八）、是年剛三十一歲。

因饥饿而想了起来的、乃是当时所吃到的「六谷糊」的味道。这是女僕宋媽所吃的自己故鄉里的食品、就是北京的玉米麫、里边加上白薯塊、这本是鄉下窮人的吃食、但我在那时討了来吃、乃是觉得十分香甜的、便是現在也还是愛喝。宋媽是浙東的台州人、很有点俠气、她大槩因為我孤露無依、所以特意加以照顾的吧、这是我所不能不对她表示感谢的。

十六　花牌樓中

我寫日记始於戊戌正月、開头的一天便記着魯迅来杭州的事。今將头几天的日记照抄於下：

「正月廿八日、陰。去。（案即去看祖父的暑語。）下午、豫亭兄偕章慶至、坐談片刻、偕歸。收到壺天録四本、讀史探驪録五本、淞隱漫録四本、閱微草堂筆记六本」。

「廿九日、雨。上午乞去、午後歸。兄往申昌購徐霞客遊记六本、春融堂筆记二本、宋本唐人合集十本布套、画报二本、白奇（旱烟）一斤、五香膏四个」。

「三十日，雨。上午兄去。食水芹茈油菜，味同油菜，第莖紫如茄樹耳，花色黃。兄午後歸，貽予建曆一本，口香餅二十五枚。」

「二月初一日，雨。上午予偕兄去，即回。兄往越，帶回《歷下志游》二本，《淮軍平捻記》二本，《梅嶺百鳥畫譜》二本，《錦套》，《虎口餘生記》一本，《畫報》一本，《紫氣東來圖》一張華色，中西月份牌一張。予送之門外，頃之大雨傾盆，天色如墨。」

至閏三月初九日，記著接越中初七日來信，云擬往南京投考水師學堂，隔了兩日即於十二日來杭州作別，蓋不及等祖父的許可，已決定前去了。本來伯升已在那里，也並無不許可的理由，但據之即此可見魯迅離家的心的堅決了。我在花牌樓卻還是渾渾噩噩的，不覺得怎麼樣，還是按期作文詩，至四月廿六日這才「完課完篇」，便是試作八股文是整篇的了，有了文章應考的資格了。五月初七日僕人阮標告假回越，叫他順便往家里取戲部書來，但是十二日歸來，書並沒有拿，卻說母親有病，叫我暫時回去，我遂於十七日離杭，從此與花牌樓永別了。當天的日記云：

「十七日，晴。黎明與阮元甫收拾行李動身，時方夜半，殘月尚在屋角，行至候潮門，門尚未開，坐等許久始啟，行至江邊，日方銜山而上，光映水中，頗覺可觀。乘渡船過江，步至西興，時方清晨，在飯館飯畢，下四擡頭（一種快航船，用四人搖櫓故名）過錢清柯亭諸處，下午至西郭門育嬰堂門口上岸，喚小舟至大雲橋，步行至家，祖母母親均各安健，三四弟亦安，不禁歡然。」原來母親並沒有什

第三五頁　知堂自用

么病，只是因为挂念我，所以托词叫我回来，我写的杭州日记也就至此为止，不再写下去了。

戊戌这年，是中国政治上新旧两派势力作殊死斗的那一年，关系很大，可是在那日记上看不到什么，这原因是日记写到五月为止，没有八月十三的那一场。祖父平常租看申报，我的日记里也一鳞半爪的记有时事，如三月十七日项下，「报云俄欲占东三省，英欲占湖」，又关于德国亨利亲王觐见的事，再三的记载，最后于互相送礼一节说道：「亨利送上礼物四指，中有珊瑚长八尺余，上送以十六指，中珍珠朝珠一串，每粒重钱余云，吁！」虽然祖父骂呆皇帝昏太后，推想起来，对于主张维新诗人也不会有什么好评，但总之不一定反对变法，那是大抵可信的。五月十三日记初五日奉上谕，科举改策论，十四日往见祖父，便改定作文的期日，定为逢三作文，逢六作论，逢九作策，可见他不是死硬的要八股文的了。

十七　花牌楼下

我与花牌楼作别，已经有六十多年了，可是我一直总没有忘记那地方，因为在那一排三数间房屋内，有几个妇女，值得来说她们一说。其中的一个自然是那主妇，就是潘姨太太，据伯升告诉我们，说是名叫大凤，乃是北京人氏，因为身份是妾，自然有些举动要为人所误解，特别是主人无端憎恶本妻所出的儿孙的时候。及至祖父于光绪甲辰（一九〇四）年去世，遂觉得难于家居，渐渐「不安于室」，乃于宣统己酉（一九〇九）年冬天得到主母的谅解，辞别而去。

最初据说是跟了一个自称是姜太公後人的本地小流氓走的，可是後来那人的眼瞎了，所以她的下落也就不得而知了。这里第二个人，便是女仆宋妈，她是台州的黄岩县人，却在杭州做工，她的生活大概是普通的穷苦妇人一样，也经过好些事情，那时她大约四十几岁，嫁了一个轿夫，也是穷得可以的绍兴乡下人。但她似乎很是乐观，对丈夫照料得很是周到，还拿些家乡土产的六谷粉来吃，这个在上边已经说及，我常是分得一杯羹的。

门外是东边的邻居，已经不在一个墙门之内，住着一家姓石的，男人名叫石泉新，是在塔儿头开羊肉店的，他的妻子余氏是绍兴人，和潘姨太太是好朋友，时常过来谈心。那余氏人颇聪明，学的杭州话很不错，但是据她自述，她的半生也是够悲惨的。起初她是正式嫁在山乡，照例是母家要得一笔「财礼」，这有时要的太多了，便似乎是变相的「身價」，结果就不很好了。过去之後不中那老姑之意，生生的把他们分离了，夫家因为要收回那一笔钱，便将她转卖给人，便是那羊肉「店倌」。幸而羊肉店倌是独身的，没有父母兄弟，而且夫妻感情很好，但是「活切头」的境遇到底不是很好受的。民间称妇人再醮者为「二婚头」，其有夫尚存在者则为「活切头」，尤其不是出於合意离婚，不免有「藕断丝連」之恨，我们看陆放翁沈园的故事，虽然男女关係不同，但也约略的可以瞭解了。

一

花牌楼的东邻贴隔壁是一家姚姓的，姚老太太年约五十余岁，看去也还和善，却不知道什么缘故与潘姨太太处

第三七頁

知堂自用

得不很好，到後來幾乎見面也不打招呼了。姚家有一个乾女兒，她本姓楊，家住清波門頭，因為行三，人家都称她作三姑娘。姚老太太便叫作「阿三」。她不管大人們的糾葛，常來这邊串門，大抵先到樓上去，同潘姨太太搭赸一回，隨後走下樓來，站在我同僕人公用的一張板棹旁邊，看我影寫陸潤庠的木刻的字帖。我不曾和她談過一句話，也不曾仔细的看过她的面貌与姿態。在此时回想起來，彷彿是一个尖面龐，烏眼睛，瘦小身材，年紀十二三歲的少女，並沒有什么殊勝的地方。但是在我性生活上總是第一个人，使我对于自己以外感到对於別人的愛着，引起我沒有明瞭的概念的，对于異性的恋慕的第一个人了。

有一天晚上，潘姨太太忽然又發表对於姚姓的憎恨，末了說道：

「阿三那小东西，也不是好貨，將來總要落到拱辰橋去做婊子的。」我不很明白做婊子这些是什么事情，但当时聽了心里想道：

「她如果真是流落做了婊子，我必定去救她出來。」

大半年的光陰这樣消费过了。到了夏天因為母親生病，便离開杭州回家去了。一个月以後，阮元甫告假回去，順便到我家里，說起花牌樓的事情，說道：

「楊家的三姑娘患霍乱死了。」我那时听了也很觉得不快，想像她悲慘的死相，但同时却又似乎很是安靜，彷彿心里有一塊大石头已經放下了。

丙戌（一九四六）年在南京，感念旧事，作「往昔」詩三十

第三八頁

知堂自用

首、以後稍續數章、有「花牌樓」三首、即寫当时情事者、今將末章鈔錄於後、算作有詩為証吧。

「吾懷花牌樓、難忘诸婦女。主婦有好友、東鄰石家婦。自言嫁山家、会逢老姑怒。強分連理枝、卖与寧波贾。後夫幸見憐、前夫情難負。生作活切头、无人知此苦。傭婦有宋媪、一再丧其偶。最後從轿夫、肩头肉成阜。數月一來見、呐呐語不吐。但言生意薄、各不能相顧。隔壁姚氏嫗、土著操杭語。老年苦孤独、瘦影行踽踽。留得乾女兒、盈盈十四五。家住清波门、随意自來去。天时入夏秋、恶疾猛如虎。婉娈楊三姑、一日歸黄土。主婦生北平、髫年侍祖父。嫁得窮京官、庶幾尚得所。应是命不猶、适值暴風雨。中年終下堂、漂泊不知处。人生良大难、到处闻凄楚。不暇哀前人、但为後人懼。」

十八 四弟

我從五月十七日回到家以後、就不寫日記、一直到戊戌十一月、這才又從廿六日寫起、到己亥年的六月、成為日記第二卷。在這沒有寫的期间、却不是沒有事情可記、而且还是頗為重大的、至少在家族里這影响很是不少。這便是四弟的病歿、和魯迅的回家来考「縣考」。

日記虽然不寫、然而大事情还有記錄、十一月中記有初六日縣试、予与大哥均去、初七日記四弟病甚重、初八日記四弟以患喘逝世、时方辰时。前一天的初七日、我还独坐小船、赶到小皋埠的大舅父家里去、請他来看四弟的

第三九頁

知堂自用

病，因为他是懂得中医的，但是他来看了之后，並不開方，却自回去了，他不是行时的「名医」，知道这無可救，所以不肯用了鲜芦根之類来騙人的。四弟的病大槩是急性肺炎吧，当时的病象只是气喘，这在现时是可以有救的，有青霉素等藥存在，但是在六十餘年前这有什么办法呢。母親的悲傷是可以想像得来的，住房無可掉换，她把板壁移動，改住在朝北的套房里，桌椅摆设也都变更了位置。她叫我去找那画神像的人，给他凭空画一个小照，说得出的特徵只是白白胖胖的，很可爱的样子，顶上留着三仙髮。感谢那画師葉雨香，他居然画了这样的一個，母親看了非常喜歡，虽然老实说我是觉得没有什么像。这画得很特别，是一張小中堂，一棵树底下有一塊圆扁的大石头，前面站着一个小孩，头上有三仙髮，穿着藕色斜领的衣服，手里拈着一朵蘭花，她不说明是小影，当作画看也無不可，只是没有一点题记和署名。这小照的事是我一手包办的，在巳亥年日記的二月里，记有下列三項：

「十一日，雨。同方叔访葉雨香画師，不值。

十二日，雨。重访葉雨香，適在，托画四弟小影。

十三日，晴。往獅子街取小影，所画「头子」尚可用，使绘秋景」。其後装裱，也是我在大慶橋文聚齋所办的，可是在日記却找不到了。母親挈这画挂在她的卧房里，前后足足有四十五年，在她老人家八十七岁时撒手西归之後，我把这幅画捲起，連同她所常常玩耍、也还是祖母所传下来的一副骨牌，拏了回来，一直放在箱子里，不曾打開来过。这画是我親手去托画裱好了拿来的，现在又回到我的手里来，我应当怎么办呢？我想最好有一天把它火化了吧，因为流传下去它也已没有什么意義，现在世上认识他的人原来就只有我一个人了。但是转侧一想，它都有最適当的一个地方，便由我的儿子拿去献给了文化部，现在它又挂在鲁老太太的卧房门口了。

四弟名椿寿，因为他的小名是「春」，在祖父接到家信的那天，又不晓得遇着了姓春的京官，或者也是一个满人，这也是说不定的吧。

十九　縣考

縣考是件小事，似乎没有什么值得讲的，这在清朝还举行科举的时代，每年在各縣都有一次，并不是希罕的事情。但是它的意義却很是重大。这是知识阶级，那时候称作士人或读书人的，出身唯一的正路，很容易而又極其艱难的道路。这有如彩票，人只要有几毛钱就可以去买，也有人居然得中了头二彩，顷刻发了大财，但有人而且这是大多數，连末尾也没有份。这样可以一年年的考下去，到得须发皓白了，还是提了考篮做「考相公」，外号被不客气的称作「場楦」，言其長在考場里混过日子，正如鞋匠用以楦大鞋子的「鞋楦」相似。这考试的本钱是什么呢？买彩票还得要几个銀角子，这却更是省事，只要会诌几句半通不通的爛时文就成了。说起时文来，现在的人大半要不懂得了，或者要误会是时髦文章上去也说不定吧。换句话说，时文便是八股文章，四书读熟会得背诵了，学做「破题」以及「起

第四一頁

知堂自用

講」、一直加到「後股」、共成八股、算是「完篇」了、这便有近考場的資格、够得上「文章」或童生的称号。这时文里的奥妙没有窮尽、我们这里只能姑就「破題」一件事、略为谈谈吧。八股文是題目都是出在四书上面、所以说这是「代聖聖立言」、是非常可尊贵的、破題是開头的兩句話、須將題目的意思講说清楚、这便叫作「破」。俗語说初次遇着的事情是破題兒第一回、也就是借用这个意思。因为八股文里出来的尽是聖賢、所以破題上也有一个规则、便是「破」孔子时務必称「聖人」，孟子等人則称大賢或先賢、此外无名之輩一律說为「时人」。我現在引用一个故事、来说明破題是怎么一回事、这虽然是用诙谐的说法、當不得真、但是它把題意破得極妙、可以说是无以復加的了。題目是「三十而立」、这是孔子说的一句話、所以「破題」说道：

「聖人兩當十五之年、雖有板凳椅子而不敢坐焉。」此外还有一个正經的例、是八股名家章日价所作「父母惟其疾之憂」的文中的兩股、發揮尽致、併且音韵鏗鏘、讀起来兼有音樂之美。其文曰：

「罔極之深恩未報、而又徒遺不肖之肢体、貽父母以半生莫殫之憂。

百年之歲月幾何、而忍吾親以有限之精神、更消磨於生我劬勞之後。」

不過光是这么样子、还没有多少意思、据说有一个名流的兒子不思上進、流留荒亡、父親將这上半股的文章、寫在兒子的书房牆壁上、兒子看見了无話可说。可是那个做父

第四二頁　知堂自用

親的也不大規矩、有一天宿娼回来、給他兒子知道了、於是乃高吟下半股、这里边的意義字字針鋒相对、尤为妙絕人士、我想父親听了更是说不出话、只有苦笑了吧。

文章居然「完篇」了、凑足有三四百字、试帖诗也勉强可以做成六韵、这样便可去「观场」了、这是一句「术语」、也是说得颇为谦虚的。天下的文风未必真是在「敝邑」、但是应考的人却实在不少、在当时山阴会稽还未合併为绍兴县的时候、会稽一县的考生总有五百餘人、当时出榜以五十人为一圖、写成一个圆圈的样子、共有十圖左右、若在鄰县诸暨恐怕还要多些。而每「进学」就是考取秀才的定额只有四十名、所以如考在第十圖里、那便每年不增加来考的人、只就这些人中拔取、待到自己进学也已在十多年以後了。这些被淘汰下来的人、那么哪里去了呢？他们如不是改变计画、别寻出路、便将「場檀」进而为「街檀」——在街上游荡的人、落到孔乙己的地位里去了。

二九 再是县考

上边所说是关於县考的一般情形、底下却要讲自己所经历的事了。考试既然是士人出身的正路、那么我们那时没有不是從这條路走的、等得有点走不下去了、这才去找另外的道路、那自然都是後话、如今且表过不提。日记里记戊戌年（一八九八）十一月初六日、我同大哥往应县试、但是以後便不再记、而且也於廿四日回南京去、等我的第二册日记於戊戌十一月廿六日重写開头、县考的「招覆」早已过去、均不及记、但於廿九日项下、记有往看「大案」一事而已。

「大案」云者、縣考初试及四次覆试之後、再将报應考的人数计算一遍、出一总榜、只要榜上有名的人、便可以去应府试、再经过院试、就决定名额、算是合格的秀才了。当时大案的情形如下：

「會稽凡十一图、案首為馬福田、予在十图三十四、豫才七三图三十七、仲翔叔头图廿四、伯文叔四图十九。」这里须得说明、馬福田即是浙江的名流馬一浮、仲翔伯文乃是我们的族叔、不过已经很疏远、只是和我们同太高祖、即是同五世祖而已。这里鲁迅着实考的不坏、只是考了一次、也不曾去覆试、还是巴在三图里、所以一同去考的叔辈竭力怂恿母親、府试的时候找一个人、去稍替一下子、明年可以去院试、这很有希望。因为请人当「槍手」、是要花钱的、其实也只两三块钱吧、所以母親不願意、後来撺掇再三、这才答应了、便请仲翔的妻弟莫与京去、这我还记得很清楚、是十二月初二日府试、四更进場、會稽「己冠」的题目、首题是「孔子嘗為委吏矣曰會計」、次题是「未有義而後其君者也」、诗题赋得既雨晴亦佳、得晴字。「未冠」的首题是「有事弟子」、次题是「能竭其力」、诗题同己冠。当时童生分已冠未冠兩种、二十歲以上的人称作已冠、以下的则为未冠、题目略分难易、但是这未冠的也是「截搭题」、便是文句没有完全、只截取一半、搭在上面、原文是「有事弟子服其勞」、这里却把「服其勞」半句截去了、实也並不好做、但是比那己冠的好一点罢了。初七日去看榜、我在六图廿七名、那位槍手先生却不知在哪里、不曾记得、總之是没有考掉，廿四日大案出来，我在四图四十七，大哥八图三十，伯文叔二图廿二，仲翔叔二图第四。

次年己亥（一八九九）十月初五日院试，周姓三人前去应考，鲁迅不曾回来，因为那时他已经考进了礦路学堂，总办是讲维新的俞明震，空气比较开明，他就安定了下来了。考试的首题是「四海之内」，注明是「皆举首而望之」的上边的，次题则是「则不如无书」，诗题赋得诗中定合爱陶潜，得潜字。初八日出榜，结果是仲翔叔「周开山」的官名，考取了四十名，即末名的秀才，也是清朝以八股文取士的最后的一次考试了。庚子年后废止八股，改用策论，不过那也是换汤不换药的办法，假如前者是士八股，那么这后者也无非是洋八股罢了。

前清时代士人所走的道路，除了科举是正路之外，还有成路杈路可以走得。其一是做塾师，其二是做医师，可以号称儒医，比普通的医生要阔气些。其三是学幕，即做幕友，给地方官「佐治」，称作「师爷」，是绍兴人的一种专业。其四则是学生意，但也就是钱业和典当两种职业，此外便不是穿长衫的人所当做的了。另外是进学堂，实在此乃是歪路，只有必不得已，才往这条路走，可是「跛者不忘履」，内心还是不免有连恋的，在庚子年的除夕我们作「祭书神长恩文」，结末还是说，「他年芹茂而樨香兮」，可以想见这魔力之着实不小了。

二一　县考的杂碎

关于县考已经写了两节，要说的话都已说过了，但是有些零碎的事情、至今还是记得、似乎已值得顺便记了下来。第一是「下考场」的情形。我们住在府城里的人、比起乡下或是外县的住民来、实在要方便的很多。他们前来应试、须得坐船进城、在船里过些日子、或者是到试院左近人家暂时租住、我们却只是走了去便成了。从我们所住的东昌坊口向西北走去、大约有十里以上的路、就是「大街」、也就是试院所在的地方。东昌坊口是个十字路、向北拐弯一直走过长庆寺和马梧桥、到大坊口再往西走、经过开元寺、到清道桥再北折、这就是「大街」、直至小江桥为止。不过往「新试前」(这即是试院的名称)去、不必走得那么远、过了水澄桥往西、不久就到了、或者在大街入口的清风里口就转了湾、走那仓桥直街、过了仓桥、在路北的就是。民国以前在科举既废之后、试院就改作了绍兴府中学堂、到了民国改称浙江第五中学校、我在那里教过英文有四五年、这条路几乎每天要走、也走熟了。大街上毂击肩摩、拥挤得不大好行走、所以那条后街倒还清爽的、不过是在那考试时候却也无所谓、因为那时是在后半夜、行人本来是稀少的了。这条路平常走起来、共总要花一个钟头的样子、但是夜间却可以减少三分之一的时间吧。只须步行这三刻钟的时候、就可以省去寄寓的麻烦、那岂不是很便宜的事情吗?

县考大抵在阴历十一月初、府试则在十二月中旬、近之大寒的时节、考试的前一天在半夜里起床、洗脸吃过什么油炒饭之后、便准备出发了。将考篮托付给同去的工人、

第の六頁

知堂自用

自己只提着一盏考灯、是四方的玻璃灯、中间点着一枝洋蜡烛、周身是一副「考相公」装束、棉袍棉褂棉鞋、头上披着「风兜」、是一种呢製的风帽、普通多用红色呢、下連肩背、前面包住两颊下巴、仿佛古人画踏雪寻梅的高士所戴的那样。沿路阒寂无人、只有塔子桥马梧桥等地方、设有冬防民团、才有几个人半醒半睡的坐着、在一个铜鼓的旁边。走近新试前的时候、人就多起来了、反正都是与考试有关的。不是院试、考場的关防是照例不嚴密的、所以人们都可以进去、找适宜的位置坐定、叫人代去点名接了卷子回来、一面安排考具。这是甬道两旁的東西两个大的厰子、里边又用短墙隔开、每一区域可以容得两三排長板桌、每排可坐一二十个人吧、这在院试时節才有坐子、现是不妨乱坐的。不久便封门了、是时天色也已是鱼肚白、快要天亮了、题目也就发下、这是写了贴了一块板上、由人伕擎着走的。题目有了便要闹嫡作文、於是場中一时便静了下来、但闻咿唔之声随之而起、不过这与前回的很有不同、以前的喧嚣是热闹、现在则有点凄凉之感罢了。

九十点钟光景、听见外边有人传呼道：「蓋戳！」此蓋是一种监察制度、凡考生作文到一个段落、便须经「学老師」在卷子上文句完处、蓋上一个戳记、这在縣府考时是由考生自由去蓋、所以往往延長至中午、若在院试时乃由学老師親自光临、挨名蓋去、有的只做得「破题」、也就蓋上了、虽然一般的情形是要蓋在「起讲」的末尾、这才算是合格的。蓋戳以後、便任你自由安排、将两篇四书文、一首五言六

第四七頁　知堂自用

到詩做好謄正、就算完事了。

二二　縣考的雜碎

說到考場中的吃食、这一天的食糧原應由本人自備、有的只帶些干糧就滿足了、如松子糕棗子糕紅綾餅等、也有半退的茯苓糕、还有鹹的茶葉雞子、也有帶些年糕片、到那里用開水一泡、就可以吃了、水果則甘蔗桔子也可以多少帶得。不过開水在考場就很是名貴、这其实也是难怪的、因为考場算是禁地、在里边做生意、当然要费用、自此「水漲船高」了。平常泡一壺茶、用水不过一二文、现在差不多要四十文、至少加了二十倍。所以如泡一碗年糕也要花不少的钱、此外茶攤上也有東西可吃、这便是粉絲煮湯、可以当飯、但看去既不好吃、價钱也貴、始終沒有請教过它。此外也有潤人去洗臉的、那自然要比泡茶更貴、一般的人也是不敢去領教的。

冬天日短、快近冬至了、下午的太陽特別跑的快、一会儿看看就要下山去了、这时候就特別顯得緊張、咿唔之声也格外清楚、在暮色蒼然之中、点点灯火逐漸增加、望过去真如許多鬼火、連成一片、在这半明不滅的火光里、透出呻吟似的声音来、的確要疑非人境。但是过了这个时候、情便又一变、忽然的现出活气、彷彿「考先生」的精神便又復活了。这是有些人文章已经做了、要求赶快出去的时候。这些人大抵多是少年、气盛好闹、把卷子交了、随来到甬道上高呼道、「放班来！」或者溜到大堂上去、把那里放着的銅鼓鼕鼕的敲上兩三声、这时文章还没有做完的人便大声嚷道、「打！打！」这样的闹着、等到真正放班了、才

第の八頁

知堂自用

算了结，自放头班以至溜四班，场内的人逐渐出去了。

在县府考的时节，也有一种乐趣，便是买书和文房具，这仿佛与北京的厂甸有点相样，今略举数例于后。戊戌十二月初七日记项下云：

「往试前，购竹筒一方，洋伍分，上面刻诗一絶句，江彬溪边石，年年流落花，五湖烟水阔，何处浣春纱，下刻八大山人四字。小信纸一束四十张，洋二分，上印鸦柳五五色信纸廿张，洋一分六，上绘佛手柿二物，松鹤纸四张，四文，洋烛四支，洋一角一分。」十一日记项下云：

「在试前购信纸廿张，一种上印簾外牡丹一株，题曰一簾花影诗中画，十张，一种上印一人背后有泉作听状，题曰听泉，五张，一种上印竹一枝，题曰竹报平安，五张，共洋一分。」十三日记项下云：

「至试前看案尚未出，购思痛记二卷，江宁李圭小池撰，木刻本，洋一角。」己亥九月廿七日记项下云：

「至试前文奎堂购搜神记二本，晋干宝撰，凡二十卷，石印本，洋二角。」廿八日又记云：

「至试前文奎堂购七剑十三侠一部，凡六本，阅一遍，颇新奇可喜，闻是俞荫甫所作，丁酉年石印，凡六十回，有绘图数页，非七侠五义之流亚也。」这里爱读七剑十三侠的事也有颇有意思的，自从「剑侠传」以后，这类的书一向受人的欢迎，我也自然不是例外，回想当时的情形觉得深可记念。~~现今写「十二金钱镖」的宫白羽先生，在他这里~~~~叫它作心的时候，我们也常见过面，闻他近来还是四十~~

第の九頁

知堂自用

年前的事了。辛丑三月十九日记项下尚记有至试前看案、購後七劍十三俠一部、計洋一角八分、可見还是热心於此书、以後凡有續集刊行、必去購求得来、所以我当初見所得是首尾完具的。

二三 義和拳

已亥的第二年、乃是光緒庚子、这不但是十九世紀的末年、而且也可說是清朝的末年、因为在这一年里闹过所谓拳匪事件、弄得不成樣子、结果不出十年、这清朝的天下遂告终结了。所以这庚子年影响的重大、並不下於戊戌、可是它在我们鄉下少年、浑浑噩噩不知世事、一知半解的人、有怎麼樣的影响呢？就我自己来说、这影响不怎麼大、只就以庚子为中心的前後两年看来、胡塗的思想、游荡的行为、那麼的下去、怕不变成半个小拳匪和半个小流氓麼？这个变化、乃是因为後来事情的偶然的轉变而阻止了、我被逼而得脱出保守、投入南京水師、换了一个新的环境、这件事且等下節再来叙说、如今先来就日记里所说这一点兒、看我那时对于義和团是什麼樣的態度吧。

头一次的记録是在庚子年五月十九日、日记原文云：

「闻天津義和拳三百人、拆毁洋房電桿、鉄路下松椿三百里、顷刻变为焦炭、为首姓曹、蓋妖術也。又闻天津水師学堂亦已拆毁。此等教匪、雖有扶清灭洋之语、然揆是国家之頑民也。」廿四日記云：

「接南京大哥十七日函、云拳匪滋事是实、並無妖術、想係谣傳也。」六月中记载尤多、初五日云：

「闻拳匪与夷人開仗、洋人三战三北、今決于十六上海大战、倘拳匪不勝、洋人必下杭州、因此侶人多有自杭逃歸者。时势如此、深切杞憂。」初六日云：

「闻近处教堂洋人皆逃去、想必有確信、或拳匪得勝、闻之喜悦累日。又闻洋人願帖中国銀六百兆兩求和、義和拳有款十四條、洋人已依十二條云。」初八日云：

「昔在大雲橋、忽有洋人独行、路人見之、譁称洋鬼子均已逐出、此何为者、便譁逐之、追者有五六十人。洋人趋躱而逃、既为所执、後経人劝解、始获逃脱、闻之捧腹。」

这几天日记的书眉上、有大字題曰：

「驱逐洋人、在此时矣！」又曰：

「非我族類、其心必異。」

卧榻之侧、岂容他人鼾睡。」但是最紧張的时候、却在这以後、今節録日记於後：

「廿二日、傍晚予正在廊下纳凉、忽闻揔府点兵守城、山會本府均同在稽山旱门防堵、云台州殷萬登之子称报父仇、併拆教堂、已在于村进宿、距城只七八十里矣。予闻之骇然、少顷惠叔亦来、因遣人去探、所云亦然。街上人声不绝、多有連夜逃避城外者、船價大贵、每隻須洋七八元。家中疑惧殊甚、不能成寐、十二点钟始寢。闻城门船复放行、纳洋一元、九城门合计揔有千餘元云。」

「廿三日、谣言益夥、人心搖搖。塘嫗家抓逃避城外、予家亦有逃避之意、後闻信息稍平、因此不果。然对门傅澄记（米店）间壁張永興（壽材舖）均已逃去矣。」

第五一頁　知堂自用

「廿四日、聞本府出示、禁止訛言、云並無其事、百姓安業、不得惊慌、人心稍定。傳張二姓逃出在外、下午逍遥自得、聞之不覚発噱。」

日記里関於義和拳的事只有这些、这却已很夠了。它表示是贊成義和拳的「滅洋」的、就是主張排外、这坏的方面是「沙文主義」、但也有好的方面、便是民族革命与反帝国主義的、但它又怀疑乃是「頑民」、恐它的「扶清」不真実、則又是保皇思想了。这兩重的思想実在胡塗得很、但是照眉批的话看来、它的根源是從書本上来的、所以結果須得再從書本増加力量、这便是後来「民報」一派的革命宣傳了。

二四　幾乎成了小流氓

我說小流氓、意思是說他地位的大小、並不專指年紀、虽然年齡的大小也自然包括在内、因为年稚的人就不可能成为大脚色。在我们的鄉下、方言称流氓为「破脚骨」、这个名词的本意不甚明瞭、但望文生義的看去、大约因为他们要被打破脚骨、所以这樣称的吧。

一个人要做流氓、須有相当的训练、与古代的武士修行一樣、不是很容易的事。流氓的生活里最重要的事件是挨打、所以非有十足的忍苦忍辱的勇气、不能成为一个像樣的「破脚骨」。大流氓与人争闹、並不打人、他只拔出尖刀来、自己指他的大腿道、「戳吧!」敵人或如命而戳一下、則再命令道、「再戳!」如戳至再至三而毫不呼痛、刺者却不敢照樣奉陪、那便算大败、要吃酬賠償、若是同行的流氓、也就從此失了名誉了。能禁得起毆打、術语曰「受路足」、乃是流氓修养的最要之一。此外官司的经验也很重要、他们往往大言于茶馆中云、「屁股也打过、大枷也戴过、」亦属流氓履历中很出色的项目。有些大家子弟转入流氓者、因门第的馀蔭、无被官刑之虑、这两项的修鍊或可无须、唯挨打仍属必要。我有一个同族的長輩、通文、能写二尺见方的大字、做了流氓、一年的春分日在宗祠中听见他自伐其战功、「打翻又爬起、爬起又打翻、」这两句话实在足以代表「流氓道」的精義了。

法律上流氓的行为是違法的、在社会上也不见得有名誉、可是有一点可取的地方、即是崇尚義气与勇气、颇有古代游侠的意思、即使並非同帮、只要在酒樓茶館会见过一兩面、他們便算有交情、不再来暗算、而且有时还肯帮助保護。当时我正爱读「七剑十三侠」的时代、对於他们並不嫌惡、而且碰巧遇见一个人、年纪比我们要大几歲、正好做嫖赌的伴侣、这人却是本地方的一个小流氓。他说是跟我们读书、大约我那时没有到三味书屋去、便在祖父住过的一间屋佈置为书房、他读他的「幼学瓊林」、我号称做文章預備應考、实際上还是游蕩居多。他自称为姜太公的後人、因为姓姜、所以名字便叫作「渭河」、不过他在社会上为人所知的名字乃是「阿九」。他的母親是做「賣婆」的、这种職業是三姑六婆之一种、普通規矩的大家是不輕易讓進门里来的、因为她们以賣買首饰为名、容易做些坏事、不过阿九的母親乃是例外的一个、还是老实的人。她也做那所谓「貰花」的勾当、这是一种变相的「高利貸」、却更为凶惡、便是把珠

第五三頁　知堂自用

花首饰租赁给人，按日收钱，租赁的人拿去典当，结果须待拿出当铺，费主与经手人三方面的利钱，而且期间很短，催促得很凶，所以不是寻常妇女所能经手办理的。阿九和他的姊姊时常代表他们的母亲，来我们的同门居住的本家里来催促，可是他却不大以为然，只是轻描淡写的去到债主家里一转，说我母亲叫我催钱来了，说了就走到这边来和我们出去玩耍去了。

说是玩耍也就是在城内外闲走，并不真去惹事，总计庚子那一年里所游过的地方实在不少，街坊上的事情，知道的也是很多。游荡到了晚上，就到近地吃点东西。我们隔壁的张永兴是一家寿材店，可是他们在东昌坊口的南边都亭桥下开了一片「荤粥店」，兼卖馄饨切麪，都做得很好。荤粥乃是用肉骨头煮粥，外加好酱油和虾皮紫菜，每碗八文钱，真可以算得价廉物美。我们也就时常去光顾，有一回正在吃粥，阿九忽然正色问道：

「这里边你们下了什么没有？」店主愕然不知所对。阿九慢慢的笑说道：

「我想起你们的本行来，生怕这里弄点花样。」棺材店的主人听他这说明，不禁失笑，这就是小流氓的一点把戏了。这样的事是常见的，例如小流氓寻事，在街上与人相撞，那人如生了气，小流氓反诘问说：

「倒还碰患带者？」这里我们只好用方言来写，否则不能表现它的神气出来，意思则云「难道撞了倒反不好了么」，这是一种诡辩，便是无理取闹的表示。同样的事情，阿九也芳有过。其时我已经不在家，我的兄弟同母亲往南街看戏，那时还没有什么戏馆，只在庙台上演戏敬神，近地的人在两旁搭盖看台，租给人家使用，我们便也租了两个坐位。後来台主不知为何忽下逐客令，大约要租给阔人了，坐客大窘，恰巧阿九正在那里看戏，於是便去找来，他也并不怎么蛮来，只对台主说道：

「你这台不租了么？那么由我出租给他们了。」台主除收回成命之外，还对他赔了许多小心，这才了事。在他这种不讲道理的诡辩里边，实在含有很不少的诙谐与爱娇。我从他的种种言行之中，着实学得了些流氓的手法。後来我离开绍兴，便和他断了联系，所以我的流氓修业也就此半途而废了。到了宣统元年（一九〇九），这位姜太公的後人把潘姨太太拐跑了，不过这件事情，或者也不好去怪他们的，现在就不再谈了。

二五　风暴馀波

上面关於风暴讲的很多，但是我个人只受到了一点，後来差不多就淡忘了。我在杭州的一年多，住常在祖父的身边，也并不觉得怎么严厉，生活过的还好，原想後来再去的。已亥年冬天，对於自己的游荡很不满意，十月三十日日记有「学术无进，而马齿将增，不竟恶出」的话，十一月十二日项下记云：

「忽作奇想，思明春往杭州去，拟大哥归後再议。」次年三月廿一日阮元甫来，云欲往杭，予以河水涨暂不去。至四月初二日发杭州信，使阮元甫初六来接，至期已收拾行李什物、雨苓侯阮元甫不至、事遂中止。不料事情才隔半年、家中情形又復発生極大変化。介甫公自癸巳入獄、関在杭州八年、终於辛丑年（一九〇一）正月里奉旨准其釋放、因回到家里来了。这件事是由刑部尚書薛允升附片奏明、因為拳匪闹事时、在刑部獄中的犯人都已逃了出来、可是到事平的时候又自去投首、刑部遂奏请悉予免罪、薛公乃援例推廣、把在杭州的介甫公也拉了進去、请准一律釋放、這里明係有人情関係、虽然介甫公不肯自去活動、或者薛公因為是秦人、性情厚道的缘故、顾念年谊、所以肯這樣的援手的吧。虽然後来介甫公偶尔談到薛允升、仍然說他乃是胡塗人、他平常總說「呆皇帝、昏太后」的、那么那種批評也是难怪的、不过薛公的「出力不討好」的做事精神、總是值得佩服的吧。

正月廿七日得到杭州的信、知道釋放的消息、二月十三日信里说、部文已到杭州府、即可回家、十九日云已定廿一晨动身、可雇舟至西兴来接。现在便把有関这事的几天日記抄録於後：

「二十日、晴。晚下舟放至西郭、已将初鼓、门闭不得出、予以钱二十、启焉。行里许、予始就寝、春雨潇潇、打篷甚厲、且行舟甚多、摩舷作声、久之不能成睡。披衣起閲湯氏危言一篇、坐少刻、就枕即入寐矣。少选、又为舟触岸惊醒、约已四下钟、遂不復睡、挑灯伏枕、作是日日記、书讫推篷一望、曙色朗然、见两岸菜花、色黄如金、縱观久之、怡然自得、问舟子已至何处、则已到迎龍闸左近矣。大雨。廿一日、晴。晨过萧山、巳刻至西兴、停泊盛七房门首、见祖父已在、候少顷行李始至。午開船、晚至柯亭、就寝、二鼓至西郭门、夜深门已扃、至晨始得入。廿二日、晴。晨至家」。

祖父在离家八年之後、当然是一件大可喜事、但是这中间只隔了十二三日、到了二月初五日家里的大风暴却又即开始了。是日记载道：

「初五日、雨。上午同伯文叔往舒家墺上坟、未刻归家。祖父信衍生谗言、怒詈」。

「初七日、雨。下午、祖父信衍谗、骂玉田叔祖母、大闹」。

关於这事件、须得来说明一下缘因。自从戊戌冬四弟病故、母亲甚为悲伤、改变住房格式、绘画小影、上边已曾说及、其时本家妯娌中有一个人、特别关切、时常走来劝慰。这人便是玉田叔祖母的儿媳、也即是上文预备逃难的谦婶。其人系出观音桥赵氏、是很漂亮的善於交际的一位太太、她同鲁太夫人特别说得来、因此拉她到她那边去玩。凑巧的是鲁太夫人的住房和那里堂屋只隔着一个院子、虽然当初分家、在院子中央砌了一堵墙、将两边分开了、但是那边如高呼一声、这边还是听得见的。在晚饭後、常听见「谦来玩吧」的呼声、这边也就点灯走了过去、因为中间墙壁隔着、所以须得由外边绕了过去、而这条路又一定要经过「衍太太」的门口、因此看在眼里、以为她们必然得到许多好处、得有机会焉能不施報復呢？其实那里也只是打马

第五七頁

知堂自用

將消遣，沒有什麼輸贏，只醵出成角錢來，作為吃炒麵及烘油火費之用，乃一經點染，遂為大鬧的資料。衍太太誘人的手段便是那麼高明的，後來衍生病死，祖母於無意中念了一句阿彌陀佛，可見他影響之多麼深遠了。

祖父對於兒媳，不好當面斥罵，便借我來做個過渡。他叫我出去教訓，倒也不什麼的疾言厲色，只是講故事給我聽，說某家子媳怎樣不孝公婆，賭錢看戲，後來如何下場，流落成為乞丐，饑寒逬死，或是遇見兵亂全家被難。這裡明示暗喻，備極刻薄，說到憤極處，咬嚼指甲戛戛作響，仍是常有的事情。至於對了祖母，則是毫不客氣的破口大罵了，有一回聽他說出了「長毛嫂嫂」，還含胡的說了一句房幃隱語，那時見祖母笑了起來，說「你這成什麼話呢？」就走進她的臥房去了。我當初不很懂，後來知道蔣老太太的家曾經一度陷入太平軍中，祖父所說的即是那事，自此以後，我對於說這樣的話的祖父，便覺得毫無什麼的威信了。

二六　脫逃

魯迅在「朝花夕拾」的一篇「瑣記」裡，說他的想離開紹興，乃是「衍太太」所逼成的，因為她最初勸導他偷家裡的東西，後來又造他的謠言，使他覺得家裡不能再蹲下去。但是我卻是衍生所間接促成的。本來衍生和衍太太的不正當的結合，是由於曠達的人看去，原算不得一回什麼事，因為本家的房份遠了，與路人相差無幾，但到底是「有乖倫常」、至少也是可笑的。介甫公对于这事很是不满、不过因为事属暧昧、也只好用他暗喻的方法、加以讽刺、于是有在堂前讲「西游记」的事情、据族叔官玉（别号观鱼）所记、所讲的是猪八戒游盘丝洞这一节、这故事如何活用、我因为没有听到过、无从确说、但总之是讽刺他们两个人的。虽然明知他们是怎样的人、而独深信他们的说话、这实在是不可理解的一个矛盾。

但是我想从家里脱逃的原因、这还只是一半、其他一半乃是每天上街买菜、变成了一个不可堪的苦事。每天早起、这在我并不难、就是换取了九十几文大小不一的铜钱、须得拣辨使用、讨价还价的买东西、什么四两虾、一块胖头鱼、一把茭白、两方豆腐、这个我也干得来、虽也不免吃亏、但是买了回来祖父看了、总还说是要比更用人买的更是便宜、所以在这些上面都没有什么困难。其最为难的是、上街去时一定要穿长衫。早市是在大云桥地方、离东昌坊口虽不很远、也大约有二里左右的路吧、时候又在夏天、这时上市的人都是短衣、只有我个人穿着白色夏布长衫、带着我个装菜的「苗篮」、挤在鱼摊菜担中间、这是什么一种况味、是可想而知了。我想脱去长衫、只穿短衣也觉得凉快些、可是祖父坚决不许、这虽是无形的虐待、却也是忍受不下去的。

我想脱逃的意思是四月里发生的、在祖父回家后刚两个月的时候、我就写私信给大哥、「托易图机会、学堂各处乞留意」、这是四月初四日的事情。本来祖父是赞成各种职

第五九頁

知堂自用

業、他認為讀书不成、倒不如去学做豆腐、還可以自立、見於他所寫的「恒訓」。他在己亥年十二月十八日給我的信、有过这樣的话：

「杭省將有求是书院、兼習中西学、各延教習。在院肄業日一粥兩飯、菜亦豐。得考列上等、每月有三四元之奬、且可兼考各书院。明正二十日開考、招儒童六十人、如有志上進、侭可來考。」可見他对於学堂也是贊成的、他的愛子長孫都已在南京、而且認為考求是书院、亦是有志上進的表示呢。侭管如此、不过当时我如提出此种要求、倘或他觉察了我想脱逃的意思、那也可能不許可的、因此我不敢來直接請求、寧可转弯抹角的去想办法、叫南京方面替我说话、那就可以保險了。

过了兩个月的光景、南京的消息來了、最初乃是伯升來的信。五月廿六日記項下云：

「廿六日、小雨。下午升叔來函云、已稟叔祖、使予往充当額外学生、又允代繳飯金、其意頗佳。」伯升已在水師学堂四年、現為二班学生、其三班則称額外生、最初一年須自備伙食、其时有同族叔祖在那里当国文教習兼管輪堂監督、信中所说的便是这人。再过了半个月、得到大哥來信、事情更是具体化了。日記里说：

「十二日、晴。下午接大哥初六日函、云已稟明叔祖、使予往南京充額外生、並屬予八月中同封燮臣出去。又附叔祖致封君信、使予持函往直樂施（地名）一会、託其臨行閃会。」脱逃的計劃既已成功、現在只等实行罢了。

二七　夜航船

有一个号叫作鸣山的、是我们同高祖的族叔、号怪在水师学堂当过一时的学生、记得成句「喝茶抽烟」的英语、与封燮臣或者还是同年、其时在宋家溇的北乡义塾改作学堂、请他去当教习、我便请他给我与封君连络。七月十八日下午同鸣山至昌安门外趁陶家埭埠船、傍晚至宋家溇、次日往直乐施会见封燮臣、约定廿九日一同启行。封君是水师学堂管轮班学生、于今年毕业、所以搬家前往南京、同去的有封君母堂、封君的两个兄弟、此外还有一位女客、彷彿说是表姊、大约是个寡妇、也随同前去。廿八日仍同鸣山至宋家溇、次日上午至直乐施封宅、下午趁姚家埭往西舆的航船、日记里记着傍晚至东浦、黄昏至柯桥、夜半至钱清看夜会、天气甚冷遽睡。

在这里我须得来把埠船与航船的区别来讲一讲。绍兴和江浙一带都是水乡、交通以船为主、城乡各处水路四通八达、人们出门一步、就须藉仗它、而使船与坐船的本领也特别的高明、所谓南人使船如马这句话也正是极为确当的。乡下不多远近、都有公用的交通机关、这便是埠船、以白天间行者为限、若是夜里行船的则称为航船、虽不说夜航船而自包含夜航的意思。普通船只、船篷用竹编成梅花眼、中间夹以竹箬、长方的一片、压两头在船舷定住、都用黑色油漆、所以通称为乌篷船、若是埠船则用白篷、航船自然也是事同一律。此外有戏班所用的「班船」、也是如此、因为戏班有行头傢伙甚多、需要大量的输送地方、便把船舱做得特别的大，以便存放「班箱」，舱面铺板，上盖矮矮的船篷，高低只容得一人的坐卧，所以乘客在内非相当局促的，但若是夜航则正是高卧的时候，也就无所谓了。绍兴主要的水路，东边自西郭门外到杭州去的西兴，东边自都泗门外到宁波去的曹娥，沿路都有石铺的塘路，可以供舟夫拉纤之用，因此夜里航行的船便都以塘路为标准，遇见对面的来船，辄高呼曰「靠塘来」，或「靠下去」，以相指挥，大抵以轻船让重船，小船让大船为原则。旅客的船钱，以那时的价格来说，由城内至西兴至多不过百钱，若要舒服一点，可以「开铺」，即摊开铺盖，要占两个人的地位，也就只要二百文好了。

航船中乘客众多，三教九流无所不有，而且夜长岑寂，大家便以谈天消遣，就是自己不参插嘴，单是听听也是很有兴趣的。十多年前做过「往昔」三十首，里边有一篇「夜航船」，即是纪念当年的情形的，今抄录于后：

「往昔常行旅，吾爱夜航船。船身长丈许，白篷竹箬苫。来船靠塘下，呼声到枕边。火舱明残烛，邻坐各笑言。秀才与和尚，共语亦有缘。尧舜本一人，澹台乃二贤。小僧容伸脚，一觉得安眠。晨泊西陵渡，朝日未上簷。徐步出镇口，钱塘在眼前。」

我这里又来引一段古人的文章，来做注脚。这是出在张宗子的「瑯嬛文集」卷一的「夜航船序」里，文云：

「昔有僧人与士子同宿夜航船，士人高谈阔论，僧畏慑，拳足而寝。僧听其语有破绽，乃曰，请问相公，澹台灭明是一个人、是两个人？士子曰、是两个人。傍人曰、这些、尧舜是一个人、是两个人？士子曰、自然是一个人。傍人乃笑曰、这些说起来、俱待小修伸伸脚。」

二八　西兴渡江辰桥

「七月三十日、晴。晨至西兴、落俞天德行。上午过江、午至闻富三桥沈宏远行、下午下驳船、至拱辰桥、下大东小火轮拖船。」日记上简单的记载如此、现在来说得稍为详细一点吧。

西兴是萧山县的一个市镇、也即是由绍兴西郭北海桥到杭州的第一个驿站、计程是水路九十里。这虽是一个小镇、可是因为是通达杭沪宁汉各大商埠、出入必由之路、所以异常繁盛、比那东路通达宁波的曹娥站、要热闹得多了。讲到市面来、也只是平常的一个市镇罢了、却自有一种驿站的特色、这便是有许多的「过塘行」、专门管理客货、上边所说的俞天德行就是其一、又在第二十五节里我提到盛七房、那也是一家过塘行、不过不称什么行而已。过塘行的隔壁或对门、照例是一家小饭店、那里的店主兼伙计十分有礼貌、看见客人落行洗过了脸、便过来招呼、请在他那里吃便饭。客人反正是要吃饭的、而且盛情难却、也便欣然应命、自己命驾前去、或者懒得行动、要叫送过来吃、也无不可。店主人又很是殷勤的推荐「下饭」的小菜、据是些绍兴的家常菜蔬、无非那些煎鱼烤虾醃鸭子之类、吃得很是舒服、而并不怎么耗费的。这里主客欢然作别、随後是过塘行了、要挑行李过江、反正是有定價的、而且东西

第六三頁

知堂自用

也一件都不会失落、若是要坐轎、也可以代係、这要看潮水漲落移動、沙灘路程長短而定時價、但總也定得公道、不大会得超出一元錢的。你們过塘行的主人也歡然別过之後、便可以準備过那錢塘江了。

　過錢塘江是一件危險的事、恐怕要比渡黃河更為危險、因為在錢塘江里特別有潮汛、在没有橋也没有輪渡的時候这實在是非常可怕的。但是这在我們水鄉的居民這算得什麼事呢？實在是、也哪里顧得這許多呢？身边四面都是河港、出門一步都是用船、一層薄板底下、便是没有空氣的水。我們暫時称強便只在水上的一刹、而一生中却是時時刹刹都可以落到水中去、若要怕它豈不是没有工夫做別的事情了嗎？但從積極的方面去想、那些渡船上的「老大」、都是飽經風險过来的、我們倚靠着他、是決不会出什麼危險的。过渡總是安全了、可是上船的这一幕、却仍不免有多少危險。那些坐轎的君子是可以不必愁的、只有徒步的人、看見那很長的許多「跳板」、難免要心驚肉跳了。特別是沙灘淺而遠、渡船不能靠近的時候、需要跳板接出来、而这跳板長而且軟、前面有人走着、兩條板一高一低、後边走的着實困難、差不多要被攧下水去的樣子。等到上了船、这才可以安心了、因為沙灘只在西興这边才有、杭州那面的松毛場是渡船可以靠岸停泊的。

　上了渡船之後、还得要看那天的風色、这並不是占卜天候如何、乃是这里是不是順風、或虽是偏風而可以利用風篷的。如若可以利用、那麼百事大吉、只消掛上布帆、便一直前去了。萬一全然不能利用、則乘客就大倒其霉、要洗耳恭听船夫的各种惡罵了。一隻渡船的船夫本来就只是三四个人、不使帆时须憑搖櫓、原来是不夠用的、所以须得由乘客義務的幫着去搖。擺渡船不文律的規定、凡坐轎的和徒步而穿長衫的都能倒得免、其抬轎挑脚、及一切短衣人等則均有幫搖的義務。有些乖覺的人看見風帆空懸着的时候、便自動的去搖櫓、到了適当时節就可以退了下来、但懶人倒底居多、船夫看搖櫓的人不夠、就開始说话、起初是一般的要請、其次則指名、如说那位戴涼帽的、那个抽旱烟的、最後則破口大罵了。但與船夫的善於罵人、是向来很著名的、似乎别处也是一樣、辱及祖先、併及內外姻親、很是惡毒难听、可是有一点很是奇怪、它決不侵犯对方的配偶方面的。因此我頗疑心、此乃是诅咒而非是罵詈、蓋诅咒对方如是乱倫的事、兼是牽涉其配偶、那么便是夫婦的「敦倫」、不成其为咒罵了。可是罵的虽是厲害、也有听的话毫不为意的、终於不去搖櫓、这时候渡船也就快到埠头、大家不一会儿一哄而散了。

二九　拱辰橋

閘富三橋的沈宏遠行也是与俞天德行同性質的一家过塘行、旅客借他的地方略为休息之後、便下駁船、往拱辰橋、船錢大約是一角吧。不知道有多少里路、坐在船上搖要花费三四小时、这是在狹窄的内河里行走、须用竹篙来撑、所以花的时候很多。在將近拱辰橋的地方、须得过一个「壩」、这乃是一个土坡、介在内河外江的中间、船隻經过这坡、须用绳索络在船首、用绞盘倒拖上去、普通总是外江水涨、所以出去很是费力、进来便只是顺流而下罢了。有些地方内外河距离颇远、所以过壩费事得很、须得把船抬着走一段路、像拱宸桥的要算是最便利的了。

拱宸桥是杭沪运河的尽头、在那里开辟商埠、设有租界、像上海似的、论理是应该很繁华热闹、但在那里设有租界的只有日本、许事苟简、很不像个样子、可是既名商場、总有些玩艺兒、足够使得乡下有几个钱的人迷魂失魄的了。我从南京回家、一共有过四五次、那么总也有八九回要走过拱宸桥、却不曾下去细细观察过、总只是从駁船跳到拖船上、所见到感到的只有那浑濁污黑的河水、烟雾昏沉的天空、和喧嚣杂乱的人声而已。有一回、我却终於上岸去了、这也不记得哪一年、总之是在夏天、平常小火轮要走上两夜一天才到、这时不知是什么缘故、只走了一昼夜就到了。前天下午四时上海开的船、到第二天的傍晚已到了拱宸桥、想要进城已经来不及、而船到了埠便不讓客人在船上过夜、所以唯一的办法只有上陆去了。这是我第一次瞻仰拱宸桥商埠、结果乃使我大大的吃惊、以後便不敢赐顾了。我住在一家客栈里、隔壁便是一个「野鸡」的住房、刚才要了一碗汤面来吃、茶房就来劝驾去「白相」、接着那「小姐」和她的「大姐」(大应照方音读若渡或陀)也亲自进来、苦口婆心的劝说。好容易总算打发走了、预备睡觉、则帐子里的臭虫实在厲害、走出外边则蚊虫又多得很、而且白相也似乎没有生意、隔壁的主仆喁喁的说闲话、虽是低声却也听了实在心烦。混过了半夜、到了天亮的时候赶紧下楼去找茶房、搬行李下驳船进城去了。洪辰桥就只过一回上去过、以後没有再上去的勇气了。

由洪辰桥開往上海的小火輪、那時计有两家公司、即戴生昌与大東。戴生昌首先開始、大東是日本人開的、继之而起、又加以改良、戴生昌係是舊式、散艙用的是航船式的、艙下放行李、上面住人、大東則是各人一个床铺、好像是分散的房艙、所以旅客多喜歡乘坐大東。價錢則是一樣的一元五角、另外还有一种便宜的、号称「烟篷」、係在船顶上面、搭蓋帳幕而成、若遇風雨则四面遮住、殊为气闷、但價錢也便宜得多、只要八角钱就好了。普通在下下四时左右開船、次日走一天、經过嘉興嘉善等县、至本三天早晨、那就一早到了上海碼頭了。

三〇 長江輪船

我们於辛丑（一九〇二）八月初二日到上海、在那里耽擱三天、初四日乘輪船出發、至初六日上午到南京。據日記上所載如下：

「初二日、晴。晨至上海、寓宝善街老椿记客棧。上午至圭蓮閣、啜茶一盞。夜至四馬路春仙茶園看戏、演天水閣蝴蝶盃二劇、歸寝。

初三日、晴、在上海。

初四日、晴。下午、下江永輪船。夜沈子香失去包裹一个、陳文玲亦来。夜半開船、至吴淞口、已五更矣。舟行震動、甚覺不安。

初五日、晴、在舟中。

初六日、晨小雨、至江陰雨止、到鎮江、上午至南京下関。」

当时上海洋場上所特有的东西、第一是洋房和红头巡捕。但这与过客无缘；住的客栈是中国舊式房子、平常出去只要不在馬路边上小便、也不会碰见印度巡捕的麻烦、若是在小巷里那是照例可以的。其次多的便是「野鶏」。她们散居在各处衖堂里、但聚集最多的地方乃是四馬路一带、而以青蓮阁茶樓为總滙。所以凡往上海观光的鄉下人、必定首先到那里去、我们也不是例外。那里茶也本来颇好、不过「醉翁之意不在酒」、目的乃是看女人、你坐了下来、便见周围走着的全都是做生意的女人、只等你一句话或表示意、便兜搭着坐下了。樓上内部是供卖鴉片烟的、放着一張張的精巧的卧榻、可以容得两个人对抽、五光十色的尤其可观。青蓮阁外边有一个很特别的书摊、擺摊的姓徐、绰号叫作「野鶏大王」、除普通书報以外、还帶卖各种革命刊物、那时还没有什么东西出板、後来我看见的那些「新廣東」和「革命軍」、便都是從他那里得来的。这也可以说是青蓮阁外的一个奇人吧。

上海的「茶園」那时由我们看来也是颇特别的。在绍興还只有「社戲」、是地方上出份子、会首去招戏班来、在庙台上或是搭台開演、各人可以自由站立着看、不费一文錢。我上文讲的「杏花寺」演戏、便是那一种类、其在鄉间把戏台搭在串河的、便於在船上观看、尤其方便。社戏的戏班不是「高调」、就是「乱弹」、後来有所谓「徽班」之出現、但演的仍旧是绍兴府下的人、總之不是京戏。上海的「茶園」、盖是仿北京的什么茶樓而起、以吃茶為名、附带的看戏、但也似乎不是京戏、因为记忆起来、虽是十分模胡了、不记得有嗳嗳嗳的力竭声嘶的叫喚模樣。地方戏我都看得、就只是那京戏里老生的唱法、在一个字的母音上拉長了变把戏、这和中医的医理一樣、我是至今不敢領教的。绍兴城内有新式戏園、可以買票去听的、还是始於布業会館、是一个姓陶的賣布商人仿照上海開办、时间已经在民国初年了。那时演的是所谓坤伶、民间称髦兒戏、又称「的篤班」、乃是現今越劇的前身、一经蜕化、真是光辉萬丈了。從前有个同鄉的人曾经说笑话道、現今绍兴酒不好吃了、善釀酒七與甜俗得可以、以後替绍兴揚名的恐怕要推越劇了吧。虽然说的是笑話、事情倒是实在的。

三一　長江輪船

这里所要说的是上海地方的流氓以及「扒手」、他们对於旅客的悪事计分明暗两种做法、暗的是偷窃行李、明的則是訛诈敲竹槓。他们並不全是本地人、乃係来自各处、以苏北一带为最多、因为接近淮河、地方十年九荒、流亡者多、以致「江北人」这一个名词、在江南人心目中、含有特别的一种意義。他们分布在長江一带、以沿江碼头及輪船为其活動地区、而以上海和漢口為据点。他们有嚴密的组織、屬於什么帮会、不过这些事情並非我们外人所能得知就是了。現在只就我个人所見所知、约略记述一二、以見一斑。

第六九頁　知堂自用

日记里说封君的同班畢業生沈子香失掉了包裹一个、这就是着了扒手的道儿了。沈君乃是上海本地人、尚且不能预防、從别处地方来的自然更是难免了。大抵在船停着还未开行、或者中途停泊、都是他们最为活动的时节、你就是整夜睁着眼睛看着、牠也会從你的鼻子底下拏走的。但是他们很有规矩、对於自家人是决不侵犯的。关於这件事、我有过一个经验、因为是亲身经历的、虽然事情并不关联我自己。

有一回我從上海往南京、坐在長江輪船里、可能是招商局的、也可能是太古或怡和公司的、因为長江里的这三家的船都差不多、通常称作「三公司」的船、碰着谁家就坐谁、虽然招商局是中国官督商办、而太古怡和乃是外国商人所办的。他们的船在各埠大抵都有「躉船」、读若「顿船」、这乃是一种浮着的码头、可以随着水位高下而升降、随後再用桥梁似的东西与陆地相联接、所以是颇为便利。此外还有一家日本公司、因为开办得迟、不但没有躉船、沿路要停泊在江心、用摆渡上岸、而且上海的码头又在对岸浦東、也须得过渡、更多有流氓活动的馀地、因此旅客对於这一家的船特别怀有戒心、不敢轻易搭乘的。总之我趁的是三公司船、老早就已上去、虽然佔不到十分好的位置、也还是适中的得到一个中层的散舱铺位、看看时间渐晚、来者愈多、後来不但是没有床位、连床位中间的空隙也有人打开铺盖来了。我的床位前面、却来了一位衣服華丽的旅客、穿的大概是宁绸吧、约在四十以上年纪、看情形也似乎是上海人、在攤開被鋪之後、開始抽起鴉片烟來。沒有什麼值得特別注意、我便不去看他了、这時大約船已開行、我也朦朧的假寐一会兒、再睁眼看時已近半夜、那位洞客却还是不睡、点着烟灯、不知是在抽烟、还是幹什麼。那時忽然听見有人走來、口里一面罵着、一面四顧尋覓、好像要找一个人的樣子、嘴里说着寧波話、意思是说「怎麼對我也開起玩笑來了。」那人走到洞客面前、便停了下來、也不说別的話、逕自屈身向他怀中掏摸、便嘰哩咕嚕的拉出一連串的东西來、乃是一隻錶和它的索子。拉出錶來之後、看也不一看、裝進自己的口袋里、嘴里还是嘮叨着、仍走原路回去、这边的洞客則不作一声、任他掏了錶去、若無其事的樣子。我看了心里正自納悶、不曉得是怎麼一回事、及至回头再來注意洞客時、則不知在什麼時候已經收拾了烟盤和鋪蓋、搬到別处去了。这時才了解这是他錯拏了同幫的人的東西、所以弄得当眾出醜、露出了馬腳、只好偷偷的躲避过了。

另外一件事、乃是当事人告訴我的、所以也是的確可靠。此人我們姑且叫他小土、乃是北大校長蒋夢麟的得力的秘书、在張作霖進京做大元帥的時節、逃出北京、由天津南歸、是一九二六年的事。当時他率領妻子、併且帶有若干件行李、生怕在上海碼头上遇着流氓要敲他的竹槓、所以他預先寫信、通知北新书局的李老板、請求照顧一下。李小峯雖是他住同安公寓時節的老友、应当給他幫忙的、但李老板乃是有名的忠厚老實人、恐怕沒有什麼力量、不

第七一頁　知堂自用

过久在上海、總可以代找一个「場面上人」替他出一臂之力吧。及至輪船到了「金利源碼头」、看不見救兵的来、只見黑壓壓的站满了脚夫流氓、小土这才着了忙、眼看那些行李都被運到碼头、东一件西两件的分散放着、这是流氓的照例的做法、教人不好照管、以便從中做些手脚。其时才見李老板到場了、仍然咧着嘴笑、随带着一个人、却是衣裳楚楚的白面书生、不像是个虬髯著短後衣保鏢人的模樣。小土这时心想百事休矣、行李準定要失少一半了、可是那书生不動声色、和主人招呼过後、便回轉来对脚夫罵了一句、这是極普通的罵法、因为用的太廣泛了、有点失去了原来恶意、猶如绍兴的「仰東碩殺」、——見於「雜纂四种」序中所引用的魯迅书简中、算不得什么罵了。原語当也是句上海話、彷彿是什么「触僚娘」之類、可是这句話一說、恍如五雷真诀一樣的有灵、听的人聳然震動、立刻把分散的行李歸在一处、立在旁边听候吩咐。书生乃问明行李件数、再查问流氓头儿的姓名、叫留下几名挑夫、责成头子阿什么负责送到什么地方。吩咐既畢、便对主人说道、「我们走吧」。各自分路而去、小土到了地点、果然見行李随到、一件都不短少、挑夫各受应得的工资而去。小土随後告诉我这件經過、他说他还清清楚楚的记得那句真言、後来遇着机会很想依樣葫蘆的来试它一試、可是也就害怕、生怕真如五雷真诀一樣、萬一念的不很準確、不但不見灵验、还会惹得雷火燒身、所以不敢照樣的做。但是傳到了我的手里、这句真言只存了大意、已經把原語也已失傳了。

三二 路上的吃食

從前大凡旅行、路上的吃食概歸自備、家里如有人出外、幾天之前就得準備「路菜」。最重要的是所謂「湯料」、这都好吃的东西配合而成、如香菇、蝦米、玉堂菜就是京冬菜、还有一种叫做「麻雀脚」的、乃是淡竹笋上嫩枝的笋干、晒干了好像鳥爪似的。它的用处是用開水沖湯、此外當世还有火腿家鄉肉、这是特製的一种醃肉、醬鸡臘鸭之類、是足够豐美的。後来上海有了陸稿薦與陽观、有肉鬆薰魚、及各种小菜可買、那就可以不必那应預備了。

由杭州到上海的路上、船上供給旅客的飯食、而且菜蔬也相當的好。房艙二十个人一間、分作前後兩截、上下兩層牀鋪各佔一人、飯时便五个一桌、第一天供应晚餐一頓、次日整天兩頓、都在船價一元五角之内、这实在要算便宜的。沪寧道中船票也是一元五角、供应餐數大略相同、可是它只管三頓白飯、至於下飯的小菜、因为人數太多、也实在是照管不来了。这且不談也罢、那輪船里茶房对客人的態度也比較的差、譬如送飯来的时候、將裝飯的大木桶在地上一放、大声喊道：「來吃吧！」这句話意思是如此、可是口調还有不同、彷彿有古文里所謂「嗟、來食」之意、而且他用寧波話說、讀作「來曲」、这自然更不好听了。不过那时候誰也计較不得这些、只要聽到「來曲」一声招呼、便蜂擁的奔过去、用了臉盆及各种合用的器具、將量的盛飯、隨後退回原处、靜靜的去享用。这是杭沪以及沪寧兩條路上、不同的吃飯的情形。

第七三頁

知堂自用

路过各处码头，輪船必要停泊下来，上下客货，那时有各种商人携百货兜售，这也是很有趣味的事。不过所记得的大抵以食物为多，即如杭沪道上的糕团，实在顶不能忘记的了。这种糕团乃是一种湿点心，是用糯米或粳米粉蒸成，与用麦粉所做的馒头烧卖相对，似乎是南方特有的东西，我说南方还应修正，因为我在嘉兴和苏州看见过它，在南京便没有了，北京所谓饽饽，乃是干点心而已。大概因为儿时吃惯了「炙糕担」上的东西，所以对于糕团觉得很有情分。鲁迅也是热爱糕团，因此在嘉兴曾闹过一个小小的笑话。他看见一种糕，块儿很不小，样子似乎很好吃，便问几钱一块，卖糕的答说，「半钱」。他闻之大为惊异，心想怎么这样的便宜，便再问一遍，结果仍是「半钱」。他于是拿了四块糕，付给他两文制钱，不料卖糕的大不答应，吵了起来。仔细一问，原来是说「八钱一块」，只因方言八半二音相近，以致造成这个误会，这也是很有意思的一件事。

此外在沪宁路上，觉得特别记得的，是在镇江码头停泊的时节，大约是以「下水」便是船向着长江下游走的时候居多，总在夜晚，而且因为货多，所以停船的时间也就很长。那时便有一种行贩，卖声的说，「晚米稀饭，阿要吃晚米稀饭」。说也奇怪，我没有一回吃过它，因此终于不知道这晚米稀饭是怎么一个味道，但想像它总不会坏，而且也就永远的记住了它。怕得稀饭里会放进「迷子」这一类东西去，所以不敢去请教的么？这未必是如此。只是偶然失掉了这机会罢了。江湖上虽然很多风险，但是长江上还没有像水滸上的山東道上一樣、有這樣的危難。可是後來有一年、我在礼拜天同伯升到城南去、在夫子廟得月臺喝茶、遇着一位巡城的「總爺」。他穿着長衫馬褂、頭戴遮陽的大草帽、手里拏着一支藤條、虽是个老粗、却甚是健談、与伯升很是說得來。据他說、騙子手里的迷藥确是有的、他曾經抓住过這樣的一个人、还從他問得配合迷藥的藥方。伯升没有請教他這个方子、想來他也未必肯告訴我們、那么何必去碰這个釘子。——而且或者他這番的話本來全是他偏造的、拏來騙我們的也未可知呢。

三三　南京下關

到了南京下關、再走一步路、便是江南水師學堂、是我們此次旅行的目的地了。南京也是長江上一个大碼头、照例有些流氓、旅客上下也是很有些不方便的。下關走學堂的大门口、不能眼看受人家的欺负、所以非想个法子來抵制不可。好在那时學堂还算是正路、當學生的也是一种「吃粮」的朋友、借了那一套红青羽緞的操衣、一双馬靴的裝備、穿起來像个「丘八」的樣子、也就可以混進去了。這是「自力更生」的办法、还有一种是「他力」的、便是利用學堂里的「听差」、叫他去碼头上接送。這些名叫王福徐贵的人、在學堂里當听差、伺候諸位「少爺」、但是他們却自有地位、多是什么帮会里的人物、那时最有势力的是青帮、其次是洪帮、（当初还以为是紅帮、是顏色的區別呢、）和所謂「安清道友」。叫他随從着、不希望怎么帮忙、但已足够阻止他們的進攻、這就儘够好了。說起校役中多有帮会的人、真是周知的事情、讲也用不着怎么惊怪的。從前我在学堂里的时候、漢文讲堂有一个听差、名字也無非是福刘贵之類、只是模様很是奇異、所以特别记得。他的辫髮異常粗大、而且编的很鬆、所以腦後至少有一尺头髮、散拖着不曾编辫、这怪様子是颇够惊人的。那时有革命思想的人、很讨厭这辫髮、却不好公开反对、只好将头髮的「顶搭」剃得很小、在头顶上梳起一根细小的辫子来、拖放在背後、当时看見徐锡麟、便是那个模様的。如今所说鬆编的大辫子、却正是相反、虽然未必含有反革命的意義、总之不失为奇装異服的一种、有些风厲的地方官、看見了就要惩办的。我们上漢文讲堂、因为暂时不曾看見那副怪相、有一天便问那後任的听差、说那人哪里去了、他的後任若無其事似的也就回答道：「他麽、被他们帮里做掉了」。我们知道他们帮里的「行话」、所谓做掉、就是说他違反帮规、依照最高的法律、将他消滅了、其执行办法、則据传说是办一桌酒、请他吃了、随後传達命令、请他自裁、若是不能办到、便装入一个口袋内、抛到长江里去了事。这是传说如此、究竟事实若何、那就不能知道、但总之那大辫子之被做掉、乃是确实的事情、而且众人皆知、毫無隐讳、在此活生生的事实前面、足证帮会势力在南京是如何的活躍了。

江南水師学堂靠近下関、下関乃是輪船碼头、有相当的店铺市街、所以是颇为方便的。我们说是靠近、其实还隔着一座城、也有几里路、不过比往南走、到北门桥去要近得多、而且輪船开行时放汽的声音也听得见、所以感觉得很適就是了。江边因为洋船上下、所以特别设了「盛家办館」、这是一种简单的洋货店、但其重要职務则是在给洋人代办食物、所以有些名称、不过我们也可以买到些东西、如「摩尔登糖」和一种成听的普通方塊餅干、價廉而物美、所以也是很方便的。再过来便是新开的郵政局、以上是在江干的一塊地方、也就是惠民橋的那边、其普通市街则是在橋的这一边。惠民橋下因为要通船隻、都是竖有很高的桅竿的、而橋上面又要通車馬、所以橋是做得可以开阖的、一不凑巧遇着开橋的时候、便须等候着、要花费个把时辰。橋的这边有一道横街、道路很狭、有各种街舖、最後至江天阁，可以吃茶远眺、顾名思義当是可以望見長江、其实也只是一句话而已。由惠民橋沿着馬路進城、走上一个頗長的高坡、就是儀凤门、门的左手是獅子山、上边设有炮台、但是没有上去过、那里駐守的官兵是不准閑人去看的、本来炮台哪里可以随便看得呢？可是那里洋人都可以上去「游览」的。过了儀凤门走不多远、就可以望得見機器廠的大烟通了、这是烟通终年到头不冒烟、但總之烟通是在那里、那即是我们的水師学堂了。

三四 入学考试

等考学堂、平常必须暂住客棧、而且时间久暫不能预定、花费也就不小、幸而我有本家的叔祖在学堂里当管輪堂的监督、可以寄寓在他那里、只要每月貼三塊钱的飯钱给厨房就行了。我於八月初六日到来、初九日即考试額外生、据当日舊日记说是共有五十九人、难道真是有那麼多

第七七頁　知堂自用

鳴、把名却也记不清了。考的是作論一篇、题云：

「雲從龍風從虎論」。一上午做了、日记上说有二百七十字、不知是怎麽说的、至今想起来也觉得奇怪。十一日的项下说：

「下午闻叔祖说、予卷係朱颖叔先生延視所看、批曰文气近顺、计二十本、予列第二、但未知揔办如何安排耳。」

朱颖叔係杭州人、亦是水師学堂的漢文教習、其批語很有意思、文气只是「近」顺、可见也还不是真正顺了。但是十六日出榜、取了三名、正取胡鼎、我是備取第一、第二是誰不記得了。我頗怀疑我这到了備取第一、是很有情面関係的、論理恐怕还应名落孙山才是呢。十七日覆试、更是难了、因为题目乃是十足的八股题：

「雖百世可知也論」。以後不曾發榜、大概这樣就算都已考取了吧，到了九月初一日通知到校上课。这两回的論题真是难的很、非是能運用试帖诗八股文的作法者都不能做得好、初试时五十幾个人一齐下了第、就是我们三人也不知怎樣也通過第二难関的、因为那要比第一个题目更是空洞了。覆试的结果虽是不曾發表、據说也是胡鼎的卷子做得最好、因为他在末後说西洋有一种新的学问、叫做哲学、猜佛说憑了这个、就可以推知百世以後的事情。在那时候国文教员听见了这个新名词、的確要大吃一惊的。——可是且慢、难的还在後头、我们上课一个月之後、遇着全校学生漢文分班考试、策論的题目如下：

「問孟子曰、我四十不動心、又曰、我善養吾浩然之气、平时用功」、此心此气究如何分别、如何相通、试详言之」。列位看了这个题目、有不对我们这班苦学生表示同情的么、一学期後榜出来了、计头班二十四名、二班二十名、其余都是三班、总有五六十吧、大抵什九是老班学生、大家遇到此心此气、简直是一败涂地了。这入学考试的两个题目乃是总办方硕輔自己所出、就只是难做而已、还可以从字面来敷衍、後来请来了一位桐城派大家、又是讲道学的、向我们讲话、首先提出须得每人備一部「古文词類纂」、及至考问「平时用功」、就叫做那条策问、这便是那题目的来源。那一次漢文分班考试我也混过去了、结果还考列头班的二十■名、现在想起来还要出冷汗、不知道那里是怎样的胡说八道的、当时考卷如能找得到、倒的確想要看它一看呢。

三五　学堂大概情形

江南水師学堂本来内分三科、即是駕駛、管輪和魚雷、但是在一九〇一年时魚雷班已经停辦、駕駛与管輪原设有头二三班、预定每班三年、那时候三班也已裁去、事实上又不能招收新生直接加入二班、所以又改头换面的添了一种副额、作为三班的替代。招生时称为额外生、考取入堂试读三个月、甄别一次、只要学科成绩平均有五成、就算及格、比後来的六十分还要宽大、这之後就补了副额学生了。各班学生除膳宿、衣靴、书籍仪器、总由公家供给外、每月各给津贴、称为赡银、副额是起码的一级、月给银一两、照例折发银洋一元、制钱三百六十一文。我自九月初一月進堂上课，至十二月十三日挂牌准補副額，凡十二人，遂成为正式学生，洋漢功课照常進行，兵操打靶等則等到了次年壬寅（一九〇二）年三月，発下操衣馬靴来，这才開始。我这里说「洋漢功课」，用的係是原来的術語，因为那里的学科總分为洋文漢文兩大類，一星期中五天上洋文课，一天上漢文課。洋文中间包括英語，数学，物理，化学等中学课程，以至駕駛管輪各该专门知識，因为都用的是英文，所以總名如此。各班由一个教習专任，從早上八時到午後四时，接連五天，漢文則另行分班，也由各教習专教一班，不过每週只有一天，就要省力得多了。就那时计算，校内教習计洋文六人，漢文四人，兵操体操各一人，学生总数说不清，大概是在一百至一百二十人之间吧。

讲到学堂的大概情形，须得先把房屋来说明一下才行。從朝東的大门進去，一條狭長的甬道，二门朝南，偏在西头，中间照例是中堂签押房等，附屬有文书会计处。後边乃是学生的飯厅，隔着院子南北各三大间，再往北是风雨操場，後面一片广場，竖立着一根桅竿，因为底下張着粗索的網，所以佔着不小的面積。以上算是中路。东面靠近大门，有一所小洋房，是给兩个头班教習住的，那时駕駛的是何利得，管輪的是彭耐爾，都是英国人，大概不过是海軍的尉官吧。隔墙一長埭是駕駛堂，向西开门，其迤北一部与操場相並，北边並排着机器廠与魚雷廠，又一个廠分作兩部，乃是翻沙廠与木工廠。到这里東路就完了。西路南头是一个小院子，接着是洋文讲堂，係東西兩面各独立四间、中为砖路甬道、小院有门通外边、容洋教习出入、头班讲堂即在南头、其次为二三班、北头东一间原为鱼雷讲堂、东西的是洋枪库。汉文讲堂在其东偏、系东向的一带厢房、介于中路与东路之间。洋文讲堂之北是一小块空地、西边有门、出去是兵操和打靶的地方、乃是学生的外边了。管轮堂即在此空地之北、招牌挂在向东的墙外、也是一长埭、构造与驾驶堂一样。后面西北角旧有鱼雷堂、只有十几间房屋、东邻是一所关帝庙。这里本来是一个水池、据说是给学生学游泳用的、因为曾经淹死过两个年幼的学生、所以不但填平了、而且还造了一所「伏魔大帝」的庙。庙里住着打更的老头子、他在清朝打过太平军、是个不大不小的「都司」、我在将来还要说到他、现在只是讲房屋、所以只能至此为止了。

三六　管轮堂

管轮堂坐北朝南、长方一块。外院南屋一排九间、中间是走向洋文讲堂等处的通路、其余是教习的听差和吹号人等所住的房间。北屋也有九间、中间通往宿舍、左右住着教习们、中央东的一间是监督所住。院子的东墙开一头门、外挂管轮堂三字的木板、接着是一条由西北往东南的曲折的走廊、走到饭厅、穿进那院子、再往南折、便是出门去的路。内院即是学生的宿舍、这建筑在光绪初年、与后来北大清华的新宿舍迥不相同、或者多分近似旧式院的制度也未可知。那是一个大院子、东西相对各是十六间的平房、门外有廊、其第八间外面中盖有过廊、所以不能使用、空着不算、统舍共扯算是三十间、这大概扯估地面五分之四吧、还有西边五分之一、则是听差的住处、由那空间的通路走到宿舍里来、那里的一条长街往北去可以通到便所、往南则是茶炉、再出去就是监督的门口了。宿舍定规每间住两个人、照例一人发给牀板一副、牀架有柱、可挂帐子、两抽屉半桌一张、凳子一个、大书架、箱子架和面盆架各一个、可以够用。又油灯一盏、油钱二百文、交给听差办理、若是要点洋油灯、则须自己加添一百文、那玻璃油壶的洋灯也须得自己置办。大抵当副额时只好用香油灯对付、到得升了二班、便可换用洋灯、但这只是说那穷学生、後来有些带钱到学堂里来用的人、那也就并不是那么寒酸的了。

宿舍南北两边都是板壁、东西一面开門、旁边是两扇格子糊纸的和合窗、对面中间开窗、是直开的玻璃门、外边有铁栅栏。房间里布置没有一定、可以随各人的意思、但是归结起来、大抵也只有三类。甲式是牀铺南北对放、稍偏近入口、桌子也拼合放在玻璃窗下、两人对坐、书架衣箱分列坐後。这种摆法房内明朗、空气流通、享用平等、算是最好、但这须二人平日要好、才能实行。乙式是牀铺一横一直、直的靠板壁一面、横的背门靠对面的板壁、空间留得稍大、桌子可以拼合、也可一人靠近窗下、一人在横放的牀前壁下、便於各做各人的事。丙式是最差的一种办法、牀铺也是一横一直、不过横的在里边、如乙式而略向前、约佔房间的大半、而直的则靠近门口放在窗下、本

第八二頁

知堂自用

来也只一小半、又空出门口一段、实际上他所有的才是全部三分之一罢了。新生入堂、被监督分配在有空位的那一号里去住、不但人情不免要欺生、而且性情习惯全不瞭解、初步隔离的办法也不算坏、虽然在待遇上要吃些虧。日久有朋友、再来请求迁居别号、或者与居停主人意气投合、也会得协议移动牀位。其有长久那么株守门口的人、大抵总有什么缘故、与人合作不来、只好蛰居方丈（实在还不到一方丈）的斗室中了。三者之中、以甲式最为大方、因为至少总没有打馬將什么这种違法的企图也。

三七　上飯厅

学生每天的生活是、早晨六点钟听吹號起牀、过一会儿吹號吃早饭、午饭与晚饭都是如此。说到吃饭、这在新生和低年级生是一件难事、不过早饭可以除外、因为老班学生那时大都是不来吃的。他们听着这两遍號声、还在高卧、厨房按时自会有人托着長方的木盤、把稀饭和一碟醃萝蔔或霉莴苣送上门来、他们是熟悉了哪几位老爷（虽然法定的称号是少爷）是要送的、由各该听差收下、等起牀後慢慢的吃。这时候饭厅里的坐位是很宽裕的、吃稀饭的人可以随便坐下来、從容的喝了一碗又一碗、但是等到午饭或是晚饭、那就没有这样的舒服了。饭厅里用的是方桌、一桌可以坐八个人、在高班的桌上都是例外、他们至多不坐六人、坐位都有一定、只是同班至好或是低级里附和他们的小友、才可以参加、此外闲人不能闌入。年级低的学生、一切都没有组織、他们一听吃饭的号声、便须直奔向飯厨里去、在非头班所依据的桌上見到一个空位、赶紧坐下、这一顿饭才算安稳的到了手。在这大众奔竄之中、头班却比平常更安详的、張開兩隻臂膊、像是螃蟹似的、在曲折的走廊中央大搖大擺的踱方步。走在他後面的人、不敢繞越僭先、只能也跟他踱、到得飯厨里、急忙的各处乱鑽、好像是晚上尋不着窠的鸡、好容易找到位置、一碗雪里蕻上面的几片肥肉也早已不見、只好吃餐素飯罢了。

学堂里上课的时间、似乎是在沿用书房的办法、一天中间並不分作若干小时、每小时一堂课、它只分上下午兩大段、午前八点至十二点、午後一点半至四点、但於上午十点时休息十分钟、打钟为号、也算是吃点心的时间。関於这事、汪仲贤先生在「十五年前的回憶」（还是一九二二年所寫、所以距今已經是五十五年前了）里有幾句话、说的很有意思：

「早晨吃了两碗稀飯、到十点下课、往往肚里餓得咕嚕嚕的叫、叫听差到学堂门口買兩个銅元山東燒餅、一个銅元麻油辣醬和醋、拏燒餅蘸着吃、吃得又香又辣、又酸又点饥、真比山珍海味还鮮。」这里我只须補充说一句、那种燒餅在当时通称为「侉餅」、意思也原是说山东燒餅、不过這称侉子只是略開玩笑、並無別的意思、山东朋友也並不介意的。这是兩塊大約三寸見方的燒餅連在一起、中间劃上一刀、拗開来就是兩塊、其实看它的做法也只是尋常的燒餅罢了、但是实在特别的好吃、这未必全是由於那时候餓極了的緣故吧？但是这做侉餅的人，却有一种特別的習慣，很是要不得的，即是每逢落雨落雪，便即停工，在茅蓬里打起紙牌来，因为茅蓬狹小而打牌的人多，所以坐在门口的就把背脊露出在外边。这於吃慣辣醬醃侉餅的人非常覺得不方便，去问他为什么今天不做侉餅，他就会反问道：「今天不是下雨么？」为什么下雨就做不成侉餅，这理由当初覺得不容易懂，但是查考下去，这也就明白了。下雨天没有柴火，因为賣芦柴的人不能来的緣故。後来我问南京的人，已经不知有侉餅的名称，似乎是没有这东西罢了，但是那麻油辣醬还有，其味道厚实非北京的所能及，使我至今不能忘記。那十点鐘时候所吃的点心当然不止这一种，有更闊气的人，吃十二文一件的廣东点心，一口气吃上四个，也祗不过一隻侉餅，我覺得殊不足取，还不如大餅油條的實惠了。汪仲賢先生所说是一九一〇年左右的事，大概那种情形继續到清朝末年为止，一直没有变为每一小时上一堂的制度吧。

三八　講堂功課

洋文功課是没有什么値得说的，头幾年反正教的都是普通的外国語和自然科学，头班以後才弄航海或机械等专门一点的东西，倒是講堂的情形可以一講，因为那是有点特別的。洋文講堂是隔着甬道，东西对立，南北两面都是玻璃窗，与门相对的墙上挂着黑板，前面是教習的桌椅，室内放着学生的坐位四排，按着名次坐。南京的冬天本不很冷，但在黑板左近搭装起一个小火炉来，上下午生一点炉火、我想大概原来是对付洋教习的吧、我们却并不觉得它有什么好处、特别如有一时期代理二班教习的奚清如老師、他还把桌子挪到门口那边去、有点避之若浼的意思。到了夏天、從天井上挂下一大塊白布做的风扇、由绳子從壁间通出去、有听差坐在屋後小弄堂里拉着、这也是毫无用处的东西、只是装个样子、後来学堂也作兴放暑假若干天、那时候或者这也就取消了吧。漢文讲堂只是旧式的厢房、朝東全部是门、下半是板、上部格子上糊纸、地面砌磚、与洋文讲堂比較起来差得多了、那些火炉风扇也并没有、好在每星期只有一天、也就敷衍过去、谁都没有什么不平。还有一层漢文簡直没有什么功课、無说上课实際等於休息、而且午後溜了出来、回到宿舍泡一壶茶喝、闲坐一会儿也无妨碍、所以这一天上课觉得轻松、不过那时要走间道、通过文书房到宿舍里去、不是新生所能够做到的罢了。

我说漢文功课觉得轻松、那是因为容易敷衍之故、其实原来也是很难的、但是谁都无力担负、所以只好应付了事了。那时漢文教习共有四人、一位姓江、一位姓張、都是本地的举人、又两位是由驾驶堂监督朱、管輪堂监督周兼任、也是举人、但两个是浙江的人。总办方硕辅是候補道、大概也是秀才出身吧、他的道学气与鸦片烟气一样的重、彷彿还超过举人们、这只要看入学考试和漢文分班的那些题目就可知道。我的国文教员是張然明老師、辛丑十月的日记上记有几个作文题目、今举出二十日一个来为例：

第八六頁

知堂自用

「周秦易封建為郡縣、衰世之制也、何以後世沿之、至今不改、試申其義。」这固然比那「浩然之气」要好一点、但沒法亦还是一樣的、結果只能一味的敷衍、不是演義便是翻案、務必简要、不可枝蔓、先生一半因为改卷省力、便順水推舟、图省了事、一天功课就混过去了。这种事情很是可笑、但在八股空气之下、怎么做得出别的文章来呢。

汪仲贤先生说：

「有一位教漢文的老夫子说、地球有两个、一个自動、一个被動、一个叫東半球、一个叫西半球。」这不知道是哪一位所说的、我们那时代的教员还只是舊的一套、譬如文中说到「社会」、他误认为说古代的结社讲学、删改得牛头不对马嘴、却还不来换讲新学、汪先生所遇见的已经是他们的後輩、所以不免有每下愈况之感了。

三九　打靶与出操

吃过早飯後、在八点鐘上课之前、每天的功课是打靶、但是或者因为子彈费錢的缘故罢、後来大抵是隔日打一次了。打靶是歸兵操的徐老師指揮的、那时管輪堂監督兼提调、所以每回总是由他越俎經營、在一本名冊上签注某人全中、某人中一兩槍、或是不中。後来兵操换了軍隊出身的梅老師、打靶也要先排好了隊出去、末了整隊回来、規矩很嚴了、最初却很是自由、大家零零落落的走去、排班站着、輪到打靶之後、也就提了鎗先回来了、看去倒很有点像綠營的兵、虽然说不是一樣。老学生还是高卧着听人家的槍声、等到听差一再的来叫、打靶回来的人也说、

第八七頁　知堂自用

站着的人只有两三个了，老爺们於是蹶然而起，操衣袴脚散罩在馬靴外边，蓬头垢面的走去，不管三七二十一的闹上三槍，跑回宿舍来吃冷稀飯，上课的鐘声也接着响了起来了。学堂以前打靶只是跪着放槍，梅老師来後又要大家卧放立放，这比較不容易，不免有些怨言，但是他自己先来，也不管草里泥里，随便躺倒，拿起槍来打个全红，学生们也就無话可说，古人云，「以身教者從」，这话的確是不錯的。梅老師年纪很青，言動上有些粗魯的地方，但也很有直爽，因此渐渐得到学生的佩服，虽然我因为武功很差，在他所担任的教科中各项成绩都不好，和他不接近，但是在许多教習中，我对於他的印象倒要算是顶好的。

午饭吹號召集体操，这有点不大合於衛生，但这些都没有排在上课时间里，因为那时间是整个的被洋文漢文所佔去了，所以只好分配到上课的前後去了。新生只舞弄哑鈴，随後改玩那像酒瓶似的木製棍棒，有点本事的人則玩木馬，雲梯及横幹等，翻跟斗，竖蜻蜓的把戲，虽然平日功课不大好，但在大考时節两江總督会得親自出馬，这些人便很有用处，因此学校里对於他们也是相当的看重的。每星期中爬桅一次，这算是最省事，按着名次两个人一班，爬上爬下，只要五个鐘了事，大考时要爬到顶上，有些好手还要蝦蟆似的平伏在桅尖上，平常却只到一半，便從左边转至右边，走了下来了。最初的教習是林老師，乃是本校老畢業生，年紀並不大，因为吃鴉片烟，很是黑瘦，他只是来喊几句英语号令，他的本领大概也只能玩那种棍棒而已。後來更換來了新軍出身的梅老師、那是一位很有工夫的人、許事都整頓起來了、但是爬桅也歸了他指導、這於他多少是覺得有点別扭的。兵操在晚飯以前、虽然不是天天有、但一星期總有四次以上吧。梅老師之前教操的是一位徐老師、不知道他的履歷、彷彿听说也是陸軍出身、平时下操場他自己總还是穿着長袍、所以空气很是散漫、只是敷衍了事。到得考試时候、照例有什么官来监考、多是什么「般主」之類、那一天里他这才穿起他的公服来、水晶頂的大帽、身穿馬褂、底下是战裙似的什么東西、看去有点滑稽、彷彿像是戲台上的人物。

四〇 点名以後

出操回来、吃过晚飯之後、都是学生自己所有的时间了。用功的可以在灯下埋头做功課、否則也可以看閑书、或者找朋友談天、有点零钱的时候、買点白酒和花生米或是牛肉、吃喝一頓、也是一种快樂。到了九点三刻、照例点名、吹号不久、即由監督同着提了风雨灯的听差進来、按着号舍次序走过去、只看各号门口站着兩个人便好、並不真是点呼、这様就算完了。十点鐘在风雨操場上吹熄的号、那里有厨房里所养的兩隻狗、听了那一套号声、必定要長嗥相和、就是發出那做狼时代的叫声、数年来如一日、可是学生们听了却毫不関心、要用功或談天到十二点一点都无所不可、问题只是灯油不够、要另外给錢叫听差临时增加、因为一个月三百文的洋油、每天一定的分量是不大多的。兩堂宿舍中以管輪堂第十六至三十号这一排為

第八九頁

知堂自用

最好，因为坐东朝西，西面是门，有走廊挡住太阳，东窗外是空地，种着些桃树，夏天開窗坐到午夜，听打更的梆声自遠而近，從窗下走过，很有点鄉村的感觉。後来回想起来，曾寫过一首打油詩以为記念，其詞云：

「昔日南京住，匆匆過五年。炎威雖可畏，佳趣却堪传。書得空庭寂，难消永日閑。举杯傾白酒，买肉要金錢。記日午餘事，儒书尽一編。夕涼坐廊下，夜雨濺门前。板榻不觉热，油灯空自煎。时逢擊柝叟，隔牖问安眠。」題目乃是「夏日怀舊」，原是说暑假中的事情的。所说打更的人，便是那位鄒司君，那时已有六十多歲的光景，一个人住在閑舍庵里，养着幾隻母鸡，有时隔着窗门来兜售他的鸡蛋，我因为住在路東的第二十三号宿舍，所以多有机会，和他打这种交道的。

星期日照例是宿舍一空，凡是家住城南的学生都回家去了，一部份手头宽裕的也上夫子廟去游玩，其次也於午後出城到下関去，只有真是窮得連一両毛錢都没有的才留在学堂里闲坐。这所谓週末空气，在星期六下午便已出现，出操回来之後，本城学生便纷纷告假回去，大抵要到星期日点名前才回校来，但也有少数的節儉家特别要吃了星期六的晚饭後才去，次日也於饭前赶回学堂，鲁迅常很挖苦他们，说在陰间七月半開放地狱门，有些鬼魂於饭後出来，到了十六那天跑回地狱去吃晚饭，可以说是刻画尽致了。往城南去大抵是步行到鼓楼，吃过小点心，雇車到夫子廟，在得月台吃茶和代午饭的馒头麪，游玩一番之後，随便走

第九十頁

知堂自用

到北门桥，買了油鸡咸水鴨各一角之譜，坐車回学堂时，飯已開过，听差备給留下一大碗白飯，開水一泡，如同游是两个人，剛好吃得很飽很香。若是下閘，那很可以步行来回，到江边一轉，看上下水輪船的热闹之後，在一家鎮江揚州茶館坐下，吃幾个素包子，确是價廉物美，不过这须是在上午才行罢了。学生告假出去，新生和低班学生总喜歡穿着操衣，有点夸示的意思，老班则往往相反，大都改穿了長衣，这原因很有点複雜，有的倚老賣老，有的世故漸深，觉得和光同塵，行动稍为方便，但有的也由於要躲避人家的耳目，有如抽两口鴉片烟，在每班里这种仁兄也总是会有个把人的。

四一 老師

在学堂里老師不算少，计算起来共有八位，但是真是師父們的傳授給一种本事的却並没有。即如说英文吧，從副額时由趙老師奚老師教起，二班是湯老師，头班是鄭老師，对於这幾位我仍有相当敬意，可是老实说，他们並没有教我怎么看英文，正如我们能读或寫国文也不是哪一个先生教会的一樣，因为学堂里教英文也正是那么麻胡的。我们读的是印度读本，不过只到第四集为止，多從领解那些「太陽出休息，蜜蜂離花叢」的诗句，文法还不是什么納思菲耳，虽然同樣的是为印度人而編的，有如读「四书章句」，苦读得久了自己了解，我们同学大都受的这一种训練。於我们读英文有点用处的，只是一册商務印书館的「華英字典」，本是英语用漢文注釋，名字却叫作「華英」，意思是为

第九一頁

知堂自用

国家争体面，華字不能居於英字的底下，我们所领到的大约还是初板所印，用薄纸单面印刷，有些译语也非常的纯樸，一个極少見的字，用学堂的方言用语可以叫做「契弟」的，字典上却解作「卖屁股者」，这也是特别有意思的。可是比我们低一级的人，後来所领来的书里已经没有这一项，书名也不久改正为英華字典了。本来学堂里学洋文完全是敲门砖，畢業之後不管学问的门有没有敲開，大家都把它丢開，再也不去读它了，虽然口头话还是要说几句的。我是偶然得到了一册英文本的「天方夜谈」，引起了对於外国文的兴趣，做了我的无言的老师，假如没有它，大概是出了学堂，我也把那些洋文书一般脑儿的丢掉了吧。有些在兵船上的老前辈，这倒是没有丢了，看见了我的这本「天方夜谈」，也都要好起来，虽然这一册书被原持借看而终於遗失了，但这也是还是愉快的事情，因为它能够教给我们好些人读书的趣味。

我的这一册「天方夜谈」乃是伦敦纽恩士公司发行的三先令六便士的插画本，原来是给小孩的书，所以装订颇是華丽，其中有阿拉廷拏着神灯，和阿利巴巴的女奴挥着短刀跳舞的图，我都还约略记得。其中的故事都非常怪异可喜，正如普通常说的，從八岁至八十岁的老小孩子大概都不会忘记，只要读过它的几篇。中间篇幅顶長的有水手辛八自讲的故事，其大蛇吞人，缠身树上，把人骨头绞碎，和那海边的怪老人，骑在颈项上，两手掐着颈子，说得很是怕人。中国最早有了译本，记得叫作「航海述奇」的便是。

我看了不禁觉得「技痒」、便写了「阿利巴巴和四十个强盗」来做试验、这是世界上有名的故事、我看了觉得很有趣味、陆续把它译了出来。虽说是译当然是用古文、而且带着许多悮译与删節、第一是阿利巴巴死後、他的兄弟凯辛娶了他的寡婦、这本是古代传下来的闪姆族的习惯、却认为不合礼教、所以把它删除了、其次是那个女奴、本来凯辛将她作为儿媳、译文里却故意的改变得行踪奇異、说是「不知所终」。当时我的一个同班朋友陳作恭君定阅苏州出板的「女子世界」、我就将译文寄到那里去、题上一个「萍雲」的女子名字、不久居然分期登出、而且後来又印成单行本、书名是「侠女奴」。译本虽然不成东西、但这乃是我最初的翻译的尝试、时为乙巳（一九〇五）年的初头、是很有意义的事、而这却是由於「天方夜谈」所引起、换句话说也就是我在学堂里学了英文的成绩、这就很值得纪念的了。

四二　老師二

漢文老師我在学堂里只有一个、张然明名瑸恒、是本地人、说的满口南京土话、又年老口齿不清、更是难懂得很、但是他对於所教漢文头班学生很是客气、那些漢文列在三等、虽然洋文是头班、即是那螃蟹们的那么走路的仁兄、在他班里却毫不假以词色、只为他是只以漢文为標準来看的。说到教法自然别无什么新意、只是看史记古文、做史论、写笔记、都是容易对付的、虽然用的也无非是八股作法。辛丑十一月初四日课题是：

「问漢事大定、论功行赏、紀信追赠之典阙如、後儒谓

第九三頁　知堂自用

漢真少恩、其说然欤？」我写了一篇很短的论、起头云：

「史称漢高帝豁達大度、窃以为非也、帝盖刻薄寡恩人也。」張老師加了许多圈、發还时还誇奖说好、便是一例。那时所使用的、於正做之外还有反做一法、即是翻案、更容易見好、其实说到底都是八股、大家多知道、我也並不是從張老師学来的、不过在他那里应用得颇有成效罢了。所以我在学堂这几年、漢文这一方面未曾学会什么东西、只是时时要点拳头给老師看、骗到分数、一年两次考试列在全堂前五名的时候、可以得到不少奖赏、要回家去够做一趟旅费、住在校里大可吃喝受用。所看漢文书籍於後来有点影响的、乃是当时书报、如「新民叢报」、「新小说」、梁任公的著作、以及嚴幾道林琴南的译书、这些东西那时如不在学堂也难得看到、所以与学堂也可以说是间接的有点儿關係的。

我说在学堂里不曾学到什么漢文、那么我所有的这一点知识是從哪里来的、难道是在书房里学的么？书房里的授業師、有三味书屋的寿鑑吾先生和洙鄰先生父子两位、那是很好的先生、我相当的尊敬他们、但是实在也没有傳授给我什么。老实说、我的对於漢文懂得一点、这乃是從祖父那里得来的。他是个翰林出身的京官、只懂得做八股文章、而且性情乖僻、喜欢骂人、那种明比暗喻、指桑骂槐的说法、我至今还很是厭恶、但是他对於教育却有特殊的一种意見、平常不禁止小孩去看小说、而且有点奖励、以为这很能使人思路通顺、是读书入门的最好方法。他时常同我讲「西游记」，说是小说中顶好的作品。猪八戒怎样的馋，孙行者怎样的调皮，有一次战败逃走，摇身一变，变做一座古庙，就只有一根尾巴无处安放，乃把它变成一枝旗竿，竖在庙後面。哪里有先是一枝旗竿，而且竖在庙後面的呢，他又被人所识破了。讲这故事时似乎是很好笑的样子，他便自己呵呵的笑了起来了。不过在杭州寓里，他只有一部铅印的「儒林外史」，我们所常拿来看的。等到戊戌秋间回到家里，我就找各种小说来乱看，在母亲的大厨角落里，发见一部「绿野仙踪」，这就同「七剑十三侠」一起的看。及到南京时差不多大旨已经毕业，只有「野叟曝言」未曾寓目，但从同学借来石印的半部，没有看完，却还了他了。我的读书的经验即是这样的从看小说入门的，这个教会我读书的老师乃是组文，虽然当初他所希望的「把思想弄通」，到底是怎样一个情形，而且我的思想算不算通，在他看来或者也还是个疑问，不过我总觉得有如朱颖叔批的考卷，所谓「文气通顺」罢了。一九二六年我曾写过一篇「我学国文的经验」，叙说这一段情形，里边说道：

「我在南京的五年，简直除了读新小说以外，别无什么底可以说是国文的修养。」这便是继承了上边的经验，由旧小说转入新小说的一个段落了。

四三 風潮

学生里的生活照上边所说的看来，倒是相当的写意的，但是那里的毛病也渐渐的跃现出来，在我们做了二班学生的时候，有好些同学不约而同的表出不满意来了。其一是

第九五頁　知堂自用

觉得功课麻胡，进步迟缓，往往过了一年半载，不少学得什么东西。因此大家都想改良环境，来做这个运动。壬寅冬天总办换黎锦彝，也是候补道，却比较年轻，两江总督又叫他先去日本考察三个月，校务令格致书院的吴可園兼代。听说他要带四名学生同去，觉得这是一条出路，我便同了胡鼎、張鹏、李昭文四人，往找新旧总办，上书请求，结果说是带了毕业生去，这计画也完全失败了。胡鼎又對江督及黎氏上條陈，要怎样改革学堂，才能面目一新，大概因为理想太高，官僚也於改革缺少兴趣，自然都如石沉大海，没有一点影响。

其二是乌烟瘴气的官僚作风，好几年都是如此，以我进去的头两年为最甚。鲁迅在「朝花夕拾」里，说他在水師学堂过了几个月，觉得住不下去，说明理由道：

「総觉得不大合适，可是无法形容出这不合适来。现在是发见了大致相近的字眼了，『乌烟瘴气』，庶几乎其可也。」这乌烟瘴气的具体的例，可以我的壬寅（一九〇二）年中所记的两件事作为说明。都是在方硕辅做总办时代的事情。正月廿八日，下午挂牌革除驾驶堂学生陈保康一名，因为文中有「老師」二字，意存讽刺云。又七月廿八日，下午发赎銀，闻驾驶堂吴生扣发，併停止其春间所加给的銀一两，以穿响鞋故，响鞋者上海新出红皮底圆头鞋，行走时吱吱有声，故名。在这种空气之中，有些人便觉得不能安居，如赵伯先、杨曾诰、秦毓鎏等人，均自行退学，转到陸師或日本去了。可是这不但总办有这样威势，就是监督也是着实庸寒，或者因为是本家的缘故，所以更加关心也说不定。「朝花夕拾」里记有一段说：

「你这孩子有点不对了，拏这篇文章去看去，抄下来去看去。」一位本家的老辈严肃对我说，而且递过一张报纸来。接来看时，「臣许应骙跪奏……」那文章现在是一句也不记得了，总之是参康有为变法的，也不记得可曾抄了没有。」

这位本家的老辈便是管轮堂的监督椒生公，他是道学家兼是道教的信徒，每天早上在吃过稀饭之后要去净室里朗诵几遍「太上感应篇」的。他有一回看见我寄给鲁迅的信，外面只写着公元的年月，便大加申斥，说是「无君无父」，这就可以见一斑了。

但是不平和风潮的发现，并不是在方硕辅时代，而是在黎锦彝新接任的这一个月里，这虽似乎是偶然的矛盾，却是有时势的因缘在里面的。当时讲维新，还只有看报，而那时最为流行的是「苏报」，苏报上最热闹的是学堂里的风潮，几乎是天天都有的。风潮中最有名的是「南洋公学」的学生退学，以后接续的各地都发生了，仿佛是不闹风潮，不闹到退学便不成其为学堂的样子，这是很有点可笑的，却也是实在的事情。这时候新总办到来，而堂的监督都已换了人，驾驶堂的姓詹，管轮堂的姓唐，椒生公则退回去单做国文教习，虽然没有新气象，却也并不怎么样坏。我们四个人——即我和胡鼎，江际澄，李昭文的小组，可是觉得水师学堂是太寂寞了，想响应苏报，办法是报告内情，写信给报馆去。内容无非说学生的不满意，也顺便报告些

第九七頁

知堂自用

学堂的情形、却是很幼稚的说法、如说管輪堂监督姓唐的绰号「糖菩薩」、駕駛堂的姓詹、绰号就叫「沾不得」、这些都没有什麽恶意、其重要的大约还是说班级间的不平、这事深为老班学生所痛恨。这是四月中间的事、到了四月廿八日学堂遂追令胡某退学、表面理由是因为他做「潁考叔論」、痛罵西太后、为大不敬、以稟制台相恫嚇、未几胡君遂去水師、轉到陸師去了。

四四　风潮二

汪仲贤先生在一九二二年所写的「十五年前的回忆」中、曾经说道：

「校中駕駛堂与管輪堂的同学隔膜得很厲害、平常不很通往来。據深悉水師学堂歷史的人說、從前两堂的学生互相仇视、时常有決鬥的事情发生、有一次最大的械鬥、双方都殴伤了许多人、总办无法阻止、只对学生歎了几口气。」

这一節话当出於传闻之误、我们那时候两堂学生並无仇视的事情、虽然隔膜或未能免、倒是同屬一堂的学生因了班次高低很不平等、特别是头班对於二班和副額、使他们做小友、便一切都要被歧视、以至受到壓迫。例如学生房内用具、都向学堂领用、低级学生只可用一顶桌子、但头班却可以佔两顶以上、有时便利用了来打牌。我的同班吴志馨君同头班的翟宗藩同住、後来他迁往别的号舍、把自己固有的桌子以外、又分去了那里所有的三顶之一、翟某大怒罵道：「你们即使講革命、也不能革到这个地步！」过了几天、翟某的好友戈乃存向着吴君寻衅、说我便打你們这些康党、戟手大揮其老拳。又有高先尉也附和着闹、撒潑罵街、大家知道这都是那桌子风潮的馀波。查癸卯(一九〇三)年的旧日记、有好几处记着高先尉的罵街的事：

「三月初三日、礼拜二、晴。夜看苏报、隔巷寒犬、吠声如豹、闻之令人髮指。」

初五日、礼拜四、晴。夜看夜雨秋灯錄、读将終卷、吠声忽作、蛙鳴聒耳、如置身青草池塘。陶子績詩云、春蛙還頻吠、嗚呼、可恨也。古人双柑斗酒、听两部鼓吹、以为雅人深致、惜我身无雅骨、殊不耐也。一笑。」这因为是高某的宿舍適在我的貼夹壁、所以他故意如此、是罵给我听的。日记里也就没有明写、只以隐喻出之、对於其人的品格倒亦是適合的。

但是後来事情也並不闹大、只是这様的僵持下去、直到甲辰(一九〇四)年头班畢業離校为止。本来对於学生间的不平等、想要補救、空谈是无用的、只能用实行来对抗、剝削役使一切不承受、也不再无理把谦避、即如上文说过的上饭厅的时候、保管老学生張開了螃蟹的臂膀在踱着方步、後边的人就不客气的越过去、他们的架子便只好擺给自己看了。这种事情積累起来、时常引起衝突、老班只有謾罵恫嚇、使用无赖的手法、但是武力不能解决问题、經过一次争闹、他们的威风也就减低一層、到後来再也抖不起来了。而且他们也有很大的缺点、往往为学校所查獲、而我们都没有、这是於我们很有利的。如上边记高某謾罵的第二天、就记着道：

藥堂談往

「初七日，礼拜六。点名後炒麪一盆，沽白酒四两，招升叔同吃，微醉遂睡。少顷監督来，有悪少数人聚赌为所获，此辈平日恃悪不悛，賭博已二阅月矣，今已败露，必不免矣。」这里所谓悪少数人，盖有高班在内。

那时候我们做二班的只注意於反抗头班的壓迫，打破不平等，这事総算终於成功了。但这只是消極的一面，以後升了头班，决不再去对别班摆架子，可是並没有更進一步的做，去同他们親近交際，班次间的不平等是没有了，但还存在着一种间隔，可以说是疎远，这风气不知道後来什麽时候才有轉变，——总不会因此而釀成那様的大械闘的吧？

四五　考先生

上边所说差不多全是参观的，集体的事情，没有多少是我个人的事，但是我原是在这个集体之中，那麽这里也可以有我的一份行動在内。现在卻要来说我个人的事情了。我在学校里前後六个年头，自光绪辛丑（一九〇一）九月至丙午（一九〇六）七月，十足也只是五年罢了，告假在家的时候要佔了一年有餘，有好几次几乎離脱学堂了，卻不知以何种関係，终於得以維繫住，想起来是極有意思的。现今就把这个来叙述它一下。

我到南京以後，第一次回家去，是在壬寅年的四月里，初一日接家信，知母親患病，祖父谕令归视，遂於初三日同了头班的胡恩诰君離寧到沪，胡君原籍安徽，说到杭州分路，其实卻是家住上海，所以到了上海就不動了。我乃独自旅行，於初七日到家，则母親病已快好了，遂於十四日离家，十九日至返学堂了。是年六月二十四日记项下有云：

「二十四日，礼拜，晴。下午接家信，促归考，即作苔歷陳利害，坚卻不赴。」这是很要重的一个诱惑，可是勝利的拒绝了。为什么说是要重的呢？缘因是由於混过两回的考場，对八股的应付办法也相当的得到训练，所以在庚子年的縣府考时，以「周珠」的名義应试，虽是在二三图里滚上滚下，最高也到过第二图的第五名，即是總数第五十五名，縱使距及格的四十名还差得遠，但是比戊戌年的第十图三十四即四百八十四名看起来，实在已经進步不少了。当时家里的人大概还觉得当水手不及做秀才的正路，或者由於本家文章的力劝，也未可知，而同时在学堂本身也存在着这樣的空气，这是很奇妙的，虽然是办着学堂，实際卻还是提倡科举，即如我们同班丁東生告假去应院试，進了秀才，总办还特别挂虎头牌，褒奖他一番呢。这事不记得这一年了，但总之这乃是方碩輔当总办的时候的事，那是無可疑的，那麼这总当在癸卯以前吧。这樣里外夾攻的诱惑可以说是很厲害了吧，但是它也干脆的被擊退，因为这时我的反漢文的空气也很要重。如十月二十四日项下云：

「今日漢文堂已收拾，即要進館，予甚不樂。人若有以讀书見詢者，予必曰否否，寧使人目予为武夫，勿使人谓作得好文章也。」又十一月十六日项下云：

「上午作论，文機鈍塞，半日不成一字，飯後始亂写得

第一〇一頁　知堂自用

而保存字、草率了事。颇予甚善、此予改良之发端、亦进步之实证也、今是昨非、我已深自忏悔、然欲心有所得、必当尽弃昔日章句之学方可、予之拚与八股尊神绝交者、其义盖如此」。

癸卯年两江师范学堂成立、秋天仍举行乡试、夫子庙前人山人海的、算是绝后的热闹、因为甲辰年以后科举遂永远停止了。那年暑假适值鲁迅回来、我也回到家里、於七月十六日偕至上海、鲁迅往日本去、我则同了伍仲学坐长江轮船、一路与「考先生」为伍、直至南京。今抄録当时的日记两节於後：

「晚九下钟始至招商轮船码头、人已满无地可措足、寻找再三、始得一地才三四尺、不得已暂止其处。天热甚、如处甑中、二人交代看守行李、而以一人至舱面少息。途中倦甚、蜷屈倚壁而睡、而间壁又适为机器房、壁热如炙、烦燥欲死、至夜半尚无凉气。四周皆江南之考先生、饶有酸气、如入火炎地狱、见牛首阿旁、至南京埠、始少凉爽。」

「江南考先生之情状、既於金陵卖书记中见之、及亲历其境、更信不谬。考先生之在船上者、皆行李累累、徧粘乡试字様、大约一人总要带书百许斤、其余家居用具靡不俱备、堆积如山、饭时则盘辫捋袖、疾走抢饭、不顾性命。及船至埠、则另有一副面目、至入场时、又宽袍大袖、项挂考篮、手提洋铁罐、而阔步夫子庙前矣」。其时对于「考先生」的印象既然十分恶劣、那么自己之得以倖免、当然很是可以喜慶

第一〇二頁

知堂自用

的事了。

四六　生病前

癸卯暑假的日記改了体例，不再是按日填注，改為記事体，有事情的时候寫它一段，以詳实為主，因此这半年——实在只有一个月半里的日記顯得比較实在。起头是記魯迅的從家出發，到上海上輪船的情形，第一節是七月十六日，題目為「冒雨之啓行之珠岩之泊」：

「予与自樹（魯迅当时的別号）既決定啓行，因於午後束裝登舟。雨下不止，傍晚至望江樓少需，舟人就岸市物，予亦登，買包子三十枚，回舟与自樹大啖。少頃開舟，雨又大作。三更至珠岩寺拜耕家，往談良久，啜茗而返，携得國民日報十數紙，爇燭讀之，至四更始睡。雨益厲，打篷背作大声。次晨，至西興埠。」这里且来讓我作一点註解，是關於望江樓的包子的。所謂包子，实在用的乃是普通話，在紹興是不論有餡無餡，一概称饅头的，其無餡的則特别称為实心饅头。这是紹興城内的名物，个子很小，只有核桃那么大，名為「傒傒饅头」，正好一口一个，分肉餡和糖餡兩種，都是兩文錢一个。望江樓照那名字看来，一定是座高大洞楼，上有楼閣，因為否則哪能够望得見江呢？豈知这地方是在大街正中，居小涇橋与江橋的中央，雖然是道橋，可是皆層只有一級，底下通着河流，但是走過去的人不容易発見，因為这橋上有屋頂，兩面是有墙壁遮住的。為什么是这樣的呢，誰也不能知道，向来就是这樣的嘛。而这饅头店又是特别得很，它只有一个攤，擺在橋上边，帶着

第103頁

知堂自用

缸灶、鍋鑊蒸籠、一边做着一边蒸、生意十分興隆、但是买的人随来随买、也不用排队、不晓得什庅缘故。因为馒头个子很小、所以两人吃三十个是绰有餘裕的、这也是值得说明的。

第二節是记十七日在杭州的事、题目是「白话报館之寄宿」：

「大雨中雇轿渡江、至杭州旅行社、在白话报館中、见汪素民诸君。自樹已改装、路人见者皆甚为诧異。饭後自樹往城头巷医齲齿疾、予并外李昌雨往清河坊、为李復九購白菊、黄甚、中道迷路问行人、答甚详、以予洋服故也。又得一老人、亦往清和坊者、同行始得達、途中彼问予是紅毛国人否、予告以係越人、似不信。同来已晚、夜宿楼上。次日伍仲学来访、云今日往上海、因约定同行。下午予两人乘舟至拱辰桥、彼已先在、包一小艙同住、舟中縱谈甚歡」。伍仲学是鲁迅的路礦同班、当时也在東京留学、他是南京的人、同家去後随後往日本去了。我到了学堂里遇见许多的朋友、在城南聚会了一次、这就是日记的第七節记事、题目是「三山街同人之谈话」、是七月二十九日的事：

「前一日得鍔剛信、命予与復九至城南聚会、当日乃偕使畊復九二人至承恩寺萬城酒楼、为張偉如邀午飡、会者十六人。食畢至刘寿昆处、共拍一照以为紀念、名氏列後、張冀臣、孫竹丹、趙伯先、濮仲厚、張偉如、李復九、胡使耕、方楚乔、王伯秋、孫楚白、吴鍔剛、張尊五、江彤侯、薛明甫、周起適、刘寿昆。散後復至鉄湯池、賸張伯饨、及同城北已晚。」

以後是「江干两次之话别」、係送張偉如往浙及李復九往日本去的、又一節是「明故宫之印象」、与王伯秋王毅軒鍾佛沐刘寿昆共「往吊明故宫」、里边含有民族革命的意思、則已是八月十四日的事了。從这上边的事情看来、神气非常旺盛、可是才過了一星期却不意生了病、竟至缠绵四閲月之久、於是那日記也就中断了。

四七　生病後

我到了南京才得一个月、却不料就生起重病来。这一天是八月二十一日正逢礼拜、患了近似时症的病、当初昏不知人、樣子十分沉重。学堂里的医官照例是不高明的、所以医藥毫無効驗、朋友們劝去住医院、那时这只有外国教会所开的医院、有学生怎么住得起呢、承蒙同班的柯采卿自動的借給我六七塊錢、使用從陸師带来、僱車送我進了美国医院。这所医院设在鼓楼、大概創办人的名字是嗶勃（Beebe）吧、一般的人都称它作「嗶嗶医院」。我是下午進院的、办好手續、交了飯费、大约这所住的是免费的一种吧、所以不記得要收住院费用。但是因此待遇也就特别的糟、我被放在一大间里、住有十多个病人、那时我还發着高热、睡在眾人中间、好像是在長江輪船的散艙里、觉得騷擾不堪、这中间有一个腰腿不便的病人、在地上爬着行走、却特别顯得活潑、一忽儿到这边牀前说些话、一忽儿又跑到那边去了。这很令人想起多年不見的「孔乙己」来、但是孔乙已盤着腿在地上拖、兩只手全是烏黑的泥、他的樣

第一〇五頁　知堂自用

子又十分頽唐、所以叫人感到一种怜悯、但这个病子却只令人發生厭恶之感罢了。这一天的夜里真是不好过、况且進院以後医生也没有来看过、我便在第二天决心搬出去、只好退院交涉之後、又要等厨房算还飯錢、麻烦了好半天这才算清楚了。但是回学堂来病仍是没有好、虧得别的朋友帮忙、这回是刘寿昆君招我到他的店里去住。他的底细我不知道、只晓得他是湖南人、暗中在做联络革命的工作、在貢院左近臨时開了一家书店、收罗当时时務书以及禁书、以備来鄉试的考先生们的願者上鈎、結果自然是像姜太公的一年所得。我的牀便放在书架後面、有兴致时可以自已抽看、一面也听着买书人的说话、与站在櫃台前无異。刘君应付着主顾、又隔日同我去找香山鄧雲溪看病、煎藥煮稀飯、忙得要命、我也十分过意不去、一直住了十多天光景、病已漸見輕減、才回到学堂去、那时已是重陽前後了。这书架子後边的生活、我到後来还不能忘記、回想起来也很之有趣、但特别感到困难的、乃是大小便的時候、因为这様的臨时小店中是没有便所的设備的。所以在那时候必须走出门去、而且走的相当的遠、在一塊空地里在人家的後墙下、找两塊断砖来垫脚、構成急就的厠所、这在有病的人是相当吃力的。书店主人在医藥飲食方面、都想得很周到、唯独对於这一件事覺得无能为力了。不过这种經验也是很难得的、我在南京这些年里头、在野地里拉屎、这也只是第一次哩。

我回到学堂里来、不意又生起病来了。这回却不是旧病至犯、乃是一种新的病、——我也不明白從前生的是什么病、这回的又是什么、这其间有没有因缘的関係、总之这回所患的病是两脚從膝盖以下都腫脹了、後来是連面部都顯得浮腫起来。我因为不相信学堂的医官、所以也並不去请教他、只是由它拖着。这回好意的自动来给我帮助的、却不是我的朋友和同学、乃是学堂里的听差。他名叫刘贵、想来也是应付公家的姓名、是南京本地人、平日看他很是粗鲁、对我却相当関心、有一天午饭时他忽然拏来一个盘子、说这是乌鱼、用火煨熟、可以治水腫、只要淡吃、一次吃完才好。我谢谢他的好意、如法的吃了、虽然病依然没有好、但他的意思总是很可感谢的。刘贵平时对头班的老爷们很不客气、如吃点心的时候问他要、他硬不肯给、说已经有人定下了、却拏来给我们。我和柯采卿同住在二十三號、離听差的房间不很遠、但是我们不顾学头班那様、在自己房里大声叫嚷、所以总走到穿堂那里去叫、可是一叫就来了。他便是这样一个吃軟不吃硬的人。回想过去、自已受过人家的照顾很是不少、有的就此分散、連生死的消息也不知道、很觉得有点悵然、这两位劉君的事正是最早的一例了。

病既然没有好、頗在学堂里也不是办法、湊巧这时候椒生公被辞退了国文教習、正要回家去、就顺便带了我回紹興了。这是九月二十九日的事情、於十月初三日抵家、请包越湖診治。包越湖是诸暨縣人、在「诸暨冊局」应诊、我坐轿子隔日一去、轿钱来回只要两角、比較的还不算贵。

到了十一月腿腫已經消了、左側项上在耳朵背後忽然生了一个大疽、这地位既已不好、况且癤子在冬天發生、更不是尋常的事。这是第三种的毛病、不但苦痛、也很觉得危險、據说这名为「髮際」、因为生在头髮边沿的関係、特别有了名称、便是不好医治的証據。幸虧得南街的外科医李介甫给我開刀、加上「潤子」、——這是一种紙捻、加薬插入瘡口、防止它的愈合、与现代的紗布有同样的効用、經过了月餘的治療、这才逐渐的好起来了。李介甫是三味书屋的同学李孝谐的父親、也是大舅父怡堂的親家、本来也是大家子弟、因为自己喜歡搞这一门、所以做了外科、否则外科地位很低、多少与剃头修脚相像、平常人是不肯幹的。他到了晚年、称呼卻仍是「李大少爺」、这可见是他初做外科时人家这樣叫他、表示尊重、就一直沿用下来了。癸卯年底我差不多已經復原了、可以到大街去蹓躂、甲辰（一九〇四）年二月遂決行回学堂去、乃於初五日啟行、初十日到了南京了。

四八　東湖学堂

我於壬寅癸卯年間、先後三次回到家里、卻没有遇着祖父大發雷霆罵人的事情、好像是脾氣已經改过了、或者是对於跑出在外的孫子輩表示嚴厲、没有什麼意思了吧。但是这时候没有了「挑剔风潮」的人、也是一个大的原因。在壬寅十一月二十七日项下有云：

「仲翔叔来信云、五十（即衍生的小名）已於十八日死矣、闻之雀躍、喜而不寐、從此吾家可望安静、实周氏之大幸

第一〇八頁　知堂自用

藥堂談往

編輯人請注意，一百〇八頁第四十節題目，請代為改正：“祖父之喪”四字。

也」。據說在衍生死信傳出的時候，祖母聽了不禁念了一句阿彌陀佛，她是篤信神佛，決不是幸災樂禍的人，但这时也就忍不住表出她的感情来了。話雖如此，祖父就只不再怨罵而已，平常怪話还是时常有的，譬如伯升在学堂考試得了个倒數第二，我則在本班第二名，他便批評說：

「阿升这回沒有考背榜，倒也虧他的。阿魁考了第二，只要用功一点本来可以考第一的，却是自己不要好。」这樣的話，听慣了也就不算什庅了。这里只須說明一句，学堂榜上的末名称為「背榜」，或称「坐紅椅子」，因為照例於末了的这一名加上硃筆的一鈎。阿魁則是我的小名，因為当日接到家信的时候，有一个姓魁的京官去訪他，所以就拏来做了小名，这是他給孫子们起名字的一个定例。

我於癸卯年在家里養病过了年，至第二年二月始回到南京，但是过了四个月又是暑假，我便又到家里来了。不过这一回不湊巧，正趕上祖父的喪事，差不多整个假期就為此斷送了。祖父当时六十八歲，个子很是魁梧，身体向来似乎頗好的，却不知道生的是什庅病，總之是發高燒，沒有几天便不行了。他輩分高，年紀老，在本台门即是本家合住的邸宅里要算是最長輩了，親丁也不少，但是因為脾气乖張的関係，弄得很是尷尬，所以他的死是相当的寂寞的。講到排場，当然有那一大套，甚至还弄什庅「鬧訃」，以及大门口釘上麻布等，和尚道士的「七七做」，「八八敲」自然是不用說了。他的長子早死了，照例要長孫「承重」，但是魯迅也在日本，於是叫我頂替，我迫於大義，自不得不勉

第一〇九頁

知堂自用

为甚难。但是不久在学堂里的伯升奔丧回来了、我以为可以卸责了吧、可是不行、一定要我顶替下去、我不知道这是礼教所规定的呢、还是只因为他是庶出的缘故、所以对他特别歧视的。倘若是後面的原因、那应我倒替伯升说一句话、这实在是極不公平的。平心的说、伯升的立场倒实是站在我们这一边的、我们那时虽是多数、但是被损害与被侮辱者、他不去附和那强者的那边、这或者是他的聪明处、但是也很可佩服。他对蒋老太太恭而有礼、过於看领他大的潘姨太太、有一回彼此闹别扭、他不肯叫一声「妈」、便不给他绵裤穿、害得他终於「拉稀」——这就是患肚泻、後来经蒋老太太的干涉、这才穿上了绵裤。伯升是十二岁的时候從北京回去的、随後学得了一口绍兴话、常有一句口头禅、是「伊拉话啦」、普通话就是说「他们说的」、在讲了一通海阔天空、难以置信的话以後、必定添一句「伊拉话啦」、極有天真烂漫之趣。他因为生长在北京、故極爱京戏、在南京时極醉心於当时的旦角粉菊花、几乎每星期日必跑往城南去听戏。监督公想法羁縻他、特於前晚对他说道：

「你明天早上来我这里吃稀饭、有很可口的扬州小菜。」伯升唯唯、可是第二天一清早就溜了出去、床上只留帐子低垂着、床前摆着一双马靴、像是还高卧着的样子、及至监督觉察、这时人已走远、差不多已经过了鼓楼了。又有一回遇见非常的窘困、礼拜日无聊心想出去、问我借钱、适值我也没有、只剩了三角小洋、他乃自告奋勇、说到城南买点心去、果然徒步来回走了三四十里路、從夫子庙近旁的稲香村買了好些很好吃的点心来，在宿舍里飽吃一頓，現在説了也覺難信，那时候的点心的確這樣的價廉而物美。他似乎平时很是樂天，所以总是那么哥兒郎当的，有时又似乎世故很深，萬事都不大計較的樣子，所以他对於我的充当承重孫也別无什么不滿意。其後祖母去世，家里没有他的長輩了，但他仍舊守着「長嫂如母」的古训，着实不敢放肆，就是母親给他包办的婚姻，他也表示接受，虽然這事结果弄得很是不幸，却终不明白反抗。民國六年（一九一七）三月我從紹興往北京，知道他的兵船在寧波停駐，就特地繞道前去相会，在寧春樓吃了晚饭，是为最後的一次会見，至第二年的一月二十七日得到二十三日家信，得知他已經在南京病故了，享年三十七，剛过了「本寿」，与伯宜公是一樣的。身後遺留下来，一位傅氏太太，没有子女，要母親留养她到百草園故家裏去，隨後分了錢走散，一位在外的徐氏太太帶着一个小孩，併且还有遺腹兒未生，則不知行踪若何，这也是十分遺憾的事。他的正式官名是「聯鯨兵輪机正海軍上尉周文治」，在公文书上是这樣称呼的。我在記祖父的表事这一節里，趁这机会讲他一番，聊作纪念。

四九　東湖学堂

椒生公在南京学堂的势力与地位開始渐渐的下降，由提调而监督，又由监督而国文教習，末了連教習也保不住了，便只好回家吃老米饭去。不过他在本地还是一时有声望的，因为一向在外边办学務多年，縱使不很高明，办学的經驗总是有的。所以他回到紹興，最初也得到相当的地位、便是請他去当紹興府学堂的監督。这里名称虽是監督、实際可是校長、权力很大、而同时有一个副監督、这人卻不好相与、此人非别、即是後来进了三年实行暗殺造反的徐伯蓀即徐錫麟便是。这两个人共处一堂办起事来、其不能順利進行、蓋是必然的道理。一个是矮胖擁腫的身材、身穿一件「接衫」、上半截的白布、有下半截綠綢的三分之二的長、——接衫者穿在馬褂底下的襯袍、因为有馬褂遮蓋着的缘故、为節省綢料起見、用白布替代、古时馬褂特別的長、故下边露出的綢料只有三分之一、——踹蹣行来、看来的人都不禁要喝一声彩、说好一个「蕩湖船」的老爷出来也。又一个則是蒼老桂悍的小伙子、頂上留着一个小顶搭和一條細辮子、夏天穿着一件竹布長衫、正在教学生们兵操、过了一会兒他叫学生走到墙陰地方、立定少息、自己便在太陽地里晒着。这是两个人形象具体的描写、是我親自看来的。後来監督公还自誇口、说他在三年前就知道他是乱党、自己有先見之明呢。他既然有了職業、不成什么问题了、可是对於我在南京还是不放心、假如參加了乱党、这怎么办呢、不如叫回紹興来、便可以不负当初介紹的责任了。这回湊巧我因祖父的丧事、在家里耽搁很久、他便劝我去教英文、地方在東湖、这也算是近时名勝之一、所以我就答应去试试着。幸而这事只试了两个月、我便仍旧回学堂里去、不然的话就会教书下去、於未来生活発生一个巨大的变化了。

东湖的这个学堂、门前扁额上寫着「東湖通藝学堂」、不知道是什么性质、是私立呢还是公立、只有问那创办人陶心云去才晓得。在一九三一年出版尹幼莲所编的「绍兴地志述略」第十四章说名胜古迹的地方、东湖底下注道：

「东湖在城东十里、有陶氏屋、面山带水、风景颇佳」。

这话说得很含蓄而得要领、因为地是官地、用的是公款修造、但是房屋却为陶氏估为私有、为敷衍门面计、分定作三种办法。其一是所谓「稷庐」、即是东头的一部份纯粹是陶观察公的私人住宅、游人不得阑入的、其二是中间也就是靠近西头的几间、作为「学堂」、这是要和学堂有关系的人才能进出。其三是一片水面和几条堤防、说是「放生池」、是公开给大众的、但是东湖的建筑是在箬篑山即绕门山的脚下、和北岸隔着一条运河、运河上架有一座石桥、却在稷庐之东、从这桥绕道入湖、便要走过住宅部分、这是断乎不可、但游人既无翅膀、又不会水上行走、如要看放生池的风景、势非用船不可、从学堂东边的「濠梁」桥进去、而这桥下却有铁门锁着、若要开时须出「酒钱」、请陶府的做工的人特别来开锁才行。因此之故、这个公开地方倒实在是很闲静的、平常管领着这大片土地的也就是稷庐陶家有关的几个人罢了。

我到东湖学堂去是教英文、学生记得是两班一共三个人、初级是陶望潮、是陶心云的本家、现今尚健在、高级是陶缉民、乃是心云的承继的儿子、那时还只是十二三岁的小孩、现在却已经故去了、还有一个忘记了名字、但据说不是姓陶的。每天上午是由我教英文、下午由两位教员个教国文和算学。教室便在一间大屋内，东湖的屋都建造在一道築成的堤上面，所以进身都不能很深，这间要算顶大的了，面北两扇黑漆大门，上边红地黑字，大书道：「临渊无羡，大德曰生。」这对联以文句论，以笔画论，都要算是屋主人的最成功的杰作，东湖所有的大小扁额柱联无一不是他的手笔，实在绍兴人已经看的厌了，只这八个字倒似手还没有那种呆板相。我的住房便在「临渊无羡」那一边的耳房里，那里又分为南北二间，南边的一间稍为大点，只是因为北墙临运河，只有一个很高的窗，西面又是房屋尽头，不好开窗门，所以很是黑暗，蚊子非常的多，但是因为临河的关係，回家去时在那里等候趁「埠船」，却是很方便的。当初口头说好，每月薪水是二十元，学堂供给食宿，

但是到了下旬时节，有一个自称是观察公的表姪的会计走来找我，说什么经费困难，只能姑且奉送这么多，就送来英洋十六元。我也无意于较量多少，便同意收下了，到了第二个月也是如此，但是两个月快满，学堂方面通知椒生公说，因为学生们说英文口音不大准确，所以拟不再聘请了。南京同学碰巧也这时来信，说要冬季例考了，赶紧前来销假，我遂即回去，学校是十二月初一日起举行考试，大概是在十月中回到学堂里的。

東湖时代的学生虽然不多，可是与我却是有缘，长久保持着联络，如陶望潮君，关于他的事后来还要说及。陶冶民君於民国二十一二年时，来北京大学，见面多次，当时曾写了一幅字送他，现在便抄在这里，作为纪念。原文

第一一九頁

知堂自用

收在「夜读抄」的苦雨斋小文里边，题目是「书贻陶偶民君」：

「绕门山在东郭门外十里，係石宕旧址，水石奇峭，与吼山仿佛。陶心云先生修治之，称曰东湖，设通艺学堂，民国前八年甲辰秋余承命教英文，寄居两阅月，得尽览诸勝，皆作小诗数首纪之，今稿悉不存，但记数语曰，岩鸽翻晚风，池鱼跃清响，又曰，潇潇数日雨，湖落白芙蓉。忽忽三十年，怀念陈迹，有如梦寐，书此数行以贻偶民兄，想当同有今昔之感也。廿二年十一月二十三日，在北平。」

五〇　東湖逸话

我在上边只是讲得東湖学堂，对於东湖本身还没有讲到，现在就来補说几句话。东湖在绍兴以山水论，那是没有什么值得说的，因为它的奇怪不及吼山的水石宕，若欲和西湖对峙，那简直是笑话了。但是它在近时却非常有名，这是什么缘故呢？我想这第一是因为它离城近，交通方便，往往可以顺路去一瞻仰，不比别的名胜多在偏僻地方，去走一趟要费一天的工夫。第二是因为这是近来新添出来的，看的觉得新鲜，不管这好看不好看。其实看它当初造成的原因，就可以看出它的特色来，这也就是缺点。我们这里姑且借用張宗子的「越山五佚记」中说曹山的话，来做个石宕的山水的说明。原文云：

「曹山，石宕也。凿石者数什百指，绝不作山水想，凿其坚者，瑕则置之，凿其整者，碎则置之，凿其厚者，薄则置之。日积月累，瑕者堕则块然阜也，碎者裂则崭然峰也，薄者穿则砑然门也。由是坚者日削，而峭壁生焉，整

第一一五頁　知堂自用

字日琢、而廣厦出焉、厚字日碟、而危巒突焉、石则苔藓、土则薜荔、而翁翳兴焉、深则重渊、浅则滩濑、而舟楫通焉、低则楼台、高则亭榭、而画图萃焉。」正因为这奇峭的山水是因为採取山石而成功的、故長处在於它的彫琢、而这彫琢也就是短处、張宗子記他的祖父張雨若的檄语云：「谁云鬼刻神鏤、竟是殘山剩水」、为此种名勝最確切的评语、連吼山也在其内。李越缦在「七居」中第六說到吼山、也说道、

「其山剧削、其水洌疾、故其人犖毒、而性剽急」。还有一层、我是在那里住过两个月的、所以深知道夜景的可怕、为白天游湖的人所不曾见到的。我在室外南廊下站着、面对着壁立千仞的黝黑的石壁、在微细的月光下、恍如见法国陀勒的有名的「神曲」中地狱篇的插画、别有一种陰森悽惨的可怖景象、觉得此地不宜長住、不僅是办学校和医院是非所宜、别的事情也办不来、——除非是图谋造反、这才是適合的背景。哪知事有湊巧、这恰成为革命计画的原始地、而是与徐錫麟有密切的関係的。

原来徐伯蓀的革命计画是在东湖開始的、不、这还说不到什么革命、简直是不折不扣的「作亂」、便是预備「造反」、依據紹興、即使「依據一天也好」、这是当日和他同谋的唯一的密友親口告诉我说的。当初想到的是要抬集豪傑来起義、第一要紧的是筹集经费、既然没有地方可搶劫、他们便计画来攔路劫奪錢店的送现款的船隻。那时紹興錢店一礼拜里有一次送款的船、由一个店夥押送、坐了脚踏的小船前

去、因为往东走、大约是经过曹娥往宁波去的吧、也应该有往西到杭州去的、但因为西路太是热闹、所以不曾计画也说不定。而且、这与东湖的预谋地点也有関係、遂决定在东路实行了。

他们的计画是借东湖办什么事業、主要却是夜间、由徐伯荪和他的同谋陈君二人、在湖中練習划船、这时期大概也不很早、在我数出去的一二年前吧。学会了划船之後、便於「月黑殺人夜、风高放火天」、出外实行路劫、錢店店伙和小船船夫由他们一人对付一个、请他们吃了「板刀麫」、把洋钱捡了来、做「造反」的本钱。这个计畫实在迂緩得很、但是他们竭力進行、正在这个时節却来了一位軍師、一席话把这可笑的计画全盘推翻、他们同意这种小生意没有做头、決心来大幹一番。这位軍師即是陶成章焕卿、乃是陶观察的一位本家、他主張联络浙东会党、招集各地豪傑、都「動」起来、然後大事可成、这是他的「光復会」的主張、民族革命的一張大纛。徐伯荪听從了他的話、便去運動人替他出钱捐候補道、到安徽省去候補、結果做了那驚天動地的一幕、却不料这事發端是在東湖、也是在那里定策的。和他同谋的陳君名字叫一个「濬」字、號曰子英、比較不大知名、他在安慶事發的当时逃到東京、时常到魯迅所住的公寓里来、这是当时听他自己所讲、由我听着记了下来的。現在他也久已逝世、大约听过他讲这故事的人也只有我存在、今因说到東湖、就把它記録下来、且当作一则东湖的逸話講講吧。

第一一七頁

知堂自用

五一　我的新书一

我们的英语读本「英文初阶」的第一课第一句说：「这里是我的一本新书，我想我将喜欢它。」我的第一本新书，使我喜欢看的，在上边已经说过，乃是英国纽恩斯(Newnes)公司的送礼用本「天方夜谈」，装订的颇精美，价值却只是三先令六便士。我有了这部书，有事情做了，就安定了下来，有如阿利巴巴听来的「胡麻开门」的一句咒语，得以进入四十个强盗的宝库，不再见异思迁了，同时也要感谢东湖学堂，假如要我在那里教书，那也就将耽误了我的工作，不及赶那笨驴去搬运山中的宝贝了。我回到学校，感谢功课教得那么麻胡，我也便过上考试，而且考得及格，只是告假过多，要扣分数，结果考在前五名以外，这半年的赡银也多少要少得一两，这就算是我的损失了。

但是我的新书并不只限于这「天方夜谈」，还有一种是开这边书房门的钥匙，我们姑且称它的名字是「酉阳杂俎」吧。因为它实在杂得可以，也广博得可以，举凡我所觉得有兴味的什么神话传说、民俗童话、传奇故事，以及草木虫鱼，无不具备，可作各种趣味知识的入门。我从皇甫庄看来的石印「毛诗品物图考」——后来引伸到木板原印，日本天明四年（一七八四）所刊的旧本，至今还宝存着，和「秘传花镜」，已经被引入了「广化丛书」的「華譜」里，得了「酉阳杂俎」却更是集大成了。在旧的方面既然有这基础，这回又加上了新的，这便有势力了。十多年前，我做了一首打油诗，总括这个「段十六成式」所做的书，现在引了来可以做个有诗为证：

「往昔读说部、吾爱段柯古。名列三十六、姓氏略能数。不爱馀讨文、但知有杂俎。最喜诺皋记、亦读肉攫部。金经出鸠异、黥梦并分组。旁色得金椎、灰娘失去履。童话与民谭、纪录此鼻祖。抱此一函书、乃忘读书苦。引人入胜地、功力比水浒。深入而不出、遂与蠹鱼伍」。

但书堆里没有怎么深入、这回却又钻进了新书里去、虽然也还是「半瓶醋」、可是这一回却是泡得很久、有一次曾经说过、自己的那些「杂学」、十之七八都是从这方面来的。我的一个从前的朋友、曾说我是「横通」、这句褒贬各半的话、我却觉得实在恰如其分的。没有一种专门知识与技能、怎么能够做到「直通」呢？我系杂学虽然有种种方面的师傅、但这「天方夜谈」总要算是第一个了。我得到它之後、似乎满足一部份的欲望了、对於学生功课的麻胡、学业的无成就、似乎也没有烦恼、一心只想把那夜谈里有趣的几篇故事翻译了出来。那时我所得到的恐怕只是极普通的雷恩的译本罢了、但也终够使得我们向往、哪里梦想到有理查白敦勳爵的完全译注本呢、就是现在我们也只得暂且以美国的现代丛书里的选本为满足、世间尚有不少笃信天主教的白敦夫人、白敦本就不见得会流行吧。这阿利巴巴与四十个强盗是谁也知道的有名的故事、但是有名的不只是阿利巴巴、此外还有那水手辛八和得着神灯的阿拉廷、可是辛八的旅行述異虽有译本、阿拉廷的故事也着实奇怪可喜、我愿意译它出来、却被一幅画弄坏了。这画里阿拉廷拿着神灯、神气活现、但是不幸在他的脑袋瓜儿上拖着一根小辫子、故事里说他是支那人，那底岂能没有辫子呢，况且有了它也很好玩，小时候看那变把戏的人，在开始以前说白道：「在家靠父母，出家靠朋友，」说话未了只把头一摇，那條辫发便像活的蛇一样，已蟠在额上，辫梢头恰好塞在嘴内。这怎能怪得画家，要利用作材料呢，但是在当时看了，也怪不得我得发生反感，不愿意来翻译它了。还有一层，阿利巴巴故事的主人公是个女奴，所以译了送登「女子世界」，後来由「小说林」单行出版，卷头有说明道：

「有曼绮那者波斯之一女奴也，机警有急智，其主人偶入盗穴为所杀，盗复踪至其家，曼绮那以计悉歼之。其英勇之气颇与中国红线女侠类，沉沉奴隶海，乃有此奇物，亟从欧文移译之，以告世之奴骨天成者。」倘若是译出阿拉

丁的故事为「神灯记」，当然就不能出这样的风头了。

五二 我的新书二

「侠女奴」单行本是在光绪乙巳，我所有的一册破书已是丙午（一九〇六）年三月再板，「玉虫缘」刊行在於「侠女奴」之後，初板的年月是乙巳年五月，这是书本的纪録。再查日记，可惜这不完全了，甲辰年只有十二月一个月，乙巳年至三月为止，但在这寥寥一百二十天的记载里边，却还有点可以查考，今抄録於後。甲辰十二月十五日條下云：

「终日译侠女奴，约得三千字。」这大槩不是起头，可见这时正在翻译，十八日寄给丁初我，这是女子世界的主编，也是上海小说林的编者之一。乙巳正月初一日云：

「元旦也，人皆相贺，予早起译书，午饮於堂中。」至十

四月、又记云：

「译美国坡原著小说山羊图竟、约一万八千言。」二十四日寄给丁初我、至二月初四日得到初我回信、允出板後以书五十部见酬。十四日條下云：

「译侠女奴竟、即抄好、约二千五百字、全文统一万余言、拟即寄去、此事已了、如释重负、快甚。」由是可知侠女奴著手在前、因在报上分期发表、故全文完成反而在後了。二十九日條下云：

「接初我廿六日函、云山羊图已付印、易名玉虫缘。又云侠女奴将即单行、有所入即以补助女子世界社。下午作函允之、併声明一切、於次日寄出。」这里那两本小书的译述年月已经弄明白、即虚假的署名、一个是萍云、一个是碧罗、而且都是女士、也均已声明、虽然并非必要、因为这在编者原是一目瞭然的。

「玉虫缘」这名称是根据原名而定的、本名是「黄金甲虫」(The Gold-bug)、因为当时用的是日本的「英和辞典」、甲虫称为玉虫、实际是吉丁虫、我们方言叫牠做「金虫」、是一种美丽的带壳甲虫。这故事的梗概是这样的、著者的友人名莱格阁、避人住於苏利樊岛、偶然得到一个吉丁虫、形状甚为奇怪、颇像人的骷髅、为的要画出图来给著者看、在裹了吉丁虫来的偶從海边撿得的一幅羊皮纸上、画了图递给著者的时候、不料落在火炉旁边了、经著者拾起来看时、图却画得像是一个人的骷髅。莱格阁仔细检视、原来在画着甲虫的背面对角地方、真是骷髅的图、是经炉火烘烤出现

第一二〇頁

知堂自用

的、而在下方則題出一隻小山羊、再經洗刷烘烤、乃發見一大片的字跡、是一種用數字及符號組成的暗碼。他的結論是这是海賊首領甲必丹渴特(Kidd)的遺物，因为英語小山羊的發音与渴特相同、而髑髏則为海賊的旗幟、所以苦心研究、終於將暗号密碼翻譯了出来、掘得海賊所埋藏的巨額的珍寶。这是安介亞倫坡(Edgar Allen Poe 1809-1849)所作中篇小说之一、坡少孤受育於亞倫氏、故兼二姓、性脫略耽酒、終於沈醉而死、詩文均極瑰異、人称鬼才、我後来在「域外小说集」里譯有他的一篇寓言「默」、此外亦不能多譯。这篇「玉虫缘」的原文係依據日本山縣五十雄的譯註本、係是他所编的「英文学研究」的一册、題目是「掘寶」。所以在譯本後边、有譯者的附識道：

「譯者曰、我譯此書、人初疑为提倡發財主義也。雖然、亦大有術、曰有智慧、曰細心、曰忍耐。三者皆具、即不掘藏亦致富、且非独致富、以之办事、天下事事皆可为、为無不成矣。何有於一百五十萬弗之鉅金。吾願讀吾書者知此意。乙巳上元、譯者識。」

这是还没有偵探小说时代的偵探小说、但在翻譯的时候、華生包探案却早已出板、所以我的这种譯書、確是受着这个影响的。但以偵探小说論、这却不能说很通俗、因为它的中心在於暗碼的解釋、而其趣味乃全在英文的組織上、因此雖然这篇小说是寫得頗为巧妙、可是得不到很多的外国讀者、实在是为内容所限、也是难怪的。因为敝帚自珍的関係、現在重閱、覺得在起首地方有些描寫也还

第一三頁

知堂自用

不錯、不免引用在這里：

「此島在南楷罗林那省查理士頓府之左近、形狀甚奇特、全島係沙礫所成、長約三英里、廣不過四分之一、島与大陸毗連之処、有一狹江隔之、江中茅葦之屬甚茂盛、水流迂緩、白鷺水鳧多栖息其処、时时出沒於荻花芦葉间。島中樹木稀少、一望曠漠無際、島西端尽処、墨而忒列砲台在焉。其旁有古樸小屋數椽、每当盛夏之交、查理士頓府士女之来避塵囂与热病者、多僦居之。屋外棕榈數株、係葉森森、一見立辨。全島除西端及沿海一帶沙石結成之堤岸外、其餘地面皆为一种英国園執家所最珍重之麥妥兒樹濃陰所蔽、島中此种灌木生長每達十五尺至二十尺之高、枝葉蓊鬱、成一森密之綠林、花时將此、芬芳襲人、四圍空气中、皆充滿此香味。」

五三　我的筆名

我的別名实在也太多了、自從在书房的时候起、便种种的換花樣、後来看見了还自惊讶、在那时有过这称号么、觉得很可笑的、不值得再来讲述了。现在只就和写文章有關係的略为说明、这便是所謂「筆名」、和普通一般的别名不同、是專用作文章的署名的。

我的最早的名字是个「魁」字、这个我已经说明过、原来乃是一个在旗的京官的姓、碰巧去訪问我的祖父、那一天里他得到家信、報告我的诞生、於是就拿来做了我的小名、其後擬一个木旁的同音的字、加上「壽」字、那么連我的「书名」也就有了。但是不凑巧、木部找不着好看的字、只

第一三〃頁

知堂自用

有木旁的一个魁字，既不好写，也没有什么意思，就被派给我做了名字，与那有名的桐城派大家刘大櫆一樣。他的大名为什么也弄得这樣怪里怪气的呢？这个理由，我也还没有机会查得清楚。总之我觉得没有意思，而且有北斗星的关係的號——「星杓」，也不中意，还不如叫做槐寿的好，虽然木旁一个鬼字，但比较鬼在踢斗总要好得多了。後来因为应考，請求祖父改名，他命改为同音的「奎绶」，这仍旧不脱星宿的关係，而且「奎」又训作「两髀之间」，尤其是不大雅驯，但随後看见有名的坤伶，名字叫作「素奎」，颇疑心是促狭的文人的作怪呢。奎绶云者，也不过是挂在前面的阔带子，即古代之所谓韍也。

我既然决定进水师学堂，监督公用了「周王寿考，遐不作人」的典故，给我更名，又起号曰樸士，不过因为叫起来不响亮，不曾使用。那时鲁迅因为小名曰「张」，所以别号「弧孟」，我就照他的樣子自号曰「起孟」。这个号一直沿用下来，直到後来章太炎先生於一九〇九年春夏之间写一封信来，招我们去共学梵文，写作「豫哉啟明兄」，我便從此改写啟明，随後「語絲」上面的豈明，開明以及难明，也就從这里引伸出来了。

如今说话且退回去，讲那萍雲女士吧。这萍雲的号也只是那时别号之一，如日记上见着的什么不柯，天欸，顽石一樣，不久也就废弃了吧。但是因为给女子世界做文章的关係，所以加上女士字樣，至于萍雲的文字大抵也只取其漂泊无定的意思罢了。碧罗是怎么来的呢，那已经忘記是什么用意、或者是「秋雲如罗」的典故吧、或者只是臨时想起、以後隨即放下了也未可知。萍雲的名字在「女子世界」还是用着、記得有一回抄撮「旧約」里的夏娃故事、给它寫了一篇「女禍傳」、给女性發过一大通牢騷呢。少年的男子常有一个时期喜歡假冒女性、向雜誌通信投稿、这也未必是看輕編輯先生会得重女輕男、也無非是某种初恋的形式、是慕少艾的一种表示吧。自己有过这种經驗、便不会对於後輩青年同樣的行為感到詫異与非難了。

離開南京学堂以後、所常用的筆名是一个「獨應」、故典出在「莊子」里、不过是怎么一句话、那現在已經記不得了。还有一个是「仲密」、这是听了章太炎先生講「說文解字」以後才製定的、因為「說文」里說、周字從用口、训作「密也」、仲字則是說的排行。前者用於劉申叔所辦的「天義報」、後来在「河南」雜志上做文章也用的是这个筆名、後者則用於「民報」、我在上边登載过用「仲密」名義所譯的兩篇文字、其一是斯諦普虐克的宣傳小說「一文錢」、現在收入「域外小說集」中、其二是克羅泡金的「西伯利亞紀行」、不过这登在第二十四期上、被日本政府禁止了、其後国民党（那时还是同盟会）在巴黎復刊民報、却另外編印第二十四期、並未將東京民報重新翻印、所以这篇文章也就從此不見天日了。

其後翻譯小說賣錢、覺得用筆名与真姓名都不大合適、於是又来鬧半真半假的名氏、这便是「紅星佚史」和「匈奴奇士錄」的周逴。當初只讀半边字、認為逴從卓声、与「作」當是同音、却不曉得这讀如「倬」、有点不合了、不过那也是年碍於事的。民国以来还有些别的筆名、不过那是另一段落的事了、就在这里姑且從略、——我只可惜不曾使用那「槐寿」的筆名、这其实是我所很喜歡的名字、很想把它来做真姓名用呢。

五四 秋瑾

乙巳（一九〇五）年里我在南京有一件很可纪念的事、因为見到一位歷史上有名的人物、虽然当时一点都看不出来、她会得有那偉大的气魄。此人非别、即是秋瑾是也。日記里三月十六日條下云：

「十六日、封燮臣君函招、下午同朱浩如君至大功坊辛卓之君处、見沈翀、顧琪、孫銘及留日女生秋璞卿女士、夜至悦生公司会餐、同至辛处暢談至十一下鐘、往鍾英中学宿、次晨回堂。」至二十一日項下、有記録云：

「前在城南夜、見唱歌有願借百万頭顱句、秋女士笑云、但未知肯借否？信然、可知作者亦妄想耳。」據当时印象、其一切言動亦甚如常人、未見有慷慨激昂之態、服装也只是日本女学生的普通装、和服夾衣、下著紫红的袴而已。这以前她在东京、在留学生中间有很大的威信、日本政府發表取締规则、这里当然也有中国公使館的陰谋在内、留学生大起反对、主張全体归国、这个運動是由秋瑾为首主持的。但老学生多不赞成、以为「管束」的意思虽不很好、但並不限定只用於流氓私娼等、從这文字上去反对是不成的、也别無全体归国之必要、这些人里边有魯迅和許壽裳諸人在内、结果被大会認为反動、給判处死刑。大会主席就

第一三五頁

知堂自用

是秋女士，据鲁迅说她还将一把小刀抛在桌上，以示威嚇。当时还有章行严诸人是中间派，主张调停其间，但是没有効，秋瑾的一派便独自回来了。她其时到了上海，但没有直刺回绍兴去，却溯江而上来到南京，那天的谈话似乎也没有谈到，看她的态度似乎很是明朗，彷彿那一件事的成功失败，都没有多少关係的样子。第二年丙午初夏我因为决定派往日本留学，先回到家里一走，这时秋女士已住在绍兴办起大通学堂来，招集越中綠林豪傑，实行东湖上预定的「大做」的计画，但是我那时不曾知道，所以没有到豫仓去访问。其时鲁迅回家来完婚，也在家里，谈起取締規则风潮的始末，和那一班留学生们对於「鑑湖女俠」的恭顺的情形，也就把她那边的事情搁下了。及至安慶的槍声一举世震惊，秋女士只留下「秋雨秋风愁煞人」的口供，在古轩亭口的丁字街上被杀。革命成功了六七年之後，鲁迅在「新青年」上发表了一篇「药」，纪念她的事情，夏瑜的名字是很明显的，荒草离离的坟上有人插花，表明中国人不曾忘記了她。

五五　大通学堂的号手

秋瑾从日本归国後，据「传略」里说，「主讲浔溪学校，旋在上海主持同盟会通讯机关，尝与陈墨峰会同造炸弹，弹药爆炸创甚，几以此被捕，因乎在逃得免。寻办中国女报，以母丧返浙，居於徐伯荪所创办之大通体育会，往来江浙，连络会众，得数千人，编为光復漢族大振国权八军，以徐为長，己副之，張恭等为分统。这时候已住在徐伯蓀进日李陆军学校不成、捐了候補道、到安徽去候補、陶成章则在蕪湖的皖江中学教书、监督是張伯纯、名通典、是候補道中的開明人物。陈子英的行踪未明、大约仍住在绍兴東浦、与徐伯荪是同村的人、後来安慶事发、他便是直接從那里逃往日本去的。

大通体育会即是大通体育学堂、是徐伯荪等人所设、用以收罗綠林豪傑的机関、表面说是学堂、但是那些不三不四的赳赳武夫说是学什么好呢？只有体育还说得过去、所以这名字定得恰好、可以和東湖通艺学堂竞爽的。造反的计畫始于東湖、而终於大通、这是绍兴闹革命的一幕。大通学堂设在豫倉、我没有到来那地方、但是那学堂却和我有过一番交涉。这一时期我没有写日记、所以月日年可考了、但总之是在乙巳（一九〇五）年的下半年吧。有一天接到封燮臣君的一封信、说大通学堂要找一名吹号的人、叫我给他们介绍一个。那时我们大家真是胡塗、大通学堂如有吹号、照例应当是陆军的、理应给他们去陆师学堂找一个德国式的号手才对、我们水师所用倒是英国式的、当然不能适用。但是那时大家都是稀里胡塗一起、封君和我只是自己在水师里、听惯了英国的号声、以为这就是了。我於是找管轮堂的号手来一谈、托他介绍一位、他当然欣然承诺、不久便前去赴任去了。我的介绍就此完了、但事情还不完了、因为此後还有那包抄豫倉的大通学堂的这一件事呢。

我介绍号手在一九〇五年、第二年離開学堂往日本

第一七頁

知堂自用

去了，就不曾知道那里的消息，大概这两年间总是平安无事的吧。包抄的结果，大家都知道牺牲了秋女士，其余的伤亡的人大约也有吧，范文澜君的回忆文中便说，有人中枪毙命，人家当作他的生兄，混了过去，即此可以知道。但是我所介绍的枪手呢，就此信息杳然，他本来是江北人，異言異服的很容易被人注意，可能就投将官里去了。

事过十餘年之後，在一九一八年左右，封燮臣君又在北京遇見，这才听到这位枪手的消息。原来他倒是運气，仍然回到他的故鄉去了，生性来得机警，又熟知枪声的缘故，大堅聽得来势不善，所以越墙而遁，虧他在「人生路弗熟」的地方，逃出了性命。这是他親自告诉给他介绍的原经手人的。我很高興，他能够逃出「豫倉」——因为这个地方，經民国後改为「民团」总部，乃是風水很不好的地方，谁進去了就不容易出得来的。

上边说到「民团」，不免蛇足的来说明几句。民团这東西本是地主鄉紳的武装势力，民国初年便由徐伯蓀的兄弟仲蓀来担任团長，这已经很是滑稽了，而徐团長却又做得不甚好看。听说有一回民团槍斃强盗，团長騎了高头大馬，親来監刑，在强盗已经中弹斃命之後，团長再親手打他一手槍。这事就出在豫倉，我说豫倉風水不好，意思里就有这故事包含在内的。

五六　武人的总办

在学堂方面这时也有了一个变更，这事大约是在乙巳年三月以後，因为日记上没有记载。所谓变更乃是又换了

第一三八頁　知堂自用

总办、总办换人也是常事、但是这回换的不是候補道、不是文人而是武人、是一位水師的老軍官。这或者可以说是破天荒的事、因为无论軍事或非軍事的学堂、向来做总办的人总是候補道、似乎候補道乃是萬能的人、怎么事都能够包办的。可是这回到来的却不是官样十足的道台、只是一介武弁、他的姓名是蒋超英、官衔是「前游擊」。为什么不写现在的官衔的呢？因为他没有现在的官、只是從前做过游擊、——这是前清的武官的名称、地位居参将之次、等于现在的中校、本是陸軍的官名、但那时海軍也是用的陸軍的官制。他做着游擊的时候、还是光绪甲申（一八八四）以前的事吧、据说他带领一只兵船、参加马江战役、後来兵败、船也沉掉了、有人说是他自己弄沉的、但是这或是谣言也说不定、总之是船没有了而人却存在、因此犯了失机的罪就把他革了职。所说凡是官革职、是革去现在的职务、他本身所有的官衔——诰封三代所留下的自己这一代、还是存在的、所以他还是「前游擊」、而且可以用那前游擊的「蓝顶子」的三四品顶戴。前头说过管轮堂监督椒生公有一个侄儿、最早进水師学堂、分在驾驶班、这位蒋超英其时担任驾驶堂监督、因为和椒生公有意见、便藉口功课不及格、把他开除了。这人便是曾在宋家溇北乡义塾教过英文的周鸣山、在学校的名字是周行芳、他本人和椒生公都这样说、归罪于监督的不公平、其实功课不行或者是真的、监督只是不留情面而已、说是由于什么恶意、恐怕未必如此、这是我從他来做总办以来观察所得、可以替他说明的。武人

第一三九頁

知堂自用

做校办、他与文人很有点不同。他第一是来得鲁莽些、也就率直些、不比文人们的虚假。方硕辅是一股假道学气，黎锦彝比较年轻漂亮、但是很滑头、总之是不脱候補道的習气。蒋校办的作法便很是不同，他在「下車伊始」、即開始拟订一种详细规则、大约总有几十條之多、指導学生的生活，写了两大張、贴在两堂宿舍的入口。條文都已忘记了，只是有一條因为成为问题、所以还记得。那一條的意思是说、宿舍内禁止两个人在一張牀上共睡。学生们看了都是心照不宣、但是觉得这种所谓契弟的恶習虽然理应嚴禁、可是这樣写着「堂而皇之」的贴在斋舍外面、究竟不大雅观、便推派代表去找学堂当局，请求適当处理。其时学生里又新添了提调一职，由校办的一个同鄉同事姓黄的充任，这人身体不很高大、又因姓黄的關係、所以学生们送他一个徽号叫「黄老鼠」、可是话虽如此、这却並没有什么恶意、因为他也是很漂亮、与学生相处得很是不錯。代表去找他一说、他随即了解、便叫人用了一個長條的白纸、把那禁令糊上、这樣一来那满纸黑字的挂牌中间、留有一條空白、是这事件所遺留下的痕跡。还有一回、我们下操場出操、蒋校办亲临训话、也無非鼓励的话、但是措辭很妙、他说你们好好用功、畢業便是十八两、十六两、十四两、将来前程远大、像萨镇冰何心川那樣的、都是红顶子、蓝顶子。这一篇训话虽然後来传为笑柄、但是他的直爽处却还是可取的。又如有一回我们同班的福建同学陈崇式、因事除名、我们选个人代表全班前去说情、结果是不成功、但校办的

第一三〇頁　知堂自用

態度还不十分官僚的，这或者是由於他夾说英语的関係，他連说「埃姆索勒」，这虽是一句口头语，但因为意思可以解作「我很抱歉」，所以在听者也就少有反感了。

五七　京漢道上

甲辰（一九〇四）年冬天，上一班的头班学生已經畢業，我们升了头班，虽然功课还是那麼麻胡，但留学特学都没有办法，大抵只好忍耐下去，混过三年再说了。想不到剛过了一个年头，忽然有了新的希望，北京練兵處（那时还没有什麼海陸軍部）要派学生出国去学海軍，叫各省選送。我们便急起来運動，要求学堂里保送我们出去，一面又各自向本省當道上禀請求，浙省計有林秉鏞柯樵和我三名，就联名上本，此外也代别省同学做過禀帖，可是都如石沈大海，一去没有消息，只有山東給了一个回電給学堂里，應允以在学的山東学生魏春泉補充，那时山東巡撫不知道是什麼人，就这一件事看来，可以说是勝於東南各省的大官遠甚了。学校里没有法子規定，为免得大家争吵起见，乃決定將頭班学生都送往北京應考，由練兵處自己選擇。手边留有一本「乙巳北行日記」，实在只有兩葉，簡单的记着事項，还可以知一个梗概。

「十一月十一日，晴。上午因北上應考事，謁見兩江總督，又至督練公所。夜，赴總办餞行之宴。

十二日，晴。整理行李。下午六点鍾至下関，宿於第一樓旅館，同行者学友二十三人，提调貴堅听差二人。

十三日，晴。侵晨至頓船，候招商局江孚上水船，至下午不至、後知因機損不能來、後回至第一棧宿。

十四日、晴。晨兩下鍾下怡和公司瑞和船、上午九点到蕪湖、下午六点到大通、十二点到安慶。

十五日、陰。晨到湖口、上午十点到九江、下午五点到蘄州、七点到黄石岡即赤壁、九点到黄州。

十六日、晴。晨四点到漢口、寓名利棧。

長江一路、无事可记、唯船泊九江的时候、曾登岸游覧、偶过一瓷器店、見有一种茶盅、白地藍边、上有暗花、以三角钱買得十个。今年在北京新街口的店中、見有飯碗亦是此种質地和花紋、心甚喜愛、亟買兩个、價共九角四分。

十七日在漢口大智门車站上火車、八点開車。那时京漢鉄路雖已通車、只是夜间是不走的、所以從漢口到北京要走上四天、若是有特别情形、还要加上一天的工夫。是日下午六点到駐馬店、宿連元棧。

十八日上午六点開車、下午三点到黄河、即渡河、至八点始到達对岸河北、火車已開、宿三元棧。这时候黄河鉄桥大概在修理吧、車到南岸、用船过渡、河北岸火車等着、九点可到新鄉住宿。可是那一天过河特别困难、有橋的地方雖只有六里三分的路程、河中间却有一條沙埂、船须逆流上行、绕巡過去、这一来便成了五倍多、到岸时已是八時了。河水流甚迅速、所以舟行十分困難、舟夫甚至赤体竄入河中背纤、那时已是陰曆十一月冬至前後的天气、艱苦生涯可以想見、但中途勤索酒資、其勢汹汹、也狠觉可怕。好容易船靠了岸、看見岸边的黄土大塊的坼裂下来、整个兒的掉下河里去，这也顯得黄河的可怕，印象是十分深刻的。其时火車早已開走，我们只得在河边住下，彷彿那里也有客栈，或者是专为渡河悮了車的人们開设的吧。墙壁只用芦柴编成，上面也不抹灰，牀也是芦蓆所编的。同学魏春泉君站了上去想打開铺盖，剛一用力，兩隻脚踏断了芦柴，陷了下去了。客栈里歡迎我们，特别殺鸡煮飯，飯米也不坏，煮飯的当然都是黄河里的水，所以飯吃起来却是有沙的。

「十九日，晴。下午四点上火車，七点開行，九点到新鄉縣，屬衛輝府，寓源和栈。

二十日，陰。上午十点半鐘開車，下午五点二十分到順德府，寓聚豐栈。

廿一日，晴。上午八点開車，下午八点到北京，寓西河沿全安栈。因屋隘不能住下，予与柯棋林秉鏞魏春泉三君分居新豐栈。」

五八　在北京

这是我第一次到北京，在庚子事变後的第五年，当时人民創痛犹新，大家有点谈虎色变的樣子，我们却是好奇，偏喜歡打听拳匪的事情。我们问客栈的伙计，他们便急忙的分辩说：

「我们不是拳匪，不知道拳匪的事。」其实是並没有问他当不当过拳匪，只是问他那时候的情形是怎麼樣罢了。可是他们恰如驚弓之鳥，害怕提起这件事来，这实在也是难怪的。因为我们虽然都还有辮子，却打扮得不三不四，穿了粗呢的短衣，戴着有鐵錨標樣的帽徽的帽子，而且口音都是南方人，里边虽然也有山東河南的同学，但在老北京看去也要算是南边，这便是一群异言异服的人，那样的盘问他，不知是何用意。何况在那时的形势之下，有谁不是反对「毛子」的人呢？民国初年钱玄同在北京做教员，雇有一个包车夫，他自己承认做过拳匪，但是其时已经是热心的天主教徒了，在他的房里供有耶稣和圣母马利亚的像，每早祷告礼拜很是虔诚。问他什么缘因改信宗教的呢？他回答得很是直捷了当道：

「因为他们的菩萨灵，我们的菩萨不灵嘛。」这句话至少去今已有四十多年了。在那时候，我第二次来北京，到西河沿去看过一趟，再也找不到客栈的一点痕迹，这其间虽然只隔着十整年，可是北京的变迁却很大，不但前门已经拆通，那比人行道还低下的道路也都不见了。我们的那客栈，想起来只是一个小四合房，临街的南屋是老板夫妇住房，本是旗人，都吸雅片烟，我们中间有林秉镛君也吸战口，所以他虽是满口黄岩口音，却主客很谈得来，常在他们房里闲坐。两间南向的上房，便分给我们客人居住，林柯二人住在东边，我和魏春泉君住在西边，此外似乎不曾见有别的住客，显得十分冷静。白天多在外面行走，吃饭也集中在全安栈，只是晚上回来睡觉，在那没有火气的房间里的冷炕上边，所以留下来的是一个暗淡阴冷的印象。在学堂里，我们穿的棉操衣裤，用红羌羽毛纱做的，也并不寒伧，但是大家不满意，由学堂去代办了黑色粗呢的制服来，原来是供应新军用的吧，但只是单层呢，虽然是颇厚实，此外各人预备了一套棉织卫生衣裤，用了这服装就在北京过了一个寒冬。按那年的冬至算来，其时正是「二九三九」的天气，我们那么的在冷屋里睡、寒風里走、当初大家都有一件扚毛織的「一口鐘」大衣、但是得元提議、单单的披着走不大好看、以後便只穿了呢制服挺去、結果誰也不曾傷風、可以说是很难得的。我们於廿一日抵京之後、隔了一天由黄老師率領了往陸兵処、先見了提調達壽、随後过了些时候徐世昌出来、他是那里的头兒吧、名称不记得是陸兵処大臣或是什么了、照例慰勞几句之後、回过头去对那跟随的人说道：

「北京天气很冷、給他们做皮外套吧。」後边站着的達壽等人都齐声答应是是。我们听了这话、当时以为可以得到一件北京巡警穿的那种狗皮領子的大衣了。豈知甚到出発那天仍旧毫无消息、这才知道是没有希望了、但是究竟是说了话就不算、还是皮外套是報銷了、不过这实物却並没有呢、那就終於不能知道罢了。

五九 在北京 二

我们到了北京、第一要做的事、是去访问在北京学校里的同鄉。次日是十一月廿二日、便同了林秉鏞柯禎二君至醫学館去看俞榆蓀君、俞君是台州黄岩人、又曾任在水師是同学、是從前相識的、此外又至京師大学堂譯学館各处、都不曾去找人。至初六日又访榆蓀、同柯采卿（禎）三人照相、併在煤市街饭館吃饭、十六日同采卿访榆蓀、見到温州永嘉的胡儷莊、因同至廣德樓观劇。十八日晚、同了柯采卿徐公岐吴椒如至榆蓀処告别。在初七那一天里、曾往到大学堂、访问紹兴同鄉馮学壹、不料一見就是滿口北京话、打破了同鄉人的空气、不觉無味索然、便匆匆别去、以後也就不再去找别的同鄉了。

稿 一三五 頁

榆蓀因為是舊友、所以特別过往頻繁、而且為人也很诚实、在醫学館畢業後在北京做事、逐漸陞為醫務处長。有一年東北鬧鼠疫、情形很是猖獗、他前去視察、已是任務完畢了、臨行因為往看一个病人、終於自己也染病而亡、这事同医学界的朋友、或者还有人知道的吧。

我们於十一月廿五日至練兵处報到後、廿八日起在軍令司考试各项学科、至十二月初二日上午这才考畢。详细情形已经不记得了、大抵只是上午考一兩门、下午是休息吧。由軍学司長譚學衡来监考、他是廣东人、也是水師出身、与黄老師谈得很投機、戴着藍顶花翎说英語、很是特別的事。考试完了以後、不知为什麽事又躭擱好久、至十九日才乘火車出京。據日记上说、火車是二等室、價二十九元、也实在贵得很、与民国後的京浦路二等車差不多了、不过那时所谓二等实際与头等也相差無几、四个人一间房、上下四个床位、但只是这樣罢了、此外設備是什麽也没有。火車仍旧要行走四天、便是第一天停在順德、第二天渡过黄河、停在鄭州、第三天停在駐馬店、第四天到漢口的大智门。这一次却可以住宿車中、不要搬上搬下的住客棧了、所以方便得多、吃飯却仍要到各站时自办、其时賣东西的很多、不成什麽问題。记得梨子特别好吃、一路上買了不少、虽然小贩因为我们是「外江佬」、多少要欺侮一点、彷彿是要一个「大子」（二分銅幣）一个、但在我们看来却不算贵、便買了有半網篮、路上削了来吃、我当初不会旋转削梨法、一路学着削、走了半路梨将要吃完、整个削梨、梨皮一長條接連不斷的削法也給我学会了。

说到北京的名物、那时我们这些穷学生实在谁也没有享受到什么。我们只在煤市街的一处酒家、吃过一回便饭、问有什么菜、答说连鱼都有、可见那时候活鱼是怎么难得而可贵了。但是我们没有敢于请教那鱼、而且以后来的经验而论、这鱼似乎也没有什么了不得、那有名的广和居的「潘鱼」、在江浙人尝来、岂不也是平常得很么？至于烤鸭子、就是后来由于红毛人的赏识而驰名世界的「北京鸭子」、也无缘享受、因为那时是整只不能分售的。我们那时可以买得的北京名物、无非只是一两把王麻子的剪刀、两张王回回的狗皮膏、和一两几十小粒的同仁堂万应锭、俗称「耗子屎」的一种可吃可搽的药、同南京后狗皮膏的用处不得而知了、但这「耗子屎」却帮助我医好了腿上的疮、是于我大有好处的。

六〇 北京的戏

北京的戏是向来有名的、我在上文说过潘姨太太在影抄石印小本的「二进宫」、伯升的每星期往城南看秋菊花、这似乎会有双重意义、因为在这里有着对于北京的「乡愁」、是生长在北京的人所特别有的、此外则是对于那声调的迷恋、这都是很普遍的情形了。我们在北京这几天里、一总看了三回戏、据日记里说：

「十一月初九日下午、偕采卿公岐至中和园观剧、见小叫天演时、已昏黑矣。」

「初十日下午、偕公岐椒如至广德楼观剧、朱素云演「黄鹤楼」、朱颂逵文墨。」此外十六日还同了采卿榆荪至广德楼、和温州胡君看过一回戏。三回看的不算多、但我看到了京戏的精华、同时也看了糟粕、给我一个很深的印象。京戏的精華是什么呢？简单的回答是：小叫天的演戏、这总是不大会错吧。譚鑫培别號「叫天」、大槩是说他的唱声响徹雲霄吧、他是清末的有名京剧演员、我居然能够听见他的唱戏、不能不说是三生有幸了。魯迅在他的「社戏」这一篇小说里、竭力表扬野外演出的地方戏、同时却对于戏園里做的京戏给予一个极不客气的批评。他说在近二十年中只看过两次京戏、但不是没有看成、便是看得极不愉快。第一次他的耳朵被戏場里的「鼕鼕喤喤」嚇慌了、而且又忍受不住狭而高的凳子的优待、所以不看而出来了。第二次呢、因为决心听譚叫天、虽然也仍是「鼕鼕喤喤」、但是從九点鐘忍耐到十二点、「然而叫天竟还没有来」、结果他也只得走了。那么他终于没有能够听见叫天的戏、而我却是看见了、虽然那时已是昏黑、看不清他的相貌、然而模様还是约畧可辨的。那天因为演的是白天戏、照例不点灯、台上已是一片黑暗、望过去只见一个人黑鬚红袍、逛蕩着唱着。唱的怎么样呢、这是外行是不能赞一辞的。老实说、我平常也很厭恶那京戏里的挈了一个字的子音拉長了唱、嗳嗳嗳或嗚嗚嗚的叫嚷不清、感到一种近於生理上的不愉快、但那譚老板的唱声却是总没有这样的反感的。

所谓糟粕一面乃是什么呢？这是戏剧上淫亵的做作。在小说戏剧上色情的描写是不可避免的、但作公開的表演的时候这似乎总应该有个斟酌才对。京戏里的、特别那时我所看到的那可真是太难了。我记不清是在中和園或廣德樓的哪一处了、也记不得戏名、可是彷彿是一齣「水滸」里的偷情戏吧、台上挂起帐子来、帐子儿動着、而且里面伸出一條白腿来、还有一場是了環伴送小姐去会情人、自己在窗外窃听、一面实行着自慰。这些在我用文字表白、还在几费踌躇、酌量用字、真虧演员能在台上表現得出来。这一面与那时盛行的「像姑」制度也有関係、所以这种人材也不难找、若在後来恐怕就找不到肯演这樣的戏的人了。说到底、这糟粕也只是一时的事、但是在我的印象上却仍是深刻、虽然知道这和京戏完全是分得開的事情、但是因为当初発生在一起、也就一时分拆不開了。我第二次来北京以後、已经有四十餘年、不曾一次看过京戏、而且听見「噯噯噯」那个唱声、便衷心発生厭悪之感、这便是那时候在北京看戏所种的病根、有如吃貝類中了毒、以後便是看見蠣黄也是要头痛了。

六一　魚雷堂

我们北京考试的成绩都是及格的、那麽就算是考取了、在派遣出国以前暂时仍旧在学堂里居住。这一羣人中间差不多有一大半是本地人、他们樂得回家去、剩下来的也只有十一二人了、不过人数虽少、在学堂方面应付也颇有困难、因为他们虽是旧学生、却又大半算是已经脱離了、把他们放在宿舎里、和别的学生在一起、管理上不免有些不大方便。这大槩是黄老師的计画吧、的確不失为一个好办法、就是请这班仁兄们住到魚雷堂里去。魚雷班停办已经很久、那间宿舎本来空闲着、又远在校内西北角、与各处都有相当距離、在种种方面是再也適当不过的了。那是向東開门的一个狭長院子、我住在内院朝南靠西的一间里、東邊是谁已□记不得了、对面朝北的两间中间打通、南边又有窗门、算是最好的房间、为徐公岐所得，与其他两人共住、但因为稍为宽畅、也被指定为吃饭的地方、一天三次难免有些烦扰。外院即廸東的院子里房屋大抵与内院相同、如何分配居住、不知怎的全不清楚了、只是由宿舍搬来的听差也即是徐公岐原来所用的王福住在那里、那总是确实的。这里与管轮堂等的宿舍不同、没有走廊、所以下雨时候稍感困难、不但是小便时要走一段泥路、而且簷溜直落到窗门前面来、也是很麻烦的。鱼雷堂在学生西路的西北角、厨房则在于东路的中间靠東、冬天雨夹雪的时候從那边送饭菜过来、总是冷冰冰的、这多少是一个缺点、除此以外、则因为环境特别、好处很多、寄住在那里的两三个月的光阴可以说是很愉快的了。

住在鱼雷堂的几个人因为是学生、所以仍是学生待遇、照旧领取赡银、但一方面又有点不是了、没有功课、也没有监督、出入也不必告假、晚上也不点名了。可是他们也还能自肃、那种滥用自由、夜游不归的人始终没有、虽也或者打小牌是难免的。從前头班学生夜半在宿舍里打牌、窗上挂了被单、廊下布置巡风的事是有过的、这下一班的人是反对他们这样的行动、所以自己不肯再犯、但是搬到这幽僻的地域来了之後、不免似乎受了暗示、有些技痒起来、在徐公岐的房里便有时要打起麻将来、这差不多是半公开的了、所以也没有那些巡风等的勾当。好在当时有一种不文律、或者是有过这样的命令也未可知、在堂学生都不到鱼雷堂里来、所以也不至于有什么坏影响。丙午（一九〇六）新年过去不久之後、有几个同学缺少零用、走去找黄老师借支赡银、他听了微笑

稿一四〇頁

（東京奧谷製）

说道：「以前発錢不久、輸去了麽？」大家也只一笑、仍旧借了南三元回来、其实他是在说玩笑话、这里是不曾有过什麽输赢的。我住在那里的时候、只记得右边大腿上長了一个瘡、这並不很深、但是橢圓形的有一寸来長、没有地方去找医生、便用土医方、将同仁堂的萬応錠、用醋来磨了、攤在油纸上貼着、这樣的弄了一兩月才算好了、但是把一條襯褲都染了膿血、搞得不成樣子了。此外一件事、是半做半偷的寫了一篇文言小说、——为什麽说「偷」的呢、因为抄了别人的著作、却不说明是譯、那麽非偷而何？我当初執筆、原想自己来硬做的、但是等到那小主人公「阿番」長大了之後、却没有办法再寫下去、结果只好借用雨果——当时称为囂俄、因为在梁任公的「新小说」上介绍以後、大大的有名、我们也耩求来了一部八大册的英譯選集、長篇巨著皆不動、便把他的一篇顶短的短篇偷了一部分、作为故事的结束。故事講一个孤兒、從小貧苦、藏身土穴、乞討为活、及長偶为窃盗、入獄做苦工、因为袒護同監的犯人、将看守長殺死、被处死刑、临死将所餘的一点錢捐了出来、说道：「为彼孤兒」。这里明明是说的外国事情、因为其时还没有什麽孤兒院的设備、不过那是只好不管、抄的乃是人家的「刑文」嘛。原本前一半却是苦心的做了、说到那土穴的確用了点描寫的工夫、可惜原书既然没有、也不可能来抄録了、只是有蛇在草间蜿蜒自去、却拉扯到「天可見憐、蛇出也不見害」、未免有点幼稚可笑了。书名是「孤兒记」、有两萬多字、賣給上海小说林书店、为「小本小说」的第一册、得洋二十元、是我第一次所得的稿费、除在南京买了一隻帆布製的大提包以外、做了我後来回鄉去的旅费、輸给徐公岐他们的大概没有什么。

六一 吴一斋

我们進学堂的时候、只考了一篇漢文、虽然很难、但是只此一關、过了这關便没事了。到北京練兵处考试、没有这樣简单了、学科繁多倒还没有多大関係、问题是在於体格检查、在这關上我们里边就有两个通不过、因为都是眼睛近视。一个是我、一个是驾驶生的吴秉成。在練兵处和学堂两边都没有發表什么、但是我们自己知道、墙上掛的那些字这个也不知道、那个也不明白、在視力这一项上总不能算是及格、那么这整个的留学考试岂不是完了么。可是不及格到底又不就是開除、所以结果仍是回来住在魚雷堂里、和及格的同班一樣待遇、至於下文如何、谁也不能知道。我与吴君虽是同班、就是同一年里進去的学生、但他是驾驶堂的学生、又是河南固始人、所以並無什么交際、这回因有同病之雅、関係便密切起来、特别是春风得意的同学走了之後、於是吴一斋——这是吴君的號——成为我唯一的座上客了。他们去了的时候、魚雷堂又非關门不可、我们乃被請回驾駛堂和管輪堂去住、又不好叙到宿舍里去、吴君的住处记不清了、我的房间是在管輪堂门内東口第一间、以前是二班的湯老師所住的、房内設備很是不錯、但是门外有很深的走廊、那里又是拐角、廊是曲尺形的、顯得房内更是陰暗。独住倒也不妨、反正並不怕鬼、只是每頓頓飯都是送進来独吃、觉得十分乏味、这樣大學也住了有兩个月，比起魚雷堂来真是有天壤之殊了。

我同吴一斋成了学堂里的兩个遺老之後，每天相見只有愁歎，瞻望前途，一点光明都没有，难道就是这樣請学堂供养下去，这又有什麼意思呢？大槩是三四月时候，忽然听差来说，江督視察獅子山砲台，順便来学堂里，要叫考取留学而未去的兩个学生来一見，我们走到風雨操場，看見周玉山便服站在那里，像是一个老教书先生，他问我们学过哪些学科，随後回顧跟在後边的一群官說道：

「给他们兩个局子办吧。」照例是一陣回答「是是」。我们却对他申明不想办「局子」，仍願继续去求学，他想了一想说道：

「那麼，去学造房子也好。」这会見的情形雖还不錯，但是我们有過了那次外務的经驗，不敢相信这事就会成功，不过既然有了这一句话，我们總可以去請学堂去催询，或直接上书去請求了。不知道是什麼缘故，这回周玉山所说的话，与水竹村人的迥不相同，大抵在一个月之後，就得到江南督練公所的消息，決定派遣吴一斋和我往日本去学建築，於秋间出發。不过督練公所的官在这里小小的弄了一点手脚，便是於我们兩人之外，另外加添了一个周某一同去学「造房子」，这人不知道是何等樣人，也一直没有見到过，但是这於我们是毫無损害的，所以就不管他了。我们得着消息之後，就先回家鄉去一趟，将来由上海上船，不再回到南京去，把一隻木箱托付了吴君，連同装费代領了一併帶到東京。那是一隻笨重的木板箱，里边装有八册英文的雨果小說集，这是我的又

稿 一の三頁

一部新书，虽然不曾翻译应用，可是于我很有影响，一直珍藏着，到了民国二十年左右才卖给北大图书馆的。此外又有一把茶壶，用黄沙所做，壶嘴及把手等处都做成花生菱角百果模样，是孙竹丹君托带，交给在东京留学的吴弱男女士的，孙吴都是安徽钜族，大概他们还是亲族，还有一件羊皮背心，也托带去，那个只好收在我的帆布提包里，后来由鲁迅特地送了去，叫那宫崎寅藏就是那自称「白浪庵滔天」的代收转交的。这只箱子承他辛苦的送到下宿，连治[illegible]费一百元，却不知听了哪个老前辈的忠告，还给他换了日本的金币，一块值二十日圆的五个，结果又赔钱换回纸币才能使用。幸亏他没有完全听了忠告，像鲁迅在「朝花夕拾」所说那样，买些中国的白布袜子来，那便是全然的废物，除了塞在箱子底下外无用处，在日本居住期间，那是趾分作两杈的日本布袜真是方便，只是在包过脚的男子，因为足指重叠，这才不能穿用罢了。

六二　五年间的回顾

在南京的学堂里五年，到底学到了什么呢？除了一点普通科学知识以外，没有什么特别的东西。但是也有些好处，第一是学了一种外国语，第二是把国文弄通了，可以随便写点东西，也开始做起旧诗来。这些可以笼统的说一句，都是浪漫的思想，有外国的人道主义，革命思想，也有传统的虚无主义，金圣叹梁任公的新旧文章的影响，杂乱的拼在一起。这于甲辰乙巳最为显著，现在略举数例，如甲辰「日记甲」序云：

「世界之有我也，已二十年矣，然廿年以前无我也，

稿 一〇〇 頁

廿年以後亦必已無我也，則我之為我亦僅如輕塵棲弱草、彈指終歸寂滅耳，於此而尚欲借駒隙之光陰、涉筆於米盐之瑣屑，亦愚甚矣。然而七情所感，哀樂無端，拉雜記之，以当雪泥鴻爪，亦未始非蜉蝣世界之一消遣法也。先儒有言，天地之大，而人犹有所憾，傷心百年之際，興哀無情之地，不亦傎乎，然則吾之記亦可以不作也夫。甲辰十二月，天欷自序。」是歲除夕記云：

「歲又就闌，予之感情為何如乎，蓋無非一樂生主義而已。除夕予有詩云：東风三月烟花好，秋意千山雲樹幽，冬歲無情今歸去，明朝又得及春游。可以見之。然予之主義，非僅樂生，直併樂死。小除詩云：一年倏就除，风物何淒緊。百歲良悠悠，白日催人尽。既不為大椿，便应如朝菌。一死息群生，何处問靈蠢。可以見之。」这里的思想是很幼稚的，但却是很真摯，因为日記里一再的提及，如乙巳元旦便記着：

「是日也，賀年賀，弔年弔，賀者無知，弔者多事也。予則不喜不悲，無所感。」又初七日記云：

「世人吾昔覺其可惡，今則見其可悲，茫茫大地，荊棘不齊，孰為猿鶴，孰為沙虫，要之皆可憐兒也。」

那时候開始買佛經来看。最初是十二月初九日，至延齡巷金陵刻經处買得佛經兩本，記得一本是「投身飼餓虎經」，还有一本是經指示说，初学最好看这个，乃是「起信論」的纂注。其实我根本是个「少信」的人，無從起信，所以始終看了不「入」，於我很有影响的乃是投身飼虎的故事，这件浪漫的本生故事一直在我的記忆上留一痕跡，我在一九四六年做「往昔」三十首，其第二首是咏菩提薩埵，便是说这件事的、前後已經相隔四十多年了。

丙午（一九〇六）年以後、因为没有写日记、所以无可依据了、但是有一篇「秋草闲吟序」、是那年春天所作、诗稿已经散逸、这序却因鲁迅手抄的一本保存在那里、现在得以转録於下：

「予家会稽、入东门凡三四里、其处荒僻、距市辽远、先人敝庐数楹、聊足蔽风雨、屋後一圃、荒荒然无所有、枯桑衰柳、倚徙墙畔、每白露下、秋草满园而已。予心爱好之、因以园客自号、时作小诗、顾七八年来得辄弃去、虽裒之可得一小帙、而已多付之腐草矣。今春无事、因摭存一二、聊以自娱、仍名秋草、意不忘园也。嗟夫、百年更漏、万事鸡虫、对此茫茫、能无怅怅、前因未昧、野花衰草、其违我久矣。卜筑幽山、詔犹在耳、而仗竹徒存、吾何言哉、虽有园又乌得而居之？借其声、发而为诗、哭欤歌欤、角鸱山鬼、对月而夜啸欤、抑悲风戚戚之振白杨也。龟山之松柏何青青耶、茶花其如故耶？秋草苍黄、如入梦寐、春风虽至、绿意如何、过南郭之原、其能无惘惘而雪涕也。丙午春、秋草园客记。」在这里青年期的伤感的色彩还是很浓厚、但那些陶调的幼稚笔法却已逐渐减少了。上文说过的诗句、「独向龟山望松柏、夜乌啼上最高枝」、大抵是属於这一时期的、这里显然含着怀旧的意味。乙巳二月中记云：

「过朝天宫、见人于小池塘内捕鱼、劳而所获不多、大抵皆鲻鱼之属耳。憶故乡菱蕩钓鲦、此乐宁可再得、令人不觉有故园之思。」这与辛丑鲁迅的「再和别诸弟原韵」第二首所云：「怅然回忆家乡乐、抱瓮何时共养花」、差不多是同一様的意思。

六三　家里的改变

自從甲辰年的冬天回到学堂、一直到了丙午（一九〇六）年的夏天再回家去、时间隔的很長、所以家里的情形也改变得不少了。第一是房屋的改变。以前我们「興房」派下的房子乃是在本宅的西北角一带、这是宅内的第四五進、本来也有「立房」的一部分在内、後来「立房」的十二世子京身死無後、拟以伯升承继、所以併入这一边了。第四進計有前後五大间、南边附着桂花明堂（院子）、係西头的一间出典给了吴姓、隔壁即是祖父居住的地方、中间隔了一个堂屋、東边的两间原为祖母和母親的住房。路北院子的对面即是第五進了、原来偏東的两间劃归「仁房」、院子里对半分開、砌上了一个曲尺形的墙、西头的两间經了太平軍的战乱已经残毁、只剩下南边的一部分房屋尚可住人、与中堂相对的一间作为女僕们的宿舍、後边朝北的一间则因楼板和窗户都已没有了、所以空着、只供存放穀米之用。東偏一间即是在「魯迅的故家」里所说的「桔子屋」、乃是子京所原住、他在这里教书、掘藏、也在这里發疯的地方。楼上也是空着、却比東边倉间的楼上更是荒废了、因为那边只是没有楼板、空空洞洞的没有什么奇怪、这边却仍是一间空着的房子、却是窗户全無、隔墙又是邬姓的竹園、所以有种种鳥獸前来借住、往往在夏天黄昏时候、陣雨將要到来、小孩向北窗窥看見楼上窗口伸出猫脸似的、或狗头似的、不曉是什么鳥獸的脸孔来、覺得又是害怕又是爱看、着實很有興趣。现在却把这一部分全都改造了、東边是一间南向的堂屋、

稿　一四七頁

（東京島谷製）

後西朝北的一间作为母親的住房，西边朝南的是祖母的住房，後边一间是通往第六進的廚房的通路，以及樓梯的所在。樓上也都修復了，共有兩间，則作为魯迅的住房。为什麼荒廢了幾十年的破房子，在这时候重新來修造的呢？自從房屋被太平天国战役毀坏以來，已經过了四十多年，中间祖父雖然点了翰林，却一直沒有修復起来，後来在北京做京官，捐内阁中书，以及納妾，也只是花钱，沒有餘力顾到家里，这回却总算修好，可以住得人了。这个理由並不是因为有力量修房子，家里还是照舊的困难，實在乃因必要，魯迅是在那一年里預備回家，就此完姻的。樓上兩间乃是新房，这也是在我回家之後才知道的。当初重修房屋与魯迅結婚的事情，我在南京彷彿事前並不得知，那时或者也曾信里說及，不知怎的现在却全不記得了。總之魯迅的結婚儀式是怎麼樣的，我不在場，故全然不清楚，想必一切都照旧式的吧。头上沒有辮子，怎麼戴得红纓大帽，想当然只好戴上一條假辮吧？我到家的时候，魯迅已是光头苧大衫，也不好再打听他当时的情形了。「新人」是丁家弄的朱宅，乃是本家叔祖母玉田夫人的同族，由玉田的兒媳伯撝夫人做媒成功的，伯撝夫人乃出於观音橋趙氏，也是绍興的大族，人極漂亮能幹，有王凤姐之風，平素和魯老太太也谈得来，可是这一件事却做的十分不高明。新人極为矮小，頗有發育不全的樣子，这些情形姑媳不会得不曉得，却是成心欺騙，这是很对不起人的。本来父母包办子女的婚姻，容易上媒妁的当，这回並不是平常的媒妁，却上了本家極要好的妯娌的当，可以算是意外的事了。

六四 往日本去

这回的啓行也同癸卯（一九〇三）年秋天那一回差不多、有伴偕行、而且從紹興直到日本、所以路上很是不寂寞。这同行的是什麽人呢？这人乃是邵明之、名文鎔、紹興人留学日本北海道札幌地方、学造鉄路、北海道是日本少数民族多髮的蝦夷聚居之地、多雪多熊、邵君面圆而黑、又多鬍子、所以魯迅送他一个日本綽号叫作「熊爺」。（日本語用一个「様」字、加在名氏下面、用作称呼、不問身分高低、都可通用、很是方便、犹如法文里的M一様。就是中国没有適宜的字、现在一般公用、例如税関郵局銀行的通信、一律都是直呼姓名、未免太是簡单。老實说来、那种称呼或者是封建遺風倒未可知、直截的叫法反是民主的、现在学生中间和一般社会通行、可以为证。但是也有應了年齡、加上一个老字或是小字的、例如说「老趙」或是「小錢」、或將老字加在姓的底下、表示尊敬、可见也有相同的表示、不過没有一个可以一切通用的称呼罢了。）平常魯迅是很看不起学鉄路的、虽然自己是鑛路学堂的出身、因为那一班進岩倉鉄道学校的速成班的、目的只是在賺錢、若是進高等專門的学習鉄道、那自然是另眼相看的。在「魯迅的青年时代」里面、有一張插画、後边站着許寿裳和魯迅、在許寿裳前面的即是邵明之其人、魯迅前面的則是陳公俠、即是後来的陳儀、一时改为陳毅、民国以後这才恢復原名。在照相那时、可能是弘文学院剛畢業、開始分别進高等專门、經過兩年的学習、魯迅已經学完医学校的前期功课、因思想改变、從救濟病苦的医術、改而为從事改造思想的文藝運動了、所以決心於醫校退学之後回家一轉、解決多年延擱的結婚問題、再行捲土重来、作「新生」的文学活動。其时卻君適值回鄉、於是约定一同回日本去，那时候有卻君的友人張午樓也要同行、所以我们这一行總共有四个人、都是由紹興出發、可是分作兩批、约定在西興会合、共乘小火輪拖船前往上海。到了上海之後、由於卻君的主意、特别在後馬路或是五馬路的一家客棧里住下、这不是普通的客棧、乃是湖州絲業商人的專门住宿的地方、不過别人也可以住得、卻君不曉得以什麽関係、得到了这一种的特权、現在卻是忘記了。因为不是普通的客店、所以多少觉得清淨、可是因为我们住客太不老实了、以致别的客人嘖有煩言、这其实要怪我们的不好。那时我们几个人都年少气盛、难免自高自大、蔑視别人、因为

稿一五〇頁

主張打倒迷信、破除敬惜字紙的陋習、平常上厠所去總使用報紙、其实这是很不合衛生的一件事、尤其是犯人家的嫌惡、讨厭作蹋漢字紙还是其次、第一是要連累他也犯了罪了。那客棧的住客于是联合抗議、表面上很是和平、说願意供給上茅厠用的草紙、請勿用字紙、以免别人望而生畏。对於这种內剛而外柔的抗議、结果只好屈服了事、因为没法僵持下去、事实顯然是我们理曲的。在这里大约也停留了三五天之久、因为一則要候買船票、二則我和張午樓都要剪去辮子。我的剪髮很花工本、那时上海只有一个剃頭匠、他有一把「軋剪」、能夠軋平而不是剃光、軋髮的工錢只要大洋一元、但是附帶有一个條件、剪下来的辮子是歸他所有、由他去做成假髮或假辮、又有二三元的進益。他寄住在一家什麽小客棧里、顧客跑去請

藥堂談往

稿一五一頁

教、倒还相当便利清闲、張午樓为的贪图便利、只叫普通剃头匠一剃了事、虽然是省事、但是剃得精光像是一个和尚、一时長不起来、在日本去的船上很被人家所注目、却也是一种讨厭的事情。

六五 最初的印象

一个人初到外国的地方、最是觉得有兴趣的、是那里人民的特殊的生活習慣、其有一般習得的文化生活、虽然其时也颇觉得新奇、不过总是还在其次了。我们往日本去留学、便因为它维新成功、速成的学会了西方文明的缘故、可是我们去的人看法却並不一致、也有人以为日本的長处只有善於吸收外国文化这一点、来留学便是要偷他这記拳法、以便如法泡製。可是我却是有別一种的看法、觉得日本对於外国文化容易模仿、固然是他的一樣优点、可是不一定怎应对、譬如维新时候的学德国、現在的学美国都是、而且原来的模範都在、不必要来看模擬的東西、倒是日本的特殊的生活習慣、乃是他所固有也是独有的、所以更值得注意去察看一下。这个看法或者是後来經过考虑这才决定的也未可知、大体從头就是这樣看法、不过後来更是決定罢了。

関於日本民族的问题、我们是门外漢、不容得来亂開口的、但说他是属於太平洋各島居民有関的大洋洲系統、那总是没有十分錯误的吧。他的根本精神是亚来由的、但是表面却又受了很濃厚的漢文化与佛教文化、所顯出很特殊的色彩来。这是我所觉得看了很有興趣的。要了解日本的国民性、他的一切好的和坏的行動、不單是限於文学藝術一方面的成就、这需要從宗教下手、從他的与中国人截不相同的宗教感情去加以研究，这事现在無法讨论，所以只好不谈，因为这所谓宗教当然並不是佛教，乃是佛教以前固有的「神道」，这种宗教现在知道与朝鲜满洲的薩满教是一体的，但与南洋的宗教的関係现今还没有听说去调查研究，我们外行更不配来插嘴了。因此我们这里所谈的，也只是一个旅客在日本所得的最初的印象，说是最初却也可以延长到最後，因为在这方面我的意见始终没有什么改变。

我初次到东京的那一天，已经是傍晚，便在鲁迅寄宿的地方，本鄉湯島二丁目的伏见馆下宿住下，这是我和日本初次的和日本生活的实際的接触，得到最初的印象。这印象很是平常，可是也很深，因为我在这以後五十年来一直没有什么变更或是修正。简单的一句话，是在它生活上的爱好天然，与崇尚简素。我在伏见馆第一个遇见的人，是馆主人的妹子兼做下女工作的乾荣子，是个十五六岁的少女，来给客人搬運皮包，和拿茶水来的。最是特别的是赤着脚，在屋里走来走去，本来江南水鄉的妇女赤脚也是常有的，有如張汝南在所著「江南好词」中第九十九首，便是歌咏这事的，其词云：

「江南好，大脚果如仙。衫布裙绸腰帕翠，环银钗玉髻花偏。一溜走如烟。」原注云：

「大脚妇女其美者皆呼为大脚仙，其妆饰如此，过者能知之。谚云，大脚仙，跃绾白玉簪，脸像米粉团，走街边，走起来一溜烟。」但这是说街边行走，不是说在屋里。我在一九二一年写过一篇名为「天足」的短文，第一句便说道：

「我最喜見女人的天足。」但後边却做的是反面文章、随即翻过来说道：

「这实在是我说颠倒了。我意思是说、我嫌恶缠足。」

二十年後、在我给日本二千六百年纪念作「日本之再认识」那篇文章、里边仍是说这个话、不过加以引伸道：

「日本生活里的有些习俗我也喜欢、如清洁、有礼、洒脱。洒脱与有礼这两件事一看似乎有点衝突、其实却並不然。洒脱不是粗暴无礼、他只是没有宗教的与道学的伪善、没有从淫佚发生出来的假正经、最明显的例是对於裸体的态度。蔼理斯（H. Ellis）在他的论「圣芳济及其他」的文中有云：

「希腊人曾将不喜裸体这件事看作波斯人及其他夷人的一种特性、日本人——别一时代与风土的希腊人——也並不想到避忌裸体、直到那西方夷人的淫佚的怕羞的眼告诉他们、我们中间至今还觉得这是可嫌恶的、即使单露出脚来。」我现今不想来礼讚裸体、以免骇俗、但我相信日本民间赤脚的风俗总是极好的、出外固然穿上木屐或草履、在室内席上便白足行走、这实在是一种很健全很美的事。我所嫌恶的中国恶俗之一是女子的缠足、所以反动的总是赞美赤脚、想起两足白如霜不著鸦头韈之句、觉得青莲居士毕竟是可人、在中国古人中殊不可多得。我常想、世间鞋类里边最美善的要算希腊古代的山大拉、闲适的是日本的下駄、便利的是中国南方的草鞋、而皮鞋之流不与也。凡此皆取其不隐藏、不装饰、只是任其自然、却亦不至於不适用与不美观。此亦别无深意、不过鄙意对於脚或身体的别部分以为解放总当胜於来傳与隱諱、故於希臘日本的良風美俗不得不表示贊美、以为諱更不如也。希臘古国恨未及见、日本则嘗曾身歷、每一出門去、即使別無所得、只是憧憧往来者皆是平常人、無一裹足者在内、如现今在国内行路所常經驗、見之令人悒然不樂者、則此一事亦已大可喜矣。」这文章寫了之後、现今又过了二十年了、可是出去的时候、还皆遇见「悒然不樂」的现象、这不能不感慨係之了。

六六　日本的衣食住上

我对於日本的平常生活方式、即是衣食住各方面的事情、觉得很有興趣、这里有好些原因、重要的大约有两个、其一是由於个人的性分、其二可以说是思古之幽情吧。我是生長於東南水鄉的人、那里民生寒苦、冬天屋内沒有火气、冷風可以直吹進被窩里来、吃的通年不是很鹹的醃菜也是很鹹的醃魚、有了这种训练去过东京的下宿生活、自然是不会不合適的。我那时又是民族革命的一信徒、凡民族主義必含有復古思想在里边、我们反对清朝、觉得清朝以前或元朝以前的差不多都是好的、何况更早的東西。听说夏穗卿錢念劬两位先生在东京街上走路、看見店鋪招牌的某文句或某字体、常指点贊歎、謂猶存唐代遺風、非现今中国所有。岡千仞著「观光紀游」中亦紀楊惺吾回国后事云、

「惺吾雜陳在东所蒐古寫經、把玩不置曰、此猶晉时筆法、宋元以下無此真致。」这句話是很有道理的、其实不但「古寫經」是如此、即现时墨筆字也可以这么说、因为不單是唐朝书法的傳統沒有断絕、还因为做筆的技術也未变更、不像中国看重翰林的楷法、所以筆也做成那种

稿 一五〇頁

適宜於寫字白摺紙的东西了。用了翰林們所爱用的毛筆来寫字，又加上翰林字的範本，自然也只是那一派的末流罢了。

纪錄日本生活，比較详细而明白合理的，要推黄公度在「日本雜事詩」註里所说的為第一。卷下関於房屋的註有云：

「室皆離地尺許，以木為板，藉以莞席，入室则脱屨户外，襪而登席。無门户窗牖，以紙為屏，下承以槽，随意開闔，四面皆然，宜夏而不宜冬也。室中必有閣以庋物，有牀第以列器皿陳书画。（室中留席地，以半掩以紙屏，架為小閣，以半懸玩器，则緣古人牀第之制而异仍其名。）楹柱皆以木而不彫漆，晝常掩门而夜不扃鑰。寝處無定所，展屏风，張帳幔，则就寝矣。每日必洒掃拂拭，潔無纖塵。」又一则云：

「坐起皆席地，兩膝据地，伸腰危坐，而以足承尻後，若趺坐，若蹲踞，若箕踞，皆為不恭。坐必設褥，敬客之礼有数重席者。有君命则設几，使者宣詔畢，亦就地坐矣。皆古礼也。因考汉書贾谊傳，文帝不觉膝之前於席。三国志管寧傳，坐不箕股，当膝处皆穿。後汉书，向栩坐板，坐積久板乃有膝踝足指之處。朱子又云，今成都学所存文翁礼殿刻石諸像，皆膝地危坐，兩蹠隐然見於坐後帷裳之下。今观之東人，知古人常坐皆如此。」

这种日本式的房屋我觉得很喜歡。这却並不由於好古，上文所说的那种坐法实在有点弄不来，我只能胡坐，即不正式的趺跏，若要像管寧那樣，则無論敷了几重席也坐不到十分鐘就两脚麻痹了。我喜歡的还是那房子的简素適用、特别便於简易生活。雜事诗注已说明屋内铺席、其制编稻草为臺、厚可二寸许、蒙草席於上、两侧加麻布黑缘、每席長六尺寬三尺、室之大小以席数计算、自两席以至百席、而最普通者则为三席、四席半、六席、八席、学生所居以四席半为多。户窗取明者用格子糊以薄纸、名曰障子、可称纸窗、其他则两面裱糊暗色厚纸、用以间隔、名曰唐纸、可云纸屏耳。閣原名户棚、即壁厨、分上下層、可分贮被褥及衣箱杂物、牀笫原名「牀之间」、即壁龛而大、下宿不设此、学生租民房时可利用此地堆积书报、几乎平白的多出一席地也。四席半一室面积才八十一方尺、比维摩斗室还小十分之二、四壁萧然、下宿只供一副茶具、自己买一张小几放在窗下、再有两三个坐褥、便可安住。坐在几前读书写字、前後左右凡有空地都可安放书卷纸張、等於一張大书桌、客来遍地可坐、容六七人不算拥挤、倦时随便卧倒、不必另备沙發、深夜從壁厨取被摊開、又便即正式睡觉了。昔时常见日本学生移居、車上载行李只铺盖衣包小几或加书箱、自己手挈玻璃洋油灯在車後走而已。中国公寓住室总在方丈以上、而板牀桌椅箱架之外無他馀地、令人感到局促、无安闲之趣。大抵中国房屋与西洋的相同、都是宜於富贵而不宜於简陋、一间房子造成、还是行百里者半九十、非是有相当的器具陈设不能算完成、日本的则土木功畢、铺席糊窗、即可居住、别无一点不足、而且还觉得清疏有致。從而在日本旅行、在吉松高锅等山村住宿、坐在旅馆的樸素的一室内凭窗看山、或着浴衣躺席上、要一壶茶来吃、这比向来住过的好些洋式中國式的旅舍都要覺得舒服、簡單而省費。这樣房屋自然也有缺点、如雜事詩注所云宜夏而不宜冬、（虽然日本北方的屋里、別有一種取暖的所謂「圍炉里」的設備、）其次是容易引火、还有或者不大謹慎、因为槽上拉動的板窗木户易於偷啓、而且內无扃鐍、賊一入门便可以各处自在游行也。

六七　日本的衣食住中

関於衣服、日本雜事詩注只講到女子的一部分、卷二中云：

「宮裝皆披髮垂肩、民家多古装束、七八歲丫髻双垂、尤為可人。長、耳不環、手不釧、髻不花、足不弓鞋、皆以紅珊瑚為簪、出則攜蝙蝠傘。帶寬咫尺、圍腰二三匝、後倒捲而直垂之、若襁負者。衣袖尺許、襟廣微露胸、肩脊亦不盡掩。傅粉如面然、此三國志所謂丹朱坋身者耶。」又云：

「女子亦不著褲、裏有圍裙、礼所謂中單、汉書所謂中裙、深藏不見足、舞者迴旋偶一露耳。五部洲唯日本不著褲、聞者驚怪。今按說文、袴脛衣也。逸雅、袴兩股各跨別也。袴即今制、三代前固無。張萱疑耀曰、袴即褌、古人皆無襠、有襠起自汉昭帝时上官宮人。考汉書上官后傳、宮人使令皆為窮袴。服虔曰、窮袴前後有襠、不得交通。是為有襠之袴所緣起。」這个問題其實本很簡單。日本上古有袴、与中國西洋相同、看「埴輪」土偶便可知道、後受唐代文化衣冠改革、由筒管袴而轉為灯籠袴、終乃袴腳益大、袴襠漸低、今礼服的所謂袴已几乎是裙了。平常著袴、故里衣中不復有袴類的東西、

稿一五七頁

男子但用犢鼻褌、女子用圍裙、就已行了、近後民间平时可以衣而不裳、遂不復著袴、只用作乙种礼服、学生如上学或访老師則和服之上必须得著袴才行。现今所谓和服实即古时的「小袖」、袖本小而底圆、今則甚浮廣、有如口袋、可以容手巾錢袋等物、与中國和尚所穿者相似、西人称之曰Kimono、原读云「着物」、实只是衣服的総称。日本衣裳之制大抵都根据中國、而逐渐有所变革、乃成今狀、蓋与其房屋起居最適合、若以现今和服住於洋房中、或以華服住日本房、亦不甚相適也。雜事诗注又有一則是关於鞋韈的云云

「韈前分歧为二戟、一戟容拇指、一戟容衆指。屐有如丌字者、两齒甚高、又有作反凹者。織蒲为茧、皆有墻有梁、梁作人字、以布緶或紉蒲繫於头、必两指间夹持用力乃能行、故韈分作两歧。考南史虞玩之传、一屐著三十年、蔑断以芒接之。古樂府、黄桑柘屐蒲子履、中央有絲两头繫。知古製正如此也、附註於此。」这个木屐也是我所喜歡著用的、我觉得这比廣東的用皮條络住脚背的还要好些、因为这似乎更着力可以走路。黄公度说必两指间夹持用力乃能行、这大约是没有穿惯、或者因为中国男子多包脚、脚指互叠不能衔梁、衔亦乏力、所以觉得不容易、其实是套着自然着力、用不着什么夹持的。甲戌(一九三四)年夏间我往東京去、特地到大震災时没有毁坏的本鄉菊坂去寄寓、晚上穿了和服木屐、曳杖往帝大前面一带去散步、看看舊书店和地攤、很是自在、若是穿着洋服就觉得拘束、特别是那么大热天。不过我们所能穿的也只是普通的「下駄」、即所谓反凹字形狀

的一种，此外名称「日和下駄」，底作𠀋字形而不很高的，從前学生时代也曾穿过，至於那两齿甚高的「足䭾」，那就不敢請教了。在大正时代以前，東京的道路不很好，也颇有雨天变醬缸之概，足䭾是雨具中的要品，後来却是可以無需，不穿皮鞋的人只要有日和下駄就可應付，而且在实際上連这也少見了。

六八　日本的衣食住下

黄公度在「日本雜事詩」註里，関於食物说的最少，其一是说生魚片的：

「多食生冷，喜食魚，聶而切之，便下筯矣，火熟之物亦喜寒食。尋常茶饭，蘿蔔竹笋而外，無長物也。近仿欧罗巴食法，或用牛羊。」又云：

「自天武四年（案即公元六七六年，但史称三年）詔禁食牛馬鸡犬猿等，次年乃令诸国放生）因浮屠教禁食獸肉，非餌病不許食。賣獸肉者隐其名曰藥食，復曰山鯨。所懸望子，画牡丹者豕肉也，画丹枫落葉者鹿肉也。」讲到日本的吃食，第一感到奇異的事的确是獸肉的稀少。四十多年前，我在三田地方确实还看見过山鯨的招牌，这是卖猪肉的，画牡丹枫葉的却已不見，馬肉称为樱花肉，但也不曾見过招牌。虽然近时仿欧罗巴法，但肉食不能说很盛，不过已不如從前以獸肉为秽物禁而不食，肉店也在「江都八百八街」到处开着罢了。平常鳥獸的肉只是鸡与猪牛，羊肉简直没处买，鹅鸭也極不常見。平民的下饭的菜到現在仍旧还是蔬菜以及魚介。中国学生初到日本，吃到日本饭菜那麽清淡，枯槁，没有油水，一定大驚大恨，特别是在下宿或分租房间的地方。这是大

稿 一五九 頁

可原谅的，但是我自己却不以为苦，还觉得这有别一种风趣。——的确有过一次，因为下宿的老太婆三日两头的给吃「油豆腐」，有点受不住了，只好买罐头鹹牛肉来下飯。这是因为烹调得不好的缘故，这种油豆腐原名为「假雁肉」，用胡萝卜等切成丁，和在豆腐内制成，加醬油糖煮，也是很好吃的，但是那老太婆似乎只拿盐水来煮，而且几乎天天是这个，所以吃厭了，那只算是例外吧。

——吾乡穷苦，人民努力自吃三顿飯，唯以醃菜臭豆腐螺螄为菜，故不怕鹹与臭，亦不嗜油若命，到日本去吃，无论什么都不大成问题。有些东西可以与故乡的什么相比，有些又即是中国某处的什么，这样一想就很有意思。如味噌汁与干菜汤，金山寺味噌与豆板醬，福神渍与醬咯嗒，牛蒡独活与芦笋，盐鲑与勒鲞，皆相似的食物也。又如大德寺纳豆即鹹豆豉，泽庵渍即福建的黄土萝卜，蒟蒻即四川的黑豆腐，刺身即广东的魚生，寿司即古昔的魚鮓，其制法见于齊民要術，此其间又含有文化交通的歷史，可资研究。——刺身读如萨西米，即是杂事诗注所说「聶而切之」的魚肉，黄君乃广东嘉应州人，是知道魚生的，但日本所不同的就是这样的生吃了，这在中国也不是没有先例的，如吃醉蟹即是。魚用鮪和鯛，亦有用鯉者，此外多骨的河魚皆不适用。——家庭宴集自较丰盛，但其清淡则如故，亦仍以菜蔬魚介为主，鸡豚在所不废，唯多用其瘦者，故亦不油腻也。近时社会上亦流行中国及西洋菜，则并没有什么高明，盖以日东手法调理西餐（日本昔时亦称中国为西方）殊得恰好。东京神田有「维新号」，当初系一小杂货店，乃浙江宁波郑君所经

藥堂談往

营、専售卖中国食品、略如稻香村那样、小楼一间作为雅座、可以小吃、昔日曾经请教过、却做得很好、四十年来闻已大为发展、闻有各处分号了。

日本食物之又一特色为冷、确如杂事诗注所说。下宿供膳尚用热饭、人家则大抵只煮早饭、家人之为官吏教员公司职员工匠学生者皆裹饭而出、名曰「便当」、匣中盛饭、别一格盛菜、上者有鱼、否则苦醎的梅干一二而已。傍晚归来、再煮晚饭、但中人以下之家便吃早晨所馀、冬夜苦寒、乃以热苦茶淘之。中国人惯食火热的东西、有海军同学昔日为京官、吃饭恨不热、取饭锅置左右、由锅到碗、由碗到口、迅疾如暴风雨、乃始快意、此固是极端、却亦是一好例。总之对於食物中国一般大抵贵热恶冷、所以留学生看了「便当」恐怕无不头痛的、不过我觉得这也很好、不但是故乡有吃「冷饭头」的习惯、说得迂腐一点、也是人生的一点小小的训练。中國有一句很是陈旧、却很是很有道理的格言道、人如咬得菜根则百事可做。所以学会能吃生冷的東西、虽然似乎有背衛生的教條、但能够耐得刻苦的生活、不是没有什么益处的吧。

六九 结论

刚才说到了东京、就说上这一大堆话、总论日本的衣食住、也可以说是结论、这是什么缘故呢？总之这似乎不是说初到时最初的印象吧？是的、这的确是结论、是我多年之後观察所得的结果、如今说在起头的地方、实在有点倒果为因的毛病。不过这有什么办法呢、大凡一个人对於一地方的意见、无论是爱憎如何、总是有一

稿 一六一 頁

稿 一六二頁

种估論做根據。我现在便把这个根据说在前边、再来叙述我的事情、希望它可以说得清楚一点。老实说、我在東京的这幾年留学生活、是过得颇为愉快的、既然没有遇見公寓老板或是警察的欺侮、或有更大的国際事件、如魯迅所碰到的日俄战争中殺中国侦探的刺激、而且最初的幾年差不多对外交涉都是由魯迅替我代办的、所以更是平穩無事。这是我对于日本生活所以印象很好的理由了。

我那时对于日本的看法、或者很有点宿命观的色彩也说不定。我相信日本到底是东亚或是亚细亚的、他不肯安心做一个东亚人、第一次明治维新、竭力挣扎学德国、第二次昭和战败、又学美国、这都于他自己没有好处、反给亚细亚带来了许多灾难。我最喜欢的是永井荷风的在所著「江户艺術論」第一篇「浮世絵之鑑賞」中說过的一节话、虽然已是五十年前的旧话了、但是我还要引用了来、说明我的一点意思：

「我反省自己是什么呢？我非是威耳哈倫似的比利时人、而是日本人也、生来就和他们的運命及境遇迥異的東洋人也。恋爱的至情不必说了、凡对於異性的性欲的感觉悉视为最大的罪悪、我辈即奉戴此法制者也。承受「勝不过啼哭的小孩和地主」的教训的人類也、知道「说话則唇寒」的国民也。使威耳哈倫感奋的滴着鲜血的肥羊肉与芳醇的蒲桃酒与强壮的妇女之绘画、都于我有什么用呢？我爱浮世絵。苦海十年、为親卖身的游女的绘姿使我泣。憑倚竹窗、茫然看着那流水的艺妓的姿態使我喜。卖宵夜麵的纸灯、寂寞的停留着的河边的夜景使我醉。雨夜啼月的杜鹃、阵雨中散落的秋天树声、落花飘风的钟声、途中日暮的山路的雪、凡是无常无告无望的、使人无端嗟叹此世只是一梦的、这样的一切东西、于我都是可亲、于我都是可怀。」他的话或者也有过于消极悲观的地方、但是在本篇的末尾这样说、觉得是很有道理的：

「日本之都市外观和社会的风俗人情、或者不远将全都改变了吧。可伤痛的、将美国化了、可鄙夷的、将德国化了吧。但是日本的气候与天象与草木、和为黑潮的水流所浸的火山质的岛屿存在的时候、初夏晚秋的夕阳亦将永远如猩猩绯的深红、中秋月夜的山水将永远如蓝靛的青、落在茶花与红梅上的春雪也将永远如友禅印花绸的绚烂。如不把妇女的头发用了烙铁烫得更加拳缩了、恐怕也将永远夸称水梳头发之美吧。然则浮世绘者、将永远对于生在这太平洋上岛屿的日本人、将在感情方面传达亲密的私语。浮世绘的生命、实与日本的风土、永劫存在、盖无可疑。而其杰出的制品、今乃悉不在日本了、岂不可悲哉！」

这是荷风论「浮世绘」的几节话、但是这里我引用了来、却也觉得是恰好。我那时青睐这「东洋」的环境、所以愉快的过了留学时期、不过这梦幻的环境却也到时候打破了、那便在我关闭了「日本研究」的小店的门、正式发表在「日本管窥之四」里边、已经是在卢沟桥的前夕了。关于日本的衣食住的结论我还是没有什么修正、但是日本人是宗教的国民、感情超过理性、不大好对付、这是我从前看错了的。

七〇 下宿的情形

(東京奥谷納)

稿 一六〇 頁

我最初来到东京、住在伏見館下宿屋里。伏見館在东京的本鄉区湯島二丁目、是中下等的下宿、——我这樣說也是沒有什么根据的、只是憑我的估计罢了。本来下宿是按月计算房饭钱、与按日计算的旅館不同、这是最大的区别、至於下宿本身的等级也大有高下、大的有三四層的樓房、用人众多、有点像是旅館的樣子、小的則房子不到十间、只用着一兩个下女、有的还用自己的女儿们充任。伏見館的情形是这樣的、一進柵欄门是脱鞋的地方、走上去时右手是一个樓梯、随後即是所謂帳房即是房主人的住所、便所与廚房就在这後边、左手外边是兩间四席半的房间、大约就算是第一二号、不过因為房间太是气闷也不方便、所以不大有人居住、只有我们有一个时候、曾經借住第一号有一个月左右、再往後是一个通往便所的樓梯、以後是一间浴室、这之後是一间安放什物的房间、樓下的情形便是如此。樓上樓梯後是第一间客房、却算是第八号、因为这就是魯迅所住的房间、所以记得清楚、上边偶然需要茶水、一按電鈴、底下便有人報告说、「八番樣」、这意思也就是说第八號叫、但是直譯起来是「第八号的先生」、而意義又略为不同、「樣」字很有一种柔軟性、这里譯作先生也觉得有点儿硬了。第九号是一间三席的、平常總是闲空着、本来也儘有較為寒苦的学生足够居住、但这里是专住中國留学生的、所以沒有人看得起这种小屋、一般的房间總要有四席半大小才好、里边是往三樓的樓梯了、其实三層樓上只有一间四席半的房间、便是第十号了。再回来说二樓、樓梯上面右边一间、左边接連三间、其第三间便与第八号

(銷谷島京東)

相对、便算是第三至第六号、第七号单独一间、位置在往便所去的楼梯与往三楼的楼梯的交叉点、最是静僻、没有左右鄰居的烦擾。据上边所说的情形看来，我那中下的考语或者下得算是公平吧。它的雖有浴堂的设備、每星期或者燒兩三次、但这乃是一种家常的入浴、並不是什麽特别的待遇、那里也设有叫人的電鈴、却是还没有電灯、仍旧用洋油灯照明，電鈴是用乾電池的。高等下宿则每间房里都装有電话、可以与账房通话、也可以打到外边去，從前蒋观雲住的地方便是这様的。

下宿屋所供給客人用的、除房间之外、有一个火盆这並不限於冬天取暖、平常也供燒热開水備点火之用、和一套茶具、但如是客人自己有、就不再供給了、不过谁也觉得麻烦去自办、故而多是借用下宿的、此外则晚上点的洋油灯、以及三餐所需的食器、也都由下宿製办。坐具即墊子之類、也可以暂时借用、但这様东西既是必需的、所以結果以自備为宜、此外则有书桌也须自備、大小甚可随意、但是一般留学生習惯於桌椅的生活、不肯席地而坐、在日本房子里也一定要用桌椅、不特狼抗很佔地方、也觉得不合適、如穿和服而冬天高坐、实在也是很冷的。我们所用便只是日本的「几」、这与日本房屋是相配合的、而且坐在墊子上面、即使不能正式跪坐、就是胡坐也不妨事、也総是蓋住兩腿、比「垂脚而坐」要暖和得多了。房飯錢每月不出十元、中午和晚上兩餐飯、早上兩片麪包加黄油、牛奶半磅、也就夠了。但留学经费实在也很少、進国立大学的每年才有五百日圆、專门高校则四百五十、别的学校一律四百圆、一个月领得三十三圓、实在是很拮据的、不过那时管理也特別麻胡、就是你不進什麼学校、也不顧问、一様可以領取学费、只要報告说是在什麼地方读书就好了。

七一 学日本语

我们在伏見館住了下来之後、要做的事情第一件是学習日本话、其次是預備办文藝雜誌的事情、不過那是一件長期的工作、不是在短时间所能完成的。我第一年学日本话、乃是在一个講習班里、这是中華留学生会館所組織的、彼此也不曾会面、願意加入的只须在名单上簽个姓名、按期缴纳学费就行。时间是每天上午九点至十二点、教師名菊地勉、年紀大约三十歲些、手写一笔好白话文、寫在黑板上很得要领、但是嘴里仍是说日本话、这樣的教员曾经見過好幾个、这套工夫实在是很可佩服的。教場设在留学生会館内一间側屋里、容得下二三十个人的坐位。留学生会館是一所洋房、在東京市神田區駿河台上、这是本鄉与神田兩區的交界处、那时我们住在本鄉的湯島、靠近「御茶水橋」、一过橋就是神田的甲賀町、橋旁本折即是駿河台了。所以從下宿去上课、倒是極近便的、走了去至多只花十分鐘左右罢了、但是我去听课却不能说是怎麼的勤、大约一星期里也只是去上三四次吧、因为一則是懒、其二講的也是頗慢、所以脫了幾堂课没有什麼関係、總之彼此都很是麻胡。可是话雖如此、我的一点日本语基本知識、却是從菊地先生学得的、但是话又说了回来、这於我卻没有什麼用处、因为那时候跟魯迅在一起、无论什麼事都由他代办、我用不着自己费心、平常極少一个人出去的时候、就只是偶然往日本桥的丸善书店、买过一两册西书而已。这种情形一直继续有三年之久、到鲁迅回国时为止。讲习会是私人组织、毕业了也没有文凭、进学堂不方便、所以在第二年便是丁未（一九〇七）年的夏天、又改进了法政大学的特别豫科、这种豫科期限一年、教授日文以及英算历史浅近学科、学了之后可以进专门科、若是要进大学本科务有一种豫科、学习普通中学课程、须三年工夫才能毕业。我因为中学普通知识在南京差不多都已学过、现在补习日文和日本历史就已够了、所以进了这特别豫科、这计划是很合理的、可是实际上却是很有不利。我因为总算学过一年的日本语、而英算等学科又都是已经学过了、所以没有兴味去听、这样就奖励我的偷懒、缴了一年的学费、事实上去上学的日子几乎才有百分之几、到了考试的时候、我得到学校的通知、这才赶去应考、结果还考了一个第二名。在校里遇到事务员、说你要不是为了迟到缺考一门功课、怕不是第一么？很替我可惜、但是这却省得我好些麻烦、不必去当同班的代表、去致毕业式的答辞、只领到学校所发给的一本奖品日本译的伊索寓言就算完事了。我这样说、好像是在同班里自己是怎么了不得的样子、这当然不是的、但事实上的确有些怪人、说来像是笑话、却是实在的事情。有一个英文教员姓风见、年纪五十来岁、看样子似乎是很神经质的、教学生拼法、说b a——賠、学生跟不上、说错了、也是有的、总不会差得很远。可是班里有一位仁兄、却错得很离奇、不是说b a——罗、便是说b a——歪、先生以为是故意开玩笑、气得个不亦乐乎、而那位仁兄却

稿　一六八　頁

是神气坦然、一点都没有搗乱的模样。凡見先生終於因此辞職了、換了一位教日文的兼任、这位先生的对付的方法很好、毫不生气、於是结果成功了。他只是一味的鎮靜、說道：「不是的、不是雁。」「可是鴈。」如果学生这回說是雁、他便說道：「不是的、也不是雁。」「可是鴈。」他不厭其煩的回答、听着的人覚得十分好笑、但是奏了效、那位有特别拼法的人也逐漸会得学說普通的拼法了。这种怪人怪事、我以後也没有遇見過、但那时讀书人初次從书房里解放出来、与外边的事情相接触、便会現出類似的情形来。魯迅当时形容他们、常与許寿裳罵「眼睛不硬」、的確非常切贴而且传神、到了近幾十年来、这似乎已过了时、說起来有点不大可信了、辛亥革命以来这五十年间、社会情形確实改变了不少、这是很好的事情、雖然在讲故事的时候要多费一点事、需要些多餘的說明罢了。

七二　籌備雜誌

刊行雜誌、開始一种文学運動、这是魯迅在丙午（一九〇六）年春天、從仙台医学校退学以後、所決定的新方針。在这以前他的志願是從事医藥、免除国人的病苦、至是翻然变计、主張從思想改革下手、以为思想假如不改進、縱然有頑健的体格、也無濟於事。他本来也曾经在同鄉留学生所办的雜誌「浙江潮」上寫过些文章、又翻譯焦尔士威奴的「月界旅行」、但还没有强调文学的重要作用、大约只是讀了梁任公的「新小說」、和他的所作的「論小說与羣治的関係」、所受的一点影响罢了。当时的計畫是発刊「新生」雜誌、这件事便開始籌備。一九二〇年的三月在「域

(東京奥谷製)

外小说集」的新版序文上，他曾这样说道：

「我们在日本留学时候，有一种茫漠的希望，以为文艺是可以转移性情，改造社会的。因为这意见，便自然而然的想到介绍外国新文学这一件事。但做这事业，一要学问，二要同志，三要工夫，四要资本，五要读者。第五样逆料不得，上四样在我们却几乎全无。」虽然是这样说，其实所缺少的就只是资本，在当初筹办的时候上三样东西原是充分满足的。所说第一件是学问，说没有原是句客气话，其实要来领导一种文学运动，至少对于自己的主张有些自信，至于第二件的工夫，则事实上是多得很，因为既如上边所说，我在起头的两年麻麻胡胡的学日本话，大半是玩耍的时候，鲁迅则始终只在独逸语学协会附设的学校里挂名学习德文，自然更多有自己的工夫了。倒是同志的确很是稀少，最初原只有四个人，鲁迅把我拉去也充了一个，此外是许季茀和袁文薮。鲁迅当初对于袁文薮期望很大，大概彼此很是谈得来，我却不曾看到过，因为他从日本特往英国留学，等得我到日本的时候，他已经往英国去了。可是袁文薮离开日本以后就一直杳无消息，本来他答应到英国后就写文章寄去，结果不但没有文章，连通信都不曾有过一封。这是「新生」运动最不利的事情，在没有摆出阵势之前，就折了一员大将，不，这还是顶得力的一员大将哩。可是「新生」却似乎没有受到什么影响，还是默不作声的筹备着。在这以前，朋友中间还有时谈起，所以有人便开玩笑，说这是新进学的生员，但自从袁文薮脱走以后，这个问题便冷落起来了，至少对外是如此，剩下的我们三个人却

稿 一六九頁

（納谷島京東）

稿 一七〇 頁

仍舊是那庅積極、総之是一点都没有感到沮喪。

我在南京的时候所受到的文学的影响、也就只是梁任公的「新小说」里所载的那些、主要是焦尔士威奴的科学小说、以及法国雨果——当时因为用英文读法称为嚣俄的名字、此外则是林琴南所译的哈葛德著、後来有司各得、其「萨克逊劫後英雄略」比较的有点意思。至於我所有的外文本文学书、就只有一册英文天方夜谈、八册英文雨果選集、和美国朗斐罗的什庅诗、坡的中篇小说「黄金甲虫」的翻印本罢了。我到达东京的时候、下宿里收到丸善书店送来的一包西书、是鲁迅在回国前所订购的、内计美国该莱(Gayley)编的「英文学里的古典神话」、法国戴恩(Taine)的英国文学史四册、乃是英译的。说也可笑、我从这书才看见所谓文学史、而书里也很特别、又说上许多社会情形、这也增加我不少见闻。「古典神话」虽是主要在於说明英文学上的材料、但也就有了希腊神话的大概、卷首併说及古今各派的不同解释、使我对於安特路朗的人类学派的说法有了理解。恰巧在骏河台下的中西屋书店里有多少本的「银丛书」、安特路朗的主要著作就收在这里边、这便是「习俗与神话」(Custom and Myth)和两册「神话仪式和宗教」(Myth, Ritual and Religion)、我便去都买了来、这就是研究神话最早的根據。後来弄希腊神话、更得到弗来则与哈利孙女士的著作、更有进益、但在那时候觉得有了新園地躍躍欲试、便在那一年里(一九〇六)用了「新生」稿纸、聞始写一篇「三辰神话」、意思是说日月星的、刚起了头、才写得千馀字、有一天许季茀来访、谈起「新生」的稿件、鲁迅还拿出来、给他阅看。大概他对於这些问题没有奥趣、我的文章也當然寫得很糟、他什么也沒有說、然而也算僥倖「新生」未曾出板、不然这样不成样子的東西發表出来、豈不是一件笑話嗎。

稿一七一頁

七三 徐錫麟事件

我们在伏見館始終住的是第八号房间、後来对面的第六号空出来了、遂併借了这一间，因为彷彿是朝東的、所以在夏天比較要好一点。到了第二年的春天、忽然的来了新客、不得不讓给他们住了，来客非別、乃是蔡谷卿君夫婦、蔡君名元康、是蔡鶴卿即孑民的堂兄弟，往常在「绍兴公报」上面寫些文章、筆名國親、与魯迅本不熟識、是邵明之所介绍来的。蔡君是新近才结了婚、夫人名郭珊、她的長姊嫁给了陳公猛、即是陳公俠的老兄、二姊是傅寫臣的夫人、这时同了她的妹子来到日本、要進下田歌子的实踐女学校、可是就生了病、须得進病院、而这病乃是怀了孕、她那一方面是由邵明之照料、弄得做翻译的十分狼狈、时常来伏見館诉说苦况。这大抵是关於婦女生活的特殊事情、魯迅经手办理的也有这种的事、不過最初由男人传述、还没有什么困难、第二步却要说给下女听、如託她们代買月經帶等、这在当时实在有点别扭的。好在这事也只头一次為難、以後進了学校她们会得自己办理了。

那年夏天、确实的说是陰曆五月廿六日、中国突然發生一件不平常的革命事情、这便是徐伯蓀刺殺恩銘的所谓安慶事件。如今暫且借用魯迅的「朝花夕拾」里的文章寫范愛農的起头一節如下：

「在東京的客店里、我们大抵一起来就看报、学生所看的多是朝日新聞和讀賣新聞。一天早晨、翻头就看见一條從中国来的電報、大概是：——

「安徽巡撫恩銘被Jo Shakurin刺殺、刺客就擒。」

Jo Shakurin原书作Jo Shikirin、係是錯誤的、今為改正。

大家一怔之後、便容光煥発的互相告語、並且研究这刺客是誰、漢字是怎样三个字。但只要是紹興人、又不去看教科书的、却早已明白了。这是徐錫麟、他留学回国之後、在安徽做候補道、办着巡警事務、正合於刺殺恩銘的地位。

大家接着就豫測他将被極刑、家族将被連累。不久秋瑾姑娘在紹興被殺的消息也傳来了、（案、这是六月初五日的事、）徐錫麟是被挖了心、给恩銘的親兵炒食淨尽。人心很憤怒。有些个人便秘密的開一个会、筹集川資、这时用得着日本浪人了、撕魷魚下酒、慷慨一通之後、他便登程去接徐伯蓀的家屬去。」

接着是紹興同鄉会開了一个会、討論到発電報的事、结果分成兩派、主張発的是想借了主持公論的幌子、去和当时滿清政府発生接触、所以表面主張民主、要政府文明辦理、以後不再随便处刑。这派的首領是蒋观雲、他本是老詩人、寄寓在東京、素来受到同鄉青年们的尊敬、魯迅和許季茀等人也时常去问候、可是这时受了康梁立憲派的影响、组織「政聞社」、預備妥協了、所以这时竭力主張発電報、去和政府接近。反对的是比較激烈的、以為既然革命便是双方開火了、說話別無用处、魯迅原来也是这一派、所以范愛農所說的話：

「殺的殺掉了、死的死掉了、还発什麼屁電报呢！」根本是不錯的、魯迅当然也是这个意思、不过他说话的口

稿一七二頁

气和那態度很是特别、所以魯迅随後还一再传说、至於意見却原来是一致的。那篇「范爱農」的文章里说、自己主張発電報、那为的是配合范爱農反对的意思、是故意把「真実」改写为「诗」、這一点是应当加以说明。関於蒋观雲的事、我有一節文章收在「百草园的内外」里、節録於下：

「当时绍属的留学生開了一次会議、本来没有什麽集後办法、大抵只是慷慨罢了、不料蒋观雲已与梁任公連络、組織政聞社、主張君主立憲了、在会中便主張発電报给清廷、要求不再濫殺党人、主張排满的青年们大为反对。蒋辩说猪被殺也要叫幾声、又以狗叫为例、魯迅答说、猪才只好叫叫、人不能只是这样便罢。当初蒋观雲有贈陶煥卿詩、中云、敢云吾發短、要使此心存、魯迅常传诵之、至此时乃仿作打油诗云、敢云猪叫响、要使狗心存。原有八句、现在只记得这两句而已。」

七四　法豪事件

自從安慶事件以後、来伏見館訪問的客人似乎要比從前增加了。以前来访的人無非是南京礦路学堂的同学張協和、或是弘文学院的同学許季茀、要不然便是新来的張午樓和吳一斋罢了。这回来的却很有不同、大都是与革命案件有関的人、首先是在東湖里与徐伯蓀一同練習路劫、豫備在紹興城闵门造反的陳子英、他是在紹興闯祸逃回日本来的。还有游说两浙绿林豪侠起義、要做到天下人都有饭喫的、後来被蒋介石所刺殺的陶煥卿、他这时不知在什麽地方、却也逃到东京、经常带了龚未生来、谈論革命大势。此外还有他的本家陶望潮、本来是在日本留学、专门藥学、後来又篤信佛教、但是在当时

稿 一七四頁

却很热心於革命事業、也时常跑来谈天。不过那些事情大半乃是我们遷居東竹町以後了、这里须得来说明一下、为什麽我们要搬出伏見館的因缘了。

简单的一句、由於環境不合適、住的很不痛快。老实说、下宿生活不会是住得痛快的、寓居的人既然杂乱、吵闹势所难免、但伏見館的情形还算好的、因为它房间少、住不到十个人、而且多数是岩倉鉄道学校的学生、虽然志趣很低、为鲁迅所看不起、却还是专心用功、整天上学、晚上也很安静、所以一时可以共处得来。可是後来蔡君夫妇後来搬到别处去了、我也另外找了第七号住下、这边第五六号来了几个江西客人、这情形便大不相同了。不晓得共总有几个人、但是却也同我们一樣、平常不上学校去、一天里以在家的时候为多、而且经常高谈阔论、又復放声狂笑、对门第六号里住的一位豪傑、尤其是了不得、醒时大笑大叫、睡了又立即鼾声大作、声如猪嗥、他的同伴叫他做「法豪」、——後来在民国初年在议员当中、發見了江西的一位议员名叫欧陽法孝、才知道他的正式的大名。这位法豪老爷又似乎头脑特殊的坏、日本房子特别是下宿的房间、外观構造都很相似、可是外边標着号数、自己住惯了也很有数、可是他却时常走错、衝进别人的住房里去、又復惊惶退出、也不打一个招呼。这些江西客人似乎对於洗澡又特别有興趣、本来下宿里有一个不文律、凡是住得最久的客人对於洗浴有優先权、遇着澡堂燒開了之後、由下女按着次序来请、大约那里是半日一星期两次吧、每逢期日水刚烧好、法豪便不等来通知、逕自鑽了进去。鲁迅並不怎麽热心

稿一七五頁

於剃头沐浴、平常住在没有洗澡設備的下宿的时候、往往兩三个月也难得去浴堂一次、可是这因为憎恶这班人的缘故、又因他们大抵不懂得入浴的规矩之故、时常把浴湯弄得稀髒、尤其令人觉得不快。这彷彿是一件小事情、不值得計較、但是日日听着狗叫似的吵闹、更是四日兩头的有那洗澡這一幕、实在叫人不好受、所以在躊躇好久之後、終於决心遷居、離湯島不过一箭之路、在東竹町的一户人家租借了兩间房、住了下来了。这一件小小的「法豪事件」雖然是渺小得很、可是攪乱我们的心情、影响实在很大、所以这里用了这样的一个题目、或者不算是怎么誇大吧。

七五　中越館

東竹町在順天堂病院的右側、中越館又在路右、講起方向来、大概是坐北朝南吧。我们的住房是在楼下、大小兩间、大的十席、朝西有一个纸窓、小的六席、纸都南向、要比下宿的普通房间为宽大。人家住房照例有板廊、外边又有一个曲尺形的一个天井、有些樹木、所以那西向的窓户在夏天也並不觉得西晒。这是一家住家、有房间出租给人、只因为寄居的客共有三人、警察方面一定要以下宿營業論、所以後来挂了一塊中越館的招牌。主人的二房东是一个老太婆、带了她的小女儿、住在门口一间屋里、西边的兩大间和楼上一间都租给人住、地点很是清静、没有左右隣居、可是房飯錢比較贵、吃食却很壞。有一种园豆腐、中间加些素菜、徑可兩寸許、名字音譯可云素天鵞肉、本来也很可以吃、但是煮得不入味、又是三日兩头的给吃、真有点吃傷了、我们只好

稿 一七六 頁

随时花五角钱、自己买一个長方罐头盐牛肉来補充。那老太婆賺钱很凶、但是很守舊规矩、送进屋里开水壶或是洋灯来的时候、总是屈身爬着似的走路。这种爬走便很为鲁迅所不喜欢、可是也無可奈何她。那小女儿名叫富子、大概是小学三四年级生、放学回来倒也是很肯做事的、晚上早就睡觉、到了十点钟左右、老太婆総要硬把她叫醒、说道：

「阿富、快睡吧、明天一早要上学哩。」其实她本来是睡着了的、却被叫醒了来听她的训诲、这也是我们所讨厭的一件事、好在阿富並不在乎、或者連听也不大听見、还是继续她的甜睡、这事情也就算完了。

在中越馆里还有一个老头兒、不知道是房東的兄弟还是什么、白天大抵在家、屋角落里睡着、蓋着一点薄被、到下午便不見了。鲁迅睡得很遲、吃烟看书、往往要到半夜、那时听見老头兒回来了、一進门老太婆便问他今天哪里有火燭。鲁迅当初很觉得奇怪、给他起了一个绰号叫「救火的老头兒」、事实上当然並非如此、他乃是消防隊瞭望台的值夜班的、时间大概是從傍晚到半夜吧。

这下宿因为客人少、所以这一方面别無什么问题。楼上的房客是但焘、後来也是政治界的名人、但他是很安静的、虽然他的同鄉刘麻子（本名是刘成禺、可是刘麻子的名字却更为人所知、）從美国回来、在他那里住了些时、闹了点不大不小的事件。有一天刘麻子外出、晚上没有回来、大门就关上了、次早房東起来看时、门已大開、吓了一跳、以为是著了贼、可是東西並没有什么缺少、走到楼上一看、只見刘麻子高卧未醒、元来是他夜里回来並未叫门、不知怎麽弄開了就一直上楼去了。又有一次、剥麻子挈着梳子梳髮、奔向壁间所挂的镜面前去、把放在中间的火缽踢翻了、並不返顾一下、还自在那里理他的头髮、由老太婆赶去收拾、虽然烧坏了席子、总算没有烧了起来。不久他离開中越馆、大概又往美国去了吧、於是这里边的和平也就得以恢復了。

大概因为这里比普通的下宿较为方便的缘故、所以来访的人也多一点了、主要是因安慶事件而亡命来日本的几个同乡、便是陶焕卿和龔未生、他们常是一起来的、陳子英、陶望潮是東湖时代的学生、但因年龄关係、还只能算是朋友、因为他只比我小三四歳罢了。其中最常的要算是陶焕卿、他一来就大谈其中国的革命形势、说某处某处可以起義、这在他的術语里便是说可以「動」、其讲述春秋战国时代的军事和外交、说的头头是道、如同目睹一樣、的确是有一种天才的。谈到吃饭的时候、假如主人在抽斗里有钱、便买罐头牛肉来添菜、否则只好请用普通客饭、大抵总只是豆腐之外、一木梳的豆瓣醬湯、好在来访的客人只图谈天、吃食本不在乎、例如陶焕卿即使给他燕菜、他也只当作粉條喝了下去、不覺得有什麽好的。记得有一回是下雨天气、焕卿一个人忽忽的跑到中越馆来、夾着一个報纸包、说这几天日本警察似乎在注意他、恐怕会要来搜查、这是他联络革命的文件、想来这里存放几天。因为这是机密文件、所以我们只是替他收了起来、不曾检查它的内容、後来過了若干时日又走来挈去、这时他打開给我们看、元来乃是联合会党的章程、以及有些空白的「票布」、有一种是用红缎子印製的、据说这是「正馘头」所用、他还開玩笑的对我们说道：「要封一个庅？」章程只有十来條的样子、末了一條是说对違反上列戒條的處置、簡单的说「以刀劈之」。

七六　翻譯小说上

我们留学日本、準備来介绍新文学、这第一需要资料、而蒐集资料就連帶的需要买书的钱、於是便想譯书来卖钱的事。留学费是少得可憐、也只是将就可以过得日子罢了、要想买点文学书自然非另筹經费不可、但是那时稿费也实在是够刻苦的、平常西文的譯稿只能得到兩塊钱一千字、而且这是实数、所有標点空白都要除外计算、这种標準维持到民國十年以後、一直没有什麼改变。我在这幾年间所譯出书、计有長篇中篇小说共五种：

一、红星佚史、英國哈葛德与安特路朗共著、共有十萬字左右。

二、勁草、俄国託尔斯泰著、约有十多萬字。

三、匈奴奇士録、匈牙利育凱摩耳著、六萬多字。

四、炭画、波阑顯克微支著、约四萬字。

五、黄薔薇、育凱著、三萬多字。

上边中间只有一三兩种、總算賣成功、得到若干钱、买了些参考书、餘下的也都貼補了日用、其他便賣不出去、就此擱淺了。第二种「勁艸」是比較有趣味的一部歷史小说、也正是在中越馆的时期所翻譯、似乎值得来一说、至於其餘的也就只是連帶的说及罢了。

我譯红星佚史、因为一个著者是哈葛德、而其他一个又是安特路朗的缘故。當时看小说的影响、雖然梁任公的「新小说」是新出、也喜歡它的科学小说、但是却更佩服林琴南的古文所翻译的作品、其中也是優劣不一、可是如司各得的「劫後英雄畧」和哈葛德的「鬼山狼俠传」、却是很有趣味、直到後来也没有忘记。安得路朗本非小说家、乃是一个多才的散文作家、特别以他的神话学说和希臘文学著述著作、我便取他的这一点、因为红星佚史里所讲的正是古希臘的故事。这书原名为「世界欲」(The World's Desire)、因海倫佩有滴血的星石、所以易名为「红星佚史」、说老实话这里面的故事虽然显得有点「神怪」、可是並不怎么见得有趣味、至多也就只是同那「金字塔剖尸记」彷彿罢了、不过不知道为了什么缘故、总觉得这里有一部分是安得路朗的東西、便独断的認定这是书里所有詩歌、多少有这可能、却没有的确的证据。这在哈葛德别的作品确是没有这许多的诗、大槩总该有十八九首吧、在翻译

的时候很花了气力、由我口译、却是鲁迅筆述下来、只有第三编第七章中勒尸多列庚的战歌因为原意粗俗、所以是我用了近似白话的古文译成、不去改写成古雅的诗体了。据序文上所记是在丁未(一九〇七)年二月译成、那时还住在伏見館里、抄成後便寄给商務印书館去看、回信说可以接收、给予稿费二百元、还要一个卖稿的中保人、这时我们恰好便请蔡谷卿做了、因为他是当时場面上的人物、是最好没有的了。十一月中「红星佚史」就出板了、作为说部叢书的初集的第七十八种、但是我们所苦心蒐集的索引式的附注、却完全芟去了、这是関於古希臘埃及神话的人物说明、虽然当时没有知识、还把希腊罗马的神名混在一起、而且音译也不正确、——如把阿普洛狄德照英文读作亚孚罗大谛之类、但总之是很费些

稿 一七九頁

(東京萬谷製)

工夫去抄集拢来的、但似乎中国读书向来就怕「烦琐」的注解的、所以编辑部就把它一裹脑儿的拉杂摧烧了、不过这在译者无法抗议、所以也就只好默尔而息、好在学了一个乖、下次译书的时候不来再做这样出力不讨好的傻事情、这就很好了。

七七　翻译小说下

初次出马成功、就到手了两百块钱、这是很不小的一个数目、似乎可以买到好些外国书了。在钱还没有寄来之前、先向蔡谷清通融了一百元、去到丸善书店买了一部英译屠介涅夫选集、共有十五本、每本里有两三张玻璃板插画、價錢才只六十先令、折合日金三十元、实在公道得很。我们当时很是佩服屠介涅夫、但不知为了什麽缘故、却总是没有翻译他的小说过、大约是因为過服的缘故、所以不大敢轻易出手吧。此外又看见出板的廣告、见有丹麦的勃阑兑斯的「波蘭印象记」在英国出板、也就托丸善书店去订購一册、这书是倫敦的海纳曼所出、与屠介涅夫选集是同一书店印行的。勃阑兑斯大概是猶太系的丹麦人、所以有点离经畔道、同情那些革命的诗人、但这於我们却是很有用的。他有一册「俄国印象记」、在很早以前就有英译了、在东京也很容易得到、这与後出的克鲁泡金的「俄国文学上的理想和现实」、同是讲十九世纪俄国文学的好参考书。至於「波蘭印象记」、尤其难得、在後来得着礼信耳的德文「世界文学史」以前、差不多没有讲波蘭文学的资料、譬如「河南」杂志写「摩罗诗力说」的时候、里边讲到波蘭诗人、尤其是密克威支与斯洛伐支奇所谓「復仇诗人」的事、都是根据「波蘭印象记」所说、是由我口譯對述的。講匈牙利的、有一冊「匈牙利文学史论」、是奥大利系的匈牙利人赖息所著、也是很有用处、但那是偶然买到、不是这一回所特地去订购的。

我们第二种翻譯的乃是俄国的一部歷史小说、是大诺尔斯泰所著、他与「战争与和平」的作者同姓、但是生的更早、所以加一「大」字以为识别。原书名叫「克虐支綏勒勃良尼」、譯起意思来是「銀公爵」、是书中主人公的名字。英譯則称为「可怕的伊凡」、伊凡即是教名約翰的转变、伊凡四世是俄国十八世纪中的沙皇、据说是很有信心而又極是凶暴、是个有精神病的皇帝、被人称作可怕的伊凡。銀公爵虽是咏咏叫的忠臣義人、也是个美男子、可是不大有什么生气、有如戏文里的落难公子、出台来唤不起观众的兴趣、倒是那半疯狂的俄皇以及惯得妖法的磨工、虽然只是二花面或小丑脚色、却令人读了津津有味、有时回想起来还不禁要发笑。这部小说很長、总有十多萬字吧、陰冷的冬天、在中越馆的空闊的大房间里、我专管翻譯起草、鲁迅修改謄正、都一点都不感到困乏或是寒冷、只是很有兴趣的说说笑笑、谈论里边的故事、一直等到抄成一厚本、藍格直行的日本皮纸近三百張。仍舊以主人公为名、改名「劲草」、寄了出去。可是这一回却是失败了。不久接到书店的覆信、说此书已经譯出付印、原稿送还、这是没有办法的事、自然只好罢了、但是觉得这「劲草」却还有它的長处、过了几时那譯本果然出来了、上下两冊、书名「不测之威」。看了并不觉得怎样不对、但敝帚自珍、稿本一直也保存着、到了民国初年鲁迅把它带到北京、送给雜志或日报社、计劃発表、但是没有成功、後来康特交付、终於連原稿也遗失了。

这回的譯稿賣不出去、只好重新来譯、这一回却稍为改变方針、便是去找些冷僻的材料来、这樣就不至於有人家重譯了。恰巧在书店里買到一冊殖民地版的小说、是匈牙利育凱所著、此人乃是革命家、也是有名的文人、被称为匈牙利的司各得、擅長歷史小说、他的英譯著作我们也自蒐藏、但为譯书賣錢計、这一种却很適宜。蓋此书原本很長、英譯者稍事刪節、我们翻譯急於求成、所以这是頗为相宜的、书中講一神宗徒的事情、故書名「神是一个」、即不承認三位一体之说、但里边穿插恋愛政治、寫的很是有趣、所以出板者題作「愛情小说」、可见商人是那么精鑒定的。这一部稿子算是順利的賣成功了、可是寄賣稿契約和錢来的时候、却是少算了一萬字之譜、當初就这樣的收下了、等到半年後书印了出来、特地買来一冊、一五一十的仔细计算、查出数目的确不对、於是去信追補、结果要来了大洋十幾元幾角幾分、因为那书店是一个字算幾个錢、是那么樣的糊算的。翻譯是在中越館進行、但是序文上題戊申五月、已是在還居西片町之後了。

七八　学俄文

如果丁未（一九〇六）年在中越館的时候、有一件值得記述的事情、是学德文这事件、那么戊申（一九〇七）年住在伍舍时期該是民報社听講说文这事吧。當初由陶望潮發起、一共六个人、每人每月学费五元、在晚间上课一小时、地点在神田、由本鄉徒步走去、路不很遠。教师名瑪理亚孔特夫人、这姓是西欧系统、可能是猶太人吧、

稿 一八三 頁

当时已亡命日本，年紀大約三四十歲的光景，不会得說日本話，只用俄语教授，有一个姓山内的书生，这是寄食於主人的家里，半工半读的学生，是外国语专门学校的俄语科肄業生，有时候来做翻譯，不过那些文法上的說明大家多已明白，所以山内屢次申說，如諸位所已經知道，呐呐的说不好，来了一兩次之後便不再来了。大家自己用字典文法查看一下，再去听先生讲读，差不多只是听発音，照样的念而已。俄文発音虽並不很容易，总比英语好，而且拼音又很規則，在初学覺得長一点罷了。不知怎的有一位汪君總是念不好，往往加上些雜音去，彷彿多用「僕」字音，每听他僕僕的读不出的时候，不但教師替他着急，就是旁边坐着的許寿裳和魯迅也紧張得渾身發熱起来，他们常開玩笑说，上課猶可，僕僕難当。

汪公權是刘申叔家的親戚，陶望潮所拉来参加的，后来在上海为同盟会人所暗殺，那时刘申叔投在端方那里，汪君的死大槩与此有関，但这已是兩三年後的事情了。同学的六个人除我们兩个以外，有陶望潮和許寿裳，此外則是汪公權和陳子英，但是这个班却是不久就散，我记得託教員從海参威去買来的一冊初级教本，都还没有念完，可以证明这时期是不很長的了。这中间是教師先發生了事件，因为有俄国青年出入，所以外边便有些流言，其实这大约也只是在本国人中间流傳罢了，外边的人本来並不知道，可是女人到底心窄，用了手槍自殺了，但是没有打中要害，所以不久傷口愈合，仍舊可以上课了。我们这俄文班当初成立原有点勉强，因为学费太大了，有点难以持久，就有些動搖，陳子英首先提出独自学習，同班的又減少了一个，不久発起的陶望潮也要退出去了，说要往長崎跟俄国人学製造炸弹去，这也只得讓他走了。結果这俄文班只好散伙了事，六个人中间恐怕就只有陳子英继续的学下去，可以看书，其餘的便都已半途而廢，我们学俄文为的是佩服它的求自由的革命精神及其文学，现在学语固然不成功，可是这个意思却一直没有改变。这计劃便是用了英文或德文间接的去尋求，日本語原来更为方便，但在那时候俄文翻译人材在日本也很缺乏，经常只有長谷川二葉亭和昇曙夢两个人，偶然有译品在报刊発表，昇曙夢的还算老实，二葉亭因为自己是文人，译文的艺術性更高，这就是说也更是日本化了，因此其诚实性更差，我们寻求材料的人看来，只能用作参考的资料，不好当作译述的依據了。

七九　民報社听講

假如不是許季茀要租房子，招大家去合住，我们未必会搬出中越館，虽然吃食太坏，鲁迅常常诉苦说被这老太婆做弄（欺侮）得够了，但住着的確是很舒服的。許季茀那时在高等師範学校已经畢業，找到了一所夏目漱石住过的房屋，在本鄉西片町十番地呂字七号，（伊呂波是伊呂波歌的字母次序，等於中国千字文的天地玄黄，後来常被用於数目次序，）硬拉朋友去凑数，因此我们也就被拉了去，一總是五个人，门口路灯上便標題曰「伍舍」，近地的人也就称为「伍舍様。」我们是一九〇八年四月八日迁去的，因为那天还下大雪，因此日子便记住了。那房子的确不錯，也是曲尺形的，南向两间，西向两间，都是一大一小，即十席与六席，拐角处为门口是两席，另外有厨房浴室和下房一间。西向小间住着钱家治，大间作为食堂和客室，南向大间里住了许季茀和朱谋先，朱是钱的亲戚，是他介绍来的，小间里住了我们二人，但是因为房间太窄，夜间摊不开两个铺盖，所以朱錢在客室睡觉，我则移往许季茀的房内，白天仍在南向的六席上面，和鲁迅并排着两张矮桌坐地。房租是每月三十五元，即每人负担五元，结果是我们担受损失，但因为这是许季茀所办的事，所以也就不好说得了。

往民報社听讲，听章太炎先生讲「说文」，是一九〇八至九年的事，大约继续了有一年多的光景。这事是由龔未生发起的，太炎当时在东京一面主持同盟会的机关报「民報」，一面办国学讲习会，借神田地方的大成中学讲堂定期讲学，在留学界很有影响。鲁迅与许季茀和龔未生谈起，想听章先生讲书，怕大班太雜沓，未生去对太炎说了，请他可否于星期日午前在民報社另开一班，他便答应了。伍舍方面去了四人，即许季茀和錢家治，还有我们两人，未生和錢夏（後改名玄同），朱希祖，朱宗莱，都是原来在大成的，也跑来参加，一总是八个听讲的人。民報社在小石川區新小川町，一间八席的房子，当中放了一張矮桌子，先生坐在一面，学生圍着三面听，用的书是「说文解字」，一个字一个字的讲下去，有的沿用旧说，有的發揮新義，干燥的材料却運用说来，很有趣味。太炎对于阔人要発脾气，可是对青年学生却是很好，随便谈笑，同家人朋友一般，夏天盤膝坐在席上，光着膀子，只穿一件長背心，留着一点泥鰌胡須，笑嘻嘻的讲书，庄谐雜出，看去好像是一尊庙里哈喇菩薩。中国文字中

(東京島谷納)

本来有些素樸的说法、太炎也便笑嘻嘻的加以申明、特别是来八尸部中「尼」字、据说原意训近、即後世的昵字、而许叔重的「從後近之也」的话很有点怪里怪气、这里也就不能说得更好、而且又拉扯上孔夫子的「尼丘」来说、所以更显得不大雅驯了。

「说文解字」讲完以後、似乎还讲过「莊子」、不过这不大记得了、大概我只听讲「说文」、以後就没有去吧。这「莊子」的讲義後来有一部分整理成书、便是「齐物论释」、乃是运用他廣博的佛学知識来加以说明的、属於佛教的圆通部门、虽然也是很可佩服、不過对於个人没有多少興趣、所以对於没有听这莊子讲義並不觉得有什么懊悔、实在倒还是这中国文字学的知識给予我不少的益處、是我所十分感谢的。那时太炎的学生一部分到了杭州、在沈衡山领導下做两级師範的教员、随後又做教育司（後来改称教育厅）的司员、一部分在北京当教员、後来滙合起来成为各大学的中国文字学教学的源泉、至今很有势力、此外国语注音字母的建立、也是与太炎有很大的关係的。所以我以为章太炎先生对於中国的贡献、还是以文字音韵学的成绩为最大、超過一切之上的。

八〇 河南——新生甲编

鲁迅计畫刊行文艺杂志、没有能够成功、但在後来这几年里、得到「河南」发表理论、印行「域外小说集」、登载翻譯作品、也就無形中得了替代、即是前者可以算作新生的甲编、专载评论、後者乃是刊载譯文的乙编吧。留日学生分省刊行杂志、鼓吹改革、乃是老早就有了的事、而湖江浙出的最早、在我往东京的那时候、有的就已停刊了。「河南」係是河南留學同鄉会所出，是比較晚出的一种，其第一期出版时日是一九〇七年的十二月，大學至多也出到十期吧。魯迅在第一期上边發表了一篇「人间之歷史」，寫作的时期自然更在其前，那时住是还住在中越館里，河南的朋友只有我的一个同学吴一斋，但来拉寫文章的却並不是他，乃是安徽壽州的朋友孫竹丹，而「河南」的總編輯則是江蘇儀徵的劉申叔。稿子寫好，便由孫竹丹拿去，日後稿費也是由他交来，大約待遇係要比書店賣稿好些吧，就只是支付不確實，雖然不至於落空，但總之拖延是难免的。那时節问孫竹丹，他總說，程克現在旅行，等他回来时一定送来。程克記得也是民国初年的一个議員，那时不知道在学什么，为什么老是在日本旅行，也不明白他与「河南」的关係，是同鄉会長么，是雜誌社長，還是会计呢？總之因於這月刊雜誌的一切都不明瞭，只听得一种傳說，說河南有一位富家寡婦，帶着一个独生兒子過活，本家的人覬覦她的財產，陰谋侵略，她覺得不能安居，只能叫兒子来東京留学，自己也跟了出来，她把一筆款捐给同鄉会，举办公益事情，一面也求点保護，這樣便是「河南」月刊的緣由，至於事實有無出入，那就不得而知了。劉申叔是揚州有名的国學世家，以前參与「国粹學報」，所做文章久已有名，這时在東京专替他的夫人何震出名，創办破天荒的女性無政府主義雜誌，尤其声名很大，這事常有龔未生来谈，從章太炎和蘇曼殊方面傳来的消息，所以知道得很多。他为「河南」做總編輯，是否也是像「天義報」似的出力宣傳「安那其」主義，却記不得了，似乎也不可能，而且無此必要吧，大約只是寫

稿一八七頁

他那「国粹学报」派烦冗的考据文章，至於谈论的是什么事情，那因为年代太是久远，已经全不记得了。

我对於「河南」的投稿，一共只有两篇，分在三期登出，因为有一篇的名目彷彿是「论文学之界说与其意义，併及近时中国论文之失」，上半杂抄文学概论的文章，凑成一篇，下半是根据了新说，来批评那时新出板的「中国文学史」的，这本文学史是京师大学堂教员林传甲所著，里边抄论很多，就一條一條的抄了出来，不惮其烦的加以批驳，本来就可以独立的自成一篇，却拿来与上篇联合了，因为鲁迅在「坟」的题记上说，「那是寄给河南的稿子，因为那编辑先生有一种怪脾气，文章要長，愈長稿费便愈多。」此外另有一篇，那就很短了，题目是「哀弦篇」。鲁迅一总写了六篇文章，两篇是谈文艺的，「摩罗诗力说」分作两次登载，是最为用力之作，又有「裴彖飞诗论」惜未曾译全，因为这些诗人是極值得介绍的，此外四篇则属於学術思想範围，是在西片町所写的了。当时也拉许季茀写文章，结果只写了半篇，题名「兴国精神之史曜」，躊躇着不知道用什么事名好，後来因了鲁迅的提议，遂署名曰「旒其」，（俄语意曰「人」，）这也是共同学习俄文的唯一纪念了。

八一　学希腊文

在伍舍居住的期间，还有两件事值得记述，其一便是在这年（一九〇八）的秋天，我开始学习古希腊文，其二则是太炎先生叫我给他译印度的「鄔波尼沙陀」(Upanishad)——可惜终於因为懒惰，没有实现。那时日本学校里还没有希腊文这一科目，帝国大学文科有开倍耳在教哲学，似乎設有此课、但那最高学府還不是我们所進得去的、於是种种打算、只能進了築地的立教大学。這是美国的教会学校、校長是姓忒喀（Tucker）、教本用的是怀德的「初步希腊文」、後来继续下去的、是克什諾芬（Xenophon）的「進軍记」（Anabasis）。但是我並不重視那正統古文、却有时候还到与立教大学有関係的「三一学院」去听希腊文的「福音書」講義、這乃是那时代的希腊白话文、是一般「引車賣漿」之徒所用的语言、所以耶稣的弟子那班猶太人也都懂得、能夠用以著书。我這樣做、並不是不知道古希腊学術的重要、不想去看那些学者们的著作、实在我是抱有另外一种野心的。正如嚴幾道努力把赫胥黎弄成周秦諸子、（虽然章太炎先生说他「載飛載鳴」的不脱时文调子、）林琴南把司各得做得像司馬遷一樣、我也想把「新约」或

至少是四福音书译成佛经似的古雅的。我在南京学堂里时候、听过比我高两班的同学胡朝梁——這是他的原名、後来成为诗人、称作胡诗庐了——的議论、强调「聖书」的文学性、说学英文的人不可不读。這在一六一一年英王欽定的譯本是不錯的、但是我读漢文譯的聖书、白话本是不必说了、便是用古文写的、也總是觉得不夠古奥、不能与佛经相比。佛经本来读得很不多、但那时已经读到楞嚴经和菩薩投身飼餓虎经、觉得這中间实在很有一段距離、我的野心便是来弥補這个缺恨。但是天下事不可預料、等得我学了幾年、回到本國来之後、復古思想慢慢的改变了、後来翻看聖书、觉得那官话和合譯本就已经十分好了、用不着再来改譯、至於希腊哲人的文史著作、实在望之生畏、自己估量力不能及、不敢染指。這

稿 一八九 頁

様的過了幾年，一轉眼间已是民國二十年即是一九三一年，距我初学希臘文的那年已经有了二十多个年头了。这样搁置下去，觉得有点像是学了屠龍之技，不大很好，心想译点東西出来，聊以作个紀念，但是偉大的作品不敢仰攀，回过来亞力山大时代的著作，於是找到了希臘擬曲这个题目。这只是薄薄的小册子，计海罗達思的七篇，諦阿克利多思的五篇，一總才有四萬字的样子，但是害了有大半年，这才成功了。里边有些猥亵字様，翻译很费斟酌，我去对当时的编译委员会的主任胡適之说明了，说我要用「角先生」这字，請他谅解，他笑着答应了，所以现在还是这样印刷着。这本稿子卖了四百塊錢，花了三百六十元买得板井村的一塊墳地，只有二畝地却帶着三间房屋，後来房子倒塌了，墳地至今还在，先後埋葬了我的末女若子，姪兒豐三，和我的母親。这是我学希臘文的好紀念了。解放以後，又開始希臘文翻譯工作，譯出的有伊索寓言，阿波罗陀洛斯希臘神話，阿里斯托芬喜劇一種，歐里庇得斯悲劇十三種，總计約百萬言，然而这又在希臘擬曲的二十年之後了。现在所擬翻譯的，还有路吉阿诺斯的散文集，其作年代在公元的一世紀，差不是中国的東漢中间了。

八二　鄔波尼沙陀

这也是在一九〇八年的事，大概还在去听讲说文的前後时吧。有一天蘇曼殊来访，带了两册书，一是德人德意生（Deussen）的「吠檀多哲学論」的英譯本，卷首有太炎先生手书鄔波尼沙陀五字，一是日文的印度宗教史畧，其书名字已经忘記。太炎先生想叫人翻譯鄔波尼沙陀，问我怎庅樣。我觉得此事甚好、但也太难、只答说待看了再定。我看德意志这部论却实在不好懂、因为对於哲学宗教了无研究、单照文字读去觉得茫然不得要领。於是便跑到丸善书店、买了「东方圣书」中的第一册来、即是几种鄔波尼沙陀的本文、係麦克斯穆勒博士的英译、虽然也不大容易懂、不过究係原本、说的更素樸简洁、比德国学者的文章似乎要好办一点。下回我就便顺告诉太炎先生、说那本吠檀多哲学论很不好译、不如就来译鄔波尼沙陀本文、先生亦欣然赞成。这里所说汎神论似的道理虽然我也不甚懂得、但常常看见一句什庅「彼即是你」的要言、觉得这所谓奥义书彷彿也颇有趣、曾经用心查过几章、想譬去口译、请太炎先生笔述、却终於迁延不曾实现得、这实在是很可惜的事。大半我那时候很是懒惰、住在伍舍里与鲁迅两个人、白天逼在一间六席的房子里、气闷得很、不想做工作、因此与鲁迅起过冲突、他老催促我译书、我却只是沉默的消极对付、有一天他忽然愤激起来、挥起他的老拳、在我头上打上几下、便由许季茀赶来劝开了。他在「野草」中说曾把小兄弟的风筝折毁、那却是没有的事、这里所说乃是事实、完全没有经过诗化。但这假如是为了不译吠檀多的関係、那庅我的确是完全该打的、因为後来我也一直在懊悔、我不该是那庅樣的拖延的。

太炎先生一方面自己又想来学梵文、我也早听见说、但时找不到人教。日本佛教徒中常有通梵文的、太炎先生不喜歡他们、有人来求写字、辄录「孟子」里逢蒙学射於羿这一节给他。苏曼殊也学过梵文、太炎先生给他写梵

稿一九一頁

文典序、不知为什么又不要把教。东京有些印度学生、但没有佛教徒、梵文也未必懂。因此这件事也就搁了好久。有一天、忽然得到太炎先生的一封信、这大约也是朱先生带来的、信面係用篆文所写。本文云：

「豫哉、启明兄鉴。数日未晤。梵师密史逻已来、择於十六日上午十时开课、此间人数无多、二君望临期来赴。此半月学费弟已垫出、无庸急急也。手肃、即颂撰祉。麟顿首。十四。」其时为民国前三年己酉（一九〇九）春夏之间、却记不得是哪一月了。到了十六那一天上午、我走到「智度寺」去一看、教师也即到来了、学生就只有太炎先生和我两个人。教师开始在洋纸上画出字母来、再教发音、我们都一个个照样描下来、一面念着、可是字形难记、音也难学、字数又多、简直有点弄不清楚。到十二点钟、停止讲授了、教师另在纸上写了一行梵字、用英语说明道、「我替他拟名字。」对太炎先生看看、随念道：「披遏耳羌。」太炎先生和我都听了茫然。教师再说明道：「他的名字、披遏耳羌。」我这才省悟、便辩解道：「他的名字是章炳麟、不是披遏耳羌（P.L.Chang）。」可是教师似乎听惯了英文的那拼法、总以为那是对的、说不清楚、只能就此了事。这梵文班大约我只去过两次、因为觉得太难、恐不能学成、所以就此中止了。

太炎先生学梵文的事情、我所知道的本来只有这一点、是我所亲身参与的、但是在别的地方、还可以得到少许文献的旁证。杨仁山的「等不等观杂录」卷八中有「代余同伯答日本末底书」二通、第一通附有来书、末底梵语、义曰慧、係太炎先生学佛后的别号、其致宋平子书

亦曾署是名，故此书即是先生的手筆。其文云

「頃有印度婆罗门師，欲至中土传吠檀多哲学，其人名苏蕤奢婆弱，以中土未传吠檀多派，而摩诃衍那之书彼土亦半被回教摧残，故恳恳以交输知识为念。某等详婆罗门正宗之教本为大乘先声，中间或相攻伐，近则佛教与婆罗门教渐已合为一家，得此扶掖，圣教当为一振，又令大乘经论得返彼方，诚万世之幸也。先生有意护持，望以善来之音相摄，假为洒扫精庐，作东道主，幸甚幸甚。末底近已请得一梵文師，名密尸逻，印度人非人人皆知梵文，在此者三十余人，独密尸逻一人知之，以其近留日本，且以大义相许，故每月祇索四十银圆，若由印度聘请来此者，则岁须二三千金矣。末底初约十人往习，顷竟不果，月支薪水四十圆非一人所能任，贵处年少沙门甚众，亦必有白衣喜学者，如能告仁山居士设法资遣数人到此学习，相与支持此局，则幸甚。」此书未署年月，但看来似学梵文时所写，计时当在己酉的夏天。

太炎先生以朴学大師兼治佛法，又以依自不依他为標準，故推重法華与禅宗，而淨土真言二宗独所不取，此即与普通信徒大異，宜其与楊仁山言格格不相入。且先生不但承认佛教出於婆罗门正宗，（楊仁山答夏穗卿书便竭力否认此事，）又欲翻读吠檀多奥義书，中年以後発心学習梵天語，不辞以外道梵志为師，此种博大精進的精神，实为凡人所不能及，足以为後世学者之模範者也。

八三 域外小说集——新生乙编

「新生」式的论文既然得在「河南」上边得到発表的機会，还有翻譯这一部分，不久也就以别一种形式発表，这就

稿 一九三 頁

「是域外小說集」了。但那是已酉年的事，那时已從伍舍搬在「波之十九号」居住，在講「小說集」之前，我们須得先把遷居的事情以及民報案說明一下。本来往民報社听講，許季茀拉了錢家治同去，那是很有点勉强的，他本来对於中國学問没有什么興趣，所以不久就有点生厭了。這一天我们听講已畢，因为談什么事，重又坐下了，錢家治就很不高興，独自先走了。此後就發生了遷移的問題，他同親戚朱謀先随搬了出去，我们和許季茀仍在一起，在西片町十号内另外找到了一所房子，便移过去了。這屋是朝南的，靠东一間是十席，由許君和我居住，西边一間六席，是魯迅所居，此外是三席一間，作为食堂，门口两席，下房三席，接着是浴室以及厨房和男女厠所各一間。住的比较舒適了，我的书桌摆在房間的西南角，可以安静的做一点事，便翻译些文章，交来生拏去在民報上發表，有斯諦普虐克的「一文錢」，和克魯泡金的「西伯利亚紀行」。斯諦普虐克是有名的俄国革命者，這篇小說乃是在本国時說農民时所作，寫地主牧師榨取農民，用筆非常滑稽，這載在英國伏伊尼支編譯的「俄國的諒諧」里边，她是有名的「牛虻」的著者，這也是值得一提的。克魯泡金的那篇紀行，那是從他的「在英法獄中」選出，登在民報最後這一期上，未及發行，就被日本政府禁止没收了。這即是所謂的民報案了。

民報以前的編輯人用的是章炳麟名義，這时不知道为了什么緣故，却换了陶成章，没有報告該管官所，就要出校了。日本政府這时是等着机会的，因为有满清政府的要求，想禁止民報，就趁這个机会来小题大做了，说是违反出版法、不但禁止发刊、而且对於原编辑人科以罚金一百五十元、如过限不交、改需惩役、以一元一天折算。民報社经济很窘、没有钱来付这笔罚款、拖到最後这两天里、龚未生走来告诉鲁迅、大家无法可想、恰巧这时许季茀经手替湖北留学生译印「支那经济全書」、经管一笔经费、便去和他商量、借用一部分、这才解了这一场危难。为了这件事鲁迅对於孙系的同盟会很是不满、特别後来孙中山叫胡汉民等在法国復刊「民報」、仍從被禁止的那一期從新出起、却未重印太炎的那一份、更显示出他们偏狭的態度来了。民報的文章多是古奥、未能通俗、大概在南洋方面难得了解、于宣传不很适宜、但在东京及中国内地的学生中间、力量也不小、不过当时的人不大能够看到这一点罢了。

「支那经济全书」为东亚同文会所编、调查中国经济社会情形、甚为详细、湖北留学生计画翻译出版、其时张之洞为两湖总督、赞成其事、拨款筹办、由许季茀的一个湖北朋友陈某总管、後来陈某毕业回去、托季茀代替为管理来了的事情。他因此能够做了一件好事、即是代民報垫付罚款、救了太炎的急难、又给鲁迅找到校对的事务、稍为得到一点報酬。报酬很有限、但因此鲁迅认识了印刷所的人、这完全是偶然的机会、却是很有关係、承印经济全书的是神田印刷所、那里派来接洽的人很是得要领、与鲁迅颇说得来、所以後来印「域外小说集」、也是叫那印刷所来承办的。这时候有不速之客到来、听见译印小说的计画欣然赞同、慷慨的借垫印刷费用、於是「域外小说集」也就是「新生」的译文部分也就完成了。

八四　蔣抑卮

时间大約是在戊申（一九〇八）年的初冬，我们剛搬家到波十九号，就来了兩位不速之客，这時幸而已经搬了家，若是在伍舍，就有点不好办了。这客人乃是夫婦兩位，大學是魯迅認識的人，所以他只好將房子讓出来，請他们暫住，自己歸併到許季茀的这边来，变成三个人共住一间八席的房间，虽然不算很擠，但总是够不方便的了。这人便是蔣抑卮，名曰鴻林，本身是个秀才，很讀些古书以及講时務的新书，思想很是開通，他这回到東京来，乃是为的是醫病，他的耳朵里有什么毛病，那时在國内没有办法，所以出國来請教专家的。他要在东京居住相当長久的时候，预備租借房子，但是一时找不着，而且这又有條件，便是非在近地不可，因为他们二人且不懂日本话的，许事要别人招呼，不能住在遠隔的地方。但是過了不久，大學也就是兩三个礼拜吧，託了出入的商人打听，也在西片町十号，離波之十九相去不很遠的地方，找到一所房子，就還移过去了。白天里由他夫人同下女看家，他自己便跑到这边来談天，因为人頗通達，所以和魯迅很谈得来，我那时只是在旁听着罢了。他一听譯印小说的話，就大为赞成，願意墊出資本来，助成这件事，於是「域外小说集」的计画便驟然於数日中决定了。

蔣抑卮的上代是紹興人，似乎他的父親也还是的，少年时代很是貧窮，常背负布匹包裹，串门做生意，由此起家，開设綢緞莊，到了蔣抑卮的时代，兼做銀行生意，是浙江興業銀行的一个股东了。他平常有一句口头

稿 一九六 頁

禅、凡遇见稍有窒碍的事、常说只要「撥伊銅钱」（即是「给他钱」的绍兴话、是他原来的口气、）就行了吧、鲁迅因此给他起绰号曰「撥伊銅钱」、但这里並没有什么恶意、只是举出他的一种特殊脾气来、做一个「表德」罢了。天下事固然並不都是用钱便可以做得到的、但是他这「格言」如施用得当、却也能做成一点事情来、这里他只垫出了印刷费二百元之谱、印出了两册小说集、不能不说是很有意义的事情。

不久他与医生接洽好了、这自然也是鲁迅一手代他翻译经理的、进了耳鼻咽喉的专门医院、要開刀医治耳疾了。院长本是赫赫大名的博士、不知为什么会得疏忽、竟因手术而引起了丹毒、这不得不说是大夫的责任。丹毒的热发的很高、病人时说胡话、病情似颇危险、时常找鲁迅说话、说日本人嫉妬中国有他那么的人、蓄意叫医生谋害、叫鲁迅给他记着、由此可知他平常自己看得甚是了不得、这也是很有意思的事情。他在谵语里也说到我、说启明这人甚是高傲、像是一隻鹤似的、这似乎未必十分正确、我只是不善应酬、比较沈默、但在形迹上便似乎是高傲、这本来是我所最为不敢的。後来鲁迅便给我加上一个绰号、平常他喜欢给人起诨名、有些是很巧妙的、如上文所说的「撥伊銅钱」、但这回只是把鹤字读成日本话、称作「都路」（tsuru）、我從前有一个时候、为上海亦报写文章、也用过「鹤生」这笔名、即是從这个故典出发的。

八五　弱小民族文学

域外小说集第一册於己酉（一九〇九）年二月间出版、

接着编印第二集、在六月里印成、这时鲁迅已经预备回国、到杭州的两级师范去教书、那里的校長便是沈鈞儒很招罗了些有名的浙江留学生去当教员、许季茀便早已进去、蒋抑卮此时也已病好、回到上海去了。

域外小说集在那时候要算印的特别考究、用一种蓝色的「罗纱纸」做书面、中国可以翻作「呢纸」吧、就是呢布似的厚纸、上边印着德国的图案画、题字是许季茀依照「说文」所写的五个篆文、书的本文也用上好洋纸、装订只切下边、留着旁边不切、可是定價却很便宜、写明是「小銀圆式角」、即是小洋两角。卷首有一篇序言、是己酉正月十五日写的、其文曰：

「域外小说集为书、词致樸讷、不足方近世名人译本、特收録至審慎、移譯亦期弗失文情。異域文術新宗、自此始入華土。使有士卓特、不為常俗所囿、必将犁然有当於心、按邦國時期、籀讀其心声、以相度神思之所在。則此虽大海之微漚欤、而性解思惟、实寓於此。中國譯界、亦由是無遲莫之感矣。」

短短的一小篇序言、可是气象多么的阔大、而且也看得出自负的意思来、这是一篇極其谦虚也实在高傲的文字了。虽然是不署名、这是鲁迅的筆墨、後来在一九二〇年的三月群益书社重印域外小说集的时候、有一篇署我的名字的序文、也是他做的、里边说当初的经过、今抄録於左：

「当初的计画、是筹办了連印两册的资本、待到卖回本錢、再印第三第四、以至第X册的。如此继续下去、積少成多、也可以约略绍介了各國名家的著作了。於是準備清楚、在一九〇九年的二月、印出第一冊、到六月间、又印出了第二冊。寄售的地方、是上海和東京。

半年过去了、先在就近的东京寄售处结了账。计第一冊卖去了二十一本、第二冊是二十本、以後可再也没有人买了。那第一冊何以多卖一本呢？就因为有一位極熟的友人、怕寄售处不遵定價、額外需索、所以親去试験一回、果然劃一不二、就放了心、第二冊不再试験了。但由此看来、足见那二十位读者、是有出必看、没有一人中止的、我们至今很感谢。

至於上海、是至今还没有詳细知道。听说也不过卖出二十本上下、以後再没有人买了。於是第三冊只好停板、已成的书便都堆在上海寄售处堆貨的屋子里。过了四五年、这寄售处不幸失了火、我们的书和纸板都連同化成灰烬、我们这过去的夢幻似的無用的劳力、在中国也就完全消滅了。」

但是这劳力也並不是完全消滅、因为在「五四」以後發生新文学運動、这也可以看作「新生」運動的继续。当初域外小说集只出了两冊、所以所收各国作家偏而不全、但大抵是有一个趨向的、这便是後来的所谓东欧的弱小民族。统计小说集两冊里所收、计英法美各一、俄国七、波蘭三、波思尼亞二、芬蘭一、这里俄国算不得弱小、但是人民受着逼壓、所以也就归在一起了。换句话说、这实在应该说是、凡在抵抗壓迫、求自由解放的民族才是、可是習慣了这样称呼、直至「文学研究会」的时代、也还是这麼说、因为那时的「小说月报」还出过专號、介绍弱小民族的文学、也就是那个運動的餘波了。

稿一九九頁

八六　学日本语

我学日本语已经有好几年了、但是一直总没有好好的学习、原因自然一半是因为懒惰、一半也有别的原因、我始终同鲁迅在一处居住、有什么对外的需要、都由他去办了、简直用不着我来说话。所以开头这几年、我只要学得会看书看报、也就够了、而且那时的日本文、的确也还容易了解、虽然已经不是梁任公「和文漢读法」的时代、只须倒鉤过来读便好、总之漢字很多、还没有什么限制、所以觉得可以事半功倍。後来逐渐发生变化、漢字减少、假名（字母）增多、不再是可以「眼学」的文、而是须要用耳朵来听的话了。其时不久鲁迅要到杭州教书去、我自己那时也结了婚、以後家庭社会的有些事情都非自己去处理不可、这才催促我去学习、不过所学的不再是书本上的日本文、而是在实社会上流動着的语言罢了。論理最好是来读现代的小说和戏曲、但这範圍很大、不晓得從哪里下手好、所以决心只挑诙谐的来看。这在文学上便是那「狂言」和「滑稽本」、韵文方面便是川柳这一种短诗——日本诗句本无所谓韵、因为日本语是母音结末的、它一总只有五个母音、如要押韵很是单调、所以诗歌是讲音数的、便是五个字七个字分句、交错组成、这里川柳这种诗形、是十七个字、分作五七五三段、与俳句同一格式。此外还有一种是笑话、称作落语、谓末了有一个落、便是發笑的地方、当初很是简短、後来由落语家来口演、把它拉長了、可能要十分钟光景、在雜耍場里演出、与中國的相声彷彿、不过中國是用两个人对说、它却是单口相声、只是一个人来说罢了。那时富山房书

藥堂谈往

二〇一以後稿纸、每张计八三二字、

房出板的「袖珍名著文库」里，有一本芳贺矢一编的「狂言二十番」，和宫崎三昧编的「落语选」，再加上三教书院的「袖珍文库」里的「俳风柳樽」初二编共十二卷，这四册小书讲價钱一总还不到一元日金，但是作为我的教科书却已经够了。可是有了教本，这参考书却是不得了，须要各方面去找，因为凡是讽刺总有个目標存在，假如不把它弄清楚，便如无的放矢，看了不得要领。「落语选」中引有「座笑土産」的一條笑话道：

「近地全是各家撒豆的声音。主人还未回来，便吩咐叫徒弟去撒也罢，这徒弟乃是吃吧，抓了豆老是说，鬼鬼鬼，门口的鬼打着呵欠说，喊，是出去呢，还是进来呢？」

等的很是简炼，但这里倘若不明白立春前夜撒豆的典故，便没有什么意思。按村濑栲亭著「艺苑日涉」卷七说：

「立春前一日谓之節分，至夕家家燃灯如除夜，炒黄豆供神佛祖先，向岁德方供撒豆以迎福，又背岁德方位撒豆以逐鬼，谓之儺豆。」又蜀山人著「半日閑话」中云：

「節分之夜，将白豆炒成黑，以对角方斗盛之，再安放筛箕内，唱福里边两声，鬼外边一声，撒豆，如是凡三度。」那店家的徒弟因为口吃的缘故，要说「鬼外边」却到鬼字给吃住了，老是说不下去，所以鬼听了纳闷，但是人都觉得可以发笑了。狂言里有一篇「節分」，也是说这事情的，不过鬼却更是吃亏了。蓬莱岛的鬼於立春前夜来到日本，走进人家去，与女主人调戏，被女人乘隙用豆打了出来，只落得将隐身笠隐身蓑和招宝的小槌都留下在屋裡了。川柳里边有一句道：

「寒念佛的最後回向，给鬼戳坏了眼睛。」这话说的有点别扭，並不是很好的作品，但也是说事的，所以引用在这里。小寒大寒称作寒中，这三十日里夜诵佛号，叫作寒念佛，及功德圆满做回向时正是立春前夜，这时候鬼被豆打得抱头鼠窜，四处奔走，一不小心会得碰得角上，戳伤了眼睛。因为日本的鬼是与中国的不同，头上有两隻角的。这与「幽灵」不一樣，幽灵乃是死後的鬼，这是一种近似生物的东西，大约中国古时称为「物魅」

的吧。

狂言是室町时代的文学，属於中古时期，去今大约有四百年了，川柳与滑稽本虽也是近世的江户时代，但计算起来也已是二百年前左右的东西，落语的起源也约略在这时候，所以这些参考的资料，大半是在书里，这就引我到杂览里边去了。川柳在现今还有人做着，落语则在杂耍场里每天演着，与讲谈音曲同样的受人欢迎，现代社会的人情风俗更是它的很好资料，因为来到「寄席」去听落语，便是我的一种嗜好，也可以说学校的代用，因为这於我语言风俗的帮助是很大的。可是我很惭愧对於它始终没有什么报答，我曾经计画翻译出一册「日本落語選」来，但是没有能够实现，因为材料奉实难选，那里边的得意的人物不是「長三倌人」便是败家子弟，或是帮闲，否则是些傻子与无赖罢了。森鸥外在「性的生活」中有一节云：

「刚才读着的说话人起来弯着腰，从高座的旁边下去了，随有第二个说话人交替着出来。先谦逊道：人是换了，却也换不出好处来。又作破题道：爷儿们的消遣就是玩玩窑姐儿。随後接着讲工人带了一个不知世故的男子到吉原（吉原为东京公娼所在地）去玩的故事，这实在可以说是吉原入门的讲义。我听着心里佩服，东京这里真是什么知识都可以抓到的那样便利的地方。」川柳与吉原的关係也正是同样的密切，而且它又是韵文，这自然更没有法子介绍了。倒是狂言，我却译了二十五篇，成功了一册的「日本狂言選」，滑稽本则有式亭三马著的「浮世风吕」（译名浮世澡堂）、和「浮世床」（浮世理发馆）两种也译出了，便是还有十返舍一九著的「東海道中膝栗毛」（膝栗毛意云徒步旅行）没有机会翻译，未免觉得有点可惜，因为这也是我所喜欢的一册书。

八七　炭画与黄蔷薇

我这时学日本话，专是为的应用，里边包括应付环境，阅览书报，却并不预备翻译，我从日本语译小说第一次在民国七年戊午（一九一八），译的是江马修著的「小小的一个人」，这以前的翻译还是都从英文转译的，当我所最为注重的是波兰，其次是匈牙利，因为他们都是亡國之民，尤其值得同情。在「域外小说集」第一二集里，我便把显克微支译出了三篇，就是「乐人扬珂」、「天使」和「灯台守」，其所著顶有名的「炭画」，在己酉春天也已译成，不知道为什么缘故不曾登入。大概因为分期登载不很方便吧，但第二集的末尾以后拟译作品的预告上面，记得里边有匈牙利的密克札忒的「神盖记」，即是「圣彼得的伞」，那篇分量还要多，自然更非連續登载不可了。「神盖记」的第一分的文言译稿，近时找了出来，已经经过鲁迅的修改，只是还未誊録，本来大约拟用在第三集的吧。这本小说的英译後来借给康嗣群，由他译出，於一九五三年由平明出版社印行，那也是很有意思的作品，不过是彻头彻尾的明朗的喜剧，与匈牙利的革命问题没有什么关系了。

且说那篇「炭画」是一篇中篇小说，大抵只是三萬多字吧，据勃阑兑斯在「波阑印象记」说：

「显克微支早出高门，天才美富，文情菲惻，而深藏讽刺，所著炭画记一农妇欲救其夫於軍役，至自卖其身，文字至是，已属绝技，盖写实小说之神品也。」我於民國七年在北京大学，编「欧洲文学史」讲義，里边记述他的作品道：

「显克微支所作短篇，种类不一，叙事言情，无不佳妙，写民间疾苦诸篇尤胜。事多惨苦，而文特奇诡，能出以輕妙诙谐之笔，弥足增其悲痛，视戈果尔笑中之泪殆有过之，炭画即其代表。显克微支旅美洲时著此书，自言记故鄉事实，唯託名羊头村而已。村会称自治，而上下离散，不相扶助，小人遂得因缘为恶，良民又多愚昧，无術自衛，于是悲剧乃成。书中所言，舍来服夫妇外，自官吏議員至於乞丐，殆无一善类，而其为恶又属人间之常，别无誇饰，并被以诙谐之词，而令读者愈觉真实，其技之神，僅人莫能拟也。」可是譯本的運气很坏，归國以後，於民國二年寄给商務印书馆的小说月报社，被退了回来，回信里说：

「虽未见原本，以意度之，确係对译能不失真相，因西人面目俱在也行文生涩，读之如对古书，颇不通俗，殊为憾事」。这里所说，对于原文的用古文直译的方法，褒贬得宜，後来又寄给中华书局去看，则不赞一词的被退回了。近年人民文学出版社印行「显克微支小说集」，後由我用白话来译了一遍，收在里边。

在这之後，我又翻译了一本「黄蔷薇」，这乃是匈牙利小说家育凯摩耳所著，也是中篇小说，原本很长，系从英译本节译成了中篇，一总只有三万字左右，因为後来卖稿给商务印书馆得了六十元，但那时已去译出的十年之後了。原译本有庚戌（一九一〇）十二月的序文，在一九二〇年日记上有卖稿的记事，是托蔡孑民先生介绍的：

八月九日，校阅旧译「黄蔷薇」。

十日，往大学，呈蔡先生函，又稿一本。

十六日，晚得蔡先生函附译稿。

十七日，上午寄商务印书馆译稿一本。

十月一日，商务书馆送来「黄蔷薇」稿值六十元。

时间距「红星佚史」的丁未（一九〇七）已经隔了有十四个年头，但稿费还是一样的二元一千字，又搁了六七年，这才印了出来，那时的广告恰巧尚还保存着，便录於後：

「此书体式取法於牧歌，描写乡村生活，自然景物，并运用理想，而不离现实，实为近世乡土文学之杰作。周君译以简练忠实之文言，所译牧歌尤臻胜境。」这广告里的话虽是多半从序言里取来，但是他称赞译诗的话却不是原来所有的。原书的足本当然还要佳胜，听说牧歌固有足译本，中国近来有孙用君译本，大约据世界语译或者亦是足本，不过我还有机会看到，不能确说罢了。

八八　俳谐

这时我所注意的一种日本文学作品，乃是俳谐，这也称作俳句，是一种古老的文学，但在现在也还有人做，而且气势很是旺盛。这本是日本诗歌的一种形式，我自己知道不懂俳句，况且又是外国的东西，要想懂它已是妄想，若说是自己懂得，那简直是说诳话了，不过我对于它有兴趣，时常去买新出板的杂志来看，也从旧书地摊上找些旧的来，随便翻阅。俳谐乃是俳谐连歌的缩称，古时有俳谐连歌，是用连歌的体裁，将短歌的三十一音，分作五七五及七七两节，由两个人各做一节，联续下去，但其中含着诙谐的意思，所以加上俳谐两字。后来觉得一首连歌中间，只要发句，即五七五的第一节，也可以独立成诗，便成功为别一种东西了。其后经过变迁发展，有始祖松尾芭蕉的正风，幽玄闲寂的禅趣味，与谢芜村的优美艳丽的画意，晚近更有正冈子规的提倡写生，这是受了写实主义文学的影响了，但是俳句如此，它却始终没有脱掉「俳谐」的圈子，仍旧是用「平谈俗语」来表达思想，这是我所以觉得很有意思的地方。可是他们却又反对卑俗的俗俳，芜村在「春泥集」序文上说：

「画家有去俗论，曰画去俗无他法，多读书，则书卷之气上升而市俗之气下降矣，学书者其慎旃哉。夫画之去俗亦在投笔读书而已，况诗与俳谐乎。」子规也常反对庸俗的俳人，赞成芜村的「用俗而离俗」。子规住在根岸，称作根岸派，发刊杂志题名「保登登岐须」，意云子规鸟，他自己生肺病咯血，故别号子规，杂志的名字或者也是这个意思吧。当时所出杂志并不单是提倡俳句，里边还有散文部分，包括小说随笔，子规所提倡的「写生」亦应用于散文方面，有一种特别的成就。我还保存着一册旧杂志，是丙午（一九〇六）年四月所发刊的，登有夏目漱石的小说「我是猫」的第十章，和他的中篇小说「哥儿」。（普通这样译，其实是江浙方言的「阿官」，或如普通话可以说是「大少爷」，意指不通世故的男子。）有些写生文派的作家如长冢节，高滨虚子，坂本四方太等人的著作，又常在那上边发表，长冢的长篇小说「土」，短篇「太十和他的狗」，高滨的「俳谐师」，坂本的「梦一般」，都是我所喜欢的，可惜我只译出「梦一般」，也未能印成单行本，却随即散失了。

「夢一般」是己酉年民友社出板，菊判半截一冊，紅洋布面，定價金三十五錢，這書乃是在三田散步時於路旁一小書店中所得，甚為嶄新，曾寫入「藥堂語錄」。全书共総有九章，另另碎碎的記錄兒时的事情，也有情趣，第一章里記故家情狀，有这样的一節：

「我们家的後边是小竹林，板廊的前面即是田地。隔着砂山，後方是海。澎湃的波浪的声音不断的听到，無論道路，無論田地，全都是沙，穿了木屐走起来也全没有声音响，不管经过多少年，木屐的齿也不会得磨滅。建造房屋的时候，只在沙上澆去五六担的水，沙便坚固的凝结，变得比岩石还要硬。在这上边放下台基石，那就成了。这自然是長大了以後听来的話，但是我们的家是沙地中间的独家，这事却至今还好好的记忆着。家是用稻草蓋的。在田地里有梅树，挖有两三株。竹林里有螃蟹。螃蟹很多，像是乱撒着小石子一般。人走过去，他们便出惊，沙沙的跑到枯竹葉底下去的声音，幾乎比竹林的风雨声还要利害。不但竹林子里，在厨房的地板上也到处爬，也在天花板上头行走。夜里睡静了之後，往往惊醒，在纸隔扇外边，可不是偷儿的脚步声麼，这样的事也不止有过一两次，这是後来從母親听来的話。」

那时候写的文章已经没有存留了，故纸中找得一纸，是记钓鱼的，但没有写上题目，其文云：

「庚戌秋日，偕内人，内弟重久及保坂氏媪早出，往大隅川釣魚。經蓬莱町，出駒入病院前，途斷寂靜，临但客車，兩旁皆树木雜草，如在山藪间。徑尽忽豁朗，出一點屋上，即为田端。下视田野罗列，草色尚青，屋宇点綴其间，左折循屋而下为大路，夹路流水涓々然。行未十丈許，雨忽集，以雨具不足，躊躇久之，遂决行。前有田家售雜品，擬求竹笠，问之無应者。重久言当冒雨独行，乃分果餌与之使去，而自先归。遂至田端驛乘電車至巣鴨，欲附馬車而待久不至，保坂媪请先行，未幾車至即乘之。竟媪去未遠，留意睨之，見前有人折裾负包而行，呼之果媪也，令同乘。至鈴本亭前下車、雨已小霽、歸家飢甚、發食合取冷飯啖之甚旨、其味為未嘗有也。未幾雨復大至、芳子並久弗返、言至川畔雨甚、因去至羽太家假傘而歸、所持餌壺釣竿、則已棄之矣。是日為月曜、十月頃也。」拙作寫生文、而使用古文辭、似忘記了俳諧的本意、此事甚可笑、唯因可為一時的紀念、故錄於此。

八九　大逆事件

上面這篇小文是庚戌（一九一〇）年十月所寫、這提醒我其时還住在本鄉的西片町、鈴本亭在這條街的尽头、便是我們时常去听落語的「寄席」（雜耍場）。在十一月中我们便又搬家了、这町却搬出了本鄉区、到了留学生所極少去的麻布、那里靠近芝区、只有在慶应读书的才感觉方便。其次則是立教大学了。但其时在慶应读书的似乎不大有人、立教則以前只有过一个罗象陶、不过我进去的时候他已經不在那里了、並且似乎他还在留学、却不知道在幹什麼。他是龔未生同陶冶公的朋友、大槪也是在搞革命、

民國以後听说他因此很失意、我曾给他遗札題字、表示惋惜之意、這手札是陶冶公所藏的。其文云：

「光緒末年余寓居東京本鄉、龔君未生时来过访、輒談老和尚及罗黑子事。是殊曾随未生来、枯坐一刻而别、黑子时读书築地立教大学、及戊申余入学則黑子已轉学他校、終未相見。倏忽二十年、三君先后化去、今日披览冶公所藏黑子手札、不禁悵然有今昔之感。黑子努力革命、而終乃鳥尽弓藏以死、尤為可悲、宜冶公兼士念之不忘也。民國廿三年三月十日識於北平」。

我们近居的地方是麻布区森元町、靠近芝公園与赤羽橋、平常往熱鬧場所去是步行到芝園橋、坐往神田的電車、另外有直通赤羽橋的一路、但是路多迂回、要费加倍的时间、所以平常不很乘坐、只有夜里散步看完了回去底之後、坐上就一直可到家门近旁、虽是花费工夫、却可省得走路、也是可取的事。因此之故、雖然住在偏僻的地方、上街並無不便之处、午

後仍是往本鄉的大学前面，或晚饭後上神田神保町一带看書，过着懒惰的生活。可是在这期间，却遇见一件事，给我一个很大的刺激。这是明治四十四年（一九一〇）一月廿四日的事，那时正在大学赤门前行走，忽然听见新闻的號外呼声，我就买了一張，拏来一看，不觉愕然立定了。这乃是「大逆事件」的裁判与执行。这是五十年前的事情，那时候日本有没有共產党虽然未能确说，但是日本官憲心目中所谓「社会主義者」，事实上只是那些抱無政府主義思想的人和急進的主張社会改革家罢了。这一案里包含二十四个人，便是把各色各樣的人，只要当时政府認为是危險的，不管他有無關係，都罗織在內，作一網打尽之计，罪名便是「大逆」，即是谋殺天皇。他們所指为首魁的是幸德傳次郎（秋水）和他的爱人菅野須賀，其實幸德是毫不相干的，因为他最有名，居於文筆領導的地位，所以牽連上了。原来是只有四个人共谋，内有宫下太吉与菅野須賀，都是無政府主義者，想会炸藥炸明治天皇，目的是証明他也是会死的凡人，並非神的化身，所查獲的证物只是洋铁罐和几根铁丝，火藥及盐酸加里少许，——我想当年陶冶公说要到長崎跟俄国人去学的炸弹，大约也就是这种东西吧。差不多同时候有佛教徒内山愚童，单独计画谋刺皇太子，发觉了也随作为同党，併案办理。他们与幸德虽然也有往来，宫下太吉曾同幸德到熊野川舟遊，这便说是密谋，大石诚之助松尾卯一太曾到平民社访问过幸德，便说是幸死党若干人赴会，这些都是检事小山松吉的傑作，其实也正是政府传统的手法，近年的三鹰和松川事件就用了同樣的方法锻鍊成功的。他们将二十几个不相关係的人做成一起，说是共谋大逆，不分首從悉处死刑，次日又由天皇特饬减刑，只将一半的人处死，一半减为無期徒刑，以示天恩高厚，这手段凶恶可怕也实在拙笨得可怜。当时我所看见的号外，即是这一批二十四个人的名单。

这时候我侨居異国，据理说对於侨居国的政治似别無関心之必要，这话固然是不错的，但这回的事殆已超过政治的范围，笼统的说来是涉及人这的问题了。日本的新闻使我震惊的、此外还有一次、便是一九二三年九月一日大震灾的时节、甘粕宪兵大尉殺害無政府主義者大杉荣的夫妇，併及他的六歲的外甥橘宗一的这一件事。日本明治维新本来是模仿西洋的资本主義的民主、根本是封建武斷政治、不过表面上还有一点民主自由的迹象、但也逐渐消灭了。这一桩事在他们本国思想界上也发生不少影响、重要的是石川啄木、佐藤春夫、永井荷风、木下杢太郎（本名太田正雄、杢太郎的杢字本从「木工」二字合成）、皆是。石川正面的转为革命的社会主义者、永井则消极自承为「戏作者」、沈浸於江户时代的艺術里边、在所著「浮世绘的鑑赏」中说明道：

「现在虽云时代全已变革、要之只是外观罢了、若以合理的眼光一看破其外皮、则武斷政治的精神与百年以前毫无所異。」写这文章的时候为大正二年（一九一三）二月、即是「大逆事件」解决一年之後也。

九〇 赤羽桥边

我们以前都是住在本乡区内、这在东京称为「山手」、意云靠山的地方即是高地、西片町一带更是有名、是知识阶级聚居之处、曙之七号以前夏目漱石曾经住过、东边邻居则是幸田露伴、波之十九号的房东乃是顺天堂医院的院长佐藤进。现在一下子搬到麻布、虽然不能算是出於乔木、迁於幽谷、换言之是换了一个环境了。那里的房屋比较简陋、前门临街、里边是六席的一间、右手三席、後面是厨房和厕所、楼上三席和六席各一间、但是房租却很便宜、彷佛只是十元日金、比本乡的几乎要便宜一半的样子。在本乡居住的时候、似乎坐在二等的火車上、各自摆出绅士的架子、彼此不相接谈、而且还有些不很愉快的经验、例如在曙之七号贴近邻居有一家是植物分类学者、名叫牧野富太郎、家里下女常把早上扫地的塵土堆到我们这边来、这或者不是牧野的主意、但总之可见他的没有什么家教了。在森元町便没有这种事情、这好像是火車里三等的乘客、都没什么间隔、看见就打招呼、也随便的谈话。不过这里也有利有弊、有些市井间的琐屑侈事、也就混了进来、假如互相隔离的住着、这就不会得有了。我们的右邻是一个做裱糊工的、家里有一妻一女、这女儿是前妻所生、与後母相处有点不很和协、而那後母又似乎是故意放纵她、或者真是不能管教呢、总之那女儿渐渐流为「不良少女」了。每天午後、我们胡同里便听见有男子在吹口哨、这是召集的口号、於是她便溜出门去、到附近的芝公园里与她的那些男女同志会合了。晚上父亲回来、听了後母的诉说、照例来一通大嚷大骂、以至痛打、但是有什么用呢?第二天到那时候、召集的口哨又来了、弱小的心灵恍如受了符咒的束缚、不觉仍旧冲了出去、结果又是那一场的吵闹。有时邻妇看见她、顺便劝说道:

「你也何妨规矩点、省得你父亲那样生气呢?」但是她却笑嘻嘻的回答道:

「你不知道在外边玩耍是多么有趣哩。」这是很有意义的一句话、很值得人去思索玩味的。我们在森元町住了大半年、到了暑假就回中国来了、在我们离开那里以前、那情形一直是如此、至於後事如何就不得而知了。

在赤羽桥左近、那里还有一个畸人、他那地方我却是时常去的、虽然并不常谈什么天、因为他乃是理发师、所以我总是两三星期要去找他一趟的。他据说也有妻子、但是却独自住着、在芝公园的近旁、孤另另的一所房屋、外边一间店面、设备得很考究、後边一间三席的住房、左右几十步之内并无什么邻舍。他的店里比较清净、这是因是价格特别高之故、所以我去理发的时候、总见他是闲空着、用不着在那里坐等。还有一种缘由、人们不大去请教他、便是传闻他是有点精神病的、试想一个人怎肯伸着颈子、听凭一个手执锋利的剃刀的精神病患者去播弄呢?我到他那里去尝试、本来是颇有点危险的、但是幸而他却不曾发病、这个危险也就过去了。其实他或者性情乖僻则是有之、看他那样的生活形式可以想见、人们加盐加醋的渲染、所以说他有精神病、虽然也是难怪、但总是不足凭信的。我的危险的经验、纵然不能证明他没有神经病、但至少说明人言之不尽可信了。

九一　辛亥革命一——王金發

现在已是辛亥这一年了。这实在是不平常的一个年头，十月十日武昌起义，不久全国响应，到第二年便成立了中华民国，人民所朝夕想望的革命总算实现了。可是这才只起了一个头，一直经过了四十年，这个人民解放事业才是成功，以前所经过的这些困难时代，实在是长的很，也是很暗淡的。何况在当时革命的前夜，虽是并没有疾风暴雨的前兆，但阴暗的景象总是很普遍，大家知道风暴将到，却不料会到得这样的早罢了。这时清廷也感到日暮途穷，大有假立宪之意，设立些不三不四的自治团体，希图敷衍，我在翻译波阑款克微支的「炭画」，感觉到中国的村自治如办起来，必定是一个「羊头村」无疑，所以在小序里发感慨说：

「民生颠愿，上下离析，一村大势，操之凶顽，而农妇遂以不免，人为之亦政为之耳。古人有言，庶民所以安其田里，而亡叹息愁恨之心者，政平讼理也。观于羊头村之事，其亦可以鉴矣。」

及至回到故乡来一看，

果然是那一种情形，在日本其时维新的反动也正逐渐出现，而以大逆案作为一个转折点，但那到底是别国的事情，与自己没有多少迫切的关系，这回却是本国了，处于异族与专制两重的压迫下，更其觉得难受。那时将庚戌秋天钓鱼的记事抄录了出来，后边加上一段附记道：

「居东京六年，今夏返越，虽归故土，弥益寂寥，追念昔游，时有棖触。宗邦为疏，而异地为亲，岂人情乎。心有不许自假，欲记其残缺以自慰焉，而文情不副，感兴已隔。用知怀旧之美，如虹霓色，不可以名，一己且尔，若示他人，更何能感，故不复作，任其飘泊太虚，时与神会，欣赏其美，或将褪色，徐以消灭，抑将与身命俱永，溘然相随，以返虚无，皆可尔。所作一则，不忍捐弃，且录存之，题名未定，故仍其旧。辛亥九月朔日记。」后来有九月初七日夜中作诗一首，题在末后云：

「远游不思归，久客恋异乡。寂寂三田道，衰柳徒苍黄。旧梦不可道，但令心暗伤。」

但是十月十日「霹雳一声」，各地方居然都「动」了起来了，不到一个月的工夫，大势已经决定，中国有光复的希望了。在那时候也有种种谣言，人心很是动摇，但大抵说战局的胜败，与本地没有多少关系，到了浙江省城已经起义，绍兴只隔着一条钱塘江，形势更是不稳，因此乘机流行一种谣言，说杭州的驻防旗兵突围而出，颇有点儿危险，足以引起反动的骚乱。但是仔细推下去，仍是不近情理，不过比平常说九龙山什么地方的白帽赤巾党稍好異了。一有谣言，照例是一阵风的「逃难」，鲁迅在一篇文言的短篇小说「怀旧」里描写这种情形，有一节云：

「予窥道上，人多于蚁阵，而人人悉函惧意，惘然而行。手多有挟持，或徒其手，王翁语予，盖图逃难者耳。中多何墟人，来奔芜市，而芜市居民则争走何墟。李媪至金氏问讯，云僕猶弗歸，独见衆如夫人方檀脂粉節澤，纳行篋中。此富家姨太太似视逃难亦如春游，不可废口红眉黛者。」这篇小说是当时所写，记的是辛亥年的事，而逃难的情形

乃是借用庚子夏天的事情，因为本家少奶奶预备逃难，却将细软等物装入箱内，这是事实，但是辛亥年的谣言却只一天就过去了，只是人心惶惶，仿佛大难就在目前的样子。有一位少奶奶，乃是庚子年那一位的妯娌，她的丈夫是前清秀才现任高小教员，当时在学校里不曾回家，她就着急的说道：「大家快要杀头了，为什么还死赖在外边？」她大约是固守着「长毛」时候的教训，以为是遇见乱世要杀头，所以是在准备遭难而不是逃难了。幸而这恐慌只是一时的，城内经了学生们组织起来，武装但是擎着空枪出去游行，市面就安定下来了，接着省城里也派了「王逸」率领少数军队到来接防，成立了绍兴军政分府。这王逸本来名叫王金发，是绍兴人所熟知的草泽英雄，与竺酌仙齐名，还是大通学堂的系统，他的两年来在绍兴的行事究竟是功是过，似乎很难速断，後来他被袁世凯派的浙江督军朱瑞所诱杀，实在可是死得很冤的。

九二　辛亥革命二——孫德卿

辛亥秋天我回到绍兴，一直躲在家里，虽是遇着革命这样大事件，也没有出去看过，所以所记录的大抵只是一些得之传闻的事情，如今且来做一回文抄公，从「略讲关于鲁迅的事情」里抄来，这乃是我的兄弟所写，我想这大约是写得可靠的。他叙述游行及欢迎的情形如下：

「这时候城内的一个寺里就开了一个大会，好像是越社（案即南社的绍兴分社）发动的，到了许多人，公举鲁迅做主席。鲁迅当下提议了若干临时办法，例如提议组织讲演团，分发各地去演说，阐明革命的意义和鼓动革命情绪等。关于人民的武装，他说明在革命时期，人民武装实属必要，讲演团亦须武装，必要时就有力量抵抗反对者。他每一提议刚要说完而尚未说完的时候，就有一个坐在前排的头皮精光的人，弯着腰，作要站起来但没有完全站起来的姿势，说一句「鄙人赞成！」又弯着腰坐下去，提议就很快的通过。这人不是别人，便是后来鲁迅文章里常常说起的孙德卿。他虽是乡下的地主家庭出身的人，但对于推翻满清政权这件事是热心的。他

常捏着明朝人的照片去分送给农民，我看到的一张是明太祖的像，约莫三十来岁，分明是从画像上照下来的。他并且向农民说明，清朝的政府是外面侵入的人组成的，我们应当把他们打出去。对于这主张，农民都赞成，愿意起来去打。「扬州十日记」之类的小册子，这时候也流行到民间。这孙德卿在在秋瑾案发生时，曾一次下狱，但不久就出来了。

但是鲁迅提议的武装讲演等，大家虽然都赞成，可是缺少准备，力量也不够。第一件是缺少枪械。府学堂里虽然有些枪，但没有真的子弹，有一些也是操演时用的那种只能放响的弹子，祗有在近距离内大概能伤人。于是人民终于恐怖起来了。有一天，鲁迅从家里出去，到府学堂去，到了离学校不远，见有些店铺已在上排门，有些人正在张皇的从西往东奔走。鲁迅拉住一个问他为什么，他说不知道究竟什么事。鲁迅知道问亦无益，不如到学堂去了再说。他走进校门，已有一部分学生聚在操场里讨论这件事，才知道市民因为听了有败残清兵要渡江过来，到绍兴来骚扰的谣言，

所以起恐慌的。於是魯迅主張整隊上街解釋，以鎮定人心。手脚很快，一歇工夫就印好了許多張油印的传单，大概是報告省城光復的经过，和说明决没有逃兵过来的事情。即刻打起鐘来，学生立时集合於操場，発了槍，教兵操的先生也跑来了，满头是汗，他还有剪掉辮髪，把它打了一个大结子。他不拏平常用的很細的指揮刀，挂上一把较阔厚的可以砍刺的長刀，这本非防備万一的。小心怕事的校長，抖栗栗的到操場上来讲话，想设法攔阻，但没有用处。在路上，魯迅一班人分送传单，必要时更向人说明，叫他们不要无端恐慌，的确这很有用处，学生们走到之处，人心立刻安定下来，店鋪關的也仍然开了。时间在下午，一班人回到学校时，天已黑下去了。

离这事情不久，（案大概就是第二天吧，）就有人告诉魯迅，说王金発的军隊大约今晚可以到绍兴，我们应当去接他和他的军隊，这回仍在府学里会集，学生也去的。晚饭後大家兴高采烈的走到西郭门外，到了黄昏，

不见什麼動靜，到了二更三更，还是不见军隊开到。学生穿的操衣很是单薄，夜深人静时觉得很寒冷，於是只好敲开育婴堂的门，到里面去休息，叫起茶房，给还些柴钱，叫他们烧茶来喝。这时候才看见穿制服的学生们之外，还有头皮桂光的孙德卿，头戴毡帽的范爱農，好像和徐伯荪一起指遣台出洋的陈子英也在内。但是夜深了，不特冷，而且也餓，学生们大家摸钱袋，设法敲开店门买东西吃。孙德卿拏出钱来，叫人去买了几百个鸡蛋，大家分吃了。这以後不久，有人来报信，说军隊因为来不及开拔，大概须明天才可开到，今晚不来了。

於是第二天晚上再去，这回不往西郭，却往东边的偏门，人还是这一大批。黄昏以後，月亮很皎潔，正盼望间，远远的听到槍声响，以後每隔一定的时间槍声响一下。不多时看見三两隻白篷船，每隻只有一个船夫摇着，然而很快的摇来。船吃水很深，可见人是装的满满的。各船都只有一扇篷開着，过一歇时候船中就有兵士举起槍来，向空中放一响。先前的兵

隊老是这樣做，在有闹仗可能的情勢下，常常一响一响的放着槍。不多时候船已靠岸，王金発的軍隊很快的上了岸，立刻向城内進発。兵士都穿藍色的軍服，戴藍色的布帽，打裹腿，穿草鞋，背淡黄色的槍，都是嶄新的。帶隊的人騎馬，服装不一律，有的穿暗色的軍服，戴着帽子，有的穿淡黄色軍服，光着头皮。

这时候是应该睡的时候了，但人民都極興奮，路旁密密的站着看，比看会还热闹，中间只留一條狭狭的路，讓隊伍过去，没有街灯的地方，人民都拏着灯，有的是桅杆灯，有的是方形玻璃灯，有的是纸灯籠，也有些着火把的。小孩也有，和尚也有，在路旁站着看。經过教堂相近的地方，还有传道師，拏着灯，一手拏着白旗，上寫歡迎字樣。兵士身体都不甚高大，臉上多數像飽經风霜的樣子。一路过去，整齐，快捷。後面跟的人，走的慢一点的便跟不上。不久到了指定駐紥的地方，去接的人们有跟了進去，也有就住在门外面，大家都高叫着革命勝利和中國万歲等口号，情绪熱烈，紧張。不久就有人来叫讓路，一班人把酒和肉等挑進去，是慰勞兵士去的，外面的人们也就漸漸的散去了」。

我这一節文章寫得特别的長，而且里边又是大都抄的别人的文章，这是什麽緣故呢？因為我很珍重那一回革命的回忆，可是我自己没有直接的經歷，所以只能借用人家所寫的，寫的雖是实樸却很诚实，後来对於王金発的批评也寫的很有分寸，其寫孫德卿也頗是簡單得要领，活画出一个善良的人来。後軍政分府成立，政治上没有什麽建设，任用的人很不得當，有三个姓王的，頗弄权斂錢，人民倒不大怪王金発，大家都责備「三王」，當时老百姓利用一句「戏文」上的句子，唱道「可恨三王太乍乱」，却不曉得是什麽戏上边的。这时候府学堂的学生用了魯迅和孫德卿的名義，办了一个越鐸日報，时常加以讽刺，有一回軍政分府布告，說要出去视察，却說是「出張」，報上就挖苦说，「都督出球手，宜乎门庭如市也！」别一篇的文章的结末，则有「悲夫」二字，这本是從前常用的字眼，没甚希奇，可是实际上是在飢刺何悲夫、他也是軍政分府的一个要人。「後来那报馆被兵士毁坏了一部分、孫德卿大腿上被刺了一尖刀、但並非要害、傷亦不重。这也许是三王指使的、也许是王金發自己的主意、即使是他的主意、比之於後来軍閥的随便殺人、实在是客气得多了。孫德卿被刺傷後、想要去告诉各位老朋友、並且預備把傷痕照了相給老朋友去看。但是很为难、因为身体大而傷痕小、如果只照局部、傷痕是極清楚了、但看的人不曉得受傷者是孫德卿、如果照全身、面貌是照出来了、但傷痕就看不清楚了。因为照相技不能照得太大呀。结果终於照了全身、但照片並不大。魯迅接到照片、拆開来看时祇見赤條條的一个孫德卿、不看見傷痕、不觉嚇了一跳、还以为他發痴了、等到看了他的说明、才知道原来是这樣一件事情。」

九三　辛亥革命三——范爱農

辛亥革命的时候、我所直接見到的人物、只有一个范爱農、——王金發做都督的时候、没有机会見到、只在雜誌上看見他在二次革命後被朱瑞诱殺的一張死後照相、孫德卿則始終没有看到、那張裸体照相也因为不是原本、只是翻印登在报上的、所以记不清楚了。范爱農却是親自見过的。虽然在安慶事件当時反对打電报、蹲在席子上那种情形、不曾看見过、却也大略可以想像得来。紹興軍政分府成立、恢復師範学堂、那时是在民国纪元以前、还称「学堂」、委派魯迅為校長、爱農为監学、二人重復相会、成为好友。因为学堂在「南街」、与東昌坊相距不到一里路、在办公完毕之後、爱農便身着棉袍、头戴農夫所用的卷边毡帽、下雨时穿着釘鞋、拿了雨傘、一直走到「里堂前」来找魯迅談天。魯老太太便他们預備一点家鄉菜、拿出老酒来、听主客高談、大都是批评那些「呆虫」的话、老太太在後房听了有免獨自匿笑。这樣總要到十点鐘以後、才打了灯籠回学堂去、这不但在主客二人覺得愉快、便是魯老太太也引以为樂的。但是好景不常、軍政府本来对於学校不很重视、而且因为魯迅有旧学生在办報、多说閑话、更是不高興、所以不久魯迅自動脱离、只留下爱農一人、有点孤掌难鳴了。

这时候已经是民国元年壬子、改用陽歷、師範学堂也改称第五師範学校了、魯迅以後的校長是傅力臣、即是當时的孔教会会長、縣界里教育科長是孫德卿、也就是「阿Q正传」里所说的「柿油党」、挂着一个銀桃子的徽章的、此外也有罗揚伯朱又溪等人。这个情形正是魯迅「哀范君」诗中所说的、「狐狸方去穴、桃偶已登場」、是也。这情形就可想而知的了。我这里另的記載诚实起見、便来借用他自己信里的话、叙述前後的事情。

这里第一封信、是壬子（一九一二）年三月二十七日從杭州所發、寄給在紹興的魯迅的、其文云：

「豫才先生大鑒、晤經子淵、暨接陳子英函、知大駕已自南京回。聽說南京一切措施与杭紹魯衛、如此世界、实何生為、蓋吾輩生成傲骨、未能隨波逐流、惟死而已、端無生理。弟於旧歷正月二十一日動身来杭、自知不善趨承、断無謀生机会、未能拋得西湖去、故来此小作句留耳。現承傅勵臣函邀担任師校監学事、雖未允他、拟陽月杪返紹一看、為偷生計、如可共事、或暫任数月。罗揚伯居然做第一科課長、足見实至名歸、学養優美。朱幼溪亦得列入学務科員、何莫非志趣过人、後来居上、羡煞羡煞。令弟想已来杭、弟拟明日前往一访。相見不遠、諸容面陳、专此敬請著安。弟范斯年叩、二十七号。越鐸事变化至此、恨恨、前言调和、光景绝望矣、又及。」这里需要附带说明我往杭州的事、那时浙江教育司（後来才改称教育厅）司長是沈鈞儒、委我当本省視学、因事遂去、所以不曾遇見爱农。越鐸变化不是说被軍人搗毁、乃是说内部分裂、李霞卿宋紫佩等人分出来另办「民興报」、後来魯迅的「哀范君」的诗便是登在这报上的。第二封信的是五月九日、也是從杭州發出、寄往北京的、距前回寄信的日子才有一个月半、范爱农却已被人趕出師範学校了。原信云：

「豫才先生鈞鑒、别来数日矣、屈指行旌已可到達。子英成章（校務）已經卸却、弟之監学則為二年級諸生斥逐、亦於本月一号午後出校。此事起因盛与饭菜、实由傅励臣处置不宜。平日但求敷衍了事。一任诗生自由行动所致。弟早料必生事端、唯不料祸之及己。推及己之由、现悦是係何茂仲一人所主使、惟茂仲与弟结如此不解寃、弟实无从深逞。盖饭菜之事係范显章朱祖善二公因二十八号星期日起晏、强令厨役補開、厨役以未得教務室及庶務员之命拒之、因此深恨厨役、唆令同学於次日早膳、以饭中有蜈蚣、冀泄其忿。时弟在席、当令厨役换掉、一面将厨役训斥数语了事讵范朱等忿犹未泄、於午膳时復以饭中有蜈蚣、时适弟不在席、傅励臣在席、相率不食、（但発现蜈蚣时有半数食事已畢、）坚欲请校长责罚厨房、其意似非撤换不可。傅乃令学生询弟、弟令厨役重煮、学生大多数赞成、且宣言如再不敷、由伊等自赔、既经范某说过重煮、定须令厨役重煮。厨役遂復煮、比熟已在上课时刻、乃请诗候暨教员用膳、请之再三、而胡问涛朱祖善范显章赵士琛等一味喧扰不来。傅乃嘱弟去唤、一面揺铃、令未饱者趁紧来吃、其余均去上课。弟遂前往宣布、胡问涛以菜冷且不敷为词、

弟乃云前此汝等宣言菜如不敷、由汝等自備、现在汝等既未備、无论如何只有勉强吃一点。胡等犹復喇喇不休、弟遂宣言、不愿吃又不上课、汝等来此何干、此地究非施饭学堂、（施饭两字係他们所出报中语、）如愿在此肆业、此刻倘不要吃了、理当前去听讲、否则即不愿肆业、尽可回府、即使汝等全体因此區區细故退学亦不妨。於是欲吃者逐赴膳所、其已畢者去上课。次日早膳、校长候诸生坐齐後乃忽宣言、此後诸生如饭菜不妥、须於未坐定前见告、如昨日之事可一不可再、若再如此、决不答应。诸生复愤侯食毕遂闹会请问校长、以罢课为要挟、此时係专与校长为难、未几乃以弟昨日所云退学不妨一语为词、宣言如弟在校、决不上课、係专与弟为难延至午後卒未解决。弟以弟之来师范非学生之资格、係校长所聘、非校长辞弟、或弟辞校长、决不出校、与他们寻闲心。学生往告诉幾仲、傅晓幾仲遂至校、嘱校长辞弟、谓范某既与学生不洽、不妨另聘、傅未允、怏怏而去。次日仍不上课、傅遂悬牌将胡问涛并李铭二生斥退、（此二生有实据、

係与校長面陳換第。）胡孝通与趙士璘朱祖善等持牒至知事署，俯告幾仲。幾仲遁於午後令諸生將弟物件搬出門房，幾仲亦來，併令大白並文灝盡報、（案金伯枚後改名劉大白，当时亦禹域日報，王文灝亦越鐸日報，）弟適有友來訪，遂与偕出返舍。劍因家居乏味，於昨日來杭，冀覓一栖枝，且陳子英亦約弟同往西湖閑游，故早日來杭，因如是情形現有祭產之事，日前晤及，云須事畢方可來杭也。查此即詢與居，弟在斯年中，五月九號。」

這有第三封信，今從略。魯迅在壬子日記七月項下，記有范愛農的最後消息道：

「十九日晨得二弟信，十二日紹興發，云范愛農以十日水死。悲夫悲夫，君子無終，越之不幸也，於是何幾仲輩為群大蠹。」又云：

「二十二日夜作韻言三首，哀范君也，錄存於此。」第二日抄錄一本，稍加修改寄給我，其第一首次聯云：

「華顛萎寥落，白眼看雞蟲。」後附一紙說明道：

「我於愛農之死，為之不怡累日，至今未能釋然。昨忽成詩三章，隨手寫之，而忽將雞蟲做入，真是奇絕妙絕，辟歷一聲，群小之大狼狽。今錄上，希大鑒定家鑒定，如不惡乃可登諸民興也。天下雖未必仰望已久，然我亦豈能已於言乎。二十三日，樹又言。」日記八月項下云：

「二十八日收二十一及二十二日民興日報一分，蓋停板以後至是始復出，余及啟孟之哀范君詩皆在焉。」我的一首詩題作「哀愛農先生」，其詞云：

「天下無獨行，舉世成萎靡。皓然范夫子，生此寂寞時。傲骨遭俗忌，屢見蟣蝨欺。坎壈終一世，畢生清水湄。會聞此人死，令我心傷悲。峩峩使君輩，長生亦若為。」

范愛農之死是在壬子年七月十日，是同了民興報館的人乘舟往城外游玩去的，有人說是酒醉失足落水，但頗有自殺的嫌疑，因為據說他能夠游水，不會得淹死的。他似乎很有厭世的傾向，這是在他被趕出師範以前所寫的信裡，也可以看出痕跡來的了。

九四　望越篇

辛亥革命的前途不見得佳妙，其实这並不是後来才看出来，在一起头时实在就已有的了。且不說大局，只就浙江来看，軍政府的都督要捧一个湯壽潜出来，这人最是滑头，善於做官，有一个时候蒋观雲批评他最妙，他说，蟄仙的手段很高，他高谈阔论一頓，人家请他出来，便竭力推辞，说我不幹，及至把他搁下了，他又来搅一下子，再请他来，仍说不幹，但是下面仍是这樣搅法，却把地位逐漸的提高了。後来他陞任临时政府的交通部長，後任有陶成章的呼声，可是为陳英士所忌，陶住在上海法租界的廣慈医院，终於壬子一月十三日为刺客所暗殺。陶煥卿是个革命勇士，他的联络草澤英雄，和要使天下人都有飯吃的主張，雖是令人佩服，但看去彷彿有点可怕，似乎是明太祖一流人物，所以章太炎尝戏呼为「煥皇帝」，或「煥強盗」，魯迅也曾同許季茀评论他道：「假如煥卿一旦造反成功，做了皇帝，我们这班老朋友恐怕都不能倖免。」雖然如此，可是同盟会人那樣的爭权奪利，自相残殺，不必等二次革命的失败，就可知道民軍方面的不成了。不过那也是関於本省大局的事，我们不去管它，單说绍興本地，而且只是教育文化一面的事情也罢。

说到绍興教育界的情形，其实也未必比别处特别坏，不过说好那也是不然。大约在光緒末年的乙巳年间吧，他们请蔡子民去办学務公所，蔡君便说封疆臣来叫我，去幫他的忙，我因为不願意休学，谢绝了他，可是没有多久，蔡君自己也就被人趕走了。这为什庅缘故呢？那时学務公所是当地最肥的缺，有每月三十元的薪水，想谋这缺的人多了，所以就是蔡子民也不能安坐这把交椅了。自從「桃偶尽登場」以後，这情形自然就更糟了。应運而生的「自由党」做了教育科長，其餘人物也是一丘之貉，魯迅那三首诗的後面所说那或句幽默话，即是他们的典故。什庅「大鑒定家」啦，什庅「天下仰望已久」啦，都是朱又溪平常恭维人的话，據蔡谷卿传说，在绍興初办警察局（还在前清时代）的时候，他致辞道：

「紹興警察、十分整頓。
杭州警察、腐敗不堪。
兩相比較、相去天壤。」這比孫德卿的演說、在胡亂說了一番之後、突然的說：「那庅（讀作难末、意思是「如今」）警察局萬歲！」便收了場、虽是也觉得可笑、却顯得性格善良、没有那种惡劣气了。

大約是在这个时候、便是傀儡已经登場、魯迅还没有到南京教育部去的时候、我寫了那篇「望越篇」、在報上（或是民興报、但總之不是越鐸）發表、因为留着草稿、上边有魯迅修改的筆迹、所以畧可推测这篇文章的年月。今將全文錄存於後：

「蓋聞之、一國文明之消長、以種業為因依、其由來者遠、欲探厥極言、上涉幽冥之界。種業者本於國人蘊德、駢以習俗所安、宗信所仰、重之以歲月、積漸乃成、其期常以千年、近者亦數百歲、逮其寧一、則思感咸通、立為公意、雖有聖者、莫能更贊一辭。故造成種業、不在上智而在中人、不在生人而在死者、二者以其為數之多、與為時之永、立其權威、後世子孫、承其血胤、亦併繫其感情、發念致能、莫克自外、唯有坐紹其業而收其果、為善為惡、無所擇別、遺傳之可畏、有如是也。

蓋民族之例、與他生物同、大野之鳥、有翼不能飛、冥海之魚、有目不能視、中落之民、有心思材力而不能用、習性相傳、流為種業、三者同然焉。中國受制於滿洲、既二百六十餘年、其間促伏於專制政治之下者、且二千百三十載矣、今得解放、會成共和、出於幽谷、遷於喬木、華夏之民、孰不歡欣、顧返瞻往跡、亦有不能不懼者、其積染者深、則更除也不易。中國政教、自昔皆以愚民為事、以刑戮懾俊士、以利祿招黠民、益以酷儒莠書、助張其虐、二千年來、經此淘汰、庸愚者生、佞捷者榮、神明之冑、幾無孑遺、種業如斯、其何能臧、歷世憂患、有由來矣。

今者千載一時、會更始之際、予不知華土之民、其能洗心滌慮、以趣新生乎、抑仍將伈伈俔俔、以求祿位乎？於彼於此、孰為決之？予生於越不能遠引以观其变，今唯以越一隅为之徵。当穿越之君子，何以自建，迦之野人，何以自安？公僕之政，何所别於君侯，國士之行，何所異於臣妾？凡亦同異，靡不当详，國人性格之良窳，智慮之蒙啓，可於是见之。如其善也，斯於越之光，亦夏族之福，若或不然，利欲之私，终为吾毒，则是因果相尋，無可诛责，唯有撮灰散顶，詛先民之罪惡而已。仲尼龟山操曰吾欲望魯兮，龟山蔽之，手無斧柯，奈龟山何！今瞻禹域，乃亦唯稗業因陳，为之蔽耳，雖有斧柯，其能代自然之律而夷之乎？吾为此懼」。

这篇文章写的意思不很徹透，色采也很是暗淡，大有定命论一派的傾向，虽然不是漆黑一团的人生观，總之是对於前途不大樂观，那是很明瞭的了。但这正是当时情势的反映，也是一种资料，所以抄録在这里。在那时候所写的文言的文章也只难得的保存了这一篇，抄下来重看一遍，五十年漫長的光陰，却一眨眼间便已在这中间过去了。

九五　臥治時代

在東京留学这六年中都没有写日记，所以有些事情已经记不起来了，到了民国元年这才又继续来写，從十月一日起，一直写到现在。但是壬子年十月以前的事情，也大抵年月無可查考了，这些事例如范爱農的一件，幸而有他的親筆信札和魯迅的日记，还可知道一点，我自己的在杭州的教育司当视学，在那里「臥治」的事迹，那就有点茫然了。辛亥革命起事的前後幾个月，我在家里困住，所做的事大约只是每日抄书，便是帮同魯迅翻看古书類书，抄録「古小説鉤沈」和「會稽郡故书雜集」的材料，还有整本的如刘義慶的「幽明録」之類。壬子元旦臨时政府成立，浙江軍政府的教育司由沈鈞儒当司長，以前他当两级師範学堂校長时代在那里任教的一班人，便多转到这边来了，一部分是從前在民報社听过章太炎講说文的学生，其中有朱逷先錢玄同，（其时他还叫錢夏，字中季，）这就是朱逷先，他介绍我到教育司去的。起初是委任我当第[illegible]科的课長，但是不久又改任了本省视学，这时期大學是三月里的事情，所以范爱農在三月廿七日的信里提到这事、但是我因为家里有事、始终没有能够去、一直拖延到大约七月中旬、这才前去到差。那时教育司的办公处是租用頭髮巷丁氏的房屋、是丁家便是刻那「武林掌故丛编」的、在前清咸同时代很是有名、是杭州的一个大家、但是我觉得这住屋並不怎么好。我在教育司的这多少天里、並没有遇着教育司的房屋、我只到过那客厅、饭厅、和楼上的住室、都是很湫隘的地方。客厅裡摆列着许多石头、是那有名的「三十六峯」、我却看不出它的好处来、而且那间房子很是阴暗、那时又值夏天、终日有蚊子嗡嗡鳴着、这上边就是我的宿舍、因为我到来晚了、所以牀位已经是在旁边楼门口、楼梯下院子里是一个小便桶、虽然臭气並不熏蒸、却总也不是什么好地方。视学的职务是在外面跑的、但是平常似乎也该有些业务、可是这却没有、所以也並没有办公的坐位、每日就只是在楼上坐地、看自己带来的书、看得倦了也就可以倒卧在牀上、我因为常是如此、所以钱玄同就给我加了一句考语、说是在那里「卧治」。在楼下「三十六峯」的客厅里、有些上海的日报、有时便下去阅看、不过那里实在暗黑得可以、而且蚊子太多、整天在那里做市的样子、看一会儿的报就要被叮上好几口。因此我「卧治」的结果、没有给公家办得一点事、自己却生起病来了。当初以为是感冒风寒、可是後来因为寒热發得出奇、知道是给「三十六峯」室的蚊子叮的、發了瘧疾了。本来瘧疾自有治法、只要吃金鸡纳霜即可以好的、但是在那蚊子窝里起居、一面吃药、一面被叮、也不是办法、所以就告了假、渡过江回家来了。我这回到杭州到差、大槩前後有一个月光景、因为我记得领过一次薪水、是大洋九十元、不过这乃是浙江军政府新發的「军用票」。我们在家的时候、一直使用的是现大洋、乃是墨西哥的铸有老鹰的银元、这种军用票还是初次看见、我在领到之後、心里忐忑不知是否通用、於是走到清和坊的抱经堂、买了一部广东板朱墨套印的陶渊明集、並无什么麻烦的使用了、这才放心、以後便用这个做了旅费、回到家里来了。

我住杭州的月日、因为那時没有写日记、所以无可考查、但我查鲁迅的壬子日記，卻還可以找到一點資料。五月項下有云：

「二十三日，下午得二弟信十四日發，云望日往申，迎羽太兄弟。又得三弟信云，二弟婦於十六日分娩一男子，大小均極安好，可喜，其信十七日發。」上面所說因為私事不曾往杭州去，便是這事情，因為分娩在即，要人照管小孩，所以去把妻妹叫來幫忙，這時她只有十五歲的樣子，由她的哥哥送來，但是到得上海的時候，這邊卻是已經生產了。六月項下記云：

「九日，得二弟信，三日杭州發。」這時大概我已到了教育司，可見是六月初前去到差的。隨後在七月項下記云：

「十九日，晨得二弟信，十二日紹興發，云范愛農以十日水死，悲夫悲夫，君子無終，越之不幸也，於是何幾仲輩為群大蠹。」這樣看來，那麼我到杭州去的時期，總是從六月一日以後，七月十日以前，那大概是沒有大差的吧。

九六　在教育界里

壬子年總算安然的過去了，「中華民國」也居然立住，這是很可喜的事，可是前途困難正多得很，這也是很明顯的。新建設的一個民國，交給袁世凱去管理，而他是以政變的罪魁禍首，怎麼會靠得住呢？到了癸丑（一九一三）年的春天，便開始作怪了，第一件便是三月二十日的暗殺宋教仁，這事大概在當時很令人震驚，因為宋遯初這人在民黨裡算是頂溫和的，他主張與袁合作，現在卻把他來開刀，那下文是可想而知了。這件新聞在我的日記裡記在廿三日項下，平時日記裡也都不記這種政治要聞，查閱魯迅日記便不曾記着，就是我以後日記也是如此，便是乙卯三月被迫取消帝制也沒有記錄，直至丙辰六月八日得縣署通告，有一條「袁總統於六日病故，由黎副總統代行職務」的記事。從癸丑至乙卯這兩年裡，因為二次革命失敗，袁認為天下已莫予毒，可以為所欲為，先是終身總統，隨後想做皇帝，發起籌安會的帝制運動，厲行特務政治，搜捕異己，這種情形以北京為最甚，紹興因天高皇帝遠，還不十分緊張，但也覺得黑暗時代到來，叫人漸漸有点嘴不过气来了。我在这个时期内，一直在干着中学教书的职务，一面在本县教育会内做着会长，在教育界里浮沉了四个年头，也就是在那里扮一名「桃偶」的脚色。虽然那时中学与师範都已改归省里领导，改称第五中学等，本县的教育部也换了人，不复是何几仲号腊伯，虽然朱又溪似乎还在，碰巧是教育会副会长陈津门来告诉我，教育会选举我做会长，劝我就职的是四月廿一日，即是我听到宋遯初被刺消息的那一天，蒋庸生来邀我到第五中学担任英文，乃是四月廿九日，彷彿我是这时决心到那里去「解围」似的。古人有云，山雨欲来风满楼，不过老实说，我们其时还没有这样的敏感，预料到一两年後的事情，也只是偶尔的遭逢，有了这样的两个机会，就抓住了就是了。

我在浙江省立第五中学，自癸丑四月至丙辰三月，十足四个年期，在这时期一共换了三个校长，最初是钱遹鹏，接着是朱宗吕，和徐晋麒。我是在钱君的时候进去的，恰巧那时的聘书还是保留着，现在钞录在下面，也是当时的文献，看了很有趣味的。

「浙江第五中学校代表钱遹鹏，敦聘

周启明先生为本校外国语科教授，订约如右：

一、教授时间每週十四小时。

一、月俸墨银伍拾元，按月于二十月致送，但教授至十四小时以外，

按时加奉。

一、除灯油茶水外，均由本人自备。

一、此约各執一纸。

中華民國二年四月日订。」

八月校长易人，新来的朱渭侠，是教育司的舊同事，又是朱逢仙的弟弟，逢仙名宗莱，乃是民报社听讲的一人。渭侠任中校校长甚久，至丙辰十一月，因患伤寒去看中医，及病去而体已不支，终以是年疾而卒，乃由徐鋤榛补充，係两级师範舊生。我的薪水自癸丑八月起，是每週十八小时

每月六十八元，較以前稍好。渭侠人甚勤懇，唯对学生似微失之过嚴，有一次在教務室内训飭一个学生，有一个名叫錢学曾的，自己因有事去找校長，在旁等候着，看了不平，便上前給了他一拳。錢生是嵊縣人，「兩火一刀」的地方的人，生性本来刚直，本来事不干己，大可不管，乃逕自動手对付，只落得自己除名了事，听说的都为歎惜，却已無濟於事了。

我在教育会里，也是無事可做，反正是敷衍故事罢了，但因为將有每月五十元的津貼，所以要办点事業，除僱用一个事務员和一名公役及支付雜费之外，印行一种教育雜志，以及有時調查小学，展览成績，有一回居然办过一回教科書審查的事。本来小学教科书向由各校自由在商務中華兩家出板物中选用，这回由教育会審定似乎也有点越俎之嫌，但是大家不曾反对，结果審定國文一科是中華书局的当選。原来书局方面誰也没有運動，不意中获了勝利，在中華书局固然是喜出望外，可是商務印书館却气炸了肺，声言要去告状，後来却不知道怎樣的不告了，大概查不到我们有接受中華书局的賄賂的证據吧。当时我们的行動，有实在有点幼稚而且冒失，在教育界上有那庅大势力的，一隻大老虎头上，居然想去抓他一下癢，那可不是玩的呀！我们办教育雜志，现在想起来也有許多好笑的事，文章是用古文，那是不必说了，起初那期还是每句用圈断句，等到後来索性不断句了，理由是古文本不难懂，中國人的義務本应该能讀懂古文的文章，所以没有加圈点的必要。这主張简直有点荒谬了，復古到了極端，这便与清朝的江声书小札或贉物簡帖用篆文差不多，现在这种实物已经找不到，如能找出来看看，那一定也是好玩的吧。

九七　自己的工作一

我在紹興教育会混过四五年，給公家做的事並不多，剩下来做的都是私人的事，这些却也不少，现在可以一总的说一下子。我於一九三六年曾在「關於魯迅」这篇文章里，曾經说过：

「他寫小说，其实並不始於「狂人日记」，辛亥年冬天在家里的时候，曾經用古文写过一篇，以东邻的富翁为模型，写革命前夜的情形，有性质不明的革命军将要进城，富翁与清客闲汉商议迎降，颇富于讽刺色彩。这篇文章未有题名，过了两三年由我加了一个题目与署名，寄给小说月报，那时还是小册，系恽铁樵编辑，承其覆信大加称赏，登在卷首，可是这年月与题名都完全忘记了，要查民初的几册旧日记才可知道。这回查看日记，乃是在壬子十二月里找到这几项记事：

「六日，寄上海函，附稿。」

「十二日，得上海小说月报社函，稿收，当复之。下午寄答。」

「廿八日，由代局得上海小说月报社洋五元。」

此后遂渺无消息，直至次年癸丑七月这才出板了，大概误期已很久，而且寄到绍兴，所以这才买到。

「五日，怀旧一篇，已载小说月报中，因购一册。」廿一日又往大街，记着「又购小说月报第二期一册」，可知上面所说的一册乃是本年的第一期，卷头第一篇便是「怀旧」，文末注云：

「实处可致力，空处不能致力，然初步不误，灵机人所固有，非难事也。曾见青年才解握管，便讲词章，卒致满纸饾饤，无有是处，亟宜以此等文字药之。焦木附志。」本文中又随处批注，共有十处，虽多是讲章法及用笔，有些话却也讲的很是中肯的，可见他对于文章不是不知甘苦的人。但是批语虽然下得这样好，而实际的报酬却只给五块大洋，这可以考见在民国初年好文章在市场上的价格，——然而这一回还算是很好的，比起「炭画」的苦运来，实在是要说有「天壤之殊」了。虽然那篇文章本来不是我所写的，我自己在同时候也写了一篇小说，题目却还记得是「黄昏」，是以从前在伏见馆所遇见的老朋友「法豪」为模型，描写那猫头鹰似的呵呵的笑声似乎也很痛快，但是大约当时自己看了也不满意，所以也同样的修改抄好了，却是没有寄去。至于那篇「怀旧」，由我给取了名字，便冒名顶替了多少年，结果于鲁迅去世的那时声明，和「会稽郡故书杂集」一併退还了原主了。我们当时的名字便是这么应用法的，在「新青年」投稿的时节，也是这种情形，有我的两三篇「杂感」所以就混进到「热风」里去，这是外边一般的人所不大能够理解的。

九八　自己的工作二

「炭画」是波阑显克微支所著的中篇小说，还是我於戊申己酉之交，在东京时所译出，原稿经鲁迅修改誊正后，一直收藏在箱子里面，没有法子出板。这回觉得小说月报社颇有希望，便於癸丑二月廿五日寄了去，到了三月一日便得覆信云：

「大著炭画一本已收到，事冗仅拜读四之一，然未见原本，以意度之，确係对译能不失真相，因西人面目俱在也。但行文生涩，读之如对古书，颇不通俗，殊为憾事。林琴南今得名矣，然其最初所出之茶花女遗事及迦因小传，笔墨腴润轻圆，如宋元人诗词，非今日之以老卖老可比，吾人若学林氏近作，鲜能出色。质之高明，以为何如？原稿一本，敬以奉还。二月二十七号。」这当然也是恽铁樵所写的，因为他是於旧文学颇有了解的人，所以说的话有些也很有道理，他看出我们很有点受林琴南的影响，但我们一面主张直译，竭力保存「西人面目」，却又主张复古，多用古奥难懂，近出「宋元诗词」的文句，这种意思却不是他所能了解的了。总之这结果是「行文生涩，读之如对古书」，不能通俗，就难得为世人所欢迎，这即是所谓遗憾，就碰了回来正是当然的，但是领了「落卷」回来，得了一句中肯的批语，失意之中也还有几分的得意。过了小半年之后，我又把译稿寄到中华书局去试试看，这回可是预料是要失败，「中华小说界」的编辑原是不大高明的，因为预防这一着，接着又把一篇新写成的「童话略论」送了去，说明不想卖钱，只希望採用后给我一年份的杂志，大约价值一元钱，例如「中华小说界」，——不料这也是不成功。过了些时候，得到回信道：

「日前接到来示及童话略论，具见著作宏富，深为钦佩。前炭画稿一本，本欲寄还，并以童话略论亦不甚合用，故与炭画一併交邮挂号奉璧，乞即察收。八月二十七日。」

既然两次碰了钉子，只好向别的方面去另找出路，但是也没有很好的方法，只得寄到北京托想办法，于是于九月廿三日将「炭画」和那册「黄蔷薇」（当时名为「黄华」，因为蔷薇的名称不见经传）的译稿，邮寄北京去。鲁迅甲寅日记在正月项下记云：

「十六日，晚顾养吾招饮于醉琼林，以印二弟所译炭画事，与文明书局总纂商榷也，其人为张景良字师石，允代印，每册售去酬二成。」随后由文明书局寄了一个合同送给我，这合同条例也偶然保存着，是很难得的资料，今不嫌烦琐的抄录在这里。

「立合同上海文明书局，今承周作人先生以所译小说炭画一书，委敝局出资印行，以后应得权利均经双方商定，爰订合同，彼此各执，条例如次。

一、此书初板印壹仟册，每售一册，著者应得照定价拾分之贰之利益。

二、文明书局每逢三节结账一次，将所售书数报告译者，并将译者应得之利益邮寄译者，或译者之代理人。

三、此书未销罄期内，译者不得将稿他售。

四、此书文明书局不得延至四个月后出板。

五、译者倘违第三条之规定，对于文明书局应负印资之赔偿。

六、文明书局倘违第四条之规定，对于译者应负壹佰伍拾圆之赔偿。

七、初板售罄后，译者得将稿自印或他售。

八、译者售稿时，文明书局得买稿之优先权。（即文明书局所出稿价、与他处相当时，译者应将此稿售与文明书局。）

九、初板售罄后，倘译者与文明书局双方仍欲继续合印，应另订合同。

十、此书印成后，须粘有译者之印花，或印有译者之图章，方能发行。

十一、此书定价每册银弍角伍分。

十二、此书印成后，译者于壹仟册内，应提取叁拾册，文明书局不计價值。

中華民國三年一月、日、文明书局代表、俞仲還、

證人顧恭壽、張師石。

周作人先生存照。」

「炭畫」居然照合同所說的那樣、於四月裏出板了。魯迅日記裏說：

「二十七日、午後稻孫持来文明书局所印炭畫三十本、即以六本贈之。校印紙墨俱不佳。」这本書的圖案係是錢稻孫所畫、四角裏是一个斧头、就是第十一章「山径」裏来服殺妻所用的斧子、中间一株受風的彎曲的楊柳、乃是裏婦受难的象徵、至於題字則似是陳師曾所寫。印刷紙張的确不大好、但是书能够出板、總算是难得的了、初板一千冊也不知賣了多少、事隔成年之後去问他算賬、书局裏說換了東家、以前的事不認賬了、板稅百分之二十、一總也不过是五十元、可是一个錢也没有拿到。一九二六年由北京北新书局重新付印、可能印過兩三板、解放後由我改譯白話、收在德藝存譯的「顯克微支短篇小說集」中、通行於世。總之、这主人翁来服的夫婦的命運是很苦惱的了。

九九　自己的工作三

癸丑九月三日寄往北京的舊譯小說、共有三种、除「炭画」和「黃薔薇」以外、还有一大本的「勁草」。関於「勁草」这本翻譯、在本文第七七節中已經說过、乃是丁未（一九〇七）年在东京时代所譯、因为与书店的「不測之威」重複、賣不出去、所以擱下来的、但是我们对於这书卻有点敝帚自珍的意思、覺得内容很好、總想把它印了出来、为此种种设法、寄给各報館雜誌社的人去看、可是没有用处、到了末後連原稿也没有能够要得回来。據魯迅說、这可能是寄给庸言報館、终於失踪了。「黃薔薇」的原稿卻幸而不曾遺失、这篇中篇小說總算是出板了、但是在它的出板經過上也有一段很好玩的歷史。我於一九二八年间始寫「夜讀抄」、第一篇便是講「黃薔薇」的、裏边曾這樣的說過：

「黄薔薇」，匈加利育凯摩耳所著，我的文言譯小說的最後的一种，於去年（即是一九二七年）冬天在上海出版了。這是一九一〇年所譯，一九二〇年託蔡孑民先生介紹，賣給商務印書館的。在八月項下有這幾項記事：

「九日，校閱舊譯黄薔薇。

十日，上午往大学，寄蔡先生函，又稿一本。

十六日，晚得蔡先生函，附譯稿。

十七日，上午寄商務印書館譯稿一冊。

十月一日，商務分館送来黄薔薇稿値六十元。」這是二十年前我們賣給「紅星佚史」的時候的價値，每千字大洋二元，因為那篇譯稿是「毛估」三萬字的樣子，雖然一个字一个字的除去空白計算起來，實在有幾何字，那就不得而知了！

上文說「黄薔薇」乃是我的文言譯小說的最後的一种，這句話似乎應該加以修正才對，因為我用白話寫文章是從丁巳（一九一七）年來到北京，在「新青年」上边發表文章時才開始的，在這以前的一切譯作用的都是文言。例如辛亥歸國後給紹興公報譯的安克尔然（今通行安徒生）的「皇帝之新衣」，壬子在教育司時所譯的顯克微支的「酋長」，蔼夫达利阿諦斯的「老泰諾思」，「秘密之愛」和「同命」，須華勃的「擬曲」五小篇，都是如此。後来一九二〇年群益書社發起重刊「域外小說集」的時節，我便把上边所說的長短十篇，連同到北京後所譯梭罗古勃的「未生者之愛」以及他的十篇寓言，一併加了進去，这末後的一篇才可以說是我的最後的一种文言譯品了。但是此外也寫些隨筆小品，多是介紹外國的文藝的，作有「希臘之小說」一二兩篇，一是講公元前三世紀时朗古斯的所謂牧歌小說，二是叙述二世紀時叙利亞文人路吉阿諾斯的諷刺小說，題目是「信史」，可是里面說的全是神異的故事，諷刺歷史家說誑話的風氣。又寫了一篇公元前六世紀时的女詩人薩福的事迹和她的遺作，題名「希臘女詩人」，还寫了「希臘之牧歌」，是講牧歌詩人諦阿克利思多斯的。另外也寫些别的，如根据古英文的史詩「倍阿烏耳夫」

意云蜜蜂狼，即是熊，是主人翁的名字，作「英國最古之詩歌」，又抄安徒生的傳記，做成一篇「安兌尔然傳」，送給紹興公報。在乙卯年十月里將那希臘的幾篇抄在一起，加上一个總名「異域文談」，寄給小說月報社去看，乃承賞識，来信稱为「不可多一，不能有二」之作，并由墨潤堂書坊轉送来稿酬十七元。这一回似乎打破了过去的記錄，大约千字不只兩塊錢了吧。

一百　自己的工作四

以前因为涉獵英國安特路朗的著作，略为懂得一点人類学派的神話解釋法，開始对於「民間故事」感到兴趣，覺得神話傳說，童話兒歌，都是古代没有文字以前的文学，正如麦卡洛克的一本書名所說，是「小說之童年」。我就在民初这兩三年中寫了好些文章，有「兒歌之研究」，「童話略論」與「童話之研究」，又就「酉陽雜俎」中所紀錄的故事加以解釋，題作「古童話釋義」，可是没有地方可以發表，那篇「童話略論」，怎麼的碰釘子，前边已經說过了。那时因为模仿日本，大书店已仿作童話，但是研究的文章却不大歡迎，所以就是送給白登，也是不要。我因为没有办法，只能送到北京去，恰好教育部的編纂会办有一种月刊，便在这上边發表了。後来還同我在北京所寫的幾篇白話文章，头一篇是在孔德学校講演的「兒童的文学」，一總收集起来，定名为「兒童文学小論」，由上海兒童書局出版，这书局乃是張一渠君所办，他原名張錫類，那是我在紹興中學教过的一个学生。現在这書局早已没有，我手头也已没有那本小书，所以其内容詳细情形，也已無法說起了。從癸丑年起，我又立意搜集紹興兒歌，至乙卯春初草稿大略已定，但是一直没暇整理，一九三六年五月寫过一篇「紹興兒歌述略序」，登在当时復刊的北京大学「歌謠周刊」上边，但是这个工作直至一九五八年九月这才完成，二十多年又已过去了。当时原擬就語言及名物方面，稍作疏證的工夫，故定名「述略」，後来却不暇为此，只是因陋就簡的稍加註解，名字便叫做「紹興兒歌集」。可是現今因为兴起「新民歌」運動，这是舊时代的光荣，它的出板不能不稍要等待了。

此外我在绍兴所做的一件事情，是刊刻那「会稽郡故书雜集」。这原稿是由鲁迅预备好了，订成三册，甲寅（一九一四）年十一月十七日由北京寄到，廿五日至清道桥许广记刻字铺定刻木板，到第二年的五月廿一日，这才刻成，全书凡八十五葉，外加题葉一纸，连用粉连纸印刷一百本，共付洋四十八元。书于六月十四日印成，十五日寄书二十本往北京，这书是我亲自校对的，自己以为已是十分仔细了，可是后来经鲁迅覆阅，却还错了两个字，可见校书这件事是很困难的。「故书雜集」的题葉係是陈師曾所写，乙卯日记（鲁迅）四月项下记云：

「八日，托陈师曾写会稽郡故书雜集书衣一葉。」陈君那时也在教育部里的编审处，是很杰出的艺术家，于书画刻石都有独自的造就，和鲁迅是多年的旧交，因为从前在江南陆师学堂的时代便已相知了。他们因此很是记熟，在鲁迅日记上很可看得出来，例如丙辰年六月项下云：

「廿二日，上午铭伯先生来，属觅人书寿联，携之部，捕陈师曾写讫，送去。」两人的交情，约略可以想见。师曾所刻图章，鲁迅有「会稽周氏」及「俟堂」诸印，又尝省去兄弟三人名字的「人」字，模仿汉人两个字的名字，我也得到一方白文的印章，文曰「周作」，又另外为刻一方，是朱文「仿塼文」的，很是古拙，我曾利用汉塼上的一个「作」字，原有外廓方形，将拓本缩小製为锌板，其古趣可与相比。这里附带说及，也是很可纪念的。師曾的图画世上早有定评，但普通所见的都是些花鸟之類，但看到他的「北京风俗图」的印本，觉得这別有一种趣味，也似乎有特别的價值。这是民国十七年北京淳菁阁出板的，那时师曾已经逝世，是他的友人姚茫父把所收藏的他的遗作三十四幅，各题词一首，分作两册印行，题曰「菉漪室京俗词」，题陳朽画十七阕」，但是现在早已绝板了。其第十九图「送香火」，画作老妪蓬头垢面，敝衣小脚，右执布帚，左持香炷，逐洋车乞钱，程穆庵题词曰：

閱

「予观师曾所画北京风俗，尤极重视此幅，盖着笔处均极能曲尽贫民情状，昔东坡赠杨耆诗，尝自序云，女无美恶富者妍，士无贤不肖贫者鄙，然则师曾此作用心亦良苦矣。」其实这三十几幅多是如此，除旗装仕女及喇嘛外皆是无告者也，其意义与流民图何异，只可惜纺道人死后，此种漫画成了广陵散，而后人亦无复知道他的人物画的了。

刻书以后，木板一直放在刻字铺里，不曾取回，直至丙辰年的九月十八日始从许广记取来刻板，放在楼上堆放书籍杂物的一间屋里。到得民国八年己卯（一九一九）冬天，全家预备搬到北京来住，鲁迅一个人回家整理，那时看见一堆木板，以为那些都是先代的试草硃卷的板片，不曾细看，便一裹脑儿付之一炬。结果这部集算是绝板了，只有一百本印本，留存在世间罢了。钱玄同在去世的一年前，便是戊寅（一九三八）年二月一日给我的信里说道：

「关于还搨提格年之木刻大著，（蒐辑亦著录也，故称著无语病，）其价总与七五有关，可谓奇矣。这话怎讲？原来昨晚得书后，我想今日去代为再碰碰看，不料一问，竟大出意外之表，盖时经两月而已涨价为三元矣。我说未免太贵了。他答道，不贵，还已经说少了！应该是三元五毛呢。我只好扬长而去了。查来函谓他说二元而偕要打七五扣，则是一元五毛矣，而今他说应是三元五毛，然则二元尚须加七成五矣。何此书之价之增减皆为七五乎？何其奇也。其实此拙著让我来搨，我要价还要大呢。因为我知道此书之板已燬，又知此书印得很少，然则当以准明板书论，非当古董卖不可。」所说木刻书即会稽郡故书雜集，序文署关逢摄提格即是甲寅年秋，刻成则已在次年乙卯之夏，所谓已燬乃是指上面当试草刻板烧了的事情。

一〇一　金石小品

我在绍兴的时候，因为帮同鲁迅蒐集金石拓本的关係，也曾收到一些金石实物。这当然不是什么贵重的东西，——这里所谓贵重，可以分作两种来说，其一是宝贵，例如商彝周鼎，价值甚高，财力不及，其二是笨重倒如造象墓志、分量不轻、挈它不动、便都不能过问、馀下来的只是那些零星小件了。这种金石小品、製作精工的也很可爱玩、金属的有古钱和古镜、石类则有古砖、终有铭好的文字图様、我所有的便多是这些东西、但是什九多已散失、如今只把现在尚存的记录于下。乙卯八月日记里说：

「十七日、下午往大街、於大路口地摊上得吉语大泉一枚、価三角、文曰龟鹤齐寿。罗泌说字壮劲如大观泉；；信也。」其钱径市尺一寸八分、字作六朝楷体、也有雅趣、尝手拓装为鉼板、即成信封、但因龟字适居中央如写信时适当姓名之前、虑或犯忌讳、故迄未使用。砖则有「凤皇砖」、尚是侨寓用得、日记五月项下云：

「十七日、在马梧桥下小店得残砖一、文曰凤皇三年七月下缺、盖三国吴时物。」云此砖乡人得之溪水中、故文字小有磨灭、殊有古趣。「凤皇」三年为公元二七四年、系孙皓年号、过了六年、皓遂降於晋、去做所谓降王長去了。同様是南朝的东西、都是在北京所得、因为原物也恰在手头、所以就附记在这里。这乃是南齐年号的砖砚、於癸酉（一九三三）年四月七日买得查旧日记云：

「七日下午往後门外、在品古斋以三元得一砖砚、文曰永明三年、永字上裏见笔画、盖是齐字也、笔势与永明六年妙相寺石佛铭相似、颇可喜。」

曾手拓数本、并题记於上曰：

「此南朝物也、乃於後门外桥畔店头得之、亦奇遇也。南齐有国才廿馀年、遗物故不甚多、余前在越、曾手拓妙相寺维卫尊像背铭、今復得此、皆永明年间物、两字迹亦略相近、亦至可宝爱。大沼枕山句云、一种风流吾最爱、南朝人物晚唐诗、此意余甚喜之。古人不可见、尚得见此古物、亦大幸矣。中华民国廿二年重五日、知堂题记於北平苦雨斋。」或者有人要批评说、这砖文恐怕是假的、其实我也是这様想、两个永明笔势彷彿、便是顶显著的证据、因为没有别的文字可以做根据来模仿、所以只好採用这巧妙的笨法子了。但是这总值得我们的感谢的、虽然是说假冒、它反正没有大敵我们的竹槓、一總只要了三塊錢去、而且給我们来模造出一件希有的东西、孔文舉把虎賁士权当蔡中郎、說道：「虽無老成人、尚有典型」、我们对於有些古物的模造品、也该是这樣說吧。

此外还有一塊持硯、也是在北京所得的、但至今尚留存在我的身边、似乎也值得来一說。这是没有年号的殘塼、只剩了下端、文曰「大吉」、右側則只有末字曰「作」、上文已经說及、便是我缩小製板、当作名章用、又用原来尺寸、作为「苦口甘口」的封面、後来的「立春以前」也是使用这个封面的。「作」字上边原来該是造塼的人名和年代、不幸断缺了、但也幸而断了、只剩了这一小部分、可以製为硯台、（虽然我个人是不贊成利用古器物、把它改製为日用品的。）若是整个的、那就有一尺多長、要顯得笨重累墜了。这塼是没有年号、但看它文字的古拙疏野、可以推想是漢人的筆墨、绍興在跳山有一塊大吉摩崖、是建初年间的刻石、我看这个大吉塼未必在它之後、不过不知道是在哪里出土的罢了。这个持硯有木製底蓋、是用極平凡的木材所做、上面有刻字曰「磚研」二字並列、下係四字一行云：

「稱即墨侯、有石有瓦、茲以持为、古而尤雅。甲戌首夏、曙初宗兄大人屬、弟錦春並記。」其製为硯的年月大概是同治甲戌、即一八七四年、去今也已将有八九十年了。

一〇二 故鄉的回顧

这回我終於要離開故鄉了。我第一次離開家鄉、是在我十三歲的时候、到杭州去居住、從丁酉正月到戊戌的秋天、共有一年半。第二次那时是十八歲、往南京進学堂去、從辛丑秋天到丙午夏天、共有五年、但那是每年回家、有时还住的很久。第三次是往日本东京、却從丙午秋天一直至辛亥年的夏天、这才回到绍興去的。現在是第四次了、在绍興停留了前後七个年头、終於在丁巳（一九一七）年的三月、到北京来教书、其时我正是三十三歲、这一来却不觉已经有四十餘年了。總计我居鄉的歲月、一裹腦兒的算起来不过二十四年、住在他鄉的倒有五十年以上、所以說对於绍興有怎麼深厚的感情与了解，那似乎是不很可靠的。但是因为從小生長在那里，小时候的事情多少不容易忘记，因此比起别的地方来，總觉得很有些可以留恋之处。那庅我对於绍興是怎庅樣呢？有如古人所说，維桑与梓，必恭敬止，便是对於故鄉的事物，须得尊敬。或者如「会稽郡故书雜集」序文里所说，「序述名德，著其贤能，記注陵泉，传其典实，使後人穆然有思古之情」，那也说得太高了，似乎未能做到。現在且只具体的说来看：第一是对於天時，没有什庅好感可说的。绍興天气不見得比别处不好，只是夏天气候太潮湿，所以气温一到了三十度，便觉得燠闷不堪，每到夏天，便是大人也要長上一身的痱子，而且蚊子众多，成天的侵着身子飛鳴，彷彿是在蚊子堆里过日子，不是很愉快的事。冬天又特别的冷，这其实是並不冷，只看河水不凍，許多花木如石榴柑桔桂花之類，都可以在地下种着，不必盆栽放在屋里，便可知道，但因为屋宇的構造全是为防潮湿而做的，椽子中间和窗门都留有空隙，而且就是下雪天门窗也不関闭，室内的温度与外边一樣，所以手足都生凍瘡。我在来北京以前，在绍興过了六个冬天，每年要生一次，至今已过了四十五年了，可是脚後跟上的凍瘡瘢迹却还是存在。再说地理，那是「千岩競秀，萬壑争流」的名勝地方，但是所谓名勝多是很無聊的，这也不单是绍興为然，没有什庅好，实在倒是整个的风景便是这千岩萬壑併作一起去看，正是名勝的所在。李越缦念念不忘越中湖塘之勝，在他的几篇赋里，總把環境说上一大篇，至今读起来还觉得很有趣味，正可以说是很能寫这种情趣的。至於说到人物，古代很是長遠，所以遗留下有些可以佩服的人，但是现代才只是幾十年，眼前所见就是这些人，古語有云，先知不見重於故鄉，何况更是凡人呢？绍興人在北京，很为本地人所讨厭，或者在别处也是如此，我因为是绍興人，深知道这种情形，但是他想自己也不能免，实属没法子，唯若是叫我去恭维那樣的绍興人，则我唯有如「望越篇」里所说，「撒灰散頂」，自己诅咒而已。

对於天地与人既然都碰了壁，那庅留下来的只有「物」了。鲁迅於一九二七年写「朝花夕拾」的小引里，有一节道：

「我有一时，曾经屡次忆起儿时在故乡所吃的蔬果：菱角，罗汉豆，茭白，香瓜。凡这些，都是极其鲜美可口的；都曾是使我思乡的蛊惑。后来，我在久别之后尝到了，也不过如此；惟独在记忆上，还有旧来的意味留存。他们也许要哄骗我一生，使我时时反顾。」这是他四十六岁所说的话，如今已经过了三十多年的岁月，我想也可以借来应用，不过哄骗我的程度或者要差一点了。李越缦在「城西老屋赋」里有一段说吃食的道：

「若夫门外之事，市声沓嚣。杂剪张与酒舫，亦织簾而吹箫。东郭鱼市，罟师所朝。鲂鲤鲢鳙，潭洞之侥。鲫阔论尺，紫鲚若刀。鳗鳝虾蟹，稻蟹巨螯。届日午而骈集，响腥沫而若潮。西郭菜佣，瓜茄果匏。蹲鸱芦菔，鸡头菰茭。条瓜村担，紫夕野舠。葱韭蒜薤，日充我庖。值夜分之辟息，乃谐侣以嘈嘈。」罗列名物，迤逦写来，比王梅溪的「会稽三赋」的志物的一节尤其有趣。但是引诱我去追忆过去的，还不是这些，却是更其琐屑的也更是不值钱的，那些小孩儿所吃的夜糖和炙糕。一九三八年二月我曾作「卖糖」一文，写这事情，后来收在「药味集」里，自己觉得颇有意义。后来写「往昔」三十首，在四续之四云：

「往昔幼小时，吾爱炙糕担。夕阳下长街，门外闻呼唤。竹笼架熬盘，瓦钵炽白炭。上炙黄米糕，一钱买一片。麻糍值四文，豆沙裹作馅。年糕如水晶，上有桂花糁。品物虽不多，大抵甜且暖。儿童围作圈，探囊竞买啖。亦有贫家儿，衔指倚门看。所缺一文钱，无奈英雄汉。」题目便是炙糕担」。又作「儿童杂事诗」三编，其丙编之二二是咏果饵的，诗云：

「儿曹应得念文长，解道敲锣卖夜糖。想见当年立门口，茄脯梅饼遍亲尝。」注有之：

「小儿所食图糖，名为夜糖，不知何义，徐文长诗中已有之。」详见「药味集」的那篇「卖糖」小文中。这里也很凑巧，那徐文长正是绍兴人，他的书画和诗向来是很有名的。

一〇三　去鄉的途中一

大槩是在紹興住得有点煩膩了，想到外边，其实是北京方面，找点別的事情做做看，也就是什麼科员之類，这不记得是哪一年的事情了，總之是袁世凱势力很旺盛的时候吧，所以这事就一直擱下来了。查鲁迅的甲寅日记，在八月项下有记録道：

「十一日下午，得朱遏先信，问啓孟願至大学教英文学不？

十二日晚，寄朱遏先信。」这事在我的日记上没有什麼记載，大槩鲁迅也不曾写信告訴我，因为他知道我自揣没有能力到大学去教英文学，也無此興趣的，所以也不用问我的意思怎樣，便逕自回信谢绝了。朱遏先是在東京民报社听章太炎先生講說文的同学八人之一，平常虽然不常往来，却是很承他的關切，壬子年的在浙江教育司的位置，当初是课長隨後改为視学，也是由他的介绍，这一回的事虽未成，但是其好意總是很可感谢的。其後过了兩年，洪憲帝制既已明令取消，袁世凱本人也已不久去世，北京人心安定了下来，於是我找事的问题乃重新提起来了。这回的事却不知道是誰的主動，大约不是朱遏先總是許季茀吧，那时是黎元洪继任大總统，教育總長是范源廉，請蔡孑民来做北京大学校長，據说要大加改革，新加功课有希臘文学史和古英文，可以叫我担任。我因为好奇，有一个时候曾经自修学过古代英文，就是盎格魯索逊的文字，这经过司各得的「劫後英雄略」（Ivanhoe）的提倡，我们对於这民族有相当的敬意，便就史诗「倍阿烏耳夫」的原文加以研究，这种艰苦的学習没有给我什麼特别的好处，只是在後来涉獵斯威忒的「新英文文法」的时候，稍有便利而已。

關於此次北行的事前的商谈，在我们的日记上都没有记載，只於鲁迅丁巳日记的二月项下，有这兩條：

「十五日，寄蔡先生信。」

「十八日上午，得蔡先生信。」虽然没有说明事件，可能是關於这事的。二十日得北京十六日信，隔了三天特别寄一封快信去，此信於廿八日到達北京，即日有一封信寄给我，这北行的事就算决定了。我在日记上记着四月四日接到北京的廿八日信之後，次日写着：

「五日上午，至中校访徐校长，说北行事。」隔了一个星期，又记道：

「十一日，得北京七日信，附兴业汇券九十，又挂号信一，内只群强报一片，不具寄者姓名，不知何为也。」这里我们查对鲁迅的日记，在四月七日条下写道：

「寄二弟信，附旅费六十，季茀买书泉卅。」上文汇票九十元的来源是明白了，但是同时寄到那一封挂号的群强报呢？当初一看，似乎是大有文章隐藏在後面，值得用显微镜看，或是化学药水去泡，仿佛是什么秘密文件似的，但是仔细的反复一想，这里的用意也就清楚的了解了。先祖介孚公当了二十多年的「京官」，没有什么好处，可是因此懂得北京的「听差」哲学，有些简直可以和斯威夫忒的「婢仆须知」媲美，我因为得闻绪论，所以也就能够了解此种疑难问题了。我们首先要知道，这类附寄汇票的信件，照例应当挂号，而这却没有挂，这是一个要点。同时寄来的一封却是挂号信，而信内别无他物，只有群强报一片，群强报且不去管它，但这样就有了一张挂号回执了，这又是一个要点。两个要点归併在一起，这问题便解决了：寄信的听差忘记了挂号，就将报纸一片装入信封，追补挂号，拿了回执可以消差，至於收件人得到这样怪信，将如何惊疑，则他是不管的了。日记里的话多少还有当时惊异的口气，但当时得到了解答，也就付之不问了，後来见到鲁迅，谈到这件事的时候，他也只是微笑，说我的推测是不错的，这正是「公子」所干的事。「公子」便是那时所用的听差的「别号」，因为他有那么从容不迫的态度，无论什么困难的事都有应付的办法，自己可以免於「老爷」的责骂，至於达到这目的的手段如何，则在所不问的。这种高明的手法也只是在「辇毂之下」才有，若是绍兴小地方，那还似乎没有，所以在「阿Q正传」里边，也还缺少这种人物，作者不曾借用「公子」，也正是他描写忠实的地方吧。

一〇四　去乡的途中二

我将離去绍興的一个月以前，那个当任江南水師学堂管輪堂监督的叔祖椒生公終於去世了。他的頑固和迷信都是小事情，頂不行的是假道学，到得晚年便都暴露出来，特别是関於女色方面，所以在「回忆鲁迅房族和社会环境三十五年间的演变」中间，著者「观鱼」是椒生公的胞侄，也只有感慨的说道：

「但他到了将近古稀的时候，突然的变了，一反以前的道学面孔，竟至論於荒謬」。他的兒媳本来並不是怎么的好，现在却更为家人所看不起，於二月廿一的夜里死了，也不知道是几点钟死的，入斂的时候親丁都藉口避忌，躲了開去，只剩下我们幾个疏遠的本家在場送殮，「中」字派芹侯的次子仲奉，也是椒生公的姪輩，人甚洒脱有趣，看見入斂时無人給死人「捧头」，这本是兒子的職務，他就笑着自告奮勇说：

「暫且由我来当临时的孝子也罢」。次日他的兒子仲翔叫我替他做一副聯，那时就给他雜湊道：

「数十年鞠养劬劳，真是恩逾昊天，至今飽食暖衣，固年弗尽由庇荫。卅餘日淹留床簀，遂尔痛与風木，倘此啜菽飲水，亦不容長抱春暉。」我自己也做了一副，於第三日送过去，其詞曰：

「白门随侍，学成何时，忆当年帷後讀书，窃听笑言猶在耳。玄室永潜，遂不復返，对此日靈前设奠，追怀謦欬一傷神。」他的一生係是为假道学所害，在南京的时代嘗同伯升给他起一个诨名是「圣人」，觉得这个名字很得要领，实在可以当作他的謚法用了。我於三月廿七日由绍興起程往寧波，是日恰值椒生公的「五七」，中午往拜後，随於傍晚下船往曹娥去了。

我将啟行的前两天，第五中校的同事十四人为我餞别於偏门外快阁的花园。餞行也是平常的事，似乎不值得记，我在这里记的是那地方，因为據今人尹幼蓮在「绍興地志述略」第十四章里所说：

「快阁，在城西南三里，宋陸放翁小楼聽雨處。」據说放翁詩有「小楼一夜聽春雨、深巷明朝賣杏花」之句、即是在這里所做的。快阁在常禧门外跨湖橋边、俗称偏门外、正是鑑湖的勝处、近处有橋名为「杏賣橋」、也是用這典故的。但是那七言律诗的題目、却是「臨安春雨初霽」、乃是淳熙十三年（一一八六）丙午初春在杭州所作、与快阁是没有什么関係的。快阁的花園也只是那么一回事、平凡局促的、看不出好处在哪里、和前後看见的娛園与苏州留園一樣、虽然大小有点差别。所以我这一回的快阁餞别也只是徒有其名、在花厅里设席宴飲、就那么走散便算了。

丁巳年（一九一七）三月廿七日晚、我從紹興啓行、同了我的兄弟和工人王鶴招坐了一隻中船、到曹娥埠去。绍興城至曹娥是一站水路、這是在曹娥江东边、渡江便是上虞縣界、地名百官、据傳说是虞舜的典故、那时浙江鉄路才造了一段、從寧波通到百官鎮。我往北京去、这樣的走法、目的是顺路從寧波过、一看伯升叔。他在联鯨軍艦上任「輪机正」、便是俗语说的「大俥」、那时正停泊在寧波。我們於次日廿八日晨到曹娥、就过江在百官坐火車、八时开車、十一时到寧波、住江北岸華安旅館。伯升叔来訪、因一同進城、至寧春樓飲茶、併吃飯、遂回寓、談至十一时睡。廿九日晨、打發三弟鶴招回去、同伯升叔至新寧绍輪定艙位、飲茶於江岸、旋下船、下午四时半开輪、伯升叔别去。这兩天的事情我在這里就照日記所記的直抄了、原因是借此来做一点記念、因为我这算是与伯升叔的最後一次的会面了。查戊午（一九一八）年日記一月项下記云：

「廿七日、得廿三日家信、云升叔在寧病故。」後来檢查関係文件：云在陰曆十二月初九日身故、可能这就是一月廿一日、次日得到電报、又次日乃寄此信。這樣計算起来、他也是剛得年三十七歲、就是俗传过了本壽、同我的父親正是一樣。他虽然是我的叔父、但是比我只大得两岁、從前在家里念书、後来進南京的学堂、也有好几年全在一起、関係都是很好的、如今回想起来、绝无一点欺侮或什么不愉快的事跡。他为人很聰明、但只是不用功、性喜玩耍、可是性情和易、不喜歡和人闹别扭、他对於我們小輩尚且如此，何況並輩以及他所視為尊長的人呢。他平常對於我的祖母和母親都非常尊敬，常說「長嫂如母」的古老話，因此對於家里其实是我的母親做主代定的婚姻，也不敢表示反抗，終於釀成家庭的悲劇。母親也有她自己的旧的看法，她常說道，一家的主婦如不替子女早点解決婚事，那就失了主婦的資格。她替伯升訂定了松陵傅家的一头親事，伯升見不能躲避，於壬子十一月廿四日結了婚，帶到武昌去，不久卻回来了，当初不敢抗爭，後来想要離婚，这明明是不可能的了。到了伯升死後，家里有一个傅氏太太，当地又有一个徐氏太太，和一个小孩，据說还有遺腹，撫卹費除还債剩只有二百五十元，四六分得，有小孩的多得了五十元，就是这樣了事了。我在这里詳细的把这事寫出来，意思是給伯升做个供養，說明他的善良成為他的缺点，而尊長的好意乃反是禍根，想起来时是很可歎息的。

我此次北行，彷彿是一个大轉折，过去在南京时代很有関係的椒生公和從小就是同学們的伯升，適值都在这个时期过去了，似乎在表示时间的

一个段落吧。

一〇五　從上海到北京

范嘯风在「越諺」卷上，占驗之諺第六載，「長江無六月」，注云：「越人皆有四方之志，不敢偷安家居，每六月半，言其通气风凉，虽暑天亦可長征也。」其实各处的人都不敢偷安家居，如馮夢龍在「笑府」里講「徐姚先生」的故事，說道：

「徐姚師爺館吳下，春初即到，臘尽方帰，本土风景反認不真，便見柳絲可愛，向主人乞一枝寄帰种之。主人曰，此賤种是处都有，貴处寧独無耶？師曰，敝地是年荒的。」——話虽如此，長江这條路我的確有点兒怕。它要經过全國頂有名的都市，即是上海，從前是諸悪畢備，平常的人偶尔通过，便說不定要吃什麼虧的。我往来南京学堂，过去已經走过十來回，總算倖而沒有碰到什麼，这回從寧波到上海，卻不意着了他们一回道兒。我坐了「新寧紹」客船到上海，到埠之後卻沒有客棧接客的上去，便只好叫茶

房帮忙，雇了一輛黄包車，到山西路周昌记客栈里去。那拉車的江北人，似乎開头便打主意，拉了一段路说要换車，我也不加警惕，就下了車，拉車的就向我身边紧挤，这一挤便把我放在衣袋里的一个名片钞票夹子掏了去了。换坐的車子也不好好的走，似乎老在拐湾，又脱下夹衣，放在我脚下的皮包上头，费了好些工夫，这才引起我的怀疑，叫他站住，他不听命令还想前去，我就一手提了皮包，一手按住車沿，跳了下来，这时拉車的就一溜烟的奔向一边去了。我跳下来的地方，適值前面有巡警站崗，他听我的陈述以後，说道：

「可惜他逃到那边界线外去了，没法再去找他。」似乎这是中國地方和租界分界之处，我因为不明白情形，所以也弄不清楚。從那里又坐車到山西路，这回总算平安無事的到了。查衣袋里的失去的名片夹子，其中有几張名片，两塊现洋和几个角洋，損失还不大，但是危险的乃是那个皮包，它只是帆布所做的，上边带有锁钥，也是偶逢其会，我在從輪船上下来的时候，碰巧把它锁上了，那車夫假装脱衣服，便动手想把它打開，却是没有能够，这里边却是有好些现款，其未被掏摸去，真是侥倖万分了。这一回我算是领教了「扒兒手」一次，大概他们的技術並不是很高明的一种，而自己也实在是够遲鈍的了，所以受到这一个小損失。北京竹枝词有云：

「短袍長褂着镶鞋，摇摆逢人便問街，扇络不知何处去，昂头犹自看招牌。」这虽然是说北京的老相公的事，但在碼头上受騙的人总归是寿头碼子，其迂阔是一樣的。我也曾听老辈的教训，说「出门」的时候应该警惕的事，便是要到处提防，遇见人要当他騙贼看，要尽量的说谎话，对於自己的姓名和行踪，也可能要加隐讳，不过听了不能照办，也是枉然。大约这事须得要居心刻薄，把别人都当小偷看待，才能防備得来，不是平常听几句指示的话，所能学得这种本领的。

從上海到北京，虽然已是通着火車，却並不是接連着，还要分作三段乘坐。第一段是在上海北站乘車，到南京的下関，称作沪宁铁路，随後渡过長江、從浦口直到天津、是为第二段的津浦铁路、这时还要改乘第三段的京奉铁路、乃能到達北京。到得坐上了浦口列車、这趟旅行才算是大半成功、可以放了心、其实如误了点、在天津换不了車、也仍是有问题、不过那並不算是什麽、因为京津近在咫尺、所以觉得已經到了家门口了。

從下関一渡过了長江、似乎一切的风物都变了相、顿然现出北方的相貌、这里主观的情绪也確实佔大部分势力、叫人增加作客之感。那列車也似比江南的要差些、但是设備虽然稍差、坐在上面的感觉却並不坏、原因是坐的是二等車、这車上大抵是走津浦遠道的才坐二等、近路的便都不坐、所以列車很是宽暢、我们一人不但可以佔用两个坐位、而且連对面也都佔用了、夜间車上的茶房给垫上一片什麽板、成为急就的卧舖。大槩在乘客和茶房中间、成立一种心照不宣的约束、这也在相当时期特别给予相当丰富的酒钱、那他也就随时供给設備、足以供一宵的安睡了。我知道这个情形、所以虽然初次乘車、却是無事的到了北京、於四月一日下午八時下車、經

自僱洋車到了绍興縣館里来了。

一〇六　绍興縣館一

绍興縣館当时在北京宣武门外南半截胡同、这地方有点不大好、因为是个南北胡同、北头的就叫北半截胡同、它的出口即是那有名的菜市口、——是前清时代殺人的地方、所谓刑人於市、与衆共棄之、就是古人所说的「棄市」。在那时没有幾年前、戊戌政变时殺「六君子」、庚子義和团起事时殺那「三忠」和许多难民、都在那地方、就是西鹤年堂薬店所在的丁字街口。似乎明朝殺人还在东北、因为我看那明末的有名屠殺案之一的剐鄭鄤案的纪載、是在西四牌樓举行的、那里一个牌樓標明「大市街」字様、便说明是那遗蹟、但现在那牌坊都早已不见了。或者在清朝早已改在菜市口、所以这里就发生了一种神奇的傳说、说在「棄市」的那一天夜里、那里常出现一隻異乎寻常的大狗、来舔血吃、偶然被人看去、便一道火光、冲上天去、人们才知道它是「神獒」、不是普通的狗。我们不在三更半夜里出门的

人、輕易不会得遇見牠、但是那与眾共棄的人、却不免有碰見的可能、有如我过去在故鄉清早上「大街」去、走过軒亭口、那时路上还没有行人、却看見有兩个赤脚朋友、倒卧在街心、——軒亭口也是一个丁字街、与菜市口一樣、上身合盖着一張草薦、虽然没有揭起来看、但我知道大槩是没有头的。还有一回是在南京、徒步走过制台衙门、在前面的馬路边上、看見躺着一个死尸、赤膊反剪着兩手、身子頗为肥壮、穿了一條類似綢緞的袴子、头也没有了、但是殺得很是高明、旁边挖了一个小坑、血都聚在里边、没有乱噴。我從旁边走过、看得很是清楚、心里纳闷、不曉得是怎庅一回事、近处又無一人可以打听、我便只能独自推想、这大约是衙门里的人、因为坏事発覺、赶紧請「王命」把他斡掉了、俾大事化小、这也一种標準的官僚主義吧。这兩回的経驗都是五十年前的事了、可是至今留下一個不愉快的印象、终於不能忘记、幸而自從民国成立以来、北京殺人換了地方、不再在菜市口、改在天橋了、使得我們出入自由、夜里固然免得遇着神煞、白天也不至於遇到什庅东西、会得引起了夢魘。

紹興縣館在名義上是紹興縣人的會館、所謂会館乃是来北京应考的人的公寓、有些在京候補的官、自己没有公館的或者也住在那里。这是山陰会稽兩縣的人所共有的、從前称为「山会邑館」、自從宣統年间廢除府制、将山陰会稽合併、称作紹興縣以後、这也就改称为「紹興縣館」了。但是紹興人似乎有点不喜歡「紹興」这个名称、这个原因不曾深究、但是大约總不出这幾个理由。第一是这不够古雅、於越起自三代、會稽亦在秦漢、紹興之名則是南宋才有。第二是小康王南渡偷安、使用吉祥字面做年号、妄意改換地名、这是很可笑的事情。第三是紹興人滿天飞、「越諺」也登載「麻雀豆腐紹興人」的俗語、謂三者到处皆有、实际是到处被人厭惡、即如在北京这地方紹興人便不很吃香、因此人多不肯承認是紹興人、魯迅便是這樣、人家问他籍貫、只答说是浙江。旧紹興府屬八縣的会館、向来也称为「越中先贤祠」、这原因自然是先贤始自范蠡（？是否待考、但里边没有漢代的王究、因为李越缦说他讲父亲的坏话、所以把他扣除了！）那時没有绍兴府名称呢。一總計算起来、浙江十一府的名字、绍兴要算顶是冤價的了。我之所以讨厌这个名称、其理由完全是为了那第二个、其實假如他用了「还炎」两字做地名、那就没有这樣可惜、因为里边颂聖的份子比较的少了。

從前的山会邑馆里也有一间房间、供奉着先贤牌位、这是馆里边的正厅、名字叫做「仰蕺堂」、一望而知是標榜刘蕺山的了、因为这里既然没有那为李越缦所不喜歡的王仲任、連王陽明与黄太冲都不在内、这是因为他們是外姓人的関係、所以这个招牌便落下在「人谱」等书的身上了。我虽是在会馆住过三年、但对於先賢是哪些人、但终於没有弄清楚、其原因固然由於对刘蕺山等人没有什么兴趣、那仰蕺堂终年関闭、平时不好闯進去、一年有春秋两次公祭、我也没有参加过。公祭择星期日举行、在那一天鲁迅總是特别早起、我们在十点钟以前逃往琉璃厰、在戊家碑帖店聊天之後到青雲阁吃茶和点心当饭、午後慢慢回来、那公祭的人们也已散胙回府去一切都已恢復了以前的寂静了。

一〇七　绍兴县馆二

上边寫的是関於绍兴县馆的外面情形、这里想来把会馆里面說明一下子。这虽如此、我对於里面的事或者比较外面知道得更少、也未可知、仰蕺堂是会馆里南边一部分、我尚且不曾走到过、何况是与我们无関的西北方面呢。去年夏天、鲁迅博物馆的幹部来邀我同去、一看那里「補樹书屋」的现状、以及所谓藤花馆是在哪里、原来是什么都没有看得。诚然是门庭院落依然如故、那圆洞门已经毁坏、槐树也不見了、補树书屋做了什么車间、狼藉不堪、没有能進去、至於西北一部分、更是住民雜乱、看見有人進来了、纷纷質问、是不是「房管局」的人、来幹什么的？我们只得乘兴而来、都是掃兴而返了。不过现在所记的乃是四十多年前的绍兴县馆、在記忆中还是完全存據的、有去年夏天所見现状的对比、似乎过去一時的这影象更是夢實實在、这里来记録一回、或许不是多餘的吧。

会館在南半截胡同的北头路东，门面不大，有魏龍常所寫的一塊匾，文曰紹興縣館。他是山陰縣人，但生長在廣西桂林，他所寫魏碑，那塊匾大概也是那一体，却是记不得了，只記得名魏戫，这是他後来的改名。他在紹興很有点名气，说是他能打拳，後来知道这种传说很普遍，高伯雨著「听雨楼雜筆」中有一篇「精於技擊的诗人魏铁珊」，就是講他的故事的。說他会「壁虎功」，即学壁虎爬墙壁，但是他却比那師父要高一著，便是他能「以背緣壁」而行，这就是在四脚有吸盤的壁虎也敬谢不敏了。幼时听见先君講魏龍常的一件故事，說他能縱跳如飞，做秀才的时候常在鎮东阁上头挟妓飲酒，鎮东阁在府横街的西头，与殺人的軒亭口遥遥相对，其北稍近紹興府的衙门，是差役聚集的地方。這事为他们所知道，自然認为讹诈的好机会，便有几个差人走上前去恐嚇他，意在敲竹槓。魏龍常一声不响，只提起一个差人来，向窗外一扔，这鎮东阁至少乃是同小城门一樣的高，如一个摔到地上，一定粉身碎骨了。魏龍常却随即一跳，自己也纵身而下，在还未到地的时候，将差人一把抓住，所以是没有跌死，但也嚇的幾乎昏过去了。故事是这么说，不过这里应当有一点订正，似乎应当说魏龍常抓住差人，和他一起從窗子上跳下，这才可能把差人嚇了而没有摔死，因为若是先後跳窗便不能同时落地，他縱有内功，但不可能与这物理的定律争勝的。我是一个少信的唯物論者，但是平常很不願意给人家掃興，所以講神異的传说的时候也竭诚静听，所謂「姑妄言之姑听之」是也，可是假如要收入我的文章里去，便不得不稍稍有所订正了。虽然上文所说的故事乃是我父親对我们講的，他本来也是無鬼論者，不过也是随便講新奇的故事，没有注意到不合事理的情形，而且要找漏洞那么别的还有，魏龍常既是生長桂林，那么这在紹興鬧事也似乎可成为问题了。为了一塊匾的事情，不料引起技擊内功的議論来，这实在是節外生枝，可以结束了事。

现在我们来说会館内部的情形吧。上边已经说及，我所能说的只是会館里边的一部分，即是進门靠南的两个院子。藤花館是在西北方面，但魯迅於丙辰（一九一六）年五月搬往「補樹书屋」了。日記里說：

「六日晴，下午以避喧移入補樹书屋住。」这補樹书屋便在会館南边的兩个院子的里進。一進大门的過所，右手的门里就是第一進的一个大院子，北京房屋在城外的与城内構造大不相同，城里都是「四合房」，便是小型的宫殿式，城外却是南方式的，一个院子普通只是上下兩排，这里就是这个樣子。在大院子的东西方面，各有房屋一排，上边是正房三间，南边留一條过道，下边大约四间，前面都有走廊，靠北一带也有廊，为的是雨天可以不走湿路。從南边过道進去，是为第二進的院子，路南的墙上有一个圆洞门，里边朝东四间房屋，在第二间中间開门，南首住房一间，北首兩间相連。院中靠北墙是一间小屋，内有土炕，是預備给用人住的，往东靠大厅背后一條狭弄堂内是北方式的便所，即是蹲坑。因为这小屋突出在前面所以正房北头那一间的窗门被挡住陽光，很是陰暗，鲁迅住时便索性不用将隔扇的门閉断，只使用迤南的三间。靠近圆洞门的東头有一株大槐树，这树極是平常，但是說来很有因缘，据說在多少年前有一位姨太太曾經在这里吊死了，可能就是这棵槐树上，在那时树已高大，婦女要上吊已經夠不着了，但在幾十年以前或者正是剛好吧。因此之故，会館便特别有这一條規定，凡住户不得带家眷，这使得会館里比较整齊清淨，而对於鲁迅亦不無好处，因为保留下補樹书屋，容得他搬来避喧，要不然怕是早已有人搶先住了去了。

一〇八　補樹书屋的生活

補樹书屋是一个独院，左右全沒有鄰居，只有前面是仰蕺堂，後边是希賢閣，那里我沒有進去看过，聽說閣上是供着魁星，差不多整个书屋包圍在鬼神窩中，原是够偏僻冷靜的，可是住了看也並不坏，槐树綠陰正满一院，实在可喜，毫無吊死过人的跡象，缺点只是夏秋之交有許多的槐树虫，遍地亂爬，有点討厭。成虫從树上吐絲挂下来的时候，在空中擺蕩，小孩们都称之为「吊死鬼」，这又与那故事有点関聯了，不过它並不「吊死」，实在是下地来蜕化的，等到牠钻到土里去，变成小胡蝶出来的时候，便并不觉得讨厌了。「补树」不知道是什么故典，难道这有故事的槐树原是补的么？总之这院子与树那么有关系，是很有意思的一件事。在房屋里边有一块匾写这四个字，也不晓得是谁所写的，因为当时不注意，不曾看得清楚，现在改作工场的车间，怕早已不见了吧。

这三间补树书屋的内部情形且来说明一下。中间照例是「风门」，对门靠墙安放一顶画桌，外边一顶八仙桌，是吃饭的地方，桌子都极破旧，大概原是会馆里的东西。南偏一室原是鲁迅住的，我到北京的时候他让了出来，自己移到北头那一间里去了。那些房屋都是旧式，窗门是和合式的，上下都是花格糊纸，没有玻璃，到了夏季，上边糊一块绿色的冷布，做成卷窗，我找了一小方的玻璃，贴在自己房的右手窗格里面，可以望得见圆洞门口的来客，鲁迅的房里却是连冷布的窗也不做，说是不热，因为白天反正不在屋里。说也奇怪，补树书屋里的确不大热，这大概与那槐树很有关系，它好像是一顶绿的大日照伞，把可畏的夏日都给挡住了。这房屋相当阴暗，但是不大有蚊子，因为不记得用过什么蚊香，也不曾买有蝇拍子，可见没有苍蝇进来，虽然门外面的青虫很有点儿讨厌。那么旧的屋里该有老鼠，却也并不见，倒是不知道谁家的猫常来屋上骚扰，往往叫人整半夜睡不着觉。查一九一八年旧日记，里边便有三四处记着，「夜为猫所扰，不能安睡」。不知道鲁迅在日记上有无记载，事实上在那时候大都是大怒而起，拿着一枝竹竿，我搬了小茶几，在后檐下放好，他便上去用竹竿痛打，把牠们打散，但也不能长治久安，往往过了一会儿又回来了。「朝花夕拾」中间有一篇讲到猫的文章，其中有些是与这有关的。

南头的一间是我的住房兼作客室，床铺设在西南角上，东南角窗下一顶有抽屉的长方桌，靠北放着一只麻布套的皮箱，北边靠板壁是书架，里边并不放书，上层安放茶叶火柴杂物以及铜元，下层堆着些新旧报纸。书架前面有一把藤的躺椅，书桌前是藤椅，床前靠壁排着两个方凳，中间夹着狭长的茶几，这些便是招待客人的用具，主客超过四人时，可以利用床沿。平常吃茶一直不用茶壶，只在一只上大下小的茶盅内放一点茶叶，泡上开水，也没有盖，请客人吃的也只是这一种。饭托会馆长班代办，菜就叫长班的儿子随意去做，当然不会得好吃，客来的时候则到外边去叫了来。在胡同的口外有一家有名的饭馆，就是李越缦等有些名人都赏识过的广和居，有些拿手好菜，例如潘鱼，沙锅豆腐，三不粘等，我们大抵不叫，要的只是些炸丸子，酸辣汤，拿进来时如不说明，便要怀疑是从什么壁脚的小饭馆里叫来的，因为那盘碗实在坏得可以，价钱也便宜，只是几个铜元罢了。可是主客都不在乎，反正下饭总就行了，擦过了脸，又接连谈他们的天，直至深夜，用人在煤球炉上预备足了开水，便也径自睡觉去了。

我们在补树书屋所用的听差即是会馆里老长班的大儿子，鲁迅戏称之为「公子」，而叫长班为「老太爷」，这两个诨名倒是适如其分，十分确切的。公子办事之巧妙而混，我在前回的挂号寄一片辟瘟折这一件事里已经领教过了，长班的徽号则是从他的整个印象得来的，他状貌清瘦，显得是吸雅片烟的，但很有一种品格，仿佛是一位太史公出身的京官。他姓齐，自称原籍绍兴，这可能是真的，不过不知道已在几代之前了，世袭传授当长班的职务，所以对于会馆的事情是非常清楚的。他在那时已经将有六十岁了，同治光绪年间的绍兴京官他大概都知道，对于鲁迅的祖父介孚公的事情似乎知道得更多。介孚公一时曾住在会馆里，或者其时已有不住女人的规定，他畜了妾之后就移住在会馆近旁了。鲁迅初来会馆的时候，老长班对他讲了好些老周大人的故事，家里有两位姨太太，怎么的打架等等。这在长班看来，原是老爷们家里的常事，如李越缦也有同样情形，王止轩在日记里写得很热闹，所以随便讲讲，但是鲁迅听了很不好受，以后便不再找他来谈，许多他所知悉的名人轶事都失掉了，也是一件无可补偿的，很可惜的事情。

一〇九　北京大学

我於丁巳年四月一日晚上到了北京，在紹興縣館找好了食宿的地方，第二天中午到西单牌楼教育部的近旁益錩大菜館吃了西餐，又回会館料理私事，三日上午叫了一輛來回的洋車，前往馬神廟北京大學，訪問蔡孑民校長，接洽公事。從南半截胡同坐洋車到馬神廟，路着實不少，大約要走上一个鐘头，可是走到一問，恰巧蔡校長不在校里，我便問他家在什麽地方，這其實是問得很傻的，既然不在学校，未必会在家里的，不过那时候胡涂的問了，答说是在遂安伯胡同多少号。我便告訴車夫轉到那里去，不过我的藍青官話十分蹩脚，说至再三也听不懂，後來忽然似乎听懂了，提起車把來，便往西北方面走去。假如其时我知道一点北京地理，便知道这方向走的不对，因为遂安伯胡同是在东城，那应該往东南方面才是，可是当时并不知道，只任憑着他拉着就是了。後來計算所走的路綫是，由景山东街往北，出了地安门，再往西順着那时还有的皇城，走过金鰲玉蝀橋，——提起这桥來，有一段故事应当说一说，民国成立後这一條走路是總算開放了，但中南海还是禁地，因为这是大總統府所在，照例不准閒人窥探，而金鰲玉蝀橋却介在北海与中海之間，北海不得已姑且对於人民開放了眼禁，但中南海却斷乎不可，所以在南边桥的上面築起一堵高墻來，隔斷了人们的視綫，这墻足有一丈来高，与皇城一樣的高，我们並不想偷看禁苑的美，但在这樣高墻里边走着，实在觉得不愉快的很。感謝北伐成功，在一九二九年的秋天这墻才算拆除，在金鰲玉蝀桥上的行人於是可以望得見三海了。且说那天車子过了西压桥，其时北海还没有開放做公園，向北由鼓头井走过護国寺街，出西口到新街口大街，随後再往西進小胡同，说是到達地点了。我仔細一看，乃是四根柏胡同，原來是車夫把地名听错了，所以拉到这地方來，这倒也罢了，而这四根柏胡同乃是離我現在的住處不遠，只隔着一兩条街，步行不要三五个鐘可到，所以來时的这一条路即是我後来往北大去的道路，实在可以说是奇妙的巧合了。從四根柏回南半截胡同去，只是由新街口一直往南，走过西四牌樓和西单牌楼（那些牌楼现今都已移到别处去，但名称还是仍旧留下）出宣武门，便是菜市口了。

四月三日上午到遂安伯胡同访蔡校长，又没有见到，及至回到寓里，已经有信来，约明天上午十时来访，遂在寓等候，见到了之后，则学校功课殊无着落，其实这也是当然的道理，因为在学期中间不能添开功课，还是来担任点什么预科的国文作文吧。这使我听了大为丧气，并不是因为教不到本科的功课，实在觉得国文非我能力所及，但说的人非常诚恳，也不好一口拒绝，只能含混的回答考虑後再说。这本事用不着什么考虑，所以回来的路上就想定再在北京玩几天，还是回绍兴去。十日下午又往北大访蔡校长，辞教国文的事，顺便告知不久南归，在校看见陈独秀沈尹默，都是初次相见，竭力留我担任国文，我却都辞谢了。到了第二天，又接到蔡校长的信，叫我暂在北大附设的国史编纂处充任编纂之职，月薪一百二十元，那时因为袁世凯筹备帝政，需要用钱，令北京的中国交通两银行停止兑现，所以北京的中交票落價，一元只作五六折使用，却也不好推辞，便即留下，在北京过初次的夏天，而这个夏天却是极不平常的，因为在这年里就遇见了復辟。

十二日上午又至北京大学，访问蔡校长，答应国史编纂处的事情，说定从十六日开始，每日工作四小时，午前午後各二小时，在校午餐。这时大约因为省钱，裁撤国史馆，改归北大接办，除聘请几位历史家外，另设置编纂员管理外文，一个是沈兼士，主管日本文，一个是我，命收集英文资料，其实图书馆里没有什么东西，这种职务也是因人而设，实在没有什么成绩可说的。其时北京大学只有景山东街这一处，就是由四公主府所改造的，设有本科，北河沿的译学馆乃是预科，此外是汉花园的一所寄宿舍，通称东斋，後来做文科的「红楼」尚在修建未成，便是大学（即後来的第一院）的大门也还在改修，进出都是从西边旁门，其後改作学生宿舍，所谓西斋的便是。但是校中并没有我们办事的地方，沈兼士是在西山养病，我只是一个人，结果在图书馆的堆放英文雜誌的小屋里，收拾出地方来，放上桌椅，暂作办公之用，一切由馆员胡質庵商契衡招呼，午饭也同商君一起在庶务课買吃，所以说也奇怪，我在北大为时甚久，但相识最早的乃是庶务课的各位职员，这可以说是奇缘了。我还记得在那里等待閒候，翻看公言报与顺天时报，一面与盛伯宣许君谈论时局的情形，如今已事隔四十餘年，盛君也已早归道山了吧。

一一〇　往来的路

四月十六日以後，我便每天都往北京大学上班，地点是图书馆的单独一室，这图书馆是有名的四公主的梳妝楼，廣阔的幾间楼房，塗饰得非常華丽，我的办公室乃是孤独对立的小房，样子似乎寺庙的钟鼓楼，不知道是什么用的，原来也很不错，如今被旧雜誌堆放得没有隙地，实在有点儿气闷。但是我在那里却也过了些有趣的时光，在那旧雜誌上面找到幾篇论文，後来由我翻譯了，登在「新青年」上面，这是一篇「陀思妥也夫斯奇之小说」，另一篇是「俄国革命之哲学的基礎」。胡質庵是福建人，当时是图书馆的最高的职员，但是似乎身体不大好，後来於六月底因患猩红热死去了。商契衡则是绍兴的嵊縣人，原是鲁迅在中学任教时的学生，其後在北京大学毕业，鲁迅曾供给他的学费，在日记上常有记载。

我從绍兴縣館往北京大学，经常往来有東西兩条路線。其一是由菜市口往东，走騾馬市到虎坊桥北折，進五道廟经由观音寺街，出至前门，再往南池子北池子走到北头，便是景山东街了。其二是一直往北進宣武门，由教育部街东折往绒線胡同和六部口，走出西長安街，再前進时是天安门廣場，过去便是南池子，以後的路和前边一樣，但不到天安门也可向北進南長街北長街，这一條直街是和南池子並行的，北头直通北海的三座门大街，往东去经过景山前街。这里是故宫的後门神武门所在，宣统在退位之後还保留皇帝称号，他便在这里边设立小朝廷，依旧每天上朝，不过總由後门出入罢了，我午前往校经过此處，就常見有红顶花翎的官员，坐了馬車進宮、也有徒步走着的、这事在復辟敗後尚未停止、这是很奇怪的一件事情。还看見有一輛騾子拉的水車、車上蓋着黃布、这乃是每天往玉泉山取水、来供给「御用」的、但是这似乎不久停止、因为諸宮里随後也裝了自来水了。

北京的街路以前是很坏的、何況这是四十多年前的事了。交通不便、许多地方都不能通行、须要繞一个大圈子、我到北京的时候看著南北池子这條馬路、是正方開闢的。至於小胡同的难走、是很有名的、我的住處外边一條胡同叫作「前公用庫」、每到秋天久雨、便泥水一滩、廢名走过這里、遇見一个年过古稀的老太婆在太息说、这条路怎麼總是这样的难走、便可以想見它的年代久遠了。这是到了近来的这幾年、才算改好了。因为这个緣故、街上的有些景象也改变了、譬如「潑水夫」、便已绝跡、只賸下陳師曾在北京风俗圖中留下的一幅畫、两个人都穿着背有圓圈的号衣、脚下馬靴、头戴空梁的红纓帽、一个手握木勺、一个側着水桶、神情活現、但是現在的人已經不能了解、因为早已不曾看見过他们了。此外还有一种是掃雪的人、我於一九一九年一月十三日曾經做过一首詩、題曰「两个掃雪的人」、是在天安門前車上所作、便録在这里：

「陰沉沉的天气、
香粉一般的白雪、下的漫天遍地。
天安門外、白茫茫的馬路上、
全没有車馬蹤跡、
只有两个人在那里掃雪。

一面儘掃、一面尽下、
掃淨了東边、又下满了西边、
掃開了高地、又填平了坳地。
粗麻布的外套上已經積了一層雪、
他们两人还只是掃个不歇。

雪愈下愈大了，
上下左右都是滚滚的香粉一般的白雪。
在这中间，好像白浪中漂着两个蚂蚁，
他们两人还只是扫个不歇。
祝福你扫雪的人！
我从清早起，在雪地里行走，不得不谢谢你。」

这种人夫在北京也已经不见，而且说起来也很奇怪，似乎近来这若干年里，雪也的确少下，仿佛是天气也是多少有了变化了。

一一一　復辟前後一

我来到北京，正值復辟的前夜，这是很不幸的事情，但也可以说是一件幸事，因为经历这次事变，深深感觉中国改革之尚未成功，有思想革命之必要。当时袁世凯死了，换了一个全无能力的黎元洪当大总统，一切实权还在北洋派军阀的手里，而国务总理是段祺瑞，正是袁世凯的头号夥计，

因此府（总统府）院（国务院）两方面的冲突，是无法避免的。府方的谋臣便只是掉笔头的几个文官，院方的党羽却都是带枪的丘八，他们逐渐的结合起来，联合所谓「督军团」，与当时的中央政府相对立了。我在北大庶务课所看的公言报顺天时报，便都是关于这一件事，公言报是他们的机关，顺天时报则是日本人所办的汉文报纸，一向是幸灾乐祸，尤其是颠倒黑白，没有什么好话了。督军团的首领是有名的两个坏人，即是徐州的张勋和蚌埠的倪嗣冲。倪嗣冲已经够反动的了，张勋更是不法，自己做了民国的官，却仍以前清遗老自居，不肯剪去辫发，不但如此，而且招用有辫子的军队，便是所谓「辫子兵」，驻屯山东一带，凡旅行过那地方的人无不怀有戒心，怕被掳害。鲁迅一九一三年日记六月项下，便有云：

「二十日夜，抵兖州，有垂辫之兵时来窥窗，又有四五人登车，或四顾，或以手促卧人起，有一人则提予网篮而衡之，始去。」现今的人，没有见过「辫子兵」的恐怕不能想像那时情景吧，因为一个人如剃去头上四周头发，只

留中间一塊、留长了梳成一條烏梢蛇似的大辮、拖在背上、这決不是一种好看的形相、如果再加上凶横的面目、手上拏着凶器、这副樣子才真够得嚇人哩。如今听说这位張大帥将以督軍团首領的资格、率領他的辮子兵進駐京津、这豈不是最可怕的悪消息麽？

在当时风声很紧、正是所谓「山雨欲来风满楼」的时候、我却个人先自遇到了一件災难、生了一場不小不大的病。我说不大、因为这只是一場麻疹、凡是小孩子都要出一遍的、只要不轉成肺炎、是並无什麽危险的。但这里我又说是不小、則因我终究不是小孩子了、已经是三十以上的成人、生这种病是颇有危险、因为発热很高、颇有猩红热的嫌疑、但是我信憑西医的诊断、相信这是疹子、不过何以小时候没有出过、直到成人以後再出、则与我在四歲时候的出天花、同是不可解的事情。当时热高的时候、的確有点兒危险、魯迅也似乎有些張皇了、決定請德国医生来看、其时狄博爾是北京外国医生最有权威的人、自然他的诊费不及意大利的儒拉大夫的贵、要十二塊錢看一趟。我现在来抄録当年一部分的旧日记在这里、这是從五月八日起头的：

「八日晴、上午往北大图书館、下午二时返。自昨晚起精觉不適、似発热、又为风所吹少头痛、服規那丸四个。

九日晴风。上午不出门。

十一日阴风。上午服補丸五个、令停、热仍未退、又吐。

十二日晴。上午往首善医院、俄国医生裘達科甫出诊、云是感冒。

十三日晴。下午請德国医院医生格林来诊、云是疹子、斉寿山君来为翻譯。

十六日晴。下午請德国医生狄博尔来诊、仍斉君譯。

二十日晴。下午招匠人来理髪。

廿一日晴。下午季茀贻菓汤一器。

廿六日晴风。上午写日记、自十二日起未写、已閲二星期矣。下午以小便请医院检查、云无病、仍服狄侍尔华。

廿八日晴。上午季茀贻燉鸭一器。下午得丸善十五日寄小包、内梭罗古勃及库普林小说集各一册。

六月三日晴。午服狄侍尔华已了。

五日晴。上午九时出会馆往大学、又访蔡先生、下午一时返。」

以上便是生病的全部过程，日子并不算怎样長、在二十左右便已好起来了，那天里已可理发、而且在第二天许季茀送一碗菜来、吃时觉得特别鲜美、因为那时候似乎遍身都蜕了一层皮、连舌头上也蜕到了、所以特地有一种感觉、但是过了一天便又是如常的長上舌苔了。鲁迅在「彷徨」这里有一篇题名「弟兄」的小说、是一九二五年所作、是写这件事的、虽然也是「诗与事实」的结合、但大几却是与事实相合、特别是结末的地方：

「他旋转身子去、对了书桌、只见蒙着一层尘、再转脸去看纸窗、挂着的日历上、写着两个漆黑的隶书：廿七。」又说收到寄来的西书、这就与上面所记的廿八日的事情相符、不过小说里将书名转化为「胡麻与百合」罢了。但是小说里说病人「眼里突出憂疑的光、显係他自己也觉得是不寻常了、」那大抵只是诗的描写、因为我自己没有这种感觉、那时并未觉得自己是恐怕要死了、这样的事在事实上或者有过一两回、我却从未觉到、这原因是我那么乐观以至有点近於麻木的。在我的病好了之後、鲁迅有一天说起、长到那么大了、却还没有出过瘄子、觉得很是可笑、随後又说、可是那时真把我急坏了、心里起了一种恶念、想这回须要收养你的家小了。後来在小说「弟兄」末尾说做了一个恶梦、虐待孤儿、也是同一意思、前後相差八年了、却还是没有忘却。这个理由、我始终不理解、或者须求之於佛洛伊德的学说吧。

一一二　復辟前後二

当初在绍兴的时候、也曾遇见不少大事件、如辛亥革命、洪宪帝制等但因为在偏陬、「天高皇帝远」、对於政治事情關心不够、所以似乎影响不很大，过后已就没有什么了。但是在北京情形就很不同，无论大小事情，都是在眼前演出，看得较近较真，影响也就要深远得多，所以復辟一案虽然时间不長，实际的害处也不及帝制的大，可是给人的刺激却大得多，这便是我在北京親身经歷的结果了。

復辟之變，是由張勳主動，但實在是闇而懦的黎元洪叫他進京的，结果是由段祺瑞利用了做他政治上的資本，这手段可以说是巧妙極了，於是黎元洪被封为武義親王，只好逃进东交民巷去，段祺瑞却以讨逆軍總司令出現，「再造共和」，成为内阁總理，只落得張勳成为「火中取栗」的猴子，也逃到荷蘭公使館里去躲去了。不过在那黎段交恶，督軍团与議院对立，事情日益恶化的那时间，情形是够紧張的，我还记得於六月廿六日往北京大学时，去訪蔡先生，問他对於时局的看法和意見，他只簡单的说道，只要不復辟，我总是不走的。这話的預兆虽然不大好，但是没有料到在五天工夫里边，这件事却终於实现了。

七月一日是星期日，因为是夏天，魯迅起来得相当的早，預備往琉璃廠去。给我们做事的会館長班的兒子進来说道，外边都掛了龍旗了。这本来並不是意外的事，但听到的时候大家感到满身的不愉快。这感情没法子来形容，簡单的方法只可打个比喻，前回匈牙利事情逐渐閙大，到了听说連「任衣大主教」也出現在政治舞台上了，那种感覚多少有点相近，虽然那时所听的是屬於外國的事情。当时日记上没有什么记載，但是有一節云：

「晚飲酒大醉，吃醉魚干，銘伯先生所送也。」这里可以看出煩悶的情形

魯迅的有些教育界的朋友最初打算走避，有的想南下，有的想往天津，但是在三四天里軍閥中间發現分裂，段祺瑞在馬廠誓師，看来復辟消滅只是时间，我们就並没有努力逃难，所以只好在北京坐等了。

段派李長泰的一師兵斷断逼近北京，辮子兵並不接戰，只是向城里面退，结果是集中於外城的天坛，和内城南河沿的張勳的住宅附近一带。從六月起城内的人閙哄往来避难，怕的不是巷战的波及，实在还是怕辮子兵

的搶劫罢了。会館在外城的西南，地方很是偏僻，所以觉得不安，便於七日搬到東城，我在日記上只記錄着：

「七日晴。上午有飛机擲彈於宮城。十一时同大哥移居崇文门内船板胡同新華飯店。」同日的魯迅日記則比較詳細，文云：

「七日晴热。上午见飞机。午寄寿山電报，同二弟移寓东城船板胡同新華旅館，相識者甚多。」以下都是我的日記：

「九日陰。託齐君打電报至家，报平安。夜店中人警備，云聞槍声。

十二日晴。晨四时半聞槍砲声，下午二时頃止，聞天坛諸兵皆下，復辟之事凡十一日半而了矣。出至八宝胡同，擬買点心，值店闭，至崇文门大街亦然，遂返。晚同大哥至義興局吃飯，以店中居奇也。」義興局係齐寿山君家所開的店舖，出售粮食，在东裱褙胡同。魯迅同日日記所記頗詳，可供比較參考：

「十二日晴。晨四时半聞战声甚烈，午後二时許止，事平，但多謠言耳。覓食甚难，晚同王華祝、張仲苏及二弟往義興局，覓齐寿山，得一飱。」这底下又是根据我的日記：

「十三日晴。上午同大哥往訪銘伯季茀二君，飯後至会館一轉，下午三後回飯店，途中見中華门匾復挂上，五色旗东城已有，城外未有。晚飲酒夜甚热。

十四日晴。上午十时先返寓，大哥随亦来，令齐坤往取舖蓋来，途中五色旗已遍矣。改糊竹簾於補樹书屋门外，稍觉凉爽。」

那一天的槍砲声很是猛烈，足足放了十小时，但很奇怪的是，死傷却是意外的稀少，謠言傳說都是朝天放的，死的若干人可能是由於流彈。东安门三座门在未拆除之前，還留下一点战跡，在它的西面有些弹痕，乃是從南河沿的張公館向着东南打过来的。燒残的張公館首先毁去，东安门近年也已拆除，於是这復辟一役的遺跡就什麼都已看不到了。

在旧笔记稿本中，找到一篇小文章，题曰「丁巳旧诗」，是关于那时的事情的，现在便抄录在这里：

「偶然整理二十年前故纸，于堆中得一纸片，写七言绝句二首云：

天坛未洒孤臣血，地窖难招帝子魂，一觉苍黄中夜梦，又闻蛙蛤吠前门。（其一。）

落花时节每多日，遥望南天有泪痕，槐蔺未成秋叶老，闲偕土偶坐黄昏。（其二。）末署曰，六年七月二十一日。以诗意与时日考之，可知是为张勋复辟战後之作。查旧日记，七月二十一日项下只记云，阴，上午雨，终日未霁。但十八日云，得丸善书店五日所寄劳弗尔著支那土偶考第一分一册。诗中所谓即係是书，斋中亦有若干六朝土偶，但块然一物，不能偕也。张勋率辫子兵驻於天坛，战败乃隻身逃入東交民巷，前门为商会所在地，本事惜不復能详，大抵当时多有奇论怪话，第二首云南天何事，今亦已不復记忆矣。其时寓居南半截胡同旧邑馆，院中有大槐树，相传昔有乡人携眷居此，其妾缢死此树下，後遂定例馆内不得住女眷云。每至夏日，槐蚕满地，穴土作蛹，故诗语及之。菖蒲溇人谢甲携妾来避难，馆中人共阻，在院外争執，力竭声嘶，甘乙出而调停，许留一宿，其事始解。乙为内务部司官，为鲁迅之三味书屋同学，常督其幼子读古文观止，朝夕出入，遥闻其哀吟声，为之惘然，自己虽曾在书房读过旧书，殊不知古文之声，其悲切乃如斯也。因槐蔺而想起当年的邑馆，牵连书之，事虽琐碎，亦殊可记，廿余年前往事多如轻塵过目，年後留影，偶得一二事，亦正是劫灰之馀，致可珍重乎也。」

关於谢甲的事，鲁迅日记上一点都没有记载，在我的日记里却记的颇为详细。其文云：

「六日晴。下午客来谈。傍晚闷热。菖蒲溇谢某携妾来避难，住希贤阁下，同馆群起难之，终不肯去，终乃由甘润生调停，许其暂住一晚。闲谈，至一时半始睡。」那时我们觉得会馆地僻，不太安全，想要避往东城，同时也有人想来会你避难、可见各人看法不同、正如魯迅在「怀旧」中所说的那樣子、「进难者中多何墟人、來奔蕪市、而蕪市居民則争走何墟。」北京市商会一向多有「怀古」之情、特别对於滿清更是留恋、大约因为久居輦轂之下的原故、所以养成了这一种根性、这时大概又発什么議論、替清室有辯解的话。不过这也是没有什么值得惊奇的事、「讨逆军」既然勝利、從司令便可仍旧做他的内阁总理、那个替他取火中栗子的猴子受了一下子、也就逃掉了、可以不必追究、这复辟一案就此雲消雨散、商会的给清室呼冤、不免多此一举、所以等於一陣的田鸡叫而已。

上边日記里屡次提到国旗的事、说中華门匾額又復挂上、併悬五色旗次日又说、途中五色旗已遍、这与前面七月一日的「龍旗」对比起来、情形便顯然不同了。其实黄龍旗的式樣並不难看、從前在「龍是什么」这篇文章的第十一節结論里说：

「但是最明顯的是在藝術上、它的生命更是長久。图画和壁画的水墨龍吉寺院柱上的蟠龍、北京北海的九龍壁、都永久有人赏鑒、龍袍与龍头拐杖没有人使用了、但这刺绣与彫刻还是一樣的有價値、至於一般工藝上装飾也用龍头、也是很好看的。龍头並没有什么意義、难在經過人民意匠的陶镕、把怪異与美和合在一处、比单独一个牛馬式駱駝的头更好看、这是很难得的事。将来龍在俗信上的势力或在文藝上的影响会得逐渐稀薄下去但在藝術上保留着它的痕跡、此在四灵之中最为幸運、谁也比它不上的了。」不过在感情上那又是另一问题、当时因为这是代表满清的势力的、所以看了発生一种憎恶、後来看见临时粗製的龍旗、画的龍有些简直像一條死鳗心里很是快痛、及至五色旗重又挂上、自然是惊喜之餘、情見乎辞了。可是後来这五色旗变成了北洋军阀的旗幟、便又觉得不顺眼、当时有些「醒獅」派的国家主義者発起複旗運動、觉得很是无聊、曾经寫些文章挖苦他们过。後來「北伐軍」進北京、故友馬隅卿首先在孔德学院揭起「青天白日」旗来歡迎、可是一时瞬间人民的感情又生了特变、於是那面青白旗难免走上第三才能複的舊路去了。

一一四　蔡孑民一

復辟的事既然了结，北京表面上安静如常，一切都恢復原状，北京大学也照常的办下去，到天津去避难的蔡校長也就回来了，因为七月三十一日的日记上載着至大学访蔡先生的事情。九月四日记着得大学聘书，这張聘书却経歴了四十七年的歳月，至今存在，这是很难得的事情，上面寫着「敬聘某某先生为文科教授，兼國史編纂处纂輯員」，月薪记得是教授初級为二百四十元，随後可以加到二百八十元为止。到第二年（一九一八）四月却改变章程，由大学評議会議决「教員延聘施行細則」，規定聘书计分两種，第一年初聘係試用性質，有効期間为一学年，至第二年六月致送續聘书，这才長期有効。施行細則関於「續聘书」有这幾项的说明：

「六、每年六月一日至六月十五日为更換初聘书之期，其續聘书之程式如左，敬續聘某某先生为某科教授，此訂。

七、教授若至六月十六日尚未接到本校續聘书，即作为解约。

八、續聘书止送一次，不定期限。」这様的办法其实是很好的，对於教員很是尊重，也很客気，在蔡氏「教授治校」的原則下也正合理，实行了多年没有什么流弊。但是物極必返，到了北伐成功，北京大学由蔣夢麟当校長，胡適之当文科学長的时代，这却又有了变更，即自民國十八年（一九二九）以後仍改为每年発聘书，如到了学年末不曾收到新的聘书，那就算是解了聘了。在学校方面生怕如照從前的办法，有不合適的教授拏着無年限的聘书，学校要解约的时硬不肯走，所以改用了这个方法，比較可以運用自如了吧。其实也不尽然，这原在人不在办法，和平的人就是拏着無年限期聘书，也会不则一声的走了，激烈的雖是期限已満，也还要争執，不肯罷休的。许之衡便是前者的实例，林損（公鐸）則属於後者，他在被辞退之後，大寫其抗議的文章，在世界日报上発表的致胡博士的信中，有「遺我一矢」之語，但是胡博士並不回答，所以这事也就不久平息了。

蔡孑民在民国元年（一九一二）南京临时政府任教育总长的时候，首先即停止祭孔，其次是北京大学废去经科，正式定名为文科，这两件事在中国的影响极大，是绝不可估计得太低的。中国的封建旧势力借着孔子圣道的空名，横行了多少年，现在一股脑儿的推倒在地上，便失了威信，虽然还想挣扎重来，但这有如废帝的复辟，却终于不能成功了。蔡孑民虽是科举出身，但他能够毅然决然的破这重樊篱，不可不说是难能可贵。后来北大旧人仿「柏梁台」做联句，分咏新旧人物，其说蔡孑民的一句是，「毁孔子庙罢其祀」，可说是能得要领，其余如陈独秀胡适之诸人的惜已忘记，只记得有一句是说黄侃（季刚）的，却还记得，这是「八部书外皆狗屁」，也是适如其分。黄季刚是章太炎门下的大弟子，平日专攻击弄新文学的人们，所服膺的是八部古书，即是毛诗，左传，周礼，说文解字，广韵，史记，汉书，文选是也。蔡孑民的办大学，主张学术平等，设立英法德俄日各国文学系，俾得多了解各国文化。他又主张男女平等，大学开放，使女生得以入学。他的思想办法有人戏称之为古今中外派，或以为近于折衷，实则乃是兼容并包，可知其并非是偏激一流，我故以为是真正儒家，其与前人不同者，只是收容近世的西欧学问，使儒家本有的常识更益增强，持此以判断事物，以合理为止，所以即可目为唯理主义。「蔡孑民先生言行录」二册，辑成于民国八九年顷，去今已有四十年，但仍为最好的结集，如或肯去虚心一读，当信吾言不谬。旧业师寿洙邻先生是教我读四书的先生，近得见其评语题在「言行录」面上者，计有两则云：

「孑民学问道德之纯粹高深，和平中正，而世多訾謷，诚如庄子所谓纯纯常常，乃比于狂者矣。

孑民道德学问，集古今中外之大成，而实践之，加以不择壤流，不耻下问之大度，可谓伟大矣。」寿先生平常不大称赞人，唯独对于蔡孑民不惜予以极度的赞美，这也并非偶然的，盖因蔡孑民素主张无政府共产，给与人士造作种种谣言，加以毁谤，乃事实证明却正相反，这有如蔡孑民自己所說、「惟男女之間一毫不苟者、夫然後可以言廢婚姻」。其古今中外派的学說看似可笑、但在那时代与境地却大大的發揮了它的作用、因为这种宽容的態度、正与統一思想相反、可以容得新思想長成発達起来。

一一五　蔡孑民二

講到蔡孑民的事、非把林蔡间争来叙說一番不可、而这事又是与復辟很有関係的。復辟这齣把戲、前後不到兩个星期便收場了、但是它却留下很大的影响、在以後的政治和文化的方面、都是関係極大。在政治上是段祺瑞以推倒復辟的功劳、再做内閣総理、造成皖系的局面、与直系争权利、演成直皖戦争、接下去便是直奉戦争、结果是張作霖進北京来做大元帥、直到北伐成功、北洋派整个垮台、这才告一結束。在段内閣当权时代、與起了那有名的五四運動、这本来是学生的愛国的一种政治表現、但因为影响於文化方面者極为深遠、所以或又称以後的作新文化運動。这名称是頗为確实的、因为以後蓬蓬勃勃起来的文化上许种运動、几乎无一不是受了復辟事件的刺激而発生而興旺的。即如「新青年」吧、它本来就有、叫作青年雜誌、也是普通的刊物罢了、虽是由陳独秀編輯、看不出什么特色来、後来有胡適之自美国寄稿、說到改革文体、美其名曰「文学革命」、可是說也可笑、自己所写的文章都还没有用白話文。第三卷里陳独秀答胡適书中、措辞很强硬的說：

「独至改良中國文学当以白話为文学正宗之說、其是非甚明、必不容反对者有討論之餘地、必以吾輩所主張者为絶对之是、而不容他人之匡正也。」可是說是这么說、做却还是做的古文、和反对者一般。(上边的这一節說、是抄錄黎錦熙在「国语週刊」創刊号所說的。)我初来北京、魯迅曾以「新青年」数冊見示、並且述許季茀的話道、「这里边頗有些謬論、可以一駁。」大概许君是用了民報社时代的眼光去看它、所以这么說的吧、但是我看了却覺得没有什么謬、虽然也並不怎么对、我那时也是写古文的、增訂本「域外小說集」所說梭罗古勃的寓言數篇、便都是復辟前後这一个时期所翻譯的。

經过那一次事件的刺激、和以後的种种考慮、这才翻然改变过来、觉得中國很有「思想革命」之必要、光只是「文学革命」実在不夠、虽然表現的文字改革自然是联带的应当做到的事、不过不是主要的目的罢了。所以我所写的第一篇白話文乃是「古詩今譯」、内容是古希臘諦阿克列多思的牧歌第十、在九月十八日譯成、十一月十四日又加添了一篇題記、送給「新青年」去、在第四卷中登出的。題記原文如下：

「一、諦阿克列多思（Theokritos）牧歌是希臘二千前的古詩、今却用口語来譯它、因为我觉得它好、又相信中國只有口語可以譯它。

什法師説、譯书如嚼飯哺人、原是不錯。真要譯得好、只有不譯。若譯它时、總有兩件缺点、但我說、这却正是翻譯的要素。一、不及原本、因为已經譯成中國語。如果还同原文一樣好、除非請諦阿克列多思学了中國文自己来做。二、不像漢文——有声调好读的文章——、因为原是外國著作。如果用漢文一般樣式、那就是我随意乱改的胡塗文、算不了真翻譯。

二、口語作詩不能用五七言、也不必定要押韻、只要照呼吸的長短作句便好。現在所譯的歌就用此法、且試々看、这就是我所謂新体詩。

三、外國字有兩不譯、一人名地名、（原来著者姓名原用羅馬字拼、今改用譯音了。）二特別名詞。以及没有確当譯語、或容易误会的、都用原語但以羅馬字作標準。

四、以上都是鄙劣的見解、倘若日後想出更好的方法、或有人别有高見的时候、便自然從更好的走。」

这篇譯詩与題記都經过魯迅的修改、題記中第二節的第二段由他添改了兩句、即是「如果」云云、口气非常的強有力、其实我在那里边所說、和我早年的文章一樣、本来也颇少婉曲的風致、但是这樣一改便顯得更是突出了。其次是魯迅个人、從前那麼隐默、現在却動手写起小說来、這他明說是由於「金心異」（錢玄同的渾名）的劝驾、这也是復辟以後的事情。錢君從八月起、開始到会館来訪問、大抵是午後四时来、吃过晚飯、谈到十一二点钟回师大寄宿舍去。查旧日记八月中的九日、十七日、廿七日来了三回、九月以後每月只来过一回。鲁迅文章中所记谈话、便是问抄碑有什么用、是什么意思、以及末了说、「我想你可以做一点文章」、这大槩是在头两回所说的。「几个人既然起来、你不能说决没有毁坏这铁屋的希望」、这个结论承鲁迅接受了、结果是那篇「狂人日记」、在「新青年」次年四月号发表、它的创作时期当在那年初春了。如众所周知、这篇「狂人日记」不但是篇白话文、而且是攻击吃人的礼教的第一炮、这便是鲁迅钱玄同所关心的思想革命问题、其重要超过於文学革命了。

一一六　蔡子民三

如今说到了林蔡斗争的问题、不由得我在这里不作一次「文抄公」了、但在抄袭之先、还须得让我来说明几句。北洋派的争斗、如果只是几个军阀的争权夺利、那就是所谓狗咬狗的把戏、还没有多大的害处、假如这里边夹杂着一两个文人、便容易牵涉到文化教育上来、事情就不是那么的简单了。段祺瑞派下有一个徐树铮、是他手下顶得力的人。不幸又是能写几句文章、自居於桐城派的人、他办着一个成达中学、拉拢好些文人学士、其中有一个自称清室举人的林纾、以保卫圣道自居、想借了这武力、给北大以打击、又连络校内的人做内线、於是便兴风作浪起来了。最初他在上海「新申报」上发表「蠡叟丛谈」、是「谐铎」一流的短篇、以小说的形式、对於在北大的「新青年」的人物加以辱骂与攻击、记得头一篇名叫「荆生」、说有田必美、狄莫与金心异——影射陈独秀、胡适与钱玄同的姓名——三个人、放言高论、诋毁前贤、被荆生听见了、把这班人痛加殴打、这所谓荆生乃是暗指徐树铮。用意既极为恶劣、文词亦多不通、如说金心异「畏死如猬」、畏死并不是刺猬的特性、想见当时做得匆忙极了、所以这样的乱塗。随後还有一篇「妖梦」、说梦见这班非圣无法的人都给一个怪物拿去吃了、里边有一个名元绪公、即是说的蔡子民、因为论语注有「蔡大龟也」的话、所以比他为乌龟、这元绪公尤其是刺蔡的骂人话。蔡子民答覆法科学生張厚載的信里說得好：

「得書知林琴南君攻擊本校教員之小說，均由兄轉寄新申報。在兄與林君有師生之誼，宜愛護林君；兄為本校學生，宜愛護母校。林君作此等小說，意在毀壞本校名譽，兄徇林君之意而發布之，於兄愛護母校之心，安乎否乎？僕生平不喜作謾罵語輕薄語，以為受者無傷，而施者實為失德。林君詈僕，僕將哀矜之不暇，而又何憾焉。惟兄反諸愛護本師之心，安乎否乎？往者不可追，望此後注意。」

林琴南的小說並不只是謾罵，還包含着惡意的恐嚇，想假借外來的力量，摧毀異己的思想，而且文人筆下輒含殺機，動不動便云宜正兩觀之誅，或曰寢皮食肉，這些小說也不是例外，前面說作者失德，實在是客氣話，失之於過輕了。雖然這只是推測的話，但是不久就見諸事實，即是報章上正式的發表干涉，成為林蔡鬥爭的公案，幸而軍閥還比較文人高明，他們忙於自己的政治的爭奪，不想就來干涉文化，所以倖得苟安無事，而這場風波終於成為一場筆墨官司而完結了。我因為要抄錄一場鬥爭的文章，先來說明幾句，卻是寫得長了，姑且作為一段，待再從頭從「公言報」的記事說起吧。

一一七　林蔡鬥爭文件一

「公言報」是段派的一種報紙，不知道是誰主筆，有人說是後來給張宗昌所槍斃的林白水，它的論調是一向對於北大沒有好意，可以說是有點與日本人所辦的「順天時報」同一鼻孔出氣的。其時為民國八年（一九一九）三月十八日，在報上登出長篇的記事，題曰「請看北京學界思潮變遷之近狀」，其全文如下：

「北京大學之新舊學派　北京近日教育雖不甚發達，而大學教師各人所鼓吹之各式學說，則五花八門，頗有足紀者。國立北京大學自蔡孑民任校長後，氣象為之一變，尤以文科為甚。文科學長陳獨秀氏以新派首領自居，平昔主張新文學甚力，教員中與陳氏沆瀣一氣者，有胡適錢玄同劉半農沈尹默等、学生们风奥起、服膺師说、張大其辞者、亦不乏人。其主張以为文学须顺应世界思潮之趋势、若吾中國歷代相传者、乃为彫琢的阿谀的贵族文学、陈腐的铺張的古典文学、迂晦的艰涩的山林文学、应根本推翻、代以平民的抒情的國民文学、新鲜的立诚的写实文学、明瞭的通俗的社会文学、此文学革命之主旨也。自胡適氏主講文科哲学门後、旗鼓大張、新文学之思潮亦澎湃而不可遏、既前後抒其議論於新青年雜誌、而於其所授授之哲学講義、亦且改用白话文体裁。近又由其同派之学生、组織一种雜誌曰新潮者、以張皇其学说。

两種雜誌之对抗　新潮之外、更有每週评论之印刷物発行、其思想议论之所及、不僅反对旧派文学、冀收摧残廓清之功、即於社会所传留之思想、亦直接间接発见其不適合之点、而加以抨擊、盖以人類社会之组織、与文学本有密切之関係、人類之思想更为文学实質之所存、既反对旧文学自不能不反对旧思想也。顾同时与之对峙者、有旧文学一派。旧派中以刘师培氏为之首、其他如黄侃馬叙倫等、则与劉氏結合、互为声援者也。加以國史館之耆老先生、如屠敬山張相文之流、亦復深表同情於刘黄。刘黄之学以研究音韵说文训诂为一切学问之根、以综博考據講究古代制度、接踵漢代經史之軌、文章则重视八代而輕唐宋、目介甫子瞻为浅陋寡学、其於清代所谓桐城派之古文则深致不满、谓彼辈学無所根、而徒斤斤於声调更藉文以載道之说、假義理为文章之面具、殊不值通人一笑。從前大学講坛为桐城派古文家所佔領者、迨入民國、章太炎学派代之以興、在姚叔節林琴南輩、目擊刘黄诸後生之皋比坐擁、已不免有文執式微之感、然若視新文学派之所主張、尚更認为怪诞不經、以为其禍之及於人群、直等於洪水猛獸、特顧太炎新派、反其塗轍之能接近矣。頃者劉黄诸氏以陸胡等与学生結合、有种种印刷物発行也、乃亦組織一种雜誌曰國故、組織之名義出於学生、而主筆政之健将教员实居其多数、盖学生中固亦分新旧两派、而各主其师说者也。二派雜誌旗鼓相當、互相争辩、当然有裨於文化、第不免忘其辯論之範圍、純任意气、各以恶声相报復耳。

第三者之調停派学说　至於介乎二派者、則有海鹽朱希祖氏、朱亦太炎之高足弟子也、邃於國学、且明於世界文学進化之途逕、故於旧文学之外兼提倡新文学、惟彼之所謂新者、非脱却旧之範圍、蓋其手段不在於破坏而在於改良、以記者之愚、似覚朱氏之主張較为適当也。

三者以外之学者議論　目前喧傳教育部有训令達大学、令其将陈錢胡三氏辞退、但経記者之詳細调查、則知尚無其事、唯陈胡等对於新文学之提倡、不第旧文学一筆抹殺、而且絶对的菲薄旧道德、毀斥倫常、诋排孔孟、並且有主張廢国语而以法蘭西文字为国语之議、其卤莽滅裂、実亦太过。頃林琴南氏有致蔡孑民一书、洋洋千言、於学界前途深致悲憫、兹将原书刊布於下、讀者可以知近日学風变迁之劇烈矣。」

一一八　林蔡闘争文件二

林琴南致蔡孑民书云：「鶴卿先生太史足下、与公别十餘年、壬子一把晤、匆匆八年、未通音問、至为歉仄。辱賜书以遺民刘應秋先生遺著属为題辞、书未梓行、無從拜讀、能否乞趣示作一短簡事略见示、謹撰跋尾帰之。嗚呼、明室敦气節、故亡國时殉烈者众、而夏峯黎洲亭林楊園二曲許老、均脱身斧鉞、其不死幸也。我公崇尚新学、乃亦垂念逋播之臣、足见名教之孤懸、不絶如縷、実望我公为之保全而護惜之、至慰至慰。雖然尤有望於公者、大学为全國師表、五常之所係属、近者外間謠诼紛集、我公必有所聞、即弟亦不無疑信、或且有恶乎闒茸之徒、因生過激之論、不知救世之道、必度人所能行。補偏之言、必使人以可信、若尽反常軌、侈为不經之談、則毒粥既陳、旁有烱腸之鼠、明燎宵舉、下有聚死之蟲、何者趨甘就熱、不中其度、則未有不斃者。方今人心喪敝、已在無可救挽之时、更侈奇創之談、用以譁衆、少年多半失学、利其便已、未有不糜沸麕至而附和之者、而中國之命如属絲矣。晩清之末造、慨世者恒曰去科挙、停資格、廢八股、斬豚尾、復天足、逐滿人、撲專制、整軍備、則中國必强、今百凡皆遂矣、強又安在？於是更進一層、必覆孔孟、剷倫常為快、嗚呼、因童子之羸困、不求良醫、乃追責其二親之有隱瘵、逐之、而童子可以日就肥澤、有是理耶。外國不知孔孟、然崇仁仗義矢信尚智守禮、五常之道未嘗悖也、而又濟之以勇。弟不解西文、積十九年之筆述、成譯著一百二十三種、都一千二百萬言、實未見中有違忤五常之語、何時賢乃有此叛親蔑倫之論、此其得諸西人乎、抑別有所授耶。我公心右漢族、當在杭州時、間關避禍、與夫人同茹辛苦、宗旨不變、勇士也。方公行時、弟與陳叔通惋惜公行、未及一送、申伍異趣、各衷其是。蓋今公為民國宣力、弟仍清室舉人、交情固在、不能視若冰炭、故辱公寓書、殷殷於劉先生之序跋、實隱示明清標季各有遺民、其志均不可奪也。弟年垂七十、富貴功名、前三十年視若棄灰、今篤老尚抱守殘缺、至死不易其操。前年梁任公倡班馬革命之說、弟聞之失笑、任公非劣、何為作此媚世之言、馬班之書讀者幾人、殆不革而自革、何勞任公費此神力。若云死文字有礙生學術、則科學不用古文、古文亦無礙科學。英之迭更累斥希臘拉丁羅馬之文字為死物、而至今仍存者、迭更雖躬負盛名、固不能用私心以蔑古、矧吾國人尚有何人如迭更者耶。須知天下之理、不能就便而奪常、亦不能取快而滋弊、使伯夷叔齊生於今日、則萬無濟變之方、孔子為聖之時、時乎井田封建、則孔子必能使井田封建一無流弊、時乎潛艇飛機、則孔子必能使潛艇飛機不妄殺人、所以名為時中之聖、時者與時不悖也。衛靈問陣、孔子行、陳恒弒君、孔子討、用兵與不用兵、亦正決之以時耳。今必曰天下之弱弱於孔子、然則天下之強宜莫強於威廉、以柏林一隅、抵抗全球、皆敗衄無措、直可為萬世英雄之祖、且其文治武功、科學商務、下及工藝、無一不冠歐洲、胡為慨慨為荷蘭之寓公。若云成敗不可以論英雄、則又何能以積弱歸罪孔子。彼莊周之書、最擯孔子者也、然人間世一篇、又盛推孔子、所謂人間世者、不能離人而立之謂、其托顏回、托葉公子高之問難孔子、陳以接人處眾之道、則莊周亦未嘗不近人情而忤孔子、乃世士不能博辯、為千載以上之莊周、竟咆勃爲千載以下之桎梏、一何其可笑也。且天下唯有真學術、真道德、始足獨樹一幟、使人景從。若盡廢古書、行用土語爲文字、則都下引車賣漿之徒、所操之語、按之皆有文法、不類閩廣人爲無文法之啁啾。據此則凡京津之稗販、均可用爲教授矣。若水滸紅樓皆白話之聖、並足爲教科之書、不知水滸中辭吻多采岳珂之金陀萃編、紅樓亦不止爲一人手筆、作者均博極群書之人、總之非讀破萬卷、不能爲古文、亦並不能爲白話。若化古子之言爲白話演說、亦未嘗不是、按說文演長流也、亦有延之廣之之義、法當以短演長、不能以古子之長演爲白話之短。且使人讀古子者、須讀其原書耶、抑憑講師之譯解即算爲古子、若讀原書則又不能全廢古文矣。矧於古子之外、尚以說文講授、說文之學非俗書也、當參以古籀、證以鐘鼎之文、試思用籀篆可化爲白話耶。果以篆籀之文、雜之白話之中、是引漢唐之環燕與村婦談心、陳商周之俎豆爲野老聚飲、類乎不類。弟閩人也、南蠻鴃舌、亦願習中原之語言、脫授我者以中原之語言、仍令我爲鴃舌之閩語、可乎。蓋存國粹而授說文、可也、以說文之爲客以白話爲主、不可也。乃近來尤有所謂新道德者、斥父母爲自感情慾、於己無恩、此語曾一見之隨園文中、僕方以爲不倫、斥袁枚爲狂謬、不圖竟有用爲講學者、人頭畜鳴、辯不屑辯、置之可也。彼又云、武曌爲聖王、卓文君爲名媛、此亦拾李卓吾之餘唾、卓吾有禽獸行、故發是言、李穆堂又拾其餘唾、尊嚴嵩爲忠臣。今試問二李之名、學生能舉之否。同爲澌滅、何苦增茲口舌、可悲也。大凡爲士林表率、須圓通廣大、據中而立、方能率由無弊、若憑位分勢利而施趨怪走奇之教育、則惟穆罕默德左執刀而右傳教、始可如其願望。今全國父老以子弟托公、願公留意、以守常爲是、況天下溺矣、藩鎮之禍、迩在眉睫、而又成爲南北美之爭、我公爲南士所推、宜痛哭流涕、助成和局、使民生有所蘇息、乃以清風亮節之躬、而使議者紛集、甚爲我公惜之。此書上後、可以不必示覆、唯靜盼好音、爲國民端其趨向、故人老悖、甚有幸焉。愚直之言、萬死萬死。林紓頓首。

林琴南的信原本只是每句圈断、近因重抄、很想给它断句分节、但是这个極不容易、因为文章头绪不清、找不到主意之所在、所以只好勉强断句、其余便是那么囫囵一大团罢了。

一一九　林蔡闹争文件三

蔡孑民答林琴南书云：「琴南先生左右、於本月十八日公言报中得读惠书、索刻庐秋先生事略、忆第一次奉函时、曾抄奉赵君原函、恐未达览、特再抄一通奉上、如荷题词、甚幸。

公书语长心重、深以外间谣诼纷集为北京大学惜、甚感。惟谣诼必非实録、公爱大学、为之辨正可也。今据此纷集之谣诼而加以责备、将使耳食之徒、益信谣诼为实録、岂公爱大学之本意乎？原公之所责备者不外两点、一曰、覆孔孟、剷倫常、二曰、尽废古书、行用土语为文字。请分别论之。

对於第一点、当先为两种考察。甲、北京大学教员曾有以覆孔孟剷倫常教授学生者乎？乙、北京大学教授曾有於学校以外、発表其覆孔孟剷倫常之言论者乎？

请先察覆孔孟之说。大学讲义涉及孔孟者、惟哲学门中之中国哲学史已出版者为胡适之君之中国上古哲学史大綱、请详阅一过、果有覆孔孟之说乎？特别讲演之出版者有崔怀瑾君之论语足徵记春秋復始。哲学研究会中有梁漱溟君提出「孔子与孟子異同」问题、与胡默青君提出「孔子倫理学之研究」问题。尊孔者多矣、宁曰覆孔？

若大学教员於学校以外、自由発表意见、与学校無涉、本可置之不论、当姑进一步而考察之、则惟新青年杂志中、偶有对於孔子学说之批评、然亦对於孔教会等託孔子学说以攻击新学说者而発、初非直接与孔子为敌也。公不云乎？「时乎井田封建、则孔子必能使井田封建一无流弊、时乎潜艇飞机、则孔子必能使潜艇飞机、不妄杀人。衞灵问陣、孔子行、陳恒弑君孔子讨。用兵与不用兵、亦正决之以时耳。」使在今日、有拘泥孔子之说、必復地方为封建、必以兵車易潜艇飛机、闻俄人之死其皇、德人之逐其皇、而曰必討之、岂非昧於时之義、为孔子之罪人、而吾輩所当排斥者耶？

次察剷倫常之説。常有五、仁義礼智信、公既言之矣。倫亦有五、君臣父子兄弟夫婦朋友、其中君臣一倫不適於民国、可不論。其他父子有親、兄弟相友、（或曰長幼有序、）夫婦有別、朋友有信、在中学以下修身教科书中详哉言之。大学之倫理学涉此者不多、然從未有以父子相责、兄弟相阋、夫婦无別、朋友不信、教授学生者。大学尚无女学生、則所注意者自偏於男子之節操。近年於教科以外、組織一進德会、其中基本戒约、有不嫖不娶妾两條。不嫖之戒、決不背於古代之倫理、不娶妾一條則且視孔孟之説之尤嚴矣。至於五常、則倫理学中之言仁爱、言自由、言秩序、戒欺詐、而一切科学皆为增進知識之需、寧有剷之之理欤？

若大学教员既於学校之外、發表其剷倫常之主義乎、則试问有谁何教员、曾於何书何雜誌、为父子相夷、兄弟相阋、夫婦无別、朋友不信之主張者？曾於何书何雜誌、为不仁不義不智不信及无礼之主張者？公所举斥父为自感情慾、於己无恩、谓随園文中有之。弟則忆後漢书孔融傳、路粹枉狀奏融有曰：「前与白衣禰衡跌蕩放言、云父之於子、当有何親、論其本意、实为情欲發耳、子之於母亦復奚为、譬如寄物瓶中、出則離矣。」孔融禰衡並不以是損其声價、而路粹則何如者。公能指出誰何教员、曾於何书何雜誌、述路粹或随園之語、而表其極端贊成之意者？且弟亦從不闻有誰何教员、崇拜李贄其人而願拾其唾餘者、所谓武曌为聖王、卓文君为贤媛、何人曾述斯語、以號於眾、公能证明之欤？

对於第二点、当先为三种考察。甲、北京大学是否已尽废古文而专用白话？乙、白话果是否能達古书之義？丙、大学少数教员所提倡之白话的文字、是否与引車卖漿者所操之語相等？

請先察北京大学是否已尽废古文而专用白话。大学预科中有国文一课、所据为课本者、曰模範文、曰学術文、皆古文也。其每月中練習之文、皆文言也。本科中國文学史、西洋文学史、中國古代文学、中古文学、近世文学、又本科預科皆有文字学，其編成講義而付印者、皆文言也。於北京大学月刊中、亦多文言之作。所可指為白話体者、惟胡適之君之中國古代哲学史大綱、而其中所引古书、多原文、非皆白話也。

次考察白話是否能達古书之義。大学教員所編之講義固皆文言矣、而上講壇後決不能以背诵講義塞責、必有賴於白話之講演、豈講演之語必皆編為文言而後可歟？吾輩少时讀四书集注十三經注疏、使塾師不以白話講演之、而編為類似集注類似注疏之文言以相授、吾輩豈能解乎？若謂白話不足以講說文、講古籀、講鐘鼎之文、則豈於講壇上当背诵徐氏說文解字繫传、郭氏汗簡、薛氏鐘鼎款識之文、或編為類此之文言而後可、必不容以白話講演之歟？

又次考察大学少數教員所提倡白話的文字、是否与引車賣漿者所操之語相等。白話与文言形式不同而已、内容一也。天演論、法意、原富等、原文皆白話也、而嚴幼陵君譯為文言。小仲馬、迭更司、哈葛德等所著小說、皆白話也、而公譯為文言。公能謂公及嚴君之所譯、高出於原本乎？若内容淺薄、則学校報考时之試卷、普通日刊之論說、亦有不值一讀者、能勝於白話乎？且不特引車賣漿之徒而已、清代目不識丁之宗室、其能說漂亮之京話、与紅樓夢中宝玉黛玉相埒、其言果有價值歟？熟讀水滸紅樓夢之小說家、能於續水滸传紅樓復夢等书以外、為科学哲学之講演歟？公謂「水滸紅樓作者均博極群书之人、總之非讀破萬卷、不能為古文、亦並不能為白話。」誠然、誠然。北京大学教員中善作白話文者、為胡適之、錢玄同、周啟孟諸公。公何以証知為非博極群书、非能為古文、而僅以白話文藏拙者？胡君家世從学、其旧作古文雖不多見、然即其所作中國哲学史大綱言之、其了解古书之眼光、不讓於清代乾嘉学者。錢君所作之文字学講義、学術文通論、皆古雅之古文。周君所譯之域外小說、則文筆之古奧、非淺学者所能解。然則公何寬於水滸紅樓之作者、而苛於同时之胡錢周諸君即？

至於弟在大学，则有两种主张如左：一、对於学说，仿世界各大学通例，循「思想自由」原则，取兼容并包主义，与公所提出之「圆通广大」四字颇不相背也。无论有何种学派，苟其言之成理，持之有故，尚不达自然淘汰之运命者，虽彼此相反，而悉听其自由发展。此义已於月刊之发刊词言之，抄奉一览。

二、对於教员，以学诣为主，在校讲授以无背於第一种之主张为界限。其在校外之言动，悉听自由，本校从不过问，亦不能代负责任。例如复辟主义，民國所排斥也，本校教员中有拖长辫而持复辟论者，以其所授为英国文学，与政治无涉，则听之。筹安会之发起人，清议所指为罪人者也，本校教员中有其人，以其所授为古代文学，与政治无涉，则听之。嫖赌娶妾等事，本校进德会所戒也，教员中间有喜作侧艳之诗词，以纳妾挟妓为韵事，以赌为消遣者，苟其功课不荒，并不诱学生而与之堕落，则姑听之。夫人才至为难得，若求全责备，则学校殆难成立。且公私之间，自有天然界限。譬如公曾译有茶花女、迦茵小传、红礁画桨录等小说，而亦曾在各学校讲授古文及伦理学者，使有人诋公为以此等小说体裁讲文学，以狎妓姦通争有夫之妇讲伦理者，宁值一笑欤？然则革新一派，即偶有过激之论，苟於校课无涉，亦何必强以其责任归之於学校耶？此复，并候著祺。八年三月十八日，蔡元培敬启」。

此外还有一封致公言报的信，其词曰：「公言报记者足下，读本月十八日贵报，有请看北京大学思潮变迁之近状一则，其中有林琴南君致鄙人一函，虽原函称不必示覆，而鄙人为表示北京大学真相起见，不能不有所辨正，谨以答林君函抄奉，请为照载。又贵报称陈胡等绝对菲弃旧道德，毁斥伦常，诋排孔孟，大约即以林君之函为据，鄙人已於致林君函辨明之。惟所云主张废國语而以法兰西文字为國语之议，何所据而云然？请示覆」。结果是公言报并无什么答复。

一二〇　卯字号的名人

为了記錄林蔡二人的筆墨官司、把两方面的文件抄写了一通、不意有六七千字之多、做了一回十足的「文抄公」、给「談往」增加了不少的材料、但是这实在乃是为欲了解「五四」以前的北大情形的资料、不过现在已经很是难得、我恰有一冊「蔡孑民先生言行錄」下、里边收有此文、所以拿来利用了。我本来还有「公言報」上的原本、却已經散失、这回特錄难免有些錯字、只是随了文气加以訂正、恐怕是不很靠得住的。現在这重公案既然交代清楚、我们还是回过头去、再讲北京大学的事情。那时是民国六年（一九一七）的秋天、距我初到北京才只有五六个月、所以北大的情形还是像当初一个样子、所谓北大就是在马神庙的这一处、第一院的红楼正在建筑中、第三院的译学館則是大学預科、文理本科完全在景山东街、即是马神庙的「四公主府」、而且其时那边门也还未落成、平常进出总是走西头的便门、即後来叫做西斋的寄宿舍的门的。进门以後、往北一带靠西边的围墙有若干间独立的房子、当时便是讲堂、进去往东是教员的休息室、也是一带平房、靠近南墙、外边便是马路、不知什么缘故、普通叫作「卯字号」、随後改做校医室、一时又当作女生寄宿舍。但在最初却是文科教员的预备室、一个人一间、许多名人都在这里聚集、如钱玄同、朱希祖、刘文典、以及胡适博士、还有谈红楼故事的人所常谈起的「沈二马许公」——但其时实在还只有沈尹默与马裕藻而已、沈兼士在香山养病、沈士远与马衡都还未进北大、刘半农要世与胡适之是同在这一年里进北大来、但是他担任的是预科功课、所以住在译学館里。卯字号的最有名的逸事、便是这里所谓两个老兔子和三个小兔子的事。这件事说明了极是平常、却很有考据的價值、因为文科有陳独秀与朱希祖是己卯年生的、又有三人則是辛卯年生、即是胡适之劉半农和刘文典、在民六才只二十七岁、过了四十多年之後再提起来说、陈朱二刘已早归了道山、就是当时翩翩年少的胡君也已成了十足古希的老博士了。

这五位卯年生的名人之中，在北大资格最老的要算朱希祖，他还是民国初年进校的吧，别人都在蔡孑民长校之後，陈独秀还在民五冬天，其他则在第二年里了。朱希祖是章太炎先生的弟子，在北大主讲中国文学史，但是他的海盐话很不好懂，在江苏浙江的学生还不妨事，有些北方人听到毕业还是不明白。有一个同学说，他所讲文学史到了周朝，教师反复的说孔子是「厭世思想」的，心里很是奇怪，又看黑板上所写引用孔子的话，都是积极的，一点看不出厭世的痕迹，尤其觉得纳闷，如是过了好久，後来不知因了什么机会，忽然省悟教师所说的「厭世」思想，实在乃是说「现世」思想，因为朱先生读「现」字不照国语发音如「線」，仍用方音读若「豔」，与厭字音便很相近似了。但是北方学生很是老实，虽然听不懂他的说话，却很安分，不曾来示反对，那些出来和他为难的反而是南方尤其是浙江的学生，这也是一件很有趣的事。在同班的学生中有一位姓范的，他搗乱得顶利害，可是外面一点都看不出来，大家还觉得他是用功安分的好学生。在他毕业了过了几时，据自己告诉我们说，凡遇见讲义上有什么漏洞可指的时候，他自己并不出头开口，只写一小纸条揑团，丢给别的学生，让他起来说话，於是每星期几乎总有人对先生质问指摘，这已经闹得教员很窘了，末了不知怎么又有什么匿名信出现，作恶毒的人身攻击，也不清楚这是什么人的主动。学校方面终於弄得不能付之不问了，於是把一位向来出头反对他的学生，在将要毕业的直前除了名，而那位姓范的仁兄安然毕业，成了文学士。这位范的是区区的同乡，而那顶了缸的姓孙的则是朱老夫子自己的同乡，都是浙江人，可以说是颇有意思的一段因缘。

後来还有一回类似的事，在五四的前後，文学革命运动兴起，校内外都发生了反应，校外的反对派代表是林琴南，他在新申报公言报上发表文章，肆行攻击，顶有名的是新申报上的「蠡叟丛谈」，本是假聊斋之流，没有什么价值，其中有一篇名叫「荆生」和「妖梦」的小说，是专门攻击北大，想假借武力来加以摧毁的。北大法科有一个学生叫张豂子，是徐树铮所办的立达中学出身、林琴南在那里教书时的学生、平常替他做些情报、报告北大的事情、又给林琴南拿稿子到新申报、这些事上文都曾经说及、当时蔡子民的回信写得很严厉而仍温和的加以劝告、但是事情演变下去、似乎也不能那么默尔而敬、所以随后北大评议会终於议决开除他的学籍、虽然北大是向来不主张开除学生、特别是在毕业的直前、但这两件似乎都是例外。从来学校里所开除的、都是有本领好闹事的好学生、北大也是如此。张豂子是个剧评专家、在北大法科的时候便出了辩护京戏、关於脸谱和所谓擇殼子的问题、在「新青年」上发生过好几次笔战。范君是历史大家、又关於「文心雕龙」得到黄季刚的传授、有特别的造诣。孙世旸是章太炎先生家的家庭教师还是秘书、也是黄季刚的高足弟子、大概是由他的关系而进去的。这样看来、事情虽是在林琴南的信发表以前、这正是所谓新旧学派之争的一种表现、黄季刚与朱希祖虽然同是章门、可是他排除异己、却是毫不留情的。我与黄季刚同在北大多年、但是不曾见过面、和刘申叔也是这样、虽然他在办天义报河南的时候我都曾投过稿、随后又同在北大、却只有在教授会议的会场上远远的望见过一次颜色、若黄季刚连这也没有、也不曾见过照相、这不能不说是一个缺恨了。

一二一　卯字号的名人二

这里第二位的名人乃是陈独秀。他是蔡子民长校以後所聘的文科学长、大约当初也认识吧、但是他进北大去据说是由於沈君默（当时他不叫尹默、後来因为有人名沈默君、所以他把口字去了、改作尹默、老朋友叫他却仍然是君默、他也不得不答应。）的推荐、其时他还没有什么急进的主张、不过是一个新派的名士而已、看早期的「青年杂志」当可明了、及至杂志改称「新青年」、大概在民六这一年里逐渐有新的发展、胡适之在美国、刘半农在上海、校内则有钱玄同、起而响应、由文体改革进而为对於旧思想之攻击、便造成所谓文学革命的运动。到了学年开始、胡适之刘半农都来北大任教、於是「新青年」的阵容愈加完整、而且这与北大也就发生不可分的闻作了。但是月刊的效力还觉得是缓慢，何况《新青年》又并不能按时每月出版，所以大家商量再来办一个周刊之类的东西，可以更为灵活方便一点。这事仍由《新青年》同人主持，在民七（一九一八）的冬天筹备起来，在日记上找到这一点记录：

「十一月廿七日，晴。上午往校，下午至学长室议创刊每周评论，十二月十四日出版。任月助刊费三元。」那时与会的人记不得了，主要的是陈独秀，李守常，胡适之等人。结果是十四日来不及出，延期至廿一日方才出第一号，也是印刷得很不整齐。当初我做了一篇「人的文学」，送给每周评论，得独秀覆信云：

「大著人的文学做得极好，唯此种材料以载月刊为宜，拟登入新青年，先生以为如何？周刊已批准，定于本月二十一日出版，印刷所之要求下星期三即须交稿，唯纪事文可在星期五交稿。文艺时评一阑，望先生有一实物批评之文。豫才先生处，亦求先生转达。十四日。」我接到此信，改写平民的文学」與「论黑幕」二文，先后在第四五两期上发表。随后接连地遇见「五四」和「六三」两次风潮，每周评论着实发挥了实力，其间以独秀守常之力为多，但是北洋的反动派却总是对于独秀眈眈虎视，欲得而甘心，六月十二日独秀在东安市场散放传单，遂被警厅逮捕，拘押了起来。日记上记：

「六月十四日，同李辛白王抚五等六人至警厅，以北大代表名义访问仲甫，不得见。」

「九月十七日，知仲甫昨出狱。」

「十八日下午，至箭竿胡同访仲甫，一切尚好，唯因粗食故胃肠受病。」

在这以前，北京御用报纸经常攻击仲甫，以彼不谨细行，常作狭斜之游，故报上记载时加渲染，说某日因争风抓伤某妓下部，欲以激起舆论，因北大那时有进德会不嫖不赌不娶妾之禁约也，至此遂以违警见捕，本来学校方面也可以不加理睬，但其时蔡校长也经出走，校内评议会多半是「正人君子」之流，所以任凭陈氏之辞职，于是拔去了眼中钉，反动派乃大庆胜利了。独秀被捕後、每週評論暂由李守常胡適之主持、二人本来是意見恐合作之不可能的、但事实上没有别的办法。日记上说：

「六月廿三日、晴。下午七时至六味斋、適之招饮、同席十二人、共議每週評論善後事、十时散。」来客不大记得了、商議的结果大约也只是维持现状、由守常適之共任編輯、生气虎々的每週評論已经成了强弩之末、有几期里大幅的登载学術講演、此外胡適之的有名的「少谈主義多谈问题」的議論恐怕也是在这上边発表的。但是反动派还不甘心、在过了一个多月之後、每週評論終於在八月三十日被迫停刊了、总共出了三十六期。新青年的事情以後仍归独秀去办、日记上记有这一節话：

「十月五日、晴。下午二时至適之寓所、議新青年事、自七卷始、由仲甫一人編輯、六时散。適之贈所著実験主義一冊。」在这以前、大约是第五六卷吧、曾議決由几个人輪流担任編輯、记得有独秀、適之、守常、半農、玄同、和陶孟和这六个人、此外有没有沈尹默那就记不得了、我特别记得是陶孟和主编的这一回、我送去一篇译稿、是日本江马修的小说、题目是「小的一个人」、不论怎么总是译不好、陶君给我加添了一个字、改作「小小的一个人」、这个我至今不能忘记、真可以说是「一字師」了。关於新青年的编辑会議、我一直没有参加过、每週評論的也是如此、因为我们只是客员、平常写点稿子、只是遇着兴废的重要关头、才会被邀列席罢了。

一二二　卯字号的名人三

上边说陈仲甫的事、有一半是关係胡適之的、现在要講劉半農、这也与胡適之有関、因为他之成为法国博士、乃是胡適之所促成的。我们普通称胡適之为胡博士、也叫劉半農为劉博士、但是很有区别、劉的博士是被動的、多半含有同情和怜悯的性质、胡的博士却是能动的、纯粹是出於嘲讽的了。劉半農当初在上海賣文为活、写「礼拜六」派的文章、但是响应了「新青年」的号召、成为文学革命的战士、確有不可及的地方。来到北大以後、我往预科宿舍去访问他、承他出示所作「灵霞館筆记」的資料、原是些極为普通的东西、但經过他的安排組織、却成为很可诵读的散文、当时就很佩服他的聪明才力。可是英美派的紳士很看他不起、明嘲暗讽、使他不安於位、遂想往外國留学、民九乃以公费赴法國、留学六年、终於獲得博士学位、而这学位乃是國家授与的、与别国的由私立大学所授的不同、他每自称國家博士、虽然有点可笑、但这却是很可原谅的。他最初参加新青年、出力奋鬥、顶重要的是和錢玄同合「唱双簧」、由玄同扮作舊派文人化名王敬軒、寄信抗議、半農主持答覆、痛加反擊、这些都做得有些幼稚在当时却是很有振聾發聵的作用的。他不曾与闻「每週评论」、在「五四」时却主持高等学校教職联合会事務、後来歸國加入「语絲」、作文十分勇健、最能嚇破紳士派的苦胆。後来至綏遠作学術考察、生了回歸熱、这本来可以医好、为中医所误、於一九三四年去世、在追悼会的时候、我總结他的好处有两点。其一是他的真、他不装假、肯说话、不投机、不怕骂、一方面却是天真烂漫、对什么人都無恶意。其二是他的雜学、他的专门是语音学、但他的兴趣很廣博、文学美術他都喜歡、做诗、寫字、照相、蒐书讀文法、谈音樂、有人或者嫌他雜、我覺得这正是好处、方面廣、理解多於處世和治学都有用。当时便做了一副挽联送去、其文云：

十七年尔汝舊交、追憶还從卯字号。

廿餘日驅馳大漠、歸来竟作丁令威。

在第二年的夏天、下葬於北京西郊、劉夫人命作墓誌刻石、我遂破天荒第一次正式做起文章来、寫成「故國立北京大学教授刘君墓誌」一篇、其文如下：

「君姓刘、名復、号半農、江苏江陰縣人、生於清光緒十七年辛卯四月二十日、以中華民國二十三年七月十四日卒於北平、年四十四。夫人朱惠生子女三人、育厚、育倫、育敦。

君少时曾奔走革命、已而卖文为活、民國六年被聘为國立北京大学預科教授、九年教育部派赴歐洲留学、凡六年。十四年应巴黎大学考试、受法国国家文学博士学位，返北京大学，任中国文学系教授，兼研究所国学门导师。二十年为文学院研究教授，兼研究院文史部主任。二十三年六月至绥远调查方音，染回归热，返北平，遂卒。二十四年五月葬于北平西郊香山之玉皇顶。

君状貌英特，头大，眼有芒角，生气勃勃，至中年不少衰。性果毅，耐劳苦，专治语音学，多所发明。又爱好文学美术，以余力照相，写字，作诗文，皆精妙。与人交游，和易可亲，善谈谐，老友或与戏谑以为笑。及今思之，如君之人已不可再得。呜呼，古人伤逝之意其在兹乎。

将葬，夫人命友人绍兴周作人撰墓志，如皋魏建功书石，鄞马衡篆盖。作人，建功，衡于谊不能辞，故谨志而书之。」

第五个卯字号的名人乃是刘文典，但是这里余白已经不多，只好来少为讲几句，虽然他的事情说来很多。他是安徽合肥人，乃是段祺瑞的小同乡，为刘申叔的弟子，擅长那一套学问，所著有「淮南子集解」（？），有名于时。其状貌古为滑稽，口多微词，凡词连段祺瑞的时候，辄曰「我们的老中堂……」，以下便是极不雅驯的话语，牵连到「太夫人」等人的身上去。刘字曰叔雅，常自用文字学上变例改为「狸豆乌」，友人则戏称之为「刘格拉玛」，用代称号。因为普通吸食雅片烟，故面目黧黑，亦不讳言，又性喜食猪肉，尝见钱玄同在斋饭堂素食，便来辩说其不当，庄谐杂出，玄同急遁避去。后来北大避难迁至昆明，于是相识友人遍道以号子，曰二云居士，谓云土与云腿，皆所素嗜也。平日很替中医辩护，谓世上混账人太多，他们「一保死机」所以有其存在耳，其持论奇辟大抵类此。

一二三　三沈二马上

平常讲起北大的人物，总说有三沈二马，这是与事实有点不很符合的。事实上北大里后来是有三个姓沈的和两个姓马的人，但在我们所说的「五四」前后都不能那么说，因为那时只有一位姓沈的即是沈尹默，一位姓马的即是马幼渔，别的数位都还没有进北大哩。还有些人硬去拉哲学系的马夷初来充數、殊不知这位「馬先生」、——这是因为他發明一种「馬先生湯」、所以在北京飯館里一时頗有名、——乃是杭縣人、不能拉他和鄞縣的人做是一家、这尤其是可笑了。沈尹默与馬幼漁很早就進了北大、还在蔡孑民長北大之前、所以資格較老、勢力也比較的大、實際上兩个人有些不同、馬君年紀要大幾歲、人却很是老實、容易發脾气、沈君則更沉着有思慮、因此凡事退後、實在却很起带头作用。朋友們送他一个徽号叫「鬼谷子」、他也便欣然承受、錢玄同嘗在背地批評、說这混名起得不妙、鬼谷子是陰謀大家、現在这樣的說、这岂不是自己去找罵麼？但就是不这樣說、人家也總是覺得北大的中國文学系里是浙江人专權、因为沈是吳興人、馬是寧波人、所以有「某籍某系」的謠言、虽是「查無實据」、却也是「事出有因」、但是这經过閑話大家陳源的運用、移轉过来說紹興人、可以說是不虞之誉了。我們紹興人在「正人君子」看来、虽然都是紹興師爺一流人、性好舞文弄墨、但是在國文系里我們是實在毫不足輕重的。他們这樣的說、未必是不知道事實、但是为的「挑剔風潮」、别有作用、却也可以說弄巧成拙、留下了这一个大話柄了吧。

如今閑話休題、且說那另外的兩位沈君。一个是沈兼士、沈尹默的老弟、他的確是已經在北大里了、因为民六那一年我接受北大國史編纂处的聘书为纂輯員、共有兩个人、一个便是沈兼士、不过他那时候不在城里、是在香山养病。他生的是肺病、可不是肺結核、乃是由於一种名叫二口虫的微生物、在吃什麼生菜的时候進到肚里、侵犯肺臟、發生吐血、这是他在東京留学时所得的病、那时还没有全愈。他也曾從章太炎問学、他的专門是科学一面、在「物理学校」上课、但是興味却是国学的「小学」一方面、以後他专搞文字学的形声、特别是「右文問題」、便是凡從某声的文字也含有这声字的意義。他在西山养病时、又和基督教的輔仁学社里的陳援菴相識、陳研究元史、当时著「一賜樂業考」、「也里可溫考」等、很有些新气象、逐漸二人互相提携、成为国学研究的名流。沈兼士任为北大研究所国学门主任、陳援菴則由導師、轉陞燕京大学的研究所主任、再進而為輔仁大学校長、更轉而為師範大学校長、至於今日。沈兼士随後亦脱離北大、跟陳校長任輔仁大学的文学院長、終於因同鄉朱家驊的関係、給国民党做教育的特務工作、勝利以後多遽死去。陈援菴同胡適之也是好朋友、但胡適之在解放的前夕乘飛机倉黄逃到上海、陳援菴却在北京安坐不動、当时王古魯在上海、特地去訪胡博士、劝他回北京至少也不要離開上海、可是胡適之却不能接受這个好意的劝告。由此看来、沈兼士和胡適之都不能及陈援菴的眼光遠大、他的享有高齡与榮名、可見不是偶然的事了。

另外一个是沈大先生沈士遠、他的名气都没有兩个兄弟的大、人却頂是直爽、有北方人的气概、他們虽然本籍吴興、可是都是在陕西長大的。錢玄同嘗形容他说、譬如有幾个朋友聚在一起谈天、漸々的由正经事谈到不很雅馴的事、這是凡在聚谈的时候常有的現象、他却在這时特別表示一种紫脹的神色、彷彿在声明道、現在我們要開始说笑話了！這似乎形容的很是得神。他最初在北大預科教国文、講解的十分仔細、講義中有一篇「莊子」的「天下篇」、据说這篇文章一直要講上一学期、這才完了、因此学生們送他一个別号便是「沈天下」。随後轉任為北大的庶務主任、到後来便往燕京大学去当国文教授、时间大约在民国十五年（一九二六）吧、因為第二年的四月李守常君被捕的那天、大家都到他海甸家里去玩、守常的大兒子也同了同学們去、那天就住在他家里、及至次晨这才知道昨日發生的事情、便由尹默打電话告知他的老兄、叫暫留守常的兒子住在城外。因此可以知道他轉往燕大的时期、這以後他就脱離了北大、解放後他来北京在故宮博物院任職、但是不久也就故去了。至今三位沈君之中、只有尹默还是健在、但他也已早就離開北大、在民国十八年北伐成功之後、他陸續担任河北省教育廳長、北平大学校長、女子文理学院院長、後到上海任中法教育職務、他擅長書法、是舊日朋友中很难得的一位藝術家。

現在要來寫馬家列傳了。在北大的雖然只有兩位馬先生，但是他家兄弟一共有九个，不过後来留存的只是五人，我都見到过，而且也都相当的熟識。馬大先生不在了，但留下一个兒子，时常在九先生那里見着，二先生即是北大的馬幼漁，名裕藻，本来他们各有一套標準的名號，但是整齊大約還是他们老太爺給定下来的，即四先生名衡，字叔平，五先生名鑑，字季明，七先生名準，本字繩甫，後来为了一度出家，因改字太玄，九先生名廉，字隅卿，這例二先生也应是个单名，字為仲什麼，但是他都改換掉了，大約也在考取「百名師範」，往日本留学去的时候吧。不曉得他的師範是哪一门，但他在北大所教的乃是章太炎先生所传授的文字学的音韻部分，和錢玄同的情形正是一樣。他進北大很早，大概在蔡孑民長校之前，以後便一直在里边，与北大共始终，民國廿六年（一九三七）学校迁往長沙，隨後又至昆明，他没有跟了去，学校方面承認這个教员有困难的不能离開北京，名為北大留校教授，凡有四人，即馬幼漁、孟心史、馮漢叔和我，由学校每月給予留京津貼五十元，但在解放以前他与馮孟兩位却已去世了。

馬幼漁性甚和易，对人很是謙恭，雖是熟識朋友也总是称某某先生，這似乎是馬氏弟兄的一种風气，因為他们都是如此的。与舊友談天頗喜詼諧，唯自己不善劇談，只是傍听微笑而已。但有时遇见戲弄的也不贊成，有一次刘半農才到北京不久，也同老朋友一樣和他開玩笑，在寫信給他的时候，信面上寫作「鄞縣馬廄」，主人见了艴然不悦，這其实要怪刘博士的过於輕率的。他又容易激怒，在评議会的会場上遇见不合理的議論，特別是後来「正人君子」的一派，他便要大声叱咤，一点不留面子，与平常的態度截然不同。但是他碰見了女学生，那就要大倒其霉，他平时的那种客气和不客气的態度都没有用處。現在来講這种軼事，似乎对於故人有点不敬的意思，其实是並不然的，這便是說他有特別的一種脾气，便是所謂妻癖。本来在知識階級中間這是極尋常的事，居家相敬如賓，出外說到太太时，總是說自己不如，或是学問好，或是治家有方，有些人听了也不太以

287

为然、但那畢竟与平常之嘲弄有不同、所以並無什么可笑之处、至多是有点幽默味罢了。他有一個时候曾在女師大或者还是女高師兼课、上课的时候不知怎的说及那个问题、関於「内人」講了些话、到了下星期的上课时间、有两个女学生提出请求道：

「这一班还请老師给我们讲讲内人的事吧。」这很使得他有点为难、大概只是嗨嗨一笑、翻开講義夾来、模胡过去了吧。这班学生里很出些人物、即如那搗乱的学生就是那有名的黄瑞筠、当时在場的她的同学後来出嫁之後講給她的「先生」听、我又是従那里转听来的、所以虽然是间接得来、但是这故事的真实性是十分可靠的。——说到这里、联想所及不禁筆又要岔了开去、来記刘半農的一件軼事了。这些为教古舊的道学家看来、就是「谈人閨閫」、是很缺德的事、其实讲这故事其目的乃是来表彰他、所以乃是当作一件盛德事来講的。当初刘半農從上海来北京、虽然有志革新、但有些古代传来的「才子佳人」的思想还是存在、时常在谈话中间要透露出来、彷彿有羨慕「紅袖添香」的口气、我便同了玄同加以諷刺、将他的号改成龔孝拱的「半倫」、因为龔孝拱不承認五倫、只除下一妾、所以自認只有半个「倫」了。半農禁不起朋友们的攻擊、逐渐放棄了这件舊感情和思想、後来出洋留学、受了西欧尊重女性的教训、更是顯著的有了转变了。歸國後参加「語絲」的工作、反对作霖入関、「語絲」被禁、我们两人暫避在一个日本武人的家里、半農有「記硯兄之稱」一小文記其事云：

「余与知堂老人每以硯兄相称、不知者或以为兒时同窗友也。其实余二人相識、余已二十七、豈明已三十三。时余穿魚皮鞋、猶存上海少年滑头气、豈明則蓄濃髯、戴大絨帽、披馬夫式大衣、儼然一俄國英雄也。越十年、紅胡入関主政、北新封、語絲停、李丹忱捕、余与豈明同避菜廠胡同一友人家。小廂三楹、中为膳食所、左为寝室、席地而臥、右为书室、室僅一桌、桌僅一硯。寝、食、相对枯坐而外、低头共硯寫文而已。居停主人不許多友来視、能来者余妻豈明妻而外、僅有徐耀辰兄传递外间消息、日或三四星也。时為民國十六年、以十月二十四日去、越一星期歸，今日思之、亦如夢中矣」。我所說的便是躲在菜廠胡同的事、有一天半農夫人來訪、其时適值余妻亦在、因避居右室、及臨去乃見其潜至門後、親吻而別、此蓋是在法國學得的礼節、維持至今者也。此乃適為余妻窺見、相与歎息、劉博士之盛德、不敢笑也。劉胡二博士雖是品質不一樣、但是在不忘故劍这一点上、却是足以令人欽佩的、胡適之尚健在、若是劉半農則已蓋棺論定的了。

一二五 二馬之餘

上边講馬幼漁的事、不覚过於冗長、所以其他的馬先生只能寫在另外的一章了。馬四先生名叫馬衡、他大約是民國八九年才進北大的吧、教的是金石学一门、始終是个講師、於校務不発生什麽関係、說的人也只是在湊「二馬」的人數、拉來充數的罢了。他的夫人乃是寧波巨商葉澄衷家里的小姐、却十分看不起大学教授的地位、常对別人說：

「現在好久没有回娘家去了、因為不好意思、家里问起叔平幹些什麽、要是在銀行什麽地方、那也还說得过去、但是一个大学的破教授、教我怎麽說呢？」可是在那些破教授中间、馬叔平却是十分闊气的、他平常總是西服、出入有一辆自用的小汽車、胡博士買到福特舊式的「高軒」、恐怕还要在他之後哩。他待人一樣的有礼貌、但好談笑、和錢玄同很說得來、有一次玄同与我特託黎劭西去找齐白石刻印、因為黎齐有特別関係、刻印可以便宜、只要一塊半錢一个字、叔平听見了这个消息、便特地坐汽車到孔德学校宿舍里去找玄同、鄭重的对他說：

「你有錢儘有可花的地方、為什麽要去送給齐白石？」他自己也会刻印、但似乎是仿漢的一派、在北京的印人經他許可的只有王福庵和寿石工、他給我刻过一方名印、仿古人「庾公之斯」的例、印文云「周公之作」、这与陳師曾刻的省去「人」字的「周作」正是好一对了。他又喜歡喝酒、玄同前去談天、留着吃飯的时候、常劝客人同喝、玄同本来也会喝酒、只因血压高怕敢多吃、所以为此写过一张「酒誓」、留在我这里、因为他写了同文的两张、一张是给我的、却不知道是什么缘故、那写的到这里来了。原文系用九行行七字的急就庼自制的红格纸所写、其文曰：

「我从中华民国二十二年七月二日起、当天发誓、绝对戒酒、即对于马凡将周苦雨二氏、亦不敷衍矣。恐后无凭、立此存照。钱龟竞十」。下盖朱文方印曰龟竞、十字甚粗笔、则是花押也。给我的一纸文字相同、唯周苦雨的名字排在前面而已。看了这写给「凡将斋」的酒誓、也可以想见主人是个有风趣的人了。他于赏鉴古物也很有工夫、有一年正月逛厂甸、我和玄同叔平大家适值会在一起、又见黎子鹤张凤举一同走来、子鹤拿出新得来的「酱油青田」的印章、十分得意的给他看、他将石头拿得很远的一看、（因为有点眼花了。）不客气的说道：

「西贝、西贝！」意思是说「假」的。玄同后来时常学他的做法、这也是可以表现他的一种性格。自从一九二四年宣统出宫、故宫博物院逐渐成立以后、马叔平就有了他适当的工作、后来正式做了院长、直到解放之后这才故去了。

此外还有几位马先生、虽然只有一位与北大有关系、也顺便都记在这里。马五先生即是马鉴季明、他一向在燕京大学任教、我在那里和他共事好几年、也是很熟习的朋友、后来转到香港大学、到近年才归道山。马七先生马准、法号太玄、也是一个很可谈话有风趣的人、在有些地方大学教书、只是因为他有嗜好、所以不大能够得意、在他的兄弟处时常遇见、颇为谂熟。末了一个是马九先生隅卿、他曾在鲁迅之后任中国小说史的功课、至民国二十四年（一九三五）二月十九日在北京大学第一院课堂上因脑出血去世。隅卿的专门研究是明清的小说戏曲、此外又蒐集四明的明末文献、这件事是受了清末的民族革命运动的影响、大抵现今的老年人都有过这种经验、不过表现略有不同、如七先生写到清乾隆必称曰弘历、亦是其一。因为这些小说戏曲从来是不登大雅之堂的、所以隅卿自称曰不登大雅文库、

（290）

隅卿没後，听说这文库以万元售給北大图书馆了。後来得到一部二十回本的「平妖传」，又称平妖堂主人，尝複刻书中插画为笺纸，大如册页，分得一匣，珍惜不敢用，又刻有一种画笺，係「金瓶梅」中插图，似刻成未印，今不可得矣。居南方时得话本二册，题曰雨窗集欹枕集，审定为清平山堂同型之本，蓋截天一阁书也，因影印行世，請沈兼士书额云雨窗欹枕室，友人或戏称之为雨窗先生。隅卿用功甚勤，所为札记甚多，平素过於谦退不肯发表，尝考冯梦龍事迹著作甚详备，又抄集遗文成一卷，屢劝其付印亦未允。二月十八日是阴曆上元，他那时还出去看街上的灯，一直兴致很好，不意到了第二天便尔溘逝了。我送去了一副挽联，只有十四个字：

月夜看灯才一梦，

雨窗欹枕更何人。

——中年以後丧朋友是很可悲的事，有如古书，少一部就少一部，此意惜难得恰好的達出，挽联亦只能寫得像一副挽联似罢了。当时写一篇记念文，是这样的结束的。

（ ）

一二六　五四之前

関於北大里的人物的事情，講的已经不算少了，现在来讲一点学校那时的一点情形吧。其时我才從地方中学出来，一下子就進到最高学府，不知道如何是好，也只好照着中学的规矩，敷衍做去。点名画到，还是中学的那一套，但是教课，中学是有教科书的，现在却要用講義，这须得自已来编，那便是很繁重的工作了。课程上规定，我所担任的欧洲文学史是三单位，希腊罗马文学史三单位，计一星期只要上六小时的课，可是事先却须得预備六小时用的講義，这大约需要写稿纸至少二十張，再加上看参考书的时间，实用是够忙的了。於是在白天里把草稿起好，到晚上等鲁迅修正字句之後，第二天再来謄正併起草，如是继续下去，在六天里总可以完成所需要的稿件，交到学校里油印備用。这样经过一年的光阴，计草成希腊文学要略一卷，罗马一卷，欧洲中古至十八世纪一卷，合成一册欧洲文学史，作为北京大学叢书之三，由商务印书馆出板。这是一种雜湊而成的

药堂谈往

书、材料全由英文本各国文学史、文人传记、作品批评、杂和做成、完全不成东西、不过在那时候也凑合着用了。但是这里也有一种特色、便是人地名都不音译、只用罗马字拼写、书名亦本原文、在讲解时加以解说、所以是用横行排印、虽然用的还是文言。後来商务印书馆要出一本大学的教本、想把这本文学史充数、我也把编好了的十九世纪文学史整理好、预备加进去、可是拿到他们专家审订的意见来一看、我就只好敬谢不敏了。因为他说书中年月有误、那可能是由于我所根据的和他的权威不合、但是主张书作名称还应改用英文、这种英语正统的看法在那些绅士学者的社会虽是当然、但与原书的主旨正是相反、所以在绅士丛书中间只得少陪了。我见欧洲分期文学史中一册「十四世纪」、是英国圣兹伯利所编、他在例言里也说、因为编写这两书的缘故、重新将十四世纪的作品读了一遍、一切悉依原文、自己说明只有爱尔兰古文不懂、所以用了译文。我看了只能叫声惭愧、编文学史的工作不是我们搞得来的、要讲一国一时期的文学总理非得把那些作品都看一遍不可、我们平凡人哪里来这许多精力和时间？我的那两本文学史在供应了时代的需要以後、任其绝板、那倒是很好的事吧。

北大那时还於文科之外、还早点的设立研究所、於六年（一九一七）十二月间开始、凡分哲学、中文及英文三门、由教员拟定题目、分教员公开研究及学生研究两种。我於甲种中选择了「改良文字问题」、同人有钱玄同马裕藻刘文典三人、却是一直也没有开过研究会、乙种则参加了「文章」类第五的小说组、同人有胡适刘复二人、规定每月二次、於第二第四的星期五举行开会、照例须有一个人讲演。我们的小说组於十二月十四日开始、一共有十次的集会、研究员只有中文系二年级的崔龙文和英文系三年级的袁振英两人、我记得讲演仅有胡刘二君各讲了一回、是什么题目也已忘记了、只约略记得刘半农所讲是什么「下等小说」、到了四月十九日这次轮到应该我讲了、我选写了一篇「日本近三十年小说之发达」、在那里敷衍的应用。大意是说它学西洋学得好、能够彻底的去模仿外国、随後就可以蜕化出自己的東西来、随後講到中国、便大発其牢骚、现在这已是过时、不妨抄在这里、以供参考：

「中国讲新小说也二十多年了、算起来却毫无成绩、这是什么理由呢？據我说来、就只在中国人不肯模仿、不会模仿。因为这个缘故、所以旧派小说还出几种、新文学的小说就一本也没有。創作一面姑且不论也罢、即如翻譯、也是如此。除却一二种节譯的小仲馬「茶花女遺事」、托尔斯泰「心獄」外、别无世界名著。其次司各得、迭更司还多、接下去便是高能達利、哈葛得、白髭拜（Boothby）、无名氏诸作。这宗著作、固然没有什么可模仿、也決没人去模仿它、因为譯者本来也不是佩服他的长处所以譯它、所以譯这本书者便因为它有我的长处、因为他像我的缘故。所以司各得小说之可譯可读者、就因为他像史漢的缘故、正与将赫胥黎「天演論」比周秦诸子同一道理。大家都存着这样一个心思、所以凡事都改革不完成、不肯自己去学别人、只願别人来像我、即使勉强去学、也仍是打定老主意、以「中学为体、西学为用」。学了一点、更上下古今扯作一团、来作他的传奇主义的「聊斋」、自然主义的「子不语」、这是不肯模仿不会模仿的必然的结果了。」

我说这番话、完全是针对那时上海的小说界而说的、当时除风行一时的「鸳鸯蝴蝶派」而外、就是刘半农所说的下等小说和「黑幕」派、所指的翻譯界现象则是林琴南派的说法了。这里反面的发牢骚、就是对于当时小说界的批评、至今觉得很对、但是正面说日本的话、却似乎现在要加以修正了。日本文化的特色固然是在於「創造的模仿」、但是近来却有点过分的模仿西洋、尤其是美国、连言语也生了变化、混杂了许多不必要的「英文」、仿佛成功了一种新的混血日本语、而且听说书法家也传染了美国什么叫做抽象派画家的习气、大幅的涂抹、这不但浪费纸墨、也简直可以说是风雅扫地了。这个缘因大抵是由於资本主义的报馆和文人一同起哄、造成这种混乱情形、或者这是在西方式的所谓自由社会里应有的现象吧。

北京大学经过改革、两年来逐渐就绪、马神庙的校舍改造成功、移为第二院，在汉花园建筑也于民国七年（一九一八）落成，上下共有五层，本来原拟作为宿舍用的，现在却改为文科，称为第一院，译学馆则称第三院，专办法科。第二院因为房屋较好，作为理科之用，校长办公室也就留在那里，但是以后文化活动的中心却也同文科一起搬到第一院来了。旧日记在民国七年九月项下云：

「廿七日，晴。下午同半农往看新筑文科。」据孙伏园编的「北大生活」里大事记说，五年六月借比国仪品公司款二十万元，建造预科宿舍，至七年十月落成，改为文科，就是后来的所谓红楼。

一二七　每周评论上

「北大生活」的大事记上有这两项记录：

「民国七年十二月三日，新潮杂志社成立。」

「八年一月，新潮杂志出版。」

「同月，国故月刊社成立。」这样，公言报所夸张的新旧学派对立的情形

已经开始，刚到两个月便兴起了那武力干涉的阴谋，但是其实那异军突起的却并不是每月一回的月刊，乃是七年十一月廿七日成立，而于十二月廿一日创刊的每周评论。所谓新旧派的论争实在也争不出什么来，新派纯以文章攻击敌方的据点，不涉及个人，旧派的刘申叔则亦只顾做他的考据文章，别无主张，另一位黄季刚乃专门漫骂式的骂街，特别是在讲堂上尤其大放厥词，这位国学大师的做法实是不足为训。这手法传给了及门弟子，所以当时说某人是「黄门侍郎」（即是说是黄季刚的得意门生），谁也感到头痛，觉得不敢请教的。「新潮」的主干是傅斯年，罗家伦只是副手，才力也较差，傅在研究所也单认了一种黄侃的文章组的「文」，可以想见在一年之前还是黄派的中坚，但到七年十二月便完全转变了，所以陈独秀虽自己在编「新青年」，却不自信有这样大的法力，在那时候曾经问过我，「他们可不是派来做细作的么？」我虽然教过他们这一班，但实在不知底细，只好成人之美说些好话，说他们既然有意学好，那总是可靠的吧。结果仲甫的怀疑到底是不错

的、他们并不是做伪作、却实在是投机、「五四」以後罗家伦在学生会办事也颇出力、及至得到学校的重视、资送出洋、便得到高升的机会了。他们这种做法实在要比旧派来得高明、虽然其动机与旧派一流原是一样的。

每週评论预定於十二月十四日创刊、我乃写了一篇「人的文学」、於十二月七日脱稿、送了过去、十四日得仲甫回信道：

「大著人的文学做得极好、唯此种材料以载月刊为宜、拟登入新青年、先生以为如何？周刊已批准、定於本月二十一日出版、印刷所之要求、下星期三即须交稿。文艺时评一栏、望先生有一实物批评之文。」因此我就改作了一篇「平民的文学」、是二十日做成的、此外又写了一篇「论黑幕」、这两篇文章在每週评论第四五两期上登载了出来。此後在二月十四日又写了「再论黑幕」、不晓得发表在什么时候、现在这两篇关於黑幕的文章都没有收在集子里、所以说些什么、已经完全忘记了。比较的至今还是记得清楚的、是那篇别的文章、因为这些乃是由衷之言、可以说是近於「言志」的东西、这即是「祖先崇拜」与「思想革命」、在「谈虎集」上卷收在开头的地方。两篇文章的末尾都只记着「八年三月」、查日记里也没有记载、只有二日下午记着「作文」、可能就是这个。「祖先崇拜」是反对中国的旧来国粹、主张废止祖先崇拜而改为子孙崇拜、主要说：

「我不信世上有一部经典、可以千百年来当人类的教训的、只有记载生物的生活现象的学问、才可供我们的参考、定人类行为的标准。在自然律上面的确是祖先为子孙而生存、并非子孙为祖先而生存的。」我这伦理的生物学的解说不管它的好坏得失如何、的确跟了我一辈子、做了我一切意见的根柢、而其实同於生物学的学问、不说是外行、也只有中学的程度。第二篇「思想革命」则是正面的主张、强调思想改革之必要、仿佛和那时正出风头的「文学革命」即是文字改革故意立異、实在乃是补足它所缺少的一方面罢了。这主要所说固然是文学里的思想、但实际包含着一切的封建的因袭道德、若是借了「大公报」的说法、那也就是「剗伦常」的一种变相了。我給每週評論帮忙，在前三个月中间就只有这一点，因为四月里我告假出京先往绍興家中一转，再到日本东京，所以「五四」时候不曾在场，等得我從东京回得北京来，却已是五月十八日了。

一二八　每週评論下

「五四」的情形因为我不在北京，不能知道，但是一个月之後，遇见「六三」事件，我却是「親眼目睹」的，有些事情便在每週评論上反映了出来。五四是大学生干涉国政運動的開始，所以意義很是重大，六三则是这運動的擴大，中小学生表示同情，援助大学生，出来讲演游行，北洋政府慌了手脚，连忙加以镇压，可是对於幼小学生，到底不好十分兇来，只好遇见就拘捕起来。那一天下午，我在北大新造成的第一院，二楼中间的國文系教授室那时作为教職员聯合会办事室的一间屋里，听说政府捉了许多中小学生拘留各处，最近的北路便是第三院法科那里，於是陈百年刘半農王星拱和我四人便一同前去，自称係北大教員代表，慰问被捕学生，要求進去，結果自然是被拒絕，只在门前站着看了一会兒。三院前面南北两路都已断交通，隔着水溝（那时北河沿的溝还未填平）的东边空地上聚集了许多看热闹的男女老幼都有，学生随时被軍警押着送来，有的只是十三四歲的初中学生，走到门前，在门楼上的有些同学，便拍手高呼歡迎他，那看热闹的人也拍手相應。有的老太婆在擦眼淚，她眼看像她孙兒那么大的小学生被送進牢门（虽然這原是譯学館的门）里不见了，她怎能不心酸呢？反動政府对於革命運動的合理的鎮压，不但给予革命者本身，也给予一般民众以最好的訓練，使得他们了解而同情於革命，往々比運動本身更有効力。

这一天就在混乱中过去了，第二天是六月四日，下午二时至第二院理科赴職教员会，没有什么结果，又同至文科，则门外已驻兵五棚，很有不穩的形势。五日下午再至文科，三时半出校，步行至前门内警察厅门前，有学生講演不能通行，大隊軍警包围着他们，我们正想挤过去，馬隊便过来衝散行人，有一老翁忽然大怒，说我们平民為什么路都不能走，要奔去馬隊捕命、好容易由旁人劝止、这一件小事也就可以証明、和平的小市民这么的被激動而引起反政府的感情、这全由於北洋政府自己的行動、并不单是学生的讲演所能造成的。那一天回到会馆里、在灯下做了一篇「前门遇馬隊記」、於次日上午往北大上課的时候、送到图书馆主任室交给守常、请他编进每週评论、那天例是星期五、所以可能在下一期上登了出来了。其文曰：

「中華民國八年六月五日下午三时後、我從北池子往南走、想出前门买点什物。走到宗人府夾道、看见行人非常的多、我就觉得有点古怪。到了警察所前面、那旁的步道都擠满了、馬路中间站立着许多軍警。再往前看見有幾隊穿長衫的少年、每隊里有一面国旗、站在街心、周圍也是軍警。我还想上前、就被几个兵攔住。人家提起兵来、便觉得害怕。但我想兵和我同是一様的中国人、有什么可怕呢？那几位兵士果然很和气、说请你不要再上前去。我对他说、「那班人都是我们中國的公民、又没拿着武器、我走过去有什么危险呢？」他说、「你别见怪、我们也是没法、请你略候一候、就可以过去了。」我听了也便安心站着、却不料忽听得一声怪叫、说道什么「往北走！」後面就是一陣鉄蹄声、我彷彿见我的右肩旁边、撞到了一个黄的馬头。那时大家発了慌、一齐向北直奔、後面还听得一陣馬蹄声响和怪叫。等到觉得危险已过、立定看时、已经在「履中」两个字的牌楼底下了。我定一定神、再计算出前门的方法、不知如何是好、须得向哪里走才免得被馬隊來衝。於是便去请教那站崗的警察、他很和善的指導我、教我從天安门往南走、穿过中華门、可以安全出去。我谢了他、便照他指導的走去、果然毫無危險。我在甬道上走着、一面想着、照我今天遇到的情形、那兵警都待我很好、确是本國人的樣子、只有那一隊馬煞是可怕。那馬是無知的畜生、牠自然直衝过来、不知道什么是共和、什么是法律。但我彷彿记得那馬上似乎也騎着人、当然是兵士或警察了。那些人虽然騎在馬上、也应该还有自己的思想和主意、何至任憑馬匹来践踏我们自己的人呢？我当时理应不要逃走、请去和马上的「人」说话、请他一定也很和善、懂得道理、能够保护我们。我很懊悔没有这样做、被马吓慌了、只顾逃命、把我衣袋里的十几个铜元都丢了。想到这里、不觉已经到了天安门外第三十九个帐篷的面前、要再回过和他们说、也来不及了。晚上坐在家里、回想下午的事、似乎又气又喜。气的是自己没用、不和骑马的人说理、喜的是侥幸没有被马踏坏。于是提起笔来、写这一篇做个纪念。从前中国文人遇到一番危险、事后往往做一篇什么思痛记或虎口余生记之类。我这一回虽然算不得什么了不得的大事、但在我却是初次。我从前在外国走路、也不曾受过兵警的呵叱驱逐、至于性命交关的追赶、更是没有遇着过。如今在本国的首都却吃了这一大惊吓、真是出人「意表之外」、所以不免大惊小怪、写了这许多话。可是我决不悔此一行、因为这一回所得的教训与觉悟比所受的侮辱更大。」

这篇文章写的并不怎么的精采、只是装痴假呆的说些讽刺话、可是不意从相反的方面得到了赏音、因为警察所注意每周评论、时常派人到编辑处去查问、有一天他对守常说道：「你们的评论不知怎么总是不正派、有些文章看不出毛病来、实际上全是要不得。」据守常说、所谓有些文章即是指的那篇「遇马队记」、看来那骑在马上的人也隐隐觉着针刺了吧。

一二九　小河与新村上

民国八年（一九一九）一月里、我做了一首新诗、题云「小河」。同年七月我到日本去、顺便一看日向地方的「新村」。这两件事情似乎很有连带的关系、所以一起写在这里、题作「小河与新村」。

我写「新诗」、是从民国七年才开始的、所以经验很浅、写那样的长篇实在还是第一次、而且也就是第末次了。因为我写的稍长的诗实在只有这一篇。现在先来做一回文抄公、把那首诗完全抄在这里吧。

一条小河、稳稳的向前流动。

经过的地方、两面全是乌黑的土、

生满了红的花、碧绿的叶、黄色的果实。

一个农夫背了锄来、在小河中间筑起一道堰。

下流乾了、上流的水被堰拦着、下来不得、
不得前进、又不能退回、水只在堰前乱转。
水要保他的生命、总须流动、便只在堰前乱转。
堰下的土、逐渐淘去、成了深潭。
水也不怨这堰、——便只是想流动、
想同从前一样、稳稳的向前流动。

一日农夫又来、土堰外筑起一道石堰。
土堰坍了、水冲着坚固的石堰、还只是乱转。

* * *

堰外田里的稻、听着水声、皱着眉说道、——
「我是一株稻、是一株可怜的小草、
我喜欢水来润泽我、
却怕他在我身上流过。
小河的水是我的好朋友、
他曾经稳稳的流过我的面前、
我对他点头、他向我微笑。
我愿他能够放出了石堰、
仍然稳稳的流着、
向我们微笑、
曲曲折折的尽量向前流着、
经过的两面地方、都变成一片锦绣。
他本是我的好朋友、
只怕他如今不认识我了、
他在地底里呻吟、

听去虽然微细、却又如何可怕！
这不像我朋友平日的声音、
被微风托着走上沙滩来时
快活的声音。
我只怕他这回出来的时候、
不认识从前的朋友了、——
便在我身上大踏步过去。
我所以正在这里忧慮。」
田边的桑树、也摇头说：
「我長的高、能望见那小河、——
他是我的好朋友、
他送清水给我喝、
使我能生肥绿的叶、紫红的桑葚。

他從前清澈的颜色、
现成变了青黑、
又是终年挣扎、脸上添出许多痙攣的皺纹。
他只向下鑽、早没有工夫对了我的点头微笑。
堰下的潭、深过了我的根了。
我生在小河旁边、
夏天晒不枯我的枝條、
冬天凍不坏我的根。
如今只怕我的好朋友、
将我带倒在沙滩上、
拌着他带来的水草。
我可怜我的好朋友、
但实在也为我自己着急。」

田里的草和虾蟆、听了两个的话、也都叹气、各有他们自己的心事。

* * *

水只在堰前乱转、坚固的石堰、还是一毫不摇动。筑堰的人、不知到哪里去了。

（一月二十四日）

一三〇　小河与新村中

事隔三十五年、在民国甲申（一九四四）的九月、我抄了廿四首「弗入调」（方言「弗入调」兼有不遵规则及无赖的意思）的旧诗、题曰「苦茶庵打油诗」、在杂志上发表了。篇末有一段话、涉及「小河」、现在也可以抄了来、做个说明。

「这些以诗论当然全不成、但里边的意思是确实的、所以如只取其述怀当作文章看、亦未始不可、只是意思稍隐曲而已。我的打油诗本来写得很是

拙直、只要第一不当作游戏话、意思极容易看得出、大约就只有忧与惧耳。孔子说、仁者不忧、勇者不惧。吾侪小人诚不足语仁勇、唯忧生悯乱、正是人情之常、而能惧思之人亦复为君子所取、然则知忧惧或与知惭愧相类、未始非人生入德之门乎。从前读过诗经、大半都已忘记了、但是记起两篇来时、觉得古时诗人何其那么哀伤、每读一过令人不欢。如「王风」里的黍离云、知我者谓我心忧、不知我者谓我何求、悠悠苍天、此何人哉。其心理状态则云中心摇摇、终乃如醉以至如噎。又兔爰云、我生之初、尚无为、我生之后、逢此百罹、尚寐无吪。小序说明原委、则云君子不乐其生。幸哉我们尚得止于忧惧、这里总还有一点希望、若到了哀伤则一切已完了矣。大概忧惧的分子在我的诗文里由来已久、最好的例是那篇「小河」、民国八年所作的新诗、可以与二十年后的打油诗做一个对照。这是民八的一月廿四日所作、登载在「新青年」上、共有五十七行、当时觉得有点别致、颇引起好些注意。或者在形式上可以说、摆脱了诗词歌赋的规律、完全用语

体散文来写、这是一种新表现、诗毕的话只能说到这里为止、至於内容那实在是很旧的、假如说明了的时候、简直可以说这是新诗人所大抵不屑为的、一句话就是那种古老的忧惧。这本是中国旧诗人的传统、不过不幸他们多是事後的哀伤、我们还算好一点的是将来的忧虑。其次是形式也就不是直接的、而用了譬喻、其实外国民歌中很多这种方式、便是在中国、「中山狼传」中的老牛老树也都说话、所以说到底连形式也并不是什么新的东西。鄙人是中国东南水乡的人民、对於水很有情分、可是也十分知道水的利害。「小河」的题材即由此而出。古人云、民犹水也、水能载舟、亦能覆舟。法国路易十四云、朕等之後有洪水来。其一戒惧如周公、其一放肆如隋炀、但二者的话其归趋则一、是一样的可怕。把这类意思装到诗里去、是做不好诗来的、但这是我诚恳的意思、所以随时得有机会便想发表、自「小河」起、中间经过好些诗文、以至「中国的思想问题」、前后二十余年、就只是这两句话、今昔读者或者不接头亦未可知、自己则很是清楚、深知老调无变化、令人厌闻、唯不可不说实话耳。打油诗本不足道、今又为此而有些一笔说明、殊有康乐时日之感、故亦不多赘矣」。

这些诗里边有第十五首、情调最是与「小河」相近、不过那是借种园人的口气、不再是喻譬罢了。原诗云：

野老生涯是种园、闲衔烟管立黄昏。

豆花未落瓜生蔓、怅望山南大水云。原注、「夏中南方赤云弥漫、主有水患、称曰大水云」。这里夏天六月有大水云的时候、什么瓜才生蔓、什么豆花未落、这些都不成题、只是说瓜豆尚未成熟、大水即是洪水的预兆就来了、种园的人只表示他的忧虑而已。这是一九四二年所作、再过五六年北京就解放了、原来大革命的到来极是自然顺利、俗语所谓「瓜熟蒂落」、这又比作妇人的生产、说这没有像想像的那么难、那么这些忧惧都是徒然的了。不过这乃是知识阶级的通病、他们忧生悯乱、叫喊一起、但是古今情形不同、昔人的忧惧後来成为事实、的确成为一场灾难、现在却是因此得到解放，正如經过一次手術，反而痛去身輕了。

一三一　小河与新村下

民國八年我們決定移家北京，我遂於四月告假先回紹興，將在那里的家小——妻子和子女一共四人，送往日本東京的母家歸寧，還沒有来得及去逛上野公園，听見「五四」的消息，趕緊回北京来，已經是五月十八日了。到了七月二日，又從塘沽乘船出發，去接她們回来，六日上午到日本門司港，坐火車过道到日向的福島町，至石河内，參观「新村」。

這「新村」是什麼樣的東西呢？原来這乃是武者小路實篤所發起的一种理想主義的社会運動，他本是白樺派的一个人，從一九一〇年四月開始，刊行雜志，提倡人生的文学。当时日本文学上自然主義已經充分發展，那种主張对於人生不求解決，便不免發生一种厭倦与悲观的空气，他們為的不滿意於這樣現象，所以傾向於一种新的理想，簡單的說一句可以說是人道主義的吧。他們都很受俄國託尔斯泰，陀思妥也夫斯基的影响，武者小路是這派的領袖，尤其佩服託尔斯泰晚年的「躬耕」，從理想轉变成现实，這便是所謂「新村」了。他最初在雜志發揮他的主張，後来看見同志的青年逐漸增多，就来着手道徹实行，一九一八年在日向兒湯郡地方買了若干畝田地，建立了第一个新村。第二年七月间我去訪問的，便是這个「新村」了。

我首先引用武者小路的說話，来說明這新村的理想是什麼。他在「新村的生活」里說：

「新时代应该来了。無論遲早，世界的革命總要發生，這便因為要使世间更為合理的緣故，使世间更為自由，更為个人的，又更為人類的——的緣故。」這里頗有一种預言者的態度，很有些宗教气，似乎是受了託尔斯泰的影响，那是很顯明的事。他又說道：

「对於這將来的时代，不先預備，必然要起革命。怕懼革命的人，除了努力使人斷斷实行人的生活以外，別無方法。」新村的運動便在提倡实行這「人的生活」，順了必然的潮流，建立新社会的基礎，以免將来的大革命，青

去一次争用的破坏损失。但是怎样才是人的生活呢、用他自己的话来说、

「各人先尽了人生必要的劳动的义务、再将其余的时间、做各人自己的事。」

这就是「各尽所能、各取所需」的社会主义的理想、但他觉得这[illegible]可以和平的获得、这是他的主张特别的地方。他说：

「我极相信人类、又觉得现在制度存立的根基、非常的浅。只要大家都真望着这样社会出现、人类的运命便自由转变。」他又说：

「我所说的事、即使现在不能实现、不久总要实现的、这是我的信仰。但这种社会的造成、是将用暴力得来呢、还是不用暴力呢？那须看那时的个人进步的程度如何了。现在的人还有许多恶德、与这样的社会不相适合、但与其说恶、或不如说是不明更为切当。他们怕这样的社会、仿佛地老鼠怕见日光。他们不知道这样的社会来了、人类才能得到幸福。」这里更明白揭示出「信仰」这两个字来了、所以我们无妨总括的断一句说、这「新村」的理想里面确实包含着宗教的分子、不过所信奉的不是任何一派的上帝、而是所谓人类、反正是空虚的一个概念、与神也相差无几了。普通空想的共产主义多是根据托尔斯泰的无抵抗主义、相信人性本善、到头终有觉悟的一天、这里武者小路更称共产主义的生活乃是人类的意志、虽然还是有点渺茫、但总比说是神意要好得多。新村的理想现在看来是难以实现、可是那时创始者的热心毅力是相当可以佩服的、而且那种期待革命而又怀忧惧的心情於此得到多少的慰安、所以对於新村的理论在过去时期我也曾加以宣扬、这就正是做那首「小河」的诗的时代。那时登在「新潮」九月号的「访日本新村记」、是一篇极其幼稚的文章、处处现出宗教的兴奋来、如在高城地方遇见村里来接的横井和斋藤二人的时候、说道：

「我自从进了日向已经很兴奋、此时更觉感动欣喜、不知怎么说才好、似乎平日梦想的世界已经到了、这两人便是首先来通告的。现在虽然仍在旧世界居住、但即此部分的奇迹、已能够使我信念更加坚固、相信将来必有全体成功的一日。我们常说同胞之爱、却多未曾感到同类之爱、这同类

之爱的理论、在我虽也常常想到、至于经验、却是初次。新村的空气中、便只充满这爱、所以令人融醉、几于忘返、这真可说是不奇的奇迹了。」

我自己承认是范缜的神灭论者、相信人只有形体、没有精神可以离形体而独存、至于上帝与神更是不在话下了。可是我虽如此相信、却有时也要表现出教徒那种热心、或者以为宗教虽是虚妄、但在某种时地也是有用、有时也还要这样的想、大概到了一九二四年的春天、发表了那篇「教训的无效」之後、才从这种迷妄里觉醒过来吧。

一三二　文学与宗教

「五四」运动是民国以来学生的第一次政治运动、因了全国人民的支援得了空前的胜利、一时兴风作浪的文化界的反动势力受了打击、相反的新势力俄然兴起、因此随後的这一个时期、人家称为「新文化运动」的时代其实是也很确当的。在这个时期、我抱了那时浪漫的文艺思想、在做文学活动、这所谓浪漫的思想第一表现在我给每周评论所写而後来发表在新青年上的一篇「人的文学」里边。虽然我因为考虑妇人问题、归结到「女人的自由到底须以社会的共产制度为基础、只有那种制度、才能在女子为母的时候供给养活她、免得去倚赖男子专制的意志过活」(一九一八年十月论「爱的成年」)但是文学上所讲到的、还是很空洞的人类。这不只是「人的文学」是如此、便是在一九二〇年我给少年中国学会讲演的「新文学的要求」、也是那样的说法、结末处云：

「这新时代的文学家是偶像破坏者、但他还有他的新宗教、——人道主义的理想是他的信仰、人类的意志便是他的神。」我给少年中国学会先後讲演过三次、都是邓仲澥(後来改号中夏)高君宇二君来叫我去的、末後两次不记得是讲什么了、但大抵总是这一类的话吧。我除了写些评论之外、尤着力于翻译外国「弱小民族」的作品、在民国以前结集在「域外小说集」里、民国七八年在新青年发表的结集为「点滴」——後来改称为「空大鼓」、其後在小说月报发表的则编为「现代小说译丛」、始终是一贯的态度。当时我在「点滴」的序文上说、新潮社的傅斯年罗家伦两人说在这里有特别的两点、要我特加说明、这便是一直译的文体、二人道主义的精神、因此在初版时曾将「人的文学」一篇附录在后边、再板时这才撤去了。关于第一点我却仍旧坚持、在原序中有一节道：

「我以为此后译本、应当竭力保存原作的风气习惯、语言条理、最好是逐字译、不得已也应逐句译、宁可中不像中、西不像西、不必改头换面但我是寡才力、所以成绩不良、至于方法却是最为适当。」现在不敢说方法一定是正确、因为事实上可能有具备「信达雅」这三样条件的、我只说自己才力不及、所以除直译之外别无更好的方法了。

我的文学活动的第二件、是在燕京大学文学会所讲演的「圣书与中国文学」。这是一九二〇年十一月廿一至廿七日所写成、至三十日晚间在盔甲厂的一间小讲堂里所讲、这当然因为是教会大学的缘故、所以选择了那样的题目、但里边所说的话却是我真实的意思、不是专为应酬教会而说的。

从前在南京学堂读书的时候、就听前辈胡诗庐说、学英文不可不看圣书、因为那「钦定」译本是有名的、所以我虽不是基督徒、也在身边带着一册新旧约全书、也曾有过一个时候想学了希腊文来重译新约、至少也把四福音书改写成上好的古文。后来改译的兴趣已经是没有了、觉得它官话的译本已是很好、而且有些地方还可以作现在的参考、一方面当作文学作品来看、也是很有益的、特别是旧约里的抒情和感想部分、如雅歌、传道书和箴言等。我的讲演从形式与精神两点上、来讲它和中国文学的关系、很从思想方面把人道主义和基督教牵连在一起、这方面结论上说：

「近代文艺上人道主义思想的源泉、一半便在这里、我们要想理解托尔斯泰、陀思妥也夫斯奇的爱的福音之文学、不得不从这源泉上来注意考察」。不但是讲文学时是这样说、就是在别的汎论中国事情的时候、也曾经有这样的意见、彷佛觉得基督教是有益于中国似的。一九二一年的夏天、我在北京西山养病、写有几段「山中杂信」寄给孙伏园、那时报纸还没有「副刊」

這東西，那段封便發表在晨報的第五版上。第六段是九月三日寫的，是這說着見英歛之所著的『萬松野人言善錄』的感想道：

『我老實說，對於英先生的議論未能完全贊同，但因此引起我陳年的感慨，覺得要一新中國的人心，基督教實在是很適宜的。極少數的人能夠以科學藝術或社會的運動去替代宗教的要求，但在大多數是不可能的。我想最好便以能容受科學的一神教把中國現在的野蠻殘忍的多神教打倒，民智的發達才有點希望。』但是這實在能有什麼用呢？三年以後在什麼書上見到斯賓塞給友人的信裏說道德教訓的無用，有這幾句話道：

『在宣傳了愛之宗教將近二千年之後，憎之宗教還是很佔勢力，歐洲住着二萬萬的外道，假裝着基督教徒，如有人願望他們照着他們的教旨行事，反要被他們所辱罵。』這時我對於宗教可以利用的這種迷信方才打破了，上面已經說過，本來我是不信宗教的，也知道宗教乃是鴉片，但不知怎的總還有點迷戀鴉片的香氣，以為它有時可以醫病，以為信仰的人替宗教作辯

護，事實上是有點矛盾也很是可笑的。那時對於非宗教運動的抗議，便是一例。但是這個矛盾，到了一九二七年也就取消，那時主張說：

『假如這不算是積極的目的，現在來反對基督教，只當作反帝國主義的手段之一，正如不買英貨等的手段一樣，那可是另一問題，也是可以做的一種事了。』關於文學的迷信，自己以為是懂得文藝的，這在『自己的園地』的時代正是頂熱鬧，一直等到自己覺悟對於文學的無知，宣告文學店關門這才告一結束。

一三三　兒童文學與歌謠

在一九二〇年我又開始——這說是開始，或者不如說是復活更是恰當一種特別的文學活動，這便是此處所說的兒童文學與歌謠。民國初年我因為讀了美國斯喀特爾（Scudder）麥克林托克（Maclintock）諸人所著的『小學校裏的文學』，說明文學在小學教育上的價值，主張兒童應該讀文學作品，不可單讀那些商人杜撰的讀本，讀完了讀本，雖然說是識字了，卻是不能讀

书、因为没有养成读书的趣味。我很赞成他们的意见、便在教书的余暇、写了几篇「童话研究」、「童话略论」这类的东西、预备在杂誌上发表。那时中国模仿日本已经发刊童话了、我想这一类的文章或者也还适用吧、便寄给中华书局编辑部去看、当时并不敢希望得到报酬、说明只须发表後得有一年份的「中华教育界」就好了、——结果却说那篇「童话略论」不甚合用、退了回来、後来寄给鲁迅、叫他连同「童话研究」都登在教育部月刊中了。这是民国二年（一九一三）的事情、自然是用文言所写的、在第二年里又用文言写了「儿歌之研究」和「古童话释义」、登在绍兴县教育会月刊上、反正是写来凑篇幅的、也不见有人要看、所以也不继续写下去了。但是还没有全然的断念、心想本地的儿歌或者还有人感到兴趣吧、说不定可以搜集一点、於是便在第二年的一月号月刊上登载了这样的一个启事：

「作人今欲采集儿歌童话、录为一编、以存越国土风之特色、为民俗研究、儿童教育之资料。即大人读之、如闻天籁、起怀旧之思、儿时钓游故地、风雨异时、朋侪之嬉游、母姊之话言、犹景象宛在、颜色可亲、亦一乐也。第兹事繁重、非一人才力所能及、尚希当世方闻之士、举其所知、曲赐教益、得以有成、实为大幸。」这个广告登过了几个月、总算有一个同志送来了一篇儿歌、没有完全辜负发起人的意思、但是这征集儿歌的一件事不能不就此结束了。

我来到北京以後、适值北京大学的同人在方巾巷地方开办孔德学校、——平常人家以为是提倡孔家道德、其实却是以法国哲学家为名、一切取自由主义的教育方针、自小学至中学一贯的新式学校、我也被学校的主持人邀去参加、因此又引起了我过去的兴趣、在一九二〇年十一月二十六日乃在那里讲演了那篇「儿童的文学」。这篇文章的特色就只在於用白话所写的、里边的意思差不多与文言所写的大旨相同、并没有什么新鲜的东西、大意只在说明儿童的特殊状况、不应当用了大人的标准去判断他。这里分作两点说道：

「第一，我们承认儿童有独立的生活，就是说他们内面的即精神的生活与大人们不同，我们应当客观的理解他们，並加以相当的尊重。

第二，我们又知儿童的生活，是转变的生长的。因为这一层，所以我们可以放胆供给儿童需要的歌谣故事，不必忧它有什么坏的影响，但因此我们更须细心斟酌，不要使他停滞，脱了正当的轨道。」譬如儿童相信猫狗能说话的时候，我们便同他讲猫狗说话的故事，不但要使得他们喜欢，也因为知道这过程是跳不过的，——然而又自然的会推移过去的，所以相当的对付了，等到儿童要知道猫狗是什么东西的时候到来，我们再可以将生物学的知识供给他们。我这样的说，彷佛是什么新发见似的，其实是「古已有之」的话，在一千几百年前印度的「大智度论」里已经说过类似的话道：

「尔时菩萨大欢喜作是念，众生易度耳，所以者何，众生所著皆是虚诳无实。譬如人有一子，喜在不净中戏，聚土为穀，以草木为鸟兽，而生爱著，人有夺者，瞋恚啼哭，其父知已，此子今虽爱著，此事易离耳。小大自休。何以故，此物非真故。」印度哲人真是了不起，「小大自休」一语有多少斤两，说明儿童的特质，与中国从前的教育家生怕儿童听了猫狗讲话的故事，便会到老相信猫狗能说话的，真不可同日而语了。

民国七年北京大学开始征集歌谣，是由刘半农钱玄同沈尹默诸人主持其事，后来他们知道我也有这兴趣，便拉我参加这个工作。当初在简章上规定入选歌谣的资格，其三是「征夫野老游女怨妇之辞，不涉淫亵而自然成趣者」，但是其后考虑我提出的意见，加以扩大，于十一年（一九二二）发行歌谣周刊，改定章程，第四条寄稿人注意事项之四云：

「歌谣性质并无限制，即语涉迷信或猥亵者亦有研究之价值，当一律寄，不必先由寄稿者加以甄择。」在周刊的发刊词中亦特别声明道：

「我们希望投稿者尽量的录寄，因为在学术上是无所谓卑猥或粗鄙的。」但是征集的结果还是一样，在这一年之内仍旧得不到这种难得的东西。在歌谣周刊的一周年纪念特刊上，我特地写了一篇「猥亵的歌谣」，对于这事稍作说明、随後还和錢玄同与歌謠的編輯人常维鈞（惠）商量、用三个人的名義共同発起、专门徵集猥亵性質的歌謠故事、我个人所收到的部分便很不少、足有一抽斗之多、但是这些在國民党劫收之餘已成手散失了、目下只剩了河南唐河和山東寿光的一点寄稿、——玄同已久歸道山、維鈞还时常会見、但也没有勇气去和他谈当日的事了。至於普通的地方歌謠、我在民國初年写錄有一个稿本、計從范嘯风的「越諺」中轉抄下来、也经过自己的实驗的、有五十五篇、由我个人記自蒐集的有七十三篇、此外是别人所記錄、虽然没有听到过、也是靠得住的、有八十五篇、一總計有二百十三首、略为注解、編成了一卷「紹興兒歌集」、於一九五八年冬天才算告成、但是这种传统的旧儿歌没有出板的机会、所以也只是擱着就是了。

一三四　在病院中

民國九年（一九二〇）我很做了些文学的活動、十一月廿三日下午到東城萬宝蓋胡同（俗语是王八蓋）的耿濟之君家里開会、大約記得是商量組織「文

学研究会」的事情、大家叫我擬那宣言、我却没有存稿、所以記不得是怎麼说了、但記得其中有一條、是说这个会是預備作为工会的始基、給文学工作者全体联絡之用、可是事实正是相反、设立一个会便是安放一道门檻、結果反是对立的起头、这实在是当初所不及料的了。到了十二月廿二日下午往大学赴歌謠研究会、至五时散会、晚間觉得很是疲倦、到廿四日便觉得有点発热、次日發熱三十八度三分、而且咳嗽、廿九日去找医生診視、据说是肋膜炎、於是这一下子便臥病至大半年之久、到九月里方才好起来。現在且把养病中间的事情来一说吧。

我当初在家中养病、到了三月初头、病好得多了、於是便坐了起来、開始给「婦女雜誌」做文章、这是头一年里所约定的、须得赶快交卷才好、題目是「歐洲古代文学上的婦女观」、结果努力寫了幾天、總算完成了前半篇、是说希伯来思想与希臘思想的、第三節乃是说中古的传奇思想、还没有来得及寫、但是病势却因而悪化、比起初更是嚴重了、遂於三月廿九日移往

医院、一直住了两个月、於五月三十一日这才出院、六月二日往西山的碧雲寺般若堂里养病、至九月廿一日乃下山来回到家里。我这回生病计共有九月之久、最初的两月是在家里、没有什么可以说的、第二段是在医院中的四五两月、第三段是在西山的六至九凡四个月、这里所记述的便是那後边这两段的事情。

在医院里的时候、因为生的病是肋膜炎、是胸部的疾病、多少和肺病有点関係、到了午後就热度高了起来。晚间几乎是昏沉了、这种状态是十分不舒服的、但是说也奇怪、这种精神状态却似乎於做诗颇相宜、在疾苦呻吟之中、感情特别锐敏、容易发生诗思。我新诗本不多做、但在诗集里重要的几篇差不多是这时候所作。有一篇作为诗集的题名的、叫作「过去的生命」、便是「四月四日在病院中」做的、其词云：

「这过去的我的三个月的生命、哪里去了？
没有了、永远的走过去了！
我亲自听见他沉沉的缓缓的、一步一步的、
在我床头走过去了。
我坐起来、拏了一枝笔、在纸上乱点、
想将他按在纸上、留下一些痕迹、——
但是一行也不能写、
一行也不能写。
我仍是睡在床上、
亲自听见他沉沉的缓缓的、一步一步的、
在我床头走过去了」。

这诗並没有什么好处、但总是根据真情实感、写了下来的、所以似乎还说得过去、当时说给鲁迅听了、他便低声的慢慢的读、彷彿真觉得东西在走过去了的样子、这情形还是宛然如在目前。解放以前、做了好些寒山子体的打油诗、一九四六年编为「知堂杂诗」一卷、题记中有一节云：

「丁亥所作修禊」一诗中、述南宋山東義民吃人腊往临安、有两句云、犹幸製熏腊、咀嚼化正气。可以算是打油诗中之最高境界、自己也觉得彷彿是神来之筆、如用别的韵语形式去写、便决不能有此力量、倘想以散文表出之、則又所萬萬不能者也。關於人腊的事、我從前説及了几回、可是没有一次能這樣的説得決绝明快、就詩的本領可以説即在這里、即此也可以表明它之自有用处了。我從前曾説过、平常喜歡和淡的文章思想、但有时亦嗜極辛辣的、有掐臂见血的痛感、此即為我喜歡那「英國狂生」斯威夫德之一理由、上文的疑想或者非意識的由来是「育嬰芻議」中出来亦未可知、唯宗解人殊不易得、昔日鲁迅在时最能知此意、今不知尚有何人耳。」上边所説、或者不免有「自画自赞」和「後台喝采」之嫌、但是我这里是有些证据的、請看鲁迅全集里的书简、有一九三四年四月三十日给曹聚仁的信説之

「周作人自寿诗诚有讽世之意、然此种微词已为今之青年所不憭解、群公相和則多近於肉麻、於是火上添油、遂成眾矢之的、而不作此等攻擊文字、此外近日亦無可言。此亦「古已有之」、文人美女必负亡國之责、近似亦有人觉國之將亡、已在卸责於清流或輿論矣。」又五月六日给楊霽云的信説：

「至於周作人之詩、其实是还藏些对於現狀的不平的、但太隐晦、已为一般讀者所不憭、加以吹擂太过、附和不完、致使大家觉得讨厭了。」对於我那不成东西的两首歪诗、他却能公平的予以独自的判断、特别是在我们「失和」十年之後、批评態度还是一贯、可見我上边的話不全是没有根据的了。鲁迅平日主張「以眼还眼、以牙还牙」、不会对於任何人有什麼情面、所以他这种態度是十分难得也是很可佩服的、与专门「挑剔风潮」、兴风作浪的胡风等輩、相去真是不可以道里計了。

一三五　西山养病

我於六月二日搬到西山碧雲寺里、所租的屋即在山门里边的東偏、是三间西房、位置在高台上面、西墙外是直临溪谷、前面隔着一條走路、就是一个很高的石台階、走到寺外边去。这般若堂大學以前是和尚们「掛單」

的地方、那里東西兩排的廂房原来是「十方堂」、这塊大木牌还掛在我的门口、但現在都已租給人住、此後如有游方僧到来、除了往到罗漢堂去打坐以外、已經沒有地方可以安頓他們了。我把那西廂房一大統间布置起来、分作三部分、中间是出入口、北头作为卧室、擺一頂桌子弄是书房了、南头给用人王鶴招住、後来有一个时期、母親带了她的孫子也来山上玩了一个星期、就騰出来暂时讓給她用了。

我住在西山前後有五个月、一边养病、一边也兼用功、但是这並不是什麽重要的工作、主要的只是学習世界語、翻譯些少見的作品、後来在小說月报上發表的從世界語譯出的小說、即是那时的成績、可是更重要的乃是後来給愛罗先珂做世界語講演的翻譯、記得有一篇是「春天与其力量」、說得空灵巧妙、觉得实在不錯。所以在这养病期间、也著实寫了不少的东西、在五月与九月之间一總給孙伏園寫了六回的「山中雜信」、目的固然在於排遣積鬱、但是事实上不得做到、仍舊还回到煩雜的时事问題上来。如六月廿九日第三回的雜信上說：

「但是我在这里不能一樣的長閑逸豫、在每日里總有一个陰鬱的时候、这便是下午清華園的郵差送报来後的半点鐘。我的神經衰弱、病後更甚、对於略略重大的问題稍加思索、便很煩躁起来、幾乎是發熱狀態、因常十分留心避免。但每天的报里總是充滿着不愉快的事情、見了不免要起煩惱。或者有人說、既然如此、不看豈不好麽？但我又捨不得不看、好像身上有傷的人、明知觸着是很痛的、但有时仍是不自禁的要用手去摸、感到新的剧痛、保留他受傷的意識。但苦痛究竟是苦痛、所以也就赶緊丟開、去尋求別的慰解。我此时放下报紙、努力將我的思想遣發到平常所走的舊路上去、——回想近今所看书上的大乘菩薩布施忍辱等六度难行、淨土及地獄的意義、或者去蒐求游客及和尚们的軼事。我也不願再說不愉快的事、下次还不如仍同你講他们的事情吧。」

所謂不愉快的事情大概是中國的內政问題、这时大家最注意的是政府積欠教育經費、各校教員大举索薪、北京大学职教員在新華门前被軍警毆傷事件了。事情出在六月上旬、事後政府発表命令、説教員自己「碰傷」、这事頗有滑稽的意味、事情是不愉快、可是大有可以做出愉快的文章的机会、我便不免又発動了流氓的性格、寫了一篇短文、名字便叫作「碰傷」、用了子嚴的筆名、在六月十日的晨報第五板上登了出来、原文云：

「我從前有一种計劃、想做一身鋼甲、甲上都是尖刺、刺的長短依照猛獸最長的牙更加長二寸。穿了这甲、便可以到深山大澤里自在的行、不怕野獸的侵害。他們如来攻擊、只消同毛栗或刺蝟般的縮着不動、他們就無可奈何、我不必動手、使他們自己都負傷而去。

佛經里説蛇有几种毒、最利害的是見毒、看見了牠的人便被毒死。清初周安士先生注陰騭文、説孫叔敖打殺的兩头蛇、大约即是一种見毒的蛇、因為孫叔敖説見了兩头蛇所以要死了。（其實兩头蛇或者同猫头鹰一樣、只是凶兆的動物罷了。）但是他後来又説、現在湖南还有这种蛇、不过已経完全不毒了。

我小的时候、看唐代叢书里的劍侠傳、覺得很是害怕。劍侠都是修煉得道的人、但脾气很是不好、動不動便以飛劍取人头於百步之外。还有劍仙、更利害了、他的劍飛在空中、只如一道白光、能夠追趕幾十里路、必須見血方才罷休。我当时心里祈求不要遇見劍侠、生怕一不小心得罪他們。

近日報上説有教職員学生在新華门外碰傷、大家都称咄咄怪事、但從我这古式浪漫派的人看来、一点都不足為奇。在現今的世界上、什麽事都能有。我因此連帶的想起上边所記的三件事、覺得碰傷實在是情理所能有的事。对於不相信我的浪漫説的人、我别有事實上的例证、舉出来給他們看。

三四年前、浦口下関间渡客的一隻小輪、碰在停泊江心的中國軍艦的头上、立刻沈没、据説旅客一个都不失少。（大约上船时都経点名报数、有账可查的。）过了一兩年後、一隻招商局的輪船、又在長江中碰在当时國務總理所坐的軍艦的头上，隨即沉沒，死了若干沒有使他的人。年月與兩方面的船名，死者的人數，我都不記得了，只記得上海開追悼會的時候，有一副輓聯道，未必同舟皆敵國，不圖吾輩亦清流。

由此可以知道，碰傷在中國是常有的事，至於責任當然完全由被碰的去負担。譬如我穿有刺鋼甲，或是見毒的蛇，或是劍仙，有人來觸，或看或得罪了我，那时他们负了傷，豈能說是我的不好呢？又譬如火可以照暗，可以煮飲食，但有时如不吹熄，又能燒屋傷人，小孩不知道這些方便，伸手到火边去，燙了一下，這當然是小孩之过了。

所說這次碰傷的緣故，由於請願。我不忍再來責備被碰的諸君，但我總覺得這办法是錯的。請願的事，只於現今的立憲國里，还暫时勉强应用其餘的地方都不通用的了。例如俄國，在一千九百零幾年，曾因此而有軍警在冬宮前開砲之舉，碰的更利害了，但他們也就從此不再請願了。……

……我希望中國請願也從此停止，各自去努力罷。

我這篇文章寫的有点別扭，或者就是晦澀，因此有些讀者就不大能够懂，並且對於我劝阻向北洋政府請願的意思表示反对，發生了些误会。但是那种別扭的寫法却是我所喜歡的，後来还时常使用着，可是这同做詩一樣，需要某种的刺激，使得平凡的意思發起酵来，这种机会不是平常容易得到的，因此也就不能多寫了。

一三六　琐屑的因缘

一九二〇年毛子龍做北京女子高等師範学校的校長，叫錢秣陵送聘书來，去那里講歐洲文学史，这种功課其实是沒有用的，我也沒有能够講得好，不过辞谢也不听，所以也就只得去了。其时是女高師，講義每小时給三塊錢，一个月是二十七元，生病的时候就白拿了大半年的錢，到了新学年開始这才继续去上学，但是那里的情形却全然忘记了。後来許壽裳继任校長，我又曾經辞过一次，仍是没有能准，可是他自己急流勇退，於改成女子師範大学的时候，却讓給了楊蔭榆，以为女学校的校長以女子为更適宜、她才從美國回来、自然更好了、豈料女校長說校乃以阿婆自居、於是学生成了一羣孤苦伶丁的「童养媳」、（根据鲁迅的考证、）引起了很费奇的问题、这时因为我尚在女师大、所以也牵连在内。还有一件事也是发生在一九二〇年里、北大国文系想添一样小说史、系主任马幼渔便和我商量、我一时也麻胡的答应下来了、心想虽然没有专弄这个问题、因为家里有那一部鲁迅所辑的「古小说钩沈」、可以做参考、那么上半最麻烦的问题可以解决了、下半再敷衍着看吧。及至回来以後、再一考虑觉得不很妥当、便同鲁迅说、不如由他担任了更是适宜、他虽然踌躇可是终於答应了、我便将此意转告系主任、幼渔也很赞成、查鲁迅日记、在一九二〇年八月六日项下记着「马幼渔来、送大学聘书」、於是这一事也有了着落。家里遗存有一本一九二二年的中国文学系课程指导书、里边文学分史列着「诗史、二小时、刘毓盘、戏曲史、二小时、吴梅、小说史、二小时、周树人」、我的功课则是欧洲文学史三小时、日本文学史二小时、用英文课本、其余是外国文学书之选读、计英文与日本文小说各二小时、这项功课还有英文的诗与戏剧及日本文戏剧各二小时、由张黄担任、张黄原名张定璜、字凤举、这人与北大同人的活动也很有关係、在这里特预先说明一句。

这一年里在我还发生了一件重大的事情、便是担任燕京大学的新文学的功课、一直蝉联有十年之久、到一九三八年还去做了半年的「客座教授」、造成很奇妙的一段因缘。讲起远因当然是在二年前的讲演、那时因瞿菊农来拉、前往燕京文学会讲点什么、其时便选择了「圣书与中国文学」这个题目、这与教会学校是颇为合适的。後来因时势的要求、大约想设立什么新的课目、前去和胡适之商量、他就推荐我去、这是近因。一九二二年三月四日我应了适之的邀约、到了他的住处、和燕京大学校长司徒雷登与刘廷芳相见、说定從下学年起担任该校新文学系主任事、到了六月接到燕大来信、即签定了合同、從七月发生効力。内容是说担任国文系内的现代国文的一部分、原来的一部分则称为古典国文、舊有两位教员、与这边没有关係，但是现代国文这半个系只有我一个人，唱独脚戏也是不行，学校里派毕业生许地山来帮忙做助教，我便规定国语文学四小时，我和许君各任一半，另外我又设立了三门功课，自己担任，彷佛是文学通论，习作和讨论等类，每星期里分出四个下午来，到燕大去上课。我原来只是兼任，不料要我做主任，职位是副教授，月薪二百元，上课至多十二小时，这在我是不可能，连许地山的一总只是凑成十小时，至于地位薪资那就没有计较之必要。其实教国文乃是我所最怕的事，当年初到北大，蔡校长叫我教国文学，经坚决谢绝，岂知后来仍旧落到这里边去呢？据胡适之后来解释，说看你在国文系里始终做附庸，得不到主要的地位，还不如另立门户，可以施展本领，一方面也可以给他的白话文学开辟一个新领土。但是据所谓「某籍某系」的人看来，这似乎是一种策略，彷佛是调虎离山的意思，不过我一向不愿意只以恶意猜测人，所以也不敢贸然决定。平心而论，我在北大的确可以算是一个不受欢迎的人，在各方面看来都是如此，所开的功课都是勉强凑数的，在某系中只可算得是个帮闲罢了，又因为没有力量办事，有许多事情都没有能够参加，如溥仪出宫以后，清查故宫的时候，我也没有与闻，其实以前平民不能进去的宫禁情形我倒是颇得一见的。其实我真是一个愚介迂夫，小说里所谓多余的人，在什么事情里都不成功，把一切损害与侮辱看作浮云似的，自得其乐的活着，而且还有余暇来写这篇谈往，将过去的恶梦从头想起，把它经过筛子，捡完整的记录下来，至于有些筛下去的东西那也只得算了。

一三七　爱罗先珂上

民国十一年（一九二二）里北京大学开了一门特殊的功课，请了一个特殊的讲师来教，可是开了不到一年，这位讲师却是忽然而来，又是忽然而去像彗星似的一现不复见了。这便是所谓俄国盲诗人爱罗先珂，而他所担任的这门功课，乃是世界语。原来北大早就有世界语了，教师是孙国璋，不过向来没人注意，只是随意科的第三外国语罢了。爱罗先珂一来，这情形就大不相同、因为第一是俄国人、又是盲而且是诗人、他所作的童话与戏曲「桃色的云」、又经鲁迅翻译了、在报上发表、已经有许多人知道、恰巧那时因为他是俄国人的缘故、日本政府怀疑他是苏联的间谍、同时却又疑心他是无政府主义大杉荣的一派、便把他驱逐出国了。爱罗先珂从大连来到上海、大概是在一九二二年的春初、有人介绍给蔡校长、请设法安顿他、於是便请他来北大来教世界语。但是他一个外国人又是瞎了眼睛、单身来到北京、将怎么办呢?蔡孑民於是想起了托我们的家里照顾、因为他除了懂得英文和世界语之外、还在东京学得一口流利的日本语、这在我们家里是可以通用的、我与鲁迅虽然不是常川在家、但内人和她的妹子却总是在的、因为那时妻妹正是我的弟妇。是年二月的日记里说:

「廿四日雪、上午晴、北大告假。郑振铎耿济之二君引爱罗先珂君来、暂住东屋。」这所谓东屋、是指后院九间一排的东头这三间、向来空着、自从借给爱罗君住后、便时常有人来居住、特别是在恐怖时代、如大元帅时的守常的世兄、清党时的刘女士等人。第二天我带了他去见北大校长、到了三月四日收到学校的聘书、月薪二百元、这是够他生活的需要了。以后各处的讲演、照例是用世界语、於是轮到我去跟着做翻译兼向导、侥倖是西山那几个月的学习、所以还勉强办得来。但是想象丰富、感情热烈、不愧为诗人兼革命家而重性格、讲演大抵安排得很好、翻译却也就不容易、总须预先录稿译文、方才可以、预备时间比口说要多过几倍、其中最费气力的是介绍俄国文学的演说、和一篇「春天与其力量」、那简直是散文诗的样子。最初到北大讲演的时候、好奇的观众很多、讲堂有庙会里的那样拥挤、只有从前胡适博士和鲁迅、随后还有冰心女士登台那个时候、才有那个样子、可是西洋镜看过也就算了、到得正式上课那便没有什么翻译、大约由讲师由英语说明、就没有我的分、所以情形也不大明白。世界语这东西是一种理想的产物、事实上是不十分适用的、人们大抵有种浪漫的思想梦想世界大同、或者不如说消极的反对民族的隔离、所以有那样的要求、但是所能做到的也只是一部分的联合、即如「希望者」的世界语实在也只是欧印语的综合、取英语的文法之简易、而去其発音之庞杂、又多用拉丁语根在欧人学起来固属便利、若在不曾学过欧语的人还是一种陌生的外国语、其难学原是一样的。不过写了「直夫」二字、大有做起讲之意、意思自可佩服、且在交通商业上利用起来、也有不少的好处。但在当时提倡世界语的人们大抵都抱有很大的期望、这也是时势使然、北京有一群学生受了爱罗先珂的热心鼓吹的影响、成立世界语学会、在西城兵马司胡同租了会所、又在法政大学等处开设世界语班、结果是如昙花一现、等爱罗先珂离京以後、也都関了门了。他又性喜热闹、爱発议论、不过这在中国是不很適宜的、是年十二月北大庆祝多少年纪念、学生発起演戏、他去参听了、覚得不很满意、回来写了一篇文章批评他们、说学生似乎模仿旧戏、有欠诚恳的地方。由鲁迅译出也在报上。不意这率直的忠告刺痛了他们、学生群起抗议、魏建功那时还未毕业、做了一篇「不能盲从」的文章最是极讽刺之

能事、而且题目於「盲」字上特加引号、尤为恶劣。鲁迅见报乃奋起反击、骂得他咕的一声也不响。那篇文章集子里没有收、只在全集拾遗可以见到。事情是这样下去了、但是第二年正月里、他往上海旅行的时候、不知什么报上说他因为剧评事件、被北大学生撵走了。到了四月他提前回国去了、什么原因别人没有知道、总之是他觉得中国与他无缘吧、那么在某种意义上、说是被撵走了、也未始不可。幸而他眼睛看不见、也不认得汉字、若是知道的话、他该明白中国青年的举动、比较他在离开日本时便衣侦探要挖开他的眼睛看他是不是真瞎、其侮辱不相上下、更将怎样的愤慨呢。

一三八　爱罗先珂下

爱罗先珂(Eroshenko)这是他在日本时所使用的姓氏的音译，比较准确的写「厄罗申科」、因为我好看字眼所以用了那四个字、其实他本姓是「牙罗申科」、因译音与日本使的「野郎」相近、野郎本义只是汉子、後来转为侮辱的意義、併为男娼的名称、所以避忌了。他的名字是華西利、不過普通只

用他的姓，沿用日本的称呼叫他做「爱罗君」（エロさん）。——日本字母里没有「桑」字音，只有「三」字，但在称呼人的「様」字的发音上，却往々变作「桑」了。他是小俄罗斯人，便是现在的乌克兰，那里的人姓的末尾多用科字，有如俄国的斯奇，如有名的小说家科罗连珂，还有新近给他做逝世一百年纪念的谢甫琴柯，都是小俄罗斯的人。——关於谢甫琴科，民国元年（一九一二）写「艺文杂话」十三则，登在绍兴的民兴日报上，其第二篇是讲他的，曾以文言译述其诗一首，今附录於下：

「是有大道三岐，乌克兰兄弟三人分手而去。家有老母，伯别其妻，仲别其妹，季别其欢。母至田间植三树桂，妻植白杨，妹至谷中植三树枫，欢植忍冬。桂树不繁，白杨凋落，枫树亦枯，忍冬憔悴，而兄弟不归。老母啼泣，妻子號於空房，妹亦涕泣出门寻兄，女郎已卧黄土陇中，而兄弟远游，不復归来，三径萧條，荆榛长矣。」

爱罗先珂於一九二二年二月廿四日到京，寄住我们的家里，至七月三日出京赴芬兰第十四回的万国世界语学会的年会，我同内弟重久和用人齐坤送他到东车站，其时离开车还有五十分钟，却已经得不到一个坐位了，幸而前面有一辆教育改进社赴济南的包车，其中有一位尹炎武君，我们有点认识，便去和他商量，承他答应，於是爱罗君有了安坐的地方，得以安抵天津，这是很可感谢的。到了十一月四日，这才独自回来了。十二月十七日北大纪念演戏，就发生了那剧评风潮。第二年一月廿九日利用寒假，又出发往上海去找胡愈之君，至二月廿七日回北京来，但是四月十六日重又出京回国，从此就再没有回到中国来了。爱罗先珂在中国的时期可以说是极短，在北京安住的时间一总不到半年，用句老话真是席不暇煖，在他的记忆上留下什么印象，还有他给青年们有多少影响，这都很是难说，但他总之是不曾白来了这一趟的。在鲁迅的小说「鸭的喜剧」里边，便明朗的留下他的影象，这是一九二二年发表於十二月号的「妇女杂志」的，可能当这篇小说的时期还要早一点吧。爱罗先珂嫌北京的寂寞，便是夏天夜里也没有什么声息，连虾蟆叫都听不到，便买了些科斗子来，放在他窗外的院子中央的小池里。那池的长有三尺，宽有二尺，是掘了来种荷花的，从这荷池里虽然从来没有见过养出半朵荷花来，然而养虾蟆却实在是一个极合式的处所。他又怂恿人买小鸡小鸭，都寄养在院子里。

「他于是教书去了，大家也走散。不一会，仲密夫人拿冷饭来喂牠们时，在远处已听得泼水的声音，跑到一看，原来那四个小鸭都在荷池里洗澡了，而且还翻筋斗，吃东西呢。等到拦牠们上了岸，全池已经是浑水，过了半天澄清了，只见泥里露出几条细藕来，而且再也寻不出一个已经生了脚的科斗了。

「伊和希珂先，没有了，虾蟆的儿子。」傍晚的时候，孩子们一见他回来，最小的一个便赶紧说。

「唔，虾蟆？」

仲密夫人也出来了，报告了小鸭吃完科斗的故事。

「唉，唉！」……他说。」这一段是小说，但是所写的却是实事，这里边所有的诗便只是池里的细藕罢了。我也曾经做过三篇文章，花名「怀爱罗先珂君」，第一篇是七月十四日所写，在他出发往芬兰去之后，第二篇是十一月一日，大约与「鸭的喜剧」差不多同时之作，第三篇则在他回国去的第二天所写，已是一九二三年的四月了。我在第二篇文章里有一节云：

「他是一个世界主义者，但是他的乡愁却又是特别的深。他平常总穿着俄国式的上衣，尤其是喜欢他的故乡乌克兰的刺绣的小衫，——可惜这件衣服在敦贺的船上给人家偷了去了。他的衣箱里，除了一条在一月三浴的时候所穿的俪旬背形白布裤以外，可以说是没有外国的衣服。即此一件小事，也就可以想见他是一个真实的「母亲俄罗斯」的儿子。他对于日本正是一种情人的心情，但是失恋之后，只有母亲是最亲爱的人了。来到北京，不意中得到归国的机会，便急忙奔去，原是当然的事情。前几天接到英国达特来夫人寄来的三包书籍，拆开看时乃是七本神智学的杂志名「送光明者」，却是用这字印出的，原来是爱罗君在京时所定，但等得寄到的时候，他却已走的无影无踪了。

爱罗君寄住在我们家里，两方面都很随便，觉得没有什么窒碍的地方。我们既不把他做宾客看待，他也很自然与我们相处，过了几时不知怎的学会娃儿们的称呼，差不多自居於小孩子的辈分了。我的兄弟的四岁的男孩是一个很顽皮的孩子，他时常和爱罗君玩耍。爱罗君叫他的诨名道：「土步公呀！」他也回叫道：「爱罗金哥君呀！」但爱罗君极不喜欢这个名字，每每叹气道：「唉，唉，真窘极了！」四个月来不曾这样叫，「土步公」已经忘记爱罗金哥君这一句话，而且连曾经见过一个「没有眼睛的人」的事情也几乎记不起来了。」以上所记虽是微细小事，却很足以见他生平之一斑，所以钞录於此，这里只须说明一句，那小说里的最小的小孩也即是这个土步公，他的本名是一个「沛」字，但是从小就叫诨名，一直叫到现在。我的儿子本名叫「丰」上学的时候加上了一个数目字，名为「丰一」，到得土步公该上学了，我想反正将来长大了的时候自己要改换名字的，为的省事起见，现在就叫作「丰二」吧，在他底下还有一个「丰三」，不幸在二十岁时死去了。——可是奇怪的事，他们却并不改换名字，至今那么的用着。至於爱罗君为什么不喜欢爱罗金哥这个名字的呢，因为在日本语里男根这字有种种说法，小儿语则云钦科，与金哥音相近似。

一三九　不辩解说上

这里且让我来抄一篇刊文吧。普通说刊文有两种意思，其一是已经刊布的文章，不论是谁做的，就抄袭了过来，其二则用於做八股文的时候，遇着做过或是多少相近的题目，便将窗稿中旧作，抄来应付，虽然「刊文」二字似乎用的不很妥当，但是习惯上是那么说的。我这所谓抄刊文乃是兼有此两种的意义，因为这本是我所做的，可以说是後者，但又是刊布过的了，所以说属於前者也未始不可。此篇文章名叫「辩解」，收在「苦茶杂文」里边，原本是一九四〇年五月所写，算起来已是二十年前的事了。原文如下：

「我常看见人家口头辩解，或写成文章，心里总是很怀疑，这恐怕未必有什么益处吧。我们回想起从前读过的古文，只有杨恽报孙会宗书，嵇康与山涛绝交书，文章实在写得很好，都因此招到非命的死，乃是笔祸史的资料，却记不起有一篇辩解文，能够达到息事宁人的目的的。在西洋古典文学里倒有一两篇名文，最有名的是柏拉图所著的「梭格拉底之辩解」，可是他虽然说的明彻，结果还是失败，以七十之高龄服了毒人参了事。由是可知说理充足，下语高妙，后世爱赏是别一回事，其在当时不见得是如此，如梭格拉底说他自己以不知为不知，而其他智士悉以不知为知，故神示说他是大智，这话虽是千真万真，但陪审的雅典人士听了哪能不生气，这样便多投几个贝壳到有罪的瓶里去，正是很可能的事吧。

辩解在希腊罗马称为亚坡罗吉亚，大抵是把事情「说开」了之意，中国民间多叫作冤单，表明受着冤屈。但是「兔在冪下不得走，益屈折也」的景象，平常人见了不会得同情，或者反觉可笑亦未可知，所以这种声明也多归无用。从前有名人说过，如在报纸上看见有声冤启事，無论这里边说得自己如何仁义，对手如何荒谬，都可以不必理他，就只确实的知道这人是败了，已经无可挽救，嚷这一阵之后就会平静下去了。这个观察已是无情，总还是旁观者的立场，至多不过是别转头去，若是在当局者，问案的官对于被告本来是「总之是你的错」的态度，听了呼冤恐怕更要究恼，然则非徒无益而又有害矣。鄉下人抓到衙门里去，打板子殆是难免的事，高呼青天大老爷冤枉，即使侥倖老爷不更加生气，总还是丢下签来喝打，结果是於打一顿屁股之外，加添了一段叩头乞恩，成为双料的小丑戏，正是何苦来呢？古来懂得这个意思的人，据我所知道的有一个倪云林。余澹心编「东山谈苑」卷七有一则云：

「倪元镇为张士信所窘辱，绝口不言。或问之，元镇曰，一说便俗。」两年前我尝记之曰：

「余君记古人嘉言懿行，裒然成书八卷，以余观之，总无出此一条之右者矣。嘗怪世說新語以後所記，何以率多陳腐，或歪曲遠於情理，欲求如桓大司馬樹猶如此之語，難得一見。雲林居士此言，可謂甚有意思，對別如余君之所云，亂離之後，閉戶深思，當更有感奧，如下一刀圭，豈止勝於吹竹彈絲而已哉」。此所謂俗，本來是與雅對立，在這里的意思當稍有不同，略如吾鄉方言里的「魘」字吧，勉強用普通話來解說，恐怕只能說不懂事，不漂亮。舉例來說，恰好記起水滸傳來，這在第七回「林教頭刺配滄州道」那一段里，說林沖在野豬林被兩個公人綁在樹上，薛霸拿起水火棍待要結果他的性命，林沖哀求時，董超道，「說什麼閑話，救你不得」。金聖歎在閑話句下批曰：

「臨死求救，謂之閑話，為之絕倒」。本來也虧得做書的寫出，評書的批出，閑話這一句真是絕世妙文，試想被害的向凶手乞命，在對面看來豈不是最可笑的費話，施耐庵蓋確是格物君子，故設想得到寫得出也。林武師並不是俗人，如何做的不很漂亮，此無他，武師於此時尚有世情，遂致未能脫俗。古人云，死生亦大矣，豈不痛哉。戀愛何獨不然，因為戀愛生死都是大事，同時也便是閑話，所以對於「上下」我們亦無所用其不滿。大抵此等處想要說話而又不俗，只有看梭格拉底的樣一個辦法，元來是為免死的辯解，而實在則唯有不逃死才能辯解得好，類推開去亦無異於大辟之唱龍虎鬥，細思之正復可以不必矣。若倪雲林之所為，寧可吊打，不肯說閑話多出醜，斷乃青皮流氓「要路足」的派頭，其強悍處不易及，但其意思甚有風致，亦頗可供後人師法者也。

此外也有些事情，並沒有那麼重大，還不至於打小板子，解說一下似乎可以明白，這種辯解或者是可能的吧。然而，不然。事情或是排解得了，辯解總難說得好看。大凡要說明我的不錯，勢必先須說對方的錯，不然也總要舉出些隱密的事來做材料，這卻是不容易說得好，或者不大想說的，那麼即便辯解得有效，但是說了這些寒傖話，也就夠好笑，豈不是前門驅虎而後門進了狼麼。有人覺得被誤解以至被侮辱損害都還不在乎，只不願说说得宽恕而不免於俗，即是有伤大雅，这样情形也往往有之，因此其难能可贵比不上云林居士，但是此种心情我们也总可以体谅的。人说误解不能免除，这话或者未免太近於消极，若说辩解不必，我想这不好算是没有道理的话吧。五月二十九日。」

一四〇　不辩解说下

这篇论「辩解」的文章是民国二十九年（一九四〇）里所写，是去今二十年前，那时只为要写一种感想，成功一篇文章，需要些作料，这里边的杨恽，嵇康，梭格拉底以及林武师，其实都是肴馔的「垫底」，至於表面的「臛头」实在只是倪元镇这一点。这回讲到一九二三年与鲁迅失和的事件，因为要说明我不辩解的态度，便想到那篇东西可能表明我的理论，所以拿来利用一下，但那些陪衬的废话本来是多余的，我所要的其实只是最末后的一节罢了。关於那个事件，我一向没有公开的说过，过去如此，将来也是如此，在我的日记上七月十七日项下，用剪刀剪去了原来所写的字，大概有十个左右，八月二日记移住砖塔胡同，次年六月十一日的冲突，也只简单的记着冲突，并说徐张二君来，一总都不过十个字。——这里我要说明，徐是徐耀辰，张是张凤举，都是那时的北大教授，并不是什么「外宾」，如许寿裳所说的，许君是与徐张二君明白这事件的内容的人，虽然人是比较「老实」，但也何至於造作谣言，和正人君子一般呢？不过他有一句话却是实在的，这便是鲁迅本人在他生前没有一个字发表，他说这是鲁迅的伟大处，这话说的对了。鲁迅平素是主张以直报怨的，并且还更进一步，不但是以眼还眼，以牙还牙，还说过这样的话，（原文失记，有错当改。）人有怒目而视者，报之以骂，骂者报之以打，打者报之以杀。其主张的严峻有如此，而态度的伟大又如此，我们可不能学他的百分之一，以不辩解报答他的伟大乎？而且这种态度又并不是出於一时的隐忍，我前回说过对於所谓五十自寿的打油诗，那已经是那事件的十多年之后了，当时经胡风辈闹得满城风雨，独他一个人在答曹聚仁杨霁云的书简中，能够主持公论，胸中没有丝毫蒂芥，这不是寻常人所能做到的了。

或者有人说，这篇所说乃是私人间的说话，不能算什么。那么让我们来看他所公表的吧，这第一是小说，收在「彷徨」里边的一篇「弟兄」，是写我在一九一七年初次出疹子的事情，虽然是小说可是诗的成分并不多，主要的全是事实，乃是一九二五年十一月三日所作，追写八年前的往事的。可是最特别的是写成「弟兄」的十一天以前所作，在鲁迅作品中最是难解的一篇，题目乃是「伤逝」，于十月二十一日写成，也不曾在杂志上发表过，便一直收在集子里了。关于这篇小说，我在「鲁迅小说里的人物」里边只在地方略加考证，现在特录一部分，并加以补充于下：

「伤逝」这篇小说大概全是写的空想，因为事实与人物我一点都找不出什么模型或依据。要说是有，那只是在头一段里说：「会馆里的被遗忘在偏僻里的破屋是这样的寂静和空虚。时光过得真快，已经快满一年了，事情又这么不凑巧，我重来时偏偏空着的又只有这一间屋。依然是这样的破窗，这样的窗外的半枯的槐树和老紫藤，这样的窗前的方桌，这样的败壁，这样的靠壁的板床。」第二段中又说到那窗外的半枯的槐树的新叶，和挂在铁似的老干上的一房一房的紫白的藤花。我们知道这是南半截胡同的绍兴县馆，其中在民国初年曾经住过一时的，最初在北头的藤花馆，后来移在南偏的独院补树书屋，这里所写的槐树与藤花，虽然在北京这两样东西很是普通，却显然是在指那会馆的旧居，但看上文偏僻里云云，又可知特别是说那补树书屋了。当时忘记了说，他从藤花馆搬到补树书屋的时候，日记上说明是为「避喧」，那么更可证明会馆里偏僻的地方只是补树书屋的一处而已。这样的证明于了解那篇小说有什么的用处呢？「伤逝」这篇小说很是难懂，但如果把这和「弟兄」合起来看时，后者有十分之九以上是「真实」，而「伤逝」乃是全个是「诗」。诗的成分是空灵的，鲁迅照例喜欢用「离骚」的手法来做诗，这里又用的不是温李的词藻，而是安特来也夫一派的句子，所以结果更似乎很是晦涩了。「伤逝」不是普通恋爱小说，乃是借假了男女的死亡来哀悼兄弟恩情的断绝的。我这样说，或者世人都要以我为妄吧，但是我有我的感觉，深信这是不大会错的。因为我以不知为不知，声明自己不懂文学，不敢插嘴来批评，但对于鲁迅写作这些小说的动机，却是能够懂得。我也痛惜这种断绝，可是有什么办法呢，人总只有人的力量。我很自幸能够不俗，对于鲁迅研究供给了两种资料，也可以说对得起他的了。关于鲁迅以外的人我只有对许季茀一个人，有要订正的地方，如上边所说的，至于其他无论什么样人要怎么说，便全由他们去说好了。

一四一　嗎嘎喇廟

民国十二三年便是一九二三至二四年，我们在北大里的一群人，大抵是在文科里教书的那些日本留学生，对于中日问题的解决，还有些幻想，所以在对日活动上也曾经努力过，可是后来都归于徒劳，终是失败了事。这一群人有陈百年，他是光复会的旧人，从前同了龚未生两人一直跟着陶焕卿跑，在焕卿著「中国民族权力消长史」的时候，二人都列名校对，未生别号是「独念和尚」，百年别称为「悠悠我思」，这与著书的「会稽先生」是相对成趣，鲁迅所时常引为谈助的。此外是沈尹默，他虽然不是留东学生，可是在这团体里很有势力，算是捏鼻毛的，因此朋友们就奉尊号称之为鬼谷子，而实际奔走联络的则是张凤举，他本名张定璜，是京都帝大的学生，後来当国民政府的驻日代表团员，现在就一直住在日本。还有两个人乃是马幼渔和我，本来还有朱希祖钱玄同，但玄同或者因为在北大只是讲师的关系，所以除外了，朱希祖不晓得因为什么，也不去拉他，其实他们倒是民报社听讲的人，即此可见「正人君子」的某籍某系的话是胡乱造谣罢了。

学校方面当初找我们几个人，商谈一下关于退还庚子赔款的事情。当年组织联军的八国向中国强要了去莫大的赔款，可是後来又由美国发起，退还给中国，用在教育文化事业上面，这於文化侵略是最有效力的。俄国於第一次欧战之後就完全放弃了，英法各国也相继声明退还，其中只是日本做得顶不漂亮，他不好意思说不退，可是退又是实在舍不得，所以经过好几年的曲折，成立了一个什么「对支文化事业委员会」，後来修正成为「東方文化事業委员会」，是属于他们内阁的一个机关，这事是在战争之後，那时中國只能放手不管，由他们自己去搞了。这是後话，且说其时还什么都没有头绪，我们便是我和张凤举同去日本公使馆找吉田參事官一谈，当时所谈只是公事，这是一九二三年三月十三日的事，但是由於这回的访问，渐々相識，遂於九月二十日在吉田处与坂西诸人相会，商量组織「中日学術協会」，为他日协商的地步。日记上只简单的记着：

「二十日晴，下午往燕大上课，四时後往访凤举，至正昌饮茶，同往吉田君宅晚餐，来者坂西，土肥原，今西，澤村，及北大同人，共十六人，十一时散。」坂西利八郎是日本的陸軍中將，一向在北京为北洋政府的軍事顾问，是个有名的「支那通」，土肥原贤二那时候还是少佐，是他的帮手，坂西用中國话介绍说，「这是我的傢计」，是後来「侵華」的罪魁祸首，在巢鸭监狱里同了别的战犯一起明正典刑的，不过在那时候还看不出什么来，只是觉得在老奸巨猾的坂西旁边，显得乡下老似的土头土脑，其实後来他的鬼计百出，终於弄得一败塗地，也何尝不是他的笨拙的证据呢。今西龍是研究朝鲜史的，澤村则是讲美術史的，都是东京大学的教授，那时逗留在北京，这里只是来作陪客的罢了。这回宴会不久之後，中日学術協会便告组織完成了，里边的主幹在日本方面是坂西和土肥原，土肥原还有一个他的「傢计」，叫方夢超，大槩是安徽桐城人，乃沈尹默的亲戚，此外由坂西去拉了些在北京政府各部里做顾问的日本人来充数，却是无關紧要的了。中國方面是张凤举，他同坂西後来被选作「幹事」，其餘的人便都是冥员而已，这些人是陈百年，馬幼渔，沈尹默和我，此外坂西还想拉李守常，可是不成功。他们的人選是要取北大人里多少和国民党有渊源的，但是对於我却有点看错了，——此後的时节，沈尹默张凤举和萧子昇组織了特務委员会，很替国民党出过力，後来登记党员，凤举替我和徐耀辰都报了名，但是我们敬谢不敏，没有去应筆试与口试。日本人的用意是，那时北洋政府已是完全无望，眼见国民政府的北伐将要成功，便想来找个桥梁，过去和国民党接洽。据张凤举所说，坂西表示中日谈判很是乐观，因为二十一条本未成立，当然可以破弃，即租界等问题亦可让步，日本所希望者只在保留因日俄战争所得的权利，这些权利取自帝俄，并非由中国夺取，这种辩解虽是强词夺理，但出自日本军人之口，也可以说是难得了。但是不久也觉得这样谈判未必可能得中国的认可，所以又复转为强硬政策，于是中日谈判既然无望，而中日学术协会这种组织也就自然归于消灭了。

中日学术协会于一九二三年十月十四日宣告成立，查旧日记于那一天项下记着道：

「下午三时至西四帝王庙，赴中日学术协会成立之会，会员共十八人，交入会金十元，会费五元。归家已晚。」这一笔钱就交给干事，作为开办的费用，在东城鸣喀喇庙租了一间大屋，算作学术协会的会所，当时坂西就笑着说：「我们怎么配说学术二字，但是招牌却不得不这样挂。」每月规定开一次常会，平常多借用北大第二院的会议所，唯有遇到招待客人或接收会员等事，才在鸣喀喇庙里聚会。会章像煞有介事的有严格的规定，凡接收会员，须经到场会员全体通过，以黑白棋子表示赞否，凡投票时如有一个黑子即属无效。会员本来是无关紧要的东西，但是这条规则却也发生了一次效力，被否决的人是西本愿寺管长大谷光瑞，这黑子乃是张凤举所投的。这协会自十一月十一日在北大第二院开了第一次的常会，大概维持了将有一年的光景，看看中日形势没有什么好转，特别是一九二三年十一月溥仪出宫以后，日本的汉字新闻「顺天时报」更是兴风作浪的胡闹，感觉到协会再弄下去的无意义，遂于十一月十日写了一封出会声明书寄去，因此这有名无实的所谓学术协会也就解散了。

一四二　顺天时报

凡是不曾于民国早年在北京住过些时候的人，决不会想像到日本人在中国所办的汉字新闻是怎么荒谬无理的可气。本来中国的报纸最初都是外國人办的、如上海的申报和新闻报都是如此、但那是外國商人主意为的赚钱、不像日本的乃是由政府主持、不但许事替日本说话、便是國内琐事也都加评论指導、一切予以干涉。这從前清时代就已办起、在北京的一个叫做顺天时报、在瀋陽那时称作奉天的一个叫做盛京时报、就名称上看来、也可以知道它成立的長久、和態度的陈旧了。日本是一个名称君主立憲、而实際是由軍阀专政的國家、民國以来北洋政府虽然还很反動、可是民间有些运動顯得有民主的色彩、这与日本人的观点是不大合得来的、其时便在报上大発議論、处处为反動势力張目、其影响实在是很大而且很有害的。五四以後这种现象就特别顯著、可是人们都不当它是一回事、以是外國人所办的新闻造謠是常有的、算不得什么、不值得费筆墨来同它闹争、这种理由有一半是不错的、但是一半也在误事、要能够知道它是在造謠才好、可是在中國这怎么能行呢？至少也是在北京「輦轂之下」、数百年来习惯於专制之淫威、对於任何奇怪的反動言論、都可以接受、所以有些北京商会

主張、简直是与顺天时报同一个鼻孔出气的。这个关係似乎很是重大。结果乃由我匹马单枪去和这形似妖魔巨人的風車作战、那些文章我都没有蒐集、现在就「谈虎集」卷下看来、里边只保存着「中國与日本」等十四篇。这谈虎集係取谈虎色变的意思、所收多是攻擊礼教的文章、但是因为我是主張中庸的、有的对於个人或是攻擊特别粗暴的就一律不曾收入、当时另出一个目録、预备日後另出一册「真谈虎集」、可是这个也不曾实行、那目録也就不見、只记得里边有篇「怨陳源」和「怨府衛」、——即是三一八开槍的執政府衛隊、是在那事件発生以後所写的。我那部谈虎集是那样经过精密选择、却保有与日本顺天时报闹别扭的文章有十四篇之多、可見那时是怎样的浪费筆墨、大约那时没有收集的文章还有不少。这期间是民國十三至十六年（一九二四—二七）、以後不久日本的漢文报纸大举是由外務省撤除了、但是它的宣传的恶影响却是很够大的了。

就谈虎集里的材料看来、最先和顺天时报对抗的是在溥儀出宫的时候

那是在民国十三年的冬天。我在「清朝的玉玺」这一篇文章里说道：

「玉玺这件东西、在民国以前或者有点用处、到了现在完全变了古董、只配同太平天国的那块宋体字的印一样、送进历史博物馆里去了。这回政府请溥仪君出宫、讨回玉玺、原是极平常的事、不值得大惊小怪、难道拏这颗印还好去做皇帝不成么？然而天下事竟有出于「意表之外」者、据顺天时报说、「市民大为惊异、谣言四起、咸谓……夺取玉玺尤属荒谬」、我真不懂这些「市民」想的是什么。我於此得到两种感想。其一是大多数都是些昏虫。无论所述的市民的意见是否可靠、总之都是遗民、迷信玉玺的奴隶、之确的、所以别人可以影射或利用。舆论公意、不论真假、多是荒谬的不可信托。其二是外国人不能了解中国的事情。外国人不是遗民、然而同他们一样的不是本国人、所以意见也一样的荒谬、即使不是恶意的、也总不免於谬误、至少是不了解。……

顺天时报是外国人的报、所以对於民国纵使不是没有好意、也总是绝无理解、它的好恶几乎无不与我们的相反、虽说是自然的、却也是很不愉快的事。它说清室优待条件系由朱尔典居中斡旋、现在修改恐列国不肯干休则不但谬误、简直无理取闹了。我要问朱尔典与列国、以及顺天时报的记者、当复辟的时候、你们为什么不出来干涉、说优待条件既由我们斡旋议定、不准清室破约复辟？倘若当时说这是中国内政、不加干涉、那么这回换了什么理由可以来说废话？难道清室可以无故破约而复辟、民国却不能修改对待已经复过辟的清室的条件么？虽然是外国人、似乎也不好这样的乱说罢。——但是仔细一想、就是本国人、受过教育的人们中间、这样的人也未必没有、那么要又於外国人何尤。」

这篇文章的口气还是相当的缓和、说外国人不懂中国的事情、所以多有荒谬的议论、就怪中国人不争气、爱听他们的谬论。但是在谈虎集所收的第二篇「李佳白之不解」中、却收起这种假客气话、单刀直入的指出这种报纸的用意来了。原文最末的第三节道：

「顺天时报是外国政府的机関报，它的对於中國的好意与了解的程度是可想而知的，它引李佳白为同调，所以正是当然。但我们也可以利用这些荒谬的议论。我们只要看这些外国機関报的论调，他们所幸所乐的事大约在中國是灾是祸，他们所反对的大抵是於中國是有利有益的事。虽然不能说的太决绝，大旨总是如此。我们如用这种眼光看去，便不会上它的当，而且有时还很是为参考的资料」。

一四三　顺天时报续

我这所写的是民国十三年的事情，但是顺天时报的事却一直继续着，到民国十六年为止，所以这里记録的年代也不免要混乱一点，把其他事情跳过去，先来把这一事件结束了再说别的了。

民国十五六年广东政府国共合作成功，北伐着着胜利，眼看北洋派的政府就要垮台，于是这边也变本加厉的反共，在这时候正是顺天时报得意之秋，造谣生事，无所不用其極。最显著的是関於裸体游行的宣传，十六年四月十五日我写了一篇「裸体游行考订」，前半云：

「四月十二日顺天时报载有二号大字题目的新闻，题曰打破羞耻，其文如下：上海十日電云，据目击者谈，日前武漢方面曾举行妇人裸体游行二次，第一次参加者只二名，第二次遂达八名，皆一律裸体，唯自肩部挂薄纱一層，籍罩全身，游行时绝叫打倒羞耻之口号，真不異百鬼晝行之世界矣。该报又特别做了一篇短评，评论这件事情，其第二節里有这几句话：

「上海来電，说是武漢方面竟全有妇人举行裸体游行，美其名曰打破羞耻游行，此真为世界人类開中國從来未有之奇观」。

我以为那种目击之谈多是靠不住的，即使真实，也只是几个谬人的行为，没有多少意思，用不着怎么大惊小怪。但顺天时报是日本帝國主義的机関报，以尊皇衛道之精神来训導我國人为职志的，那么苟得有发挥他的教化的机会，当然要大大利用一下，不管它是红是黑的谣言，所以我倒也不很觉得不对。不过该报记者说裸体游行真为世界人类開中國從来未有之奇观、我却有点意見。在中國是否從来未有我不能断定、但在世界人類却是極常見的事。即如在近代日本、直至明治維新的五年（一八七二）、就有那一种特别營業、雖然不是裸体游行、也總相去不遠、「喊、来吹一吹吧、来戳一戳吧」的故事。现在的日本人还不会忘记吧？據「守貞漫稿」所记、在天保末年（一八四一年頃）大坂廟会中有女陰展覽、门票每人八文。原文云：

「在宮倉边野外張席棚、婦女露陰门、观者以竹管吹之。每年照例有两三处。展览女陰在大坂僅有正月初九初十這两天、江户（即现今東京）則在兩國橋東、終年有之。」明治十七年（一八八四）四壁菴茂「忘倖錄」、亦在「可恥之展览物」一条下有所记録、本拟併守貞漫稿别条移译於此、唯恐有坏亂風俗之虞、触犯聖道、故從畧。总之这种可笑之事所在多有、人非聖賢、豈能免过、從事於歷史研究文明批评者平淡看过、若在壮年凡心未尽之时、至多亦把卷一微笑而已。如忘记了自己、專门指摘人家、且造作或利用謠言、作攻擊的宣傳、我们就要請他先来自省一下。」怎么樣的来反省呢？就是裸体游行可能是謠言、他们却有过同類的女陰展览、这是在文献上有「目擊」者的证据、便只是有这一点的不同、因为纳付过八文钱的看資、有合於資本主義的道理、或者因此便可以不算是有鬼畫符了吧」。

这时候北洋政府已经完全是奉軍的势力、張作霖進入北京、快要做大元帥了，於是有搜查俄國公使館之举、那时國共合作的党员便全部被捕、這是十六年四月六日事情。經过三个星期、十幾个人都被处了死刑、北大教授圖書館長李守常也就在内、顺天时報借此机会、又做了一次顛倒黑白宣傳。我在「日本人的好意」一篇文章里加以反駁、上半云：

「五月二日顺天时報上有一篇短评、很有可以注意的地方、今錄其全文如下：

「惻隐之心、人皆有之、恩怨是另一问题。貪生怕死、螻蟻尚然。善恶也是另一问题。根據以上兩个原則、所以我对於这次党案的结果、不禁生出下列的感想来。

李大釗是一般人称之为学者的、他的道德如何姑且不论、能被人称为学者、那麽他的文章他的思想当然与庸俗不同、如果肯自甘淡泊、不作非分之想、以此文章和思想来教導一般後進、至少可以终身得一部人的信仰崇拜、如今却做了主義的犧牲、绝命於絞首台上、还担了许多的罪名、有何值得。

再说这一般党员、大半是智識中人、难道他们的智識連蝼蟻都不如麽难道真是视死如归的麽？要是果真是不怕死的、何不磊落光明的幹一下子又何必在使館界内秘密行動哩？即此可知他们也並非願意捨生就死的、不过因为思想的衝動、以及名利的吸引、所以竟不顾利害、甘蹈危机、他们却萬料不到秘密竟会洩漏、黑幕终被揭穿的。俗话说得好、聪明反被聪明误、正是这一般人的寫照。唉、可怜可惜啊。

奉劝同胞、在此国家多事的时候、我们还是苟全性命的好、不要再轻举妄動吧！」

你看、这思想是何等荒谬、文章是何等不通。我们也知道、顺天时報是日本帝国主義的机関、外国人所寫的中国文、实字虚字不中律令、原是可恕的、又古语说得好、非我族類、其心必異、意見不同也不足怪。现在日本人用了不通的文字、寫出荒谬的思想、来教化我们、这虽是日本人的好意、我们却不能承受的。……照我们的观察说来、日本民族是素来不大尊敬苟全性命的、即如近代的明治維新就是一个明证。日本人自己若不以维新志士为不如蝼蟻、便不应该这樣来批评党案、无论尊王与共産怎樣不同、但以身殉其主義的精神總是同的、不能加以歧視。日本人轻视生死、而独来教诲中国人苟全性命、这不能不说别有用心、顯係一种奴化的宣传我並不希望日本人来中国宣传轻生重死、更不赞成鼓吹苟全性命、总之这些他都不应该管、日本人不妨用他本国的文字去發表谬论或非谬论、但決用不着他们用了漢文寫出来教诲我们。

顺天时報上也登載过李大釗身後蕭條等新聞、但那篇短評上文有什麽如肯自甘淡泊，不作非分之想等語。我要請問日本人，你何以知道他是不肯自甘淡泊，是作非分之想？如自己的報上記載的是事实，那麽身後蕭條是淡泊的证据，还是不甘淡泊的证据呢？日本的漢字新闻造谣鼓煽是其長技，但像这樣明顯的胡说八道，可以说是少見的了。……英國虽是帝國主義的魁首，却还没有用这种陰险的手段来办顺天时报给我们看，只有日本肯这樣屈尊賜教，这不能不说是同文之賜了。「逢蒙学射於羿，尽羿之道，思天下唯羿为愈己，於是殺羿。孟子曰，是亦羿有罪焉。」嗚呼，是亦漢文有罪焉欤！」

这樣的前後搞了四年，白花了許多气力，总写了有十多万字吧，但是这有什麽用处呢？结果还是时局变化，「順天时報」终於在北京也站不住了，只得退出關去，那时顺天时报也就只好关门了。

一四四　女師大与东吉祥一

现在要回过去讲以前的事情，其最为重大的一件，便是举世闻名的所谓女師大的風潮。在这中间，却另有一段和東吉祥胡同派的人往来的經过，另外写作一章，似乎不大好，所以拼凑在一起，成了那樣一个凑拼而成的題目，实在是很可笑的。大家知道，这二者性质相反，正如薰蕕之不能同器，但在那时我却同它们都有些関係，讲起来所以只能混在一处了。

讲到女高師，——它之改称女師大，只是在楊蔭榆来做校長之後，这以前都是称为北京女子高等師範学校的，我和它很有一段相当長的歷史。在民國十年还是熊崇煦長校的时代，由錢秣陵来说，叫我去担任兩小时的欧洲文学史，第二年生了半年的病，这功课就半途的结束了。到了十一年由許寿裳继任校長，他是一个大好人，就是有点西楚霸王的毛病，所谓「印刓不予」，譬如学生有什麽要求，可與則與，不可便立即拒绝好了，他却总是遲疑不决，到後来终於依了要求，受者一点都不感谢，反而感到一种嫌恶了。他自己教杜威的「教育与民治」，满口德谟克拉西，学生们就送他一个徽号叫「德谟克拉東」，这名字也够幽默的了。我那里担任了一年课，到第二年即一九二三年的八月里，我就想辞职。在旧日记里有这些项记载：

八月十日，寄季茀函，辞兼课。

九月三日，季茀来，留女高师教课，只好允之。

十二月廿六日，寄郑介石函，托辞女高师课。这时郑君或者是兼国文系的主任，但辞职仍没有准许，虽然在日记上没有登载。一九二四年夏天许季茀辞去校长，推荐後来引起风潮的杨荫榆继任，杨女士是美国的留学生，许君以为办女校最好是用女校长，况且美国是杜威的家乡，学来的教育一定是很进步的，岂知这位校长乃以婆婆自居，把学生们看作一群的童养媳，酿成空前的风潮，这是和他的希望正相反了。我本来很怕在女学校里教书，尤其怕在女人底下的女学校里，因此在这时更想洗手不干了。在日记里记着这几项，可以约略的知道：

七月二日，晚杨校长招宴，辞不去。

七月十一日，收女高师续聘书，当还之。

七月十四日，送还女高师聘书。

七月二十日，女高师又送聘书来。

七月廿二日，仍送还女高师聘书。

七月廿七日，上午往女高师，与杨校长谈，不得要领。

九月廿一日，马幼渔来，交来女高师聘书。

即此可以看见，我对于女师大的教课一向并无什么兴趣，特别是女校长到任以後更想积极的摆脱，可是摆脱不了，末了倒是由北大「某籍某系」的老大哥马幼渔，不晓得是怎么样找来的，出来挽留我，於是我不得不继续在那里做一名「西席」，後来成为女师大事件中支持学生方面的一个人，一直到大家散伙之後，还留下来与徐耀辰成了女师大方面唯一的代表，和女子大学的学长林素园交涉以至冲突，想起来实在觉得运命之不可测。而在别一方面，我对於东吉祥派的人们，便是後来在女师大事件上的支持校长方面的所谓「正人君子」，我当初却是很拉拢的，旧日记上还留着这些记录：

一九二三年十一月三日、下午耀辰凤举来、晚共宴张欣海、林玉堂、丁西林、陈通伯、郁達夫及士远尹默、共十人、九时散去。这是第一次招待他们、是在後院的東偏三间屋里、就是從前愛罗先珂住過的地方。

十一月十七日、午至公園来今雨軒、赴張欣海陈通伯徐志摩约午餐、同坐十八人、四时返。

一九二四年六月二十四日、六时至公園、赴現代评論社晚餐、共约四十人。

七月五日、下午凤举同通伯来谈、通伯早去。

七月三十日、下午通伯邀阅英文考卷、阅五十本、六时返。

七月三十一日、上午往北大二院、阅英文卷百本。

一九二五年二月十二日、下午同丁西林陈通伯凤举乘汽车、往西山、在玉泉山旅館午飯、抵碧雲寺前、同步行登玉皇頂、又至香山甘露旅館飲茶、六时回家。

这时候女師大反对校長的风潮已经很是高涨、渐有趋於决裂的形势、在二月廿八日的日记里记有「女高師旧生田罗二女士来访、为女師大事也」的记载、她们说是中立派、来为学校求解决、只要换掉校長、风潮便自平息。那时是馬夷初以教育部次長代理部務、我当晚就打電话到馬次長的家里转達此意、馬次長说这事好办、校長可以撤换、但学生不能指定後任为谁、如一定要易培基、便难以办到。这事我不知底细、不能负责回答、就拖延了下来、到了四月内阁改组、由章行嚴出長教育、於是局势改變、是「正人君子」的世界了。

一四五　女師大与东吉祥 二

女師大反对校長的风潮發生於一九二四年的秋天、迁延至次年一月、仍未解决、学生代表乃至教育部诉说請求、併發表宣言、坚决拒绝楊荫榆为校長。五月七日該校開國耻纪念講演会、校長与学生發生衝突、五月九日乃召集评议会開除学生自治会職员六个人、即蒲振声、張平江、鄭德音刘和珍、许广平、姜伯谛。（这些年月和人名，我都是查考鲁迅全集第三卷的注释才能得来的，因为日记里没有详细的记载。）我们有几个在女师大教书的教员听了不平，便酝酿发表一个宣言，这终於登在五月二十七日的京报上，由七个人署名，即是马裕藻、沈尹默、周树人、李泰棻、钱玄同、沈兼士、周作人。照例负责起草的人是署名最后的，这里似乎应该是我拟那宣言的了，但是看原文云，「六人学业，俱非不良，至於品行一端，平素又绝无惩戒记过之迹，以此与闹除并论，而又若离若合，殊有混淆黑白之嫌，」似乎觉得不像是我自己的手笔，至於这是谁的呢，到现在却也无从去查考了。

这宣言的反响来的真快，在五月三十日发行，而二十九日已经发卖的「每週评论」上，就发现陈西滢即通伯的一篇「闲话」，不但所谓某籍某系的人在暗中「挑剔风潮」的话就出在这里边，而且大有挑唆北洋军阀政府来严厉压迫女师大的学生的意思。我以前因张凤举的拉拢，与东吉祥诸君子谬托知己的有些来往，但是我的心里是有「两个鬼」潜伏着的，即所谓绅士鬼与流氓鬼，我曾经说过，「以开店而论，我这店是两个鬼合开的，而其股份与生意的分配，究竟绅士鬼还只占其小部分。」所以去和道地的绅士们周旋也仍旧是会不来的，有时流氓鬼要露出面来，结果终於翻脸，以至破口大骂，这虽是由於事势的必然，但使我由南转北，我手作了一百八十度的大回旋，脱退绅士的「沙龙」，加入从前那应想逃避的女校，终於成了代表，与女师大共存亡，我说运命之不可测就是为此。这之後我就被学生自治会请去开会，时期在五月二十一日，情形如鲁迅在「碰壁之後」一篇文章里所写，即是一个大家庭里闹争的状况，结果当上了一名校务维持会的会员。而且说也奇怪，我还有一次以学生家长的资格，出席於当时教育部所召开的家长会，——我其实并无女儿在女师大念书，只因有人介绍一个名叫张静淑的学生，叫我做保证人，这只须盖一个图章，本是「不费之惠」，不过有起事情来，家族如不在北京，保证人是要代家长负责的，这是寻常不会有的事情，但是我却是适逢其会的碰着了。我终于不清楚张静淑本人是不是反对校长的，假如她是女附中出身，那么她应该为附中主任欧阳晓澜的威胁利诱而加入对方去了，如今却还找我这保证人去赴会，可以想见她是在反对的一边的。那一天的日记只简单的记着：

八月十三日，下午四时赴教育部家长会议，无结果而散。这会议是不可能有结果的，在八月六日北洋政府阁议已经通过教育部解散女师大，改办女子大学的决议，这里招集家长前来，无非叫约束学生，服从命令的意思。当时到场二十余人，大都没有表示，我便起来略述反对之意，随有两三个人发言反对，在主人地位的部长章士钊看见这个形势，便匆匆离席而去，这便是那天无结果的详情。以后紧接着二十二日武装接收的一幕，由专门教育司长刘百昭率领老妈子队伍，闯赴石驸马大街，把女学生拖拉出校，就原址开设国立女子大学，派胡敦复为校长。那班被拖出街上的学生们只得另寻栖止，在端王府的西南找到一个地方，作为校址，校长是易培基，这大概是校务维持会所推定的吧。日记里写着这：

九月十日，上午往宗帽胡同（十四号电话西局一五八五），女师大开校务维持会。

九月二十一日，上午赴女师大开学典礼，午返。这以后就暂时在那里上课，到了十一月底章士钊离开了教育部，女师大随即复校，仍搬回石驸马大街原处。可是在第二年即一九二六年中乃有更不幸的事情发生，这即是三一八事件，女师大死了两个学生，国文系的刘和珍与英文系的杨德群，随后有些教员也被迫离开了北京。教育总长换了任可澄，教育界前途一样黑暗，我在女师大断断的被挤了上去，充当代表，在八月五六两日里去见任可澄都不曾见到。二十二日是去年「毁校纪念」，开会纪念了不到十日，教育部又发表将女子大学和女师大合併为女子学院，而以女师大为师范大学部，派林素园为学长，于九月四日来校，武装接收了。今据林素园的报告照録于下：

「素園本日午前十一时復往该校、维时该校教职员等聚集多人、声势汹汹、当时教员徐祖正周作人说明接收理由、该徐祖正等声言周人等对於改组完全否认、早有宣言，何竟贸然前来、言时声色俱厉、继復躍起谩骂户外围绕多人、一齐喝打、经部员劝告无效、並被奉击、素园等只得来部陈明。」这篇布告登在九月六日的世界日报上、但记者说据前日报告仅云林上午到校因斥该校教授为共产党、言语之间稍有冲突、並无互殴之说、此种报告似觉离奇、殊与事实颇有出入。这新闻报道倒是公平的。

一四六　语丝的成立

第二次武装接收女师大、已经是一九二六年的事、语丝却是一九二四年创刊的、现在要来讲它、须得退回两年回去、可是如来从头讲起、那便非先说孙伏园办晨报副刊不可、那就更早了。——但是我且不去管它、如今且来跑一通野马、说一说这件事的始末吧。

孙伏园原名福源、是我在绍兴做中学教员那时候的学生、我查来北京以後的日记、在一九一七年有这一项记载：

八月廿一日、下午得孙福源十五日上海函。那年因为有复辟之役、北大的招考改迟了、他来上海是为的应试、但是那年没有录取。次年年假里回家去、他来访四次、我於九月十日返北京、可是过了六天、他老先生也飘然的来了。他说想进大学旁听、这事假如当初时我说了、我一定会阻止他的、但是既然来了、也没得话说。日记上说：

十八日、上午孙福源来、为致学长函。这是写给陈独秀、代他请求准许旁听的信。当时旁听章程、一年後随班考试及格、可以改为正科生、这條章程可是在第二年就修正了、以後旁听生一律不得改为正科了。那一年入学的旁听生、只有国文系二人、其一是孙福源、其二则是成平、即是亦世界日报的成舍我、在一榜之中出了两位报人、也可以说不是偶然的事。

他在北大第一院上课听讲、住在第二院对过的中老胡同、和北大有名的師生都颇熟习了、这时五四运动发生、他就得了机会施展他的能力。他最初是据我所记得、同罗家伦在国民公报里工作、後来那报停了、他便转入了晨报、因为这两种报同是研究系报纸、研究系是很聪明的政党、见事敏捷、善於见风使帆、所以对於五四後的所谓新文化运动、它是首先赞助。在这晨报中间更有一位杰出的人物、他名叫蒲伯英、但在前清末年四川争路风潮的时候、已很有名、那时叫蒲殿俊、是清朝的一位「太史公」。孙福源在晨报最初是编第五板、彷彿是文艺栏、登载些随感杂文、我的「山中杂记」便都是在那上边发表的、这是一九二一年的秋天的事情、等到鲁迅的「阿Q正传」分期登载、已经是「晨报副刊」了。这是报纸对开的四页、虽是附张却有独立的性质、是晨报首创的形式、这可能是蒲伯英与伏园两个人的智慧、出板的时期是一九二一年的冬天吧。报上有这么一个副刊、让人家可以自由投稿、的确是很好的、孙福源的编辑手段也是很高明、所以一向很是发达、别的新闻都陆续仿照增加。但是好景不长、他的晨报副刊只办了三年多、於一九二四年十月便交卸了、查旧日记上记着：

十月二十四日、下午伏园来、云已出晨报社、在川岛处住一宿。伏园辞职的原因、据说是因为刘勉己擅自抽去副刊上的稿子、这是明明排挤他的意思、所以他觉得不能不走了。伏园既然离开了晨报副刊、便想自己来办一个出板物、大家可以自由发表意见、不受别人的干涉、於是由他自联络筹办、结果除他自己以外还有李小峰章川岛、作为经常出板的人、做文章的则另外约了些人、经过一次会商、这刊物的事情就算决定了。日记上记载着道：

十一月二日、下午至市场开成北楼、同玄同伏园小峰川岛绍原颉刚诸人、议出小週刊事、定名曰语丝、大约十七日出板、晚八时散。至於刊物的名字的来源、是从一本什么人的诗集中得来、这并不是原来有那样的一句话、乃是随便用手指一个字、分两次指出、恰巧似懂非懂的还可以用、就让疑古玄同照样的写了。週刊的发刊词是由我所拟的、但是手头没有语丝的原本、所以不能记得了、因为本来没有什么固定的宗旨、所以说得很之就说、到後来与现代评论打架的时候、语丝举出两句口号来，「用自己的钱，说自己的话」、也就是这个意思、不过针对现代评论的接受官方津贴、话里有刺罢了。鲁迅在「我与语丝的始终」一篇文章里说道：

「凡是语丝的固定的投稿者、至多便只剩了五六人、但同时也在不意中显了一种特色、任意而谈、无所顾忌、要催促新的产生、对於有害於新的旧物、则竭力加以排击、——但应该产生怎样的新、却并无明白的表示、而一到觉得有些危急之际、也还是故意隐约其词。陈源教授痛斥语丝派的时候、说我们不敢直骂军阀、而偏和握笔的名人为难、便由於这一点。但是、叭吧兒狗险於吧狗主人、我们其实也知道的、所以隐约其词者、不过要使走狗嗅得、跑去献功时、必须详加说明、比较地费些气力、不能直捷痛快、就得好处而已。」这一节话很能说明「语丝」杂文的一方面的特色、於叭吧兒狗的确有用、可是叭吧兒狗也不是好惹的东西、一不小心就要被咬、我自己有过经验、吃了一点亏、但是也怪自己不能彻底、还要讲人情的缘故。我根据张凤举的报告、揭发陈源曾经扬言曰、「现在的女学生都可以叫局」、後来陈源追问来源、欲待发表、而凤举竭力央求、为息事宁人计、只好说是得之传闻、等於认输、当时川岛很是不平、因为他也在场听到张凤举的话、有一回在会贤堂聚会的时候、想当面揭穿、也是我阻止了。这是当断不断的一个好教训。关於语丝说了不少的空话、至於实在的文章如何好在世间还有印本流传、只得让好事者自己去看了。

一四七　五卅

一九二五年五月三十日上海英国租界的巡捕对於示威游行的工人市民开枪、死伤很多、这是极为重大的一桩事件、但是在殖民地却是往往发生的事、所以国人虽然奔走呼号、也是没有别的办法、终於在十月里麻胡的了结了。在北大的人也只是发表几篇外国文的宣言、更无聊的还要打电报给罗马法皇向他们「辩诬」、结果是自讨没趣、也实在十分可笑的事情。鲁迅在「忽然想到」之十里说得很好：

「我们的市民被上海租界的英国巡捕击杀了，我们并不还击，却先来赶紧洗刷牺牲者的罪名，说道我们并非赤化，因为没有受别国的煽动，说道我们并非暴徒，因为都是空手，没有兵器的。我不解为什么中国人如要使中国赤化，真在中国暴动，就得听英捕来处死刑？记得新希腊人也曾用兵器对付过国内的土耳其人，却并不被评为暴徒，俄国确已赤化多年了，也没有得到别国干涉的惩罚。而独有中国人，则市民被杀之后，还要皇皇然辩诬，张着含冤的眼睛，向世界搜求公道。」

自己被了损害，却要先向人家辩诬，而这些人家原是凶手一伙儿的，这样的做是很有点离奇的事，然而比较利用了来做生意，总还要好一点。不过这种出于意表之外的事情，也竟有之，不能不说是奇怪了。在「泽泻集」里有一篇名叫「吃烈士」的文章，便是讽刺这事的，不能正说，只好像是开玩笑似的，可见这事的重大了，——我遇见同样事情的时候，往往只有说玩笑话的一法，过去的如「碰伤」和「前门遇马队记」，便都是这一类的例子。如今且说那篇「吃烈士」的文章：

「这三个字并不是什么音译，虽然读起来有点佶屈聱牙，其实乃是如字直说，就是说把烈士一块块的吃下去了，不论生熟。

中国人本来是食人族，象征的说有吃人的礼教，遇见要证据的实验派，可以请他看历史的事实，其中最冠冕的有南宋时一路吃着人腊（案就是人肉干）去投奔江南行在的山东忠义之民。不过这只是吃了人去做义民，所吃的原是庸愚之肉，现在却轮到吃烈士，不可谓非旷古未闻的口福了。

前清时捉到行刺的革党，正法后其心脏大都为官兵所炒而分吃，这在现今看去大有吃烈士的意味，但那时候也无非当作普通逆贼看，实行国粹的寝皮食肉法，以维护纲常，并不是如妖魔之于唐僧，视为十全大补的特品。若现在的吃烈士，则知其为——且正因其为烈士而吃之，此与历来的吃法又适乎不同者也。

民国以来久矣夫没有什么烈士，到了这回五卅——终于应了北京市民的「杞天之虑」，因为阳历五月中有两个四月，（阴历闰四月。）正是庚子谶言中的「二四加一五」——的时候，才有几位烈士出现於上海。这些烈士的遗体当然是都埋葬了，有亲眼见过出丧的人可以为证，但又有人很有理由的怀疑以为这恐怕全已被人偷吃了。据说这吃的方法计有两种，一曰大嚼，一曰小吃。大嚼是整个的吞，其功効则加官进禄，牛羊繁殖，田地开拓，有此洪福者不过一二武士，所吞约占十分七八，下余一两个的烈士，供大众知味者之分尝。那些小吃多者不过肘臂，少则一指一甲之微，其利益亦不厚，仅能多销几顶五卅纱秋，几双五卅坤履，或在墙上多标几次字号，博得蝇头之名利而已。——呜呼，烈士殉国，於委蜕更有何留恋，苟有利於国人当不惜举以遗之耳。然则国人此举既得烈士之心，又能废物利用，殊无可以非议之处，而且顺应潮流，改良吃法，尤为可嘉，西人尝称中国人为精於吃食的国民，至有道理。我自愧无能，不得染指，但闻「吃烈士」一语觉得很有趣味，故作此小文以申论之。乙丑大暑之日。」

大暑之日系是阳历七月廿三，距出事的时期只有四五十天，便被杀掉的人这样的利用了。好在殖民地时代是一去不复返了，现在只是当作往事来谈谈而已。我写这种文章，大概系受一时的刺激，像写诗一样，一口气做成的，至於思想有些特别受英国斯威夫德（Swift）散文的启示，他的一篇「育婴刍议」（A Modest Proposal）那时还没有经我译出，实在是我的一个好范本，就只可惜我未能学得他的十分之一耳。

一四八　三一八

一九二六年三月十八日下午，北京铁狮子胡同执政府卫队对於请愿的民众开枪，造成死者四十七人，伤者一百五十余人的惨案，这乃是反动政府与帝国主义互相勾结，布置而成的局面，其手段之凶残，杀伤之众多，都是破天荒的，后来孙传芳蒋介石的肆行残杀，差不多都是由此出発的。当日我到盔甲厂的燕京大学去上课，遇见站在课堂外边的学生，说今天因为请愿去了，所以不上课，我正想回来，这时忽见前去赴会的许家鹏君受急忙跑的跑回来，说「了不得了，衛隊開槍，死傷了許多人！」他自己好像没有受傷，但一頂他戴着的一頂呢帽，在左边上却被子彈穿了个大窟窿。我從東单牌楼往北走，一路上就遇着好些輕傷的人，坐在車上流着血，前往醫院里去。第二天真相逐漸明了，那天下着小雪，鉄獅子廣場上还躺着好些死体，身上蓋着一層薄雪，有朋友目擊这情景的，说起三一八来便不能忘記那个雪景。死者多半是青年学生，与我有關係的学校是女師大的刘和珍与楊德群二人，燕大的許君虽是奇蹟的没有受傷，可是研究生郭燦然却因此失了一條大腿，一九三一年我在燕大的时候，他还是國文系当秘书，可是後来大學回到河南故鄉去了。

三一八事件發生以後，我也只能拿了筆幹以文字紀念死者，做了幾副輓聯，在三月二十三日給殉難者全体開追悼会的时候，送去一聯云：

赤化赤化，有些学界名流和新聞記者还在那里誣陷。

白死白死，所謂革命政府与帝國主義原是一樣东西。二十五日在女師大追悼劉楊二君时，送去对联云：

死了倒也罢了，若不想到二位有老母倚閭，親朋盼信。

活着又怎么着，無非多經幾番的槍声震耳，彈雨淋頭。

我真運气，得陈源教授替我来做注脚，我在这里說槍声彈雨，本来只是随便的一句熟語，雖有甜熟之感，乃不意在三月二十七日的現代評論上的「閑話」里，明說這是走入「死地」，要「冒槍林彈雨的險，受踐踏死傷之苦」的，这不但證言那天開槍是有計劃的事，而且這也做了我的文章的出典了。中法大学的胡錫爵君的追悼会不知是哪一天，我的对联是這樣的：

什么世界，还講愛國？

如此死法，抵得成仙！

這里很有一点玩笑的成分，因为這是我起例的毛病，那时也的確寫了一篇似乎是游戲的文章，題曰「死法」，是發揮這个意思的，就拿這副輓联来做結束。当时也曾寫过些文章，正面的來說憤慨的話，自譴責以至悲罵，如在京報上登載的「恕陳源」等，本來想收集攏來归入「真谈虎集」内的，但是不晓得怎么一来，不曾实行，而且把目录也遗失了，或者是绅士鬼临时执政的时候所决定的吧。但我有时也颇想找出来看看，因为那时那东吉祥的一班「东西」——这是鲁迅送给他们的徽号——的谣言实在造得太离奇了，不知道是怎么样「想」他的。鲁迅在「记念刘和珍君」这篇文章里说：

「我已经说过，我向来是不惮以最坏的恶意来推测中国人的。但这回却有几点出于我的意外。一是当局者竟会这样的凶残，一是流言家竟至如此之下劣，一是中国的女性临难竟能如是之从容。

我目睹中国女子的办事，是始于去年的，虽然是少数，但看那干练坚决，百折不回的气概，曾经屡次为之感叹。至于这一回在弹雨中互相救助，虽殒身不恤的事实，则更足为中国女子的勇毅，虽遭阴谋秘计，压抑至数千年，而终于没有消亡的明证了。倘要寻求这一次死伤者对于将来的意义，意義就在此罢。」

他的话是对的，此文作于四月一日，我在三月三十一日做了一篇「新中国的女子」，也曾说道：

「三月十八日国务院残杀学生事件发生以后，日本北京周报上有颇为详明的记述，有些地方比中国的御用新闻杂志的记者说的还要公平一点，因为他们不相信群众拏有成支手枪，虽然说有人拏着手杖的。他们都颇佩服中国女子的大胆与从容，明观生在「可怕的刹那」的附记中有这样的一节话：

「在这个混乱之中最令人感动的事，是中国女学生之刚健。凡有示威运动等，女学生大抵在前，其行动很是机敏大胆，非男生所能及，这一天女学生们也很出力。在我的前面有一个女学生，中了枪弹，她用了毛线的长围巾扎住了流出来的血潮，一点都不张皇，就是在那恐怖之中我也不禁感到佩服了。我那时还不禁起了这个念头，照这个情形看来中国将靠了这班女子兴起来罢。」北京周报社长藤原镰兄也在社论中说及，有同样的意见：

「据当日亲身经历，目睹实况的友人所谈，最可佩服的是女学生们的勇敢。在那个可怕的悲剧之中，女学生们死的死了，伤的伤了，在男子尚且不能支持的时候，她们却始终没有失了从容的态度。其时他就想到中国的興起或者是要在女子的身上了。所有一位专治汉学的老先生，离开中国二十年之后再到北京来，看了青年女子的面上现出一种生气，与前清时代的女人完全不同了，他很惊異，说照这个情形中国是一定会興隆的。我们到这句话，觉得里边似乎的确表示着中国机运的一点消息。」

这北京週报是用日本文写，亦给日本人看的报，所以意見有时也还正确，不像汉文报的故意歪曲。但那时候的顺天时报是怎么说的呢，想必有很好的妙论，可是那时因为有现代评论驳过了它，所以对于它不曾注意，已经记不得了。

一四九　中日学院

以前对于中日问题，还不能没有幻想，希望它能够和平解决，因此徒劳的作些活动，第一次的中日学术协会，已经失败了，第二次又来计划改革同文书院，设立了中日教育会。这也是由于坂西和土肥原的介绍，与东亚同文会的代表大内见面，商议将天津的同文书院改为中国学生的留日预备学校的事宜。这同文会本是经济文化侵略的机关，它在上海汉口天津各地设立同文书院，养成说中国话的人材，熟悉中国习惯，来中国作种种的活动。这一回却愿将天津的一处学校改作私立中学，招收中国学生，然只是用日本文作为第一外国语，毕业后可以留学日本，直接考入大学。他们请中国人会办这学校，总务即经费一切归日本人担任，教务由中国方面主持，都照教育部章程办理。平常他们办事，凡是要中国人给他帮忙时，总是拉些有小功名的如举人秀才的人，这回却找到大学里来，仍旧在中日学术协会中间找了几个人，即是陈百年，马幼渔，沈尹默，张凤举和我一共是五个。日记上尚留存着这几项记事：

一九二五年八月三十日，上午往百年处，商议同文书院事。

九月二日，下午往土肥原宅，与大内江藤及北大同人共商同文书院事，晚八时回家。

九月四日、上午十一时往土肥原宅、議定中日教育会契约、午大内约往东兴楼午餐、共计賓主九人。

九月五日、午在东兴楼与尹默幼渔凤举百年、共宴大内江藤土肥原、及方梦超四人。这以後中日教育会便算成立了、議定以天津同文书院为基础、设立中日学院、先办初中高中部份、再扩充到大学部、其教务方面完全由中国人主持、教务長则请原有的张子秀担任、另外请会里派一个院長前去、併请会员二人去任两门功课。结果推定陈百年去教论理学、马幼渔去教国文、每週一次、院長则请沈兼士任之、因为在北京住家、不能常驻天津、所以只好时常往来京津之间。我虽是会長的名义、但只是在有一年的学校记念日特别开会的那天、我被邀去到校讲演、去过一次、所得的印象实在平凡得很、校舍是够中学之用、但要想办大学哪里能行呢、好在学院方面也是没有诚意、姑且说一句话、後来不再提起、这边也觉得反正不能实现、也没有人认真去追问、便这样虚与委蛇的拖了好久。後来一个时候陈马二君也懒得跑这一段長路了、就都辞了兼职、只让一位由这边介绍去的北大的研究生在校撑门面、总务長江藤则已去世、由藤江递補、这人也看不出别样坏处、就只喜欢钓鱼和喝酒、大半天在学校边的水池里垂钓。院長则时去时歸、很有殷勤的样子、等到一九三一年柳條溝的炮声一响、他也就正式的辞职了。土肥原介绍我们改革同文书院、未能成功、可是他在另一方面进行的捣乱工作、却是著著进行、终於引起芦沟桥事件、结果是「神国」成麦克阿塞的领土、而自己也遂为巣鸭殉国的「七英灵」之一人。凡是见过土肥原贤二的人、似乎不大会预料他能做大事情的人、语云、时无英雄、遂使孺子成名、我们看现在的日本好像还缺少真的英雄、这是很可怕的一件事情。

中日学院的院長当初原是想把学校办好、所以前去的、事实上他有识力可以足够办好一个大学部、但是事与愿违、使他不得不转为消极、然而却有一件事，着实使他受累不浅，这便是从天津得来的一份小家春。他本有一子一女，家庭很是圆满，不幸他的夫人得了一种不很利害而是经常的精神病，他就在天津營了一所「金屋」，後来回到北京时又不得不把她移回来，日後他的夫人也常见到，旁人便以某女士的资格向她介绍，这真是一种可悲的喜剧了。我自己虽然没有受什么累，可是在一九二九年的元旦来访的那位刺客，也声称是中日学院的李姓，这当然是假冒的，但是为什么要说是中日学院来的呢？这时土肥原已经阔了起来，称为「土肥原将军」了，我于一月二十四日下午前去访问他一回，捌问此事，没有见到，从此以後就没有看到他了。

一五〇　東方文学系

我到北京大学里来，到底也不知道是干什么来的？最初是講欧洲文学史，不过这件事並不是我所能担任的，所以不久随即放下了。一九二二年至燕京大学担任现代文学组的主任，一九二五年答应沈尹默君去教孔德学校中学十年级的国文，即是初来北京时所坚决不肯担任的国文功课，想起来觉得十分可笑的。随後还在北大染指于国文系的功课，讲明清散文称曰「近代散文」，至一九三六年则添一门曰「六朝散文」，在大学课程纲要说明道：

「伍绍棠跋南北朝文钞云，南北朝人所著书，多以骈俪行之，亦均质雅可诵，如范蔚宗沈约之史论，刘勰文心雕龍，鍾嶸诗品，酈道元水经注，楊衒之洛陽伽藍记，斯皆篇章之珠澤，文采之鄧林。本课即本斯意，择取六朝一二小书，略为诵习，不必持与唐宋古文较短長，但使读者知此类散文亦自有其佳处耳。」後有案语云：

「案故恩斋示子弟帖云，近世论古文者以为坏于六朝而振于唐，然六朝人文有为唐人之所必不能为，而唐人文则为六朝才人之所不肯为者矣。」第二年又增加了「佛经文学」，说明道：

「六朝时佛经翻译極盛，文亦多佳勝，漢末译文模仿诸子，别无新意味，唐代又以求信故，質勝于文。唯六朝所译能运用当时文调，加以变化，于普通駢散文外、造出一种新体製、其影响於後来文章者亦非淺鮮。今拟選取数种、稍稍讲读、注意於译经之文学的價值、亦備可作古代翻译文学看也。」这时候我差不多完全是转了業、可是芦溝橋的砲声起来、我的这一门外道的功课也终於闹不成了。

但是在那个中间、有一个时期却很致力於東方文学系的開设、这时间是一九二五至一九三七年、大约有十年的光景。中國过去在高等学校里都是英语当王、有的还用英语授课、北京大学才破天荒的加以改革、一切讲義都改用中文、至於外國语也不偏重英文、设立法德俄文学系、我们也就想建立起日本文学系起来。可是这事不大容易、俄文系也是若有若无、时有时无的不稳定、何况日本文呢?经过好些商议和等待之後、在顾孟馀任教務長的时代、乃叫我做籌備主任、於一九二五年成立东方文学系、從預科办起。那时我们预備在这系里教书的共有三人、即是張凤举、徐耀辰和我・其实我们三个人都不是研究日本文学的、張徐二君乃是学英文学的、

是厨川白村的学生、我则原来是个打雜的、在人手缺少的时候须得挑担都可以来一手、至於专门技工实在没得。不过事情既然答应下来、也就只好由我们来分擔了、两年的预科还只是语学的功课、这还可来得、等得到了两年完了、已是一九二七年了、这时张大元帅登了台、北大改为京師大学旧日学制一律取消、就免除了我们不得不负荷的重担了。日文预科的幾个畢業生也就星散、消纳在文法科各系、我只记得一个進了歷史系、一个進了经济系了。但是京師大学的寿命並不久長、它只拖了一年、随即同大元帥同时垮了台了。我们当时便想捲土重来、國民党政府却用了封建思想的头脑把北京改名北平、北京大学也改作北平大学、北大的学生不答应、学校一时闹不成、因此担误了一年、到一九二九年的秋天这才恢復了日文预科。这时張凤举到欧洲留学去了、教员只剩了徐耀辰和我两人、预科学生共有三个、便这樣的开了班、但是到了本科的时候、教员就不夠分配了、於是去拉人来帮忙、请錢稻孫担任萬葉集的和歌、傅仲濤担任近松的淨瑠

璃戲曲、徐耀辰担任現代文学、我則搞些江戶时代的小說、雜湊成一年的課程、四年间敷衍过去、本科就算完畢了。这第一班於一九三五年畢業、第二班畢業於一九三六年、共計二人、第三班畢業於一九三七年、也是二人、一总三班七个人、計共花費了十足的八年、做了这一件略成片段的事情、但是仔細回想、觉得也是没有什么意義。俗語有云、黃胖舂年糕、吃力弗討好、正是極好的評語。鄉间有一种病、称作「黃胖」、極似时行的所謂浮腫病、其人胖而黃、看来好像是很茁壯的人、就只是没有力气、而舂年糕而又是格外要用力的工作、因为这里边多半是糯米粉、乃是很粘的、这里人与工作兩相配合、真是相得益彰、老百姓的滑稽实在是十分可以佩服的了。

一五一　東方文学系的插話

講到東方文学系、这里有一个插話、需得说一说、虽然照年代来说或者要差几年、但是連下来想没有机会再说了。这事在一九四四年十月里我

曾写过一篇文章「記杜逢辰君的事」、後来收在「立春以前」随筆集里、不过那篇文章恐怕看到的人並不多、所以我把它来重錄一遍在这里：

「此文题目很是平凡、文章也不会得寫得怎么有趣味、一定將使讀者感觉失望、但是我自己却觉得頗有意義、近十年中时时想到要寫、直至現在才勉強寫出、这在我是很滿足的事了。杜逢辰君字輝庭、山東人、前國立北京大学学生、民國十四年入学、二十一年以肺病卒於故里。杜君在大学預科是日文班、所以那兩年间是我直接的学生、及預科畢業、正是張作霖为大元帥、改組京師大学、没有东方文学系了、所以他改入了法科。十八年北大恢復、我們回去再開始办預科日文班、我又为他系学生教日文、講夏目氏的小說「我是猫」、杜君一直参加、而且繼續了有兩年之久、虽然他的学籍仍是在經濟系。我記得那时他常来借书看、有森鷗外的「高瀨舟」、志賀直哉的「寿寿」等、我又有一部高畠素之譯的資本論、共五冊、要来了看不懂、也就送給了他、大約於他亦無甚用処、因为他的興趣还在於文学方

面。杜君的气色本来不大好、其发病则大槩在十九年秋後、「駱駝草」第二十四期上有一篇小文曰无题、署名偶影、即是杜君所作、末署一九三〇年十月八日病中、於北大、可以为证。又查旧日记民国二十年分、三月十九日项下记云、下午至北大上课、以徒然草赠予杜君、又借予源氏物语一部、託李广田君转交。其时盖已因病不上课堂、故託其同乡李君来借书也。至十一月则有下记数项：

十七日、下午北大梁君等三人来访、云杜逢辰君自殺未遂、便雇汽车至红十字疗养院、劝说良久无效、六时回家。

十八日、下午往看杜君病、值睡眠、其姪云略安定、即回。

十九日、上午往看杜君。

二十一日、上午李广田君电话、云杜君已迁往平大附属医院。

二十二日、上午杜君同乡孟雲峤君来访。

杜君不知道是什么时候退疗养院的。在无题中他曾说、「我是常在病中、自然不能多看书、连书也不能随意读」。前後相隔不过一年、这时却已是卧牀不起了。在那篇文章里又有一节云：

「这尤其是在夜里失眠时、心和脑往往是交互影响的。心越跳动、脑里宇宙的次序越紊乱、甚至暴动起来似的骚扰。因此心也跳动更加利害、必至心脑交瘁、黎明时这才昏昏沈沈地堕入不自然的睡眠里去。这真是痛苦不过的事。我是为了自己的痛苦才了解旁人的痛苦的呀。每当受苦时、不免要诅咒了、天地不仁、以万物为刍狗！」我们从这里可以看出病中苦痛之一斑、在一年後这种情形自然更坏了、其计画自殺的原因据梁君说即全在於此。当时所用的不知作何种刀类、只因久病无力、所以负伤不重、即可治愈、但是他拒绝饮食药物、同乡友人无法可施、末了乃赶来找我去劝说。他们说、杜君平日佩服周先生、所以只有请你去、可以劝得过来。我其实也觉得毫无把握、不过不能不去一走、即使明知无効、望病也是要去的。劝阻人家不要自殺、这题目十分难、简直无从着笔、不晓得怎么说才好。到了北海養蜂夹道的医院里，见到躺在床上、颈子上包着绷带的病人，我说了些话，自己也都记不得了，总之说着时就觉得是空虚无用的，心里一面批评着说，不行，不行。果然这都是无用，如日记上所云劝说无効。我说几句之後，他便说，你说的很是，不过这些我都已经想过了的。末了他说，周先生平常怎么说，我都愿意听從，只是这回不能從命，並且他又说，我实在不能再受痛苦，请你可怜见放我去了罢。我见他態度很坚决，情形与平时也不一樣，杜君说话声音本来很低，又是近视，眼镜後面的目光总是向着下，这回声音转高，除去了眼镜，眼睛张大，炯炯有光，彷彿是换了一个人的樣子。假如这回不是受了委託专为劝解来的，我看了这个情形恐怕会得默然，如世尊默然表示同意似的，一握手而引退了吧。现在不能这樣，只得枝梧了一会兒，不再说道理，劝他好好的将息，退了出来。第二天去看，听那看病的姪兒说稍为安定，又据孟君说後来也吃点东西了，大家渐渐放心。日记上不曾记着，不久听说杜君家属從山东来了，接他回家去，服用鸦片剂暂以减少苦痛，但是随後也就去世，这大约是二十一年的事了。

杜君的事本来已是完结了，但是在那以後不知是從哪一位，大概是李廣田君吧，听到一段话。据说在我去劝说无效之後，杜君就改变了態度，肯吃藥喝粥了，所以我以为是无効，其实却是発生了効力。杜君对友人说，周先生劝我的话，我自己都已经想过了的，所以没有用处，但是後来周先生说的一节话，却是我所没想到的，所以给他说服了。这一節是什么话，我自己忘记了，经李君转述大意如此，周先生说，你个人痛苦，欲求脱离，这是可以谅解的，但在现在你身子不是个人的了，假如父母妻子他们不願你离去，你还须体谅他们的意思，虽然这於你个人是一种痛苦，暂为他们而留住。老实说，这一番话本也寻常，在当时智穷力竭无可奈何时，姑且应用一试，不意打动杜君自己的不忍之心，乃转过念来，顾以个人的苦痛去抵销家属的悲哀，在我实在是不及料的。我想起几句成语，日常的悲剧平凡的伟大，杜君的事正当得起这名称。杜君的友人很感谢我能够劝他回心转意，不再求死，但我实在是惶恐，觉得有点对不起杜君，因为听信我的几句话，使他多受了许多的苦痛。我平常最怕说不负责任的话，假如自己估量不能做到的事，即使听去十分漂亮，也不敢轻易主张叫人家去做。这回因为受托劝解，搜索枯肠凑上这一节去，却意外的发生效力，得到严重的结果，对于杜君我感觉负着一种责任。但是经过长期的考虑思索，我却得着了慰解，因为我觉得不曾欺骗了杜君，——我劝他那么做，在他的场合固是难能可贵，在别人也并不是没有。一个人过了中年，人生苦甜大略尝过，这以后如不是老当益壮，重复想纳妾再做人家，他的生活大坚渐倾向于为人的，为儿孙作马牛是最下的一等，事实上却不能不认它也是这一部类，其上者则为学问为艺文为政治，他们随时能把生命放得下，本来也乐得安息，但是一直忍受着孜孜矻矻的做下去，牺牲一己以利他人，这该当称为圣贤事业了。杜君以青年而能有此精神，很可令人佩服，而我则因

为有劝说的一段关系，很感到一种鞭策，太史公所谓虽不能至，心向往之，或得如俗说所云写且夫二字，有做起讲之意，不至全然打诳话欺人，则自己也觉得幸甚矣。」

一五二　坚冰至

周易上说，「履霜，坚冰至，」言事变之来，其所从来者渐久远，不是一朝一夕的事情。自从新华门「碰伤」事件发生以来，不到四年工夫，就有铁狮子胡同的三一八惨案，这是一九二六的事情，到了第二年更是热闹了，在北京有张作霖的捕杀大学教授，上海有孙传芳的讨赤，不久各地奉将令下的清党，杀人如麻，不可胜计。我因为困居北京，对于别处的事多是间接传闻，不很明瞭，现在只记载在北京所见闻的一点，主要的事是关于李守常先生的。

说到李守常，照普通说法应称李大钊先烈，但是因为称呼熟了，这样说还比较方便，称作烈士仿佛有点生疏。我认识守常，是在北京大学，算

来在一九一九年左右，即是五四的前後。其时北大红楼初蓋好，圖书館是在地窖内，但图书館主任室设在第一層，東頭靠南，我们去看他便在这间房里。那时我们在红楼上课，下课後有暇即去访他，为什么呢？「新青年」同人相当不少，除二三人时常见面之外，别的都不容易找，校長蔡孑民很忙，文科学長陈独秀也有他的公事，不好去麻烦他们，而且校長学長室都在第二院，要隔一條街，也不便特别跑去。在第一院即红楼的，只有图书主任，而且他又勤快，在办公时间必定在那里，所以找他最是适宜，还有一層，他顶没有架子，觉得很可親近。所谈的也只是些平常的閒话。记得有一回去访问的时候，不久吴弱男女士也進来了，吴女士谈起章行嚴家里的事情来，她说道：「周先生也不是外人，说也没有妨碍，」便说章家老輩很希望儿子出去做官，但是她總是反对，劝他不要加入政界。從这件事情看来，可以知道那些谈话之如何自由随便吧。平常「新青年」的编辑，向由陈独秀一人主持，（有一年曾经分六个人，各人分编一期，）不闻什么编辑会议，只有一九一八年底，定議發刊「每週评论」的时候，在学長室开会，那时我也参加，一个人除分任写文章，每月捐助刊资数元，印了出来便寄於自送给人的。在五四之後陈独秀因为在市場發传单，为警所所捕，「每週评论」由胡適之与守常两人来维持，可是意见不合，發生「问题与主義」之争，就是警所不来禁止，也有点维持不下去了。「每週评论」出了三十六期，我参与会議就只此一次，可是这情景我至今没有忘记。

我最初認識守常的时候，他正参加「少年中國」学会，还没有加入共產党。有一回是他代少年中國学会介绍，叫我去讲演过一次，因为「少年中國」里许多人，我没有一个相識。说也奇怪，「少年中國」集合两極端的人物，有極左的便是共產主義者，也有極右的，记得後来分裂，但國家主義團体的，即是这些人物。到了他加入共產党，中國局势也渐形紧張，我便很断少与他閒谈的机会，圖书館主任室里不大能够找到他了。那时的孔德学校，是蔡孑民及北大同人所創办，教法比较新颖，北大同事的子弟多在这里读书、守常的一个儿子和一个女儿、也都在内。那时我担任孔德高中的一年国文、守常的儿子就在我这班里、最初有时候还问他父亲安好、後来来了这几个月、连他儿子也多告假不来、其时已经很是危险了。但是一般还不知道、有一回我到北大去上课、有一个学生走来找我、说他已进了共产党、请我给他向李先生找点事办、想起来这个学生也实在太疏忽、到教员休息室来说这样的话、但是也想见到李葆華、叫他把这件事告诉他父亲知道、可是大约有一个月、却终於没有这机会。

那一天我还记得很清楚、是清明节的这天、那时称作植树节、学校都假一日。是日我们几个人约齐了、同往海甸去找尹默的老兄士远、同时下一辈的在孔德的学生也在那里找他们的旧同学。这天守常的儿子也凑巧一同去、併且在海甸的沈家住下了、我们回到城里、看报大吃一惊、原来张作霖大元帅就在当日前夜下手、袭击苏联大使馆、将国共合作的人们一网打尽了。尹默赶紧打電话给他老兄、叫隐匿守常的儿子、暂勿进城、亦不可外出、这样的过了有两个星期。但是海甸的侦缉队就在士远家近旁、深感不便、尹默又对我说、叫去燕京大学上课的时候、顺便带他进城、住在我那里、还比较隐僻。我於次日便照办、让他住在从前爱罗先珂住过些时的三间小屋里、——这以後也有些人来住过、如女师大的郑德音、北大女生刘尊一等。可是到了次日我们看报、这天是四月二十九日、又是吃了一惊、守常已於前一日执行了死刑、报上大书特书、而且他和路友于张挹兰几个人照相、就登载在报上第一面。如何告诉他儿子知道呢、过一会儿他总是要过来看报的、这又使得我没有办法、便叫電话去请教尹默。他回答说就来、因为我们朋友里还是他会得想办法。尹默来了之後、大家商量一番、让他说话、先来安慰几句、如说令尊为主义而牺牲、本是预先有觉悟的。及至说了、乃等於没有说、因为他的镇定有觉悟远在说话人之上、听了之後又仔细看报、默然退去。守常的儿子以後住在我家有一个多月、後由尹默为经营、化名为杨震、送往日本留学、及济南事件发生、与孔德去的同学这才都逃回来了。

一五三 「清党」

说到「清党」，有什么人会得不感到愤慨的呢？在这回事件里死的人不知有多少，即使自己没有熟人在里边，也总有些友人和学生，不禁叫人时常想起，而且那些就是不认识的，也都是少壮有为的人，如今成批的被人屠杀，哪能不感觉痛惜呢。那时我住在北京，在「张大元帅」势力之下，虽说是老牌的军阀，却还比较的少一点这样恐怖与惨痛的经历，在「段执政」的三一八事件之后，也只是些「党案」，就害了几位称为党员的，如李守常等人，随后也有高仁山，此外则枪毙了诋毁他们的新闻记者，最有名的是社会日报社长林白水和京报社长邵飘萍，以及演过「卧薪尝胆」的戏的伶人刘汉臣高三奎，真实的缘因说是与「妨害家庭」相关，但是据报上说，他们的罪名也是「宣传赤化」，至于如何宣传法，那自然是无可查考了。总之北方的「讨赤」是颇为温和的，比起南方的联帅孙传芳来，简直如小巫之见了大巫，若是比国民党的「清党」，那是差的更远了。

从仅存在「谈虎集」卷上的几篇杂文里来看，便有好些资料。第一是那篇「偶感」之三，是民国十六年七月五日所作的，文云：

「听到自己所认识的青年朋友的横死，而且大都死在所谓正大的清党运动里边，这是一件很可怜的事。青年男女死于革命原是很平常的，里边如有相识的人，也自然觉得可悲，但这正如死在战场一样，实在无可怨恨，因为不能杀敌则为敌所杀是世上的通则，从本来合作的国民党里被清出而枪毙或斩决的那却是别一回事了。燕大出身的顾千里陈雨中二君，是我所知道的文学思想上都很好的学生，在闽浙一带为国民党出了好许多力之后，据燕大周刊报告，这回已以左派的名义而被杀了。北大的刘尊一在北京被捕一次，幸得放免，来我家暂避，后到南方去，近见报载上海捕「共党」，看从英文译出的名字，要一恐怕是她，不知道吉凶如何。尊一说觉得南京与北京有点不同，青年学生跑去不知世故的行动，却终于一样的被祸，有的还從北方逃出去投在網里、令人不能不感到惆悵。至於那南方的殺人者是何心理狀態、我们不得而知、只觉得怪異、倘若这是軍閥的常態、那庅也怪異也將消失、大家唯有復歸於沈默、於是而沈默遂统一中國南北」。

在那时候我写这段雜文、大槩对於南方的軍閥还多少存有一种幻觉、不想把他来同北方的一樣看待、所以那樣的说、但是那幻觉却随即打錯了、所以復歸於沈默、因为那正是軍閥的常態、没有什庅的例外。同时写一篇「人力車与斬決」、因胡適之演说中國还容忍人力車、所以不能算是文明國、我便问他不知斬首与人力車孰为不文明。第二節说：

「江浙党獄的内容我们不得而知、雜誌上傳聞的罗織与拷打或者是「共党」的造謠、但殺人之多總是確实的了。以我貧弱的記忆所及、青天白日報記者二名与逃兵一同斬決、清党委员到甬斬決共党二名、上海槍決五名姓名不宣布、又槍決十名内有共党六名、廣州捕共党一百十二人其中十三名即槍決。清法着实不少、槍斃之外还有斬首、不知胡先生以为文明否？」

後来九月里有一篇「怎庅说才好」、这五个字即是沈默的替代、本文云：

「九月十九日世界日報載六日長沙通讯、记湖南考試共產党员詳情、有一節云：

「有鄒陈氏者、因其子係西歪（共產青年团）的關係、被逮入獄、作「贖安宅而弗居舍正路而弗由論」、洋洋數千言、並貢先文表、批评馬克司是一个病理家、不是生理家外、並於文後附誌略歷。各當道因爱其文、怜其情、将予以寬釋」。

原来中國現在还适用族诛之法、因一个初中学生一年級生是CY的関係、就要逮捕其母。湖南是中國最急進的省分、何以連古人所说的「罪人不孥」这句老生常谈还不能实行呢？我看了这条新聞实在連賭氣話都不会说了、只能写这兩行極迂阔極無聊的废话、我承认这是我所说过的最没有意思的废话、虽然还有些南来的友人所谈的东南清党时的虐殺行为、我連说废话的勇气都没有了。这些故压在我的心上、我真不知怎樣说才好、只觉得小时候读李小池的思痛记的时候有点相像。

「怎么说才好？不说最好。这是一百分的苦茶。」但是不说也就是爱憎都尽，给人家看穿了底，不再有什么希望了。北伐成功的时候，马九先生首先在孔德学校揭起青天白日旗来欢迎国民党，但是那最是忠厚的马二先生却对他朋友说道：看这回再要倒霉，那便是国民党了！总算勉强支持了二十年，这句深刻的预言却终于实现了。

一五四　北大感舊錄一

我於民国六年（一九一七）初到北大，及至民国十六年暑假，已经十足十年了，恰巧张作霖称大元帥，将北大取消，改为京師大学，於是我们遂不得不与北京大学暂时脱离关係了。但是大元帥的寿命也不久长，不到一年光景，情形就很不像样，只能退回东北去，於六月中遇炸而死，不久东三省问题也就解决，所谓北伐遂告成功了。经过了一段曲折之後，北京大学旋告恢復，外观虽是依然如故，可是已经没有从前的「古今中外」的那种精神了，所以将这十年作为一段落，算作北大的前期，也是合於事实的。我在学校里是向来没有什么活动的，与别人接触并不多，但是在文科里边也有些见闻，特别这些人物是已经去世的，记录了下来作为纪念，而且根据佛教的想法，这样的做也即是一种功德供养，至於下一辈的人以及现在还健在的老辈悉不阑入，但是这种老辈现今也是不多，真正可以说是寥落有如晨星了。

一、辜鸿铭　北大顶古怪的人物，恐怕众口一词的要推辜鸿铭了吧。他是福建闽南人，大概先代是华侨吧，所以他的母亲是西洋人，他生得一副深眼睛高鼻子的洋人相貌，头上一撮黄头毛，却编了一條小辮子，冬天穿枣红宁绸的大袖方马褂，上戴瓜皮小帽，不要说在民国十年前後的北京，就是在前清时代，马路上遇见这样一位小城市里的华装教士似的人物，大家也不免要张大了眼睛看得出神的吧。尤其妙的是他那包車的車夫，不知是从哪里乡下去特地找了来的，或者是徐州辮子兵的馀留亦未可知，也是一个背拖大辫子的漢子，正同课堂上的主人是好一对，他在红楼的大门外坐在車兜上等着，也不失为車夫隊中一个特出的人物。辜鸿銘早年留学英國，在那有名的苏格阑大学畢業，帰國後有一时也是断髪西装革履，出入於湖廣總督衙门，（依据传说如此，真伪待考。）可是後来却不晓得什麼缘故变成那一副怪相，满口「春秋大義」，成了十足的保皇派了。但是他似乎只是廣泛的主張要皇帝，与实際運動無関，所以洪憲帝制与宣统復辟兩回事件里都没有他的関係，他在北大教的是拉丁文等功课，不能發揮他的正统思想，他就随时随地想要找机会發洩。我只在会議席上遇到他兩次，每次總是如此。有一次是北大開文科教授会讨論功课，各人紛紛發言，蔡校長也站起来預備说话，辜鸿銘一眼看見首先大声说道：「現在請大家听校長的吩咐！」这是他原来的语气，他的精神也就充分的表現在里边了。又有一次是五四運動时，六三事件以後，大概是一九一九年的六月五日左右吧，北大教授在红樓第二層临街的一间教室里開临时会議。除应付事件外有一件是挽留

蔡校長，各人照例说了好些话，反正对於挽留是没有什麼異議的，问题只是怎麼办，打電報呢，还是派代表南下。辜鸿銘也走上讲台，赞成挽留校長，却有他自己的特别理由，他说道：「校長是我们学校的皇帝，所以非得挽留不可。」新青年的反帝反封建的朋友们有好些都在坐，但是因为他是赞成挽留蔡校長的，所以也没有人再来和他抬槓。可是他後边的一个人出来说话，却於無意中闹了一个大亂子，也是很好笑的一件事。这位是理科教授姓丁，是江苏省人，本来能讲普通话，可是这回他一上讲台去，说了一大串叫人听了难懂，而且又非常难过的單句。那时天气本是炎热，时在下午，又在高樓上一间房里，聚集了许多人，大家已经很是煩躁的了，这丁先生的话是字字可以听得清，可是幾乎没有兩个字以上連得起来的，只听得他單调的断續的说，我们，今天，今天，我们，北大，今天，北大，我们，如是者约累有一兩分钟，不，或者簡直只有半分钟也说不定，但是人们彷彿觉得已经很是長久，在热悶的空气中，听了这單调的断續的單語，

有如在头顶上滴着屋漏水，实在令人不容易忍受。大家正在焦燥，不知道怎么办才好的时候，忽然的教室的门开了一点，有人伸头进来把刘半农叫了出去。不久就听得刘君在门外顿足大声骂道：「混账！」里边的人都愕然出惊，丁先生以为是在骂他，也便匆匆的下了讲台，退回原位去了。这样会议就中途停顿，等到刘半农进来报告，才知道是怎么的一回事。这所骂的当然并不是丁先生，却是法科学长王某，他的名字忘记了，彷彿其中有一个祖字。六三的那一天，北京的中小学生都列队出来讲演，援助五四被捕的学生，北京政府便派军警把这些中小学生一队队的捉了来，都监禁在北大法科校舍内。各方面纷纷援助，赠送食物，北大方面略尽地主之谊，预备茶水食料之类，也就在法科支用了若干款项。这数目记不清楚了，大约也不会多，或者是一二百元吧，北大教授会决定请学校核销此款，归入正式开销之内。可是法科学长不答应，于是事务员跑来找刘半农，因为那时他是教授会的干事负责人，刘君听了不禁究起火来，破口大喝一声，後来大概法科方面也得了着落，而在当时解决了丁先生的纠纷，其功劳实在也是很大的。因为假如没有他这一喝，会场里说不定会要发生很严重的结果。看那时的形势，在丁先生一边暂时并无自动停止的意思，而这样的讲下去，听的人又忍受不了，立刻就仍有挺而走险的可能。当日刘文典也在场，据他日後对人说，其时若不因了刘半农的一声喝而停止讲话，他就要奔上讲台去，先打一个耳光，随後再叩头谢罪，因为他实在再也忍受不下去了。——关於丁君因说话受窘的事，此外也还有些传闻，然而那是属於「正人君子」所谓的「流言」，所以似乎也不值得加以引用了。

一五五　北大感舊錄　二

二、刘申叔　北大教授中的畸人，第二个大概要推刘申叔了吧。说也奇怪，我与申叔很早就有些关係，所谓「神交已久」，在丁未（一九〇七）前後他在东京办「天義報」的时候，我投寄过好些诗文，但是多由陶望潮间接交去，後来我们给「河南」写文章，也是他做总编辑，不过那时经手的是孙竹丹、也没有直接交涉过。後来他来到北大、同在国文系里任课、可是一直没有见过面、统计只有一次、即是上面所说的文科教授会里、远远的望见他、那时大约他的肺病已经很是严重、所以身体瘦弱、简单的说了几句话、声音也很低微、完全是个病夫模样、其後也就没有再见到他了。申叔写起文章来、真是「下笔千言」、细注引证、头头是道、没有做不好的文章、可是字却写的实在可怕、几乎像小孩子的描红相似、而且不讲笔顺、——北方书房里的学童写字、辄叫口号、例如「永」字、叫道：「点、横、竖、钩、挑、撇、剔、捺」、他却是全不管这些个、只看方便有可以连写之处、就一直连起来、所以简直不成字样。当时北大文科教员里、以恶札而论申叔要算第一、我就是第二名了、从前在南京学堂里的时候、管轮堂同学中写字的成绩我也是倒数第二、第一名乃是我的同班同乡而且又是同房间居住的柯采卿、他的字也毕瑟可怜、像是寒颤的样子、但还不至於不成字罢了。倏忽五十年、第一名的人都已归了道山、到如今这榜首的光荣却不得不属於我一个人了。关於刘申叔及其夫人何震、最初因为苏曼殊寄居他们的家里、所以传有许多佚事、由龚未生转述给我们听、民国以後则由钱玄同讲、及申叔死後、复由其弟子刘叔雅讲了些、但叔雅口多微词、似乎不好据为典要、因此便把传闻的故事都不著录了。只是汪公权的事却不妨提一提、因为那是我们直接见到的。在戊申（一九〇八）年夏天我们开始学俄文的时候、当初是鲁迅许季茀陈子英陶望潮和我五个人、经望潮介绍刘申叔的一个亲戚来参加、这人便是汪公权。我们也不知道他的底细、上课时匆匆遇见也没有谈过什么、只见他全副和服、似乎很朴实、可是俄语却学的不大好、往往连发音都不能读、似乎他回去一点都不预备似的。後来这一班散了伙、也就是散了事、但是同盟会中间似乎对於刘申叔一党很有怀疑、不久听说汪公权归国、在上海什么地方被人所暗杀了。

三、黄季刚

要想讲北大名人的故事、这似乎断不可缺少黄季刚、因为他不但是章太炎门下的大弟子、乃是我们的大师兄、他的国学是数一数二的、可是他的脾气乖僻、和他的学问成正比例、说起有些事情来、着实令人不能恭维。而且上文我说与刘申叔只见过一面、已经很是希奇了、但与黄季刚却一面都没有见过、关于他的事情只是听人传说、所以我现在觉得单凭了听来的话、不好就来说他的短长。这怎么办才好呢？如不是利用这些传说、那么我便没有直接的材料可用了、所以只得来经过一番筛、择取可以用得的来充数吧。

这话须还得说回去、大概是前清光绪末年的事情吧、约略估计年岁当是戊申（一九〇八）的左右、还在陈独秀办「新青年」、进北大的十年前、章太炎在东京民报社里来的一位客人、名叫陈仲甫、这人便是後来的独秀、那时也是搞漢学、写隶书的人。这时候适值钱玄同（其时名叫钱夏、字德潜）黄季刚在坐、听见客来、只好躲入隔壁的房里去、可是只隔着两扇纸糊的拉门、所以什么都听得清清楚楚的。主客谈起清朝漢学的發達、列举戴段王诸人、多出在安徽江苏、後来不晓得怎么一转、陈仲甫忽而提起湖北、说那里没有出过什么大学者、主人也敷衍着说、是呀、没有出什么人。这时黄季刚大声答应道：

「湖北固然没有学者、然而这不就是区区、安徽固然多有学者、然而这也未必就是足下。」主客闻之索然扫兴、随即别去。十年之後黄季刚在北大拥皋比了、可是陈仲甫也赶了来任文科学长、且办「新青年」、搞起新文学运动来、风靡一世了。这两者的旗帜分明、冲突是免不了的了、当时在北大的章门的同学做柏梁台体的诗分咏校内的名人、关于他们的两句恰巧都还记得、陈仲甫的一句是「毁孔子庙罢其祀」、说的很得要领、黄季刚的一句则是「八部书外皆狗屁」、也是很能传达他的精神的。所谓八部书者、是他所信奉的经典、即是毛诗、左传、周礼、说文解字、广韵、史记、漢书和文选、不过还有一部文心雕龙、似乎也应该加了上去才对。他的攻击异己者的方法完全利用谩骂、便是在讲堂上的骂街、它的骚扰力很不少、但是只能够煽动几个听他的讲的人、讲到实际的蛊惑力是没有及得後来当说闲话的「正人君子」的十一了。

一五六 北大感旧录三

四、林公铎 林公铎名损，也是北大的一位有名人物，其脾气的怪僻也与黄季刚差不多，但是一般对人还是和平，比较容易接近得多。他的态度很是直率，有点近于不客气，我记得有一件事，觉得实在有点可以佩服。有一年我到学校去上第一时的课，这是八点至九点，普通总是空着，不大有人愿意这么早去上课的，所以功课顶容易安排，在这时候常与林公铎碰在一起。我们有些人不去像候车似的挤坐在教员休息室里，却到国文系主任的办公室去坐，我遇见他就在那里。这天因为到得略早，距上课还有些时间，便坐了等着，这时一位名叫甘大文的毕业生走来找主任说话，可是主任还没有到来，甘君等久了觉得无聊，便去同林先生搭讪说话，桌上适值摆着一本北大三十几周年纪念册，就擎起来说道：

「林先生看过这册子么？里边的文章怎么样？」林先生微微摇头道：

「不通，不通。」这本来已经够了，可是甘君还不肯干休，翻开册内自己的一篇文章，指着说道：

「林先生看我这篇怎样？」林先生从容的笑道：

「亦不通，亦不通。」当时的确是说「亦」字，不是说「也」的，这事还清楚的记得。甘君本来在中国大学读书，因听了胡博士的讲演，特到北大哲学系来，成为胡适之的嫡系弟子，能作万言的洋洋大文，曾在孙伏园的晨报副刊上登载「陶渊明与托尔斯泰」一文，接连登了有两三个月之久，读者看了都又头痛又佩服。甘君的应酬交际工夫十二分的绵密，许多教授都为之惶恐退避，可是他一遇着了林公铎，也就一败涂地了。

说起甘君的交际工夫，似乎这里也值得一说。他的做法第一是请客，第二是送礼。请客倒还容易对付，只要辞谢不去好了，但是送礼却更麻烦了，他是要送到家里来的，主人一定不收，自然也可以拒绝，可是客人丢下就跑，不等主人的回话，那就不好办了。那时雇用汽车很是便宜，他在过节的前几天便雇一辆汽车，专供送礼之用，走到一家人家，急忙将货物放在门房，随即上车飞奔而去。有一回竟因此而大为人家的包车夫所窘，据说这是在沈兼士的家里，值甘君去送节礼，兼做听差的包车夫接收了，不料大大的触怒主人，怪他接受了不被欢迎的人的东西，因此几乎打破了他拉车的饭碗。所以他的交际工夫越好，越被许多人所厌恶，自教授以至工友，没有人敢于请教他，教不到一点钟的功课。也有人同情他的，如北大的单不庵，忠告他千万不要再请客再送礼了，只要他安静过一个时期，说是半年吧，那时人家就会自动的来请他，不但空口说，并且实际的帮助他，在自己的薪水提出一部分钱来津贴他的生活，邀他在图书馆里给他做事。但是这有什么用呢，一个人的脾气是很不容易改变的。论甘君的学力，在大学里教教国文，总是可以的，但他过于自信，其态度也颇不客气，所以终于失败。钱玄同在师范大学担任国文系主任，曾经叫他到那里教「大一国文」（即大学一年内的必修国文），他的选本第一篇是韩愈的「进学解」，第二篇以下至于末篇都是他自己的大作，学期末了学生便去要求主任把他撤换了。甘君的故事实在说来话长，只是这里未免有点喧宾夺主，所以这里只好姑且从略了。

林公铎爱喝酒，平常遇见总是脸红红的，有一个时候不是因为黄酒价贵，便是学校欠薪，他便喝那廉价的劣质的酒。黄季刚得知了大不以为然，曾当面对林公铎说道，「这是你自己在作死了！」这一次算是他对于友人的道地的忠告。后来听说林公铎在南京车站上晕倒，这实在是与他的喝酒有关的。他讲学问写文章因此都不免有要使气的地方。一天我在国文系办公室遇见他，问在北大外还有兼课么？答说在中国大学有两小时。是什么功课呢？说是唐诗。我又好奇的追问道，林先生讲哪个人的诗呢？他的答案很出意外，他说是讲陶渊明。大家知道陶渊明与唐朝之间还整个的隔着一个南北朝，可是他就是那样的讲的。这个缘因是，北大有陶渊明诗这一种功课，是沈尹默担任的，林公铎很不满意，所以在别处也讲这个，至

一五七 北大感旧録四

於文不对题、也就不登了。他算是北大老教授中旧派之一人、在民国二十年顷北大改组时標榜革新、他和许之衡一起被学校所辞退了。北大旧例、教授试教一年、第二学年改送正式聘书、只简单的说聘为教授、並無年限及薪水数目、因为这聘任是無限期的、假如不因特别事故有一方预先声明解约、这便永久有效。十八年以後始改为每送聘书、在学校方面生怕照從前的办法、有不講理的人拏着無限期的聘书、要解约时硬不肯走、所以改了每年送新聘书的方法。其实这也不尽然、这原是在人不在办法、和平的人就是拏着無限期聘书、也会不別一声的走了、激烈的即是期限已满也还要争執、不肯罢休的。许之衡便是前者的好例、林公鐸則属於後者、他大寫其抗議的文章、在世界日報上發表的致胡博士(其时任文学院長兼国文系主任)的信中、有「遺我一矢」之語、但是胡適之並不回答、所以这事也就不久平息了。

五、许守白

上文牽連的说到了许之衡、现在便来講他的事情吧。许守白是在北大教戲曲的、他的前任也便是第一任的戲曲教授是吴梅、当时上海大报上还大惊小怪的、以为大学裏居然講起戲曲来、是破天荒的大奇事。吴瞿安教了幾年、因为南人吃不慣北方的东西、後来转任南京大学、推荐了许守白做他的後任。许君与林公鐸正是反对、对人是異常的客气、或者可以说是本来不必那樣的有礼、普通到了公众場所、对於在場的许多人只要一総的点一点头就行了、若是遇見特别接近的人再另行招呼、他却是不然。進得门来、他就一个一个找人鞠躬、有时那边不看見、还要從新鞠过。看他模樣是个老学究、可是打扮却有点特别、穿了一套西服、推光和尚头、脑门上留下手掌大的一片頭髮、状如桃子、長约四五分、不知是何取義、有好挖苦的人便送给他一个绰号、叫做「餘桃公」、这句话是有历史背景的。他这副樣子在北大还好、因为他们见过世面、曾看见过辜鸿铭那个樣子、可是到女学校去上课的时候、就不免要稍受欺侮了。其实那里的学生倒也并不什么特别去窘他，只是从上课的情形上可以看出他的一点窘状来而已。北伐成功以后，女子大学划归北京大学，改为文学理学分院，随后又成为女子文理学院，我在那里一时给刘半农代理国文系主任的时候，为一二年级学生开过一班散文习作，有一回作文叫写教室里印象，其中一篇写得颇妙，即是讲许守白的，虽然不曾说出姓名来。她说有一位教师进来，身穿西服，光头，前面留着一个桃子，走上讲台，深深的一鞠躬，随后翻开书来讲。学生们有偷织东西的，有写信看小说的，有三三两两低声说话的。起初说话的声音很低，可是逐渐响起来，教师的话有点不大听得出了，于是教师用力提高声音，于嗡嗡声的上面又零零落落的听到讲义的词句，但这也只是暂时的，因为学生的说话相应的也加响，又将教师的声音沉没到里边去了。这样一直到了下课的钟声响了，教师乃又深深的一鞠躬，跨下了讲台，这事才告一段落。鲁迅的小说集「彷徨」里边有一篇「高老夫子」，说高尔础老夫子往女学校去上历史课，向讲堂下一望，看见满屋子蓬松的头发，和许多鼻孔与眼睛，使他大发生其恐慌，丢了凡纲鑑本来没有预备充分，因此更著了忙，匆匆的逃了出去。这位慕高尔基而改名的老夫子尚且不免如此慌张，别人自然也是一样，但是许先生却还忍耐得住，所以教得下去，不过窘也总是难免的了。

六、黄晦闻

关于黄晦闻的事，说起来都是很严肃的，因为他是严肃规矩的人，所以绝少滑稽性的传闻。前清光绪年间，上海出版「国粹学报」，黄节的名字同邓实（秋枚）刘师培（申叔）马叙伦（夷初）等常常出现，跟了黄梨洲吕晚村的路线，以复古来讲革命，灌输民族思想，在知识阶级中间很有些势力。及至民国成立之后，虽然他是革命老同志，在国民党中不乏有力的朋友，可是他只做了一回广东教育厅长，以后就回到北大来仍旧教他的书，不复再出。北伐成功以来，所谓吃五四饭的都飞黄腾达起来，做上了新官僚，黄君是老辈却那样的退隐下来，岂不是落伍之尤，但是他自有他的见地。他平常愤世嫉俗，觉得现时很像明季，为人写字常钤一印章，文曰「如此江山」。又於民國廿三年（一九三四）秋季在北大講顧亭林詩、感念往昔、常對諸生慨然言之。一九三五年一月廿四日病卒、所注亭林詩終未完成、所作詩集曰「蒹葭樓詩」、曾見有仿宋鉛印本、不知今市上尚有之否？晦聞卒後、我撰一挽聯送去、詞曰：

如此江山、漸將日暮途窮、不堪追憶索常侍。

及今歸去、嘗是風流雲散、差幸免作顧亭林。附以小注云、近來先生常用一印云、如此江山、又在北京大學講亭林詩、感念古昔、常對諸生慨然言之。

七、孟心史

與晦聞情形類似的、有孟心史。孟君名森、為北大史學系教授多年、兼任研究所工作、著書甚多、但是我所最為記得最喜歡讀的書、還是民國五六年頃所出的「心史叢刊」、共有三集、蒐集零碎材料、貫串成為一篇、對於史事既多所發明、亦殊有趣味。其記清代歷代科場案、多有感慨語、如云：

「凡汲引人材、從古無以刀鋸斧鉞隨其後者。至清代乃興科場大案、草菅人命、亦非重加其罔民之力、束縛而馳驟之。」又云：

「漢人陷溺於科舉至深且酷、不惜借滿人屠戮同胞、以洩其多數僥倖未遂之人年年被擯之憤、此所謂天下英雄入我彀中者也。」孟君耆年宿學、而其意見明達、前後不變、往往出後輩賢達之上、可謂難得矣。廿六年華北淪陷、孟君仍留北平、至冬卧病入協和醫院、十一月中我曾去訪問他一次給我看日記中有好些感慨的詩、至次年一月十四日乃歸道山、年七十二。三月十三日開追悼會於城南法源寺、到者可二十人、大抵皆北大同人、別無儀式、只默默行禮而已。我也撰了一副挽聯、詞曰：

野記偏多言外意、

新詩應有井中函。因字數太少不好寫、又找不到人代寫、亦不果用。

北大遷至長沙、職教員凡能走者均隨行、其因老病或有家累者暫留北方、校方承認為留平教授、凡有四人、為孟森、馬裕藻、馮祖荀和我、今孟馬馮三君皆已長逝、只剩了我一个人算是碩果僅存了。

一五八　北大感旧録五

八、馮漢叔

說到了「留平教授」、於講过孟心史之後、理应说馬幼漁与馮漢叔的故事了、但是幼漁虽说是極熟的朋友之一、交往也很頻繁、可是記不起什麽可記的事情来、講到旧聞佚事、特别從玄同听来的也实在不少、不过都是瑣屑家庭的事、不好做感旧的資料。漢叔是理科数学系的教员、虽是隔一层了、可是他的故事说起来都很有趣味、而且也知道得不少、所以只好把幼漁的一边搁下、將他的佚事来多記一点也罢。

馮漢叔留学於日本東京前帝国大学理科、專攻数学、成績甚好、畢業後曾回任浙江两级師範学堂教员、其时尚在前清光緒宣统之交、校長是沈衡山（鈞儒）、許多有名的人都在那里教书、如魯迅許壽裳張邦華等都是。随後他轉到北大、恐怕还在蔡子民長校之前、所以他可以说是真正的「老北大」了。在民国初年的馮漢叔大槩是很时髦的、據说他坐的乃是自用車、除了装飾嶄新之外車灯也是特别、普通的車只点一盞、有的还用植物油、烏黢々的很有点悽惨相、有的是左右两盞燈、都点上了電石、便很觉得闊气了、他的車上却有四盞、便是在靠手的旁边又添上两盞灯、一齐点上了、就光明燦爛、对面来的人連眼睛都要睜不開来了。脚底下又裝着响鈴、車上的人用脚踏着、一路發出琤琮的响声、車子向前飛跑、引得路上行人皆駐足而視。據说那时北京这樣的車子没有第二輛、所以假如路上遇見四盞灯的洋車、便可知道这是馮漢叔、他正往「八大胡同」去打茶圍去了。爱说笑話的人便給这樣的車取了一个别名、叫做「器字車」、四个口像四盞灯、兩盞灯的叫「哭字車」、一盞的就叫「吠字車」。算起来坐器字車的还算比較便宜、因为中間虽然是个「犬」字、但比較吠哭二字究竟字面要好的多了。

漢叔喜歡喝酒、与林公鐸有点相像、但不听見他曾有与人相鬧的事情、他又是搞精密的科学的、酒醉了有时便有点糊塗了、可见一遇到上课講学問、却是依然头腦清楚、不会發生什麽錯误。古人说、吕端小事糊塗、大事不糊塗，可見世上的確有這樣的事情。魯迅曾經講過漢叔在民初的一件故事，有一天在路上与漢叔相遇，彼此举帽一点首後将要走过去的时候，漢叔忽叫停車，似乎有话要说。及至下車之後，他並不開口，却從皮夾里掏出二十元鈔票来，交给魯迅，说「這是还那一天輸给你的欠賬的。」魯迅因为並無其事，便说「那一天我並没有同你打牌，也並不輸錢给我呀。」他這才說道：「哦，哦，這不是作人麼？」乃作別而去。此外有一次，是我親自看見的，在「六三」的前幾天，北大同人於第二院開会商議挽留蔡校長的事說話的人當然没有一个是反对的，其中有一人不記得是什麼人了，說的比較不直截一点，他没有听得清楚，立即憤然起立道：「誰呀，說不赞成的？」旁人連忙解劝道：「没有人說不赞成的，這是你听差了。」他於是也說，「哦，哦。」隨又坐下了。關於他好酒的事，我也有过一次的經驗。不記得是誰請客了，飯館是前门外的煤市街的有名的地方，就是酒不大好，這时漢叔也在坐，便提議到近地的什麼店去要，是和他有交易的一家酒店，只說馮某人所要某种黄酒，这就行了。及至要了来之後，主人就要立刻分斟，漢叔阻住他，叫先拏试嘗，嘗过之後觉得口味不对，便叫送酒的夥计来对他说，一面用手指着自己的鼻子道：「我，我自己在这里，叫老板给我送那个来。」这樣換来之後，那酒一定是不錯的了，不过我们外行人也不能辨別，只是那麼胡亂的喝一通就是了。

北平淪陷之後，民國廿七年（一九三八）春天日本憲兵隊想要北大第二院做它的本部，直接通知第二院，要他们三天之内搬家。留守那里的事務員弄得没有办法，便来找那「留平教授」，馬幼漁是不出来的，於是找到我和馮漢叔。但是我们又有什麼办法呢？走到第二院去一看，碰見漢叔已在那里我们略一商量，觉得要想挡駕只有去找湯尔和，说明理学院因为儀器的関係不能輕易移動，至於能否有効，那只有臨时再看了。便在那里由我起草写了一封公函，同漢叔送往湯尔和的家里。当天晚上得到湯尔和的電话，说挡駕總算成功了，可是只可犧牲了第一院给予憲兵隊，但那是文科只积存些講義類的东西、散佚了也不十分可惜。这是我最後一次见到馮漢叔、看他的様子已是很憔悴、已経到了他的暮年了。

一五九 北大感旧録六

九、刘叔雅

刘叔雅名文典、友人常称之为刘格阑玛、叔雅則自称狸豆鳥、蓋狸刘读或可通、叔与菽通、尗字又为豆之象形古文、雅則即是鳥鴉的本字。叔雅人甚有趣、面目黧黑、蓋昔日曾嗜鴉片、又性喜肉食、及後北大遷移昆明、人称之謂「二雲居士」、蓋言雲腿与雲土皆名物、適投其所好也。好吸紙烟、常口銜一支、虽在说话亦粘着唇边、不識其何以能如此、唯進教室以前始棄之。性滑稽、善谈笑、唯语不择言、自以籍属合肥、对於段祺瑞尤致攻擊、往往醜詆及於父母、令人不能紀述。北伐成功後寓在蕪湖、不知何故触怒蒋介石、被拘数日、时人以此重之。刘叔雅最不喜中医、常極论之、備極诙谐讽刺之能事、其词云：

「你们攻擊中國的庸医、实是大錯而特錯。在现今的中国、中医是萬不可少的。你看有多多少少的遗老遗少和别种的非人生在中国、此辈一日不死、是中国一日之禍害。但是谋殺是違反人道的、而且也谋不勝謀。幸喜他们都是相信國粹的、所以他们的一線死机、全在这班大夫们手里。你们怎好去攻擊他们呢？」这是我親自听到、所以寫在一篇说「賣藥」的文章里、收在「谈虎集」卷上、寫的時日是「十年八月」、可見他讲这话的时候是很早的了。他又批评那时的國会議员道：

「想起这些人来、也着实觉得可怜、不想来怎么的罵他们。这諸公之蒙要怪我们自己、假如我们有力量買收了他们、却还要那么胡闹、那么这实在应该重办、捉了来打屁股。可是我们现在既然没有钱给他们、那么这也就只好由得他们自己去卖身去罢了。」他的说话刻薄由此可见一班、可是叔雅的長处並不在此、他实是一个国学大家、他的「淮南鸿烈解」的著书出板已経好久、不知道随後有什么新著、但就是那一部书也足够顯示他的学力而有餘了。

十、朱遏先

朱遏先名希祖，北京大学日刊曾经误将他的姓氏刊为米遏先，所以有一个时候友人们便叫他作「米遏先」，但是他的普遍的绰号乃是「朱鬍子」，这是上下皆知的，尤其是在旧书业的人们中间，提起「朱鬍子」来，几乎无人不知，而且有点敬远的神气，因为朱君多收藏古书，对于此道很是精明，听见人说珍本旧抄，便捋袖攘臂，连说「吾要」，连书业专门的人也有时弄不过他。所以朋友们有时也叫他作「吾要」，这是浙西的方音里边也含有幽默的意思，不过北大同人包括旧时同学在内普遍多称他为「而翁」，这其实即是朱鬍子的文言译，因为「说文解字」上说，「而，颊毛也」，当面不好叫他作朱鬍子，但是称「而翁」，便无妨碍，这可以说是文言的好处了。因为他向来就留了一大部鬍子，这从什么时候起的呢？记得在民报社听太炎先生讲说文的时候，总还是学生模样，不曾留须，恐怕是在民国初年以後吧。在元年（一九一二）的夏天他介绍我到浙江教育司当课长，我因家事不及去，後来又改任省视学，这我也只当了一个月，就因患疟疾回家来了，那时见面的印象有点麻胡记不清了，但总之似乎还没有那古巴英雄似的大鬍子，及民六（一九一七）在北京相见，却完全改观了。这却令人记起英国爱德华理亚（Edward Lear）所作的「荒唐书」里的第一首诗来：

「那里有个老人带着一部鬍子，
他说，这正是我所怕的，
有两只猫头鹰和一只母鸡，
四只叫天子和一只知更雀，
都在我的鬍子里做了窠了！」

这样的过了将近二十年，大家都已看惯了，但大约在民国廿三四年的时候在北京却不见了朱鬍子，大槩是因了他女婿的关系转到广州的中山大学去了。以後的一年寒假里，似乎是在民国廿五年（一九三六），这时正值北大招考阅卷的日子，大家聚在校长室里，忽然开门进来了一个小伙子，没有人认得他，等到他开口说话，这才知道是朱遏先，原来他的鬍子剃得先生的，所以是似乎换了一个人了。大家这才哄然大笑，这时的遏先在我这里恰好留有一个照相，这照片原是在中央公园所照，便是许季茀、沈兼士、朱遏先、沈士远、钱玄同、马幼渔和我，一共是七个人，这里边的朱遏先就是光下巴的。遏先是老北大，又是太炎同门中的老大哥，可是在北大的同人中间似乎缺少联络，有好些事情都没有他加入，可是他对于我却是特别关照，民国元年是他介绍我到浙江教育司的，随后又在北京问我愿不愿来北大教英文，见于鲁迅日记，他的好意我是十分感谢的，虽然最后民六（一九一七）的一次是不是他的发起，日记上没有记载，说不清楚了。

一六〇　北大感旧录七

十一、胡适之　今天听说胡适之于二月二十四日在台湾去世了，这样便成为我的感旧录里的材料，因为感旧录中是照例不收生存的人的。他的一生的言行，到今日盖棺论定，自然会有结论出来，我这里只想就个人间的交涉记述一二，作为谈话的资料而已。我与他有过卖稿的交涉一总共是三回，都是翻译。头两回是「现代小说译丛」和「日本现代小说集」，时在一九二一年左右，是我在新青年和小说月报登载过的译文，鲁迅其时也特地翻译了几篇，凑成每册十万字，收在商务印书馆的世界丛书里，稿费每千字五元，当时要算是最高的价格了。在一年前曾经托蔡校长写信，介绍给书店的「黄蔷薇」，也还只是二元一千字，虽说是文言不行时，但早晚时价不同也可以想见了。第三回是一册「希腊拟曲」，这是我在那时的唯一希腊译品，一总只有四万字，把稿子卖给文化基金董事会的编译委员会，得到了十元一千字的报酬，实在是我所得的最高的价了。我在序文的末了说道：

「这几篇译文虽只是寥寥小册，实在也是我的很严重的工作。我平常也曾翻译些文章过，但是没有像这回费力费时光，在这中间我时时发生恐慌，深有「黄胖搡年糕，出力不讨好」之惧，如没有适之先生的激励，十之七八是中途搁了笔了。现今总算译完了，这是很可喜的，在我个人使这三十年来的出路不完全自走、固然自己觉得喜歡、而原作更是值得介绍、虽然只是太少。谛阿克列多斯有一句話道、一点点的礼物捎着大大的人情。鄉曲俗语云、千里送鹅毛、物轻人意重。姑且引来作为解嘲。」關於这册譯稿还有过这么一个插话、交稿之前我预先同適之說明、这中間有些違碍詞句、要求保留、即如第六篇拟曲「昵談」里有「角先生」这一个字、是翻譯原文抱朋这字的意義、虽然唐譯苾蒭尼律中有樹膠生支的名称、但似乎不及角先生三字的通俗。適之笑着答應了、所以它就这樣的印刷着、可是注文里在那「角」字右边加上了一直線、成了人名符号、这似乎有点可笑、——其实这角字或者是說明角所製的吧。最後的一回、不是和他直接交涉、乃是由編譯会的秘书關琪桐代理的、在一九三七至三八年这一年里、我翻譯了一部亞波羅陀洛斯的「希臘神話」、到一九三八年編譯会搬到香港去、这事就告结束、我那神話的譯稿也带了去不知下落了。

一九三八年的下半年、因为編譯会的工作已经结束、我就在燕京大学託郭绍虞君找了一点功课、每週四小时、学校里因为旧人的關係特加照顾、给我一个「客座教授」（Visiting Professor）的尊号、算是专任、月給一百元報酬、比一般的講師表示优待。其时適之远在英國、远远的寄了一封信来、乃是一首白话诗、其词云：

「臧暉先生昨夜作一夢、
夢見苦雨庵中吃茶的老僧、
忽然放下茶鍾出门去、
飄然一枝天南行。
天南万里岂不大辛苦？
只为智者識得重与輕。——
夢醒我自披衣開窗坐、
誰人知我此时一点相思情。
一九三八、八、四。倫敦。」

我接到了这封信後，也做了一首白话诗回答他，因为听说他就要往美国去，所以寄到華盛顿的中国使馆转交胡安定先生，这乃是他的临时的别号。诗有十六行，其词云：

「老僧假装好吃苦茶，
实在的情形还是苦雨，
近来屋漏地上又浸水，
结果只好改号苦住。
晚间拼好蒲团想睡觉，
忽然接到一封远方的信，
海天万里八行诗，
多谢藏晖居士的问讯。
我谢谢你很厚的情意，
可惜我行脚却不能做到，
并不是出了家特地忙，
因为庵里住的好些老小。
我还只能关门敲木鱼念经，
出门托钵募化些米麵，——
老僧始终是个老僧，
希望将来见得居士的面。

廿七年九月廿一日，知堂作苦住庵吟，略仿藏晖体，却寄居士美洲。十月八日舊中秋，陰雨如晦中録存」。

侥倖这两首诗的抄本都还存在，而且同时找到了另一首诗，乃是适之的手笔，署年月日廿八，十二，十三，藏晖。诗四句分四行写，今改写作两行，其词云：

两张照片诗三首，今日开封一惘然。
无人认得胡安定，扔在空箱过一年。

詩里所说的事全然不清楚了，只是那寄给胡适之的信搁在那里，经过很多的时候方才收到，这是我所接到的他的最後的一封信。及一九四八年冬北京解放，适之仓皇飞往南京，未几转往上海，那时我也在上海，便托王古鲁君代为致意，劝其留住国内，虽未能见听，但在我却是一片诚意，聊以報其昔日寄诗之情，今王古鲁也早已長逝，更無人知道此事了。

末了还得加上一節，「希腊拟曲」的稿費四百元，於我却有了極大的好处，即是这用了买得一塊墳地，在西郊的板井村，只有二畝的地面，因为原来有三间瓦屋在後面，所以花了三百六十元买来，但是後来因为没有人住，所以倒塌了，新种的柏樹过了三十多年，已经成林了。那里葬着我们的次女若子，姪兒豐二，最後还有先母魯老太太，也安息在那里，那地方至今还好好的存在，便是我的力气总算不是白花了，这是我所觉得深可慶幸的事情。

一六一　北大感旧録八

十二、刘半農

講到胡適之，令人联想起刘半農来，这不但是因为兩人都是博士，並且还是同年的関係，他們是卯字号的名人，这事上文已经说过了。刘半農因为没有正式的学歷，为胡博士他們看不起，虽然同是「文学革命」隊伍里的人，半農受了这个激刺，所以發憤去掙他一个博士头銜来，以出心头的一股悶气，所以後来人們叫他們为博士，其含義是有区別的，蓋一是積極的博士，一是消極的也。二人又同为卯字号小一輩的同年生，可是半農卒於一九三四年才及中壽，适之則已是古稀，又是不同的一点。我在上文里関於半農已經说及，现在再来講他恐有不少重出之處，为此只將那时所作的「半農紀念」一文，鈔録在這里，那夜即使有些重出，因为那是文中的一部分，或者也無甚妨碍吧。

「七月十五日夜我们到東京，次日定居本鄉菊坂町。二十日我同妻出去在大森等处跑了一天，傍晚回寓，卻見梁宗岱先生和陳櫻女士已在那里相候。谈次陳女士說在南京看見報載刘半農先生去世的消息，我们听了觉得不相信、徐耀辰先生在坐也说这恐怕又是别一个刘復吧、但陳女士说报上说的不是刘復而是刘半農、又说北京大学给他照料治丧、可见这是不会错的了。我们将離开北平的时候、知道半農往绥远方面旅行去了、前後相去不过十日、却又听说他病死了已有七天了。世事虽然本来是不可测的、但这实在来得太突然、只觉得出意外、除了惘然若失而外、别无什么话可说。

半農和我是十多年的老朋友、这回半農的死对於我是一个老友的丧失、我所感到的也是朋友的哀感、这很难得用笔墨记録下来。朋友的交情可以深厚、而这种悲哀总是淡泊而平定的、与夫婦子女间沈挚激越者不同、然而这两者却是同樣的难以文字表示得恰好。假如我同半農要疏一点、那麽我就容易说话、当作一个学者或文人去看、随意说一番都不要紧。很熟的朋友都只作一整个人看、所知道的又太多了、要想分析想挑选了说极难着手、而且褒贬稍有一点分量、心里完全明瞭、就觉得不誠实、比不说还要不好。荏苒四个多月过去了、除了七月二十四日写了一封信給半農的女兒小蕙女士外、什麽文章都没有写、虽然有三四处定期刊物叫我写纪念的文章、都谢绝了、因为实在写不出。九月十四日、半農死後整々两个月、在北京大学举行追悼会、不得不送一副挽联、我也只得写这樣平凡的几句话去、敷衍了一下子：

十七年爾汝旧交、追忆还從卯字号、
廿餘日馳驅大漠、帰来竟作丁令威。

这是很空虚的话、只是儀式上所需的一种装饰的表示而已。学校决定要我充当致词者之一人、我也不好拒绝、但是我仍是明白我的不勝任、我只能说々临时想出来的半農的两种好处。其一是半農的真。他不装假、肯说话、不投机、不怕罵、一方面却是天真爛熳、对什麽人都无恶意。其二是半農的雜学。他的专门是语音学、但他的兴趣很廣博、文学美術他都喜歡、做诗、写字、照相、蒐书、講文法、谈音樂。有人或者嫌他雜、我觉得这正是好处、方面廣、理解多、於處世和治学都有用、不过在思想统一的时代自然有点不合式。我所能说的也就是极平凡的这几句。

而且前阅「人间世」第十六期，看见半农遗稿双凤皇专斋小品文之五十四，读了得有所感。其题目曰「记砚兄之称」，文云：

「余与知堂老人每以砚兄相称，不知者或以为儿时同窗友也。其实余二人相识，余已二十七，岂明已三十三。时余穿鱼皮鞋，犹存上海少年滑头气，岂明则蓄浓髯，戴大绒帽，披马夫式大衣，俨然一俄国英雄也。越十年，红胡入关主政，北新封，语丝停，李丹忱捕，余与岂明同避菜厂胡同一友人家。小厢三楹，中为膳食所，左为寝室，席地而卧，右为书室，室仅一桌，桌仅一砚。寝，食，相对枯坐而外，惟有共砚写文而已。砚兄之称自此始。居停主人不许多友来视，能来者余妻岂明妻而外，仅有徐耀辰兄传递外间消息，日或三四至也。时民国十六年，以十月二十四日去，越一星期归，今日思之，亦如梦中矣。」

这文章写得颇好，文章里边有着作者的性格，读了如见半农其人。民国六年春间我来北京，在「新青年」上初见到半农的文章，那时他还在南方，留下一种很深的印象，这是几篇「灵霞馆笔记」，觉得有清新的生气，这在别人笔下是没有的。现在读这篇遗文，恍然记及十七年前的事，清新的生气仍在，不过更加上一点苍老与着实了。但是时光过得真快，鱼皮鞋子的故事在今日读者的人里只有我和玄同还知道吧，而菜厂胡同一节说起来也有车过腹痛之感了。前年冬天半农同我谈到蒙难纪念，问这是哪一天，我查旧日记，恰巧民国十六年中间有几个月不曾写，于是查对「语丝」末期出版月日等等，查出这是在十月二十四，半农就说下回要大举请客来作纪念，我当然赞成他的提议。去年十月不知道怎么一混大家都忘记了，今年夏天半农在电话里还说起，去年可惜忘记了，今年一定要举行，然而半农在七月十四日就死了，计算到十月二十四日恰是一百天。

昔时笔祸同蒙难，菜厂幽居亦可怜。
算到今年逢百日，寒泉一盏荐君前。

这是我所作的打油诗，九月中只写了两首，所以在追悼会上不曾用，今見半農此文，便拿来題在後面。所云槃瓠在北河沿之東，是土肥原的旧居，居停主人即土肥原的後任某少佐也。秋天在东京本想去访问一下，告訴他半農的消息，後来听説在長崎，没有能见到。」民國二十三年（一九三四）十一月三十日，於北平苦茶庵記。

一六二　北大感旧録九

十三、馬隅卿

隅卿是於民國二十四年二月十九日在北大上课，以腦出血卒於讲堂里的，我也在这里抄録「隅卿紀念」的一篇文章作替代，原本是登載於「苦茶随筆」里的。

「隅卿去世於今倏忽三个月了。当时我就想写一篇小文章紀念他，一直没有能写，现在其實也还是写不出，但是觉得似乎不能再遲下去了。日前遇見叔平，知道隅卿已於上月在寧波安厝，那麽他的体魄便已永久和北平隔絶，更有去者日以疏之惧。陶渊明拟挽歌詩云：

向来相送人，各自还其家。
親戚或餘悲，他人亦已歌。

——何其言之曠達而悲哀耶，恐隅卿亦有此感，我故急急的想写了此文也。

我与隅卿相識大约在民國十年左右，但直到十四年我担任了孔德学校中学部的两班功课，我们才时常见面。当时係与玄同尹默包办國文功課，我任作文讀书，曾经给学生講过一部孟子，顏氏家训，和几卷东坡尺牍。隅卿則是总務長的地位，整天坐在他的办公室里，又正在替孔德圖书館買书，周圍堆满了旧书头本，常在和书贾交涉談判。我们下课後便跑去閑談，虽然知道很妨害他的办公，可是总也不能改，除我与玄同以外还有王品青君，其时他也在教书，随後又添上了建功耀辰，聚在一起常常談上大半天。閑談不够，还要大吃，有时也叫廚房開飯，平常大抵往外边去要，最普通的是森隆，一亞一，後来又有玉華台。民十七以後移在宗人府办公，有一天夏秋之交的晚上，我们几个人在屋外高台上喝啤酒汽水談天，一直到深夜、说起来大家都还不能忘记、但是光陰荏苒、一年一年的过去、不但如此、盛会於今不可復得、就是那时候大家的勇气与希望也已消滅殆尽了。

隅卿多年办孔德学校、费了许多的心、也吃了许多的苦。隅卿是不是老同盟会我不曾问过他、但看他含有多量革命的热血、这有一半盖是对於国民党解放运动的响应、却有一大半或由於对北洋派专制政治的反抗。我们在一起的几年里、看见隅卿好几期的活动、在「执政」治下有三一八时期与直魯軍时期的悲苦与屈辱、軍警露刃迫脅他退出宗人府、不久連北河沿的校舍也几被没收、到了「大元帥」治下好像是疔瘡已經腫透離出毒不遠了所以减少沉闷而発生期待、觉得黑暗还是压不死人的。奉軍退出北京的那几天他又是多么兴奋、親自跑出西直门外去看姍姍其来的山西軍、学校门外的青天白日旗恐怕也是北京城里最早的一面吧。光明来到了、他回到宗人府去办起学校来、我们也可以去闲谈了几年。可是北平的情形愈弄愈不行、隅卿於二十年秋休假往南方、接着就是九一八事件、通州密雲成了边塞、二十二年冬他回北平来专管孔德图书馆、那时復古的濁气又已瀰漫国中、到了二十四年春他也就与世長辞了。孔德学校的教育方针向来是比较地解放的向前的、在现今的风潮中似乎最难於适应、这是一个难问题、不过隅卿早一点去了世、不及看见他親手苦心経营的学校里学生要從新男女分了班去读経做古文、使他比在章士釗劉哲时代更为难过、那或者可以说是不幸中之大幸了吧。

隅卿的专门研究是明清的小说戲曲、此外又蒐集四明的明末文献。末了的这件事也受了清末的民族革命运动的影响、大抵现今的中年人都有过这种経验、不过表现略有不同、例如七先生写到清乾隆帝必称曰弘曆、亦是其一。因为这些小说戲曲從来是不登大雅之堂的、所以隅卿自称曰不登大雅文庫、後来得到一部二十回本的「平妖傳」、又称平妖堂主人、嘗複刻书中插画为箋紙、大如册页、分得一匣、珍惜不敢用、又别有一种「金瓶梅」画箋、似刻成未印、今不可得矣。居南方时得到話本二册、題日雨窗集及欹枕集、审定为清平山堂同型之本、旧藏天一阁中者也、因影印行世、题书室曰雨窗欹枕室、友人或戏称之为雨窗先生。隅卿用功甚勤、所为札记及考订甚多、平素过于谦退不肯发表、尝考冯梦龙事迹著作极详备、又抄集遗文成一卷、屡劝其付刊亦未允。吾乡抱经堂朱君得冯梦龙编「山歌」十卷、为「童痴二弄」之一种、以抄本见示、令写小序、我草草写了一篇、怂恿隅卿一考证之、隅卿应诺、假抄本去影写一过、且加丹黄、乃亦未及写成、惜哉。龙子犹殁后亦命薄如纸不亚于袁中郎、竟不得隅卿为作佳传以一发其幽光耶。

隅卿行九、故尝题其札记曰劳久笔记。马府上的许多弟兄我都相识、二先生幼渔是太炎国学讲习会的同学、民国元年我在浙江教育司的楼上「卧治」的时候他也在那里做视学、认识最早、四先生叔平、五先生季明、七先生太玄居士、——他的号本是绳甫、也都很熟、隅卿因为孔德学校的关系见面的机会所以更特别的多。但是隅卿无论怎样的熟习、相见还是很客气的叫岂明先生、这我当初听了觉得有点局促、后来听他叫玄同似乎有时也是如此、就渐渐习惯了、这可以见他性情上拘谨的一方面、与喜诙谐的另一方面是同样的很有意义的。今年一月我听朋友说、隅卿因怕血压高现在戒肉食了、我笑说道、他是老九、这还早呢。但是不到一个月光景、他真死了。二月十七日孔德校长蓝少铿先生在东兴楼请吃午饭、在那里遇见隅卿幼渔、下午就一同去看厂甸、我得了一册木板的「訄书」、此外还有些黄虎痴的湖南风物志与王西庄的练川杂咏等、傍晚便在来薰阁书店作别。听说那天晚上同了来薰阁主人陈君去看戏、第二天是阴历上元、他还出去看街上的灯、一直兴致很好、到了十九日下午往北京大学去上小说史的课、以脑出血卒。当天夜里我得到王淑周先生的电话、同丰一雇了汽车到协和医院去看、已经来不及了。次日大殓时又去一看、二十一日在上官菜园观音院接三、送去一副挽联、只有十四个字道、

月夜看灯才一梦、

雨窗敲枕更何人。

中年以後丧朋友是很可悲的事、有如古书、少一部就少一部、此意惜难得恰好的達出、輓联亦只能寫得像一副輓联就算了。

二十四年五月十五日、在北平」。

一六三　北大感旧録十之上

十四、錢玄同

錢玄同的事情真是說来話長、我不曉得如何寫法好、関於他有一篇紀念文、原名「最後的十七日」乃是講他的末後的这幾天的、似乎不够全面、要想增補呢又觉得未免太嚕囌了、那麽怎麽办才好呢？剛好在二月十九日的人民日報上看到晦庵的一篇「书話」、題曰「取締新思想」、引用玄同的話、觉得很有意思、便决定来先作一回的

晏一盧集稿　張氏藏本

「文抄公」、随後再来自己献醜吧。原文云：

「新社会於一九二〇年五月被禁、在这之前、大约一九一九年八月、每周評論已経遭受查封的命運、一共出了三十七期。當时問題与主義的論争正在展開、胡適的「四論」就發表在最後一期上、刊物被禁以後、論争不得不宣告結束、大釗同志便沒有继「再論」而寫出他的「五論」来。一九二二年冬、北洋政府的國務会議進一步通过取締新思想案決定以新青年和每周評論成员作为他們將要迫害的对象。消息流傳以後、胡適努力表白自己的温和、提倡什麽好人政府、但还是被王怀慶革指为过激派、主張捉將官里去、嚇得他只好以檢查糖尿病为名、躲了起来正当这个时候、議員受贿的案件被揭發了、不久又發生兩

会違憲一案、鬧得全國譁然、內閣一再更易、取締新思想的決議便暫时擱起。到了一九二四年、旧事重提、六月十七日的晨报副刊第一三八号上、新聞欄里發表三條「零碎事情」、第一條便反映了「文字之獄的黑影」：

「天風堂集与一目齋文鈔忽於昌英之妐之日被ㄐㄧㄣ出了」。这一句話是我從一个朋友給另一个朋友的信中偷看来的、話雖然简单、却包含了四个謎語。每周评論及努力上有一位作者别署天風、又有一位别署隻眼、这兩部书大概是他們作的吧。ㄐㄧㄣ出也許是禁止；我这從兩部书的性質上推去、大概是不錯的。但什麼是「昌英之妐之日」呢？我連忙看康熙字典看妐是什麼字。啊、有了！字典「妐」字條下明明注着、集韵、諸容切、音鍾、夫之兄也。中國似有一位昌英女士、其夫曰端六先生、端六之兄不是端五麽？如果我这个謎沒有猜錯、那麼謎底必為胡適文存与独秀文存忽於端午日被禁止了。但我还沒有听見此项消息。可恨我这句話是偷看来的、不然我可以向那位收信或發信的朋友問一問、如果他們还在北京」。

这條新聞署名「夏」、夏就是錢玄同的本名、謎語其实就是玄同自己的創造。当时北洋軍閥禁止独秀文存、胡適文存、愛美的戲劇、愛的成年、自己的園地等书、玄同為了揭發事实、故意轉彎抹角、掉弄筆头、以引起社会的注意。胡適便据此四面活動、多方寫信。北洋政府一面否認有禁书的事情、説檢閱的书已经發还、一面却查禁如故。到了六月廿三日、晨报副刊第一四三号又登出一封給「夏」和胡適的通信、署名也是「夏」。

「夏先生和胡適先生：

関於天風堂集与一目斎文鈔被禁止的事件、本月十一日下午五时我在成均遇見茭白先生、他的話和胡適先生一様。但是昨天我到旧書攤上去问、据说还是不讓賣、幾十部書还在那边呢。許是取不回来了吧。

夏白。（这个夏便是夏先生所说的寫信的那个朋友。夏先生和夏字有没有関係、我不知道、我可是和夏字曾経発生过関係的、所以略仿小寫萬字的注解的筆法、加这幾句注。）十三、六、二十。」

所謂「略仿小寫萬字的注解的筆法」云云、意思就是万即萬、夏即夏、原来只是一回事、一个人而已。这封通信後面还有一条画龍点睛的尾巴：

「寫完这封信以後、拏起今天的晨報第六版来看、忽然看見「警察所定期焚書」这様一个標題、不禁打了一个寒噤、然而我並不知道这許多敗坏風俗小说及一切違禁之印刷物是什麼名目」。可見当时不但禁过書、而且还焚过書、鬧了半天、原来都是事実。短文采取層層深入的办法、我認为寫得極好。这是五四初期取締新思想的一点重要史料。敗坏風俗、本来有各种各様解釋、魚目既可混珠、玉石不免俱焚。従古代到近代、従外國到中國、敗坏風俗幾乎成為禁書焚書的共同口実、前乎北洋軍閥的統治階级利用过它後乎北洋軍閥的統治階级也利用过它。甚同敗的什麼風、坏的什麼俗、悠悠黄河、这就有待於我們这一辈人的辨别

晏一盧集稿 張氏藏本

384

了。」

这篇文章我也觉得写的很好，它能够从不正经的游戏文章里了解其真实的思义，得到有用的资料，极是难得的事。可惜能写那种特异抹角，拐弯筆头，谈谐讽刺的杂文的人已经没有了。玄同去世雖已有二十四年，然而想起这件事来，却是一个永久的损失。

一六四　北大感旧録十之下

以下是我所写的「玄同纪念」的文章，原名「最後的十七日」，登在燕京大学的月刊上，因为里边所记是民国廿八年（一九三九）一月一日至十七日的事情，玄同就在十七日去世的。一日上午我被刺客所襲擊，左腹中一槍，而奇蹟的並未受傷，这案虽未破获，却知道是日本軍部的主使，確

鬘一盧集稿　張氏藏本

無疑问，这事到讲到的时候再说。玄同本来是血压高，过有点神经过敏，因此受刺激以致發病，还有凑巧的一件事，他向来並不相信命運，恰於一年前偶然在旧书里發见有一張批好的「八字」。这也不知道是什么时候的东西，大约総还是好多年前叫人批了好玩的吧，他自己也已忘记了，在这上边批到五十二歲便止，而他那时候正是五十二歲，因为他是清光绪丁亥（一八八七）年生的。虽然他並不迷信，可是这可能在他心理上造成一个黑影。

「玄同於一月十七日去世，於今百日矣。此百日中，不曉得有过多少次，想要写一篇小文给他作紀念，但是每次总是沈吟一回，又復中止。我觉得这无従下筆。第一，因为我認識玄同很久，従光绪戊申在民報社相見以来，至今

已是三十二年、這其間的事情實在太多了、要挑選一兩點來講、極是困難、——要寫只好寫長編、想到就寫、將來再整理、但這是長期的工作、現在我還沒有這餘裕。第二、因為我自己暫時不想說話。「東山談苑」記倪元鎮為張士信所窘辱、絕口不言、或問之、元鎮曰、一說便俗。這件事我向來很是佩服、在現今無論關於公私的事有所聲說都不免於俗、雖是講玄同也總要說到我自己、不是我所願意的事、所以有好幾回拿起筆來、結果還是放下。但是、現在又決心來寫、只以玄同最後的十幾天為限、不多講別的事、至於說話人本來是我、好多沒有法子、那也只好不管了。

廿八年一月三日、玄同的大世兄秉雄來訪、帶來玄同的一封信、其文曰：

「知翁：元日之晚、召詒忽來告、謂兄忽遇狙、但幸無恙、駭異之至、竟夕不寧。昨至丘道、悉鯉詒煦揚詒公均已次第奉訪、兄仍從容坐談、稍慰。晚鐵公來詳談、更為明瞭、唯无公情形近未知悉、但祝其日趨平復也。事出意外、且聞前日奔波甚劇、想日來必感疲乏、願多休息、且本平日寧靜樂天之胸襟加意排解攝衛！弟自己是一個浮躁不安的人、乃以此語奉勸、豈不不自量而可笑、然實由衷之言、非勸慰泛語也。旬日以來、雪凍路滑、弟懍履冰之戒、只好家居、憚於出門、丘道亦只去過兩三次、且迂道黃城根、因怕走柏油路也。故尚須遲日拜訪、但時向奉訪者探詢尊況。頃雄將走訪、故草此紙。䉘闇白。廿八、

一、三。」

这里需要说明的只有几个名词。丘道即是孔德学校的代称，玄同在那里有两间房子，安放书籍兼住宿，近两年觉得身体不大好，住在家里，但每日總还去那边，有时坐上小半日。箛闇是其晚年别号之一。去年冬天曾以一纸寄示，上钤好些印文，都是新刻的，有肄箛、觚叟、箛庵居士、逸谷老人、憶菰翁等。这大都是從疑古二字变化来，如逸谷只取其同音，但有些也兼含意義，如觚箛本同是一字，此处用为小学家的表徵，菰乃是吴興地名，此则有故鄉之意存焉。玄同又自号鲍山疒叟，據说鲍山亦在吴興，与金盖山相近，先代坟墓皆在其地云。曾託張越丞刻印，有信见告云：

晏一廬集稿 張氏藏本

「昨以三孔子赠張老丞，蒙他見賜疒叟二字，书体似颇不恶，盖颇像百衲本第一种宋黄善夫本史记也。唯看上一字，似应云，象人高踞牀闌干之顛，岂不異哉！老兄评之以为何如？」此信原本无標点，印文用六朝字体，疒字左下部分稍有移展画下之中，故云然，此盖即鲍山疒叟之省文。

十日下午玄同来访，在苦雨斋西屋坐谈，未几又有客至，玄同遂避入鄰室，於從旁门走出自去。至十六日得来信，係十五日付郵者，其文曰：

「起孟道兄：今日上午十一时得手示，即至丘道交与四老爷，而祖公即於十二时電四公，於是下午他們（四与安）和它們（九通）共計坐了四辆洋車，送还书点交给祖公了。此事總算告一段落矣。日前拜访，未尽欲言，即挟文選两之、

○

此文选疑是唐人所写、如不然、则此君模唐可谓工夫甚深矣。……研究院式的作品固觉无意思、但鄙意老兄近数年来之作风颇觉可爱、即所谓「文抄」是也。「儿童……」（不记得那天作说的底下两个字了、故以虚线来表之）也太狭（此字不妥）、我以为似尚宜用「社会风俗」等类的字面（但此四字更不妥、盖即数年来大作那类性质的文章、——愈说愈说不明白了）、两可以意会、先生其有意乎？……旬月之内尚拟拜访面罄、但窗外风声呼呼、明日似又将雪矣、泥滑滑泥、行不得也哥哥、则或将延期矣。天公病状如何、有起色否？甚念。弟师黄再拜。廿八、一、十四、灯下。」

这封信的封面写「鲍缄」、署名师黄则是小时候的名字黄即是黄山谷。所云九通、乃是李守常先生的遗书、其后

人家迫求售、我与玄同给他们设法卖去、四祖许公都是帮忙搬运过付的人。这件事说起来话长、又有许多感慨、於之在这时候告一段落、是很好的事。信中间略去两节、觉得很是可惜、因为这里讲到我和他自己的关於生计的私事虽然很有价值有意思、却也就不能发表。只有关於文选、或者须稍有说明。这是一个长卷、系影印古写本的一卷文选、有友人以此见赠、十日玄同来时便又转送给他了。

我接到这信之后即发了一封回信去、但是玄同就没有看到。十七日晚得钱太太电话、云玄同於下午六时得病、现在德国医院。九时顷我往医院去看、在门内廊下遇见稻孙少铿令扬炳华诸君、知道情形已是绝望、再看病人形势刻刻危迫、看护妇之仓皇与医师之紧张、又引起十年前若

子死时的情形，乃於九点三刻左右出院返寓，至次晨打電话问少鉞，则玄同於十时半顷已長逝矣。我因行动不能自由，十九日大殓以及二十三日出殡时均不克参与，只於二十一日同内人到钱宅一致弔唁，併送去挽联一副，係我自己所寫，其詞曰：

戲语竟成真，何日得見道山记。

同游今散尽，無人共话小川町。

这副挽联上本来撰有小註，臨时却没有寫上去。上聯註云：「前屢傳君歸道山，曾戲语之曰，道山何在，無人能說，君既曾游，大可作記以示來者。君殁之前二日有信來，雖信中又復提及，唯寄到时君已不及見矣。」下聯註云：「余識君在戊申歲，其时尚号德潜，共從太炎先生听講說文解字，每星期日集新小川町民报社。同学中龔寶銓朱宗萊家樹人均先殁，朱希祖許壽裳現在川陝，留北平者唯余与玄同而已。每来谈常及尔时出入民报社之人物，窃有開天遺事之感，今併此絶响矣。」挽联共作四副，此係最後之一，取其尚不离題，若太深切便病晦或偏，不能用也。

關於玄同的思想与性情有所論述，这不是容易的事，現在也还没有心情来做这种难工作，我只简单的一說在听到以後所得的感想。我觉得这是对於我的一个大损失。玄同的文章与言論平常看去似乎頗是偏激，其实他是平正通達不过的人。近几年来和他商量孔德学校的事情，他总能得要领，理解其中的曲折，尋出一条解決的途径，他常詼谐的称为「貼水膏藥」，但在我实在觉得是極难得的一种成格，平时不觉得，到了不在之後方才感觉可惜，卻是来不及了，这是真的可惜。老朋友中玄同和我见面时候最多，讲话也极不拘束而且多滑稽，但他实在是我的畏友。浮泛的劝诫与嘲讽虽然用意不同，一样的没有什么用处。玄同平常不務苛求，有所忠告必以谅察为本，務为受者利益计算，亦不泛泛徒为高论，我最觉得可感，虽或未能悉用，而重违其意，恒自警惕，总期勿太使他失望也。今玄同往矣，恐遂无复有能规诫我者。这里我只是少讲私人的関係，深愧不能对於故人的品格学问有所表扬，但是我於此破了二年来不说话的戒，写下这一篇文章，在我未始不是一个大的决意，姑以是为故友纪念可也。民国廿八年，四月廿八日。」

这里须要補说一句，那部李先生的遗书「九通」，是卖给当时的北京女子師範大学的，所谓祖君就是学校的秘书趙祖欣氏，现在还在北京，虽然在勝利後学校仍然归併於師範大学，可是图书館里的书大概是仍然存在的吧。

一六五　北大感旧錄十一

上面所说都是北京大学的教授，但是这里想推廣一点開去，稍为谈谈職員方面，这里第一个人自然便是蔡校長了，第二个是蔣夢麐，就是上文一六三節玄同的信里所说的「要白先生」，関於他也有些可以谈的，但其人尚健在，这照例是感旧錄所不能收的了。

十五、蔡孑民　蔡孑民名元培，本字鹤卿，在清末因为讲革命，改号孑民，後来一直沿用下去了。他是紹興城

内華飛術的人、從小时候就听人说他是一个非常的古怪的
人、是前清的一个翰林、可是同时又是乱党。家里有一本
他的殊卷、文章很是奇特、篇幅很短、當然看了也是不懂
但總之是不守八股的規矩、後来听說他的講經是遵守所谓
公羊家法的、这是他的古怪行迳的起头。他的主張說是共
產公妻、这话雖是駭人听闻、但是事实却正是相反、因为
他的为人也正是与钱玄同相像、是最端正拘谨不过的人、
他發起進德会、主張不嫖、不賭、不娶妾、進一步不作官
吏、不吸煙、不飲酒、最高等则不作議員、不食肉、很有
清教徒的風氣。他是從佛老出来經過科学影响的无政府共
產、又因读了俞理初的书、主張男女平等、反对守節、那
底这种谣言之来也不是全无根据的了。可是事实呢、他到

晏一廬集稿 張氏藏本

老不殖財、没有艶闻、可谓知識階级里少有人物、我们引
用老輩批评他的话、做一个例子。这是我的受業師、在三
味书屋教我读「中庸」的寿洙鄰先生、他以九十歲的高齡、
於去年逝世了、寿師母分给我几本他的遗书、其中有一册
是蔡子民言行録下、书面上有寿先生的题字云云

「子民学问道德之纯粹高深、和平中正、而世多訾嗷、
诚如莊子所谓纯纯常常、乃比於狂者矣。」又云云

「子民道德学问集古今中外之大成、而实践之、加以不
擇壞流、不恥下问之大度、可谓偉大矣。」这些贊語或者不
免有过高之处、但是他引莊子的话说是纯纯常常、这是很
的確的、蔡子民庸言庸行的主張最好發表在留法華工学校
的講義四十篇里、只是一般人不大注意罢了。他在这里偶

然说及古今中外、这也是很得要领的话。三四年前我写过一篇讲蔡孑民的短文、里边说道：

「蔡孑民的主要成就、是在他的改革北大。他实际担任校长没有几年、做校长的时期也不曾有什么行动、但他的影响却是很大的。他的主张是「古今中外」一句话、这是很有劲力、也很得时宜的。因为那时候是民国五六年、袁世凯刚死不久、洪宪帝制虽已取消、北洋政府里还充满着乌烟瘴气。那时是黎元洪当总统、段祺瑞做内阁总理、虽有好的教育方针、也无法设施。北京大学其时国文科只有经史子集、外国文只有英文、教员只有旧的几个人、这就是所谓「古」和「中」而已、如加上「今」和「外」这两部分去、便成功了。他於旧人旧科目之外、加了戏曲和小说、章太炎的弟子黄季刚、洪宪的刘申叔、尊王的辜鸿铭之外、加添了陈独秀胡适之刘半农一班人、英文之外也添了法文德文和俄文了。古今中外、都是要的、不管好歹让它自由竞争、这似乎也不很妥当、但是在那个环境里、非如此说法、「今」与「外」这两种便无法存身、当作策略来说、也是必要的。但在蔡孑民本人、这到底是一种策略呢、还是由衷之言、也还是不知道、（大半是属於後者吧、）不过在事实上是奏了效、所以就事论事、这古今中外的主张在当时说是合时宜的了。

但是、他的成功也不是一帆风顺的。学校里边先有人表示不满、新的一边还有表示排斥旧的意思、旧的方面却首先表示出来了。最初是造谣言、因为北大最初开讲元曲便说在教室里唱起戏文来了、又因提倡白话文的缘故、说用金瓶梅当教科书了。其次是旧教员在教室中谩骂、别的人还隐藏一点、黄季刚最大胆、往々肆言不讳。他骂一般新的教员附和蔡子民、说他们「曲学阿世」、所以後来滑稽的人便给蔡子民起了一个绰号叫做「世」、如去校长室一趟、自称去「阿世」去。知道这个名称、而且常々使用的、有马幼渔钱玄同刘半农诸人、鲁迅也是其中之一、往々见诸书简中。成为一个典故。报纸上也有反响、上海研究系的时事新报开始攻击、北京安福系的公言报更加猛攻、由林琴南来出头、写公开信给蔡子民、说学校里提倡非孝、要求斥逐陈胡诸人。蔡答信说、「新青年」并未非孝、即使有此主张也是私人的意见、只要在大学里不来宣传、也无法干涉。林氏老羞成怒、大有借当时实力派徐树铮的势力来加迫压之势、在这时期五四风潮勃发、政府忙于应付大事、学校的新旧冲突总算倖而免了」。

我与蔡子民平常不大通问、但是在一九三四年春间、却接到他的一封信、打开看时乃是和我茶字韵的打油诗三首、其中一首特别有风趣、现在钞录在这里、题目是——

「新年、用知堂老人自寿韵」、诗云：

新年儿女便当家、不让沙弥袈了裟。（原注、吾乡小孩子留发一圈而剃其中边者、谓之沙弥。「癸巳存稿」三、「精其神」一条引「经了筵陈了亡者」语、谓此自一种文理。）

鬼脸遮颜徒吓狗、龙灯画足似添蛇。

六幺轮掷思赢豆、数语蝉联号绩麻。（吾乡小孩子选炒蚕豆六枚、于一面去殼少许谓之黄、其完好一面谓之黑、二人以上輪擲之、黄多者贏、亦仍以豆为籌焉。以成語首字与其他末字相同者联句、如甲說「大学之道」、乙接說「道不遠人」、丙接說「人之初」等、謂之讀麻。）

未事追怀非苦語、容吾一樣吃甜茶。（吾鄉有「吃甜茶、講苦話」之語。）

男名則仍是蔡元培、並不用什么別号。此於游戲之中自有謹厚之气、我前讀「春在堂雜文」时也記及此点、都是一种特色。他此时已年近古希、而記叙新年兒戲情形、細加注解、犹有童心、我的年紀要差二十歲光景、卻还沒有記得那樣清楚、讀之但有悵惘、即在極小的地方前輩亦自不可及也。

此外还有一个人、这人便是陈仲甫、他是北京大学的

文科学長、也是在改革时期的重要腳色。但是仲甫的行为不大檢点、有时涉足於花柳場中、这在旧派的教员是常有的、人家認为当然的事、可是新派便不同了、报上时常揭發、載陈老二抓傷妓女等事、这在高调道德会的蔡孑民、实在是很傷腦筋的事。我们与仲甫的交涉、与其说是功课上倒还不如文字上为多、便是都与「新青年」有関係的、所以從前寄來的一叠「実庵的尺牘」、共总十六通、都是如此。如第十二是一九二〇年所写的、末尾有一行道：

「魯迅兄做的小说、我实在五体投地的佩服。」在那时候他还只看得「孔乙己」和「药」这两篇、就这样说了、所以他的眼力是很不錯的。九月来信又说：

「豫才兄做的小说实在有集攏来重印的價值、請你问他

倘若以為然、可就新潮新青年剪下自加订正、寄來付印。」等到「吶喊」在一九二二年的年底編成、第二年出版、这已但在他说话的三年之後了。

一六六　道路的记憶一

凡是一条道路、假如一个人第一次走过、一定会有好些新的発見、値得注意、但是过了些时候却也逐漸的忘记了。可是日子走得多了、情形又有改变、许多事情不新鲜了、虽然有一部分事物因为看得長久了、另外發生一种深切的印象、所以在心記住、这却是輕易不容易忘记、久远的留在记忆里。我所想记者便是这种事情、姑且以最熟習的往两个大学去的路上为例、这就是北京大学和燕京大学、自南至北、自西至东、差不多京師的五城都已跑遍了、論时

则長的有二十年、短的也有十年、与今日相去也已有三十年光景、所以殊有隔世之感了。现在就记得的记録一点下来、未始不是怀古的好資料吧。

北京大学從前在景山东街、後来改称第二院、新建成的宿舍作为第一院、在漢花園、因为就是沙滩的北口、所以也籠统称为沙滩。这是在故宫的畧为偏东北一点的地方、即是北京的中央、以前警所称为中一區的便是。可是我的住处却换了两处、民国六年至八年（1917-1919）住在南半截胡同、位於宣武门外菜市口之南、往北大去须朝东北、但以後住在现今的地方、是西直门内新街口之西、所以这又须得朝着东南走了。这两条線会合在北大、差不多形成一个钝角、從我在这边线上看得一个大畧、这是很有意思的、

叫我至今不能忘記。

往北大去的路係有好幾條、大要只是兩种、即是走到菜市口之後、是先往东走呢、还是先往北走？現在姑且說头一种走法、即由菜市口往騾馬市走去、——這菜市口当时的印象就不很好、在現今大约都已不記得了吧、虽然在民國以来早已不在那里殺人、但是庚子时候的殺三大臣、戊戌的殺「五君子」、都是在那里、不由人不联想起来、而那个飽經世变的「西鶴年堂」却仍是屹立在那边、更令人会幻想起当时的情景、不過这只是一轉瞬就过去了。往东走到虎坊橋左近、車子就向北走進五道廟街、以後便一直向东向北奔去。这中间经过名字很怪的李鐵拐斜街、走到前门繫盛市街观音寺街和大柵欄、——大柵欄因為行人太多、

所以車子不大喜歡走、大抵拐灣由廊房头條進珠宝市、再出至正陽门了。这以後便没有什麽问题、走进了天安门廣場、在東長安街西边便是南池子接北池子、这條漫長的街道、走完了这街就是沙灘了。

第二种走法是先往北走、就是由菜市口一直進宣武门、通过单牌樓和四牌樓、——这些牌樓現在說没有了、但是在那时候卻还是巍然在望的。說起西四牌樓來、这也是很可怕的地方、因為明朝很利用它为殺人示眾之處、不、不只是殺而是剮、據書中記錄明末将不孝繼母的翰林鄭鄤、欽命剮多少刀的、就是在这个牌著「大市街」的牌樓的中间。現在没有这些牌樓了、到也觉得干净、雖然記憶还不能抹拭干净、看来崇禎的倒楣实在是活該的、他的作風與洪武

永乐相去不远、後人记念他、附会他是朱天君、乃是因为反对满清的缘故罢了。朝北走到西四牌楼、这已经夠了、以後便是该往东走、但是因为中间有一个北海和中南海梗塞着、西城和中城的交通很是不方便、就只有两條路可走、一条是由西单牌楼转弯、顺着西長安街至天安门、一条则是由西四牌楼略南拐弯、顺着西安门大街過北海桥、至北上门、这是故宫的後门、北边便是景山、中间也可以通过。虽说这两条路一样的可以走得、但是拉車的因为怕北海桥稍高、（解放後重修、这才改低了。）所以不大喜欢走條路、往往走到西单牌楼、便取道西長安街、走不到天安门的时候就向北折行、進南長街去了。南長街与北長街相連接、是直通南北的要道、与南北池子平行、是故宫左右两侧的唯一的通路、不过它通到北头、虽沙滩还隔着一程、就是故宫的北边这一面、现在称为景山前街的便是。在这段街路上、虽然不到百十丈远、却见到不少难得看见的情景、乃是打发到玉泉山去取御用的水回来的騾車、红顶花翎的大官坐着馬車或是徒步走着、成群的從北上门退出、乃是上朝回来的人、这些都是後来在别的地方所见不到的东西、但是自從搬家到西北城之後、到北大去不再走这条道路、所以後来也就没有再见的机会了。

從外城到北大去、随便在外边叫一辆洋車、走路由車夫自顾、無论怎樣走都好、但是平均算来總有一半是走前门的、所以購买東西很是方便、不必特别上街去、那时买日用雜貨的店铺差不多集中前门一帶、只有上等文具则在琉璃廠、新市也以觀音寺街的青雲閣最為完備。樓上也有茶点可吃、住在会館里的时候幾乎每星期日必到那里、记得小吃似乎比别的地方為佳。不过那都是「五四」以前的事、去今已是四十多年了。

從西北城往北大的路、与上边所说正是取相反的方向、便是一路只從東南走去、这路只有一條、即是進地安门即後门出景山後街、再往東一拐即是景山东街了、此外虽然还有走西安门大街的一條路、但那似乎要走遠一点、所以平常總是不大走。这一条從新街口到後门的路本来也很平凡、只是我初来北京往訪蔡校長的时候、曾経錯走過一次、所以覺得很有意思、不过那是出地安门来的就是了。後来走的是從新街口往南、在護國寺街東折、沿着定府大街通

往龍头井、通過往南便是皇城北面的大路了。这一路虽是冷静平凡、可是变遷很多、也很值得講。第一是護國寺、这里每逢七八有廟会、里边什麼俱有、日常用品以及玩具等類、茶点小吃、演唱曲藝、都是平民所需要的、無不具備、来玩的人真是人山人海、终年如此。这称為西廟、与東城隆福寺称作東廟的相对、此外西城还有白塔寺也有廟会、不过那是規模很小、不能相比了。第二是定府大街、後来改称定阜大街、原来是以王府得名、这就是清末最有勢力的慶王的住宅、虽是在民國以後却还是很威風、门前站着些衛兵、裝着拒馬。後来將東边地方賣給天主教人、建造起輔仁大學、此後他们的威勢似乎斷々的不行了。第三是那條皇城北面的街路、当初有高墙站在那里、牆的北

边是那馬路、車子沿着牆走着，様子是够陰沉々的、特别在下雪以後、那靠墻的一半馬路老是冰凍着、到得天暖起来这一半也总是濕淋淋的、这个印象还是记得。那里從前通什刹海的一座石橋就有一部分砌在墻内、便称作西壓橋，和那東边的橋相对，那边的橋不被壓着、所以称为东不壓橋。西壓橋以北是什刹海、乃是明朝以来的名勝，到了民国以後也还是人民的公園，特别是在夏季，兴起夏令市場，擺些茶攤点心鋪、買八宝蓮子粥最有名、又有说书歌唱卖技的场所、可以说是平民的游乐地。我当时常走过、遠闻鼓笙声、看大家熙来攘往的、就可惜不曾停了車子、走去参加盛会、確実是一回遺憾的事情。

㬈一盧集稿 張氏藏本

一六七　道路的记憶二

我是從民国十一年才進燕京大学去教书、至二十年退出、在这个期间我的住处没有变動、但是学校却搬了家，最初是在崇文门内盔甲廠、乃是北京内城的西南隅、和我所住的西北城正成一條对角線、随後遷到西郊的海甸、却离西直门很遠、现今公共汽車计有十站、大约总有十幾里吧。但是当初在城里的时候、这条对角線本来也不算近、以前往北大去曾经试験步行过、共总要花一个鐘头、車子则只要三十分鐘、若是往燕大去車子要奔跑一个鐘头、那应是北大的二倍了。我在那边上课的时間都是排在下午、可以让我在上午北大上完课之後再行前去、中午叫工友去叫一盤炒麪、外带兩个「窩果兒」即是汆鸡子来、只要用兩三角钱就可以吃飽、但是也有时来不及吃、只可在東安市場買兩个鸡蛋糕的捲子、冬天放下車簾一路大吃、当得到来也就可以吃完了。從北大走去、那条對角線恰是一半、其路線則由漢花園往南往东、或者取道北河沿、或者由翠花胡同出王府大街、反正總要走过東安市場所在的东安门的。說起東安门来也有復辟时記憶留着、那朝西北的门洞边上有着槍彈的痕跡、即是張勳公館的辮子兵所打出来的、不过现在东安门久已拆除、所以这些遗跡已全世不见了。自东安市場以至王府井大街、再往東便是東单牌樓了、那是最为繁盛的地方、买什么東西都很方便、那时虽然不再走过前门、可是每星期總要出门走过東单、就更觉得便利了。東单牌樓往南走不多远、就得往東去、或在蘇州胡同拐灣再转至五老胡同、或者更往南一点進船板胡同釣餌胡同、

出去便是溝沿头、它的南端与盔甲廠相接。說也奇怪、这北京東南的地方在我却是似曾相識、因为在五年前復辟的时候、我们至東城避难、而这家旅館乃是恰在船板胡同的隔巷里。我们在那里躲了几天、有时溜出去买英文報看、买日本点心吃、所以在附近的几条胡同里也徘徊过、如今却又從这里經過、觉得很有意思。我利用来东城的机会、时常照顾的是八宝胡同的青林堂日本点心鋪、东单的祥泰義食料鋪、买些法國的葡萄酒和苦艾酒等。傍晚下课回来、一直要走一个多鐘头、路実在長得可以、而且下午功課要四点半鐘才了、冬天到了家里要六点鐘了、天色已經昏黑、頗有披星帶月之感、幸而此年之後学校就搬了家、又是另外一种情形了。

燕京大学的新校址在西郊篓斗桥地方，据说是明朝米家的花园叫做勺园，不过木石均已無复存留，只有进门後的一座石桥，大槩还是旧物吧。现在已改为北京大学，建筑已作有增加，但是大体上似乎还無什么改变。往海甸去的道程已有许多不同吧，就当时的状態来说，有民国十五年（一九二六）十月三十日所写的一封通信，登在「语丝」上面，题曰郊外，可以看见其时北京的一点情形，今抄録於下：：

「燕大开学已有月馀，我每星期须出城两天，海甸这一條路已经有点走熟了。假定上午八时出门，行程如下，即十五分高亮桥，五分慈献寺，十分白祥菴南村，十分叶赫那拉氏坟，五分黄庄，十五分海甸北篓斗桥到。今年北京的秋天特别好，在郊外的秋色更是好看，我在寒风中坐在洋車上遠望鼻烟色的西山，近看树林後的古庙以及河边一带微黄的草木，不觉过了二三十分的时光。最可喜的是大柳树南村与白祥菴南村之间的一段S字形的马路，望去真与画图相似，总是看不厭。不过这只是说那空旷没有人烟的地方，若是市街，例如西直门外或海甸镇，那是很不愉快的，其中以海甸为尤甚，道路破壞污穢，两旁溝内满是垃圾以及居民所倾倒出来的煤球灰，全是一副没人管理的地方的景象。街上三三五五遇见灰色的人们，学校或商店的门口常贴着一条红纸，写着什么团营连等字樣。这种情形以我初出城时为最甚，现在似乎少好一点了，但是还未全去。我每经过总感到一种不愉快，觉得这是佔领地的樣子，不像是在自己的本国走路，我没有亲見过，但常常想欧战时比利时苦处或者是这个景象吧。海甸的莲花白酒是颇有名的，我曾经买过一瓶，價贵而味仍不甚佳，我不喜欢喝它。我总觉得勃阑地最好，但是近来有什么机製酒税，價钱大涨，很有点买不起了。——城外路上还有一件讨厌的东西，便是那纸烟的大招牌。我并不一定反对喝纸烟，就是竖招牌也未始不可，只要弄得好看一点，至少也要不醜陋，而那些招牌偏偏都是醜陋的。把这些粗恶的招牌立在佔领地似的地方，倒也是极适合的罢？」

那时候正是「三一八」之年，这时冯玉祥的国民军退守南口，張作霖的奉軍和直魯軍進佔北京，上面所说便是其时的情形，也就是上文说过的履霜坚冰至的时期了。

我在燕京前後十年，以我的经验来说，似乎在盔甲廠的五年比較更有意思。從全体说起来，自然是到海甸以後校舍設備功课教员各方面都有改進，一切有个大学的规模了，但我觉得有点散漫，还不如先前简陋的时期，什么都要紧張認真，学生和教员的关係也更为密切。我觉得在燕大初期所认识的学生中间有好些不能忘记的，過於北大出身的人，而这些人又不是怎么有名的，现在姑且举出一个已经身故的人出来，这人便是画家司徒乔。他在民国十四年六月举開一次展览会，叫我写篇介绍，我是不懂画和诗的，但是写了一篇「司徒乔所作画展览会的小引」在报上发表了，其词曰：

「司徒君是燕京大学的学生，他性喜作画，据他的朋友说，他作画比吃饭还要紧。他自己说，他所以这样的画，

晏一盧集稿 張氏藏本

自有他不得不画的苦衷、这便因为他不能闭着眼睛走路。我们在路上看见了什么、回来就想对朋友说说、他也就忍不住要把它画出来。我是全然不懂画的、但他作画的这动机我觉得还能了解、因为这与我们写文章是一致的。司徒君画里的人物大抵是些乞丐、驴夫和老头子、这是因为他眼中的北京是这样、虽然北京此外或者还有别的好东西、大家所以为好的物与人。有一天、我到他宿舍里去、看见他正在作画、大乞丐小乞丐并排着坐在他的床铺上、——大的是瞎了眼的、但听见了声音、赶紧站了起来。我真感觉不安、扰乱了他们正经[illegible]工作。我又见到一张画好了的老头儿的头部、据说也是一个什么胡同的老乞丐、在他的皱纹和头发里真仿佛藏着四千年的苦辛的历史。我是美术的门外汉、不知道司徒君的画的好坏、只觉得他这种作画的态度是很可佩服的。现在他将于某日在帝王庙展览他的绘画、我很愿意写几句话做个介绍、至于艺术上的成就如何、应时自有识者的批判、恕我不能赞一辞了。

那时他的宿舍也就是在盔甲厂附近的一间简陋的民房、後来在西郊建起新的斋舍、十分整齐考究、可是没有那一种自由、他也没有在那里念书了。民国廿三年(一九三四)他外游归来、回到北京来看我、给我用炭画素描画了一幅小像、作我五十岁的纪念、这幅画至今保存、挂在旧苦雨斋的西墙上。我在燕大教书十年、得到这一幅画作纪念、这实在是十分可喜的事情了。

一六八　女子学院

我們寫下了上邊這个題目、心里不禁苦笑道：又是女学校！我於是怀疑自己是相信那不可知的運命的、特別是所謂華蓋運、吾鄉老百姓則讀如「鑊蓋」、謂像鍋蓋似的蓋在头上、無從擺脫、這又多少近於日本相法上的所謂女難、則是說為了女人的緣故而受到災禍。運命是不可能有的、但是偶尔的遭逢、以後便糾纏不了、雖然不是恋愛的関係、捲在里边總是很不愉快的。当初在女高師当講師、因為同情学生反対婆々式的女校長、略加援助、可是做到校長可以更換、却沒有法子保證別人不謀繼任、結果只可任其演変、後来主要的人們都走開了、落得留京的一兩个人担起女師大的牌子、和任可澄林素園相周旋、被他們叫一逼共產党、趕出門来了事。日前与徐耀辰君談到那些的事、还

晏一盧集稿 張氏藏本

是覺得很可發笑的。多管女学校的事、結果要被人家利用為自費的打手的、很好的經驗擺在眼前、却又要重蹈覆轍、这如不是成心自找麻煩、不能不說是命該如此了。可是这一回的事却与女師大無関、倒是從和它反対的方面来的、因為女子学院乃是後来改它的名称、它的前身实在即是章士釗任可澄在女師大的廢墟上办起来的那个女子大学。

蔣介石的北伐成功了、南北統一、但是这个革命政府事实上已投降了帝国主義了、願意在上海邊旁建立南京政府、不想往北方来、並且為的表示正統関係、取消北京字面、改北名為北平、这北平本是「古已有之」的地名、未始不可以用、但是他們的用意乃是北方安寧、这就不大好了。北京旧有的学校也經过了一番改組、將我們大学本科一總組

成一个北平大学、校長大槩仍是蔡子民、易培基似乎已經沒有办女学校的兴趣、因为那时已經做了故宫博物馆長了、大学各学院長乃由李石曾派下的國民党新贵来担任。經利彬做了理学院長、張凤举做了文学院長、但是他们却不能一帆风顺的到任、因为政府取消了北京大学的名義、北大出身的人都很反对、而且有些人在國民党政府里頗有势力、所以这种气势是不可以輕視的。因此北京男女師大以及農工各專科已經次第開学、北大的文理兩院拒絶新院長去接收、一直僵持着、院長不能到院倒也罢了、中間却有第三者也吃了虧、这便是預備着归併到北大文理兩院里去的旧女子大学学生了。因为当初有历史的関係、既然不能把她们併在女師大、只得將她们分为文理兩组、備合在北大里边去、現在北大不能開学、所以她们也連帶的搁了淺。新院長聘定刘半農为國文系主任、温源寧为英文系主任、(餘從畧、)預備先办文学院分院、给她们上课、校址設在西城根的衆議院旧址、但是劉半農辞不肯就、因为他是反对取消北大的、所以他的意思我也贊同、不过为的早点開办分院、張凤举和我商量、叫我代理半農的主任職務、安排功课、我就答应了。随後半農给我打電话来、说女子大学是我们所一向反对的、怎麽给她们去当主任、责備我不应该去、我当即荅覆他、從前要毁女子大学可是現在改组了、我们去接收过来、为什麽去不得、我还劝他自己去、可是他还是不同意、但是没得话说了、後来他究竟去做了女子学院的院長、可見並不固執原来的意見了。这个机関起头叫作文理分院、里边两个院主任、分治其事、随後附在保存北京大学後、作为北平大学女子学院、又改为女子文理学院、但那时我却已早不在那里了。

文理分院的开设是在众议院旧址、那就是後来法学院的第一院、可能是一时借用的、可是法学院一再要求归还、因为难找到适宜地方、迁延下来到了第二年春天、那即是民国十八年(一九二九)也就是五四的十年後了、法学院终於打了进来、武力接收了校址、教员们也连带的被拘了小半天、给我有写一篇愉快的散文的机会、两学校却因祸得福、将破烂的众议院换得了一座华丽的九爺府、本是前清的旧王府、後为杨宇霆所得、女子学院由杨家以廉價租来的、至今巋然在朝陽门大街的北边、是科学院的一所办公地址。

担任过女子学院院長的有經利彬、刘半农、沈尹默、那是以北平大学校長兼任的、最後是许寿裳、随後这学校即就没有了。

一六九　在女子学院被囚记

这就是我所做的所谓愉快的散文、是记述民国十八年四月十九日法学院学生襲擊女子学院的事的、因为记的颇是详细、便将原文抄録於下：

「四月十九日下午三时我到國立北平大学女子学院(前文理分院)去上课、到三点四十五分时分忽兒听見楼下一片叫打声、同学们都惊慌起来、说法学院学生打进来了。我夹起书包、书包外面还有一本新從郵局取出来的Lawall的藥学四千年史、到楼下来一看、只見满院都是法学院学生。

兩張大白襪、（後來看見上寫「國立北京法政大學」、）退來之後又拿往大門外去插、一群男生扭打着一個校警、另外有一个本院女生上去打鐘、也被一群男生所打。大約在這时候、校內電話係被剪斷、大門也已關閉了、另外有一个法学院学生在門的东偏架了梯子、爬在牆上瞭望、幹江湖上所謂把風的勾当。我見課已上不成、便預備出校去、走到門口、被幾个法学院男生擋住、說不准出去。我問為什么、他們答說沒有什么不什么、總之是不准走。我對他們說、我同諸君辯論、要求放出、乃是看得起諸君的緣故、因為諸君是法学院的学生、是懂法律的。他們愈聚愈多、總有三四十人左右、都嚷說不准走、又推又拉、說你不用多說廢話我們不同你講什么法、說什么理。我听了倒安了心、對他們說道、那么我就不走、既然你們声明是不講法不講理的我就是被拘被打、也决不說第二句話。於是我便從這班法学院学生叢中擠了出來、退回院内。

我坐在院子里東北方面的鉄欄杆上、心里納悶、推求法学院学生不准我出去的緣故。在我凡庸遲鈍的脑子里、費了二三十分鐘的思索、才得到一線光明：我悟閉門、剪電話、把風這幾件事連起來想、覺得這很有普通搶劫時的神氣、因此推想法学院学生拘禁我們、為的是怕我們出去到區上去報案。是的、這倒也是情有可原的、假如一面把風、剪電話、一面又放事主方面的人出去、這豈不是天下第一等的笨贼的行為么？、

但是他們的戰略似乎不久又改变了。大約法学院学生

在打進女子学院来之後、已在平津衛戍總司令部、北平警備司令部、北平市公安局都備了案、不必再怕人去告狀、於是我們教员由事主一変而為証人、其義務是在於簽名証明法学院学生之打進来得非常文明了。被拘禁的教员就我所認識、連我在内就有十一人、其中有一位唐太太、因家有嬰孩須得喂奶、到了五时半还不能出去、很是着急、便去找法学院学生要求放出。他們答說、留你們在這里、是要你們会同大学辦公处人員簽字証明我們文明接收、故須等辦公处有人来共同証明後才得出去。我真詫異、我有什麽能夠証明、除了我自己同了十位同事被拘禁这一件事以外呢?自然、法学院男生打校警、打女子学院学生、也是我这兩隻眼睛所看見、——喔、我幾乎忘記、还有一个法学院男生被打、这我也可以証明、因為我是在場親見的。我親見有一个身穿馬褂、头戴瓜皮小帽、左手挾一大堆講義之類的法学院学生、嘴里咕嚕着、向圍着的大门走去、許多法学院男生追去、叫罵喊打、結果是那一个人陷入重圍、見西边一个拳头落在瓜皮帽的上头、东边一隻手落在瓜皮帽的旁边、未幾乃見此君已无瓜皮帽在头上、仍穿馬褂挾講義飛奔的逃進辦公的樓下、後面追著許多人、走近台階而馬褂已為一人所扯住、遂蜂擁入北边的樓下、截至我被放免為止、不復見此君的蹤影。後来閱報知係法学院三年級生、因事自相衝突、幾至動武云。我在这里可以负责声明、原文幾至二字絕对錯误、事實是大動其武、我係親見、願为証明、即簽名蓋印、或再畫押、加蓋指纹亦可、如必要时须举手宣誓、亦无不可也。
　　旋说法学院学生不准唐太太出去，不久却又有人来说、如有特别事故、亦可放出、但必须在证明书上签名、否则不准。唐太太不肯签名、该事遂又停顿。随後法学院学生又来劝谕我们，如肯签字即可出去、据我所知、沈士远先生和我都接到这种劝谕、但是我们也不答應。法学院学生很生了气、大声说他们不願出去便讓他们在这里、連笑带罵、不过这都不足计較、无须详记。那时已是六时、大风忽起，塵土飛揚、天气驟冷、我们立在院中西偏樹下、直至六时半以後始得法学院学生命令放免、最初说只许单身出去、車仍扣留、过了好久才准連車同去、但这只以教员为限、至於職员仍一律拘禁不放。其时一同出来者为沈士遠、陳達、俞平伯、沈步洲、楊伯琴、胡濬濟、王仁輔和我一共八人、此外尚有唐趙丽蓮、郝高梓二女士及溥侗君当时未见、或者出来較遲一步、女子学院全体学生则均站立東边讲堂外廊下、我臨走时所见情形如此。

　　我回家时已是七点半左右。我这回在女子学院被法学院学生所拘禁，历时三点多鐘之久，在我並不十分觉得詫異、恐慌，或是憤慨。我在北京住了十三年，所经的危険已不止一次、这回至少已經要算是第五次、差不多有点習慣了。第一次是民國六年張勳復辟、在内城大放槍砲，我頗恐慌、第二次民國八年六三事件、我在警察所前幾乎被馬隊所踏死，我很憤慨，在「前门遇馬隊记」中大發牢騷、有馬是無知畜生、但馬上还有人、不知为甚这樣胡为之语。

以後遇見章士釗林素園兩回的馳逐、我简直看慣了、刘哲林修竹时代我便学了乖、做了隱逸、和京師大学的学生殊途同歸的屈伏了、得免了好些危险。现在在國立北平大学法学院学生手里吃了虧、算来是第五次了、还值得什么大惊小怪？我於法学院学生毫无责难的意思、他们在门口对我声明是不讲法不讲理的、这岂不是比鄭重道歉还要切实、此外我还能要求什么呢？但是对於大学当局、却不能就这樣就轻轻的放过、结果由我与陳沈俞三君致函北平大学副校長质问有无办法、能否保障教员以後不被拘禁、不过我知道这也只是这边的一种空的表示罢了、当局理不理又讲能知道、就是答覆也还不是一句空话么？

打闹天窗说亮话、这回我的被困实在是咎由自取、不

大能怪别人。诚如某々大名的毛院長所说、法学院学生要打進女子学院去、報上早已發表、难道你们不知道么？是的、知道原是知道的、而且報上也不止登过一二回了、但是说来惭愧、我虽有世故老人之称、实在有许多地方还是太老实、换句话说就是太蠢笨。我听说法学院学生要打進来、而还要到女子学院去上课、以致自投罗網、我这就因为是我太老实、錯信托了教育与法律。当初我也躊躇、有点不大敢去、怕被打在里边、可是转側一想、真可笑、怕什么？法学院学生不是大学生而又是学法律的么？怕他们真会打進来、这简直是侮辱他们！即使是房客不付租金、房东要收回住屋、也只好请法院派法警去勒令迁讓、房东自己断不能率领子姪加催棒手直打進去的、这在我们不懂

法律的人也还知道、何况他们现学法律、将来要做法官的法学院学生、哪里会做出这様的勾当来呢？即使退一百步说、他们说不定还会打进来、但是在北平不是还有维持治安保護人民的軍警当局么？不要说现今是暗地戒严、即在平时、如有人被私人拘禁或是被打了、軍警当局必定要来干涉、决不会坐视不救的。那么、去上课有什么危险、谁要怕是自己糊涂。我根据了这样的妄想、贸々然往女子学院去上课、结果是怎様？法学院学生声明不讲法不讲理、这在第一点上证明我是愚蠢、但我还有第二点的希望。我法学院学生忙於剪電话、忙於把风、觉得似乎下文该有官兵浩々蕩々的奔来、为我们解围、因此还是乐观。然而不然。我们傥天之佑已経放出、而一日二日以至多少日、軍

警当局听说是不管。不能管呢、不肯管呢、为什么不、这些问题都非我所能知、总之这已十足证明我在第二点上同様的是愚蠢了。愚蠢、愚蠢、三个愚蠢、其自投罗网而被拘禁也岂不宜哉。虽然、拘禁固是我的愚蠢之惩罚、但亦可为我的愚蠢之药剂。我得了这个経验、明白的知道我自己的愚蠢、以後当努力廓清我心中种々虚伪的妄想、纠正对於教育与法律的迷信、清楚的认识中国人的真相、这是颇有意義、很值得做的一件事、一点儿也算不得什么。

我在这里便引了「前门遇马队记」的末句作结：

「可是我决不悔此一行、因为这一回所得的教训与觉悟比所受的侮辱更大。」

中華民国十八年四月二十四日、於北平。」

这是被困以後的第六天所写、在这几天里头我们几个人分班去找北平的軍政要人。有人专找商震、我則同个三四个人专门访北平大学、问有什么解决办法。那时是北平大学接管華北教育、任这要职责的是北平大学副校長李书華、我们着实不客气的追问他、特别是沈士遠、他说没有办法、便質问既然没有办法管、那么为什么不辞职呢？这样的逼他、却终於没有逼出一句负责的话来、我那时的印象便是十足的泥塑木彫、这大槩也是一种官僚气、不过是属於消极的一方面就是了。有时候乘夜去访问他、客人种々责难、主人还是必恭必敬的陪着、直至深夜並无倦容、觉得实在无法可想、且其时新校舍断有着落、所以还是我们方面知难而退、不敢再去找他们了。不过老实的说、这北伐成功後的教育家给我们的印象实在是不大好、正如法学院学生所给的印象不大好是一样。

一七〇　北伐成功

北伐成功是近年的一件大事、中國南北總算统一了、但这只是從表面上看的话、若是在事实上却是给人民带来很大的災难。因为这乃是蒋介石专政的起头、犹如辛亥革命之於袁世凱、民六打倒復辟之於段祺瑞一樣、事情很好可是結果却是很坏的。在北伐还只有一半勝利的时候、就来了一个凶残的清党、就给予人以不祥的印象、唯北方的人民久已厭棄北洋政府、就以为彼善於此、表示歡迎、並識者早知其不能久長了。我的朋友里边、馬隅卿因为身任孔德校務、直接受到壓迫、故盼望尤切、在北京为第一个壁起青天白日旗来的学校、其老兄幼漁人很老实、乃私下对友人说、下回准北洋派而倒楣的便是国民党了。这一看好像是知识階級常有的历史循環观、所謂盛極必衰的道理、其实是不尽然、是從他反动的開头就可以知道了。那时我做了一篇「国慶日頌」、也表示差不多的意思的：

「第十七回的中華民国国慶日到来了、我们应该怎樣祝賀它、頌祷它才好呢？

以前的国慶日是怎麽的过去的呢？照我记性不好、有点记不明白了、勉强只记得近两年的事、现在记錄出来、以资比較。

十五年十月十日我做过一篇小文、题目「国慶日」、是通信的形式、文曰：

「子威兄：今日是国慶日。但是我一点都不觉得像国慶。除了这几張破烂的五色旗。旗的顏色本来不好、市民又用雜色的布头来一缝、紅黄藍大都不是正色、而且無論阿猫阿狗有什麽事、北京人就奉命乱挂國旗、不成個樣子、弄得愈挂国旗愈觉得难看、令人不愉快。其实、北京人如不挂旗、或者倒还像一点也未可知。

去年今日是故宫博物院開放、我记得是同你和徐君去瞻仰的。今年听说不開放了、而開放了歷史博物館。这倒也很妙的。歷史博物館是在午门楼上、我們平民平常是上不去的、这回開放出来作十五年国慶的点缀、可以说是唯一適宜的小点缀吧。但是我却终於没有去。

國慶日的好处是可以放一天假、今年却不凑巧正是礼拜日、糟糕糟糕。」

十六年国慶日我也写有一篇「双十節的感想」、登在语丝第一五四期上、可是这期语丝就禁止了、在北京不曾得見天日。那一天我同徐君往中央公园去看先社展览会、見了两件特別的事情、所以發生了一点感想。这事情是什么呢？一件是公园门口有许多奉軍三四方面軍团宣傳部员、洋装先生和剪髮女士、分發各种白话傳单、一件是许多便服偵探在端门外聚集野餐。这当时使我大吃一惊。一面深感在中国生存之不易、到处要受到监伺、危机四伏、既将视书坊夥计而心惊、亦復遇煤铺掌櫃而胆战、令人有在火山上之感焉。一面我又有点乐观、觉得这宣傳部员很有一番新气象、北方的禁白话禁剪髮的復古的反动大约只是旧派的

行为、不見得会長久行下去。这樣荏苒的一年过去、恐慌也有时似乎不恐慌、乐观也有时似乎不乐观、於是到了民国十七年的国慶日了。

今年的国慶日是在青天白日旗里过的了、这自然很够可喜了。即使没有政治的意義、我也反对那不好看的五色旗、虽然因此受到国家主義者的怨恨也並不反悔。现在这张旗撤掉了、而且北海橋上的高墙也已拆去、这就很够使我喜歡了、我已经獲得了一个不曾有过的好的国慶日、此外哪敢还有什么別的奢望呢。我为表示我的真诚、特於是日正午敬干一杯白乾、以贺民国十七年的国慶日、並以追吊十七年前的今日武昌死难的諸烈士之灵。

然而、这国慶日又即是国府九十八次会議决定明令规

定的孔子紀念日。卻是不湊巧之至、從这一边看固然是少放假一天的損失、從那一边看又可以说是復古的反动之吉兆。正如三四年前遠遠的听東北方面的读经的声浪、不免有戒心一様、現在也彷彿听見有相类的風声起於西南或東南、不能不使人有「杞天之慮」。禁白話、禁女子剪髮、禁男女同学等等、这決不是什庅小问题、乃是反动与专制之先声、從前在奉直魯各省早已实施过、经验过、大家都还没有忘記、特别是我们在北平的人。此刻現在、風向转了、北方剛脫了復古的鞭笞、革命发源的南方却渐渐起头来了、这風是自北而南呢、还是仍要由南返北而统一南北呢、我们惊弓之鳥的北方人瞻望南天、实在不禁急殺愁慌殺。

似乎中国現在还是在那一个大时代里、如「官場現形記」所说的「多磕头少说话」的时代。今年的國慶日只得就这樣算了、不知道明年的國慶日能否給我们帶来一个好運、使我们有可以少磕一点头多说幾句话的福气？」

这篇文章因為題目是「國慶日頌」、所以照例應该有幾句頌禱的话、但是頌禱又照例是空话、不大期望它是能兌現的。上面所说的福气事实上没有得到、只獲得了身上的一条混麻绳、渐渐的抽紧攏来、虽然因為華北不是輦轂之下、抽的不很快。然而末了有名的「憲兵第三团」也终於到来了。我与它有过一回专到的接触、虽然结果是个喜剧、然而当时的虚惊实在是很大的。民國廿三年（一九三四）十一月、我和俞平伯因了燕京同学的介绍、往保定育德中学去讲演、讲演完了顺便往定縣一看平民教育会的情形、因為那时孫伏国在会里办公、就在他那里住了两夜、下午一点钟在車站候車、预備回京。在車站上有憲兵第三団一个正装憲兵在那里徘徊、这也不足为奇、可是他似乎很注意我们三人——我和俞平伯以及送行的徐伏国。在观察一会兒之後、他踱来找我问道：「你是從北京来的周先生么？」我想要来的终於来了、虽然不知道是什么事情、可是有了麻烦、这趟火車无论如何是来不及的了。便把来保定讲演和看平民教育会的事说了、现在就等火車回北京去、闲谈了几句、看他並没有什么恶意。正在納罕、他又笑说、本来也不知道、因为看見手提包上的名片、所以问一声、果然是的。据说卓别林有一次在美国旅行、隐姓埋名不讓人家晓得、谁知他所到的地方凡有旅館都知道他是卓别林、这个谜随後也是在皮箱上的名片那里解决的。卓别林的笑话或者出於假作也未可知、但是我这一回却是真实的、而且事後重述可以当作笑话来讲、在当时却实在是大吃一惊、古人云谈虎色变、这回不但谈到而且还碰着了。

一七一　章太炎的北游

北伐方才告一段落、一二三四集团便搞了起来、这便是专心内战、没有意思对付外敌、予敌人以可乘之机、於是本来就疯狂了的日本軍阀闹起「九一八」事件来了。随後是伪满洲国的成立、接着是長城战役、國民党政府始终是退讓主義、譬犹割肉飼狼、欲求得暂时安静、亦不可得、终至盧溝橋一役乃一发而不可收拾。计自一九三一以後前後七年间、無日不在危险之中、唯当时人民亦如燕雀处堂、明知稿至年月、而年处逃避、所以也就迁延的苦住下来。在这期间也有几件事情可以记述的、第一件便是章太炎先生的北游。

北京是太炎旧游之地、革命成功以後过五六年差不多就在北京过的、一部分时间则被囚禁在龍泉寺里、但自從洪宪倒後、他復得自由、便回到南方去了。他最初以講学講革命、随後是谈政治、末了回到講学、这北游的时候似乎是在最後一段落里、因为再过了四年他就去世了。他谈政治的成績最是不好、本来没有真正的政見、所以很容易受人家的包围和利用、在民国十六年以浙绅资格与徐伯蓀的兄弟联名推荐省長、當时我在「革命党之妻」这篇小文里稍为加以不敬、後来又看见论大局的電報、主張北方交給張振威、南方交给吴孚威、我就写了「谢本師」那篇东西、在语絲上發表、不免有点大不敬了。但在那文章中、不说振威孚威、都借了曾文正李文忠字樣来责備他、与实在情形是不相符合的。到得國民党北伐成功、奠都南京、他也只好隱居苏州、在錦帆路又開始講学的生活、逮九一八後淞沪战事突發、覺得南方不甚安定、無出蘇東各將也一樣的遭到战火、北京却还不怎麽动摇、这或者是他北游的意思、心想来看一看到底是什麽情形的吧。

他的这次北游大约是在民国廿一年（一九三二）的春天、不知道的確的日子、只是在旧日记里留有这幾项记载、今照抄於下：

「三月七日晚、夷初招飲辞未去、因知系宴太炎先生、座中有黄侃、未可会面、今亦不欲见之也」。

「四月十八日、七时往西板桥照幼渔之约、见太炎先生此外有逷先玄同兼士平伯半农天行适之梦麐、共十一人、十时回家」。

「四月二十日、四时至北大研究所、听太炎先生讲论语六时半至德国饭店、应北大校長之招、为宴太炎先生也、共二十余人、九时半归家」。当日讲演系太炎所著「广论语骈枝」、就中择要讲述、因学生多北方人、或不能懂浙语、所以特由钱玄同为翻译、国语重译、也是颇有意思的事。

「四月廿二日、下午四时至北大研究所听太炎先生讲、六时半回家」。

「五月十五日、下午天行来、共磨墨以待、托幼渔以汽

車迎太炎先生来、玄同逷先兼士平伯亦来、在院中照一相又乞书條幅一纸、系陶渊明「飲酒」之十八、「子雲性嗜酒」云云也。晚饭用日本料理生鱼片等五品、绍興菜三品、外加常馔、十时半仍以汽車由玄同送太炎先生回去」。

太炎是什么时候回南边去的、我不曾知道、大约总在冬天以前吧。接着便是刊刻章氏丛书续编的商量、这事在什么时候由何人发起、我也全不知道、只是听见玄同说、由在北平的旧日学生出资、交吴检斋总其成、付文瑞斋刻木、便这样决定了。廿二年的日记里有这一条云：

「六月七日下午、四时半往孟鄰处、于永滋張申府王令之幼渔川岛均来、会谈守常子女教养事。六时半返、玄同来谈、交予太炎先生刻续编资一百元、十时半去」。因为出

資的關係、在书後面得刊載弟子某人覆校字樣、但實際上的校勘則已由錢吳二公办了去了。後来全书刊成、各人分得了藍印墨印的各二部、不过早已散失、只記得七种分訂四册、有戏部卷首特别有玻璃板的书影照相、仍是笑嘻嘻的口含纸烟、烟气还彷彿可見。此书刻板原議贈送苏州国学讲習会的、不知怎樣一来、不曾实行、只存在油房胡同的吴君、印刷発兑。後来听说苏州方面因为没有印板、还擬重新排印行世、不久战禍勃発、这事也就擱置、連北京这副精刻的木板也弄得不知下落了。

当时因为刊刻續編的緣故、一时頗有復古或是好名的批评、其实刊行國学这類的书要说好古多少是难免的、至於好名那恐怕是出於误会了。在这事以前、苏州方面印了

晏一盧集稿 張氏藏本

一种同门錄、罗列了些人名、批评者便以为这是想攀龍附凤者的所为、及至经过調查、才知道中國所常有的所谓事出有因查無实據了。恰巧手头有一封錢玄同的来信、说及此事、便照錄於下、不过他的信照例是喜讲笑話的、有些句子須要说明、未免累墜一点：

「此外谈老板(指吳检齋因其家開吳隆泰茶葉莊)老夫子在那边携帰一張「点鬼簿」(即上边所说的同门錄)、大名赫然在焉、但並無鲁迅許寿裳錢均甫朱逢仙諸人、且並無其大姑爺(指龔未生)、甚至無国学讲習会之発祥人、董修武董鸿詩則無任叔永与黄子通、更無足怪矣。谈老板面詢老夫子、去取是否有義？答云、绝無、但憑记忆所及耳。然則此春秋者、断烂朝報而已、無微言大義也。廿一、七、四。」

民国廿五年（一九三六）太炎去世了，我写了一篇文章纪念他，讲他学梵文的事。梵文他终於没有学成，但他在这里顯示出来，同樣的使人佩服的热诚与決心，以及近於滑稽的老实与執意。他学梵文並不是会得读佛教书，乃是来读吠檀多派，而且末了去求教於正统護法的楊仁山，結果只得来一場的申飭。这来往信札見於楊仁山的「等不等观雜録」卷八，时间大概在己酉（一九〇九）夏天，太炎文録中不收，所以是颇有價值的。我的结论是太炎讲学是儒佛兼收，佛里边也兼收婆罗门，这种精神最为可贵：

「太炎先生以樸学大師兼治佛法，又以依自不依他为標準，故推重法華与禅宗，而淨土秘密二宗独所不取，此即与普通信徒大異，宜其与楊仁山輩格格不相入。且先生不但承認佛教出於婆罗门正宗，又欲翻譯吠檀多奥義书，中年以後浸心学習梵天语，不辞以外道为師，此种博大精進的精神，实为凡人所不能及，足为後学之模範者也。」

一七二 打油诗

「二十三年一月十三日偶作牛山体」，这是我那时所做的打油诗的题目，我说牛山体乃是指志明和尚的「牛山四十屁」，因为他做的是七言絕句，与寒山的五古不同，所以这樣说了。这是七言律诗，实在又与牛山原作不一樣，姑且当作打油诗的别名。过了两天，又用原韵做了一首，那时林语堂正在上海编刊「人间世」半月刊，我便抄了寄给他看，他给我加了一个「知堂五十自寿诗」的题目，在报上登了出来，其实本来不是什么自寿，也並没有自寿的意思的。原诗照録於下：

其一

前世出家今在家、不將袍子換袈裟。
街头終日听談鬼、窗下通年学画蛇。
老去無端玩骨董、閑来随分种胡麻。
旁人若問其中意、且到寒斋吃苦茶。

其二

半是儒家半釋家、光头更不著袈裟。
中年意趣窗前草、外道生涯洞里蛇。
徒羨低头咬大蒜、未妨拍桌拾芝麻。
談狐說鬼尋常事、只欠工夫吃講茶。

發表以後得到許多和詩、熟朋友都是直接寄来、其他就只是在報上讀到罢了。恰好存有原稿的有錢玄同和蔡子民的兩份、今抄錄如下、以為紀念。玄同和作云：

但樂無家不出家、不皈佛教没袈裟。
腐心桐選誅邪鬼、切齒綱倫打毒蛇。
讀史敢言無舜禹、談音尚欲析遮麻。
寒宵凜冽怀三友、蜜桔酥糖普洱茶。

後附說明云：「也是自嘲、也用苦茶原韵、西望牛山、距離尚遠。無能子未定艸、廿三年一月廿二日、就是癸酉臘八」。另有信云：「苦茶上人：我也謅了五十六个字的自嘲、火气太大、不像詩而像標語、真要叫人齒冷。第六句只是湊韵而已、並非真有不敬之意、合併声明。癸酉臘八、無能。」

这里所謂不敬、是有出典的、因為平常談到國語的音韵问這我總說不懂、好像是美術上的「未來派」、詩中乃說尚欲析遮麻、似乎大有拈梗的意味了。

蔡子民的和詩彷彿記得是從別處寄來的、總之不是在北京、原信也未保存、而且原來有沒有行也不記得了。

其一

何分袍子與袈裟、天下原來是一家。
不管乘軒緣好鶴、休因惹草却驚蛇。
捫心得失勤拈豆、入市婆娑懶績麻。（君已到廠甸數次矣。）
園地仍歸君自己、可能親掇雨前茶。（君曾著「自己的園地」。）

其二

廠甸攤頭賣餅家、（君在廠甸購戴子高論語注、）肯將儒服換袈裟。
賞音莫泥驪黃馬、佐鬥寧參內外蛇。
好祝南山壽維石、誰歌北虜亂如麻。
春秋自有太平世、且咬饃饃且品茶。

此外還有一首、題云「新年用知堂老人自壽韻」、是詠故鄉新年景物的、亦復別有風趣、今併錄於此：

新年兒女便當家、不讓沙彌袈了裟。（吾鄉小孩子留髮一圈而剃其中邊者、謂之沙彌。癸巳類稿三、精其神一條引經了亡苦語、謂此自一種文理。）
鬼臉遮顏徒嚇狗、龍燈畫足似添蛇。
六么輪擲思贏豆、（吾鄉小孩子選炒蠶豆六枚、於一面去殼少许、谓之黄、其完好一面谓之黑、二人以上轮掷之黄多者赢、亦仍以豆为筹焉。）敲诗蝉联子债麻。（以成语首字与其他末字相同者联句，如甲说大学之道、乙接说道不远人、丙接说人之初等、谓之绩麻。）乐事追怀非苦语、容吾一样吃甜茶。（吾乡有吃甜茶讲苦话之语。）其署名仍是药元璋、并不用什么别号、这也是很有意思的事。

「五十自寿诗」在「人间世」上发表之後、便招来许多的批评攻击、林语堂赶紧写文章辩护、说什么寄沉痛于悠闲、这其实是没有什么可辩护的。本来是打油诗、乃是不登大雅之堂的东西、挨骂正是当然。批评最为适当的、乃是鲁迅的两封信、在「鲁迅书简」发表以後这才看见、是四五月间寄给曹聚仁和杨霁云的、今将给曹聚仁的一封再抄录一次在这里、日期是一九三四年四月三十日：

「周作人自寿诗、诚有讽世之意、然此种微词、已为今之青年所不憭、群公相和则多近于肉麻、于是火上添油、遽成众矢之的、而不作此等攻击文字、此外近日亦无可言。此亦古已有之、文人美女必负亡国之责、近似亦有人觉国之将亡、已在卸责于清流或舆论矣。」

那打油诗里虽然有讽世之意、其实是不很多的、因为那时对于打油诗使用还不很纯熟、不知道寒山体的五言之更能表达、到得十二三年之後这才摸到了一点门路。一九四七年九月在「老虎桥杂诗题记」里说道：

「在修禊一篇中、述南宋山东义民吃人腊往临安事、有兩句云、猶幸製熏臘、咀嚼化正氣。這可以算是打油詩中之最高境界、自己也覺得彷彿是神來之筆、如用別的韻語形式去寫、便決不能有此力量、倘想以散文表出之、則又所萬萬不能者也。關於人臘的事、我從前說及了幾回、可是沒有一次能這樣的說得決絕明快、雜詩的本領可以說即在這里、即此也可以表明它之自有用處了。我前者說過、平常喜歡和淡的文字思想、有時亦嗜極辛辣的、有掐臂見血的痛感、此即為我喜那「英國狂生」斯威夫德之一理由、上文的發想或者非意識的由其「育嬰芻議」中出來亦未可知、唯索解人殊不易得、昔日魯迅在時最能知此意、今不知尚有何人耳」。

修禊是一篇五言的打油詩、凡十六韻、今不嫌它長、抄錄於後、以資比較、看比自壽詩有沒有多少進步：

「往昔讀野史、常若遇鬼魅。白晝踞心头、中夜入夢寐。其一因子巷、旧聞尚能記。次有齊魯民、生当靖康際。沿途吃人臘、南渡作忠義。待得到臨安、餘肉存幾塊。哀哉兩腳羊、束身就鼎鼐。猶幸製熏臘、咀嚼化正氣。食人大有福、終究成大器。講学稱賢良、聞達參政議。千年誠旦暮、今古無二致。舊事倘重來、新潮徒欺世。自信實鸡肋、不足取一胾。深巷聞狗吠、中心常惴惴。恨非天師徒、未曾習符偈。不然作禹步、撒水修禊事」。

一七三　日本管窺

日本管窺是我所寫關於日本的比較正式的論文、分作四次發表於当时由王芸生主編的「国聞週報」上头、头三篇是在民國廿四年下半年所作、可是第四篇却老是寫不出、拖了一年多、到得做成刊出、恰巧是逢着七七事件、所以事實上沒有出版。頭三篇意思混亂、純粹是在暗中摸索、考慮了很久、得到一个結論、即此声明、日本研究小店之關門、事實上這种研究的確与十多年前所說文學小店的關門先後実現了。

我於五四以後就寫些小文章、隨意的亂說、後來覺得「不知為不知」的必要、併且有感於教訓之無用、所以把有些自己不很知道的事情擱过一边、不敢再去碰它一下、例如文学藝術哲学等、至於中國的事覺得似乎还知道一点、所以仍旧想講、日本則因為多少有点瞭解、也就包括在知之的一方面了。最初是覺得這不很难寫、而且寫的是多少含有好意的、如「談虎集」卷上起首所收的这几篇、但是後來不久就發生了变化、日本的支那通与報刊的御用新聞記者的談論有时候有点看不下去、以致引起筆战、如「談虎集」上的那些对於順天时報的言論、自己看了也要奇怪、竟是惡口罵詈了。我寫这几篇「管窺」、乃是想平心靜气的来想它一回、比較冷靜的加以批評的、但是當初也沒有好的意見、不过總是想努力避免感情用事的就是了。

第一篇「管窺」作於廿四年(一九三五)年五月、隨後收在「苦茶隨筆」里边。这篇文章多是人云亦云的話、沒有什么值得说的、只是云：

「日本人的愛国平常似只限於对外打仗、此外国家的名誉彷彿不甚愛惜。」後面引「密勒評論」調查战區一帶販毒情

晏一盧集稿 張氏藏本

形、计唐山有咖啡馆一百六十处、滦州一百另四处、古冶二十处、林西四处、昌黎九十四处、秦皇岛三十三处、北戴河七处、山海关五十处、丰润二十三处、遵化九处、余可类推。说毒化是一种政策、恐怕也不尽然、大约只是容许浪人们多赚一点钱吧、本来国际间不讲什么道德、如英国那样商业的国家倘若决心以卖雅片为业、便不惜与别国开战以达目的、日本并不做这生意、何苦来呢。商人赚上十万百万、并不怎么了不得、却叫人家认为日本人都是卖白面吗啡的、这于国家名誉有何好看、岂不是损失么。其次又引了「五一五」事件、现役军人杀了首相犬养毅也不处办、其民间主谋的井上日召和尚初判死刑、再审时减等发落、旁听的人都喜欢得合掌下泪。由此归结到日本士风之

颓废、所谓武士道的气风已无复余留、户川秋骨所以叹为现在颓堕落的东西并非在咖啡馆进出的游客、也不是左倾的学生、实在乃是包种胡涂思想的人们耳。虽然有这些谴责的话却都是浮泛的、不切实际的文句、就全篇看来却是对于日本仍有好意的。

第二篇「管窥」是六月里所做、收在第二年出板的「苦竹杂记」中、改名为「日本的衣食住」、因为实际即是介绍日本固有的衣食住、我说固有、因为此乃是明治时代的生活状态、不是说近时受美国文化的那一种式样。将日本生活与中国古代及故乡情形结合说来、似乎反有亲近之感、只在末一节里说道：

「日本与中国在文化的关系上本来犹罗马之与希腊、及今

乃成為東方之德法、在今日而談日本的生活、不撼有「國粹」的香料、不知有何人要看否。我亦自己怀疑。但是、我仔細思量日本今昔的生活、現在日本「非常时」的行动、我仍明確的明白日本与中國畢竟同是亞細亞人、興衰禍福目前雖是不同、究竟的運命还是一致、亞細亞人豈終将淪於劣种乎。念之惘然。因談衣食住而結論至此、实在乃真是漆黑的宿命論也」。

第三篇「管窺」作於是年十二月、後来收在「風雨談」內、題目仍旧是「日本管窥之三」、因為想不出扼要的別的題目、故仍用原名。这裏觉得講一國的文化、特别是想講它的國民性、單以文學藝術為範圍去尋討它、这是很錯誤的、不無也總是徒劳的事。因為「學術藝文固然是文化的最高代表、

晏一盧集稿 張氏藏本

而其低的部分在社會上卻很有勢力、少數人的思想雖是合理、而多數人卻也就是实力。所以我們对於文化似乎不能够單以文人哲士為对象、更得放大範圍才是」。我們在这里找到了一点線索、可是那时抓着的也只是從前本子来的旧話、什麼武士道裏的人情、实在也是希有的傳說、在現代斷乎是無從找到的了。那麼这篇文章也是徒劳的廢話、可以說是失敗的了、但是离開了旧路、有意思去另找線索、似乎是在破那題之下已經寫了「且夫」二字、大有做起講腦之意了。

第二年民國廿五年（一九三六）裏一直没有續寫、但是並不是忘記了、因為在这一年裏一總寫了兩篇「談日本文化書」、可見还是在想着問題、只是还没有著落罷了。我在談

日本文化书其二中说：

「我想一个民族的代表可以有两种，一是政治军事方面的所谓英雄，一是艺文学术方面的贤哲。此二者原来都是人生活动的一面，但趋向并不相同，有时常至背驰，所以我们只能分别观之，不当轻易根据其一以抹杀其二。」後来又说道：

「我们要知道日本这国家在某时期的政治军事上的行动，那么像丰臣秀吉伊藤博文这种英雄自然也该注意，因为英雄虽然多非善类，但是他有作恶的能力，做得出事来使世界震动，人类吃大苦头，历史改变，不过假如要找出这民族的代表来问问他们的悲欢苦乐，则还该到小胡同大杂院去找，浮世绘刻印工亦是其一。」我所要找寻的问题到此似乎已有五分光，再过一年也就成功了。

一七四　日本管窥续

日本管窥之四搁浅了一年有半，於廿六年（一九三七）六月十六日这才写成，——花了这些时候，究竟想出了什么结论来了呢？结论是有了，可是不能说好，但是此外也实在没有什么好说了。因为答案是一个不字，就是说日本人的国民性我们不能了解，结果是宣布日本研究小店就此关门，却也十分适当的。这篇文章虽发表出来，可是杂志社未能发行，也不曾收到文集里去，直至解放後有一年曹聚仁先生来北京看我，我把解放以前的旧稿给他看，承他携至香港，於去年春间把「乙酉文编」的第二分印了出来，距原作的年月差不多有二十四个年头了。

管窥之四推那上面的意思，从别的方面来求解说，那篇文章上有一节云：

「日本对于中國所取的態度本来是很明瞭的，中国于日帝国主義，日本称曰大陸政策，结果原是一样东西，再用不着什么争论。这里我觉得可谈的只有一点，便是日本为什么要这样做。这句话有点不大明白，这问题所在不是目的而是手段，本来对中国的帝国主義不只一个日本，为主義也原可不擇手段，而日本的手段却特别来得特别，究竟是什么缘故？我老实说，我不能懂，因此我找出这个问题来，预備写这篇文章，结果我只怕就是说明不能懂的理由而已。近几年来我心中老是怀着一个很大的疑情，即是关于日本民族的矛盾现象的，至今还不能得到解答。日本人爱美，这在文学艺術以及衣食住种种形式上都可看出，不知道为什么在对中国的行动却显得那么不怕醜。日本人又是很巧的，工藝美術都可作证，行动上却又是那么拙，日本人爱潔淨，到处澡堂为别国所无，但行动上又那么髒，有时候卑劣得叫人恶心。这是天下的大奇事，差不多可说是奇蹟。我们且只是件的举例来说吧：

其一、藏本失踪事件。

其二、河北自治请願事件。

其三、成都北海上海汕头诸事件。

其四、走私事件，日本称之曰特殊贸易，此兩名词颇有幽默味，但只宜用作江湖上的切口，似乎不是正当国家所可用的名词吧。

其五、白面嗎啡事件。

以上許例都可以做我的証明。假如五十嵐力的話是不錯的、日本民族所喜歡的是明淨直、那麼這些例便即可以証明其对中国的行动都是黑暗污穢歪曲、總之所表示出来的全是反面。日本人保有他的好处、对於中國却總不拿什麼出来、所有只是惡意、而且又是出乎情理的離奇。這是什麼緣故呢？」

這个我是不能懂、——因為以不知為不知、宗教我是不懂的、而這个緣故便出於宗教。在那篇文章里我說道：

「我平常這樣想、日本民族与中國有一点很相異、即是宗教信仰、如関於此事我们不能夠懂得若干、那麼這里便是一个隔閡沒有法子通得过。中國人也有他的信仰、如吾鄉張老相公之出巡、如北平妙峯山之朝頂、我覺得都能了解、虽然自己是神滅論者、却理会得拜菩薩的信士信女們的意思。我们的信仰彷彿總是功利的、沒有基督教的每飯不忘的感謝、也沒有巫教降神的歌舞、蓋中國的民間信仰虽多是低級而並不熱烈者也。日本便似不然、在他们崇拜儀式中往往顯出神憑或如柳田國男氏所云「神人和融」的狀態、這在中國絕少見、也是不容易了解的事。淺近的例如鄉村神社的出会、神輿中放着神体、却是不可思議的代表物、如石或木、或不可得見不可見的别物、由十六人以上的壯丁抬着走、而忽輕忽重、忽西忽東、或撞毁人家的门墙、或停在中途不动、如有自由意志似的。輿夫便只如蟹的一爪、非意識的动着。柳田氏在所著「世間与祭礼」第七節中有一段说得很好：

「我幸而本来是个村童、有过在祭日等待神舆过来那种旧时情感的经验。有时候便听人说、今年不知怎的御神舆特别的発野呀。这时候便会有这种情形、仪仗已经到了十字路口了、可是神舆老是不见、等到看得见了也并不一定就来、总是在左右侧、抬着的壮丁的光腿忽而变成X字、又忽而变成W字、还有所谓高举的、常常忽而变成了Y字、尽两手的高度将神舆高高的举上去。」这数事情在中国神像出巡的时候是绝没有的。」。这样说来、日本民族与中国人绝不相同的最特殊的文化是它的宗教信仰、而関於这个我们却是无从了解的、他们往往感情超过理性、因此如上边所举的例都是蛮不講理、有时离奇狂暴近於發疯。外国有

一句格言道、上帝要叫一个人灭亡、必先使他疯狂。这句话是不错的、希忒拉和德国的国社党是如此、日本的军阀也正是如此灭亡的。

我写了四篇「日本管窥」、将日本的国民性归結到宗教上去、而对於宗教自己觉得是没有缘分、因此无法了解、对於日本事情宣告関门不再说话了。但是此後我却又写了一篇、叫作「日本之再认识」、事实上是抄的「刊文」、乃是将管窥之二的関於日本衣食住与之四的後半接合、便是说從別的方面下手不能够了解日本、这须得由宗教入门、才可懂得、题云「再认识」即言前此的认识都是错的。那篇文章是民国廿九年（一九四〇）十二月所作、其时華北已经淪陥、値日本所谓建国二千六百年纪念、特约作文、乃以此敷衍塞

責、当时原说有美術品作報酬、經特別交涉、以不受報酬為條件、而所作文章采用与否也不計較、後来經日本國際文化振興会印為單行本、我自己也收在「藥味集」里边、於民國三十一年（一九四二）在北京出版。

一七五　北大的南迁

九一八以後东北整个淪陷、国民党政府既決定採用不抵抗主義、保存實力来打内战、於是日寇遂漸行蚕食、冀東一帶成為战区、及至七七之变、遂進佔平津了。國民党政府成竹在胸、軍政机关早已撤离、值钱的文物亦已大部分運走了、所以剩下来的一事就是搬动这几个大学了。我所在的北京大学是最初迁到湖南長沙、後来又到了雲南昆明、与清華大学組成了联合大学。北大当任的教职员本应該一同前去、但是也可以有例外、即是老或病、或家累重不能走的、也只得不去。我那时並不算怎么老、因為那年是五十三歲、但是係累太多、所以便歸入不能走的一边。当时不记得是在什么地方開会的、因為那一年的舊日記散失了、所以無從查考、只記得第二次集会是廿六年（一九三七）十一月廿九日、在北池子一帶的孟心史先生家里、孟先生已經卧病、不能起牀、所以在他的客房里作这一次最後的聚谈、可是主人也就不能参加谈话了。随後北大決定将孟心史、馬幼漁、馮漢叔和我四人算作北大留平教授、每月寄津貼费五十元来、在那一年的年底蒋校長还打一个電報給我、叫我保管在平校產、可是不到兩个月工夫、孟心史終於病逝了。

学校搬走了，个人留了下来，第一须得找得一个立足之处，最初想到的即是译书。这个须得去找文化基金的编译委员会，是由胡适之所主持，我们以前也已找过它好几回了，「现代小说译丛」和「现代日本小说集」，都是卖给它的，稿费是一千字五元，在那时候是不算很低了。民国廿一年（一九三二）夏天我还和它有一次交涉，将译成的「希腊拟曲」卖给它，其间因梁实秋翻译莎士比亚，便值已经提高为千字十元，我也沾了便宜。那一本小册子便得了四百块钱。当时我想在北京近郊买一块坟地，便是用这钱买得的，在西郊板井村，给我的次女若子下了葬。後来侄儿丰二、先母亡妻也都葬在那里。这是那一本书，使我那时学了预备翻译四福音书的，却并没有用过的希腊文，得有试用的机

会，因而得到了这块坟地，是很可纪念的事。原本係海罗达思的拟曲七篇，後面又添上了谛阿克列多思的牧歌里类似拟曲的五篇，一总才只是十二篇，而且印本又是小字大本，所以更显得是很小册了。因为是描写社会小景的，所以有地方不免大胆一点，为道学家们所不满意，容易成为问题。海罗达思拟曲的第六篇「昵谈」中便有些犯讳的地方，里边女客提出熟皮製成的红色的「抱朋」，许多西方学者都想讳饰，解作鞋帽或是带子，但是都与下文有了矛盾，实在乃是中国俗语所谓「角先生」，这我在译文中给保存下来了。後来在未発表的笔记中，有一则记之云：

「往年译希腊拟曲，昵谈篇中有抱朋一语，尝问胡适之君，拟译作角先生，无违碍否，胡君笑诺，故书中如是写，

而校对者以为是人名、在角字旁加了一直画、可发笑也。民间虽有此称、却不知所本、疑是從明角来、亦未见出处。後读林蘭香小说、见第卅八回中说及此物、且有寄旅散人批注云、「京師有朱姓者、手甚能幹、美其髮辮、設肆於東安门之外而賣春華馬、其角先生之製尤为工妙。閒買之者或老媪或幼尼。以錢之多寡分物之大小、以盒貯錢、置案头而去、後主人措办毕、即自来取、不必更交一言也」。案此说亦只僅得之传闻、其见於著录者殆止此一节乎。林蘭香著书年月未详。余所见本题道光戊戌刊、然则至今亦總当是百年前事矣。友人蔡谷清君民国初年来北京、间尝购得一枚、惜蔡君久已下世、無從问询矣。文人对於猥亵事物、不肯污笔墨、坐使有许多人生要事無從徵考、至为可惜。寄旅散人以为游戏笔墨無妨稍纵、故佛一等筆、却是大有價值、後世学人皆当感谢也」。

因为这个因缘、我便去找编译委员会商量、其时胡適之当然已经不在北京了、会里的事由秘书关琪桐代理、關君原是北大出身、從前也有点认识、因此事情说妥了、每月交二万字、给费二百元、翻译的书由我自己酌量、我便决定了希腊人著的希腊神话。我老早就有译这书的意思、一九三四年曾经写过一篇、後来收在「夜读抄」里、便是介绍这阿波罗多洛斯所著的原名叫作「书库」的希腊神话、如今有机会来翻译它出来、这实在可以说塞翁失马的所得来的运气了。不记得從那年的几月里起头了、总之是已将原书本文译出、共有十万多字、在写注解以前又译了哈理孙女士的希臘神話論、和佛雷則的十五六篇研究、一共也有十萬字左右、回过头来再写注解、才写到第二卷的起头、这工作又發生了停頓。因为編譯委員会要搬到香港去了。我那些譯稿因此想已連同搬去，它的行踪也就不可得而知了。但是我与希臘神話的因缘並不就此斷绝了，在解放後我将「伊索寓言」譯出之後、又從头来搞这神話的翻译、於一九五一年完成、原稿交给人民文学出版社，亦是因为纸張関係，尚未刊行。説起我与神話的因缘真是十二分的奇妙的。英國人勞斯所著的「希腊的神与英雄与人」、是学術与趣味结合的一冊給少年人看的书，我於民國卅四年寫过一篇介绍，後来收在「苦茶随筆」里头，原书则在一九四七年頃譯出，其时浙江五中旧学生蒋志澄在正中书局当主任，由他的好意接受了，但是後来正中书局消滅，这部稿子也就不可問了。第二次的新譯是一九四九年在北京起头的、它的名字第一次是「希臘的神与人」，第二次的却是「希腊的神与英雄」，这一回從文化生活出板社刊行，併且印了好几板来了。还由天津人民出板社印行过一板，但是名字是改为希臘神話故事了。一部书先後翻譯过两次，这在我是初次的經験，而且居然有了两次，又凑巧都是希腊神話，这如果不是表示它於我特别有缘，便是由於我的固执的，偏頗的对於希臘神話的愛好了。

一七六　元旦的刺客

編譯委員会既然决然從北京撤退，搬到香港去，從前在那里写作的人便発起一个惜别会，在什刹海会賢堂聚餐，我不记得是什么人发起了，只记得仿佛人很多，一共有两桌吧，主客当然是周琪桐，主人们里边只有王古鲁还是没有忘记，他那时是替他们译白鸟库吉的著作。大概这翻译会进行的事情决定的颇早，是在民国廿七年的上半年，所以我就赶紧作第二步的打算，因为从前曾在燕京大学教过十年的书，想在里边谋一个位置，那时燕大与辅仁大学因为是教会大学的关系，日本人不加干涉，中国方面也认为在里边任职是与国立的学校没有什么不同。我把这意思告知了在燕大担任国文系主任的郭绍虞君，承他于五月二十日来访，送来燕大的聘书，名义是「客座教授」，功课四至六小时，待遇按讲师论，但特送二十元，以示优异。其后因为决定每星期只去一天，便规定两种功课各二小时，月薪一百元。日记上有这几则记事：

「九月十四日，下午豐一带燕大点名簿来，绍虞约十六日午餐。

十五日，上午九时雇車出城往燕大，上下午各上一班，午在绍虞处饭，吴雷川亦来，三时後出校，四时顷回家，付車夫一元。

十六日，上午十一时往朗润园，应绍虞之招，共二席，皆國文系教员，司徒雷登吴雷川亦来，下午三时回家。」

这樣的不觉过了四个月，转瞬又是一年了。我本不会做诗，不知怎的忽然发起诗兴来，於十二月廿一日写了这三首，仍然照例的打油诗，却似乎正写得出那时的情绪，其词云：

禹跡寺前春草生，沈園遺跡欠分明。偶然拄杖橋頭望，流水斜陽太有情。

禪牀溜下無情思，正是沈陰欲雪天。買得一條油炸鬼，惜無白粥下微鹽。

本是淵明乞食時，但稱陀佛省言辭。攜歸白酒私牛肉，醉倒村邊土地祠。同時在日記上寫道：

「十二月廿三日，下午得李炎華信，係守常次女也，感念存殁，終日不愉。前作詩云，流水斜陽太有情，不能如有財有勢者之擺脫，正是自討苦吃，但亦不能改耳。」嘗以三詩寫示在上海的匏瓜菴主人（沈尹默），承賜和詩，末一聯云，斜陽流水干卿事，未免人間太有情。指點得很是不錯，但如我致廢名信中說過，覺得有些悵惘，故對於人世

未能超脫，此亦是一種苦，目下卻尚不忍即捨去也。

過了十天，便是民國廿八年（一九三九）的元旦了。那天上午大約九點鐘，燕大的舊學生沈啟无來賀年，我剛在西屋客室中同他談話，工役徐田來說有天津中日學院的李姓求見，我一向對於來訪的無不接見，所以便叫請進來。只見一個人進來，沒有看清他的面貌，只說一聲，「你是周先生麼？」便是一手槍。我覺得左腹有點疼痛，卻並不跌倒，那時客人站了起來，說道：「我是客。」這人卻不理他，對他也是一槍，客人應聲仆地。那人從容出門，我也趕緊從北門退歸內室，沈啟无已經起立，也跟了進來。這時候聽見外面槍聲三四响，如放鞭炮相似，原來徐田以前當過偵緝隊的差使，懂得一點方法，在門背後等那人出來時跟在後

面、一把將他攔腰抱住、握槍的手兜在衣袋里、一面叫人來幫他拏下那兇人的武器。其時因為是陽歷新年、門房里的人很多、有近地的車夫也來閑談、大家正在忙亂不知所措、不料刺客有一個助手、看他好久不出來、知道事情不妙、便進來協助、開槍數響、那人遂得脫逃、而幫忙的車夫卻有數人受傷、張三傷重即死、小方肩背為槍彈平面所穿過。

受傷的人都送到日華同仁醫院去醫治、小方經過消毒包紮、就算行了、沈啟无彈中左肩、沒有傷着心肺、就只是彈子在里邊、無法取出、在醫院里療養了一個月半、創口好了、也就出了院。我的傷一看似乎很是嚴重、據醫生說前年日本首相濱口雄幸在車站被刺、就是這個部位、雖

然一時得救、卻終於以此致命。我自己覺得不很痛、以為重傷照例是如此、乃在愛克斯光室里、醫生卻無論如何總找不着子彈、才知道沒有打進去、這時候檢查傷口、發見肚臍左邊有手掌大的一塊青黑色、只是皮面擦破而已、至於為什麼子彈沒有打進去、誰都不能解說得出來。到了第二天早上起來穿衣服、這才一下子省悟了、因為穿一件對衿的毛絨衫、扣鈕子到第三顆的時候、手觸到傷處覺得疼痛、這時乃知道是這顆鈕子擋住了那子彈、卻也幸虧那時鈕釦穿得偏左了一點、如果在正中的話那也無濟於事。這鈕子乃是一種化學製品、並非金屬、卻能有此作用、當日警察檢查現場、在客室地上拾得一顆子彈、係鉛質的已經扁了、上面印有花紋、就是那毛絨衣的鈕上的。

这事件的经过已经约略叙说过了、现在便是想一问询这位暴客的来访的意義与其来源了。这事始终未破、来源当然无从知悉、但这也可以用常识推理而知的。日本军警方面固然是竭力推给国民党的特务、但是事实上还是他们自己搞的、这有好几方面的证据。第一、日本宪兵在这案件上对于被害者从头就取一种很有恶意的態度。一日下午我刚從医院里回家、就有两个宪兵来传我到宪兵队问话、这就是设在汉花园的北京大学第一院的、当时在地下室的一间屋子里、仔细盘问了有两个钟头、以为可能国民党认为党员动摇、因而下手亦未可知。以后一个月里总要来访问一两次、说是联络、後来有一次大言治安良好、种种暗殺案件甚已破获、我便笑问、那么我的这一件呢?他急应道、也快了。但自此以後、便不再来访问了。

第二、刺客有两个、坐汽车来到後面的胡同、虽然是大规模的。但奇怪的是、到家里来找我、却不在我到海甸去的路上、那是有一定的日子和时刻的、在那路上等我可以萬无一失、也不必用两个人、一个就够用了。民国十五年燕大初搬到海甸的时候、我曾在一篇文章里说过上学校去的行程道:

「假定上午八时出门、行程如下、即十五分高亮桥、五分慈献寺、十分白祥菴南村、十分葉赫那拉氏坟、五分黄庄、十五分海甸篓斗桥到。」现在却是大举的找上门来、不用简单直捷的办法、它不是为避免目標、免得人联想到燕大去的事情么?这安排得很巧、但也因此顯露出拙来了。

我到燕大去当了客座教授，就可以谢绝一切別的学校的邀请，这件事使第一触怒了谁，这是十分显而易见的事情。

使偉那一天槍彈打在毛絨衣的鈕子上，也使偉那刺客並未打第二槍，所以我得以拾得这一条性命。在一月八日又做了兩首打油詩，以为紀念：

橙皮权当屠苏酒，赢得衰颜一霎红。我醉欲眠眠未得儿啼妇语闹哄哄。

但思忍过事堪喜，回首冤親一惘然。飽吃苦茶辨餘味代言觅得杜樊川。忍过事堪喜係杜牧之句，偶从困学紀闻中见到，觉得很有意思。我从前喜言苦茶，其实是不懂吃茶，甚为世所诟病，今又说及苦茶，不过漸有现实的意味了。

一七七 從不說话到說话

民國廿六年（一九三七）七月以後，華北淪陷於日寇，在那地方的人民处於俘虜的地位，既然非在北京苦住不可，只好隱忍的勉强過活，頭兩年如上兩章所說的總算借了翻譯与教书混过去了。但到了廿八年元旦来了刺客，虽然沒有被損害着，警察局却派了三名偵緝隊来住在家里，外出也總跟着一个人，所以連出门的自由也剝奪了，不能再去上课。这时湯尔和在臨时政府当教育部長，便送来一个北京大学圖书館長的聘书，後来改为文学院院長，这是我在偽組織任職的起头。我还是終日住在家里，領着乾薪，因书館的事由北大秘书長代我办理，後来文学院則由学院秘书代理，我只是一星期偶然去看一下罢了。不過这些在敵仿时期所做的事，我不想这里来写，因为这些事本是人所共知，若是由我来记述，难免有近似辩解的文句，但是我是主張不辯解主義的，所以觉得不很合適。

古来许多名人都曾写过那些名称忏悔錄，自叙传或是回忆的文章，里边多是虚实淆混，例如盧梭，托尔斯多，折里尼，歌德都是如此。那是艺術作品，所以它的價值並不全在事情的真实方面，因为读者並不是当历史去看，只把它当作著者以自己生活为材料的抒情散文去读，这也是很有意味的。歌德将他的自传题名为「诗与真实」，这是很有意思的事，在这里诗与真实相对立，诗是艺術，也就是理想或幻想，将客观的真实通过了主观的幻想，安排了叙述出来，结果成为艺術的作品，留供後世人的鑑賞。但那是艺術名人的事情，不是我们平凡人所可学样的，我平常不懂得诗，也就不能赞成这样的做法，我写这回忆錄，也同從前写「鲁迅的故家」一个样子，只就事实来作报道，没有加入丝毫的虚構，除了因年代久远而生的有些遗忘和脱漏，那是不能免的，若是添加润色则是绝对没有的事。平常写文章的时候，即使本来没有加进去诗的描写，无意中也会出现一种態度，写出来誇張不实的事来，这便是我在乙酉（一九四五）年六月所写一篇「谈文章」里所说的，做文章最容易犯的一种毛病，即是作態。原文有一节云：

「我看有些文章本来是並不壞的，他有意思要说，有词句足用，原可好好的写出来，不过这里却有一个难関。文章是个人所写，对手却是多数人，所以这与演说相近，而演说更与做戏相差不远。演说者有话想说服大众、然而也容易为大众所支配、有一句话或一举动被听众所赏识、常不免无意识的重演、如拍桌说大家应当冲上前去、得到鼓掌与喝采、接下去说大家不可不冲锋、拍桌使玻璃杯都蹦跳了。这样、引导群众的演说与娱乐群众的做戏实在已没有多大区别。我是不懂戏文的、但是听人家说好的戏子也并不是这样演法、他有自己的规矩、不肯轻易屈己从人。小时候听长辈谈一个故乡的戏子的轶事、他把徒弟教成功了叫他上台去演戏的时候、吩咐道：你自己唱演要紧、戏台下边鼻孔像烟通似的那班家伙你千万不要去理他们。乡间戏子有这样见识、可见他对于自己的技术确有自信、贤於一般的政客和文人矣。」对于这种毛病、我在写文章的时候也深自警惕、不敢搦起笔来绷着面孔、做出像煞有介事的一副样子、只是同平常写作一样、希望做到琐屑平凡的如面谈罢了。这一节话本来是应该在开头第一章里说的、现在这里来补说、虽然似乎是迟了一点、却也觉得没有不合适的地方。

我不想写敌伪时期个人的行事、那应写的是那时候的心事么？这多少可以这样的说、因为在那个时期的确写了不少文章、而且多是积极的有意义的、虽然我相信教训之无用、文字之无力、但在那时候觉得在水面上也只有这一条稻草可抓了。其实最初我是主张沉默的、因为有如徐君所说在沦陷区的人都是俘虏、苦难正是应该、不用说什么废话、在廿七年（一九三八）二月在一篇「读东山谈苑」里表明態度道：

「東山談苑卷七云、倪元鎮為張士信所窘辱、絕口不言、或問之、元鎮曰、一說便俗。此語殊佳、余澹心記古人嘉言懿行、裒然成書八卷、以余觀之、總無出此一條之右者矣。嘗怪世說新語後所記何以率多陳腐、或歪曲遠於情理、欲求如桓大司馬樹猶如此之語、難得一見。雲林居士此言可謂甚有意思、特別如余君所云、亂離之後、閉戶深思、當更有感興、如下一刀圭、豈止勝於吹竹彈絲而已哉。」當時以為說多餘的廢話便是俗、所以那一年裡只寫些兩三百字的短篇筆記、像這一篇的便是。後來集有二百多則、編作一集叫作「書房一角」。但是廿八年元旦來了刺客過了十七天又遇着了故友錢玄同君之喪、他的精神受了激刺、這是與那刺客事件不無關係的、在他去世後百日、我便寫了「最後的十七日」這篇文章、做他的紀念、後來改名為「玄同紀念」、收在「藥味集」裡。那篇文章的末尾說：

「今玄同往矣、恐遂無復有能規誡我者。這裡我只是稍講私人的關係、深愧不能對於故人的品格學問有所表揚、但是我於此破了二年來不說話的戒、寫下這一篇小文章、在我未始不是一個大的決意、姑以是為故友紀念可也。」年月是民國廿八年四月廿八日、這篇文章是登在當時為燕大學生所辦的燕大週刊上邊的。我自此決意來說話、雖是對於文字的力量仍舊抱着疑問、但是放手寫去、自民國廿八年至三十四年這七年裡、收集起來的共計有一百三十篇、其散佚者在外、可以說是不算少了吧。

晏一廬集稿
張氏藏本

一七八 「反動老作家」一

我写文章平常所最为羨慕的有兩派、其一是平淡自然、一点都没有做作、说得恰到好处、其二是深刻潑辣、抓到事件的核心、彷彿把指甲很很的掐進肉里去。可是这只是理想、照例是可望而不可即、写出来的都是些貌似神非的作品、所以在每回編好集子的时候、总是觉得不满意、在前记或後记里発一回牢騷。我的根基打的不好、当我起头写文章的那时、「文学革命」正闹得很起劲、但是我的兴趣却是在於「思想革命」的方面、这便拉扯到道德方面去、与礼教吃人的问题発生永远的糾葛。從前美國的沈醉诗人愛倫坡(Allen Poe)平生怀着一种恐惧、生怕被活埋、我也相似的有怕被人吃了的恐惧、因此对於反礼教的文人很致敬礼、自孔文举至李卓吾都是、顾亭林以明遗民不仕清朝、虽然也很佩服、但是他那种在「日知錄」中所表示的痛恨李卓吾的態度、自不免要加以攻撃了。本来高談思想革命、不与经济生活発生関係、乃是一种唯心的说法、与宗教家之劝人発心行善没有什么兩樣、所以结果觉得教训之无用、文字之无力、乃是当然的事情、但是因为不能忘情於人间、明知无益也仍由於惰性拖延下去了。

以上是我在淪陷前写文章的態度、实在是消極的一种消遣法罢了、这可以说是前期吧？但是在淪陷後的写作、这便有些不同了、文章仍旧是那么樣、但是態度至少要積極诚实一点了。在淪陷中有什么事值得改变態度、積極去幹的呢？因为这是在於敌人中间、発表文章也是宣传的一种，或者比在敵人外边的会有効力也未可知。这事最有効力么？我不能確说，但是我觉得这是有的，因为我因此從日本軍部的御用文人方面得到了「反動老作家」的名號，这是很有光榮的事，但在講到这件事的始末以前，我还得把我後期的著作大略说一说。

我很反对顾亭林的那种礼教气，可是也颇佩服他的幾句说话，在一九四四年出版的一冊「苦口甘口」，曾有自序中有这一節话道：

「重閱一过之後，覺得是不满意，如數年前所说过的一樣，又是寫了些无用也無味的正經话。难道我的儒家气真是这樣的深重而难以湔除么？我想起顧亭林致黄梨洲的书中有云：

「炎武自中年以前，不过從诗文士之後，注虫鱼，吟风月而已。積以歲月，窮探古今，然後知後海先河，为山覆簣，而於聖賢六經之旨，國家治亂之原，生民根本之計，漸有所窺。」案此书亭林文集未載，見於梨洲思旧錄中，时在康熙丙辰，为读明夷待访錄後之復書，亭林年已六十四，梨洲則六十七矣。黄顧二君的学識我们何敢妄攀，但是在大处態度有相似者，亦可無庸掩藏。鄙人本非文士，与文坛中人全屬隔教，平常所欲窺知者，乃在於國家治亂之原，生民根本之計，但所取材亦併不废虫鱼风月，則或由於时代之異也。」这一節话虽是也包括前期的文章在内，但特别着重在说明後期的，因为正經文章在那时候是特別的多。当然里边也不少閒適的小文，有如收在「藥味集」里的

「賣糖」、「炒栗子」与「蚊虫藥」、以及後来的「石板路」、都可以说是这一路、但是大多数却多是说理、因此不免於枯燥）在那方面平常有两种主張，便是其一为倫理之自然化、其二为道義之事功化是也。这第一点是反对过去的封建礼教，不合人情物理、甚至对於自然亦多所歪曲，非得纠正不可。这思想的来源是很古旧的、在民國八年三月所寫的「祖先崇拜」这篇小文中说道：

「我不相信世上有一部經典、可以千百年来当人類的教訓的、只有记載生物的生活现象的biologie（生物学）、才可供我们参考、定人類行为的標準。」这彷彿与尼采所说的、要做一个健全的人須得先成为健全的动物、意思相近似、可是人们一面实行着动物所没有那些行为、例如賣淫、强奸、大量的虐殺如原子彈等、一面却来对於自然加以不必要的美化、说什么鳥反哺、羔羊跪乳、硬说动物也是知道倫常的、实在是非常荒唐的话、但是在中國却还有相当的势力。第二点是反对一切的八股化。自從董仲舒说过、「正其谊不谋其利、明其道不计其功」、後来的人便抓了这把柄大唱高调、崇理学而蔑事功、变成举世尽是八股的世界孟子对於梁惠王「何以利吾國」之问、開口喝道：「王何必曰利、亦有仁義而已矣。」但是後面具体的说来、却是「五畝之宅樹之以桑」这一大串话、归结到「黎民不饑不寒」、正是極大的事功。清朝阮元在他的「論语論仁論」中有云：

「凡仁必於身所行者驗之而始見、亦必有二人而仁乃見、若一人閉户齐居、瞑目静坐、虽有德理在心、终不得指为

晏一盧集稿 張氏藏本

聖门所谓之仁矣」。蓋士庶人之仁見於宗族鄉党、天子诸侯卿大夫之仁見於国家民臣、同一相人偶之道、是必人与人相偶而仁乃見也。」所以我以为瞑目静坐在那里默想仁字、固然也不是坏事情、然而也希望他能够多少見於実行、庶几表示与一心念佛的信徒稍有不同耳。

我揭橥了这两个主張、随时発点議论、此外関於中國的文学思想等具体问题也讲了些话、这是違反我從前说过的话的、因为在多年以前我声明将文学店関门了、现在却再来讲话、莫非又觉得憐悯了文学了麽?这其实是並不如此的、文学仍旧是不懂、但是本國的事情不能毫不関心、而且根据知之为知之、不知为不知的原则、一般文学问题可以推说不懂、若是関於中國的事情多少总是有点了解的

这样便忍不住来说几句话了。

我所寫的関於中國文学和思想的文章、較为重要的有这四篇、依了年月的次序寫来是这几种:

一、漢文学的传统、民國廿九年三月。

二、中國的思想问题、三十一年十一月。

三、中國文学上的两种思想、三十二年四月。

四、漢文学的前途、同年七月。

其中一四两篇、所说也就是那一套、但题目称漢文学却颇有点特别、因为我在那时很看重漢文的政治作用、所以将这来代表中國文学。在「汉文学的前途」後边有一篇附记道:

「民國廿九年冬曾寫一文曰汉文学的传统、现今所说大意亦仍相同、恐不能中青年读者之意、今说明一句、言论

之新旧好多不足道、實在只是以中國人立場說話耳。太平时代大家興高采烈、多發為高論、只要於理為可、即於事未能亦並不妨、但不幸而値禍亂、則感想議論亦近乎实、大抵以國家民族之安危為中心、遂多似老生常談、亦是当然巴。中國民族被称為一盤散沙、自他均無異辞、但民族间自有繫維在、反不似欧人之易於分裂、此在平日視之或無甚足取、唯亂後思之、卻大可珍重。我们讀史书、明永樂定都北京、安之若故鄉、數百年燕雲旧俗了不為梗、又看报章雜誌之記事照相、東至寧古塔、西至烏魯木齊、市街住宅种々色相、不但基本如一、即琐末事項有出於迷信鄙俗者、亦多具有、常令覧者不禁苦笑。反復一想、此是何物在时间空间中有如是維繫之力、思想文字語言礼俗、

晏一廬集稿 張氏藏本

如此而已。汉语汉字其来已遠、近更有语体文、以汉字寫國语、義務教育未普及、只當刊物自由流通的结果、现今青年以漢字寫文章者、無論地理上距离间隔如何、其感情思想却均相通、这一件小事实有很重大的意義。旧派的人歎息语体文流行、古文漸衰微了、新派又觉得还不够白话化方言化、也未亦不滿意、但據我看来、这在文学上正够适用、更重要的乃是政治上的成功、助成國民思想感的連络与一致、我们固不必要表揚褒揚新文学運动之發起人、唯其成績在民國政治上实較在文学上為尤大、不可不加以承認。以後有志於文学的人亦应認明此点、把握汉文学的統一性、对於民族与文学同樣的有所尽、必先树立了民族文学的根基、乃可以東亚文学的一员而参加活动、此自然

之事实也。因於文人自觉、亦属至要、唯昔日之言、取憎於人、且即不言而亦易知、故从略。七月二十日。」

这两篇関於汉文学的是我比较注重的文章、在三十三年十二月给一种期刊写的「十堂笔谈」里也重复提起、起头的两节便是汉字与汉文。第三篇的两种思想、無非是将那民为贵与君为臣纲对立起来、構成一篇讲演、最有意思的乃是第二篇、即是「中国的思想问题」、因为我之所以得到那「反动老作家」的徽号、正因这篇文章的関係。

一七九 「反动老作家」二

我於卢沟桥事件的前半个月前、在周刊週报上面発表日本管窥之四、声明日本研究店的関门、但是在後期著作里却仍写有十篇以上的文章、谈及日本的风俗、名物或是

书籍的、其中比较特别的乃是一篇「日本之再认识」。这是一九四〇年他日本所谓建国二千六百年纪念、国际文化振兴会於募集纪念文之外、又特别指名徵求、贈送艺术品为报酬、我於不受酬的條件之下、答应了这要求。那是很可笑的一篇东西、因为实在乃是抄袭日本管窥而成的、将其二的上半接上了其四的下半、结论仍旧是日本国民性不可解、归结到宗教上去、换句话说即是感情超过理论、也就是没有道理可讲。这个结论我至今还是相信、战後的新兴宗教风起云涌、因此是个证据、战前的什么大本教和天理教也更是兴旺了、社会上横行着右倾团体实在都是宗教的狂信者。我那篇文章本来是应教的八股、理应大加颂扬才对、但是不单是没有做到、而且意思在讪谤、情罪甚重、怕

有什么问题么？、可是想不到这却是接收了、而且还承他们居然印了单行本、过了两年却在那「中国的思想问题」上発生了问题、触怒了日本军部的御用文人、於是轩然大波起来了。那个日本军部御用文人在荅覆我的信中说、「此是甚失礼的说法、对於日本人之文章感受性幸勿予以过低的估価可也」、那么那篇「再认识」的意義未始不觉察、只因是自己请求我写的、不好翻过脸来、只好哑子吃黄連了、但是这回却有不同、所以不禁暴跳如雷、高呼「扫荡中国反动老作家」了吧。

那篇文章是我这例的鼓吹原始儒家思想的东西、但当的时候却别有一种动机、便是想阻止那时伪新民会的树立中心思想、配合大東亚新秩序的叫嚷、本来这种狗鸣犬吠的运动、时至自会消灭、不値得去注意它、但在当时听了觉得很是讨厭、所以决意来加以打撃。文章起头说：

「中国的思想问题、这是一个重大的问题、但是重大、却并不严重。本人平常对於一切事不轻易楽观、唯独对於中国的思想问题却颇为楽观、觉得在这里前途是很有希望的。中国近来思想界的確有点混乱、但这只是表面一时的现象、若是往远处看去、中国人的思想本来是很健全的、有这様的根本基礎在那里、只要好好的培养下去、必能発生滋長、從这健全的思想上造成健全的国民出来。

这个中国固有的思想是什么呢？有人以为中国向来缺少中心思想、苦心的想给它新定一个出来、这事很难、当然不能成功、据我想也是可不必的、因为中国的中心思想本来存在、差不多战千年来没有什麽改变。簡單的一句话说、这就是儒家思想。」以下是我的照例的那一番话、引用孟子的「禹稷当平世、三过其门而不入」、和「五畝之宅、樹之以桑」这兩段、接下去是焦理堂在「易餘籥錄」里的话：

「先君子尝曰、人生不过饮食男女、非饮食无以生、非男女无以生生。唯我欲生、人亦欲生、我欲生生、人亦欲生生、孟子好色好货之说尽之矣。不必屏去我之所生、我之生生、但不可忘人之所生、人之所生生。循学易三十年、乃知先人此言聖人不易。」将这个意思提高上去、則属於最高的道德、便是仁、放低了便属於生物学之所谓求生意志、这原是人類所同、但是在聖便習俗里那樣明確表示的、如礼记礼運中说过、「饮食男女、人之大欲存焉、死亡贫苦、

人之大恶存焉」、那却是中國所特有的了。为的貫徹求生意志、使得人已皆得生存、皆得幸福、这便是中國人的现实主義、可是若是生存受了威脅、那也就起来抵抗、这就要亂的一团糟了。大意就是如此、可是这激怒了敵人、因为这里边有些平穩的话在他看去是大不平穩、与大東亜建设的理想不能並立、非加以打倒不可。

我那篇文章由日本改造社文藝雜誌译出登載、三十二年九月日本軍部領導的文学報國会在东京召開大東亜作家大会、第二分組会議席上有片岡鉄兵發表演说、题曰「掃蕩反动作家」、登在「文学報國」的第三號上、便是那文章所引起的反响、在我覺得是意外的成功、因为我当初的用意只是反对新民会的主張、却没有料到这樣大的收獲、至於敵

人對我的「反动老作家」或「残餘敵人」、則更是十二分的光榮了。此篇的全文經陶晶孙君譯出、登在三十三年五月出版的「雜誌」中、現在已經找不到、只能將摘抄下來的片岡演說詞錄下：

「余之議題為「中國文学之確立」、其實問題尚更狹隘、僅以中國和平地區内、基於渝方政权分立下之中國特殊情形、而有一特殊之文学敵人存在、不得不有对之展開鬥争之提議。吾人若不先行注意中國之特殊情形、即难透視中國之动態、吾人对中國代表諸君協力大東亞戰争之熱情与開發大东亚建设理想之努力、自不勝敬仰。但余想像、中國諸君或要以為自己目前之地位、因中國特殊情形之故、尚不得不姑息种种殘餘敵人之存在。現在余在此指出之敵人、正是諸君所認為殘餘敵人之一。即目前正在和平地区内蠢動之反动的文坛老作家、而此敵人雖在和平地區之内、尚与諸君思想的熱情的文学活動相对立、而以有力的文学家資格站立於中國文坛。關於此人的姓名、余尚不願明言、總之彼常以極度消極的反动思想之表現与動作、对於諸君及吾人之思想表示敵对。諸君及吾人建設大东亚之理想、係一種嶄新之思想、亦即青年之思想、欲將東亞古老之傳統以新面目出現於今日歷史之中、確乎祇有精神肉体兩俱沉浸於今日歷史中之青年創造意志、方能完成其困难工作。坦直言之、余年已五十、然而歷史巨浪之大東亞戰争、与夫大东亚建設之思想、已使余返老還童矣。況諸君較余年輕、故余確信以諸君之憤怒、必將向彼嘲弄青年思想之老成精神予以轟炸、進擊」。又云：

「諸君之文学活动沿着新中國創造之線、忠彼老大家别毫不考慮今日之中國呼吸於如何历史之中、被置於如何世界情勢之下、唯其独自随意的魅力丰富的表現、惜哉諸君而於新中國之創造不作如何的努力。彼已為諸君与吾人前進之障碍、積極的妨害者、彼為在全东亚非破坏不可之妥協的偶像、彼不过為古的中國的超越的事大主義与第一次文学革命所获得的西洋文学的精神之间的怪奇的混血兒而已。」

这个片岡鉄兵是什么人呢？他本来是左派作家、後来与林房雄都「轉向」了、——一九三四年夏天我同徐耀辰君暑假时往东京、藤森成吉招待我们、見到秋田雨雀、神近市子、渡边順三諸人、只有林房雄没有到、打電话来说明天要進监獄去、所以不能来了。可見轉向还在这以後。轉向的人比平常人更為可怕、文人也不例外、後来林房雄派到華北来当什么文化使節、便是来搞些特务工作、用喝酒挟妓的手段拉攏些人、想弄什么華北特殊文化、但是没有成功、住了半年便回去了。且说片岡虽是要掃蕩老作家、但是没有说出姓名、胡蘭成第一个说明就是指我、為得查问清楚起見、乃写信给文学報國会的總務局長久米正雄、要求说明、过了好久乃由片岡覆信承認、併言明所以主張要掃蕩的理由。原文很長、今只節録第三段於下：

「請你想起在改造社文藝雜誌所登載的大作中國的思想问題中之一節、原文云、他们要求生存、他们生存的道德不想損人以利己、可是也不能聖人那樣損己以利人云云。這樣說起、講到亂的那一節話、當時鄙人在大東亞文學者大会中發表那篇演说、即有此文在鄙人胸中。只以此奉告读文作者的先生当能立即觉到鄙人以何者为问题、为何者所鼓刺矣。读了「中国的思想」全文、熟读上述之一節、假如不曾感覺在今日歷史中该文所演的脚色乃是「反动保守的」、则此輩只是眼先不能透徹纸背的读者而已。鄙人感到、不应阻害中国人民的欲望之主張实即是对於为大东亚解放而斗争着的战争之消極的拒否、因此在去年九月大东亚文学者大会第二分組会議席上、作那樣的演说。假如中国人虽赞成大东亚之解放、而不顾生存上之欲望被阻害、即中国人不参担任何苦痛、以为即协力於大东亚战争、依此种思想成为一般的意思、则在此战争上中国之立場将何如乎。为中国人民所仰为指南之先生有此文章、其影响力为何如、鄙人念及为之慄然。不顾个人的生存之战争可能有乎?不犧牲个人之欲望而厭贏得战争既不可能、然则先生此文無非将使拒否大东亚战争、或至少亦欲对於此战争出於旁观地位之一部分中国人之態度予以传统道德之基礎、而依之正当化耳。文章之批评不可为文章之表面所眩惑、虽是平穩的言词、而在其底下流动之物必可感知其出於平穩之上、此虽是甚失礼的说法、对於日本人之文章感受性幸勿予以过低的估價可也。」

这个题目的文章、写的非常的長了、内容也很無聊、所以应当適可而止了。但是事情虽是無聊、对於我却是很殘存的、試想潛伏和平地區（即是淪陷區）、在那里蠢动的殘餘敌人、那么这樣的人該当何罪呢？連东京的文人都知道了、难道在北京的憲兵还不知道、怕不提将官里去、弄到了失了踪。实在他们是这樣想的、当日本投降的时候、原特務机関的头子森岡皐中将做華北綜合調查研究所的理事長、我当着副理事長、一天会議遣散所员的事、他看見我笑嘻々的問道、「周先生、沒有接到新的任命么？」我也笑答道、「还沒有哩。」可是他们不曾動手掃蕩、这在我不能不说是萬分的僥倖了。

一八〇　先母事略

民國三十二年（一九四三）这年在我是一个災禍很重的年头、因为在那年里我的母親故去了。我当时寫了一篇「先母事略」、同訃聞一起印発了、日前偶然找着底稿、想就把它寫来抄在这里、可是无论怎么也找不到了、所以只好起头来寫、可能与原来那篇稍有些出入了吧。

先母姓魯、名瑞、会稽東北鄉的安橋头人。父名希曾是前清舉人、曾任户部司員、早年告退家居、移家於皇甫莊、与范嘯风（著趣談的范寅）为鄰、先君伯宜公進学的时候、有一封賀信寄给介孚公、是范嘯风代筆的、底稿保存在我这里、里边有「弟有三嬌、從此无白衣之客、君惟一愛、居然繼黄卷之兒」、是頗有参考價值的。先母共有兄弟五人、自己居第四、姊妹三人則为最小的、所以在母家被称为小姑奶奶。先君進学的年代无可考了、唯希曾公於光緒十年甲申（一八八四）去世、所以可見这当更在其前。先母生於咸豐七年丁巳（一八五七）十一月十九日，卒於民國三十二年癸未（一九四三）四月二十二日，享年八十七歲。先母生子女五人，長樟壽，即樹人，次櫆壽，即作人，次端姑，次松壽，即建人，次椿壽。端姑未滿一歲即殤，先君最愛憐她，死後葬於龜山殯舍之外，親自題碑曰，周端姑之墓，周伯宜題，後來遷移合葬於逍遙溇，此碑遂因此失落了。椿壽則於六歲時以肺炎殤，亦葬於龜山，其時距先君之喪不及二年，先母更特別悲悼，以椿壽亦為先君所愛，臨終時尚問「老四在哪里」，時已夜晚，乃從睡眠中喚起，帶到病牀里边。故先母亦復怀念不能忘，乃命我去找画師葉雨香，託他画一个小照，他憑空画了小孩，很是玉雪可愛，先母看了也覚中意，便去裱成一幅小中堂，挂在卧房里，搬到北京来以後，也还是一直挂着，足足挂了四十五年。関於这事我在上面已曾寫过，見第十八章中，所以現在從略了。

晏一廬集稿 張氏藏本

先君生於咸豐十年庚申（一八六〇）十二月二十一日，卒於光緒二十二年丙申（一八九六）九月初六日，得年三十七，恰是所謂剛過了本壽。他是在哪一年結婚或是進学的都無可考，或者这在当时只用活字排印了二十部的「越城周氏支譜」上可能有記載，但是我们房派下所有的一部却給國民党政府没收了，往北京圖书館去查訪，也仍是没有下落。先君本名鳳儀，進学时的名字是文郁，後来改名儀炳，又改用吉，这以後就遇着那官事，先君说，「这名字的確不好，便是说拆得用字不成用字了」。但他的号还是伯宜，因为他小名叫作「宜」，先母平时便叫他「宜老相公」，——查「越諺」

卷中人類尊稱门中有老相公、注云有田產安享者、又佃户亦常称地主為收租老相公、意如是称谓当必有所本、唯小时候也不便动问、所以这緣故终於不能明瞭。

先母性和易、但有时也很强毅。虽然家里也很窘迫、但到底要比别房略为好些、所以是有些为难的本家时常走来乞借、总肯予以通融周济、可是遇见不讲道理的人、却也要坚强的反抗。清末天足运动兴起、她就放了脚、本家中有不第文童、绰号「金鱼」的顽固党扬言曰、「某人放了大脚、要去嫁给外国鬼子了。」她听到了这话、並不生气去找金鱼评理、却只冷冷的说道：「可不是么、那倒真是很难说的呀。」她晚年在北京常把这话告诉家里人听、所以有些人知道、我这事写在「鲁迅的故家」的一節里、我的族叔冠五君见了

加以补充道：

「鲁老太太的放脚是和我的女人谢蕉荫商量好一同放的。金鱼在说了放脚是要嫁洋鬼子的话以外、还把她们称为妖怪、金鱼的老子也给她们两人加了「南池大埽帚」的称号、並责備藕琴公家教不严、藕琴公却冷冷的说了一句、「我难道要管媳婦的脚么？」这位老顽固碰了一鼻子的灰、就一声不响的走了。」所谓金鱼的老子即「故家」里五十四節所说的椒生、也就是冠五的先德藕琴公的老兄、大埽帚是骂女人的一种隐语、说她要败家荡產、像大埽帚埽地似的、南池乃是出產埽帚的地名。先母又尝对她的媳婦们说：

「你们每逢生气的时候、便不吃饭了、这怎么行呢？这时候正需要多吃饭才好呢、我从前和你们爷爷吵架、便要

多吃两碗、这样才有气力说话呀。」这虽然一半是戏言、却也可以看出她强健性格的一斑。

先君虽未尝研究所谓西学、而意见甚为通达、尝语先母曰、「我们有四个儿子、我想将来可以将一个往西洋去、一个往东洋去留学。」这个说话总之是在癸巳至丙申（一八九三至九六）之间、可以说是很有远见了、那时人家子弟第一总是读书赶考、希望做官、看看这个做不到、不得已而思其次、也是学幕做师爷、又其次是进钱店与当铺、而普通的工商業不与焉。至于到外国去进学堂、更是没有想到的事了。先君去世以后、儿子们要谋职業、先母便陆续让他们出去、不但去进洋学堂、简直搞那当兵的勾当、无怪族人们要冷笑这样的说了、便是像我那样六年间都不回家、她

也毫不嗔怪。她虽是疼爱她的儿子、但也能够坚忍、在什么必要的时候。我还记得在鲁迅去世的那时候、上海来电报通知我、等我去告诉她知道、我一时觉得没有办法、便往北平图书馆找宋紫佩、先告诉了他、要他一同前去。去了觉得不好就说、就那么经过了好些工夫、这才把要说的话说了出来、看情形没有什么、两个人才放了心。她却说道：「我早有点料到了、你们两个人同来、不像是寻常的事情、而且是那样迟延、尽管说些不要紧的话、愈加叫我猜着是为老大的事来的了。」将这一件与上文所说的「一幅画」的事对照来看、她的性情的两方面就可全然明瞭了。

先母不曾上过学、但是她能识字读书。最初读的也是些弹词之类、我记得小时候有一个时期很佩服过左维明、

便是從「天雨花」看来的、但是那里写他剑斩犯淫的侍女、却是又觉得有了反感了、此外还有「再生缘」、不过看过了没有留下什么记忆。随後看的是演義、大抵家里有的都看、多少也有新添一些、记得有大厨里藏着一部木板的「绿野仙踪」、似乎有些不规矩的书也不是例外、至如「今古奇观」和「古今奇闻」、那不用说了。我在庚子年以前还有科举的时候、在「新试前」赶考场的书摊上买得一部「七剑十三侠」、她看了覺得喜歡、以後便蒐寻它的续编以至三续、直到完结了才算完事。此後也看新出的章回体小说、民国以後的「廣陵潮」也是爱读书之一、一册一册的随出随买、有些记得还是在北京所买得的。她只看白话的小说、虽然文言也可以看、如「三国演義」、但是不很喜歡、「聊斋志異」则没有

看过。晚年爱看报章、定上好几种、看所登的社会新闻、往々和小说差不多、同时却也爱看政治新闻、我去看她时辄谈段祺瑞吴佩孚和張作霖怎么样、虽然所根据的不外报上的记载、但是好恶得当、所以議論都是得要领的。

先母的诞日是照旧历计算的、每年在那一天、叫饭馆办一桌酒席给她送去、由她找几个合适的人同吃、又叫儿子豐一照一張相、以作纪念。一九四二年十二月廿六日为先母八十六歲的生日、豐一於飯後为照相、及至晒好以後先母乃特别不喜歡、及明年去世、唯此相为最近所照、不得已遂放大用之於開弔时。一九四三年四月份日记云、

「廿二日晴、上午六时同信子往看母親、情形不佳、十一时回家。下午二时後又往看母親、斷近弥留、至五时半

遂永眠矣。十八日見面时、重複云、这回永別了、不图竟至於此、哀哉、唯今日病状安謐、神識清明、安靜入滅、差可慰耳。九时回来。

廿三日晴、上午九时後往西三条。下午七时大殓、致祭、九时回家。此次係由寿先生讓用寿材、代價九百元、得以了此大事、至可感也。

廿四日晴、上午八时往西三条、九时吴柩出発、由宫门口出西四牌楼、進太平倉、至嘉興寺停吴、十一时到。下午接三、七时半顷回家、豊一暫留、因晚间放焔口也。」

至五月二日開弔、以後就一直停在那里、明年六月十九日乃下葬於西郊板井村之墓地。

本文是完了、但是这里却有一个附録、这便是上文所說范嘯风替晴軒公寫的那封信、因為文章虽並不高明、内容却有可供参考的地方、而且那种「黄傘格」的寫法將来也要没有人懂得了、所以我把它照原様的抄寫在这里了。原題是「荅内閣中書周福清（兩字偏右稍小）並賀其子入泮」：

忝依

玉樹、增葭末之榮光、昨奉

金緘、愧楮生之残穢。許為欣遇

令郎入泮、竊喜撑墙东淋、笑口欲騰、喜心傾寫。

恭維

介孚仁兄親家大人職勤視草、

恩遇殇罗、

雅居中翰之班、爱蓮名噪、

秀[illegible]看後英之茁、采藻声付。

闲閒喜可知、馳賀靡似。弟自達移冢、遂隱稽山、蝸居不覺三过、鬢髮已將卅載。所幸男婚女嫁、厥了向平、姪侍孫嬉、情娱垂晚。昔歲季女歸第、今亦快婿游庠、弟有三婿、從此無白衣之客、君惟一愛、居然繼黄耆之兒。不禁華歌、用達絮語、

敬賀

鴻禧、顺请

台安、諸惟

亮察不莊。

姻愚弟魯希曾頓首。

一八一　監獄生活

到了一九四五年八月、日本終於無條件投降了、抗日戰爭得到勝利、凡是在敵偽时期做过事的人当然要受到处分、不过我有这个觉悟、而难望能夠得到公平的处理、因为国民党政府的一个目的是在於「劫收」、並不是为别的事情、我这里没有其它宝贝、只有一塊刻着「聖清宗室盛昱」六字的田黄石章、和摩伐陀(Movado)牌的一隻鋼錶、一總才值七八百塊錢、也被那帶槍的特務所偷去、幸而他们不要破塼瓦、所以那塊鳳皇塼和永明塼硯總算留下了。这是那年十二月六日的事、他们把我帶到有名的砲局胡同的獄舍里、到第二年五月才用飛机送往南京、共總十二个人、最初住在老虎橋首都監獄的忠舍、隨後又移至義舍、末了又移往東独居、这是一人一小间、就觉得很是不錯了。这一直住到民國三十八年(一九四九)一月廿六日、那时南京政府已経

坍台了、这才叫我们保释出去、第三天到得上海、正是阴历的除夕了。

在北京的砲局是归中统的特务管理的、诸事要严格一点、各人编一个号码、晚上要分房按号点呼、年过六十的云予优待、聚居東西大监、特许用火炉取暖、但煤须自己購備、吃饭六人一桌、本来有菜两碗、亦特予倍给。第二年五月移居南京之後、原是普通监狱、分出一部分作为看守所、都属於司法部、便很有些旧时的风气了。忠舍为看守所的一部、在西北的一角里、東西相对各有五间房子、每房要住五个人、北面有一个小院子、关起门来倒也自成一个院落。住在里面的人、安定下来就开始募款、记不清那数目了、大约是每月三四十萬吧、给他们做酬劳、——

这叫做什么好呢？凡是在忠舍当差的人、自看守以至副所長都有所得、据说只有所長没有分润、这是我所听说如此、详细也不知道。我们没有錢的也可以不出、反正忠舍的住民里不缺少富翁、他们就负担下来了、例如有一位乾癟的老头子、年纪有七十多歲了、是盛宣怀的姪子、是统税鸦片烟的、上上下下都称他为「老太爺」、便是一例。因为此、忠舍的管理比較缓和、往来出入可以自由、烟酒什么違禁物品也可输入、所里虽則每月也有检查、但是都是预先知道、由把住「外役」的人先期收集了、隱藏在板屋的顶上、检查完畢再一一归还原主。当外役的都是那些短期拘禁的犯窃盗小罪的人、有一个姓沈的少年、却很有工夫、尝親自来演、将看守身边的东西转眼掏到手里、有一回用了好些人上法院去，回来检查的时候，向会计课领了钱出去的人找不到偷剩的钱，却发见在这人的身上了，明知道偷了也是没有，但看见有好机会便忍不住要技痒了吧。不过这事也有例外，有个剃头的却是杀人犯，我曾屡次叫他理发，问起他的事情，答说是因为闹殴，与同行的兄弟两人打架两面均擎着家伙，结果是他打赢了，对方一死一伤，但是他却吃了官司，初判死刑，後来改处有期徒刑。其人並不凶悍，所以将头颅托付他，没有觉得什么不放心，可是叫杀人犯来剃头，当初一听却是骇人听闻的了。

在忠舍大约住有一年的样子，起居虽也得很，却还能做一点工作，我把一个併干洋铁罐做台，上面放一片板当做小棹子，翻译了一部英国劳斯（W.H.D.Rouse）所著的「希腊

的神与英雄与人」，给了正中书局，没有出版，解放後经我重新译了，由文化生活社刊行，书名省作「希腊的神与英雄」了。此外又关於做些旧诗，就是我向来称它做打油诗的，不过这时不再作那七言律诗了，都是些七言绝句和五言古诗，那是道地的外道诗，七绝是牛山志明和尚的一派，五古则是学寒山子的，不过似乎更是疲软一点罢了。计共有忠舍杂诗二十首，往昔五续三十首，丙戌岁暮杂诗十一首这里除忠舍杂诗外都是五言古诗。丁亥（一九四七）七月移居东独居，稍得闲静，又得商人黄焕之出狱时送我的摺叠杌桌，似乎条件够用功了，可是成绩不够好，通计在那里住了一年半，只看了一部段注说文解字，一部王菉友的说文释例和说文句读，其次则是写诗，丁亥年中杂诗三十首

兒童雜事詩七十二首、和集外的應酬和題畫詩共約一百首。

兒童雜事詩為七言絕句、最初因读英國利亞(Edward Lear)的諧詩、妙語天成、不可方物、略師其意、寫兒戲趁韻詩數章、迄不能就、唯留存三數首、衍為兒童生活及故事詩各二十四章、後又廣為三編、得七十二章焉。三十七年一年中不曾作詩、是年一月廿七日有題詩稿之末云：

「寒暑多作詩、有似發寒熱。間歇現緊張、一冷復一熱。轉眼寒冬來、已過大寒節。这回卻不算、無言对風雪。中心有蘊藏、何能託筆舌。舊稿徒千言、一字不曾说。時日既唐捐、紙墨亦可惜。據榻读爾雅、寄心在蠓蠛。」

这时國民党政府已近末期、獨居里边雖然报紙可以潜入、但是沒有人要留心这些、最受歡迎的乃是「观察」週刊、

晏一廬集稿 張氏藏本

它的战争進行真是犀利透徹、令人佩服。这一年里所关心的便是时局的变化、盼望这种政府的赶快覆没、雖然它大吹大擂的裝做勝利歸来的樣子、但人家看去总不像是真的政府、便是那在大行宫的法院、和峨冠博帶的法官、也总是做戲一般的予人以偽的感觉、这是很奇怪的也是实在的事情。即如它的最高法院对於我的声请判決、里边有这樣的一節话：

「次查声请人所著之中國的思想問題、考其內容原係我國固有之中心思想、但声请人身在偽職、与敵人立於同一陣線、主張全面和平、反对抗战國策、此種論文雖难証明為貢献敵人统治我國之意見、要亦係代表在敵人壓迫下偽政府所發之呼声、自不能因日本文学报国会代表片岡鉄兵

之反对两通敵叛國之罪责」。对於那篇「中國的思想問題」、可以看作「貢献敵人侵略我國之意見」、或是「代表在敵人壓迫下偽政府所發之呼声」、这种武斷罗織的话是本國人的公正法官所应该说的麽？或者比乃是向来法官的口气也未可知、那庅我亦好以「作揖主義」对付之、说大人们这樣说一定是不錯的吧。

但是这个偽朝廷却终於垮台了、倉皇解散一切的机関、我遂於民國三十八年一月廿六日离开了老虎橋、这也是很巧的、恰好正是寫那篇蠓螋詩的一週年、我於当日口占了一首、題目是「擬題壁」、可是实在却没有題、只是記在心里、到了二月八日这才把它記了下来。詩云：

「一千一百五十日、且作浮屠学閉関、今日出門橋上望、

菰蒲零落滿溪间」。

这是賦而比也的打油詩、缺少温柔敦厚之致、那是没有法子的、但是比較丙戌(一九四六)六月所做的一首「騎驢」的詩、乃是送給傅斯年的、却是似乎还要好一点了。

一八二　在上海迎接解放

一月廿六日走出了老虎橋、在近地的馬驥良君家住宿一夜、可是刚吃过晚饭、馬君听了友人的劝、忽然决定連夜趁車赶往上海去了、我遂独自佔领他的大牀、酣眠了一夜。第二天午前尤君走来找我、乃於下午同了尤君父子乘公共汽車到了下関、那时南京城内已经很亂、当日又有國民党的兵從浦口退下来、所以下関一带更是混亂、很不好走路。当时有一位老者同行、苏州人姓王、也是從老虎橋

出来的、不晓得怎麽样与一个兵相撞了、那兵便其势汹汹的喝问、「你是什麽人？」主君仓猝答应道、「我是老百姓。」这句话对答得恰好、而且形貌衰老也正相配合、所以幸得免於殴辱、实在是很運气的了。

進了車站、看见有一列車辆停在那里、就拥了上去、那时車上已挤满了人、我因了尤君父子的帮助、從車窗上進去了、得到一个坐处、尤君父子却只能站着、後来在过道上放下包裹、也就坐下了。这車大约是下午四五点钟开行的、到了第二天傍晚这才到上海的北站、足々走了二十四小时、奇怪的是車里的人在这一昼夜间一动也不动、实在也是不能动、既不要小便、并且不觉得饥渴、車上固无從得水、麪包都是带着的、並不想到吃、就只是傻子似的

坐着、冬天黑暗的很早、車上没有電灯、也就只是張着眼在暗中坐着。我不曾有过此难的经验、但是这两天里異常紧张与窘迫的情形、可以说是经验到一点、後来想起深々感到奇異、所可異的不单是我个人、乃是全列車的人都会忘记饮食便利、毫无怨言的担受着那苦难。途中有过人来收票、这一件事稍为作为点缀、表明是在坐火車旅行、可是没有人拏出钱来、都说是什麽部什麽机关的关係、疏散到别处去的、只是口头一句话、並不拏出什麽证件来、收票的人也没有要了来看、就这样的算了。付钱买票的一总不过十个人吧、我同尤君父子依照法定价格一总付了一百多元、但是拏到补的車票来一看、却是一个人只要十多块钱这是什麽理由、大槩也不难理解、这里也无须词费来加以

說明了。

到了車站、我们坐了兩人乘坐的三輪車、走到北四川路横浜橋的福德里、已經是暮色蒼然了、这时我才感覺口渴和想要小便、这其间却已經过了二十四小时以上了。尤老太太忙着張罗招待客人、一面也布置祀神的事情、这时我又才知道今日已是陰历的戊子年的除夕了。從这一天起我就成为尤君府上的食客、白吃白住、有一百九十八天、直到八月十五日这才回到北京来的。其时北京早已解放了现在我所要說的便是在上海遇到解放的事情。其实这也没有什么可說的、因为蛰居横浜橋头小樓上、見闻不廣、没有遇到特别事情、但是有些看到的覺得社會事項、頗有意思、这里所记的无非就是这些罢了。

当时在上海的人所最関心的、並不是战局的如何、因为國民党的垮台反正是注定的了、而且觉得愈早愈好、其感覺頂傷腦筋的乃是鈔票和銀元的每天的漲落。其實漲的是銀元、落的是鈔票、这乃是一定的、它却不是一天一變、實在是时刻在变动、所以是生活上極大的威脅、需要随时警惕着、没有一刻的安静。據說有人去喝酒、剛喝了第一碗、及至再要时却已漲了價了、这决不是什么假作的话。尤君每天出门去、早上换了钱、等得中午回来时、先换來已經漲高許多了、輒高呼損失不置、及至午後出去、到傍晚回家的时候、又是如此、益发覺得好笑、可是事实是如此、时々刻々在吃着虧。那时通行的銀元除鹰洋和站人的已經少見外、計有龍洋、大头和小头这三种。大頭也称作袁头、是民国初年所铸，上边是袁世凯的像，还有一种是孙中山像的、但是做的稍差、头发式样有似小孩的样子、而且似乎银子的成色也要差一点、实在显得要负弱一點、所以就類推的被叫作小头了。價格以大头为最高、小头要略为差些、大约和龍洋相去不远。我從那年四月里才重新寫起日记、也不注意这些事、没有详细的纪録、但是买东西的價錢去看、也可以知道一二。四月十日记着托纪生买龍井半斤、四萬三千元、合银洋七角强、可知那时一塊银元和金圆券的兑换率大概是六萬。可是在四月二十日换袁頭一元计四十一萬、廿八日又换到是一百五十萬、五月四日三百七十萬、十日换龍洋为三百八十萬、十六日换小头则已是六百五十萬了。同时还有几项记载、也有比较研究

的價值、今彙録於下：五月十七日买龍井四两、二百萬。四月十六日买绍兴酒一瓶约三斤、二萬八千、二十日又买两瓶十二萬四千。四月二十日理发、计五萬五千元、五月十五日理发一百萬。五月五日寄平信计十六萬、航空四十萬、至廿八日是已解放、郵资新率未定、仍照金圆券一百二十萬付給。至五月三十一日、买空白摺扇一柄、價五百萬元、这乃是使用金圆券最後的一回了吧。

那里却也记着些好玩的事情、如四月五日上午古魯夫婦来、遨游城隍庙、平白化生同行、途遇元德亦同去、在裡园茶点、六时始回寓、买竹背骨牌一副八千元、古鲁所付。後来就常用这骨牌、於那小楼上在四周暴风雨中、玩那古来传下来的「打五関」的游戏。又有一回是五月四日、

同紀生至巷口小店福德香的樓上吃餛飩、共八十萬元、那一天袁头的行市是三百七十萬、那么也只是銀洋兩角多罢了。関於打仗的事情日記里沒有什么記載、只有这幾項：

「十三日陰。徹夜遥闻砲声。」

「十七日陰。下午付本里巷口做鉄门费、大头一枚、又代紀生付出一枚。」为的是怕溃兵闯入、所以各巷都谋做鉄门、每户出現洋一枚、我与紀生都算作一户、但是出了錢之後只有一个星期、就整个上海都解放了、鉄门也不见一点影子、大约这些大头就为所谓保長之流所笑纳了吧。鉄门虽然未做、可是招集巷内居民守夜、廿三日大雨夜七至九时本是我的班次、却由尤家穿了雨衣替我去了。

「廿五日晴、上午北四川路戒严、里门亦闭。沪西其时已解放、近北尚有市街战云。

廿六日陰。下午路上已可通行、鎗炮声陆续未断、如放爆竹。夜大雨。平白往应夜警、地方上颇有讹言、卻並無事。」國民党兵其实是随处皆有、福德里中就有一个、只是他看見形势日非、早已逃归林下、所以这时就换了一身小褂裤、站在木栅欄门里面、以老百姓的身分在看着热闹、大家也就不计較了。

上海一经解放、人心立即安定下来、我就打算等交通恢復、想回北京去了。其时國民党军隊还佔據着舟山、时常有飞機来沪騷擾、日記上云：

「六月廿一日晴。連日國民党飞机来沪轟炸、可谓瘋狂行动、上海人却处之泰然、亦很好。」

「廿九日陰、午匪机又来擾頗久。」这种情形大槩还暂时继续着、直到舟山解放、这魔手才永遠和中國大陆脱離了。

我自從老虎橋出来後、没有寫过一首舊詩、所以或者可以说是绝筆於那篇「擬題壁」了吧。但是在上海却也曾做过五言绝句、那是应酬人的題花鸟画的诗、纯粹是模仿八股文截搭題的做法的、有些没有法子搭上、便只得不題、乃是三月十九日所作。現在抄録幾首在这里、以留紀念。

一、月季花白头翁

应是春常在、花開満葉稠。白头相对坐、渾似霧中看。

二、牡丹雞

花好在一时、富貴那可恃。且听荒鸡鳴、拚舞中宵起。

三、野菊鶏

寒華正自榮、家禽相对語、似告三徑翁、如何不帰去。

四、木蘭芙蓉鳥

木蘭發白華、黄鳥如团紫、相将送春帰、惆悵不得語。

一八三　我的工作一

民國三十八年(一九四九)八月五日与尤君约定同行赴北京、九月上午五时半至虬江路候買火車票、不得、八时半回来、因買票人衆多、须先一日往候方可。十日下午八时後同平白至虬江路、候编号後回来、由平白派其長子徹夜守候。十一日上午五时往虬江路、候蓋戳又编新号、八时頃先回、九时半又去選编号併照相、買北平二等票、計三萬六百卅元、取得收據、回家已十时半。十二日上午寄存行李二件、五十一公斤、運費一萬九千餘元。下午二时出発，五点五十分火車開行，各有坐位。十三日上午九时後至安徽嘉山縣，因有飛机來报，停車直至下午四时始行。十四日下午八时至天津，十一时半到北京。那时因为秩序恢復不久，旅行所以还有些困难，但是拿去与那回逃难的火車相比，真是不可同年而语了。

既然平安的到了北京，安静的住了下来，於是我要来認真的考慮我所能做的工作了。我过去虽然是教书的，不过那乃是我的職業，换句话说乃是拿钱吃饭的方便，其实教书不是我的能力所及的。那么估量自己的力量，到底可以幹些什麼工作呢？想来想去，勉强的说还是翻譯吧，不过这里也有限度，我所觉得喜歡也願意译的，是古希臘和日本的有些作品。我的外文知識很是有限，哲学或史诗等

大部头的书不敢輕易染指，不能担当重任，过去也没有机会可以把翻译的工作当做职業，所以两者只好分開了。这回到北京以後，承党的照顾讓我去搞那两樣翻譯，實在是过去多年一直求之不得的事情。我弄古希臘的東西，最早是那一册「希臘擬曲」，还是在一九三二年譯成，第二年由商務印书館出版的。第二种乃是「希臘女诗人薩波」，一九四九年编譯好了，但上海出版公司印行了三千册，就绝版了。这乃是一种以介绍薩波遗诗为主的评传，因为她的诗被古来基督教的皇帝所禁止焚毁，後人采集佚文止存八十章左右，还多是一句两句，要想单独译述，只有十多頁罢了，在这评传里却成乎收容了她全部遗诗，所以这本小册子可以说介绍她的诗与人的。我对於这书觉得很是满意，当时

序言里说得很清楚、今鈔録於後：

「介绍希腊女诗人薩波到中国来的心願、我是怀的很久了。最初得到一九〇八年英国華耳敦(Wharton)编的薩波诗集、我很喜歡、写过一篇古文的「希臘女詩人」、発表在绍興的刘大白主编的禹域日报上边。这还是民国初年的事、荏苒三十年、華耳敦的书已经古旧了、另外得到一册一九二六年海恩斯(Haines)编的集子、加入了好些近年在埃及地方發現、新整理出来的断片、比較更为完善。可是事实上还是没有办法、外国诗不知道怎么译好、希臘语之美也不能怎么有理解、何况传達、此其一。许多半句或个字的断片、照譯殊无意義、即使硬把全部写了出来、一总只有寥寥几葉、訂不成一本小册子、此其二。末了又蒐求到了一九三

二年韋格耳(Arthur Weigall)的「勒斯婆思的薩波(Sappho of Lesbos)、她的生活与其时代」、这才發見了一种介绍的新方法。他是英国人、常任埃及政府古物總檢查官、著书甚多、有法老史三册、埃及王亞革那顿、女王克勒阿帕忒拉、罗馬皇帝宜禄各人之生活与其时代、關於希臘者只此一书。这是一种新式的传记、特别也因为薩波的资料太少的缘故吧、很致力於时代环境的描写、大概要占十分之八九、但是借了这做底子、他把薩波遗诗之稍成片段的差不多都安插在里面、可以说是传记中兼附有诗集、这是很妙的办法。一九一二年帕忒列克(Patrick)女士的「薩波与勒斯婆思島」也有这个意思、可是她直的把诗另附在後面、本文也写得很简单、所以我從前未必也覺得可喜、却不曾想要翻译它。近来儒

阅韦格耳书、摘译了其中六章、把薩波的生活大概都说及了、遗诗也十九收罗在内、聊以了我多年的心愿、可以算是一件愉快的事。有些讲风土及衣食住的地方、或者有人觉得繁琐，这小毛病当然也可以说是有的，但於知人论世上面大概亦不无用处、我常想假如有人来做一部杜少陵或是陆放翁的新式传记、不知他能否在这些方面有同様的叙述、使我们知道唐宋人日常的饮食起居、可以推想我们的诗人家居的情状、在我觉得这是非常可以感谢的。所有这些问题都是原著者的事、可以说是於我无干、我的工作是在本文以外、即是附录中的那些薩波的原诗译文、一一校对海恩斯本的原文、用了学究的态度抄录出来、只是粗拙的遣旨、成绩不好、但在我却是十分想用力的。晚年诗形、也少诗味、未必值得读、但是介绍在诗经时代的女诗人的诗到中国来、这件事这是值得做的。古典文学即是世界文学的一部分、我们中国应当也取得一份、只是擔负的力气太小、所以也分得太少罢了。一九四九年八月二日、在上海。

这篇序文是在横浜桥头的亭子间里所写、书编成後将原稿托付康嗣群君、经他转交给上海出版公司、後来鄭西谛君知道了、他竭力怂恿公司的老板付印、并且将它收入他所主编的文艺复兴丛书里边。古来有句话、索解人难得、若是西谛可以算是一个解人、但是现在可是已经不可再得了。

一八四　我的工作二

我回到北京以後、所做的第二件事乃是重译英国劳斯的「希腊的神与英雄与人」。我这所谓重译，实在乃是第二次翻译，综计我的翻译工作这样重译的共总有两种，其它一种乃是希腊人所著的希腊神话，与这是属於同类的，这虽然全是出於偶然，但也可见我与希腊神话的缘分是怎样的深了。这部书的原著者是英国人，照我的计画是并不在我的翻译范围以内，但是它是关於希腊神话的，而且他的人与文章更使我觉得爱好，所以决心要译它出来。他是有名的古典学者，是勒布古典丛书的编者之一人，自己译注有农诺斯(Nonnos)的「狄俄女西阿卡」(Dionysiaka)三册，又通现代希腊语，译有小说集名曰「在希腊诸岛」。他的文章据他小序里说，是这样来的：

「这些故事是讲给十岁至十二岁的小孩听过的，因了这些小孩们的批评，意识的或非意识的，都曾得到了许多益处。

这故事讲来像是一个连续的整篇的各部分，正如希腊人所想的那个样，虽然各人一定的知道他的地方的传说最是清楚。末了的世系表於参考上可以有用。这大抵是从赫西俄多斯来的，可是我所利用的古作家，乃是上自荷马，下至农诺斯。假如我有时候在对话中采用我的想像，那么荷马和农诺斯他们也是如此的。」我於书的末尾加上一个附录，在译后附记的第五节「关於本书」，有这几句话。

「这本书因为翻译过两遍，所以可以说弄得很有点清楚了。它的好处我可以简单的指出两点来。其一是诙谐。基督教国人讲异教的故事，意识的或非意识的表示不敬，以滑稽的形式表现出来，原是可以有的，加上英国人的喜欢幽默，似乎不能算是什么特别，但是这里却有些不同。如四十二节战神打仗中所说，希腊诗人常对神们开一点玩笑，但他们是一个和气的种族，也都能好意的接受了。这本是希腊的老百姓的态度，因为自己是如此，所以以为神们也是一样。著者的友谊的玩笑乃是根据这种人民的诗人的精神和手法而来，自然与清教徒的绅士不是一样的。其二是简单。简单是文章最高的标准，可是很不容易做到。这书里讲有些故事却能够达到几分，说得大一点这是学得史诗的手法，其实民间文学的佳作里也都是有的。例如第四十四节爱与心的故事，内容颇是复杂，却那么剪裁下来，粗枝大叶的却又疏动有致，是很不容易的事。又如关于特洛亚的十年战争，说起来着实头绪纷烦，现在只用不和神女的金苹果等三节就把它结束了，而且所挑选的又是那几个特别好玩的场面，木马一段也抛弃了，这种本事实在可以佩服。总之在英美人所做的希腊神话故事书中这一册实是最好的，理由有如在序文中所说，原著者是深通神话与希腊两方面的人，故胜过一般的文学者也。一九四九年十一月一日，在北京记。」

全书约可十五万字，译稿自十月十三日起手，至十月廿七日译成，凡四十五日，其中还有十天休息，可以算是很快了。译好后仍旧寄给康君，由他转给文化生活出版社刊行，承李芾甘君赏识，亲手校勘，这是很可感谢的。本书的运气总算要比「希腊女诗人」好得多了，它出过好几板，銷行總在萬冊以上，這在以前是很不容易達到的。古人有句話，敝帚千金，我是並沒有這種脾氣，可是對於此書卻不免有這樣感情。我因為以不知為不知，對於文學什麼早已關了門，但是也有知之為知之，這仍舊留着小門不曾關閉，如關於神話是也。所以對於神話什麼的問題，仍然是有些主張發表，在原書出板的第二年即民國廿四年，我寫一篇介紹的文章，里邊發牢騷說：

「可喜別國的小孩子有好書讀，我們獨無。這大約是不可免的。中國是無論如何喜歡讀經的國度，神話這種不經的東西自然不在可讀之列。還有，中國總是喜歡文以載道的。希臘與日本的神話縱然美妙，若論其意義則其一多是儀式的說明，其它又滿是政治的色味，當然沒有意思，這

要當作故事聽，又要講的寫的好，而在中國卻偏偏都是少有人理會的。」現今已是差不多三十年後，情形當然改變了許多了，但是我卻還覺得它印得少，不大有人知道，雖然它的譯文也有缺點，如在譯本序中所說，文句生硬，字義艱深，小學生不容易自己讀懂，這是最大的毛病，有人介紹原書，說自八歲至八十歲的兒童讀了當無不喜歡，我這譯本只好請八十以內的小孩讀了，再去講給八歲以上的小孩聽去吧。寫到這里，自己不禁苦笑了，再過一兩年真要到八十了，卻還是那樣的喜愛「小人書」，可不是也正是八十歲的小孩，如老輩所說，「我常常見小孩們很像那猴子，就只差一條尾巴」麼？

一八五 我的工作三

一九五〇年一月承蒙出板總署的長葉聖陶君和秘书金燦然君的过訪、葉君是本来認識的、他这回是来叫我翻译书稿、没有说定什么书、就是说譯希腊文罢了。过了几天鄭西諦君替我從中法大学図书館借来一冊伊索寓言、差人送了来、那是希腊文和法文譯本、我便根据了这个翻译。这就是我给公家譯书的開始。就只可惜在北京找参考书不够容易、想找别的本子参校一下、或者需用插图、都无法寻找、就是再板时要用原书覆校一回、却已无从查訪、因为中法大学的书不知道归在哪一个図书館里了。因此即使明知道那里有些排错的地方、却也无法加以订正、其实伊索寓言的原本在西洋大學是很普通的、很容易得到、不过在我们个人的手头是没有罢了。这本商伯利(Chambry)本的伊

索寓言共计三百五十八则、自三月十三日起至五月八日止、共计两个月弱、译的不算怎么仔细、但是加有注释六十四條、可以说是还可满意的。伊索原名埃索坡斯(Aisopos)、由於西洋人向来是用罗马人的拼法、用拉丁字拼希腊文的Ai照例是Ae、又经英国人去读便一变而为「伊」了、又畧去语尾、所以成为「伊索」。这个译名大槪起於清光绪年间、林琴南初次译伊索寓言的时候、但在这以前却已有过「意拾蒙引」、於一八四〇年顷在廣东出板、更早则一六二六年也有此书在西安出板、是意大利人金尼阁口述的、书名曰「况義」、共二十二则、跋言况之为言比也、那么也就是比喻之意。译本的「関於伊索寓言」里我有几句话道：

「伊索寓言」向来一直被認为啟蒙用书、以为这里故事简

單有趣、教訓切实有用，其实这是不对的，於兒童相宜的自是一般动物故事，並不一定要是寓言，而寓言中的教训反是累赘，说一句殺風景的話，所说的多是奴隸的道德，更是不足為訓。」即如譯本中第一百十八則「宙斯与羞恥」，乃以男娼（Pornos）為題材，更不是蒙养的適当材料了。不过話又得說回来，如下文所說：

「現在伊索寓言对於我们乃是世界的古典文学遺產之一，这与印度的本生故事相並，我们從这里可以看到古来的动物故事，像一切民间文艺一樣，經了时代的淘汰而留存下来，又在所含的教训上可以想見那时苦辛的人生的影子，也是一种很有价值的重要的資料。」希腊的动物故事既然集中於伊索的名下而得到结集了，印度的故事要比希腊更为

丰富，因为多數利用为本生谈，收在佛經里边，中國也早已譯出了，就只差来一番编整工作，輯成一大冊子，不过此乃是別一种勝業，我只能插嘴一句，不是我的事情了。

我譯了伊索寓言之後，再開始来重譯希腊神話。那即是我在一九三七年的时候为文化基金编譯委员会所譯的，本文四卷已經譯出，後来该会迁至香港，注釋尚未譯全，原稿也就不見了。这回所以又是從头譯起，计以一年的工夫做成，本文同注各佔十萬字以上。这乃是希臘人阿波罗多洛斯（Apollodoros）所著，原书名叫「书庫」（Bibliotheke），據英國人頼忒（F.A. Wright）的「希腊晚世文学史」卷二上说：

「第四种书，也是其作年代与人物不很确实的，是阿波罗多洛斯的「书庫」，希腊神话与英雄传说的一种概要，從书

册中集出，用平常自然的文体所写。福都思主教在九世纪时著作，以为此书著者是雅典文法家，生存於公元前百四十年顷，另著一书曰诸神论，但这已证明非是，我们从文体上考察大抵可以认定是公元一世纪时的作品。在一八八五年以前我们所有的只是这七卷书中之三卷，但在那一年有人从罗马的梵谛冈图书馆里得到全书的一种节本，便将这个节去补足了那缺陷。卷一的前六章是诸神世系，以後分了家系叙述下去，在卷二第十四章中我们遇到雅典诸王，忒修斯在内，随後到贝罗普斯一系。我们见到特洛亚战争前的各事件，战争与其结局，希腊各主帅的回家，末後是俄底修斯的漂流。这些都很简易但也颇详细的写出，如有人想要得点希腊神话的知识，很可以劝他不必去管那些现

代的参考书，最好还是一读阿波罗多洛斯，有那弗来则勳爵的上好译本。」

我所根据的原文便是勒布古典丛书本，里边不但附着弗来则的上好译文，还有很有用的但或者可以看作很繁拢的注解，这所以使得我的注释有本文一样的长，也使得读者或编辑者见了要皱眉头的。我在前清丁未（一九〇七）年间将「红星佚史」译稿卖给商务印书馆的时候，就受过一回教训，辛辛苦苦的编了希腊埃及的神话的注释附在後边，及至出板时却完全删掉了。我有那时候的经验，知道编辑的人是讨厌注释的，这回却因为原有的注太可佩服了，所以择要保留了许多，而且必要处自己也添了些进去，虽然我看是必要，然而人家看了总是尾大不掉，非得割去不可了。

幸而本书还没有出世、还不知道情形如何。

弗来则在引言上论阿波罗多洛斯的缺点说的很好、这两点在他实在乃是二而一的、他说：

「书库可以说是希腊神话及英雄传说的一种梗概、叙述平易不加修饰、以文技上所说的为依据、作者并不说采用口头传说、在证据上及事实的可能上也可以相信他并不采用、这种几乎可以确说他是完全根据书卷的了。但是他选用最好的出处、忠实的遵从原典、只是照样记述、差不多没有敢想要说明或调解原来的那些不一致或矛盾。因此他的书保存着文献的价值、当作一个精密的记载、可以考见一般希腊人对于世界及本族的起源与古史之信念。作者所有的缺点在一方面却变成他的长处、去办成他手里的这件工作。他不是哲学家、也不是词章家、所以他编这本书时既不至于因了他学说的关系想要改窜材料、也不会为了文章的作用想要加以藻饰。他是一个平凡的人、他接受本国的传说、简直照着字面相信过去、显然别无什么疑虑。许多不一致与矛盾他都坦然的叙述、其中只有两回他曾表示意见、对于不同的说法有所选择。○长庚星的女儿们（Hesperides）的苹果、他说、并不在比亚、如人们所想、却是在远北、从北风那边来的人们的国里、但是关于这奇怪的果子和看守果子的百头龙的存在、他似乎还没有什么怀疑。」所以他总结的说：「阿波罗多洛斯的书库乃是一个平常人的单调的编著、他叙述故事、没有一点想像的笔触、没有一片热情的光辉、这些神话传说在古代时候都曾引起希腊诗歌之不朽的篇章、希腊美術之富美的製作来过的。但是我们总还该感谢他、因为他给我们從古代文学的破船里保留下好些零星的东西、这假如没有他的卑微的工作、也将同了許多金宝早已无可挽救的沈到过去的不测的大洋里去了」。

还有一点、虽然没有表明什么、他可是一个愛國者。他所蒐集的神话传说很是廣泛、但是限於希臘、其出於罗馬文人之創造者、虽然没有说可是不曾采用、保持希腊神话的纯粹、这一点是不錯的。我们希望有一冊希腊人自己编的神话书、这部「书庫」可以算是够得上理想的了、有那理解神话的人再来写一冊给小孩们看的、如今有了劳斯的书、也可以充数了。我很高興能夠一再翻译了完成我的心願、至於神话学的研究、那种繁琐而不通俗的东西、反正世间不歡迎、那么就可以省事不去弄它吧。

出板總畢因為自己不办出板、一九五一年将翻译的事移交开明书局去办、所以这希腊神话的译稿於完成後便交给开明的。六月以後我应开明书店的提示、动手译希罗多德的史記、可是没有原典、只得從图书馆去借勒布叢书本来应用、到了第二年的一月、开明通知因為改变营业方针将专门出青年用书、所以希罗多德的翻译用不着了、計译至第二卷九十八節遂中止了。

一八六　我的工作四

一九五二年「三反運动」已经过去、社会逐渐安定下来、我又继續搞翻译工作了。在这困难的期间、我将國民党所捨剩的书物「約斤」卖了好些、又抽空写了那兩本「鲁迅的故家」等、不过那不是翻譯、所以可无需細说了。自此以後我的工作是在人民文学出版社、首先是帮助翻譯希腊的悲剧和喜剧、这是極重要也是極艰鉅的工作、却由我来分担一部份、可以说是光榮、但也是一种慚愧、觉得自己實在是「没有鳥類的鄉村里的蝙蝠」。我所分得的悲劇是欧里庇得斯(Euripides)的一部、他共總有十八个剧本流傳下来、里边有十三个是我譯的、現今都已出版、收在欧里庇得斯悲剧集三册的里边。希腊悲剧差不多都取材於神話、因此我在这里又得復習希腊神話的机会、这於我是不无興趣与利益的。这十三部悲剧的本事有五种是根據特洛亞戰争、兩种是講阿伽曼農王的子兒報仇、就是这戰事的後日談、可以说是特别多了、兩篇是関於赫剌克勒斯的、兩篇是関於「七雄攻忒拜」的、这些都是普通的神話。其中有一篇最是特别、这名为「伊翁」、是篇悲剧而内容却是後来的喜剧、又一篇名为「圓目巨人」(Kyklops)、乃是僅存的「羊人剧」、在三个悲剧演完的时候所演出的一种笑剧、这是十分希有而可貴的。

伊翁(Ion)是説明一个民族起源的傳説，这个族叫做伊翁族(Iones)，是希腊文化的先进者，據说他们的始祖即是伊翁、是阿波隆的一个兒子。他的母親是雅典古王的女兒、名叫克瑞烏薩(Kreusa)、意思即是王女、所以这也就是等於没有名字、生下来的就被「棄置」了、可是被阿波隆廟里的女祭師所收養、長大了即成为廟里的神僕。克瑞烏薩後来嫁了斯巴達的一个君長克苏托斯、因为没有子息、同来阿波隆廟里来求神示。阿波隆告诉他、在他從廟里出来的时候遇着的那人、就是他的兒子、於是他遇着了伊翁、这樣就承认他是自己的兒子、因为在少年时他有过荒唐的事情、曾经侵犯过一个女子、所以他也相信了、认为这乃是她所生的。克瑞烏薩知道了却全了気、又很是嫉忌、想用毒藥害死伊翁、被破獲了、事很是危急的时候、那女丐訴怨無辜到了、她拿了伊翁被棄置的時所穿的衣飾、这才证明他原来乃是克瑞烏薩的兒子、又经雅典娜空中出现、证明一切乃是阿波隆的计策。这个戲剧的故事論实在平凡得很、但是它有几种特別的地方、很可注意。其一、希腊神话中別处没有伊翁的记载、这只在欧里庇得斯剧中保存下来。其二、欧里庇得斯在戏剧中对于神们常表示不敬、这是他特有的作风、在本剧中即说阿波隆不负责任的搞恋爱、後来又弄手段将伊翁推给克苏托斯、末後雅典娜对克瑞烏薩说：

「所以現在不要说、这孩子是你生的、那么克苏托斯可以高兴的保有着那想像、夫人、你也可以实在的享受着幸福。」

这里说的很是可笑、因为这里不但乱示说假话、而且愚弄克苏托斯、也缺少聪明正直的作风、本怪英國穆雷（G. Murray）说这剧本是挖苦神们的了。其三、这篇故事团圆结末、与普通悲剧不一樣、却很有後来兴起的喜剧的意味。罗念生在欧里庇得斯悲剧集序文里说：

「伊翁是一个棄兒的故事、剧情的热闹、棄兒的证物以及最後的大团圆、为後来的世態喜剧所摹仿。与其说古希腊的「新喜剧」（世態喜剧）来自阿里斯托芬的「旧喜剧」（政治讽刺剧）、毋宁说来自欧里庇得斯的新型悲剧。所以欧里庇得斯对于戏剧発展的贡献、一方面是創出了悲喜剧、另一方面是为新喜剧铺好了道路。」

伊翁这个字是由伊翁族引伸过来的、它只把複数变成单数、所以便成为伊翁了。他本来是神的僕人、属于奴隸一類、本无法定的名字、在未遇見克苏托斯给他定名之先、原是不该叫作伊翁的。这个名字的意義、是根据從庙里「出去」（exiōn）时遇見的神示而取的、很顯明的是由于文字的附会、但因了这件故事给新喜剧奠了基礎、却是很有意思的事、從此被棄遗的小孩終于復得、被遗臺的女郎终於成婚，戏曲小说乃大见热闹，这个影响一直流传下来，到了相当近代。

「圆月巨人」是荷马史诗中有名的一个故事，见於「俄底赛亚」卷九中，俄底修斯自述航海中所遇患难之一。这名字的意思是圆眼睛，但是一只眼睛而不是两只，所以是一种怪物，他养有许多羊，却是喜吃人肉。俄底修斯一行人落在他的手中，被吃了几个，可是俄底修斯用酒灌醉了他，拿木椿烧红刺瞎了他的独眼，逃了出来。这剧里便叙这件事，但是却拿一班羊人来做歌队，故名为羊人剧（Satyros）。羊人本为希腊神话上的小神，与酒神狄俄倪索斯的崇拜有关，是代表自然的繁殖力的，相传他们是赫耳墨斯的儿子，大概因为他的职司之一是牧羊的缘故吧。羊人的形状是毛发蒙茸，鼻圆略微上轩，耳朵上尖，有点像兽类，额上露出小角，后有尾巴像是马或是山羊，大腿以下有毛，脚也全是羊蹄，与潘（Pan）相似。他们喜欢快乐，爱喝酒，跳舞奏乐，或是睡觉，这些都和他们的首领塞勒诺斯（Seilenos）相像，只是更为懒惰猥罢了。他常随从着酒神，一说他是抚养教育过酒神，或又说他是羊人的父亲。剧中便由他率领着一群羊人，出去救助酒神，因为有一班海盗绑架酒神想把他卖到外国去当奴隶，却遇风飘到荒岛，为圆目巨人所捕，给他服役。这是剧中所以有羊人出现的原因，而本剧就借他们来当歌队，一群小丑似的脚色带着一个副净似首领，打诨插科，仅够使剧中增加活气，至於所以必要有羊人出现，则别有缘因在那里。这是原始戏剧的一种遗留，在当初它和宗教没有分化的时期，在宗教仪式上演出，以表演主神的受难——死以及复活为主题，每年総是一样的事，待到渐次分化，乃以英雄苦难事迹替代，年年可以有变化，但至少最后一剧也要有些闲骇才好。这是说希腊的事，他们那时是崇祀狄俄倪索斯的，羊人於是他的從乎，因此乃联系得上了。悲剧是從宗教分化出来的艺術，而在分化中表示出関联的痕跡的乃是这宗羊人剧了，在这一点上这唯一保存下来的剧种是很有價值的，但我们离开了这些问题，单当它一个笑剧来看，也是足够有趣的了。

悲剧以外我也帮译了一个喜剧，那是阿里斯托芬（Aristophanes正译应作阿里斯托法涅斯）的，名叫「财神」（Ploutos），收在「阿里斯托芬喜剧集」里，这是一九五四年刊行给他做纪念的。那是一篇很愉快的喜剧，希腊人相信财神是瞎眼的，所以财富向来分配得不公平，这回却一下子医好了眼睛，世上的事情全都翻了过来，读了很是快意，用不着这里再来细说。就只是古喜剧里那一段「对驳」，这是雅典公民热心民主政治关係，喜欢听议会法院的议论，在戏剧里不免近似累赘，这剧中便是主人和穷鬼对辩贫富对於人的好处，除此以外是很值得一读，因此也就值得译出来的了。——我找出喜剧集来，查後犹读一过之後，不禁又提起旧时的一种不快的感觉来。当初在没有印书之先，本拟把原稿分别发表一些在报刊上，以纪念作者的，这篇「财神」便分配给了「剧本」，这刊物现在早已停办了，不知为什么却终於没有实行，只在「人民文学」以及「译文」上边刊登了两篇「阿卡奈人」和「鸟」。其实这篇「财神」是够通俗可喜的，其不被采用大约是别有看法的吧。

我译欧里底得斯悲剧到了第十三篇「斐尼基妇女」，就生了病，由於血壓过高，脑血管发生了痉挛，所以还有一篇未曾译，结果「酒神的伴侣」仍由罗念生君译出了。我这病一直静养了两年，到了一九五九年的春天我才开始译书，不过那所译的是日本古典作品，並不是说日本的东西比希腊的容易，只因直行的文字较为习惯些，於病後或者要比異样的横行文字稍为好着一点也未可知，这样的过了三年，到得今年一月这才又弄希腊文，在翻译路喀阿諾斯（旧譯为路吉亞諾斯）的对话了。

一八七　我的工作五

我翻譯日本的古典文学，第一种是「古事記」。其实我想譯「古事記」的意思是早已有了，不过那时所重的还只在神話，所以当初所拟譯的只是第一卷即是所谓神代卷部分，其二三卷中虽然也有美妙的传说，如女鳥王和輕太子的两篇，於一年以前曾经譯出，收在「陀螺」里边，但是不打算包括在内的。在一百十幾期的「语絲」周刊上登过一篇「漢譯古事記神代卷引言」，乃是一九二六年一月三十日所寫的，说明翻譯这书的意思：

「我这里所譯的是日本最古史书兼文学书之一，古事記的上卷，即是講神代的部分，也可以说是日本史册中所記述的最有系统的民族神话。古事記成於元明天皇的和銅五年（公元七一二），当唐玄宗即位的前一年，是根据稗田阿礼（大约是一个女人）的口述，任安萬侶用了一种特别文体記下来的。当时的日本还没有自己的字母，安萬侶就想出了一个新方法，借了漢字来寫，却音義並用，或如他進书的表文中所说，或一句之中文用音训，或一事之内全以训錄，不过如此寫法，便变成了一种古怪文体，很不容易读了。」其实这就是所谓和文，但是它用字母的时候却寫整个的漢字去代表，並且毫無统一，所以看去像是咒语一样，但是近世经过國学家的研究与考证，便已渐可了解了。我那时每週翻譯一段落，登在「语絲」上，大约登了十回，却又中止了，後来在解放以後，介紹世界古典文学的运动發生，日本部分有「古事記」一书在内，这才又提了起来，承樓適夷君從「语錄」里把它找了出来，又叫人抄錄見示，其时我大概还在病中，所以又後放下，到一九五九年翻譯竣工以後才開始工作，但在那时候我对於日本神話的興趣却渐以衰退，又因为参考书缺少，所以有点敷衍塞责的意思，不然免不得又大発其注釋癖，做出叫人家头痛的繁琐工作来了。这部书老实说不是很满意的譯品，虽然不久可以出书了，可是我对於它没有什么大的期待，就只觉得这是日本的最古的古典，有了漢文譯本了也好，自然最好还是希望别人有更好的譯本出现。

譯得不满意的不但是这一种「古事記」，有些更是近代的作品，也譯得很不恰意，这便是石川啄木的詩歌。其实他的詩歌是我所顶喜歡的，在一九二一年的秋天我在西山养病的时候，曾经譯过他的短歌二十一首，長詩五首，後来收在「陀螺」里边。当时有一段说明的話，可以抄在这里，虽然是三十年前的旧話了，可是还很確当：

「啄木的著作里边小说詩歌都有價值，但是最有價值的还要算是他的短歌。他的歌是所謂生活之歌，不但是内容上注重實生活的表现，脱去旧例的束縛，便是在形式上也起了革命，运用俗語，改变行款，都是平常的新歌人所不敢做的。他在一九一〇年末所做的一篇雜感里对於这些问题说得很清楚，而且他晚年的（案啄木只活了二十七歲，在一九一二年就死了）社会思想也明白的表示出来了。

「我一隻胳膊靠在书桌上，吸着紙烟，一面将我的寫字疲倦了的眼睛休息在擺鐘的指針上面。我於是想着这様的事情：——凡一切的事物，倘若在我们感到有不便的时候，我们对於这些不便的地方可以不客气的去改革它。而且这樣的做正是当然的，我们并不为别人的缘故而生活着，我们乃是为了自己的缘故而生活着的。譬如在短歌里，也是如此。我们对於将一首歌寫作一行的办法，已经觉得不便，或者不自然了，那麼便可以依了各首歌的调子，将这首歌寫作兩行，那首歌寫作三行，就是了。即使有人要说，这樣的办反要将歌的那调子破坏了、但是以前的调子、它本身如既然和我们的感情遊不能翕然相合、那么我们当然可以不要什么客气了。倘若三十一字这个限制有点不便、大可以尽量的去做增字的歌。（案日本短歌定例三十一字、例外增加字数通称为字馀。）至于歌的内容、也不必去听那些任意的拘束、说也不像是歌、或者说这不成为歌、可以别无限制、只管自由的说出来就好了。只要能够这样、如果人们怀着爱惜那在忙碌的生活之中、浮到心头又复随即消去的刹那刹那的感觉之心、在这期间歌这东西是不会灭亡的。即使现在的三十一字变成了四十一字、变成了五十一字、总之歌这东西是不会灭亡的。我们因了这个、也就能够使那爱惜刹那刹那的生命之心得到满足了。

我这样想着、在那秒针正走了一圈的期间、凝然的坐着、我于是觉得我的心渐渐的阴暗起来了。——我所感到不便的、不仅是将一首歌写作一行这一件事情。但是我在现今能够如意的改革、可以如意的改革的、不过是这桌上的摆钟砚台墨水瓶的位置、以及歌的行款之类罢了。说起来、原是无可无不可的那些事情罢了。此外真是使我感到不便、感到苦痛的种种的东西、我岂不是连一个指头都不能触它一下么？不但如此、除却对于它们忍从屈服、继续的过那悲惨的二重生活以外、岂不是更没有别的生于此世的方法么？我自己也用了种种的话对于自己试为辩解、但是我的生活总是现在的家族制度阶级制度、资本制度、知识买卖制度的牺牲。

我转过眼来、看见像死人们的被抛在席上的一个木偶。

歌也是我的悲哀的玩具罢了。」

啄木的短歌集只有两册、其一是他在生前出板的、名曰「一握砂」、其二原名「一握砂以后」、是在他死后由他的友人土岐哀果给他刊行、改名为「可悲的玩具」了。他的短歌是所谓生活之歌、与他的那风暴的生活和暗黑的时代是分不開的，或乎每一首歌里都有它的故事，不是関於时事也是屬於个人的。日本的詩歌，论和歌俳句，都是言不尽意，以有餘韵為貴，唯独啄木的歌我们却要知道他歌外附带的情節，愈详细的知道便愈有情味。所以讲这些事情的书在日本也很出了些，我也设法弄一部分到手，依可能的给那些歌做注釋，可是印刷上規定要把小注排在书頁底下，实在是没有地方，那么也只好大量的割爱了。啄木的短歌当初翻譯几首，似乎也很好的，及至全部把它譯出来的时候，有些覺得没有多大意思，有的本来覺得不好譯，所以搁下了，现在一古脑兒譯了出来，反似乎没有什么可喜了。这是什么缘故呢？大概就是由於上述的情形吧？

一八八　我的工作六

但是在翻譯中间也有比較觉得自己满意的，这有如式亭三馬的滑稽本「浮世風呂」、譯本名「浮世澡堂」、和「浮世牀」、譯本名「浮世理髮館」。前者已於一九五八年出版、只譯出了初二兩編四卷、因為分別叙述女澡堂和男澡堂兩部分的事、以為足夠代表了、還有三四編共五卷、譯注本是麻煩、所以不曾翻譯、想起来很覺得可惜。後者則於一九五九年譯成、凡兩編五卷、乃是全书、只是尚未出版。因於这书我曾於一九三七年二月寫过一篇「浮世風呂」、收在「秉燭談」里边、有这樣的几句話：

「偶讀馬時芳所著「樸麗子」、見卷下有一則云：

「樸麗子与友人同飲茶園中、時日已暮、飲者以百數、坐未定、友亟去。既出、樸麗子曰、何亟也？曰、吾見衆目亂瞬、口亂翕張、不能耐。樸麗子曰、若使吾要致多人、資而与之飲、吾力有所不給、且不免酬應之煩、今在坐者各出數文、聚飲於此、渾貴賤、等貧富、老幼強弱、樵牧厮隸、以及遐方異域、黥劓徒奴、一杯清茗、年所养气、用解烦渴、息劳倦、轩轩笑语、殆移我情、善方不胜其乐而犹以为饮于此者少、子何亟也。友默然如有所失。友素介特绝俗、自是一变。」这篇的意思很好、我看了就联想起户川秋骨的话来、这是一篇论读书的小文、其中有云：

「唸理孙告戒乱读书的人说、我们同路上行人或是酒店遇见不知何许人的男子便会很亲近的讲话么、谁都不这样做、唯独在书籍上边、我们常同全然无名而且不知道是那里的什么人会谈、还觉得很高兴。但是我却以为同在路上碰见的人、在酒店偶然同坐的人谈天、倒是颇有趣、从利益方面说也并不很少的事。我想假如能够走来走去随便与遇着的人谈谈、这样有趣的事情恐怕再也没有吧。不过这只是在书籍上可以做到、实际世间不大容易实行罢了。」「浮世床」与「浮世风吕」之所以为名著岂不即以此故么？」这话说的很对、浮世风吕是实际世里的事情

就女堂和男堂两部分、记述各人的谈话、写日常平凡的事情、虽也不能构成复杂的小说、却别有一种特色、为普通小说所没有的、这便是上文所谓轩轩笑语、殆移我情者是也。浮世床则是写理发馆的、在明治维新以前、日本男子都留一部分头发、梳着椎髻、这须得随时加以梳理、而且随便出入、没有像澡堂的进去必须洗澡的规定、所以那时成为一种平民的俱乐部、无事时走去聊天上下古今的说一通、它的缺点是只有男子、因为女子另外有专门的梳头婆上门去给她们梳、所以这里的描写稍为冷静一点。在「江户时代戏曲小说通志」上据捻次郎批评得不错、他说：

「文化六年（一八〇九）所出的浮世风吕是三马等作中最有名的滑稽本。此书不故意设奇以求人笑、然诙谐百出、妙想横生、一读之下虽髯丈夫亦无不解颐捧腹、而不流于野鄙、不陷于猥亵、此实是三马特绝的手腕、其所以

被称为断送之泰斗者盖正以此也。」

我在写那篇文章二十年之後、能够把三馬的两种滑稽本译了出来、併且加了不少的注解、这是我所觉得十分高兴的事。还有一种「日本落语選」、也是原来日本文学中選定中的书、叫我翻译的、我稍也願意接受、但是因为译選为难、所以尚未能见诸事实。落语是一种民间口演的雜剧、就是中国的所謂相声、不过它只是一个人演出、也可以说是说笑话、不过平常说笑话大抵很短、而这个篇幅較長、需要十分钟的工夫、与说相声差不多。長篇的落语至近时才有记録、但是它的历史也是相当的悠久的、有值得介绍的價值。可是它的材料却太是不好亦了、因为这里边所讲的不是我们所不大理解的便是不健康的生活。一九〇九年森鴎外在「性的生活」里有一段文章、说落语家的演技的情形道：

「剛才饒舌着的说话人起来弯着腰、從高座的旁边下去了。随有第二个说话人交替着出来、先谦逊道：人是换了却也换不出好处来。又作破题道：爺们的消遣是玩玩窑姐儿。随後接着讲一个人带了不懂世故的青年、到吉原（公娼所在地）去玩的故事。这实在可以说是吉原入门的一篇讲義。我听着心里佩服、東京这里真是什麼知識都可以抓到的那樣便利的地方。」落语里的资料最是突出而有精彩的、要算吉原的「倌人」（Oiran）、俗语也就是窑姐儿、其次就是专吃镶边酒的「帮闲」了、否则是那些寿头鸭子的土财主。有些很好的落语、如「挑人」（Omitate）或是「魚干盒子」（Hoshimono Hako）、都因此而搁浅、虽也考虑好久、却终於没有法子翻译。这一件事、因事实困难只好中止、在我却不能不说是一个遗恨了。

此外关於日本狂言的翻译、也是一件高兴的事。民国十五年（一九二六）我初次出版了一册「狂言十番」、如这书名所示里边共包含狂言的译文十篇。到了一九五四年我增加了十四篇、易名为「日本狂言选」、由人民文学出版社刊行、算是第二次板本。第三次又有一回增补、尚未出板、唯译稿已于一九六〇年一月送出，除增加三十五篇计十二万字、连旧有共五十九篇约二十八万字。此次增补係应出板社的嘱托、命将苏联译本的「狂言」选收容在里边、经查对俄译本三十九篇中有五篇已经有译文、乃将余下的三十四篇一一按照篇目译出补齐、又将额外指定的一篇「左京右京」也翻译了、这才交了卷。狂言的翻译本是我愿意的一种工作、可是这回有一件事却于无意中做的对了、这也是高兴的事。我译狂言并不是只根据最通行的「狂言记」本、常找别派的大藏流或是鹭流的狂言来看采用有趣味的来做底本、这回看见俄译本是依据「狂言记」的、便也照样的去找别本来翻译、反正只要是这一篇就好了。近来见日本狂言研究专家古川久的话、乃知道这样的亦是对的、在所著「狂言之世界」附录二「在外国的狂言」中说：「据市河三喜氏在「狂言之翻译」所说、除了日本人所做的以外：欧译狂言的总数达于三十一篇、但这些全是以「狂言记」为本的。新加添的俄文译本、也是使用有朋堂文库和日本文学大系的、那底本虽还是一样。只有中国译本参照「狂言全集」的大藏流、和「狂言二十番」的鹭流等不同的底本。」他这里所说的乃是「狂言十番」、我的这种译法始于一九二六年、全是为的择善而从、当时还并未知道「狂言记」本为不甚可靠也。

一九六〇年起手翻译「枕之草纸」、这部平安时代女流作家的随笔太是有名了、本来是不敢尝试、从来却勉强担负下来了、却是始终觉得不满意、觉得是超过自己的力量的工作。一九二三年写「歌咏儿童的文学」这篇文章[illegible]时候、曾经抄译过一节、但是这回总觉得是负担过于重大了、过于译「古事记」的时候。一九六一年又担任校阅别人译的「今昔物语」、这也是大工作、可是我所用的乃是一部岩波文庫本、這与譯本所根據的不是一樣的本子、這又給予我們以不必要的紛歧。總之這樣不很愉快的工作完結了、乃能回過來再做希臘的翻譯、這實在比較更是繁難一点、但是這回所譯的乃是路吉阿諾斯(Lukianos)的對話集、是我向來決心要翻譯的东西、所以是值得来努力一番的。以炳燭的微光、想擔負這工作、似乎未免太不自量了、不过耐心的幹下去、做到哪里是哪里、多少成功了一篇、重復看一遍、未始不是晚年所不易得的快樂。這人生於公元二世紀初、做了許多對話体的文章、但他不是学柏拉图去講哲学、却是模仿生在公元前三世紀的犬儒墨涅波斯(Menippos)做了来諷刺社会、這是他的最大的特色。我以前將他的名字寫作路吉亞諾斯、從英文譯出过他的兩篇文章、便是「冥土旅行」和「論居喪」、這回却有機会把它來直接改譯、這實在是很好的幸運、現在最近已經譯出「卡戎」和「過渡」兩長篇、後者即是冥土旅行、至於那位卡戎、也是与那旅行有関係的人、便是從前譯作哈隆、渡鬼魂往冥土者也。

一八九　拾遺甲

小引

這里要感謝曹聚仁先生、他勸我寫文章、要長一点的、以便報紙上可以接續登載、但是我有什麼文章可寫呢？從前有过這樣一句話、凡是自己所不了解的東西、便都不能寫、話說过有好多年了、但是還想遵守着它。可是現在要問什麼東西是我所了解的呢、這實在是没有。我躺着思索、那麼怎麼办呢、一身之外什麼都沒有、有什麼东西可寫呢？這時候忽尔恍然大悟、心想「有了」、這句話如說出來時簡直像阿基米得在澡堂的一声大叫了！因为我是小时候学过做八股的、懂得一点虛虛實實的办法、想到一身之外沒有办法、那麼我們不会去從一身之內着想麼？我一生所經历的事情、這似乎只有我知道得最清楚，然则岂不是顶适当的材料了么？

材料是有了，但是怎么写呢？平常看那些名士文人的自叙传或忏悔录，都是文情俱胜，华实並茂，换句话说就是诗与真实调和得好，所以成为艺术的名著，如意大利的契利尼，法国的卢梭，俄国的托尔斯泰等。近来看到日本俳人芭蕉的旅行记，这是他有名的文章，里边说及在市振地方，客栈里遇着两个女人，乃是妓女，听见她们夜里谈话，第二天出发请求同行，说願以法衣之故，慈悲大慈悲，赐予照顾，（芭蕉其时盖是僧装）以自己也行止无定谢绝了，但是很有所感，当时做了一句俳句道：

「在同一住家里也睡着游女，——胡枝子和月亮。」还说道：「告诉了曾良，把它记录了。」曾良是芭蕉的弟子，和他一起旅行的，也是个俳人，近来他的旅行日记也发见了，可是却没有记着这一条。他的日记也记的很是仔细，说芭蕉在市振左近的河里把衣服弄湿了，晒了好一会儿，记的很详细，却不见有游女同宿这件事，也並不记録着那一首俳句。这是怎么的呢？芭蕉研究者荻原井泉水解说得好，他说我们以前不知道，种种揣摩臆测，附会解释，实在上了芭蕉的当，要知道这不是普通的纪行文，乃是纪行文体的创作，以文学作品实是不朽的名著。这话实在是不错的，后世有人指摘卢梭和托尔斯泰的不实，契利尼有人甚至於说他好说诳话大话，然而他们的著作不愧为不朽，因为那是里边的创作部分，也就是诗。西洋的诗字的原义即是造作，有时通用於建筑，那即是使用实物的材料，从无生出有来，所以诗人的本领乃是了不得的。古代有些作者很排斥诗人，听说柏拉图的理想国里不让他们进去，后来路喀阿诺斯便专门毁谤他们造谣，把荷马史诗说成全是诳话，这是不足为奇的事。十九世纪的王尔德很叹息浪漫思想的不振，写一篇文章曰「说诳的衰颓」，即是说没有诗趣，我们乡下的方言謂說誑曰「講造話」，這倒是与做詩的原意很相近的。要有詩趣便只好說誑，而這說誑却並無什麼壞意思，只是覺得這樣說了於文章上更有意思，或是當初只是幻想着，後來却彷彿成為事實，便寫了進去，与小孩子的誑話有点相同，只要我們讀者知道真實里还有詩，便同獲原一樣感覚，又上了作者的一个大当，承認自己是个傻子這也就好了。

我在這里說了一大篇的廢話，目的何在呢？那無非想來說明回想錄不是很好寫的东西，可是讀回想錄也並不是怎麼容易的一件事情。回想錄要想寫的好，這就需要能够懂得做詩，即使不是整个是詩人，也總得有几分詩才，才能够應付裕如。但是関於這个問題，我却是碰了壁。我平常屡次声明，对於詩我是不懂的，虽然明知是說誑話的那些神話、傳說童話一類的东西，却是十分有興趣。現在因為要寫回想錄，却是條件不够，那麼怎麼好呢？——我想，這也是容易办的。好的回想錄既無必須具備詩与真實，那麼現在是只有真實而沒有詩，也何妨寫出另一種的回想錄來，或者這是一種不好的回想錄亦未可知。一个平凡人一生的記錄，運用平凡的文章記了下來，里边沒有什麼可取的，就只是依據事實，不加有一点虛構和華飾，与我以前寫「魯迅的故家」时一樣，过去八十年間的事情只有些缺少而沒有增加，這是可以確說的。現在將有些零碎的事情，当时因為篇幅長短関係，不曾收入在内的，就記憶所及酌量補記，作為拾遺加在後边。

一九〇　拾遺乙

兒时

兒时的事情在上面記得很不多，因為十歲以前的事差不多都已忘記了，現在只就記得的零星小事寫下一点來，不過這也不是自己記得，只是大人們傳說

24×30=720

下来的就是了。其中顶早的一件事、大约是在我三四岁的时候、因为妹子端姑生於光绪丁亥(一八八七)年、不到一週岁便因天花死去了、而这件事却在夏天、所以可能还是在丁亥年里。据说她那时一个人躺在那里、双脚乱蹬、我看见觉得太可爱了、小脚趾头像是豌豆似的、便拿来咬了一口、她就哭了起来、大人跑来看才知是那么一回事、後来便被传作话柄。随後她得了天花、当初情形很好、忽然发生变怪、我的病好转而她遂以不起、这虽然不是我自己所能做主的事情、在長大以後总觉得很抱歉似的、彷彿是她代我死了、——老实说、假如先母有一个女兒、她的生活要幸福的多、不过那是人力以上的事情、多说也别无什么用处了。

第二件是自己记得的、不是大人们告诉我的事情、所以一直在後、大约是八岁以前、总之是祖父还没有從北京回去、父親还住在「堂前」的西边房里时候的事情。那时在朝北的套房里、西向放着一张小床、这也有时是鲁迅和我玩耍的地方、记得有一回模仿演戏、两个人在床上来回行走、演出兄弟失散、沿路寻找的情状、一面叫着大哥呀贤弟呀的口号、後来渐渐的叫得凄苦了、这才停止。此後还演些戏、不过不是在这里了、时期也还要再迟几年、是往三味书屋读书以後的事。從前在「兒童剧」的序里有一节云：

「那时所读的是中庸和唐诗、当然不懂什么、但在终上文艺中得到多少见闻、使幼稚的心能够连带起空想的世界来、慰藉那忧患寂寞的童年、是很可怀念的。从家里到塾中不过隔着十几家门面、其中有一家的主人头大身矮、家中又养着一只不经见的山羊、（後来才知道这是养着厌禳火灾的）便觉得很有一种超自然的气味。同学里面有一个身子很長、虽然头也同常人一样的大、但是在全身比例上就似乎很小了。又有一个本家長辈、因为吸鸦片烟的缘故，耸着两肩，仿佛在大衫底下横着一根棒似的。这几个现实的人，在那时看了都有点异样，于是拿来戏剧化了，在有两株桂花树的院子里扮演这日常的童话剧。「大头」不幸的被想像做凶恶的巨人，带领着山羊，占据了岩穴，掠害别人，小头和耸肩的两个朋友便各仗了法术去征服他，小头从石塞缝里钻进头去窥探他的动静，耸肩等他出来，只用肩一夹，就把他装在肩窝里提了来了。这些思想保管荒唐，而且很有唐突那几位本人的地方，但在那时觉得非常愉快，用现代的话来说明，演着这剧的时候实在是得到充实的生活的少数瞬时之一。我们也扮演喜剧，如「打败贺家武秀才」之类，但总是太与现实接触，不能感到十分的喜悦，所以就价值上来说，这大头剧要算第一有趣味了。」

现在再回过去讲那小册，因为这事与「射死八斤」的漫画有关，而「射死八斤」的画又与小康有密切的关系的。从前在「鲁迅的故家」里曾经说过，本家诚房的房客李楚材，带着一家沈姓亲戚，大婆是个寡妇，生活似乎颇清苦，有三个小孩，男孩名叫八斤，女孩是阑英与月英，年代大抵五六岁吧，夏天常常光身席地坐。「故家」的第二十五节里讲「射死八斤」的事，今抄录于下：

「八斤那时不知道是几岁，总之比鲁迅要大三四岁吧，衣服既不整齐，夏天时常赤身露体，手里拿着自己做的钉头竹枪，跳进跳出的乱戳，口里不断的说，「戳伊杀，戳伊杀！」这虽然不一定是直接的威吓，但是这种示威在小孩子是忍受不住的，因为家教禁止与别家小孩打架，气无可出，便来画画，表示反抗之意。鲁迅从小就喜欢看花书，也爱画几笔，虽然没有后来画活无常那样好，却也相当的可以画得了。那时东昌坊口通称胡子的杂货店中有一种荆川纸，比毛边更薄而白，大约八寸宽四寸高，对摺订成小册，正适合于抄写或绘画。在这样的册子上面、鲁迅便画了不少的漫画、随後便塞在小床的垫被底下、因为小孩们没有他专用的抽屉。有一天、不晓得怎么的被伯宜公找到了、翻開看时、好些畫中有一幅画着一个人倒在地上、胸口刺着一枝箭、上有题字曰「射死八斤」。他叫了鲁迅去问、可是並不严厉、还有点笑嘻嘻的、他大槩很了解兒童反抗的心理、所以並不责罚、结果只是把这页撕去了。此外还有些怪画、只是没有题字、所以他也不曾问。」

这里我想来把那怪画说明一下子、因为这一件事如果不加说明、就此付之不问、也是怪可惜的。这是那本荆川纸小册子中所有的一页、画着一个小人兒手里拿了一串東西、像是鄉下卖麻花油条的用竹丝穿着。当时伯宜公也一定看了以为是画卖麻花的吧、要问是什么时我想也是这样的回答。可是这实在乃是怪画、是卖淫的一种童话化的画。鄉下这种不雅驯的话很是普通、所谓倩门卖笑俗语便称曰卖必、但是怎么卖法在小儿心中便是疑问、意谓必是像桃子李子似的一个个的卖给人、于是便加以童话化、从水果摊里鍘甘蔗得到暗示、随劗随長、所以可以卖去好几个一串。这种初看似猥亵而实是天真烂漫的思想、不晓得是从哪里来的、现在想起来也有点不可思议、可是却是实在的事、从前写「射死八斤」的时时候原想写进去、终于搁下了、现在又记了起来、觉得不写很是可惜、所以把它记在这里了。

一九一　拾遗丙

杭州

上边第十四至十七章写过杭州与花牌楼的事情、这回我找出旧稿「五十年前之杭州府獄」一篇、有些地方似乎可以作为補遗、因抄録于後：

「一八九六年即前清光绪二十二年九月、先君去世、我才十二岁。其时祖父以科场事繫杭州府獄、原来有姨太和小兒子隨侍，那即是我的叔父，卻比我只大得兩三岁，这年他决定往南京進水師学堂去，祖父便叫我去補他的缺，我遂於次年的正月到了杭州。我跟了祖父的姨太太住在花牌楼的寓里，这是墙门内一楼一底的房屋，楼上下都用板壁隔開，作为兩间，後面有一间披屋，用作廚房，一个小天井中间隔着竹笆，与东鄰公分一半。姨太太住在楼上前间，靠窗东首有一張舖床，便是我的安歇处，後间楼梯口住着台州的老媽子。男僕阮元甫在楼下歇宿，他是专门伺候祖父的，一早出门去，给祖父預備早点，隨即上市买菜，在獄中小廚房里做好了之後，送一份到寓里来，（寓中只管煮飯）等祖父吃过了午飯，他便又飄然出去上佑聖观坐茶館，顺便买些雜物，直到傍晚纔回去備晚飯，上灯以后寓一径休息，这是他每日的刻板行事。他是一个很漂亮，能幹而又很忠实的人，家在浙东海边，只可惜在祖父出獄以後一直不曾再见到他，也沒有得到他的消息。

我在杭州的職務是每隔兩三日去陪侍祖父一天之外，平日自己「用功」。楼下板桌固然放着些經书，也有筆硯，三六九还要送什么起講之類去给祖父批改，但在实在竟究用了什么功，只有神仙知道，自己只記得看了些闲书，倒还有点意思，有石印閱微草堂筆记，小本淞隱漫錄，一直後来還是不曾忘记。我去看祖父，最初自然是阮元甫带领的，以来認得路径了，就独自前去。走出墙门以往西去，有一條十字街，名叫塔兒头，虽是小街却頗有些店舖，似乎由此往南，不久就是銀元局，此外的道路有点模糊了，但是到杭州府前，走去並不遠，也不难走。府署當然是朝南的，司獄署在其右首，大堂也是南向。我在杭州住了兩年，到那里總去过有百余次，可是这署门和大堂的情形如何，却都說不清了，或者根本沒有什么大堂也未可知，只記得监獄部分，入门是一重鉄柵门，推门进去，门内坐着几个禁卒，因为是认识我的，所以什么也不问，我也一直没有打过招呼。拐过一个湾，又是一头普通的门，通常关着，里边是一个院子，上首朝南大概即是狱神祠，我却未曾去看过，只顾往东边的小门进去，这里面便是祖父所居住的小院落了。门内是一条长天井，南边是墙，北边是一排白木圆柱的栅栏，栅栏内有狭长的廊，廊下并排一列开着些木门，这都是一间间的监房。大槩一排有四间吧，但那里只有西头的一间里祖父住着，隔壁住了一个禁卒，名叫鄂玉，是个长厚的老头儿，其余的都空着没有人住。房间四壁都用白木圆柱做成，向南一面上半长短圆柱相间，留出空隙以通风日，用代窗户，房屋宽可一丈半，深约二丈半，下铺地板，左边三分之二的地面用厚板铺成坑状，很大的一片，以供坐卧之用。祖父的房间里的布置是对着门口放了一张板桌和椅子，板坑上靠北安置棕棚，上挂蚊帐

崇寶齋

旁边放着衣箱。中间板桌对过的北方是几叠书和另用什物，我的坐处便在这台上书堆与南窗之间。这些堆书中我记得有广百宋斋的四史，木板纲鑑易知録，五种遗规，明季南略北略，明季稗史汇编，徐灵胎四种，其中只有一本道情可以懂得。我在那里坐上一日，除了遇见廊下炭炉上炖着的水开了，拿来给祖父冲茶，或是因为临时加添了我一个人使用，便壶早满了，拿出去往小天井的尽头倒在地上之外，总是坐着翻翻书看，颠来倒去的试是翻弄那些，只有四史不敢下手罢了。祖父有时也坐下看书，可是总是在室外走动的时候居多，我亦不知道是否在狱神祠闲坐，总之出去时间很久，大概是同禁卒们说笑，或者还同强盗们谈谈。他平常很喜欢骂人，自呆皇帝昏太后（即是光绪和西太后）起头一直骂到亲族中的后辈，但是我却不曾听见他骂过强盗或是牢头禁子。他常讲骂人的笑话，大半是他自己编造的，我还记得一

别講教書先生的苦況、云有人問西席、听説貴東家多有珍宝、先生諒必看到一二。答説我只知道有三件宝貝、是豆腐山一座、吐血鶏一隻、能言牛一頭。他並没有在富家坐过館、所以不是自己的經驗、这只是替別人不平而已。

杭州府獄中強盜等人的生活如何、我没有看到、所以无可説、只是在室内时常可以听見脚鐐声响、得以想象一二而已。有一回、听見很响亮的鐐声、又有人高声念佛、向外边出去了。不一会听禁卒们传説、这是台州的大盜提出去处決、他们知道他的身世、个人性格、大家都了解他、刚才我所听得的这阵声响、似乎也使他们很感到一种感傷或是寂寞、这是一件事实、頗足以証明祖父罵旁人而不罵強盜或禁卒、虽然有点怪僻、却並不是没有道理的了。在这两三年之内、我在故鄉一个夏天乘早涼时上大街去、走到古軒亭口、即是向来清政府殺秋瑾女士的地方、店鋪未開门、行人也还很稀少、我見地上有两个露卧的人、上面蓋着破草席、只露出两隻脚在外、——可以想見上边是没有头的、此乃是強盜的脚是在清早处決的。我看这脚的皮跟都是皺裂的、是一般老百姓的脚。我这时候就又記起台州大盗的事来。我有一个老友、是专攻倫理学、也就是所谓人生哲学的、他有一句詩云、盗賊斷可親。上句却已不記得、覺得他的这种心情我可以了解得几分、实在是很可悲的。这所説的盗賊与水滸传里的不同、水滸的英雄们原来都是有饭吃的、可是被逼上梁山、搞起一番事業来、小小的做可以做得一个山寨、大大的则可以弄到一座江山、刘季朱溫都是一例。至於小盗賊只是饑寒交迫的老百姓挺而走險、他们搞的不是事業而是生活、结果这条路也走不下去、却被领到「清波门头」(这是説在杭州的话)简单的解決了他的生活的困難。清末革命运动中、浙江算是出了一个奇人，姓陶号焕卿，在民国初年为蒋介石所暗杀了。据说他家在乡下本来开着一爿烛铺，可是他专爱读书与革命运动，不会经营店务，连本价里的梗价与市价的区别都不知道。他的父亲便问他说，你搞那什么革命，那么为的是啥呢？他答说，为的要使得个个人有饭吃。他父亲听了这话，便不再叫他管店，由他去流浪做革命运动去了，并对人家说明道，他要使得个个人都有饭吃，这个我怎好去阻当他。这真是一个革命佳话。我想我的老友一定也有此种感想，只是有点近于消极，所以我说很可悲的，不过如不消极，那或者于他又可能是有点可危了吧」。

说到了杭州，我想把祖父的姨太太的事情也在这里补说几句，做个结束。她姓潘，据叔父伯升小时候说，她名叫大凤，但也没有别的证据。她的为人说不出有什么好坏，总之家里的风暴普通总归罪于她，这实在也给予祖母亲以无限的苦恼，所以大家的怨恨是无怪的。但是由我看来，以平常的妇女处在特殊的环境里，总会有这种的情形，这是多妻的男子的责任，不能全怪被迫做妾的人，以一个普通的女人论，我觉得是并无特别可以非难的地方。她比祖父大概要年小三十岁以上，光绪甲辰（一九〇四）祖父以六十八岁去世，她那时才只三十六七岁，照道理说本来是可以放她出去了，但是这没有做到，到得后来有点不安于室，祖母这才让她走了。当时有些文件偶尔保存下来，便钞录一点在下面。一张是手谕，一张是笔据，手谕是依了草稿录下来的。

「主母蒋谕妾潘氏，顷因汝嫌吾家清苦，情愿投靠亲戚，并非虚言，嗣后远离家乡，听汝自便，决不根究，汝可放心，即以此谕作凭可也。

宣统元年十二月初八日，主母蒋谕」。

「立笔据妾潘氏，顷因情愿外出自度，无论景况如何，终身不入周家之门，决无異言。此据。

宣統元年十二月初八日，立笔据妾潘氏，

代笔周芹侯押」。

我以前做过三首花牌楼的诗，末一首是纪念花牌楼的诗婦女的，里边也講到潘姨太太，有这几句话道：「主婦生北平，髫年侍祖父。嫁得穷京官，庶几尚得所。應是命不猶，適值暴風雨。中年终下堂，漂泊不知处」。聊為她作纪念。

一九二　拾遗丁

大姑母

從叔冠五，原来号曰官五，因为名是凤纪，取以鸟纪官的故典，後来以同音字取筆名曰观鱼，著有一冊「回忆鲁迅房族和社会环境三十五年间的演变」，里边有一節文章，可以补我这里的不足，即是講大姑母的。今特錄於後：

「介孚公有一个女兒，乳名叫作「德」的，我叫她德姊姊，她是介孚公的先室孙老太太所出，蒋老太太是她的继母。介孚公相攸过奇，高来不就，低来不凑，以致耽误了婚期。绍兴有一种坏風俗，对年長待字的闺女，不研究因何貽误的原因，凡是年逾二十以外，概目之为「老大姑娘」，对老大姑娘的估價都認为無論是何原因總或多或少的有其缺点。要挽人做媒就只好屈配填房，要想元配那就無人問津。俞鳳岡断絃，敢于挽媒求配，也就是根据这一习俗。因此这位德姑太太以延误过久，终於許给吴融村一个姓馬的做了填房。德姑太太虽非蒋老太太所出，像幽默和诙谐也都一模一样。有一年三伏天她上城来拜她生母的忌日，这天气候特别恶劣，午饭后已殷殷其雷。她每次来城虽是当天往返，时间局促，但每来總必到我家和藕琴公家说長道短，并夹雜些笑谈。这天午饭后她又照例来了，藕琴公因为天气太坏，劝她今天不必返鄉、防的路上危险、她幼小又有怕雷電的毛病、况且雷声已在响着。她听藕琴公的劝告、回来对蒋老太太说了、蒋老太太不知怎的忽然说：「九叔（她呼藕琴公为九叔）这末说吗、九叔的话不会错的、那末今天鄉下河港里不会再有船了」。或者是她幽默老调、德姑太太多了心認为话头不对、忙说：「我一定要回去的」。蒋老太太又重述了一句说：「九叔叫不要去、你怎麽能去呢？」德姑太太也斩钉截铁的说：「我一定要回去的。」说罢又来我家别了一转、把蒋老太太的所说也匆匆的告了藕琴公、我父又再三劝止、她恨恨的说就死也得去、说罢就出门下船去了。没有多久、天大雷雨以风、雷震電疾、风狂雨暴、晦黑如夜、然是可怕、大家都为德姑太太担忧、到了傍晚恶耗来了、她竟在恐惶中於船隻簸动时不自主的颠出船舷落水而死。尸身直至次日方才捞起。族中多有人说、要是她生母健在、哪会放她回去、足見以母对前出子女的漠不关心。其实蒋老太太是完全出之於幽默、德姑太太介意發生误会、意外的遭遇都不为大家所逆料耳。不过有了前娘以母的关键、人们從不免有猜测迷胡。

德姑太太嫁给馬家做填房时、偏偏先室也还有一个兒子、那末德姑太太不客气说被擁上以母的称号、她对前子的情况如何、我们不了解、可是因看潮节在她家被留住了好几天、在这时我所接触的、好像对前子和亲生女兒珠姑是有其差别的。自從她溺死以後、把生前宠爱如珍宝的珠姑就被兄嫂迫壓得無路可走、以致随乳母出奔、给一个茶食店夥作妾、又被大婦凌虐、專入娼寮。后竟音信杳然不知所终、这也是有关前娘以母的一段哀史。

因看潮在德姑太太家被留住过几天已在前面提及、现在也附带来叙述一下。

有一年她从城返鄉、这天正是八月十七、是大潮汛

榮寶齋

24×30=720

前夕。她家在吴融、距离镇塘殿後桑盆不远、这两处都是海的尾闾、每年八月十八日到这两处看潮的人非常拥挤。她特次下船、邀大家一道同去。那时年青好事、兴趣特浓、於是鸣山啟明赤峯和我四个人、一道应邀前往出城小我们就不安静起来了、四个人分作两起、站在船侧两舷、此起彼落、此落彼起的把船左右晃荡得颠簸不堪。船夫喊着不许摇了、珠姑吓得哭了、我们还是不肯停歇。德姑太太発急的说：「你们两个娘舅两个表哥打算把阿珠作弄到怎麽样呢？」但是我们终於不买账、一直把船左晃右荡时酒醉似的颠簸到她的家乡门口、这才完结上岸以到了她家、她客情浓厚、连忙杀鸡为黍而食、并把她前房儿子在市上从事商业的招回来见过我们、还找来了一位她的夫弟名梦飞的招待作陪。这位梦飞先生约有五十岁的光景、是也佳意殷殷、但总觉得腐朽可厌。下午看潮并看了戏、晚饭时我们就表示意见、拒绝梦飞作陪、她接受我们的條件、自晚餐起就由我们四个人共食、连她和阿珠也不来陪了。我们觉得很满意、可是又想出新花样来了。她接待我们的是四大碗四大盘的全荤菜蔬、我们商订了一个办法、有时把四盘吃得干干净净对四碗却原封不动、有时吃光四碗、不动四盘、有时四盘四碗全部吃光、有时只吃光饭而不开动所有的菜蔬、每餐给我们国一桶饭、我们也是这样的办法、有时吃半桶、有时全吃光、有时颗粒不动、就这样的和她寻开心楼上设了两张大床给我们两人合一张、我们偏要四人共一张、一张让它空着、她不论怎样和我们说、总是一个不理睬。晚间她每天每人给我们一个纸帽盒（是俗把会锦茶食的名称）、备夜间的充饥、我们又弄出花样来、半夜以假作撘吃相骂相打的动作、把她吓得半夜披衣上楼来排解、我们又寂静无声的伪装睡熟了。楼上给我们摆了一个便桶、为的是夜间之需、我们却整天整夜的蹲在楼上、叫看戏、不去！叫上市闲逛、不去！大小便每日夜的都撒在便桶里、且不让用人们去倒、一定要便桶盖浮起来了、这才由老妈子用粪勺一勺一勺的撒出去。想尽了办法和她闹别扭、恶开心。她也恨恨的说：「你们这班恶客、我决不饶你们来！」话虽这样说、可是她性情和蔼、从也不以为忤。到了第四天我们要走了、她又很诚恳的苦苦挽留。我们敢於和她恶作剧、也是知道她的性情。不然的话、哪会跟她去看嘲呢！後来她的惨死、合族的人都感到非常悲哀、为之惋惜不置」。

先君共有姊妹兄弟四人、長即大姑母、名德、咸豐戊午（一八五八）生、次为先君、庚申（一八六〇）生、皆孙老太太出。第三为小姑母、不知其名、同治戊辰（一八六八）生、蒋老太太出、第四名凤升、先侍壬午（一八八三）生、则为庶母章氏所生。小时候多与小姑母接近、故亦多所依恋、但年代久远、不特容貌不復记忆、亦併不省其名字了。大姑母因早已出嫁、幼时没有什麽印象、但在成人以後亦常相见、声音笑貌尚可记忆、唯看嘲时事则已忘却、今得此文乃查復记起、甚可喜也。其时当在光侍甲辰（一九〇四）。我在南京告假回家、至所述遭难之事则那时我不在家中、只於家信中得到消息、当在丙午（一九〇六）年之後、我已经由南京往东京留学去了。

大姑母於辛卯（一八九二）年生一女兒、取名阿珠、就是本篇中所说的珠姑、小姑母也於同年生女、亦名阿珠、但是她旋於甲午年去世、所以这个阿珠我们便少看见了。大姑母方面的珠姑则一年里总有好几回要跟着母親到外婆家里来的、幼女的面影至今也还记得。我家对於她的印象似乎也颇不坏、因为在有一个时候、这大约在蒋老太太和大姑母都已去世以後、这或者是先母吧、曾问她到我家这里来好不好、意思是想要她做一个媳婦、她答道願意。但是这时似乎和那茶食店夥已有关係、所以这样说了之後，不久便即出奔了。她的異母哥哥是茶食店有股份的，自己在常在店里帮忙，因此说不定这件事有他的阴谋在里边，故意给她们以便利，借此好来排除她的。到了民国元年，大约是秋天吧，有一个老太婆突然来访，带了两斤月饼的包头，她开门见山的说是珠姑的使者，因为记念外婆家，特差她来看望，希望能让她来走动。先母与大家商量，因为都不大赞成，所以婉词谢绝了。以常情论，这实在是有点可悯的。她大槩感觉境遇有点不安，想於外婆家求到些须的保护，却不意被拒绝了。我家自昔有妾祸，潘姨刚才於两年前出去，先母的反感固亦难怪，但我们也是摆起道学家的面孔来，主张拒绝，乃是绝不应该的，正是俞理初的所谓虐无告也。回想起这件事，感到绝大的苦痛，不但觉得对不起大姑母，而且平常高谈阔论的反对礼教也都是些废话。

荣寶齋

一九三　拾遗戊

读小说　小说我在小时候实在看了不少，虽则经书读得不多。本来看小说或者也不能算多，不过与经书比较起来，便显得要多出几倍，而且我的国文读通差不多全靠了看小说，经书实在并没有给了多少帮助，所以我对於就读小说的事正是非感谢不可的。十三经之中，自从叠起书包，作揖出了书房门之後，只有诗经，论语，孟子，礼记，尔雅，——这还是因了郝懿行的义疏的关係曾经翻阅过几遍，别的便都久已束之高阁，至於内容则早已全部还给了先生了。小说原是中外古今好坏都有，种类杂乱得很，现在想起来，无论是什麽小说多少带有好感，因为这是当初自己要看而看的，有如小孩子手头有了几文钱，跑去买了些粽子糖炒豆花生米之属，东西虽粗，却吃得津津有味，与大人们揪住耳朵硬灌下去的汤药不同，即使那些药不无一点效用，後来也总不会再想

24×30=720

去吃的。关于这些小说，头绪太纷烦了，现在只就民国以前的记忆来说，一则事情较为简单，二则可以不包括新文学在内，省得说及时要得罪作者，——他们的著作我读到的就难免要乱说，不曾读到又似乎有点渺视，都不是办法，现在有这时间的限制，这种困难当然可以免除了。

我学国文，能够看书及写文字，都是从小说得来，这种经验大约也颇是普通，前清嘉庆时人郑守庭的「燕窗闲话」中有着相似的记录，其一节云：

「予少时读书易于解悟，乃自旁门入。忆十岁随祖母祝寿于西乡顾宅，阴雨兼旬，几上有列国志一部，翻阅之仅解数语，阅三四本解者渐多，复从头翻阅，解者大半。归家即借说部之易解者阅之，解有八九。除夕侍祖母守岁，竟夕阅封神传半部，三国志半部，所有细评无暇详览也。以读左传，其事迹已知，但于字句有不明者，讲解时尽心谛听，由是阅他书益易解矣。」我十岁时候正在本家的一个文童那里读大学，开始看小说还一直在以后，大抵在两三年之后吧，但记得清楚的是十五岁时在看「阅微草堂笔记」这一件事。我的经验大概可以这样总结的说，由镜花缘，儒林外史，西游记，水浒等渐至三国演义，转到聊斋志异，这是从白话转入文言的经路，教我懂得文言，并略知文言的趣味者，实在是这聊斋，并非什么经书或古文读本。聊斋志异之后，自然是那些夜谈随录，淞隐漫录等假聊斋，一变而转入阅微草堂笔记，这样旧派文言小说的两派都已入门，便自然而然的跑到唐代丛书里边去了。这里说的很是简单便，事实上自然也要自有主宰，能够「得鱼忘筌」，乃能通过小说的阵地获得些语文以及人事上的知识，而不至长久迷困在这里边。现在说是回忆，也并不是追述故事，单只就比较记得的小说略为谈谈，也只是一点儿意见和印象，读者若是要看客观的批评的话，那只可往去求之於适当的文学史中了。

首先要说的自然是三國演義。这並不我最先看的，也不是因为它是最好的小说，它之所以重要是由於影响之大，而这影响又多是不良的。我从前关於这书曾说过一節话，可以抄在这里：

「前幾时借三國演義，重看一遍。以前还是在小时候看过的，现在觉得印象很不相同，真有点奇怪它的好处在哪里。这些年中意见有些变动，第一对於関羽，不但是伏魔大帝那些妖異的话，就是漢寿亭侯的忠義，也都怀疑了，觉得他不过是帮会里的一个英雄，其影响及於後代的只是桃園结義这一件事罢了。刘玄德我並不以为他一定应该做皇帝，毋論中山靖王谱系的真伪如何，中國古来的皇帝本来谁都可以做的，並非必须姓刘的才行，以人物論实在也还不及孫曹，只是比曹瞞少殺人，这是他唯一的長处。诸葛孔明我也看不出他好在什麽地方，演義里那一套诡计，才比得水滸里的吴学究，若说读书人所称道的鞠躬尽瘁，死而後已的精神，又可惜那後出師表是後人假造，我们成人之美，或者承认他治蜀之遗爱可能多有，不过这些在演義里没有说及。掩卷以後仔细回想，这书里的人物有谁值得佩服，很不容易说出来，末了终於只记起了一个孔融。他的故事在演義里是没有，但这的确是一个傑出的人，從前所見木板三國演義的绣像中，孔北海头上好像戴了一顶披肩帽，侧面画着，飘飘的長鬚吹在一边，这个样子也还不错。他是被曹操所殺的一个人，我对於曹的这一点正是極不以为然的。」

其次讲到水滸，这部书比三國要有意思得多了。民國以後我还看过几遍，其一是日本銅板小本，其二是有胡適之考证的新標点本，其三是刘半農影印的貫華堂评本。看时仍觉得有趣味。水滸的人物中间，我始终最喜殺魯智深、他是一个純乎赤子之心的人、一生好打不平都是事不干己的、对於女人毫無興趣、却为了她们一再闹出事来、到处闯祸、而很少殺人、算来只打死了鄭屠一人、也是因为他自己禁不起打而死的。这在水滸作者意中、不管他是否施耐菴、大概也是理想的人物之一吧。李逵我却不喜歡、虽然寫来与宋江对比的时候也覺得很痛快、他就只是好胡乱殺人、如江州救宋江时不尋官兵厮殺、却只向人多处砍去、可以说正是一隻野猫、只有以獸道論是对的吧。設计赚朱仝上梁山那时、李逵在林子里殺了小衙内、把他梳着双丫角的头劈作兩半、这件事我是始终覺得不可饒恕的。武松与石秀都是可怕的人兩人自然也分个上下、武松的可怕是兇辣、用於報仇雪恨却很不錯、而石秀则是凶陰、可怕以至可憎了。武松殺嫂以至鴛鴦樓的一場、都是为報仇報、石秀的逼楊雄殺潘巧雲、为的要表白自己、完全是假公濟私、这些情形向来都瞞不过看官们的眼、本来可以不必贅说。但是可以注意的是、前头武松殺了親嫂、後面石秀又殺盟嫂據金聖歎说来、固然可以说是由於作者故意要顯他的手段、寫出同而不同的兩个場面来、可是事实上根本相同的则是兩处都惨殺犯姦的女人、在这上面作者似乎無意中露出了一点馬脚、即是他的女人憎惡的程度。水滸中殺人的事情也不少、而寫殺潘金蓮尤其是殺潘巧雲迎兒处却是特别細緻残忍、或有点欣賞的意思。——可是话又得说了回来、在向来看不起女人的社会里、况且这又是在至少四百年前所寫的小说里边、我们怎好以今日的看法来責備他们、或者他也是借此寫出一種人来、有这么样残酷、正如寫一个純樸的魯智深、是同一的用意呢上面的话也只是想到了说说罢了。

一九四　拾遺乙

读小说续

三

封神传、西游记、镜花缘、我把这三部书归在一起、或者有人以为不伦不类、不过我的这样排列法是有理由的。本书封神传乃东周列国之流、大概从武王伐纣书转变出来的、原是历史演义、却着重在使役鬼神这一点上敷衍成那么一部怪书、见神见鬼的那么说怪话的书大概是无出其右的了。西游记因为是记唐僧取经的事、有人以为隐藏着什么教理、这里不想讨论、当然我自己原是不相信的、我只觉得它写孙行者和妖精的变化百出、很是好玩、与封神也是一类。镜花缘前后实是两部书、那些考女状元等等的女权说或者也有意思、我所喜欢的乃是那前半、即唐敖多九公漂洋的故事。这三种小说的性质如何不同、且不管它、我只合在一处、在古来缺少童话的中国当作这一类的作品看、亦是慰情胜无的事情。封神传在我们乡下称作「付庥台」、虽也已经成为荒唐无稽的代名词、但是姜太公神位在此的红纸到处贴着、他手执杏黄旗骑着四不像的模样也是永久存在人的空想里、因为一切法术都是童话世界的应有的陈设、缺少了便要感觉贫乏的。它的缺点只是没有个性、近似单调、不过这也是童话或民话的特征、它每一则大抵都只是用了若干形式凑搭而成的、有如七巧图一般、搭得好的虽然也可以很好。孙猴子的描写要好得多了、虽则猪八戒或者也不在他之下、其他的精怪则同阐截两教的神道差不多、也正是童话剧中的木头人而已。不过作者有许多地方都很用幽默、所以更显得有意思。儿童与老百姓是很有幽默感的、所以好的童话与民话都含有滑稽趣味。我的祖父常喜欢讲、孙行者有一回战败逃走、无处躲藏、只得摇身一变、变作一座古庙、剩下一根尾巴苦于无处安顿、只好权作旗杆、放在后面。二郎神赶来一看、庙倒是不错、但一根旗杆竖在庙背后、这种庙宇世上少有、一定是孙猴变的、於是终被看破了。这件故事看似寻常，却实在是儿童的想头，小孩听了一定要高兴发笑的」，这便是价值的所在。

红楼梦自然也不得不一谈，虽然关于这书谈的人太多了，多谈不但没用，而且也近于无谓，我只一说对于大观园里的女人意见如何。正册的二十四钗中，当然春兰秋菊各有其美，但我仔细想过，觉得作者描写得最成功也最用力的乃是王熙凤，她的缺点和长处也是不可分的，红楼梦里的人物好些固然像是实在有过的人一般，而凤姐则是最活现的一个，也自然最可喜。副册中我觉得晴雯最好，而袭人也不错，别人恐怕要说这是老子韩非同传，其实她有可取，不管好坏怎么的不一样。红楼梦的描写和言语是顶漂亮的，儿女英雄传在用语这一点上可以相比，我想拿来放在一起。二书运用北京话都很纯熟，因为作者都是旗人，红楼梦虽是清朝的书，但大观园中有如桃源似的，时代的空气很是稀薄，起居服色写得极为朦胧，始终似在锦绣的戏台布景中，儿女英雄传则相反的表现得很是明瞭。前清科举考试的情形，世家家庭间的礼节词令，有详细的描写，也是一种难得的特色。以前我说过几句批评，现在意见还是如此，可以再应用在这里：

「儿女英雄传还是三十多年前看过的，近来重读一过，觉得实在还写得不错。平常批评的人总说笔墨漂亮，思想陈腐。这第一句大抵是众口一词，没有什么问题，第二句也并未说错，不过我却有点意见。如要说书的来反对科举，自然除了儒林外史再也无人能及，但志在出将入相，而且还想入圣庙，则亦只好推野叟曝言去当选了，儿女英雄传作者的画梦只是想点翰林，那时候恐怕只是常情，在小说里不见得是顶腐败，他又喜欢讲道学，而安老爷这个脚色在全书中差不多写得最好，我曾说过玩笑话，像安学海那样的道学家，我也不怕见见面，虽然我平常所頂不喜歡的东西道学家就是其一。此书作者自称悲庵，觉得有几分对，大抵他通达人情物理，所以处处显得大方，就是其陈旧迂谬处也従不叫人怎么生气，这是许多作者都不易及的地方。第十三妹除了能仁寺前的一段稍为奇怪外，大体写得很好，天下自有这一种矜才使气的女孩子，大约列公也曾遇见一位过来，要是一鳞半爪，应知部言小妾，不过这里集合起来，畅快的写一番罢了。书中对於女人的態度我觉得很好，恐怕这或书是旗下的关係，其中只是承认陽奇陰偶的谬论，我们却也难深怪，此外总是当作一个人相对待，绝无淫虐狂的变態形跡，够得上说是健全的態度。小时候读弹词天雨花，很佩服左维明，但是他在階前劍斬犯淫的侍女，至今留下一極恶的印象，若水滸之特别憎恶女性，尝为麽名所指弹，小说中如能無此种污染，不可谓非难得而可貴也。」

我们顺便的试讲到儒林外史。它对於前清的读书社会整个的加以讽刺，不但是高翰林衛举人嚴貢生等人荒谬可笑，就是此外许多人，即使作者并无嘲弄的口气，而写了出来也是那个无聊社会的一份子，其无聊正是一样。程魚门在作者的传里说，此书「窮極文士情態」，正是说得極对，而这又差不多以南方为对象的，与作者同时代的高南阜曾评南方士人多文俗，也可以给儒林外史中人物作一个总评。这书的缺限是专讲儒林，如今事隔百余年，教育制度有些变化了，读者恐要觉得疏远，比较的減少興味亦未可知，但是科举虽废，士大夫的传统还是保存，诚如识者所说过，青年人原是老头子的儿子，读书人现今改称知識階级，仍旧一代如一代，所以儒林外史的讽刺在今世还是長久有生命的。中國向来缺少讽刺滑稽的作品，这部书是唯一的好成績，不过如喝一口酸辣的酒，里边多含一点苦味，这也实在是难怪的，水

榮寶齋

24×30=720

上本来有点儿苦，米与水自然也是如此，虽有好厨手亦无可奈何。以来写这类谴责小说的也有人，但没有赶得上的，有些老新党的思想往往不及前朝的人，他们始终是个成功的上海的狠人罢了。

品花宝鉴与儒林外史，儿女英雄传同是前清嘉道时代的作品，虽然是以北京的「相公」生活为主题，实在也是一部好的社会小说。书中除所写主要的几个人物过于修饰之外，其余次要的也就近于下流的各色人等，却都写得不错，有人曾说他写的龌龊，不知那里正是他的特色，那些人与事本来就是那么龌的，要写就只有那么的不龌龊。这诚如理查白顿（Richard Burton）关于「香园」一书所说，这不是小孩子的书。中国有些书的确不是小孩子可以看的，但是有教育的成年人却应当一看，正如关于人生的暗黑面与比较的光明面他都该知道一样。有许多坏小说在这里也不能说没有用处，不过第一要看的人有成人的心服，也就是有主宰，知道怎么看。但是我老实说不一定有这里所需要的忍耐力，往往成见的好恶先出来了，如中明知野叟曝言里文素臣是内圣外王的思想的代表，可的思想极正统，极谬妄，极荒淫，很值得耐心一读，可是我从前借得学堂同班的半部石印小字本，却终于未曾看完而还了他了。这部江阴夏老先生的大作，我竭诚推荐给研究中国文士思想和心理分析的朋友，是上好的资料，至于我自己还未能通读一过。

这里还有一部书我觉得应该提一提，这便是那绿野仙踪。什么人所著和什么年代出板，我都忘记了，因为我看见这书还是在许多年前，大概至少总有六十年了吧，这鲁迅的中国小说史略中也不著录，现今也没法查考。这是一部木板大书，可能有二十册，是我在先母的一个衣柜（普通称作大橱）内发见的，平常乘她往本家妯娌那里谈天去的时候偷看一点，可能没有看完全部，但大体是記得的、书中說冷于冰修仙学道的事、这是书名的所由来、但是又夹雜着溫如玉狎娼情形、里边很有些穢褻的描寫、其最奇怪的是寫冷于冰的女弟子於將得道以前被一个小道士所强姦的故事。不过我所不能忘记的不是这些、乃是說冷于冰遇着一个开私塾教书的老头子、有很好的滑稽和諷刺。这老儒给冷于冰看的一篇「鏌鋣賦」、真是妙绝了、可惜不能记得、但是又给他講解兩句诗、却幸而完全没有忘记、这便是：

媳钗俏矣兒书废、哥罐闻焉嫂棒伤。

这里有意思的事、乃是諷刺乾隆皇帝的。我們看他题在知不足斋叢书前头的「知不足斋何不足、濁於书籍是賢乎」和在西山碧雲寺的御碑上的「香山适染游白社、越嶺便以至碧雲」比较起来、实在好不了多少。书里的描寫可以說是挖苦透了、不晓得那时何以没有捧进文字狱里去的、或者由於發生的不好措词、因为此外没有確实的证据、假如直说这「哥罐」的诗是模拟「聖製」的、恐怕说的人就要先戴上一顶大不敬的帽子吧。

一九五　拾遺庚

遇狼的故事

從前以不知为知的寫些关於文藝的文章、從集起来名曰談龍、其关於別的問题的則称为談虎、備出一本对人的批评、书名已經拟好为「真談虎集」、可是想到这种妄耗精神乃是昏愚的事、適尔中止了。民國三十三年（一九四四）又發生了遇狼的問题、也寫了些东西、却一樣的埋没了事、但是有些朋友以不明瞭这事为恨、希望在回想錄上能夠得到材料、深愧不能滿足他们这期望、觉得在本文中不提一字也是不对、因把那一篇故事收在拾遺里面、算是应个景吧。原文如下：

「從前看郝懿行的晒书堂筆錄、很是喜歡、特别是其中的「模糊」一篇、曾經寫过文章介绍、後来有日本友人看见、也引起兴趣来、特地买了晒书堂全集去读、说想把郝君的随笔小文抄译百十则出板、可是现在没有消息或者出板未能许可也不可知。（可是不久出板了、书名就叫作模糊集、后来在译者所编的中国古典文学全集里的历代随笔集中、也全部收入在内。）模糊普通写作马虎、有办事敷衍之意、不算是好话、但郝君所说的是对于人家不甚计较、我觉得也是省事之一法、颇表示赞成、虽然实行不易、不能像郝君的那样道地。大抵这只有三种办法。一是法家的、这是绝不模糊。二是道家的、他是模模糊糊到底、心里自然是很明白的。三是儒家的、他也模糊、但有个限度、彷佛是道家的帽、法家的鞋、可以说是中庸、也可以说是不彻底。我照例是不能彻底的人、所以至多也只能学到这个地步。前几天同日本的客谈起我比喻说、这里有一堵矮墙、有人想瞧瞧墙外的景致、对我说、劳驾你肩上让我站一下、我谅解他的欲望、假如脱下皮鞋的话、让他一站也算什么不可以的。但是、若是连鞋要踏到头顶上去、那可是受不了、只得「敬御免了。不过这样做并不怎么容易、至少也总比两极端的做法为难、因为这里需要一个限度的酌量、而其前后又恰是那两极端的一部分、结果是自讨麻烦、不及彻底者的简单干净。而且、定限度高下、守限度更难。你希望人家守限制、必然相信性善说才行、这在儒家自然是不成问题、但在对方未必如此、凡是想站到别人肩上去看墙外、自以为比墙还高了的、岂能学会你中庸的限度、不再想踏上头顶去呢。那时你再发极、把他硬拉下来、结果还是弄到打架。仔细想起来、到底是失败、儒家可为而不可为、尽如此也。

不佞有志想学儒家、只是无师自通、学的更难像样这种失败自然不能免了。多少年前有过一位青年、心想研究什一种学问、那时曾经给予好些帮助、还有些画文字、现在也放在东安市场、也可以得点善价了。不久他忽然左倾了、还要劝我附和他的文学论、这个我是始终不懂，只好敬谢不敏、他却寻上门来闹、有一回把外面南窗的玻璃打碎、那时我伏園正寄住在那里、吓得他一大跳。这位英雄在和平时代曾记録过民间故事、题曰大黑狼、所以亡友饼斋以来嘲笑我说、你也被大黑狼咬了吧。他的意思是说活该、这个我自己也不能否认、不过这大黑狼实在乃是他的学生、我被咬得有点儿冤枉、虽然引狼入室自然也是我的责任。这是好久以前的事情了。去年冬天偶然做了几首打油诗、其一云：

山居亦是多佳趣、山色苍茫山月高。
掩卷闭门无一事、支颐独自听狼嗥。

饼斋先生去世于今已是五年了、说起来不胜感叹。可是别的朋友、好意的关怀我、却是不免有点神经过敏的列位、远道寄信来问、你又被狼咬了么？我听了觉得

也可感也好笑、心想年纪这样一年年长上去了、还给人那么东咬西咬、还了得么。我只得老老实实的回答说、请放心、这不是狼、实在只是狗罢了。本来诗无达诂、要那么解释也并无什么不可、但事实上我是住在城里、不比山中、哪里会有狼来。寒斋的西南方面有一块旧陆軍大学的馬號、现在改为華北交通公司的警犬訓練所、关着许多狗、由外国人训練着。这狗成天的嗥叫、弄得近地的人寝食不安、近来却也渐渐习惯、不大觉得了、有时候还要提起耳朵静听、才能够辨别牠们是不是叫着。这能否成为诗料、都不成问题、反正是打油诗、何必多所拘泥、可是不巧狗字平仄不调、所以换上一个狼字、也原是狗的一党、可以对付过去了。不料因此之引起朋友们的挂念、真是抱歉得很、所以现在忙里偷闲来说明一下子。

说到遇狼、我倒是有过经验的、虽然实际未曾被咬

这还是四十年前在江南水师学堂做学生的时候的事、「雨天的书」怀旧之二里、根据汪仲贤先生所说、学校以西山上有狼、据墙上举告行人的字帖、曾经白昼伤人、说到自己遇狼的经验、大意云云：

「仲贤先生的回忆中那山上的一只大狼、正同老更夫一样、牠也是我的老相识。我们在校时每到晚饭以常往以山上去游玩、但是因为山坳里的丛冢有许多狗、时时恶声相向、所以我们习惯都挈一根棒出去。一天的傍晚我同友人卢君出了学堂、向着半山的一座古庙走去、这是同学常来借了房间叉麻将的地方。我们沿着小路前进两旁都生着稻麦之类、有三四尺高。走到一处十字路口我们看见左手横路旁伏着一只大狗、赶倒挥起我们的棒牠便窜入麦田里不见了。我们走了一程、到了第二个十字路口、却又见这只狗从麦丛中露出半个身子、随即窜向前面的田里去了。我们觉得牠的行径有点古怪、又看见牠的尾巴似乎异常、才想到牠或者不是寻常的狗、於是便把这天的散步中止了。以来同学中也还有人遇见过牠、因为手里有棒、大抵是牠先回避了。过了多年之后牠还在那里、而且居然伤人起来了。不知道现今还健在否、很想得到机会去南京打听一声」。

以上还是民国前的话、自从南京建都以后、这情形自当大不相同了。依据我们自己的经验、山野的狼并不怎么可怕的。最可怕的或者是狼而能说人话的、有如中山狼故事里的一只狼。小时候看见木板书的插图、画着一只干瘦的狼、对着土地似的老翁说人一般的话、至今想起来还是毛骨耸然。此外则西洋传说里的人狼、古英文所谓衛勒耳夫（Werewolf）者是也、也正是中国的变鬼人一类的东西。我有一大册西文书、是专讲人狼的、与讲僵尸的一册正是一对、真是很难得的好书、可是看起来很可怕、所以虽然我很珍重、却至今还不曾细阅、它真恐怕嚇破苦胆乎、想起来亦自觉得好笑人也。民國甲申（一九四四）鷩蟄節、在北京」。

一九六　拾遺辛

我的雜学　一九四四年從四月到七月、寫了一篇「我的雜学」、共有二十節、这是一种関於讀书的回忆，把我平常所覚得有兴趣以及自以为有点懂得的事物、简单的记録了下来。虽然末尾的结論里也承认说、这可以说是愚人的自白、實际也寫得不大高明、假如現在来改寫的話、可能至少要減少到一半以上，但是既然寫成了，删改也似乎可以不必、所以現今仍然原样的保存了。

一、引言　小时候讀儒林外史、以来多还记得、特别是関於批评馬二先生的話。第四十九回高翰林说：「若是不知道揣摩、就是聖人也是不中的。」那馬先生講了半生、講的都是些不中的举業。」又第十八回举人衛体善衛先生説：「他終日講的是雜学。」听見他雜覧到是好的、於文章的理法他全然不知、一味乱鬧、好墨卷也被他批坏了。」这里所谓文章是说八股文、雜学是普通诗文、馬二先生的事情本来与我水米無干、但是我看了總有所感、彷彿覚得这正是說着我們的。我平常没有一种专门的職業、就只喜歡涉獵闲书、这岂不便是道地的雜学、而且又是不中的举業、大概这一点是無可疑的。我自己所寫的东西好坏自知、可是听到世间的是非襃貶、往往不盡相符，有針小棒大之感、覚得有点奇怪、到后来却也明白了。人家不满意、本是極當然的、因为講的是不中的举業。不知道揣摩、虽聖人也没用、何况我輩凡人。至於说好的、自然要感謝、其實也何嘗真有什麼長处、至多是不大說誑、以及所说多本於常識而已。假如这常識可以算是長处、那麼这正是雜覧应有的结果、也是当然的事、

榮寶齋

24×30=720

我们断章取義的借用衛先生的話来说、所謂游览到是好的也。这里我把自己的雜学简要的记録一点下来、並不是什么敝帚自珍、实在也只当作一种读书的回想云尔。

民國甲申（一九四四）四月末日。

二、古文

日本旧书店的招牌上多写着和漢洋书籍云云、这固然是店铺里所有的货色、大抵读书人所看的也不出这范围、所以可以说是很能概括的了。现今也仿照这个意思、从漢文讲起头来。

我开始学漢文、还是在甲午以前、距今已是五十余年、其时读书盖专为应科举的準備、终日念四书五经以備作八股文、中午習字、傍晚对课以備作试帖诗而已。鲁迅在辛亥年戏作小说、假定篇名曰怀旧、其中略述书房情状、先生讲論语志於学章、教属对、题曰红花、对青桐不协、先生代对曰绿草、又曰、红平声、花平声、绿入声、草上声、则教以辨四声也。此种事情本甚寻常、唯及今提及、已少有知者、故亦不失为值得记録的资料。

我的運气是：在书房里这种书没有读透。我记得在十一歳时还在读「上中」、即中庸的上半卷、後来陸續将經书勉强讀畢、八股文湊得起三四百个字、可是考不上一个秀才、成績可想而知。语云、禍兮福所倚。举業没有弄成功、但我因此認得了好些漢字、慢慢能夠看书、能夠写文章、就是說把漢文却是讀通了。漢文讀通極是普通、或者可以说在中国人正是当然的事、不过这如从举業文中轉过身来、它会附随着两种臭味、一是道学家气、一是八大家气、这都是我所不大喜歡的。本来道学这东西没有什么不好、但發现在人间便是道学家、往往假多真少、世间早有定評。我也多所见闻、自然无甚好感。家中旧有一部浙江官书局刻方东樹的漢学商兑、读了很是不愉快、虽然並未因此被激到漢学里去、对於宋学却起了反感、觉得这么度量褊窄、性情苛刻、就是真道学也有何可贵、倒还是不去学代好。还有一层、我很觉得清朝之讲宋学、是与科举有密切关係的、读书人标榜道学作为求富贵的手段、与跪拜颂揚等等形式不同而作用则一。这些恐怕都是个人的偏见也未可知、总之这样使我脱离了一头羁绊、於後来对於好些事情的思索上有不少的好处。八大家的古文在我感觉也是八股文的長親、其所以为世人所珍重的最大理由我想即在於此。我没有在书房里学过唸古文、所以摇头朗诵像唱戏似的那种本领我是不会的，最初只自看古文析義、事隔多年几乎全忘了、近日拿出安越堂平氏校本古文观止来看、明瞭的感觉唐以後文之不行、这样说虽然有似乎是明七子的口气但是事实无可如何。韓柳的文章至少在選本里所收的、都是些宦鄉要則里的資料、士子做策論、官幕办章奏书啓、是很有用的、若以文論不知道好处在哪里。唸起来声调好、那是实在的事、但是我想这正是屬於八股文一類的证据吧。读前六卷的所谓周秦文以至漢文、抵是華实兼具、態度也安详沈着、没有那种奔競躁進之气、此蓋为科举制度时代所特有者、韓柳文勃兴於唐、盛行於今日、即以此故、此又一段落也。不佞因为书房教育受得不充分、所以这一关也逃过了、至今想起来还觉得很侥倖、假如我学了八大家文来讲道学、那是道地的正统了、这篇谈雜学的小文也就无从写起了。

荣寶齋

一九七 拾遺壬

三、小说与读书

我学國文的经验、在十八九年前（即一九二六年）曾经写了一文、约略说过。中有云、经可以算读得也不少了、虽然也不能算多、但是我总不会写、也看不懂书、至於礼教的精義尤其茫然、干脆一句话、以前所读的书於我無甚益处、後来的能够写文字、及奉成一种道德观念、乃是全从别方面来的。关於道德

24×30=720

思想将来再说、现在只说读书、即是看了纸上的文字懂得所表现的意思、这种本领是怎么学来的呢。简单的说这是从小说看来的。大约在十三至十五岁、读了不少的小说、好的坏的都有、这样便学会了看书。由镜花缘、儒林外史、西游记、水浒传等渐至三国演义、转到聊斋志异、这是从白话转入文言的径路。教我懂文言、略知文言的趣味者、实在是这聊斋、并非什么经书或是古文析义之流。聊斋志异之后、自然是那些夜谈随录等的假聊斋、一转而入阅微草堂笔记、这样旧派文言小说的传奇志怪两派都已经入门、便自然更进一步、跳到唐代丛书里边去了。这种经验大约也颇普通、嘉庆时人郑守庭的「燕窗闲话」中、也有一段相似的记录。不过我自己的经验不但使我了解文义、而且还指引我读书的方向、所以这关系就更大了。

唐代丛书因为板子都欠佳、所以至今未曾买好一部我对于它却颇有好感、里边有几种书还是记得、我的杂览可以说是从那里起头的。小时候看见过的书、虽然本是偶然的事、往往留下很深的印象、发生很大的影响。日尔雅音图、毛诗品物图考、毛诗草木疏、花镜、笃素堂外集、金石存、剡录、这些书大抵并非精本、有的还是石印、但是至今记得、后来都搜得收存、兴味也仍存在说是幼年所见的书全有如此力量么、那也并不见得、可知这里有些别择的。聊斋与阅微草堂是引导我去读古文的书、可是后来对于前者我不大喜欢他的词章、对于后者很讨厌他的义理、大有得鱼忘筌之意。唐代丛书之杂学入门的课本、现在却亦不能举出若干心喜的书名、或者上边所说尔雅音图各书可以充数、这些本来不在丛书之内、但如说是以从唐代丛书养成的读书兴味、在丛书之外别择出来的中意的书、这说法也是可以的吧。

这个非正宗的别择法一直维持下来、成为我搜书看书的准则。这大要有八大类。一是关于诗经论语疏注之类。二是小学书，即说文解字尔雅方言之类。三是文化史料类，非志书的地志，特别是关于岁时风土物产者，如梦忆、清嘉录，又关于乱事如思痛记，关于倡优如板桥杂记等。四是年谱日记游记家训尺牍类，最著的例如颜氏家训，入蜀记等。五是博物书类，即农书本草，诗疏尔雅各本亦与此有关系。六是笔记类，范围甚广，子部杂家大部分在内。七是佛经之一部，特别是旧译譬喻因缘本生各经，大小乘戒律，代表的语录。八是乡贤著作。我以前常说看闲书代纸烟，这是一句半真半假的话，我说闲书，是对于新旧各式的八股文而言，世间尊八股是正经文章，那么我这些当然是闲书罢了，我顺应世人这样客气的说，其实在我看来原都是很重要极严肃的东西。重复的说一句，我的读书是非正统的，因此常为世人所嫌憎，但是自己相信其所以有意义处亦在于此。

四、古典文学

古典文学中我很喜欢诗经，但老实说也只以国风为主，小雅但有一部分耳。说诗不一定固守小序或集传，平常适用的好本子卻难得，有早印的扫叶山庄陈氏本诗毛氏传疏，觉得很可喜，时常拿出来翻看。陶渊明诗向来喜欢，文不多而均绝佳，安化陶氏本最适用，虽然两种刊板都欠佳善。此外的诗以及词曲也常翻读，但是我知道不懂得诗，所以不大敢多看，多说。骈文也颇爱好，虽然能否比诗多懂得一点，这原是疑问，阅孙隘庵的六朝丽指却很多同意，仍不敢贪多，六朝文絜及黎氏笺注常在座右而已。伍绍棠跋南北朝文钞云，南北朝人所著书多以骈俪行之，亦均质雅可诵。此语真实，唯读书中我所喜者为洛阳伽蓝记，颜氏家训，此他盖皆篇章之珠泽，文采之邓林，如文心雕龙与水经注，终苦其太专门，不宜于闲看也。以上就唐以前书举几个例，表明个人的偏好，大抵于文字之外看重所表现的气象与性情，自从韓愈文起八代之衰以后，便没有这种文字，加以科举的影响，后来即使有佳作，也总是质地薄，分量轻，显得是病后的体质了。

至於思想方面，我所受的影响又是别有来源的。籠統的说一句，我自己承认是属於儒家思想的，不过这儒家的名称是我所自定，内容的解说恐怕与一般的意见很有些不同的地方。我想中国人的思想是重在适当的做人，在儒家讲仁与中庸正与之相同，用这名称似没有什么不合，其实正因为孔子是中国人，所以如此，並不是孔子说教传道，中国人乃始变为儒教徒也。儒家最重的是仁，但是智与勇二者也很重要，特别是在后世儒生成为道士化，禅和子化，差役化，思想混乱的时候，须要智以辨别，勇以决断，才能截断众流，站立得住。这一种人在中国却是不易找到，因为这与君师的正统思想往往不合，立於很不利的地位，虽然对於国家与民族的前途有極大的关係与價值。上下古今自漢至於清代，我找到了三个人，这便是王充，李贽，俞正燮，是也。王仲任的疾虚妄的精神，最显著的表现在「論衡」上面，其实别的两人也是一样，李卓吾在「焚书」与「初潭集」，俞理初在「癸巳類稿」「存稿」上的所表示的正是同一的精神。他们未尝不知道多说真话的危险，只因通達人情物理，对於世间许多事情的錯悞不实看得太清楚，忍不住要说，结果是不计好歹，却也不在乎，这种爱真理的態度是最可宝贵，学術思想的前進就靠此力量，只可惜在中国历史上不大多見耳。我尝称他们为中国思想界之三盏灯火，虽然很是遼遠微弱，在后人却是贵重的引路的標識。太史公曰，高山仰止，景行行止，虽不能至，然心嚮往之。对於这几位先贤我也正是如此，学是学不到，但疾虚妄，重情理，总作为我们的理想目標，随时注意，不敢不勉。古今筆记所見不少，披沙揀金，千不得一，不足言劳，但苦寂寞。民國以来号称思想革命，而实亦殊少成績，所知者唯蔡孑民錢玄同二君可当其選，但多未著之筆墨，清言既絶，亦復無可徵考，所可痛惜也。

一九八　拾遺癸

五、外國小説

我学外國文，一直很遲，所以没有能够学好，大抵只可看书而已。光緒辛丑（一九〇二）進江南水師学堂当学生，才开始学英文，其时年已十七，至丙辰（一九〇六）被派往日本留学，不得不再学日本文，則又在五年以后矣。我们学英文的目的为的是讀一般理化及机器书籍，所用課本最初是華英初階以至進階，参考书是考貝紙印的華英字典，（虽然其实是英文注漢字的）其幼稚可想，此外西文还有什麽可看的书全不知道，許多前輩同学畢業以后把这些旧书抛棄淨尽，虽然英語不离嘴边，再也不一看橫行的书本，正是不足怪的事。我的運气是同时爱看新小说，因了林氏譯本知道外國有司各得哈葛德这些人，其所著书新奇可喜，及来到东京又見西书易得，起手買一点来看，從这里得到不少的益处，不过我所讀的却不是英國的文学作品，只是借了这文字的媒介雜乱的讀些书，其一部分是欧洲弱小民族的文学，当时日本有長谷川二葉亭与昇曙夢专譯俄國作品，馬場孤蝶多介紹大陸文学，我们特别感到兴趣，一面又因为「民報」在东京發刊，中國革命運動正在發達，我们也受了民族思想的影响，对于所謂被損害与侮辱的國民的文学更比強國的表示尊重与親近。这些里边，波蘭，芬蘭，匈加利，新希臘等最是重要，俄國其时正在反抗专制，虽非弱小而亦被列入。那时影响至今尚有存留的，即是我的对于幾个作家的愛好，俄國果戈理与伽尔洵，波蘭顯克微支，虽然有时可以十年不讀，但心里还是永不忘記，陀思妥也夫斯奇也極是佩服，可是有点敬畏，向来不敢轻易翻动，也就较为疏远了。摩斐尔（Morfill）的早期斯拉夫文学小史，勃阑特思（Brandes）的波阑印象记，赖息（Reich）的匈加利文学史论，这些都是四五十年前的旧书，于我却很有情分，回想当日读书时的感激历历如昨日，给予我的好处亦终未忘失。只可惜我未能充分利用，小说前后译出三十几篇，收在两种短篇集内，史传批评则多只读过独自怡悦耳。但是这也总之不是徒劳的事，民国六年来到北京大学，被命讲授欧洲文学史，就把这些书来做底子，而这以后七八年间的教书，督促我反覆的查考文学史料，这又给我做了一种训练。我最初只是关于古希腊与十九世纪欧洲文学的一部分有点知识，后来因为要教书编讲义，其他部分须得设法补充，所以起头这两年虽然只担任每週六小时功课，却真是日不暇给，查书写稿之外几乎没有别的事情可做，可是结果并不满意，讲义印出了一本，十九世纪这一本终于不曾付印，这门功课在几年之后也停止了。凡文学史都不好讲，何况是欧洲的，这几年我知道自悞误人的确不浅，早早中止还是好的，至于我自己实在却仍得着好处，盖因此勉强读过多少书本，获得一般文学史的常识，至今还是有用，有如教练兵操，本意在于上阵，如虽不用，而操练所余留的对于体质与精神的影响则固长存在，有时亦觉得颇可感谢者也。

六、希腊神话

从西文书中得来的知识，此外还有希腊神话。说也奇怪，我在学校里学过几年希腊文，近来翻译阿波罗多洛斯的神话集，觉得这是自己的主要工作之一，可是最初之认识与理解希腊神话，却是全从英文的书本来的。我到东京的那年（一九〇六），买得该莱（Gayley）的「英文学中之古典神话」，随后又得到了安特路朗（Andrew Lang）的两本「神话仪式与宗教」，这样便使我与神话发生了关系。当初听说要懂西洋文学须得知道一点希腊

荣宝斋

神话，所以去找一两种参考书来看，后来对于神话本身有了兴趣，便又去别方面寻找，于是在神话集这面有了阿波罗多洛斯的原典，福克斯(W. S. Fox)与洛兹(H. J. Rose)的书等，论考方面有哈理孙女士(Jane Harrison)的希腊神话论以及宗教各书，安特路朗则是神话之人类学派的解说，我又从这里引起对于文化人类学的兴趣来的。世间都说古希腊有美的神话，这自然是事实，只须一读就会知道，但其所以如此又自有其理由，这说起来更有意义。古代埃及与印度也有特殊的神话，其神道多是牛首鸟头，或者是三头六臂，形状可怕，事迹更多怪异，始终没有脱出宗教的区域，与艺术有一层的间隔。希腊的神话起源本亦相同，而逐渐转变，因为如哈理孙女士所说，希腊民族不是受祭司支配而是受诗人的支配的，结果便由他们把那些粗材都修造成为美的影象了。「这是希腊的美术家与诗人的职务，来洗除宗教中的恐怖分子，这是我们对于希腊的神话作者(Mythopoios)的最大的负债。」我们中国人虽然以前对于希腊不曾负有这项债务，现在却该奋发去分一点过来，因为这种希腊精神即使不能起死回生，也有返老还童的力量，在欧洲文化史上显然可见，对于现今的中国，因了多年的专制与科举的重压，人心里充满着丑恶与恐怖而日就萎靡，这种一阵清风似的祓除力是不可少，也是大有益的。我从哈理孙女士的著书得悉希腊神话的意义，实为大幸，只恨未能尽力绍介，阿波罗多洛斯的书本文译毕，注释恐有两倍的多，至今未能续写，此外还读有一册较为通俗的故事，自己不能写，翻译更是不易。劳斯博士(W. H. D. Rouse)于一九三四年著有「希腊的神与英雄与人」，他本是古典学者，文章写得很有风趣，在一八九七年译过希腊现代小说集，序文名曰「在希腊岛」，对于古旧的民间习俗颇有理解，可以算是最适任的作者了，但是我不知怎的觉得这总是基督教国人所写的书、特别是在通俗的为儿童用的、这与专门书不同、未免有点不相宜、未能决心去译它、只好且放下。我并不一定以希腊的多神教为好、却总以为它的比较为可惜、假如希腊能够像中国日本那样、保存旧有的宗教道德、随时必要的加进些新分子去、有如佛教基督教之在东方、调和的发展下去、岂不更有意思。不过已经过去的事是没有办法了、照现在的事情来说、在本国还留下些生活的传说、勤俭的学问艺文在外国也被宝重一直研究传播下来、总是很好的了。我们想要讨教、不得不由基督教国去转手、想来未免有点别扭、但是为希腊与中国再一计量、现在得能如此也已经是可幸的事了。

一九九　拾遗子

七、神话学与安特路朗

安特路朗是个多方面的学者文人、他的著作很多、我只有其中的文学史及评论类、古典翻译介绍类、童话儿歌研究类、最重要的是神话类、但是为垂钓漫录以及诗集却终于未曾收罗。这里边于我影响最多的是神话学类中之「习俗与神话」、「神话仪式与宗教」这两部书、因为我由此知道神话的正当解释传说与童话的研究也于是有了门路了。十九世纪中间欧洲学者以「言语之病」解释神话、可是这里有个疑问、假如亚里安族神话起原是由于亚利安族的言语之病、那么已是很奇怪的、为什么在非亚里安族言语通行的地方也会有相像的神话存在呢？在语言系统不同的民族里都有类似的神话传说、说这神话的起原都由于言语的讹、这在事实上是不可能的。言语学派的方法既然不能解释神话里的荒唐不合理的事件、人类学派乃代之而兴、以类似的心理状态发生类似的行为作为解说、大概可以得到合理的解决。这最初称之曰民俗学的方法、在「习俗与神话」中也有说明、其方法是、如在一国见有显是荒唐怪異的故事，要去找到别一国，在那里也有类似的事，但在那里是现行的習俗，不特並不荒唐怪異，却正与那人民的礼儀思想相合。对於古希腊神话也是用同样的方法取别民族类似的故事来做比较，以现在尚有存留的信仰推测古时已经遗忘的意思，大旨可以明瞭，盖古希腊人与今时某种土人其心理状态有类似之处，即由此可得到类似的神话传说之意义也。「神话仪式与宗教」第三章以下论野蛮人的心理状态，约举其特点有五，即一为万物同等，均有生命与知识，二为信法术，三为信鬼魂，四为好奇，五为轻信。根据这里的解说，我们已不难了解神话传说以及童话的意思，但这只是入门，倘我要知道得详细一点的，还靠了别的两种书，即是哈忒阑（Hartland）的「童话之科学」与麦扣洛克（Macculloch）的「小说之童年」。「童话之科学」第二章论野蛮人思想，差不多大意相同，全书分五目九章详细叙说，「小说之童年」副题即云「民间故事与原始思想之研究」，分四类十四目，更为详尽，虽出版於一九〇五年，却还是此类书中之白眉，麦亚斯莱（[illegible]）在二十年后著「童话之民俗学」，亦仍不能越出其范围也。神话与传说童话元出一本，随时变化，其一是宗教的，其二则是史地类，其三属於文艺，性质稍有不同，而其解释还是一样，所以能读神话而通达童话，正是极自然的事。麦扣洛克称其书曰「小说之童年」，即以民间故事为初民之小说，犹之朗氏谓说明事物原始的神话为野蛮人的科学，说的很有道理。我们看这些故事，未免因了考据癖要考察其意义，但同时也当作艺术品看待，得到好些悦乐。这样我又又去蒐寻各处童话，不过这里的目的还是偏重在后者，虽然知道野蛮民族的也有价值，所收的却多是欧亚诸国，自然也以少见为贵，如土耳其哥萨克俄国等。法国贝洛耳（Perrault），德国格林（Grimm）兄弟所编的故事集，是权威的著作，我所有的又都有安特路朗的長篇引言、很是有用、但为友人所借、带到南边去了、現尚無法索还也。

八、文化人類学

我因了安特路朗的人類学派的解说、不但懂得了神话及其同類的故事、而且也知道了文化人類学、这又称为社会人類学、虽然本身是一种专门的学问、可是这方面的一点知識於读书人很是有益、我觉得也是頗有趣味的东西。在英國的祖师是泰勒(Tylor)与拉薄克(Lubbock)、所著「原始文明」与「文明之起源」都是有权威的书。泰勒又著有人類学、也是一冊很好入门书、虽是一八八一年的初板、近时却还在翻印、中國廣学会曾经譯出、我於光緒丙午(一九〇六)在上海買到一部、不知何故改名为進化論、用有光紙印的、未免可惜、以来恐怕也早绝板了。但是於我最有影响的还是那「金枝」的有名的著者弗来則博士(J.G.Frazer)。社会人類学是专研究礼教習俗这一類的学问、據他说研究有兩方面、其一是野蛮人的风俗思想、其二是文明國的民俗、蓋現代文明國的民俗大都即是古代蛮风之遺留、也即是現今野蛮风俗的变相、因为大多数的文明衣冠的人物在心里还依旧是个野蛮。因此这比神话学用处更大、它所讲的包括神话在内、却更是廣大、有些我们平常最不可解的神聖或猥褻的事項、經那么一说明、神秘的面幕倏尔落下、我们懂得了的时候不禁微笑、这是同情的理解、可是威嚴的壓迫也就解消了。这於我们是很好很有益的、虽然於假道学的传统未免要有点不利、但是此种学问在以偽善著称的西國発達、未見有何窒碍、所以在我们中庸的國民中间、能够多被接受本来是極应该的吧。弗来則的著作除「金枝」这一流的大部著书五部之外、还有若干种的單冊及雜文集、他虽非文人而文章寫得很好、这頗有点像安特路朗、对於我们非专门家而想读他的书的人是很大的一个便利。他有一冊「普须喀的工作」(Psyche's Task)、是四篇讲义去讲迷信的，觉得很有意思，以来改名曰「魔鬼的辩护人」。日本已有译本，已分册译出，在岩波文库中，仍用他的原名。又其金枝节本亦已分册译出。茀来则夫人所编「金枝上的叶子」又是一册故事读本，读来可喜，又复有益，我在「夜读抄」中写过一篇介绍，却终未能翻译，这于今也已是十年前事了。此外还有一位原籍芬兰而寄居英国的威思忒玛克（Westermarck）教授，他的大著「道德观念起源发达史」两册，于我影响也很深。茀来则在「金枝」第二分序言中曾说明各民族的道德法律均常在变动，不必说异地异族，就是同地同族的人，今昔异时，其道德观念与行为亦适不同。威思忒玛克的书便是阐明这道德观念的流动的书，从我们确实明瞭的知道了道德的真相，虽然因此不免打碎了些五色玻璃似的假道学的摆设，但是为了生与生生而有的道德的本义则如一块水晶，总是明澈的看得清楚了。我写文章往往牵引到道德上去，这些书的影响可以说是原因之一部分，虽然其基本部分还是中国的与我自己的。威思忒玛克的专门巨著还有一部「人类婚姻史」，我所有的只是一册小史，又六便士丛书中有一种曰「结婚」，只是八十叶的小册子，却是很得要领。同丛书中也有哈理孙女士的一册「希腊罗马神话」，大抵即根据前著希腊神话论所改写者也。

二百　拾遗丑

九、生物学

我对于人类学稍有一点兴味，这原因并不是为学，大抵只是为了人，而这人的事情也原是以文化之起源与发达为主。但是人在自然中的地位，如严几道古雅的译语所谓化中人位，我们也是很想知道的，那么这条道路略一转便又一直引到生物与进化那边去了。关于生物学我完全只是乱翻书的程度，说得好一点也就是涉猎，据自己估价不过是受普通教育过的学生应有的一点知识、此外加上多少从杂览来的零碎资料而已。但是我对于这一方面的爱好、说起来原因很远、并非单纯的为了化中人位的问题而引起的。我在上文提及、以前也曾写过几篇文章讲到过、我所喜欢的旧书中有一部分是关于自然名物的、如毛诗草木疏及广要、毛诗品物图考、尔雅音图及郝氏义疏、汪曰桢湖雅、本草纲目、野菜谱、花镜、百廿虫吟等。照时代来说、除毛诗尔雅诗图外最早看见的是花镜、距今已将五十年了、爱好之心却始终未变、在康熙原刊之外还买了一部日本翻本、至今也仍时时拏出来看。看花镜的趣味、既不为的种花、亦不足为作文的参考、在现今说与人听、竟不容易被领解、更不必说同感的了。因为最初有这种兴趣、后来所以会连开去、应用在思想问题上面、否则即使要了解化中人位、生物学知识很是重要、却也觉得麻烦、懒得去动手了吧。

外国方面恐得怀德(Gilbert White)的博物学的通信集最早、就是世间熟知的所谓「色尔彭的自然史」、此书初次出版还在清乾隆五十四年(一七八九)、至今重印不绝、成为英国古典中唯一的一册博物书。但是近代的书自然更能供给我们新的知识、于目下的问题也更有关系、这里可以举出汤谟森(Thomson)与法勃耳(Fabre)二人来、因为他们于学问之外都能写得很好的文章、这于外行的读者是颇有益处的。汤谟森的英文书收了几种、法勃耳的昆虫记只有全集日译三种、英译分类本七八册而已。我在民国八年写过一篇「祖先崇拜」、其中有云：

「我不相信世上有一部经典、可以千百年来当人类的教训的、只有记载生物的生活现象的比阿洛吉、才可供我们参考、定人类行为的标准」。这也可以翻过来说、经典之可以作教训者、因其合于物理人情、即是由生物学通过之人生哲学、故可贵也。我们听法勃耳讲法勃耳讲昆虫的本能之奇異，不禁感到惊奇，但亦由此可知其理甚言生与生生之理，聖人不易。而人道最高的仁亦即从此出。再读湯谟孫读落葉的文章，每片树葉在将落之前，必先将所有糖分葉绿等贵重成分退还給树身，落在地上又经蚯蚓運入土中，化成植物性壤土，以供以代之用，在这自然的经济里可以看出別的意義，这便是树葉的忠蓋，假如你要说教训的话。論语里有小子何莫学夫诗一章，我很是喜歡，现在倒过来说，多識於鳥獸草木之名可以兴，可以观，可以群，可以怨，迩之事父，遠之事君，觉得也有新的意義，而且与事理也相合，不过事君当读作尽力国事而已。说到这里話似乎有点硬化了，其实这只是推到極端去说，若是平常我也只是当闲书看，派克洛夫忒（Pycraft）所著的「動物之求婚」与「动物之幼年」二书，我也觉得很有意思，然而并不一定要去寻求什麽教训。

葉寶齋

十、兒童文学

民国十六年春间我在一篇小文中曾说，我所想知道一点的都是关於野蛮人的事，一是古野蛮，二是小野蛮，三是文明的野蛮。一与三是属於文化人类学的，上文约略说及，这其二所谓小野蛮乃是兒童，因为照进化论讲来，人类的个体发生原来和系统发生的程序相同，胚胎时代经过生物进化的歷程，兒童时代又经过文明发達的歷程，所以幼稚这一段落正是人生之蛮荒时期，我们对於兒童学的有些兴趣这问题，差不多可以说是从人类学連續下来的。自然大人对於小兒本有天然的情爱，有时很是痛切，日本语中有「兒煩惱」一語最有意味，庄子又说聖王用心，嘉孺子而哀婦人，可知年间高下人同此心，不过於这主观的慈爱之上又加以客观的了解，因而成立兒童学这一部门，乃是極近的事，已在十九世纪的後半了。我在东京时得到高島平三郎编的「歌咏兒童的文学」及所著「兒童研究」，才对於这方面感

24×30=720

到兴趣、其时儿童学在日本也刚开始发展、斯丹莱贺尔(Stanley Hall)博士在西洋为斯学之祖师、所以参考的书多是英文的、塞莱(Sully)的「幼儿时期之研究」虽已经是古旧的书、我却很是珍重、至今还时常想起。

以前的人对于儿童多不能正当理解、不是将他当作小型的成人、期望他少年老成、便将他看作不完全的小人、说小孩懂得什么、一笔抹杀、不去理他。现在才知道儿童在生理心理上虽然和大人有些不同、但他仍是完全的个人、有他自己内外两面的生活。这是我们从儿童学所得来的一点常识、假如要说救救孩子、大概都应以此为出发点的。自己惭愧对于经济政治等没有知识、正如讲到妇女问题时一样、未敢多说、这里与我有关系的还只是儿童教育里一部分、即是童话与儿歌。在二十多年前我曾写过一篇「儿童的文学」、引用外国学者的主张、说儿童应该读文学的作品、不可读那些商人们编撰的读本念完了读本虽然记得了字、却不会读书、因为没有养成读书的趣味。幼小的儿童不能懂名人的诗文、可以读童话、唱儿歌、此即是儿童的文学。正如在「小说的童年」中所说、传说故事是文化幼稚时期的小说、为古人所喜欢、为现时未发达的民族和乡下人所喜欢、是他们共通的文学、这是确实无疑的了。

这样话又说了回来、回到当初所说的小野蛮的问题上面、本来是我所想要知道的事情、觉得去费点心思为查考也是值得的。我在这里至多也只把小朋友比做红印第安人、记得在贺尔派的论文集中、有人说小孩害怕毛茸茸的东西和大眼睛、这是因为森林生活时代恐怖之遗留、似乎说的更新奇可喜、又有人说、小孩爱弄水乃是水栖生活的遗习、却不知道究竟如何了。弗洛伊特的心理分析应用于儿童心理、颇有成就、如瑞士波都安(Baudouin)所著书、有些地方觉得很有意义、说明希腊是王（Oidipus）的神话，最为确实，盖此神话向称难解，如依人类学派的方法来解释清楚了也。

二〇一 拾遗寅

十一、性的心理

性的心理，这于我益处很大，我平时提及总是不惜表示感谢的。以前在论「自己的文章」的一文中曾云：

「我的道德观恐怕还当说是儒家的，但左右的道与法两家也都有点参合在内，外边又加了些现代科学常识，如生物学人类学以及性的心理，而这末一点在我更为重要。古人有面壁悟道的，或是看蛇斗蛙跳懂得写字的道理，我却以妖精打架上想出道德来，恐不免为傻大姐所窃笑吧。」

本来中国的思想在这方面是健全的，如礼记上说，饮食男女，人之大欲存焉，又庄子设为尧舜问答，嘉孺子而哀妇人，为圣王之所用心，气象很是博大。但是后来文人堕落，渐益不成话说，我曾武断的评定，只要看他关于女人或佛教的意见，如通顺无疵，才可以算甄别及格，可是这多么不易容呀。近四百年中也有过李贽王文禄俞正燮诸人，能说几句合于情理的话，却终不能为社会所容认，俞君生于近世，运气较好，不大挨骂，李越缦只嘲笑他说，颇好为妇人出脱，语皆偏谲，似谢夫人所谓出于周姥者。这种出于周姥似的意见实在却极是难得，盖殷期生为男子身，但自以为幸耳，若能知哀妇人而为之代言，则已得圣王之心传，其贤当不下于周公矣。我辈生在现代的民国，得以自由接受性心理的新知识，好像是拿来一节新树枝接在原有思想的老干上去，希望能够使它强化，自然发达起来，这个前途辽远一时未可预知，但于我个人总是觉得颇受其益的。这主要的著作当然是蔼理斯（Havelock Ellis）的「性的心理研究」。此外

榮寶齋

24×30=720

第一册在一八九八年出板、至一九一〇年出第六册、算是全书完成了、一九二八年续刊第七册、彷彿是补遗的性质。一九三三年蔼理斯又刊行了一册简本性的心理、为现代思想的新方面丛书之一、其时著者盖已是七十四岁了。我学了英文、既不读沙士比亚、不见得有什么用处、但是可以读蔼理斯的原著、这时候我才觉得、当时在南京那几年洋文讲堂的功课可以算是不白费了。性的心理给予我们许多事实与理论、这在别的性学大家如福勒耳、勃洛赫、鲍耶尔、凡特威耳特诸人的书里也可以得到、可是从那明净的观照出来的意见与论断、却不是别处所有、我所特别心服者就在于此。从前在「夜读抄」中曾经举例、叙说蔼理斯的意见、以为性欲的事情有些无论怎么异常以至可厌恶、都无责难或干涉的必要、除了两种情形以外、一是关系医学、一是关系法律的。这就是说、假如这异常的行为要损害他自己的健康、那么他需要医药或精神治疗的处置、其次假如这要损及对方的健康或权利、那么法律就应加以干涉。这种意见我觉得极有道理、既不保守、也不急进、据我看来还是很有点合于中庸的吧。说到中庸、那么这有点与中国接近、我真相信为中国保持本有之思想的健全性、则对于此类意思理解自至容易、就是我们现在也正还是托这荫庇、希望思想不至于太是乌烟瘴气化也。

十二、蔼理斯的思想　蔼理斯的思想我说他是中庸、这并非无稽、大抵可以说得过去、因为西洋也本有中庸思想、如在古希腊、不过中庸称为有节、原意云康健心、反面为过度、原意云狂恣。蔼理斯的文章里多有这种表示、如「论圣芳济」中云、有人以禁欲或耽溺为其生活之唯一目的者、其人将在尚未生活之前早已死了。又云、生活之艺术、其方法只在于微妙的混和取与舍二者而已。性的心理第六册末尾有一篇跋文、最后的两节云

叶宝斋

「我很明白有许多人对于我的评论意见不大能够接受，特别是在末册里所表示的。有些人以为太保守，有些人以为太偏激。世上总常有人很热心的想扳住过去，也常有人热心的想攫得他们所想像的未来。但是明智的人站在二者之间，能同情于他们，却知道我们是永远在于过渡时代。在无论何时，现在只是一个交点，为过去与未来相遇之处，我们对于二者都不能有任何怨怼。不能有世界而无传统，亦不能有生命而无活动。正如赫拉克勒托斯在现代哲学的初期所说，我们不能在同一川流中入浴二次，虽然如我们在今日所知，川流仍是不息的回流着。没有一刻无新的晨光在地上，也没有一刻不见日没。最好是闲静的招呼那熹微的晨光，不必忙乱的奔向前去，也不要对于落日忘记感谢那曾为晨光之垂死的光明。

在这道德的世界上，我们自己是那光明使者，那宇宙的歷程即实现在我们身上。在一个短的时间内，如我们愿意，我们可以用了光明去照我们路程的周围的黑暗。正如在古代火把竞走——这在路克勒丢斯看来似是一切生活的象征——里一样，我们手执火把，沿着道路奔向前去。不久就会有人从后面来，追上我们。我们所有的技巧便在怎样的将那光明固定的炬火递在他手内，那时我们自己就隐没到黑暗里去。」

这两节话我顶喜欢，觉得是一种很好的人生观。现代蔼理斯的「新精神」卷首，即以此为题词，我时常引用，这回是第三次了。蔼理斯的专门是医生，可是他又是思想家，此外又是文学批评家，在这方面也使我们不能忘记他的绩业。他于三十岁时刊行「新精神」，中间又有「断言」一集，「从卢梭到普路斯忒」出板时年已七十六，皆是文学思想论集，前后四十余年而精神如一，其中如论惠忒曼，加沙诺伐，圣芳济，「尼可拉先生」的著者勒帖夫诗文独具见识，都不是在别人的书中所能见到的东西。我觉得这种精密的研究或者也有人能做，但是这样宽阔的眼光深厚的思想，实在是绝不易再得。事实上当然因为有了这种精神，所以做得那性心理研究的工作，但我们也希望可以从性心理养成一点好的精神，并且未免有点我田引水，却是很诚意的愿望。由这里出发去着手于中国妇女问题，正是极好也极难的事，我们小乘的人乏此力量只能守开卷有益之训，暂以读书而明理为目的而已。

二〇二　拾遗卯

十三、医学史与妖术史

关于医学我所有的只是平人的普通知识，但是对于医学史却是很有兴趣。医学史现有英文本八册，觉得胜家博士(Charles Singer)的为最好，日本文三册，富士川游著「日本医学史」是一部钜著，但是「医学史纲要」似更为适用，也便于阅览。医疗或是生物的本能，如犬猫之自舐其创是也，但其发展为活人之术，无论是用法术或用方剂，总之是人类文化之一特色，虽然与梃刃同是发明，而意义迥殊，中国称蚩尤作五兵，而神农尝药辨性，为人皇，可以见矣。医学史上所记便多是这些仁人之用心，不过大小稍有不同，我翻阅二家小史，对于法国巴斯德与日本杉田玄白的事迹，常不禁感叹，我想假如人类要找一点足以自夸的文明证据，大约只可求之于这方面吧。我在「旧书回想记」里这样说过，已是四五年前的事，近日看伊略忒斯密士(Elliot Smith)所著「世界之初」，说创始耕种灌溉的人成为最初的王，在他死后便被尊崇为最初的神，还附有五千多年前的埃及石刻画，表示古圣王在开掘沟渠，又感觉很有意味。案神农氏在中国正是极好的例，他教民稼穑，又发明医药，农固应为神，古语云，不为良相，便为良医，可知医之尊良相云者即是说王耳。我常想到巴斯德从啤酒的研究

荣宝斋

24×30=720

知道了黴菌的傳染、这影响於人類福利是有多么大、单就外科傷科產科来说、因了消毒的施行、一年中要救助多少人命、以功德論、恐怕十九世纪的帝王将相中没有人可以及得他来。有一个时期我真想涉獵到黴菌学史去、因为受到相当大的感激、觉得这与人生及人道有極大的关係、可是终於怕得看不懂、所以没有决心这样做。但是这同部又伸展到反对方面去、对於妖術史発生了不少的关心。据茂来(M.A.Murray)女士等「西欧的妖術」等书说、所谓妖術(Witchcraft)即是古代土著宗教之遗留、大抵与古希腊的地母祭相近、只是被后来基督教所壓倒、变成秘密结社、被目为撒但之徒、痛加剿除、这就是中世有名的神圣審问、至十七世紀末始所停止。中國有些食菜事魔的教门、以及清朝的「無生老母」的红陽教等、也似乎是同一种類的東西。这巫教的说明論理是属於文化人類学的本来可以不必分別、不过我的注意不在它本身、却在於被審问追跡这一段落、所以这里名称也就正称之曰妖術那些念佛宿山的老太婆們原来未必有什么政見、一旦捉去拷问、供得荒唐離奇、结果坐实她们会得骑掃帚飞行和宗旨不純正的学究同付火刑、真是冤枉的事。我记得楊惲以来的文字獄与孔融以来的思想獄、时感恐懼、因此对於西洋的神圣審问也感觉关切、而審问史关係神学问题为多、鄙性少信未能甚解、故特而截取妖術的一部分、了解较为容易。我的读书本来是很雜乱的、別的方面或者也还可以料得到、至於妖術恐怕说来有点鹘突、亦未可知、但在我却是很正经的一件事、也颇费心收罗資料、如散茂士(Summers)的四大著、即妖術史与妖術地理、僵尸、人狼、均是寒斋的珍本也。

十四、鄉土研究与民藝

我的雜览从日本方面得来的也並不少。这大抵是关於日本的事情、至少也以日本为背景、这就是说很有点地方的色彩、与西洋的只是学问关係的稍有不同。有如民俗学本發源於西欧，涉猟神话传说研究与文化人类学的时候便碰见好些交叉的处所，现在却又来提起日本的乡土研究，这不単因为二者学风稍殊之故，乃是别有理由的。乡土研究刊行的初期如南方熊楠那些论文，古今内外的引证，本是旧民俗学的一路，柳田国男的主张逐渐确立，成为国民生活之史的研究，名称亦归结於民间传承。我们对於日本感觉兴味，想要了解它的事情，在文学艺術方面摸索很久之后觉得事倍功半，必须着手於国民感情生活，才有入处，我以为宗教最是重要，急切不能直入，则先注意於其上下四旁，民间传承正是绝好的一条路径。我觉得中国民众的感情与思想集中於鬼，日本则集中於神，故欲了解中国须得研究礼俗，了解日本须得研究宗教。柳田氏著书极富，虽然关於宗教者不多，但如「日本之祭事」一书，给我很多的益处，此外诸书亦均多可作参证。当「远野物语」出版的时候，我正住在本乡，跑到發行所去要了一册，共總刊行三百五十部，我所有的是第二九一號。因为书面上署有墨痕，想要另换一本，书店的人说这是编号的，只能顺序出售，这件小事至今还记得清楚。这与「石神问答」都是明治庚戌（一九〇九）年出板，在乡土研究创刊前三年，是柳田最早的著作，以前只有一册「後狩词记」，终於没有能够蒐得。对於乡土研究的学问我始终是外行，知道不到多少，但是柳田的学识与文章我很是钦佩，从他的许多著书里得到不少的利益和悦乐。

与这同样情形的还有日本的民艺运动与柳宗悦氏。柳氏本係白樺同人，最初所写的多是关於宗教的文章，大部分收集在「宗教と其真理」一册书内。我本来不大懂得宗教的，但柳氏诗文大抵读过，这不但因为意思诚实，文章朴茂，实在也由於所讲的是「神秘道」即神秘主義，合中世纪基督教与佛道各分子而贯通之，所以虽然是槛外也觉得不無趣味。他又著有「朝鲜与其艺术」一书，其后有文集名曰「信与美」，则收辑关于宗教与艺术的论文之合集也。民艺运动约开始于二十年前，在「什器之美」论集与柳氏著「工艺之道」中意思说得最明白，大概与英国摩理斯（W. Morris）的拉飞尔前派主张相似，求美于日常用具，集团的工艺之中，其虔敬的态度前后一致，「信与美」一语向是以包括柳氏学问与事业之全貌矣。民艺博物馆于数年前成立，惜未及一观，但得见图录等，已足令人神往。柳氏著「初期大津绘」，浅井巧著「朝鲜之食案」，为民艺丛书之一，浅井氏又有「朝鲜陶器名汇」，均为寒斋所珍藏之书。又柳氏近著「和纸之美」，中附样本二十二种，阅之使人对于侘纸起贪惜之念。寿岳文章调查手漉纸工业，得其制纸等书，近刊行其「纸漉村旅日记」，则附有样本百三十四，总计百九十九，可谓大观矣。式场隆三郎为精神病院长，而任经营民艺博物馆与民艺月刊，著书多种，最近得其大板随笔「民艺与生活」之私家板，只印百部，和纸印刷，有芹泽銈介作插画百五十，以染绘法作成后制板，画一一著色，觉得比本文更耐看。中国的道学家听了恐要说是玩物丧志，唯在鄙人则固唯有感激也。

二〇三　拾遗辰

十五、江户风物与浮世绘

我平常有点喜欢地理类的杂地志这一流的书，假如是我比较的住过好久的地方，自然特别注意，例如绍兴，北京，东京，东京虽是外国，因也算是其一。对于东京与明治时代我仿佛颇有情分，因此略想知道它的人情物色，延长一点便进到江户与德川幕府时代，不过上边的战国时代未免稍远，那也就够不到了。最能谈讲明治维新前后的事情的要推三田村鸢鱼，但是我更喜欢马场孤蝶的「明治之东京」，因为他自己也是个文人的缘故，可惜他写的不很多。看图画自然更有意思、最有艺術及学问的意味的，有户塚正幸即东亭主人所编的「江户之今昔」、福原信三编的「武藏野风物」。前者有图板百另八枚、大抵为旧东京府下今昔史迹、其中又收民间用具六十馀点、则兼涉及民艺、均为日本写真会会员所合作、以摄取渐将亡失之武藏野及乡土之风物为课题、共收得照片千点以上、就中选择编印成集、共一四四枚、有柳田氏序。描写武藏野一带者、国木田独步德富芦花以外人很不少、我觉得最有意思的却是永井荷风的「日和下驮」、曾经读过好几遍、也引用过几回、和看这些写真集的时候又总不禁想起书里的话来。

再往前去这种资料当然是德川时代的浮世绘了。小岛乌水的「浮世绘与风景绘」已有专书、广重有东海道五十三次、北斋有富岳三十六景等、几乎世界闻名、我们看複刻本也就够有趣味、因为这不但画出风景、又是特殊的彩色木板画、与中国的很不相同。但是浮世绘的重要特色不在风景、乃是在于市井风俗、这是它所以称为浮世绘的原因、这一面也是我们所要看的。背景是市井、而人物却多是女人、除了一部分画优伶面貌的以外、而女人又多以妓女为主、因此讲起浮世绘便很容易牵连到吉原游廓、事实上这二者确有极密切的关係。画面很是富丽、色彩也很艳美、可是这里边常有一抹暗影、或者可以说是东洋色、读中国的艺与文、以至于道也总有此意、在这画上自然也更明瞭。永井荷风著「江户艺術论」第一章论浮世绘之鉴赏中、第五節有云：

「我反省自己是什么呢？我非威耳哈伦（Verhaeren）似的比利时人而是日本人也、生来就和他们的运命及境遇迥异的东洋人也。恋爱的至情不必说了、凡对于异性的性欲的感觉悉视为最大的罪恶、我辈即奉戴此法制者也。承受「胜不过啼哭的小孩和里長」的教训之人类也、知道说话则唇寒」的国民也。使威耳哈伦感奋的那滴着鲜血的肥羊肉与芳醇的蒲桃酒与强壮的妇女之绘画，都于我有什么用呢？呜呼，我爱浮世绘。苦海十年为亲卖身的游女的绘姿使我泣。凭倚竹窗茫然看着流水的艺妓的姿态使我喜。卖宵夜面的纸灯寂寞的停留着的河边的夜景使我醉。雨夜啼月的杜鹃，阵雨中散落的秋天树叶，落花飘风的钟声，途中日暮的山路的雪，凡是无常，无告，无望的，使人无端嗟叹此世只是一梦的，这样的一切东西于我都是可亲，于我都是可怀。」

这一节话我引用过恐怕不止三次了。我们因为是外国人，感想未必完全与永井氏相同，但一样有的是东洋人的悲哀，所以于当作风俗画看之外，也常引起怅然之感，古人闻清歌而唤奈何，岂亦是此意耶。

十六，川柳落语与滑稽本

浮世绘以称为风俗画，那么川柳或者可以称为风俗诗吧。说也奇怪，讲浮世绘的人从来很是不少了，但是我当初认识浮世绘乃是由于

宫武外骨的杂志「此花」，也因了他而引起对于川柳的兴趣来的。外骨是明治大正时代著述界的一位奇人，所刊过许多定期或单行本，而多与官僚政治及假道学相抵触，被禁至三十余次之多。其刊物皆铅字和纸，木刻插图，涉及的范围颇广，其中以笔祸史，私刑类纂，赌博史，猥亵风俗史等，卖春妇异名集一名「笑的女人」，川柳语汇都很别致，也甚有意义。「此花」是专门与其说研究不如说介绍浮世绘的月刊，继续出了两年，又编刻了好些画集其后同样的介绍川柳，杂志名曰「变态知识」，若前出的语汇乃是入门之书，后来也还没有更好的出现。

川柳是只用十七字音做成的讽刺诗，上者体察物理人情，直写出来，令人看了破颜一笑，有时或者还感到淡淡的哀愁，此所谓有情滑稽，最是高品，其次找出人生的缺陷，如绣花针噗哧的一下，叫声好痛，却也不至于刺出血来。这种诗读了很有意思，不过这正与笑话相

像、以人情风俗为材料、要理解它非先知道这些不可、不是很容易的事。川柳的名家以及史家都不济事、还是考证家要紧、特别是关於前时代的古句、这与江户生活的研究是不可分离的。这方面有西原柳雨、给我们写了些参考书、大正丙辰（一九一六）年与佐佐醒雪共著的「川柳吉原志」出得最早、十年后改出补订本、此外还有风俗类书、只可惜「川柳风俗志」出了上卷、没有能做得完全。我在东京只有一回同了妻和亲戚家的夫妇到吉原去看过夜樱、但是关於那里的习俗事情都知道得不少、这便都从西原及其他书本上得来的。这些知识本来也很有用、在江户的平民文学里所谓「花魁」（Oiran）是常在的、不知道她也就得远远的认识才行。即如民间娱乐的落语、最初是几句话可以说了的笑话、后来渐渐拉长、明治以来在寄席即杂耍场所演的、大约要花上十廿分钟了吧、他的材料固不限定、却也是说游里者为多。森鸥外在一篇小说中曾叙述说落语的情形云：

「第二个说话人交替着出来、先谦逊道、人是换了却也换不出好处来。又作破题云、官客们的消遣就是玩玩窑姐儿。随后接着讲工人带了一个不知世故的男子到吉原去玩的故事。这实在可以说是吉原入门的讲义。」

语虽诙谐、却亦是实情、正如中国笑话原亦有腐流殊禀等门类、而以属於闺风世讳者为多、唯因有特定游里、故不显著耳。江户文学中有滑稽本、也为我所喜欢、十返舍一九的「东海道中膝栗毛」、式亭三马的「浮世风吕」与「浮世床」可为代表、这是一种滑稽小说、为中国所未有。前者借了两个旅人写他们路上的遭遇、重在特殊的事件、或者还不很难、后者写澡堂理发馆里往来的客人的言动、把寻常人的平凡事写出来、都变成一场小喜剧、觉得更有意思。中国在文学与生活上都缺少滑稽分子、不是健康的徽候、或者这是假道学所种下的病根欤。

二〇四　拾遗巳

十七、俗曲与玩具　我不懂戏剧，但是也常涉猎戏剧史。正如我翻阅希腊悲剧的起源与发展的史料，得到好些知识，看了日本戏曲发达的径路也很感兴趣，这方面有两个人的书于我很有益处，这是佐佐醒雪与高野斑山。高野讲演到的书更多些，但是我最受影响的还是佐佐的一册「近世国文学史」。佐佐氏于明治二十二年（一八八九）戊戌刊行「鹑衣评释」，庚子刊行评释近松「天之网岛」，辛亥出国文学史，那时我在东京，即得一读，其中有两章略述歌舞伎与净琉璃二者发达之迹，很是简单明瞭，至今未曾忘记。横井也有著的俳文集「鹑衣」固所喜欢，近松的「世话净琉璃」也想知道，这评释就成为顶好的入门书，事实上我好好的细读过的也只是这册天之网岛，读后一直留下很深的印象。这类曲本大都以情死为题材，日本称曰心中，「泽泻集」中曾有一文论之。在「怀东京」中说过，俗曲里礼赞恋爱与死，处处显出人情与义理的冲突，偶然听唱「义太夫」，便会遇见「纸治」，这就是天之网岛的俗称，因为里边的主人公是纸店的治兵卫与妓女小春。日本的平民艺术仿佛善于用优美的形式包藏深切的悲苦，这似是与中国很不同的一点。佐佐又著有「俗曲评释」，自江户长呗以至端呗共五册，皆是抒情的歌曲，与叙事的有殊，乃与民谣相连接。高野编刊「俚谣集拾遗」，时号斑山，后乃用本名辰之，其专门事业在于歌谣，著有「日本歌谣史」，编辑日本歌谣集成共十二册，皆是大部钜著。此外有汤朝竹山人，关于小呗亦多著述，寒斋所收有十五种，虽差少书卷气，但亦可谓勤劳矣。民国十年（一九二一）时曾译出俗歌六十首，收在「陀螺」里边，大都是写游女荡妇之哀怨者，如木下杢太郎所云，耽想那卑俗的但是充满眼泪的江户平民艺术以为乐，此情三十年来盖如一日，今日重读仍多所感触。歌谣有一部分为儿童歌，别有天真烂漫之趣，至为可喜，唯较好的搜集尚不多见，案头只有一册村尾节三编的一册「童谣」，尚是大正己未（一九一九）年刊也。

与童谣相关连者别有玩具，也是我所喜欢的，但是我并未蒐集实物，虽然遇见时也买几个，所以平常翻看的也还是图录以及时代与地方的记录。在这方面最努力的是有阪与太郎，近二十年中刊行好些图录，所著有「日本玩具史」前后编，「乡土玩具大成」与「乡土玩具展望」，只可惜大成出了一册，展望下卷也还未出板。所刊书中有一册「江都二色」，每叶画玩具二种，题诗一首咏之，木刻着色，原本刊于安永癸巳，即清乾隆三十八年（一七七三）。我曾感叹说，那时在中国正是大开四库馆，删改皇侃的论语疏，日本却是江户平民文学的烂熟期，浮世绘与狂歌发达到极顶，乃迸发而成此一卷玩具图咏，至可珍重。现代画家以玩具画著名者亦不少，画集率用木刻或玻璃板，稍有蒐集，如清水晴风之「垂髫之友」，川崎巨泉之「玩具画谱」，各十集，西泽笛亩之「雏十种」等。西泽自比那舍主人，（比那即雏字，或是雏形之意，日本用为一种土木偶人的名称，大抵男女一对，）亦作玩具雏画，以雏与人形为其专门，因故赤间君的介绍，曾得其寄赠大著「日本人形集成」及「人形大类聚」，深以为感。又得到菅野新一编「藏王东之木孩儿」，木板画十二枚，解说一册，菊枫会编「古计志加加美」，则为菅野氏所寄赠，均是讲日本东北地方的一种木雕人形的。古计志加加美改写汉字为「小芥子镜」，以玻璃板列举工人百八十四名所作木偶三百三十余枚，可谓大观。此木偶名为小芥子，而实则长五寸至一尺，镟圆棒为身，上著头，画为垂发小女，著简单彩色，质朴可喜，一称为木孩儿。菅野氏著係非卖品，加加美则只刊行三百部，故皆可纪念也。三年前承东北京之國府氏以古汁志二躯見贶，曾写打油诗报之云：

芥子人形亦妙哉，出身应自埴轮来。

小孩望见嘻嘻笑，何处娃娃似棒槌。

依「江都二色」的例，以狂诗题玩具，似亦未为不适当，只是草草恐不能相称为愧耳。

十八、外国语

我的杂学如上边所记，有大部分是从外国得来的，以英文与日本文为媒介，这里分析起来，大抵从西洋来的属于知的方面，从日本来的属于情的方面为多，对于我却是一样的有益处。我学英文当初为的是须得读学堂里的课本，本来是敲门砖，后来离开了江南水师，便没有什么用了，姑且算作中学常识之一部分，有时利用了来看点书，得些现代的知识也好，也还是持的作用，终于未曾走到英文学门里去，这个我并不怎么悔恨，因为自己的力量只有这一点，要想入门是不够的。日本文比英文更不曾好好的学过，老实说除了丙午丁未之际，在骏河台的留学生馆里，跟了菊地勉先生听过半年课之外，便是懒惰的时候居多，只因住在东京的关系，耳濡目染的慢慢的记得，其来源大抵是家庭的谈话，看小说看报，听说书与相声，没有讲堂的那样的训练，但是从而有社会的背景，所以还似乎比较容易学习。这样学了来的言语，有如一颗草花，即使是石竹花也罢，是有根的盆栽，与插瓶的大朵大理菊不同，其用处也就不大一样。我看日本文的书，并不专是为得通过了这文字去抓住其中的知识，乃是因为对于此事物感觉有点兴趣，连文字来赏味，有时这文字亦为其佳味之一分子，不很可以分离，虽然我们对于外国语想这样辨别，有点近于妄也不容易，但这总也是事实。我的关于日本的杂览既然多以情趣为本，自然其态度也与求知识稍有殊异，文字或者仍是敲门的一块砖头，不过对于砖也会得看看花纹式样，不见得用了立即扔在一旁。我深

秉寶齋

24×30=720

感到日本文之不好译，这未必是客观的事实，只是我个人的经验，或者因较英文多少知道一分的缘故，往往觉得字义与语气在微细之处很难两面会得恰好，大概可以当作一个证明。明治大正时代的日本文学，曾读过些小说与随笔，至今还有好些作品仍是喜欢，有时也拿出来看，即以杂志名代表派别，大抵有保登登岐须，昴，三田文学，新思潮，白桦诸种，其中作家多可佩服，今亦不复列举，因生存者尚多，暂且谨慎。

此外的外国语，曾学过古希腊文与世界语。我最初学习希腊文，目的在于改译新约至少也是四福音书为古文，与佛经庶可相比，及至回国以后却又觉得那官话译本已经够好了，用不着重译，计划于是归于停顿。过了好些年之后，才把海罗达思的「拟曲」译出，增加几篇牧歌在上海出板，可惜板式不佳，细字长行大页，很不成样子。极想翻译欧里庇得斯的悲剧「特洛亚的女人们」，踌躇未敢下手，仅于民国廿六七年间译阿波罗多洛斯的神话集，本文幸已完成，写注释才成两章，搁笔的次日即廿八年的元日，工作一顿挫就延到现今，未能续写下去，但是这总是极有意义的事，还想设法把它做完。世界语是我自修得来的，原是一册用英文讲解的书，我在暑假中卧读消遣，一连两年没有一口气把它读完，均归无用，至第三年乃决心把这五十课学习完毕，以后借了字典的帮助渐渐的看起书来。那时世界语很不易得，只知道在巴黎有书店发行，恰巧蔡孑民先生行遁欧洲，便写信托他代买，大概寄来了有七八种，其中有世界语文选与波阑小说选集至今还收藏着。民国十年在西山养病的时候曾从这里边译出几篇波阑的短篇小说，可以作为那时困学的纪念。世界语的理想是很好的，至于能否实现则未可知，反正事情之成败与理想之好坏是不一定有什么关系的。我对于世界语的批评是这太以欧语为基本，不过如替柴孟訶甫设想也是無可如何的，其缺点只是在没有学过一点欧语的中國人还是不大容易学会而已。

我的雜学原来不足为法，有老朋友曾批評說是横通，但是我想劝现代的青年朋友，有机会多学点外國文，我相信这当是有益無損的。俗語云，开一头门，多一路風。这本是劝人謹慎的話，但是借了来說，学一种外國語有如多开一面门窓，可以放進風日，也可以眺望景色，别的不說，这也總是很有意思的事吧。

二〇五　拾遺午

十九、佛經

我的雜学里边最普通的一部分，大概要算是佛經了吧。但是在这里正如在漢文方面一样，也不是正宗的，这样便与許多讀佛經的人走的不是一條路了。四十年前在南京学堂的时候，曾经叩过楊仁山居士之门，承蒙传谕可修淨土，虽然我讀了阿弥陀經各种译本、觉得安养楽土的描写很有意思、又对于先到淨土再行進修的本意、彷彿是希求住在租界里好用功一样、也很能了解、可是没有兴趣这样去做。禪宗的语録看了很有趣、实在还是不懂、至于参证的本意、如书上所記俗僧问溪水深浅、被从橋上推入水中、也能了解而且很是佩服、然而自己还没有跳下去的意思、单看语録有似意存稗贩、未免慚愧、所以这一類书虽是買了些、都擱在书架上。佛教的高深的学理那一方面、看去都是属于心理学玄学范围的、讀了未必能懂、因此法相宗等均未敢问津。这样计算起来、幾條大道都不通、就進不到佛教里去、我只是把佛經当作书来看、而且是漢文的书、所得的自然也只在文章及思想这两点上而已。

四十二章經与佛遺教經彷佛子书文筆、就是儒者也多喜称道、两晋六朝的译本多有文情俱胜者、什法師最有名、那种駢散合用的文体当也因了新的需要而兴起、但能恰好的利用旧文字的能力去表出新意思，实在是很有意義的一种成就。这固然是翻译史上的一段光辉，可是在國文学史意義也很不小，六朝之散文著作与佛经很有一种因缘，交互的作用，值得有人来加以疏通证明，於隋文学的前途也有绝大的关係。十多年前我在北京大学講过几年六朝散文，後来想添講佛經这一部分，由学校规定名称曰佛典文学，课程綱要已经拟好送去了，七月初發生蘆溝橋事件，事遂中止。课程綱要稿尚存在，重録於此：

「六朝时佛经翻译極盛，文亦多佳勝。漢末译文模仿諸子，別無多大新意，唐代又以求信故，质勝於文。唯六朝所译能運用當时文詞，加以变化，於普通駢散文造出一种新体制，其影响及於後来文章者亦非淺鮮。今拟選取数种，少少講讀，注意於译经之文学的價值，亦併可作古代翻译文学看也。」至於從这里边看出来的思想，當然是佛教精神，不过如上文所說，这不是甚深義諦，实在但是印度古聖贤对於人生特别是近於入世法的一种廣大厚重的態度，根本与儒家相通而更为徹底，这大乘因为它有那中國所缺少的宗教性。我在二十岁前後讀大乘起信論無有所得，但是見了菩薩投身飼餓虎经，这里边的美而偉大的精神与文章至今还时时记起，使我感到感激，我想大禹与墨子也可以说是有这种精神，只是在中國这情热还只以对人间为限耳。又布施度無極经云：

「衆生擾擾，其苦無量，吾當为地。为旱作潤，为溼作筏。飢食渴漿，寒衣熱涼。为病作医，为冥作光。若在濁世颠倒之时，吾當於中作佛，度彼衆生矣。」这一節話我也很是喜歡，本来說只是衆生無边誓願度的意思，却說得那么好，說理与美和合在一起，是很难得之作。經論之外我还讀过好些戒律，有大乘的也有小乘的，虽然原来小乘律註明在家人勿看，我未能遵守，違了戒看戒律、这也是颇有意思的事。我读梵网经菩萨戒本及其他、很受感动、特别是贤首梵网戒疏、是我所最喜读的书。如举食肉戒中语、一切众生肉不得食、夫食肉者断大慈悲佛性种子、一切众生见而舍去、是故一切菩萨不得食一切众生肉、食肉得无量罪。疏加以说明云、我读旧约利未记、再看大小乘律、觉得其中所说的话要合理得多、而上边食肉戒的措辞我尤为喜欢、实在明智通达古今莫及。又盗戒下注疏云：

「善见云、盗空中鸟、左翅至右翅、尾至颈、上下亦尔、俱得重罪。准此戒、縱无主、鸟身自为主、盗皆重也。」鸟身自为主、这句话的精神何等博大深厚、我曾屡次致其赞叹之意、贤首是中国僧人、此亦是足强人意的事。我不敢妄劝青年人看佛书、若是三十岁以上、国文有根柢、常识具足的人、适宜的阅读、当能得些好处、此则鄙人可以明白回答者也。

二十、结论

我写这篇文章本来全是出于偶然。从儒林外史里看到杂览雜学的名称、觉得很好玩、起手写了那篇小引、随后又加添三节、作为第一分、在雜志上发表了。可是自己没有什么兴趣、不想再写下去了、然而既已发表、被催着要续稿、又不好不写、勉强执笔、有如秀才应岁考似的、把肚里所有的几百字拼凑起来做卷、也就可以应付过去了吧。这真是成了鸡肋、弃之并不可惜、食之无味、那是毫无问题的。这些杂乱的事情、要怎么安排得有次序、叙述得详略适中、因此不大容易、而且写的时候没有兴趣、所以更写不好、更是枯燥、草率。我最怕这成为自画自赞。骂犹自可、赞不得当乃尤不好过、何况自赞乎？因为竭力想避免这个、所以有些地方觉得不免太简略、这也是无可如何的事、但或者比多话还好一点亦未可知。总结起来看过一遍、把我杂览的大要简略的说了、还没有什么自己夸赞的地方、要说向好话、只能批八个字道、国文粗通、常识略具而已。
我从古今中外各方面都受到各样影响、分析起来、大旨
如上边说过、在知与情两面分别承受西洋与日本的影响
为多、意的方面则纯是中国的、不但未受外来感化而发
生变动、还一直以此为标准、去酌量容纳异国的影响。
这个我向来称之曰儒家精神、虽然似乎有点笼统、与汉
以后尤其是宋以后的儒教显有不同、但为表示中国人所
有的以生之意志为根本的那种人生观、利用这个名称殆
无不可。我想神农大禹的传说就从这里发生、积极方面
有墨子与商韩两路、消极方面有庄杨一路、孔孟站在中
间、想要适宜的进行、这平凡而难实现的理想我觉得很
有意思、以前屡次自号儒家者即由于此。佛教以异域宗
教而能于中国思想上占很大的势力、固然自有其许多原
因、如好谈玄的时代与道书同尊、讲理学的时候给儒生
作参考、但是其大乘的思想之入世的精神与儒家相似、
而且更为深微、这原因恐怕要算是最大的吧。这个主要
既是难定的、外边加上去的东西自然就只在附属的地位
使它更强化与高深化、却未必能变其方向。我自己觉得
便是这么一个顽固的人、我的杂学的大部分实在都是我
随身的附属品、有如手表眼镜及草帽、或是吃下去的滋
养品如牛奶糖之类、有这些帮助使我更舒服与健全、却
并不曾把我变成高鼻深目以至有牛的气味。我也知道偏
爱儒家中庸是由于癖好、这里又缺少一点热与动力、也
承认是美中不足。儒家不曾说「怎么办」、像犹太人和斯拉夫
人那样、便是证据。我看各民族古圣的画像也觉得很有
意味、犹太的眼向着上是在祈祷、印度的伸手待接引众
生、中国则常是叉手或拱着手。我说儒家总是从大禹讲
起、即因为他实行道义之事功化、是实现儒家理想的人
近时我常说、中国现今紧要的事有两件、一是伦理之自
然化、二是道义之事功化。前者是根据现代人类的知识

调整中国固有的思想、使其是实践自己所有的理想适应中国现在的需要、都是必要的事。此即我杂学之归结点、以前种种说话、无论怎么的直说曲说、正说反说、归根结底的意见还只在此、就只是表现得不充足、恐怕读者一时抓不住要领、所以在这里赘说一句。我平常不喜欢拉长了面孔说话、这回无端写了两万多字、正经也就枯燥、仿佛招供似的文章、自己觉得不但不满而且也是无谓。这样一个思想径路的简略地图、我想只是供给要攻击我的人、知道我的据点所在、用作进攻的参考与准备、若是对于我的友人这大概是没有什么用处的。写到这里、我忽然想到、这篇文章的题目应该题作「愚人的自白」才好、只可惜前文已经发表、来不及改正了。民国三十三年、七月五日。

二〇六　後記

我写那篇「我的杂学」、还是在甲申（一九四四）年春夏之交、去今也已有十八九年、有些事情已经变了样子了。其一是胜利之后、经国民党政府的劫收、没有什么值钱的东西、只是一只手表和一小方田黄的图章、朱文曰圣清宗室盛昱、为特务所掠、唯书物悉荡无存、有些归了图书馆、有些则不可问矣。所以文中所记的书籍、已十不存一、萧老公云、自我得之、自我失之、亦复何恨、昔曾写「旧书回想记」、略记汉文旧籍、正可补此处之缺。其二则是解放之后、我的翻译工作大有进展、「我的杂学」第六节中所说两种的希腊神话、都已翻译完成、并且二书都译了两遍、可以见我对于它们的热心了。「古希腊的神与英雄与人」于一九五〇年在上海出版、印行了相当的册数、后来改名「希腊神话故事」、又在天津印过、因为这虽是基督教国人所写、但究竟要算好的、自己既然写不出、怎么好挑剔别人呢？至于那部希腊人所自编的神話集、因初次的譯稿經文化基金編譯会帶往香港去了、弄得行踪不明、於一九五一年從新翻譯、已經連注釋一起脫稿、但是尚未付印、日本高津春繁有一九五三年譯本、收在岩波文庫中。此外还译出些希腊作品、已詳上文一八三節以下「我的工作」里边、这里不重述了。日本的滑稽本也譯了兩种、有「浮世澡堂」即是「浮世風呂」、我翻譯了兩編四卷、已於一九五八年出版、「浮世床」則譯名「浮世理髮館」、全书两编五卷、也是已经译出了。—

我開始寫這[illegible]、还是在一年多以前、曹聚仁先生勸我寫点东西、每回千把字、可以继续登载的、但是我並不是小說家、有什么材料可这样的寫呢？我想、我所有的唯一的材料就是我自己的事情、每天吃飯已經吃了七八十年、經过好些事情、但是这值得去寫么？況且我又不是創作家、只知道据实直寫、不会加添枝葉、去装成很好的故事、结果無非是白花气力。可是当我把这

榮寶齋

意思告訴了曹先生之後、他卻大为贊成、竭力攛掇我寫、併且很以我的只有事实而無詩的主張为然、我听了他的話、就开始动筆。我当初以为是事情很是簡单、至多寫上五六十章就可完了、不料这一寫就拖了兩年、竟拉長到二百章以上、约计有三十八萬字的样子、我自己也不知道哪里有这許多話可講、只觉得有些地方已經很節约了、因为过去的瑣屑事对於现代青年恐怕沒有趣味、有的是是年代久远所以忘懷了、沒有能夠记述清楚。还有一層、是凡我的私人関係的事情都沒有记、这又不是鄉试硃卷上的履歷、要把家族歷记在上面。与其记那些、倒是家鄉的当时習俗、我是觉得很有意思、頗想记一点下来、可是这條於沒有机会插到里边去、而且在我族叔观魚先生的那本书里有一个附錄、是「紹興的風俗習尚」、已够好了、不必再来多事。此外有些不关我个人的事情、我也有故意略掉的、这理由也就無須說明了、因为这既是不

24×30=720

关我个人的事，那么要说它岂不是「邻猫生子」么？

古来圣人教人要「自知」，其实这自知着实不是一件容易的事情。说以不知为不知，似乎是不难，但是说到知，到底知的是什么，便很有些不明白了。即如上文所说的「辨字」，里边十之八九只不过是对于这个有点兴趣，想要知道罢了，实在只写得「起讲」的且夫二字，要说多少有点了解还只有本国的文字和思想。因为深知八股与八家文与假道学的害处，翻过来寻求出路，便写下了那些辨字的文章，实在也不知道自己所走的路是走的对不对。据我自己的看法，在那些说道理和讲趣味的之外，有成篇古怪题目的如「赋得猫」、「关于活埋」、「荣光之手」这些，似乎也还别致，就只可惜还有许多好题材，因为准备不能充分，不敢动得手，譬如八股文、小脚和雅片烟都是。这些本该都写出「我的杂学」里去，那些物事我是那么想要研究，就只是缺少研究的方便。可是人苦不自知，那里找

联想起那世界有名的安徒生（H.C.Andersen）来。他既以创作童话成名，可是他还怀恋他的蹩脚小说「两个男爵夫人」，晚年还对英国的文人戈斯（E.Gosse）陈诉说，他们是不是有一天会丢掉了那劳什子（指童话），回到两个男爵夫人来呢？我的那些文章说不定正是我的「两个男爵夫人」，虽然我并无别的童话。这也正是很难说呢。一九六二年十一月三十日。

聚仁兄：

十五日候已半月，頗多望汇款甚於虹霓矣。自上次寄款以後來稿十八次，计亦有五六万字，希望能寄若干為幸。此稿拖了兩年之久，亦不自知寫的是什麼，現在只剩一節了（二一六）就是"以後"，不日可了，擬再去了一段，其餘俟再考慮，或者能夠得到稍為像樣點，能適合看官們的口胃的東西，當於明春寄出呈政。此稿擬或易名"知堂回想録"，抑或仍舊，請代一酌定之。又原稿篇幅太長，擬分作四卷，即從一至六三為卷一，六四至一〇二為卷二，一〇三至一五三為卷三，一五四至二〇六為卷六，看節數似亦相當，惟以來的各節字的很長，故分量不很相等耳。改名字一節，務祈見示至禱，至於如何營業，想已有成竹在胸，故不復贅述了。全稿計五百五十余紙，約計有三十八万字。此請

近安。

十一月卅日　作人

後記

周吉宜

前年香港牛津大學出版社出版了排字版的《知堂回想錄》，承林道群先生邀寫「後記」，筆者作為著者的後人寫了一點感想，現在又要出版手稿復刻版，牛津也再次邀文，筆者作為資料的提供者，作些說明是應該的，便又接受了下來。一些想說的話上次已經說過了，這次自不必重複，但有一些前人的書信、日記，裏邊有與此書有關卻不太為外界所知的內容，正好借此機會做些摘記和說明供讀者參考，茲述如下。

關於書名

著者在本書「緣起」的一開始提到：「我的朋友陳思先生前幾時寫信給我，勸我寫自敘傳……」，「陳思」即曹聚仁先生，「信」則指曹先生一九六〇年二月九日的寫給著者的信，其中勸著者「寫自敘傳」的原話是「先生能提起精神來寫自傳否？」從雙方更早一些的信件可知，曹先生的這個建議還具有非常明確的幫著者增加稿費收入的目的，對此著者當然歡迎，但由於香港《循環日報》、三育圖書公司等方面出現各種狀況，著者真正動筆是在之後恰滿十個月的十二月九日，此時同意接受投稿和支付稿費的是羅孚先生主持的《新晚報》。關於文稿的內容，由於著者對「自傳」另有看法（詳見「緣起」），改為「談往」，未來書名定為「藥堂談往」。著者在這個書名下寫了兩年，每寫幾頁，便給曹聚仁先生寄去，因為已說好隨寫隨寄便於報社連載，這樣稿費也可及時得到。與著者日記對照可知，著者在手稿右上角寫有書名「藥堂談往」的，便是每次郵寄稿的首頁。（全部手稿有八十八頁右上角標示有「藥堂談往」，本書盡可能都顯示出來）之後著者不斷地寫和寄，卻一篇也沒見在報上發表，稿費自然也不能如期而至，著者感到不解，常致函曹聚仁先生詢問，但一直不得要領。直到一九六二年十一月三十日就要完成全稿時，著者在給曹聚仁先生的信中提出了改變書名：「此稿擬或易名『知堂回想錄』，抑或仍舊，請代一酌定之」。意思是說未來書名可以改為「知堂回想錄」，但保持原名「藥堂談往」仍是自己的意願，下邊說了幾句別的事，然後又追加一句：「改名字一節，務望酌示至荷」，顯示出著者對書名的重視，至於改名的原因，信中一字未提。實際上，曹聚仁先生在以前的來信中曾多次談起過香港的文化環境，一再強調與內地不同，尤其不要高估讀者的理解力和文化趣味，提出「請先生當作對初中學生講話」，甚至直言「香港不是一個一本正經的社會，越是『歪』的，越有人看」，著者也很早就在信中明確回覆：「余此事最所不能」。最後在如何寫文上雖然得到了曹先生的認同，但對港地讀者的看法，著者恐也難免受到影響。另外，從兩年間著者和曹聚仁先生的通信中不難發現，著者差不多每次都稱自己的稿件為「談往」，而曹聚仁先生則一直稱為「回憶錄」，這可能也給著者帶來改名的壓力。在即將完稿面臨出版之際，著者為「藥堂談往」想出替代名字「知堂回想錄」，顯然包含着幾分無奈，可能也包含某些誤解。現存資料中未見曹聚仁先生關於書名的直接答覆，但此後雙方信件中，著者改稱「回想錄」，而曹先生仍一直稱以「回憶錄」——僅剩的這一字之差對雙方似乎仍然很重要。

因為在香港發表受阻，大約在一九六四年底，為了給著者多爭取些收入，曹聚仁先生未告知著者便開始與日本《朝日新聞》社聯繫，商以日文在日本發表，初步聯繫好以後，於一九六五年七月八日寫信透露給著者，又於八月十日寫信告訴著者後續的計劃，同時明確提出「書名就用『知堂回憶錄』吧」，但著者在回信中說：「十日手書敬悉，回想錄承費心，甚為感激……」，關於書名仍稱

「回想錄」，也沒有直接回應曹聚仁先生的改名建議。曹聚仁先生九月十七日又來一信，提出：「回憶錄日譯在朝日新聞刊行問題……請先生寫一封全權委託的信給我……」，這裏曹聚仁先生再次使用「回憶錄」，而著者在九月二十三日寫的委託書中使用的仍然是「回想錄」：「關於知堂回想錄在海外發行事情茲委託曹聚仁先生為全權代表……」。十月六日曹聚仁先生致函著者，又一次明確地使用了他建議的書名：「請先生再寫一回：『知堂回憶錄』，『周作人著』。」著者這次的回信筆者沒有見到，怎樣回覆的也不清楚，但有一點是明確的，即最終這部著作仍以《知堂回想錄》為名出版。

「回想錄」和「回憶錄」的差別值得一提嗎？也許僅僅是二人不同的言說習慣？筆者不能在這裏做出分析和判斷，只想提請讀者注意，這件事情發生過，著者曾如此堅持過，「知堂回想錄」是著者的表達，而其最心儀的書名乃是「藥堂談往」。

提到海外出版委託書，順便再多說兩句，前文說過，曹聚仁先生與《朝日新聞》社商談日文版，著者開始並不知情，知道以後著者雖沒有表示反對，卻與積極推進的曹聚仁先生相反，明顯持冷淡和不信任的態度，認為不會成功，著者在一九六五年九月二十八日致曹聚仁先生的信中說：「在這裏我與先生意見有點不同……我的希望仍在中文本印出，售後再給印稅也是無所謂」。後來日文本沒能出版。著者去世後新加坡的鄭子瑜先生也曾與日方聯繫過出日文版，也沒成功。最後還是曹聚仁先生在病中以堪稱「慘烈」的努力，在病痛中完成了校對，由香港三育出版，完成了著者的遺願，也使後人感知了曹聚仁先生心中那「一諾千鈞」之重。

關於分卷和章節序號

著者在一九六二年十一月三十日致曹聚仁先生信中還提到了文章的分卷，原文如下：「原稿篇幅太長，擬分作四卷，即從一至六三為卷一，六四至一〇二為卷二，一〇三至一五三為卷三，一五四至二〇六為卷六（按：「四」之筆誤），看節數似亦相當，唯後來的各節寫的很長，故分量不很相等耳。」

手稿中《魚雷堂》和《吳一齋》為前後相鄰的兩節文稿（手稿頁號分別為139－142，142－144），兩文題名上的章節序號卻都為相同的「六一」，此疑似（詳見後文）失誤。查《魚雷堂》手稿一四一頁右上角有「藥堂談往」四字（每次寄稿首頁的標記，參見前文），可知著者寫《吳一齋》時《魚雷堂》已寄走，二個章節重號已難以發現，唯待排字出版時糾正了。由此手稿中的章節序號與排字版的《知堂回想錄》相較，自「六一」以後均相差一號。

關於「目錄」和諸「序」

手稿「目錄」寫於一九六三年一月十四日，該日日記有「抄談往目次備寄去」，隔日有「下午託豐一寄……聚仁件內談往目次」。

查對手稿和「目錄」可知，「目錄」裏遺漏了《北京的戲》，章節序號為「六〇」，此錯如何發生暫不可考，但其所空恰為緊接着的後節重號「六一《魚雷堂》」所補，致使其後「目錄」中的序號與手稿各節盡相符合，似也可稱奇，怎麼會有如此的巧合，蓋重號的發生係早在一年前的一九六一年。

《北京的戲》寫的是著者和魯迅對京劇的否定的態度，莫非著者寄出《魚雷堂》後曾決定剔除？這種可能似不是沒有。如此的話手稿中《吳一齋》的章節序號並沒有寫錯，「目錄」中也沒有遺漏，唯《魚雷堂》的編號提前一號改為「六〇」恰如「目錄」。但剔除《北京的戲》和給《魚雷堂》改號似應通知曹聚仁先生，「目錄」的底稿也可能有痕跡，這些筆者均至今未見，故只作「一說」記在這裏存疑。

手稿「目錄」的最前面有《序言》，著者日記中也有寫作該文的記載，如一九六二年十二月三十日日記中有云：「上午寫藥堂談往序午了」，次日記有：「下午託豐一寄聚仁耀明信」，著者十二月三十一日寄給曹聚仁先生的信中也有：「談往序文乞加入」。但無論三育排字版《知堂回想錄》還是現存手稿，均不見此文，不知在當初連載此書的新加坡報紙上能否找到，若此《序言》只能以篇名留在手稿目錄中，恐全書難以稱為完整。

排印版《知堂回想錄》的末篇為《後序》，該文的手稿在本書中未能收入係因無處尋覓，其題目不見於手稿「目錄」中，則因其成文較晚自不必說，但該文寫作的日期，排印本上所記為一九六六年一月三日，而著者一九六五年十二月二十三日的日記裏卻有「寫回想錄後序未了」，兩天後的十二月二十五日項下又有「後序由黃克夫轉港予聚仁」。為甚麼日期上有如此差別，筆者猜想也許一九六六年一月三日是曹聚仁先生收到該稿的日期，如果原稿上沒有落款日期，則也只好用收件日期替代了。至於為甚麼此時要寫「後序」，是不是與曹先生力主的請《朝日新聞》發表日文版有關，筆者沒有考證。

關於手稿

一九六五年八月十日曹聚仁先生在致著者的信裏寫道：「原稿全部送給羅兄，請先生同意。」其中「原稿」係指《回想錄》手稿，「羅兄」為時任《新晚報》主編的羅孚，其時曹先生正與《朝日新聞》社商談發表日文版。著者在當月二十一日寫了回信，但對此事未予回應。十一月二十五日曹聚仁先生在致著者的信中又作了進一步的說明：「因為日本友人要這稿子，未奉告先生以前，早已進行了。當然羅兄同意我這麼做的。本來『三育』可以先出單行本的，又怕日本方面要先出，所以等着排，其次，非有人抄副本不行，羅兄要保留原稿的。抄副本得花一筆錢的。（大概朝日會出的。）這是聚仁替先生打算……羅兄保留先生的稿子，等些日子，會刊出的，否則一定會轉給我的。」此後全部手稿就一直由羅孚先生收管，直到上世紀九十年代送交中國現代文學館收藏。

一九九九年，在中國現代文學館的支持下，筆者複印了原稿並提供給出版社用以校對；二〇一五年館方又向筆者提供了高清掃描圖像用以出版原色圖冊（後未付梓）；二〇一七年著者的著作權保護期到期；二〇二〇年筆者再次得到館方的授權繼續使用原提供的手稿圖像數據。

二〇一九年香港牛津大學出版社重新校對出版了排字版的《知堂回想錄》，今又斥資出版手稿原色復刻版，足見社方對著者的推重。筆者謹向為此手稿的保護和出版作出貢獻的各方機構和友人，以及關注本書的讀者致以衷心的感謝。

二〇二一年一月二十五日於北京

知堂回想錄手稿本
ISBN: 978-988-86788-4-6